U0113629

非虚构文学 －想象一个真实的世界－

CHESAPEAKE
REQUIEM

A Year
with the Watermen
of Vanishing Tangier Island

切萨皮克安魂曲

EARL SWIFT

在即将湮灭的
丹吉尔岛上的一年

[美] 厄尔·斯威夫特 著

周佳 译
徐沐熙 审校

中国社会科学出版社

审图号：GS（2023）4013 号
图字：01-2021-5342 号
图书在版编目（CIP）数据

切萨皮克安魂曲：在即将湮灭的丹吉尔岛上的一年/
（美）厄尔·斯威夫特著；周佳译 . —北京：中国社会
科学出版社，2024.5
书名原文：Chesapeake Requiem：A Year with the
Watermen of Vanishing Tangier Island
ISBN 978-7-5227-3051-6

Ⅰ.①切… Ⅱ.①厄… ②周… Ⅲ.①纪实文学—
美国—现代 Ⅳ.①I712.55

中国国家版本馆 CIP 数据核字（2024）第 037480 号

CHESAPEAKE REQUIEM：A Year with the Watermen of
Vanishing Tangier lsland by Earl Swift
CHESAPEAKE REQUIEM Copyright© 2018 by Earl Swift.
Published by arrangement with Earl Swift, c/o Black Inc.,
the David Black Literary Agency
through Bardon-Chinese Media Agency
Simplified Chinese translation copyright© 2024
by China Social Sciences Press
ALL RIGHTS RESERVED

出 版 人	赵剑英	
项目统筹	侯苗苗	
责任编辑	夏文钊	
责任校对	杨　林	
责任印制	王　超	

出　　版　中国社会科学出版社
社　　址　北京鼓楼西大街甲 158 号
邮　　编　100720
网　　址　http://www.csspw.cn
发 行 部　010-84083685
门 市 部　010-84029450
经　　销　新华书店及其他书店

印刷装订　北京君升印刷有限公司
版　　次　2024 年 5 月第 1 版
印　　次　2024 年 5 月第 1 次印刷

开　　本　880×1230　1/32
印　　张　17.75
字　　数　350 千字
定　　价　92.00 元

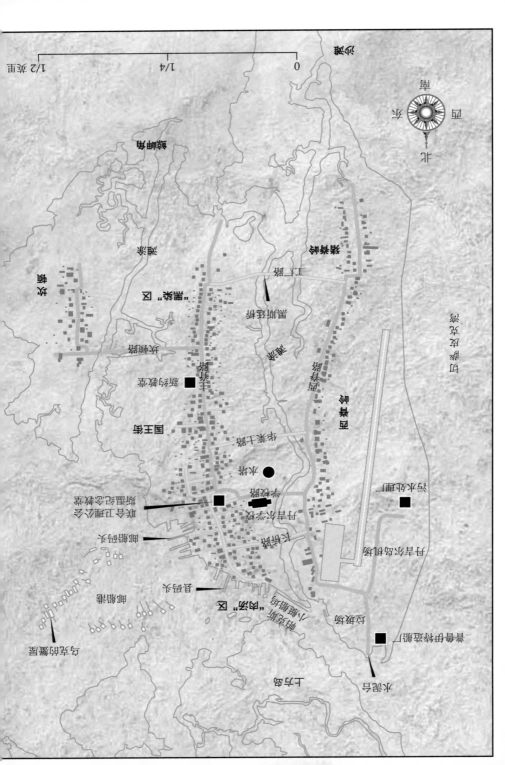

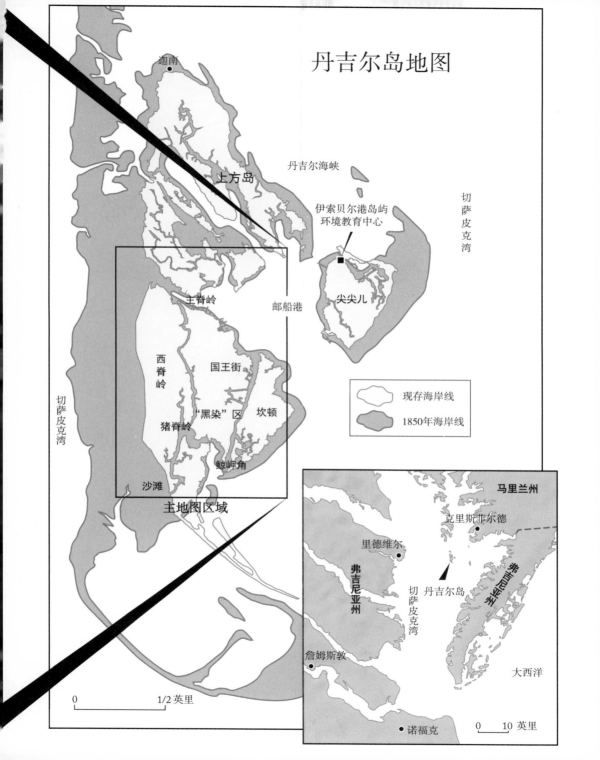

丹吉尔岛地图

迦南

上方岛

丹吉尔海峡

切萨皮克湾

伊索贝尔港岛屿
环境教育中心

尖尖儿

主脊岭

邮船港

西脊岭

国王街

"黑染"区

坎顿

猪脊岭

鲸岬角

沙滩

切萨皮克湾

主地图区域

现存海岸线

1850年海岸线

马里兰州

克里斯菲尔德

里德维尔

弗吉尼亚州

切萨皮克湾

丹吉尔岛

弗吉尼亚州

詹姆斯敦

大西洋

0   1/2 英里

0   10 英里

诺福克

给马克·莫布利

目 录

译 序
他者的倒影

我们为什么要关注地球另一端的一个小岛？

当厄尔·斯威夫特在《切萨皮克安魂曲》中提出"为什么要保护丹吉尔岛"的时候，刚刚开始翻译本书的我也在提问。即便它是我们一直密切关注的美国的一块领土，但它太小了，太无足轻重了，距离我们也太远了，对于非人类学学科的研究者或学生而言，这本书似乎不会激发普通阅读者的什么兴趣。

但翻译工作结束后，这本书的趣味与价值让我改变了这一想法。

丹吉尔镇位于美国弗吉尼亚州阿哥麦克县的丹吉尔岛上，坐落于切萨皮克湾中——这也是本书名字的来源。镇中居民主要从事海洋捕捞相关行业，兼营种植业和旅游业，可谓"靠海吃海"；岛上最出名、最受欢迎的物产就是蓝蟹。岛民们的生活节律与习惯由蓝蟹与牡蛎的生命周期、海上风暴与浪涛、信仰与热情决定。

丹吉尔岛是一个"半封闭"的岛屿。受所在地理位置及气候的影响，丹吉尔岛与外界的交通与交流并不是那么顺畅；即使在科技大为发展的当下，它与美国大陆的交通往来依然面临种种困难。自然环境及在其影响下形成的社会人文环境使得丹吉尔岛成为一颗半凝固的琥珀，外部观测者通过观察、理解丹吉尔岛居民的生活，能够触摸美国自独立战争至现当代的发展脉络。

与此同时，丹吉尔岛及岛上居民也是全球气候变化的最早一批受害者之一，岛民们或许也是最早意识到海平面上升影响的群体之一。丹吉尔岛之所以成为岛屿，就是因为约一万两千年前冰河时代结束、冰川融化、全球海平面上升，原本的山脉变成了半岛及小岛屿；随着冰川均衡调整进程的发展，原本就在缓缓"下沉"的丹吉尔岛又迎头撞上了全球气候变化带来的猛烈的海平面上升和愈加频繁的极端天气，使得岛屿以极快的速度被蚕食、淹没，而它附近的很多小岛已经因此消失了。岛民们同时受到自然环境与"现代文明"的冲击，其日常生活乃至基本生存都已经岌岌可危，就像他们生活的这个小岛一样。

以上的内容足以激发许多人文社科领域研究者的兴趣。抛开一切人文关怀的因素，这个岛和它的岛民们——无论是它的过去还是正在发生的现在——实在是一个太过经典的研究样本，为人类学、社会学、经济学、宗教学、语言学、政治学、新闻传播学等各个不同学科提供了绝佳的对象和素材；它同时也可以成为地质学、气候学、生物学、环境科学等学科门类的研究切入点。

丹吉尔岛太特殊了。

但这本《切萨皮克安魂曲》的读者们很难以一种全然割裂的、冰冷的视角去看待丹吉尔岛和它的居民们，这一点我在翻译过程中就有所感知。究其根本，本书是一份人类学田野调查报告，是作者在岛上与岛民们共同生活后写下的"生活笔记"。无论写作者预设了何种视角来进行价值评价，这类田野调查报告天生地会给读者带来沉浸式的"生活体验"，并会在一定程度上引起读者对对象区域和人群的情感——无论正面或是负面。

作者厄尔·斯威夫特对丹吉尔岛上的生活及对岛民们的感情无疑是深厚的。他尽力还原了岛民们的日常生活、情感经历、言谈和思想，以一种克制的笔触将丹吉尔岛的过去与现在忠实地呈现在读者眼前。虽有赘言之嫌，我还是希望在此强调，本书的风格与其说更接近一份研究报告，不如说更接近一部纪实文学作品。丹吉尔岛的"核心要素"——蓝蟹、信仰、海上风暴——散落在书中的各个章节，就像它们在现实生活中无时无刻不出现在岛民们的生活中那样不时在各个段落中出现，被全景式和实景式地呈现在读者眼前。这会是一本读来十分有趣的书。

我对本书的情感可能要更深厚一些，不仅因为我做了全书的翻译工作，更因为岛民们的生活多少与我个人的经历有相通之处，使我倍生感触。丹吉尔岛在地图上的位置是北纬 37°9′、西经 75°59′；而在中国，位于大致相同纬度的沿海城镇有烟台、威海、荣成，再向北一些还有大连和丹东，而我本人对这几个城镇有着比中国其他城镇相对更多一些的了解和情感。在翻译本书的时候，我不可避免地想起"哈啤酒，吃蛤蜊"的桥段，想起虾爬子、黄蚬子、嘟噜蟹子、碱蓬子、玉米棒子，想起渔船激起的白沫、带着海腥味的渔网、渔民们粗糙双手上的裂口、海鲜市场里各种各样的海货和装它们的泡沫箱子，想起一整个村子里几乎都是同族的村民们、家里地头一把抓的强悍女主人们、凑在一起嗦着泥螺（啊，我多么希望能还原它在方言里的称呼）喝着小酒聊天解乏的男人们、对传统民间信仰无比虔诚且对家长里短相当热衷的大叔大婶们、像候鸟一样离开了家乡却总会回家举办婚礼和度过春节的年轻人们。丹吉尔岛就像胶辽半岛的一个"异域倒影"，但更保守，更固执，更"原始"，并且大部分居民都虔诚信仰。

即使远离美国大陆、与现行的文化"主流"相去甚远，而且无时无刻不在消失的边缘，丹吉尔岛也完全无法避开法律规定和政治浪潮的影响，其中尤以美国大选为甚。作者与岛民们一起生活之时，恰逢 2016 年大选。出于过往与政府机关和管理单位的冲突造成的不信任，也由于唐纳德·特朗普表现出的被他们认同的"非官僚气息"，岛民们大力宣传要为特朗普投票。那时的他们相信这样一个快刀斩乱麻、能说到自己心坎儿上的人如果做了总统，一定能像在美墨边境建起墙来一样，为自己的岛屿迅速地建起一座阻止海水侵袭的高墙。

但是那堵墙没有出现。

然后，一场威胁全人类健康的病毒大流行开始了；世界范围内的极端天气愈发频繁、影响愈发剧烈；西方社会的"主流"变成了各种光怪陆离的"非主流"。在 2020 年上半年居家的日子里，我试图在网上搜索丹吉尔岛的消息，只找到一条镇长乌克——是的，他还是镇长——说岛上情况尚可的视频，背景里海涛汹涌。

现在已经是 2024 年了。那些记录在书里的人与物，不知尚余几何。

这样一个独特的岛屿正在消失，连同它维系起的蓝蟹产业，连同岛上独特的历史与文化，连同岛上热情豪爽的人们和他们祖祖辈辈及他们自身的故事。

我们为什么要关注地球另一端的一个小岛？

希望在阅读过本书后，我们能找到答案。

周佳于燕园

引 子

暴风雨过去一天后，卡罗尔·普鲁伊特·穆尔爬进她的小艇，向迦南（Canaan）的废墟出发。[1]

她习惯从港口出发后向西航行，进入那条横穿丹吉尔岛的船道。她会轰开节流阀，在船头抬起、船尾下沉时蹲伏向前，6英尺[1]高的个子随着拍击在玻璃纤维船体上的浪涌起伏晃动。她一只手把住舵柄，另一只手压低鸭舌帽以减弱风吹的影响，加速把县码头和停在港口的20来艘船甩在身后；右舷旁，蟹屋列成犬牙交错的一排——这些棚屋饱经风霜，搭建在支杆上，高出海面几英尺，周围的平台上蟹笼堆得高高的。这是个小小的水上商业区，是世界上最大的捕蟹业渔场。

经过最后几个蟹屋，沿航道驶入切萨皮克湾。她几乎每天都会把船甩到北边堤岸的一个拐角处停好。在一年中的这个时段，她总是逆着盛行风行船。当风与浪的方向相反时，航行绝非易事。与邻里的大多数人一样，卡罗尔·穆尔出生于航海世家：她是家

[1] 英制单位，1英尺≈0.3米。——编者注

族中出生在丹吉尔岛上的第八代人，早在会读写之前就已经能操控船只了。在丹吉尔岛与弗吉尼亚州距它最近的陆上城镇之间，有 16 英里[1]的开放水域。

下午，她通常会沿着树木稀少的滩涂海岸航行，岛民们称这片无人居住的滩涂为"上方岛"。大约航行 1 英里后，就会抵达丹吉尔岛的最北端。100 年前，这里曾经有一处兴旺的社区。很久之前，迦南的土地便被海水冲刷殆尽，但荒凉的沙滩于她而言就是邻近地区和城镇喧嚣中的一处桃花源。还有其他东西：她偶然捡到了曾经装满成药的小空瓶，是百年前旅行推销员卖给岛上妇女的——"哈姆林牌神油"，一种 19 世纪的补药，可以治疗癌症、扁桃腺炎及"狗咬"；还有"格林牌万能擦剂"，一种"人兽通用"的万能灵药；以及"特林顿牌救命巴尔萨摩膏"，当时的广告宣传说它能治疗肾结石和"内在的弱点"。她还找到了 18 世纪的陶烟斗和已经失去头部的瓷娃娃，并收集了一些边缘已被海浪冲刷光滑的陶器。

她从沙子里翻捡出的每片遗物都是她与祖先的有形联系，因为她父亲的家族曾在迦南繁衍数代，并一直坚持到最后才离开。那里曾经有自己的学校、一个杂货店和三十多栋房屋。1962 年她出生的时候，迦南已经废弃几十年，没有留下任何建筑。但在她小时候，还在那里见到过漫步的鸡和山羊，还有野玫瑰丛、大黄

---

[1]　英制单位，1 英里≈1.6 千米。——编者注

丛、数不清的大茴香，整个地区闻上去像一块甘草糖。她还记得和父亲一起，在山地苦槛蓝中迂回前进，走进滩涂深处一块小小的、离水很远的墓地，朴素的大理石墓碑诉说着虔诚的基督徒、忠诚的妻子、勤劳的船工的一生。

在这里，她的曾祖父母，曾祖父母的父母，曾祖父母父母的父母，还有他们的父母——那些留存在她的血液中、她的样貌中、她的行为习惯中的人物，度过了他们的一生。这里告诉她自己未来的样子，也提醒着她一切事物的无常。有时候她会在这里沿着水边漫步，一待就是好几个小时。还有些时候她只是逗留几分钟。几乎每次，她离开的时候都会觉得自己更坚强、更稳定、更理智。

只是，这个下午格外不一样。过去的 3 天里，飓风"桑迪"（Sandy）肆虐丹吉尔岛，带来的大风时速在 50 节[1]或以上，阵风速度可达 70 节。狂风与海浪一起，誓要把这个地方吞没。翻卷着白沫的巨浪从东边涌入，扑打道路，淹入房门。海峡中的海水涌上来，卷走所有未固定好的东西。水位最高的时候，只有高地上的几个点和一座拱桥得以幸免。

现在，随着天气放晴，穆尔目力所及的所有东西都展露出异乎寻常的细节。几座蟹屋被冲垮了，从很远的地方就能看到它们

---

[1] 节，英文为"knot"，速度单位，即每小时航行的海里数（海里/时）。单位符号为"kn"，原为专用于航海的速度单位，后延伸至航空方面。本书中原文用"knot"表示速度的地方，均直接译为"节"，而不使用"每小时海里数"的译法。——译者注（如无特殊说明，本书脚注均为译者注。）

错杂的胶合板上的纹路，木板断裂的岔口上泛着和煦的、不甚真实的黄色。蟹笼被抛进浅滩，屋顶和方角码头[1]扭曲的碎片散落在水边的芦苇丛中。水一直淹到小艇的船舷。

她加速进入海湾。这是个阳光明媚的下午，万里无云，天空是一片深邃的、无瑕的蓝色，水面光滑如镜（slick calm）——在丹吉尔岛当地渔民的口音中是"slick cam"。镇上树木倒伏，院子里堆满海浪从滩涂里卷来的垃圾，家家户户都在把损坏的家具和地毯拖出门外；在风暴过后几个小时就体会到这种平静，感觉颇不真实。

不出所料，当她环绕岛屿北端时，看到迦南也未能幸免。三条新的水道劈开海岸，海岸线支离破碎。她踏过许多年的沙滩大半被卷走，失去了这层防护缓冲区后，切萨皮克湾的海水拍击着曾生长过滩涂草地的黑色草皮。泥土随着海浪的冲刷变得支离破碎。

她沿着海岸航行，直到找到一个可以停船的地方。当她从船中爬出来时，注意到离岸一两英寸[2]的地方有什么东西：一个沾染了污迹的褐色球状物，一半浸在大约 6 英寸深的水里，随着海浪的来去而轻柔起伏。她走近一些，看到其实有两个球状物。犹

---

[1]　英文为"pier"，专指与海岸成直角形而突出的码头，可供旅客、货物上下船或供人散步用；本文统一翻译为"方角码头"。
[2]　英制单位，1 英寸≈2.54 厘米。——编者注

豫了一会儿后，她弯腰拾起其中一个，发现是一颗人类的头骨。

这枚头骨保存得很好，眼窝被海浪冲刷得很干净。看上去它属于一个成年人——但下颌部分和上牙都已经消失，所以只能推测这么多了。她把它的伴侣也救了起来，保存状况差不多。她把两枚头骨妥善地放在远离涨潮线的高高的岸上。

当她还在试图消化自己的发现时，视线落在自己脚边一系列相似的事物上——先是胸腔，然后是锁骨，再然后是骨盆和其他一系列人类骨架的组成部分，直到最小的脚趾骨。遗骨正面朝上，最上面的 1 英尺暴露在外，其余部分依旧埋在土中，如同浅浮雕。遗骨周围散落着一副棺材的痕迹，再外面则是一个深入土地的边缘清晰的四边形：一座坟墓。

喏，几英尺外就是另一座坟墓，里面是另一具完整的遗骸，也一样只露出一部分，头骨两侧有发梳被黏土紧紧固定住。再往前是第三座坟墓，大一些的棺材里装着一具小小的棺材，里面是一具小孩子的尸骨，看上去最多是个刚学走路的儿童。尸骨身周的寿衣早已朽坏，但当初扣紧衣物的两颗白扣子还在那个孩子胸骨的位置闪闪发亮。

卡罗尔·穆尔看向周围，发现附近还有七八个坟墓，三三两两零散地分布在水体边缘。一座坟墓里出现了第四具完整的遗骨。其他的坟墓都是一团糟，海浪把里面的东西全冲乱了。最上面是一节脊椎。然后是胫骨。再下面是下颌骨。几码[1]开外散落着白色大理石的墓碑，与她记忆中小时候看到过的一样。在这40年内，海湾一点点凿下海岸，偷偷蚀空迦南地下，吞食土地，向岛内挺进了四分之一英里之深。

　　时间向后跳，来到四年后一个微风习习的晴朗午后。[2]我正在上方岛的黏土海岸上仔细搜寻，试图描绘曾经的迦南——仅仅是粗略描摹，因为就像丹吉尔岛人说的那样，它"溺死在海中"，现在不过是切萨皮克湾海水下一块漂亮的近岸海底。螃蟹急匆匆地爬过曾滋养过这里的蔬菜园，爬过房屋的地基，爬过兼做循道宗[2]教堂的学校的残骸。

　　实际上，许多年前，比2012年飓风"桑迪"扫过大西洋沿

---

[1]　英制单位，1码≈0.9米。——编者注
[2]　原文为"Methodist"，对译为"循道宗"，在部分语境中即指称卫斯理宗（Wesleyans，亦译"卫斯理派"），是基督教新教的主要宗派之一，其创始及发展过程深受虔信派运动影响。此派别于18世纪末19世纪初由英国国教（Anglicanism，亦译"圣公会"）分离而来，创始人为约翰·卫斯理（John Wesley，1703—1791），以他的宗教思想为依据的各教会统称"卫斯理宗"。因其强调遵循道德规范、主张过严格的宗教生活，被当时其他基督教派别戏称为"循规蹈矩者"（methodist），本派信徒亦以严格遵循福音中所述规范而生活为荣，因此将这一名称纳为自己独有的派别名称，故而得名"循道宗"。时至今日，这一名称反而比"Wesleyans"更为人所知。循道宗秉承福音主义（evangelicalism），这一派别接收平信徒传道及女传道员，定期举行会议，主张社会改良，着重在下层群众中进行传教活动。目前，北美仍是该派别的主要活动地区之一。历史上，该派别经过数次分裂与融合。本书在叙述丹吉尔岛历史和岛民们的生活时不可避免地涉及宗教运动及教派发展的相关内容，此处不再详述。因"Methodist（Church）"有数个指称有重叠但又有区别的译名，译文中除了涉及"联合卫理公会"的部分，一律采取"循道宗"这一译名，不采用"卫斯理宗"或"卫理公会"等译名。

岸、卡罗尔·穆尔见到惊悚一幕的那个万圣节还要早许多年，迦南就已经沉入水底；墓园要比迦南本身更深入岛内数百英尺。现在，她曾磕磕绊绊走过的坟墓也完全没入海底了。

海湾偷走了一些东西，却也归还了一些碎片：上一波涨潮退去后，海岸边留下一批方形的手工钉子、生锈的机器残件、边缘饰以蓝色和粉色的陶瓷碎片，以及曾荫蔽迦南的住宅的大树的树根。我拾起了一枚钉子，一件古老的冰蓝色瓶子的颈部，还有一团浪蚀的树枝。每隔几周，卡罗尔就会从日渐逼近的海水中把墓碑抢救出来。我在这些墓碑中漫步。"怀念波莉·J. 帕克斯，死于 1913 年 12 月，享年 37 岁"，"内莉·A，S. E. 普鲁伊特和伊娃·I. 普鲁伊特夫妇心爱的女儿，两周岁前夭折"，"玛格丽特 A. 普鲁伊特，生于 1836 年，卒于 1901 年"。

我对着墓碑沉思了许久，好奇这些墓碑上的名字的主人是否曾想过，有一天海湾会占领一切——吞没他们的家园，他们的整个村庄，然后是他们的埋骨之地，只留下这一点点痕迹证明他们曾存在过。最终我认为这不太可能。切萨皮克湾之前一直是蹑手蹑脚的。

普鲁伊特家族和帕克斯家族的人可能几乎从未注意到，海浪在啃咬海岸，这边啃去一小块，那边叼去三两点。直到前述的三位岛民入土为安之时，人们才发现那些微不可察的侵蚀已成大势：海水的侵蚀从一天半英寸增加到一个月 1 英尺；在一年内，在没有大风大浪的一年内，海水又前进了 15 英尺；最终，在一个黎明，海浪拍打在自家门前。

丹吉尔岛各处都是这样。海水的进攻仍在继续。从我站的地方，可以直接越过上方岛宽广的滩涂看到丹吉尔岛的风景：人行道一般宽窄的小巷两旁排布着安有防浪板的房屋，屋顶倾斜陡峭；联合卫理公会斯温纪念教堂（Swain Memorial United Methodist Church）的尖顶，这所教堂数代以来都是承载着丹吉尔岛文化和精神的核心建筑；以及更上方些的天蓝色水塔，一面画着一只巨大的橙色螃蟹，另一面则涂饰了一个巨大的十字架。

这个社区与美国其他任何社区都不一样。生活在这里的人们独立于世太久，甚至已经形成了自己独有的语言风格，那是一种抑扬顿挫、词汇古旧、元音扭转、韵律奇异的土语。这里的人们真正称得上是"两栖"，他们遵循切萨皮克湾的时令捕获蓝蟹这种珍奇美味，捕捞量居首位。这个社区由老派的基督徒组成，有点类似于神权政体，不允许贩卖酒类，并曾因为性爱和啤酒的镜头拒绝一部知名电影在此取景拍摄。而且相当重要的一点是，岛上的居民其实组成了一个相当大的家族：除了少数几人外，所有岛民都可以将血统追溯到一个共同祖先身上。

在过去的 240 年里，他们都在一片泥泞的滩涂上生活。涨潮时，岛上的最高点与潮头的高度相差不足 5 英尺，甚至少有高度差达到 3 英尺的地方，绝大部分地面高出潮头不足 1 英尺。而现在，面对着上涨的海湾，这片土地消失得更快了。雪上加霜的是，这座岛屿正在下陷——实际上是正在沉入地壳中。满月的引力不但吸引着海水漫上岛屿边缘，还直接让海水透过地面涌入岛内，将庭院变成池塘。事实上，切萨皮克湾南部的相对海平面上升——海水连绵不断地上涨和地面不断下沉——的速度在地球上是数一数二的。在所有坐落于河口的城镇中，没有任何一个像丹吉尔岛这样受到气候变化如此大的影响，如此脆弱。

在海水边沿，我发现了一件银色的金属托架，大概两英寸长，呈卷状，有些像小提琴的琴头。我完全不知道这是什么。卡罗尔·穆尔在大约45米以外的海岸上搜寻着，我带着新发现的小玩意儿走过去。她扫了一眼就认出来了，说："是棺材上的。"

几分钟后，在检视草地上的一个潮水坑时，我发现了一个看上去像是浮木的有趣物件。它呈浅灰色，有4英寸长，像手抄本插画中的树干。它像羽毛一般轻，腔体滤空，边缘有许多小孔。

我在一闪念中意识到，这是人骨。

我轻轻地将它放回地面。

第一部分

然后所有的岛屿都消失了

主脊上的房屋，就悬在沼泽滩涂和大海沟（Big Gut）上

（厄尔·斯威夫特　摄）

一

曾经，人们生活在切萨皮克湾数十个低洼的岛屿上，种植、放牧、捕捉海湾中丰富的海产和水禽。这些岛民要克服种种困难：滩涂里盘旋而起的像乌云一样的蚊子，夏天裹挟闪电和水龙卷而来的飓风[1]，冬季呼号的西北冷风，以及最关键的——孤独。但是，他们依旧建起了农场和村庄，并兴盛了许多代。

然后，从大约 1900 年开始，大部分岛民逃离岛屿前往大陆，这个过程在第一次世界大战前后达到了顶峰。[1]他们抛却了马里兰州小查普唐克河（Little Choptank）河口的詹姆斯岛（James Island）；这个岛上曾经建起了 20 座房屋，一座教堂，一座学校，还有一座船坞。在现代切萨皮克湾中部的海图上，导致这次大迁徙的缘由清晰可见：海水将詹姆斯岛劈分为三个小岛屿，它在迅速变成浅滩。

岛民们离开了夏普斯岛（Sharps Island）。这个岛在南边不远处，在美国南北战争前面积一度达到 449 英亩[2]，在 19 世纪 90 年代也足以配得起一间三层旅馆和一个蒸汽船码头。然而，60 年后，它的面积就缩减到一间小卧室那么小。到 1963 年，夏普斯岛

---

[1] 英文为"squall"，指突然刮起来的风。
[2] 英制单位，1 英亩≈4047 平方米。——编者注

彻底消失。

　　他们放弃了霍兰岛（Holland Island）。²1900 年，有 253 人在岛上生活，阔叶乔木为宽敞美丽的房屋提供阴凉。岛上有自己的双室学校[1]、教堂、邮局、几家商店、一支大型捕鱼船队，以及一块一流的棒球场和一支据说是切萨皮克湾最好的棒球队。现在，渔民们从距离棒球场内场上方 1.8 米深的地方拉起蟹笼。2010 年，切萨皮克湾的海水冲垮了霍兰岛上仅存的一所房屋，并且快要抹去这座岛上人类长期生活留下的最后一点痕迹———一块不断缩小的沼泽禾草地上最后的一块墓碑。

　　对乌克·埃斯克里奇来说，那些地方就像令人忧虑的鬼魂，在 2016 年 5 月一个寒冷的清晨经水面汹涌而来，逼近他的蟹笼。³蟹笼以东 4800 多米的地方，于第一缕晨光映照下，静静伏着一个剪影，在他工作的日子里安静地充当背景。这是一个昭示大自然之无常的更晚近的例证。渔民和农民在沃茨岛（Watts Island）上生活了一百多年，放牧奶牛和绵羊，在岛屿最辉煌的时候，有二十多幢房屋和一个小教堂。40 年前，当乌克开始做全职渔民时，沃茨岛是一片长长的阔弯月状的高地，大部分被树木覆盖，当初放牧的羊群留下的后代在岛上随处可见。从那时起，沃茨岛就在

---

[1]　英文为"two-room school"，是单室学校（one-school room，即所有学生都在一间教室上课的学校）的"升级版"，其校舍由两间教室构成，一间供小学生上课，另一间供中学生上课。单室学校和双室学校曾在欧美许多国家的农村地区颇为流行，现在已基本消亡或被现代学校取代。

他眼前一点点消失，现在仅剩的一小块土地和凋零萎弱的松树，看上去也在一天天缩减。

距右舷三百码开外，是更加辛酸惨淡的例证。现在，切萨皮克湾的所有离岸岛屿中，只有两个岛上还有人生活，其中之一就是乌克的出生地丹吉尔岛，也是他唯一的家乡，而这个岛屿正在迅速地消失。从 1778 年开始就有人在岛上定居，岛屿上散落着先辈们的坟墓：有些是乌克自己的祖先，有些是他与卡罗尔·穆尔的共同祖先，有些是他与妻子的共同祖先，还有些是他与日常遇到的几乎每个丹吉尔岛人共同的祖先。在他年轻时，他曾认为自己会在此度过一生，在海上谋生，一直到老，就像他的父亲、他的祖父、他的曾祖父一样，直到有一天在他们身边、在岛上泥泞的土中沉入永眠。但现在，这个设想不再定然成为现实。

他发动自己 20 英尺长的民船，靠近一个在水中上下沉浮的亮蓝色泡沫聚苯乙烯浮标，让舷外发动机熄火，从船上探出身子，用钩头篙[1]把浮标拖拽到近前。浮标被 24 英尺长的尼龙线与放置在水底的金属丝网笼连在一起，笼子在水面下 8 英尺深。他左右手轮流拉动绳子，一把接一把地将蟹笼拉出水面，再将它提到甲板上。天晓得这个东西为什么要叫"罐"（pot），这明明更像个笼子；但不管它叫什么，都很有用：六七只螃蟹正蜷在里面。他

---

[1]　英文为"boat hook"，指船上使用的、一头为钩子的长杆，可以用于钩取水上离船稍远的物品。

把蟹笼上盖的机簧打开，将里面的螃蟹倾倒在一个木制托盘上，关上机簧，又把蟹笼掷回水中。接着，他轻扳船的节流阀，我们缓缓向 30 码开外的另一个浮标驶去。

进入 20 世纪后的许多年里，人们似乎并不怎么在意丹吉尔岛土地日益削减的情况。现在可不是这样了：481 位岛民忧心忡忡，觉得离岛屿消亡的一天已经很近了，而其中数乌克面临的困局最为棘手。他担任镇长已经 8 年了，阅读了关于丹吉尔岛正在发生的事情的报告，也与政府官员和科学家们探讨了这些事情意味着什么。所有的一切都印证了他亲眼所见的事实，印证了他在捕蟹季每一天看到的"奇闻轶事"一样的证据。"昨天，有个蟹笼卡在树桩上了"，他告诉我。为了抵御寒冷，他身上穿着连帽衫和牛仔裤，外罩油布雨衣或者其他什么防水的外套，"我拽了又拽，终于把它弄下来了。蟹笼出水的时候，上面卡着一截树根"。

在抵达下个浮标前的 15 秒内，他翻捡着刚刚的收获，将一只明显偏小的螃蟹丢回海里。剩下的螃蟹里有一只成熟的公蟹，或者叫"撬棍"[1]。它的甲壳宽 6 英寸。他把这只螃蟹扔进一个木制蒲式耳[2]桶里，这个桶专门拿来装"上品"[3]，就是最大的

---

[1] 原文为"jimmy"，本意是"撬棍"。为使行文流畅，后文一律译为"公蟹"。

[2] 蒲式耳是容积单位，约合 32.5 公升；"蒲式耳桶"指的就是容积为一蒲式耳的桶（也可能是篮子或筐）。

[3] 原文为"number one"，指的是成熟的公蟹中个头最大的那一批，后文一律译为"上品"。

那批公蟹，蟹肉饱满，是野餐和煮蟹宴的标配。剩下的四只都是成年母蟹，脐部鼓出球团状的橘红色卵块。已经成熟的母蟹统称为"小胆儿"[1]，像这样已经有蟹卵的，会被叫作"爆壳小胆儿"[2]"海绵"或者"柠檬"[3]。乌克把四只已怀蟹卵的母蟹丢进了另一只桶里。

"很难想象它周围有土地甚至滩涂什么的"，他说起那截树干，它位于岛的另一端，深入海湾内150码。"但那里曾经是高地，有树木生长"。接下来的这个蟹笼底部糊着浅灰色的泥巴——是黏土，标志着我们正在不久前还是高地的地区正上方。笼子里有两只抱卵蟹和乌克真正的目标——一只"脱衣蟹"[4]，就是即将换壳的螃蟹，壳马上就会变得软软的，是东岸地区上上下下各家餐馆的夏日美食。他眼一扫、手一捏就把它挑出来了，放进第三只桶里。

我们沿着丹吉尔岛东南侧一条长达400米的笔直竖列行船，一个浮标一个浮标慢悠悠地晃过去，脚下的甲板轻柔地上下浮动。

---

[1]　原文为"sook"，意为"胆小鬼"或"人工饲养的小牛"，部分词典中收录了"美国东海岸产的成熟雌性蓝蟹"的义项。为使行文流畅，后文一律译为"母蟹"。

[2]　原文为"busted sook"。

[3]　原文为"lemon"。取"柠檬"和"海绵"（sponge）这两个俗称都是因为已抱卵的母蟹腹部有橙红色的卵块，后文以"柠檬"出现最多，为使行文流畅，除必要处外，一律译为"抱卵蟹"。

[4]　原文为"peeler"，指代即将换壳的螃蟹，部分词典中收录的义项是"开始脱皮时的海蟹，软蟹"，不甚准确，后文一律译为"换壳蟹"。

蟹笼里捕到几只换壳蟹、一些"上品"、一些"次上品"[1]——就是稍微小一些、没那么多肉的公蟹，和许多抱卵蟹。鱼鹰从岸上飞起，绕着船打转。阳光从厚重的云层间隙刺出来，但并不能驱散寒冷。乌克驾驶着民船打了个转，去收第二列蟹笼。已经收了 30 个，还有 180 个。

"出海收蟹的时候，看到离岸这么远的这些树干，会突然灵机一动"，他一边拉起另一个蟹笼一边对我说，"有时候我会想，我正在曾经绿树成荫的地面上捕蟹。"他把螃蟹倒进托盘的时候，我凝视着 400 米以外的丹吉尔岛的海岸，试图想象这些海水曾经是陆地的模样。

只看地图，很难想象丹吉尔岛这个古老的岛屿城镇已经存续了如此之久。⁴ 岛屿面积本就不大，周围环绕着 68 万亿升的水。

切萨皮克湾南北长 200 英里，是美国最大的河流入海口，大西洋的潮水和中大西洋地区[2]几条大河——萨斯奎汉纳河、波托马克河、拉帕汉诺克河、约克河、詹姆斯（James）河——的淡水

---

[1]　原文为"number two"，即成熟的公蟹中个头比"上品"小一些、归入次一档的那些，后文一律译为"次上品"。

[2]　中大西洋地区，即 Mid-Atlantic（states），是美国行政区划的 10 个大地区之一，因位于美国大西洋海岸中部，故名。在具体包含地区上有不同说法，但大家公认包括纽约州、新泽西州、宾夕法尼亚州、特拉华州、马里兰州、弗吉尼亚州、西弗吉尼亚州及华盛顿特区。

在此交汇。它的北端在马里兰州格雷斯港（Havre de Grace）附近萨斯奎汉纳河的入海口形成一个尖角的形状，就在马里兰州与宾夕法尼亚州州界以南几英里处；南部则于弗吉尼亚比奇（Virginia Beach）连入大海，此处海湾宽 12 英里。

海湾北半段狭窄，最窄的地方宽度不足 3 英里，最宽的地方两边海岸也可以清清楚楚地隔海相望。但在北端"尖角"以南 100 英里的地方，海峡的宽度突然扩大了一倍；马里兰州的东岸地区[1]深深地切进来，将切萨皮克海湾与大西洋分隔开，形成了海湾的右侧边缘。再往南差不多 30 英里，就在马里兰州和弗吉尼亚州的州界，东岸地区突然收窄，切萨皮克湾的宽度则增加到约 30 英里。就在那里，在切萨皮克湾最宽处的中心位置，大自然异想天开，将丹吉尔岛安置下来。

丹吉尔岛的位置决定了它比别的城镇更偏远，岛屿和岛上生活的人与自己国家的其他部分相互分隔。一旦一月份天气恶劣，岛屿周围的水域就会结上厚厚的、紧实的冰层，不得不靠军队把食物和采暖油[2]空运到岛上。一年到头，任何不好的天气都可能让丹吉尔岛与世隔绝。丹吉尔岛的南面、西南和西北都是开阔的海湾水域，用航海术语来说，"风浪区"相当长，就是说从这几个

---

[1]　东岸地区，即 Eastern Shore，指美国马里兰州和弗吉尼亚州两个州在切萨皮克湾以东的陆地部分，有时也包括特拉华州的一段海岸。
[2]　原文为"heating oil"，是从石油中精炼出来的、通常用于房屋及其他建筑取暖的油类。

方向来的风有相当大的空间掀起大浪。时常横扫切萨皮克湾的风暴也恰恰从这几个方位刮来，疾风会将海湾中相对较浅的海水（海湾平均深度只有 21 英尺）搅成泛着白沫的滔天巨浪。

就算海上风平浪静，美国国内也没有几个城镇像丹吉尔岛那么难以抵达。[5] 如果你有资金有手段，可以乘小飞机登岛；丹吉尔岛西沿有一条沥青铺就的飞机跑道。如若不然，就得坐船，离得最近的弗吉尼亚州港口是奥南科克（Onancock），位于岛屿东南偏东 16 英里的地方，在一条曲折河流的源头位置，旅游轮渡仅在夏天开放，需要 75 分钟才能抵达岛上。西边距离最近的城镇是里德维尔（Reedville），距离也差不多远，同样是夏季开放的游船要花 90 分钟才能开到丹吉尔岛。对于丹吉尔岛人来说，距离最近也是唯一可以全年通行的可靠的归家航线，是要先出自己所属的弗吉尼亚州、来到马里兰州的克里斯菲尔德（Crisfield）。克里斯菲尔德坐落于东岸地区海岸上第二个"凹口"北边，自命为"世界螃蟹之都"，在丹吉尔岛东北方 12 英里的地方。风平浪静时，这条航路只要 45 分钟。

一般来说，丹吉尔岛的邮船"考特尼·托马斯"号于中午 12 点半从克里斯菲尔德的镇码头出发。它的后甲板堆满行李、美国联合包裹运送服务公司[1]的包裹、食品杂货袋；封闭的船舱内挤满寒暄聊天的乘客；驾驶舱是懒洋洋消磨时间的岛民们的天下，

---

[1] 即 UPS（United Parcel Service，Inc.）。

掌舵的则是船长布雷特·托马斯——他与卡罗尔和乌克都是远亲，也是维系丹吉尔岛和美国其他地方相连接的这条海上命脉的家族第五代传人。"考特尼·托马斯"号长46英尺，是以丹吉尔岛为母港的船只中最大的一艘，由柴油双发动机推动，速度大约为17节。十分钟后，它就驶离了马里兰州海岸的保护，勇敢地挺进了海湾中常有狂风骤雨的一段水域——丹吉尔海峡（Tangier Sound）。

丹吉尔岛的水塔影影绰绰地在前方的地平线上显出纺锤形的身影。此时，在船右舷六英里开外，漂浮着一片绿色和褐色交织的土地，那就是史密斯岛（Smith Island）的滩涂沼泽。在接下来的几分钟内，斯温纪念教堂的尖顶缓缓出现在水塔旁，同时浮现的还有东边的一大片树丛。然后是屋顶，再然后是参差不齐的房屋剪影；大部分房子都是两层的木质结构，看上去有点小小的。

离开克里斯菲尔德11英里时，丹吉尔岛看上去还是一片浮在水上的、扁平的绿色小薄饼，但船行至此，你已经能清楚地看到，这并不是一个单独的岛屿，而是三个紧密连缀的小岛。经过的第一个岛面积较小，大致呈圆形，上面树木丛生。这个岛为非营利机构切萨皮克湾基金会（Chesapeake Bay Foundation）所有，作环境教育营地之用。现在这个岛被称作伊索贝尔港（Isobel Port），但当地人还是习惯于用它原本的名字"东岬角"（East Point），或者简称为"尖角"（the Point），按照丹吉尔岛发音（当地人把所有的"oy"音都发成"eye"音）就成了"the P'int"[1]。它在左舷方向滑过。

前面就是进入丹吉尔岛码头的水道了，两边岸上形成了一整座建立在支架上的村庄——蟹屋，以及系在一旁的、船尾漏印了渔民们妻儿名字的作业船。大部分蟹屋都以平台连接到成排的、长长的木制蜕壳箱中，像乌克·埃斯克里奇这样的渔民会把换壳蟹放到这些水箱中，等待它们换掉自己的外骨骼，变成美食家们尽情享用的软壳蟹。

如果克里斯菲尔德是实至名归的世界螃蟹之都，那么这很大程度上要归功于丹吉尔岛上这个奇异的小型水上产业节点，因为此处蜕壳箱里产出的软壳蟹是切萨皮克湾上最多的。乌克的蟹屋在这一串蟹屋的中间位置，很容易看出来：一块胶合板斜靠着小屋，上面画着一个鱼形[2]——或者说"耶稣鱼"——和"我们相信"的语句。

邮船的引擎在这里放缓，速度减慢到 6 节，船头平静地划开水面，咔嚓咔嚓地开进镇子。航道笔直地向西南方向延伸，在镇上的水塔处向右转个弯，向西经过一条人工开挖的船道通往丹吉

---

[1] 后文一律译为"尖尖儿"。

[2] 原文为"ichthus"，俗称 Jesus fish（耶稣鱼）。这是一个基督教代表符号，为鱼形，而希腊语中"鱼"为"ΙΧΘΥΣ"，恰好是希腊语中"耶稣—基督—神的—儿子—救世主"这 5 个象征着基督教信仰核心的词汇的首字母，英语中就意译为"ichthus"或"ichthys"。最早是罗马帝国迫害基督徒时基督徒之间互相确认彼此身份的符号，在基督教合法化后，这个符号也因其历史意义而成为基督教的代表符号之一。

尔岛的另一侧。在人工船道右侧，上方岛向北延伸。南边耸立着的就是丹吉尔岛本岛了。

"考特尼·托马斯"号并没有顺着水道拐弯。邮船在正前方海岸的突出处靠岸。布雷特·托马斯把邮船熄火，船只沿着长长的方角码头滑行，最后制动，精确地停靠在与昨天、前天、几百天前一模一样的位置。邮船靠岸算得上是岛上日常的大事，几乎从未缺过人们的围观。一周中有六个下午，这里都会被高尔夫车[1]和好奇的老前辈们围个水泄不通。

我第一次登上丹吉尔岛是在 1999 年。那时，我是诺福克（Norfolk）的《弗吉尼亚向导报》（Virginian-Pilot）的记者，任务是探访丹吉尔岛从弗吉尼亚彩票业退出 11 年后的现状——这里是弗吉尼亚州少有的几个基于道德考虑而禁止彩票发行的城镇之一。这个报道选题并不算好，但我对有机会体验一个据说是"迷失在时间中"的怪奇之地而兴奋不已——在之前关于这个岛的报道中，我常常会读到"迷失在时间中"这类用词。我拜访了斯温纪念教堂的牧师，与城镇领袖和普通的捕蟹人交谈，在狭窄的街道上给忙碌穿梭的自行车和高尔夫车让路——这儿的汽车和卡车我用两

---

[1]　原文为"golf cart"，是一种无边门、有前车窗和顶棚（也可能无顶棚或只有框架而没有前车窗）的小型代步车辆，最初在高尔夫球场内使用，可载两名高尔夫球手及球杆在场内移动，现应用范围扩大，可能有 2 个、4 个或 6 个座位，限定时速较慢。可参考国内部分景点的慢速旅游观光车。

只手就能数得过来。当然，在我拜访的这段时间内，我无数次地拍死那些恶毒的绿眼鹿虻，它们在我胳膊上、腿上、头皮上留下了深深的血坑，而且似乎对驱虫喷雾的味道情有独钟。

这里友好的气氛和挤挤挨挨却和谐舒适的环境给我留下了深刻印象。[6]整体而言，丹吉尔岛也就比上方岛高一点点、干燥一点点，岛上 70% 的面积是滨岸湿地。只有在三条高出滩涂沼泽、狭长而彼此平行的沙壤土地带，才有坚实的地面——岛民们称之为"脊岭"。但它们的海拔实在太低了，如果没有那些建筑和土地上长出来的零散树木，你看花了眼也很难把它们从周遭的滩涂中分辨出来。它们高出滩涂沼泽，就像岛中岛一样。把它们的尺寸放到陆地上来，大概是这样的：整个丹吉尔岛，包括上方岛、东岬角还有几个边远的滩涂小岛，加起来比纽约中央公园还要小一点；把 3 条脊岭合在一起，完全能放进中央公园中心的那个水库，还有许多盈余空间填不满。

几个月后，当媒体都在揪心于 2000 年 1 月 1 日全球计算机会发生什么时，《弗吉尼亚向导报》的编辑再次把我派往丹吉尔岛。这次是因为他们认为，如果千禧年危机真的带来了经济危机和社会动荡，丹吉尔岛和它古旧的、日复一日的生活方式反而会不受影响、慢吞吞地继续下去。毕竟，岛上没有汽车也过得很好；拨号网络网速很慢，而且故障不断；1966 年才安装了第一部家庭电话，直到 1977 年才有了稳定供电；而且为了以防万一，几乎家家户户手头都有煤油灯和一部甚高频（VHF）收发广播设备。我的编辑认为，这个城镇在那年新年伊始将会是全美最安全的地方。

即便在世界范围内，我在岛上度过的那个新千年庆祝活动也算得上数一数二的安静了。与此同时，我与许多岛民进行了交谈。我们的谈话始终围绕着一个线索，一个比技术崩溃重要且更加贴近自然的话题：他们告诉我，在过去的两百多年里为丹吉尔岛提供生计的海水，已经变成真正威胁丹吉尔岛未来的因素。不久之后，在 2000 年 3 月，我与一位摄影师回到岛上，并在接下来的六个星期内收集了这片土地被蚕食的证据。

"侵蚀"，这就是当时所有人对这一过程的称呼。科学家们讨论全球变暖已经超过 100 年了，"全球变暖"这个术语最晚在 1975 年就被提出[7]，但在 2000 年，无论是这个现象还是这个术语本身都没有在公众意识中引起什么关注，特别是在丹吉尔岛人中，因为那时他们对海湾水面在上升或脚下地面在下沉的情况一点概念也没有。但他们确确实实知道，自己的家园在被淹没。他们推举出的能代表自己观点的人是詹姆斯·怀亚特·埃斯克里奇（James Wyatt Eskridge），也被称呼为——**一直被称呼为**——乌克。

这件事发生在他成为镇长的 8 年前。即便他有点履历，看上去也不像是个发言人。夏季，乌克每天都会去捕蟹，目标是那些换壳蟹。去年秋天，他在捕捉意大利圣诞节市场所需的鳗鱼，冬天则在挖螃蟹和牡蛎——也就是说，他在渔船上待了很长时间，而且大部分时候都是独自一人。即便如此，他还是逐渐成为代表这个社区的公众人物。那时，他是一个精壮瘦高的男子汉，有一双冰蓝色的眼睛，带着一种粗犷的帅气，言辞流畅且十分健谈——现在依然如此。摄像头钟爱他，而且不像许多丹吉尔岛人那样，他看上去并不介意镜头。

乌克开着他的小艇，带我环绕东岬角。在那里，海湾已经偷偷掏空了火炬松[1]林下面的土地，剩下的松树一棵接一棵地倒伏进海浪里，就在 2000 年的那个春天。我们乘船抵达守护丹吉尔岛南端的沙地海岬。他停船靠岸，我们在沼泽禾草和颤动的黑莓丛中跋涉，来到海滩的最南端。他站在那里指给我看他十几岁时玩耍的地方，而那些地方已经变成了海岸 100 码开外的水泽。

那时乌克 41 岁。事情发展得很快。

岬角向南延伸大约 1 英里后向东拐了个弯，又折叠回来，形成了一个"尾巴"，让丹吉尔岛看上去很像只海马。但乌克告诉我，从他青年时起，这条沙质的"尾巴"就在萎缩，而且更向东偏了。转弯处，在 20 世纪 70 年代曾经有一座大房子，而在更早之前，则至少有三座鱼粉加工厂——看上去不可思议，但确实是工厂——人们在那里把一种叫作鲱鱼的油性小鱼加工成肥料。房

---

[1]　英文原文"loblolly pine"，中文称"火炬松"，又译为"厚皮刺果松"，学名为 *Pinus taeda L.*。原产地为北美东南部。我国庐山、南京、马鞍山、富阳、安吉、闽侯、武汉、长沙、广州、桂林、南宁、柳州、梧州等地也进行了引种栽培。

子只剩下水井部分，就是在海涛中伸出来的那截生锈管道。而加工厂的唯一遗存，则是一块不断被海浪冲刷的混凝土板。

2000 年那次项目临近尾声时，我带了一艘海上皮划艇到岛上。[8] 一天早上，我沿着上方岛划船，把船停在了迦南。城镇旧址依旧在相对内陆的位置，而且距海平面也有相当高度，上面杂乱丛生着高高的松树。丹吉尔岛本岛就在南面 1 英里处，哪怕从那里也能清楚地看到这些树木。那儿还有辆单宽房车[1]，是卡罗尔的叔叔 20 世纪 70 年代运营狩猎小屋时的遗留物，距海边大概 150 英尺。

16 年后，房车底盘仅剩的锈迹斑斑的部分已经沉入湾底，松树也早已消失不见。[9] 丹吉尔岛北端的地形发生了天翻地覆的改变：我重回到岛上后不久，与卡罗尔·穆尔见面的时候，她给我看了 4 个月前拍摄的迦南的照片，那上面沙滩边缘的黑色泥煤一条条地探进水中，就像从口袋中伸出的手指一样。"照片上的一切都消失了"，她告诉我，"在上方岛，这种变化周复一周地发生。在过去的几年内，我知道我见证了——是的，这听上去很疯狂——但我知道我见证了，在大约 3 年的时间内，海湾向内吞噬了差不多 100 英尺的土地"。

"曾经，如果你从北边的海岸走下去，还要经过很长一段沙地

---

[1]　房车的一种，详情见后文。

才会到水边。现在呢，你走下海岸，就直接踏进海湾了"，她说，"都消失了"。

同样地，乌克管理的岛屿也比几个月前小了一些，更不用说跟我上一次登岛时相比了。[10] 所有人都认同——按照丹吉尔岛人的说法——这个地方"正在匆匆忙忙地离开此地"。但是，岛民们并不怎么相信科学家给出的土地消失的原因。他们会告诉你，切萨皮克湾早就开始蚕食土地了，比气候变化第一次被人谈起要早上几十年。为什么呢，去看看霍兰岛吧。它并不是因为上升的海平面而消失的；海浪就只是在撕扯大部分岛民们聚集生活的那部分海岸，直到他们不得不离开。与丹吉尔岛一样，霍兰岛也几乎没什么比较高的地方，或者说"高地"。这意味着，被迫搬家的难民们无法从岛上的这一部分搬到另一部分去，因为别的地方也不合适。所以他们只得弃岛而登上大陆，从而导致霍兰岛人口锐减，经济崩坏，并引发了产业整体的断崖式崩溃。到 1916 年，霍兰岛人口降至 169 人；四年后，岛上空无一人。

镇长本人也持怀疑态度。[11] "我们最担心的是土壤侵蚀"，捕蟹的时候乌克告诉我们，"海平面上升可能正在发生，但比起土壤侵蚀还是小意思"。

"我不确定是不是人类活动导致了这个局面"，他说，"我关心的是，人类活动在多大程度上导致了目前的情况。我觉得人的影响不会很大"。在他看来，丹吉尔岛的困境是自然循环的结果，更像是上帝的安排，而不是区区人类所能影响的——而且可能是即将到来的末日审判的预兆；"我们从很早的时候起就被教导，要按照《圣经》中描述的，寻找后世时代的迹象"。

说这话的时候，他正站在操纵台前驾驶渔船，双眼坚定地盯着不远处。"《圣经》上说，要注意的迹象之一就是知识和人员来往大幅增加——看看现在它们增加了多少"。他转过来盯着我。"另一件是"，他说，"从前的坏事会被人认为是好事，而从前的好事会被认为是坏的"。他抬起了眉毛。

卡罗尔也持有同样的疑虑。[12]"当冰川融化，海平面可能会上升，但丹吉尔岛不会因此消失"，她这样说。我们坐在她的咖啡桌前，而这张桌子也同时用来展示她从迦南找到的瓶子、陶烟斗和箭头。"土壤侵蚀才会带来丹吉尔岛的终结"。

但卡罗尔与乌克的不同在于，她认为这是政治层面的事情，而非《圣经》中说的那样。"如果政府官员坚持认为是海平面上升造成丹吉尔岛逐渐消失，那又能对海平面上升做什么呢？"她问道。"做不了。什么都做不了。而如果他们就是这么看待这个问题的，那他们就不会在停止海平面上升这方面花任何钱"。

"再来一场强风暴，我们就会变得像霍兰岛一样了"，她说。"如果我们得不到帮助，我们就会成为历史。到此为止了"。

还有件事或许同样令人气馁——镇长的选民数甚至比他管理的岛屿缩减得更快。从 2000 年到现在，岛上人口从 604 人减至

481 人,也就是说 16 年内减少了五分之一。同时发生的还有人口老龄化:现在,年轻的岛民们高中毕业后更愿意去大陆奋斗,留在岛上的育龄夫妻很少,至少以丹吉尔岛过去的生育水平来看是相当少的。岛上那所校舍为全岛的孩子们提供教育,从幼儿园到十二年级,这也是弗吉尼亚州剩下的唯一一所综合学校;2000年,学校里有 100 名学生,但到了 2016 年,入学人数减少了三分之一;而到 2020 年可能会降低到 53 人。顺便说一句,2020 届的班级已经确定了上台致辞的优秀毕业生和毕业舞会国王[1]——马修·帕克斯,他是这个班唯一的一个学生。[13]

说实话,除了极少数之外,几乎所有科学家都确信,是人类活动对环境的作用引发了威胁丹吉尔岛和美国 8800 英里海岸线上其他被海洋围困地区的种种因素。人类对环境变化的影响只存在于理论中的年代早已经过去了。

实际上,2016 年 2 月刊登在《美国科学院院刊》(*Proceedings of the National Academy of Sciences*)上的一份报告[14]指出,20 世纪海平面陡然跃升,"极有可能比过去 2700 年内的任何一个世纪上升得都快"——就是说从公元前 8 世纪开始计算。报告的作者是

---

[1] 原文为"prom king",是一个无实质的称呼。"prom"指的是美国高中的毕业舞会,在舞会前夕,由全年级学生投票选出毕业舞会的"国王"和"皇后",可以理解为"最受欢迎的男生"和"最受欢迎的女生",虽然只是名誉称呼,但也反映了当选同学在同辈中的声望(以及相貌上的优势),所以有部分毕业生非常乐于追逐这一称号。

来自新加坡、德国、英国和美国的科学家，他们援引其他研究称，如果没有人类造成的全球变暖，在 20 世纪，海平面反而可能会下降；但实际上正相反，全球海平面上升了半英尺。

我 2000 年那次丹吉尔岛之旅后的数年内，气候变化逐渐成为全球公认的危机，我也时不时地担心岛民们现在如何了。特别是在诺福克海边附近居住的那 6 年中——就在丹吉尔岛以南 65 英里，我目睹了连续不断的东北风一次次卷起一波高似一波的洪水冲击我所在的街区。如果城市里情况都这么糟糕，我简直无法想象岛上的境况会有多糟糕。最终，在 2015 年深秋，我决定再去岛上拜访，亲眼看一看。

在我启程前，《科学研究》（*Scientific Reports*）期刊刊布了一份由三位来自美国陆军工程兵团[1]的研究者撰写的研究文章，题为《气候变化及其发展与美国切萨皮克湾丹吉尔岛的命运》。[15] 文中比对了早至 1850 年的地图，用地图标明丹吉尔岛土地流失的情况；又利用分析软件，推断了丹吉尔岛未来 25 年、50 年和 100 年内的变化。

前景并不乐观。文章称，与 1850 年相比，现在的丹吉尔岛已经缩小了三分之二，其面积从 2163 英亩减少到 789 英亩。算下

---

[1]　United States Army Corps of Engineers，USACE，又译为美国陆军工兵队、美国陆军工程师兵团等，隶属于美国联邦政府和美国军队，是美国主要水利机构之一，属陆军部管辖，是世界最大的公共工程、设计和建筑管理机构。

来，平均每年流失的土地有 8.34 英亩之多；而这个数据中还没有包括由高地变为沼泽滩涂的部分，仅仅是岛屿——无论是滩涂还是干燥地面——变成**海湾**的面积。看上去，丹吉尔岛几乎没什么可以失去的了。

但文章称，丹吉尔岛仍会进一步缩小。上方岛占丹吉尔岛现存面积的大约三分之一，未来它将会消失，使丹吉尔镇的北侧直面冬季的暴风雨。镇子南边的滩涂会进一步收缩，一并失去的还有抵挡夏季风暴的所有屏障。与此同时，镇子本身也会逐渐下沉，岛上建筑最终会分散到三个小屿上去。不久之后，所谓的"脊岭"也会变成沼泽滩涂。

文章作者认为，基于他们的预测，丹吉尔岛会在 50 年内变得无法住人。而文章承认，这还是乐观预测，因为作者在他们建立起的海平面上升情况的最好—中等—最坏三个预测模型中，选用了中等模型进行预测，现在看来这个模型也相当保守："最近一项研究指出，海平面上升速度可能变得更快，因为人类并没能采取有效措施减少碳排放。"在最坏的场景里，整个丹吉尔岛，包括岛上的三道脊岭，都会在 2060 年前完全沉入水下。如果这个预测准确的话，小镇剩下的时间明显减少，连 50 年的时间都没有。那具体还有多长时间？25 年？20 年？还是 15 年？文章中并没有给出答案。

作者称，通过在上方岛东西两岸构筑石头防浪堤和沙丘，以及从海湾底部挖掘大量沙子铺摊到以前的高地上并种上松树，可以减缓岛上土地流失。根据他们的计算，这项工程的成本在 2000万—3000 万美元；平摊到岛上的每个男人、女人和孩子头上，就是每人 4.1 万—6.2 万美元。文章结尾勾勒出的是一个惨淡的前景："丹吉尔岛和丹吉尔镇已经快没有时间了。如果再不采取措施，丹吉尔岛的居民可能成为美国本土第一批气候变化难民"。

《科学研究》的这篇文章于 2015 年 12 月在网上发布，不久我就读到了。我的第一反应是，丹吉尔岛剩下的时间与 50 年相去甚远，甚至 25 年都很奢侈。海湾对岛屿的影响一直很大，而使这个自然环境困局雪上加霜的是城镇的人口问题。即便丹吉尔岛能在，比如说 20 年内免于被淹没的命运，岛上可能也剩不下什么人来庆祝这件事了。

我与一位岛民谈好，租住她家房子的二层，这栋房屋在丹吉尔岛最西边的脊岭上；并且推掉我在大陆上的工作安排，这样就可以在丹吉尔岛上度过为时 6 个月的换壳蟹捕捞季甚至更长的时间，与岛上的渔民一起乘船出海，深入体察当地悠久而奇特的传统，并理解岛屿消失后我们会损失什么，以及探索当地人对未来有什么样的共同焦虑。

从弗吉尼亚州蓝岭山脉（Blue Ridge Mountains）的住处出发，我驾车行驶了 300 英里，一路穿过弗吉尼亚州起伏的山麓，经过里士满（Richmond）的瀑布线，沿着平整宽阔的海岸平原到达以诺福克和弗吉尼亚比奇为中心的大都市区。再从那里开上近 18 英里长的切萨皮克湾大桥[1]，沿桥面开入海下，穿进海湾宽阔的海口，右侧是无边无际的大西洋，海湾被风搅动，水面起伏翻卷，左侧的景象甚至还要再令人望而生畏一点。我沿着东海岸一路向北，在路途中见到被入侵的咸水淹死的树丛，树皮剥脱、树干被漂成怪异的银色；还有兜售海湾沿岸房地产的广告牌，写着"高地河岸，无滩涂，有沙滩"。我从售卖烟花和新鲜螃蟹的小摊边经过，从兜售蟹饼和蒸螃蟹的餐馆边经过，从出售螃蟹摆件纪念品的礼品店经过。进入马里兰州几英里后，我开上一条曲里拐弯的双车道公路，在广阔的大豆田和长长的矮檐鸡舍间来回穿梭 20 英里，终于来到了克里斯菲尔德。我把车停好，走过两个街区，登上了前往丹吉尔岛的邮船。

我一下邮船，便向岛屿南端出发，走向 2000 年时乌克带我去看的那条几英里长的沙质的螺旋形"尾部"。它从 17 世纪起就被水手当作地标，也是自人们第一次绘制切萨皮克湾地图时起就存在的丹吉尔岛独特标志。

步行大约 1 英里后，沙滩戛然而止。我越过沙滩与水的交界线，走到齐膝的水中，百思不得其解：尾勾部分去哪儿了？岬角

---

[1]　Chesapeake Bay Bridge-Tunnel，缩写为 CBBT，一译为切萨皮克湾隧桥，是一座横穿切萨皮克湾湾口的桥隧工程。其海上桥梁部分与海底隧道部分直接连通，因此作者可以直接"沿桥面开入海下"。

应该在这里左转，再折叠弯回。向东望去，应当能越过一小湾浅浅的、被围起来的海水，看到岛屿尾部的末端。

但我没能看到。沙滩到此为止。丹吉尔岛的尾部已经被冲刷走了。

一阵凛冽的西风卷起大浪，狠狠地撞在岛屿的断尾上。

二

比起弗吉尼亚州的陆上邻居，丹吉尔岛与遥远的阿巴拉契亚地区（Appalachia）的山谷小镇更为相似，这种境况一直持续到20世纪中期。家族庞大，收入贫乏，条件简朴：岛民们洗漱和烹饪用的水，还要用桶从社区中为数不多的井中打出来；有些岛民到20世纪60年代晚期还在使用屋外茅厕和便盆；餐桌上的食物多半是由家庭中的某个成员捕捉或射杀来的；去东岸地区还是特殊活动，而因为岛上很晚才有收音机和电视，席卷全国的流行趋势悄无声息地就过去了；汽车改变美国城市几十年之后，丹吉尔岛上才有了第一辆车。

最近这些年，虽然在许多方面已经现代化了，但这座岛屿看上去依旧缺少许多现代社会生活必需的东西。邮船开到半路，手机信号就彻底没了。自来水管中的水不能直接饮用。没有普通医生也没有牙医住在岛上，离得最近的急救室要坐半小时直升机才能到——还得是天气足够适宜飞行的时候。岛上只有一台自动取款机，而一年中足足有8个月，访客也没法用这台机子吐出的现金买到多少东西：要么在唯一一间全年营业的餐馆里吃顿饭，要么在唯一一所旅馆里开个房间，或者从唯一一间小百货店里买点薯条和一瓶苏打水。

　　机动车的数量少得可怜，一张清单就能列清：一辆救护车，一辆消防车，一辆微型警车，几辆运货用的小卡车，三四辆风尘仆仆的箱式小货车，两三辆饱经风霜的旅行车，一辆吉普，一辆迷你库柏，以及一辆斯马特。¹几乎所有人都以自行车、小轮摩托、全地形车或高尔夫车为出行工具，这也意味着没必要设立红绿灯——连那寥寥几个停止标志也不太有人注意。岛上只有一位警察，且几乎不会开罚单。

　　去东岸地区是件平常事，但需要再三考虑：前往克里斯菲尔德的邮船每天早上 8 点出发，下午 4 点还有一趟小一点的船，二者的单程船票均需 20 美元，要去大陆上看场电影或者去商场购物，哪怕还没启程，就足够麻烦也足够费钱了。所有种种都解释了为什么丹吉尔岛给人的第一印象，包括许多文字记载，都更专注于它所缺乏的东西，而不是它得天独厚的那个条件——地理优势，这也是它独一无二的特点。即便有再多的劣势，它也是世界最佳的蓝蟹[1]捕获地。

　　虽然从未听说过这个小岛，但品尝过岛上捕获的螃蟹的人却可以百万计。蓝蟹称得上是最能代表马里兰州和弗吉尼亚州东部滨海地区的食物了。人们一打一打地买回这种螃蟹，上锅蒸，再

---

[1]　英文为"blue crab"，学名为 *Callinectes sapidus*，汉语学名为美味优游蟹，本书统一称为"蓝蟹"。

以欧贝调料[1]调味，就成了数代人都喜爱的后院蟹宴上的重磅大餐。蓝蟹柔软而带甜味的蟹肉催生了这一地区颇负盛名的蟹饼，并引起世界各地的效仿。蓝蟹最美味的时候也是它本身最脆弱的时候——刚刚蜕去旧壳、新壳尚且柔软，蟹腿等处也绵软。将软壳蟹用油炸过或煎过后，端上桌作为主菜或做三明治（以白面包做底，不用任何配菜，佐以一点鸡尾酒或塔塔酱），其多汁而美味的蟹肉和令人愉悦的质地——蟹肉绵密，表层的软壳发出松脆的咔嚓声，有些像顶好的热狗——与它公认的颇有挑战性的外表大相径庭。在美国东岸地区，出现在你餐盘上的软壳蟹有相当一部分就是由丹吉尔岛上那一小撮热忱单纯的渔民兄弟们捕捞上来的。

瞧，5月下旬的一天早上，乌克·埃斯克里奇又出海去收获自己蟹笼里的螃蟹了。2 对于捕捞换壳蟹的渔民们来说，捕蟹季开始于5月份满月那天，今年[2]就在5月21日。然而3天后，一波冷锋在海湾上空徘徊，春天已如此之深，切萨皮克湾中海水却依旧冰凉；要蜕壳的螃蟹还在更深、更温暖的海域里恣意游荡，离蟹笼远远的。但很快它们就会出现的。这里每一个渔民都知道，它们一定会出现的：蓝蟹是一种迁徙动物，然而它们的行程早已被自然之力安排好，准确得像上了发条的钟，迁徙本能一定会把

---

[1]　英文为"Old Bay"，是一种混合风味调味粉的名字，大约可以类比为我国"十三香"一类的调料。
[2]　指2016年。

蜕壳的螃蟹带到丹吉尔岛。

　　乌克拉上来一个蟹笼，里面蜷缩着几只抱卵蟹。当它们被倒进分拣盘上时，其中一只摆出了攻击架势，举起尖端为红色的前螯挥舞起来，好像在挑战他敢不敢上前。她确实有理由生气，因为她在完成一项重要任务时受到了阻碍：她本应顺着出海的潮水来到海湾口较咸的水域，生产下一代蓝蟹。她抵达产卵地时，腹部橘红色的海绵状蟹卵差不多应当转成黑色了，标志着她所怀的百万颗蟹卵已经成熟。她生出的幼蟹们将会在深到发黑的潮水中孵化，有着大大的眼睛和虾一样的身体，每一只身长连 0.01 英寸都没有。这些螃蟹的幼体会随着潮水一同漂入大西洋，成为海洋近水面浮游生物群的一部分，大部分就成了大一些生物的腹中餐。不过幸存下来的幼蟹会以体型更小的生物为食，并逐渐长大——也就意味着它们要蜕壳，因为螃蟹与昆虫一样，必须脱去坚硬的外骨骼身体才能长大。经过几次蜕壳，它们会随着潮水经过弗吉尼亚海角[1]返回切萨皮克湾，向丹吉尔岛游来。要经过八九次蜕壳，它们才能长成人们熟悉的蓝蟹的模样。[3]

　　从船上，我能看到丹吉尔岛水塔上绘制的蓝蟹剪影的样子：头胸甲或曰螃蟹的背壳形状有点像足球，前缘分布着短短的、参差不齐的小刺，左右两端则是长而尖的顶角；有五对足，中间三

---

[1]　弗吉尼亚海角（Virginia Capes）是查尔斯岬（Cape Charles）和亨利岬（Cape Henry）的并称，这两个海岬是切萨皮克湾入口的标志。

对用于行走，最后一对扁平如桨，用来游泳，最前一对粗壮发达，顶端长着有力的螯。出于某些原因，丹吉尔岛水塔与另一个俯视克里斯菲尔德的水塔一样，都画了一只熟了的螃蟹。在自然状态下，蓝蟹身上一点橘红色也不会有。它们背壳为深橄榄绿色，腹部呈奶白色或浅灰色，蟹钳上的色斑因性别而异——公蟹是鲜亮的宝石蓝色，而母蟹的蟹钳尖端则是亮红色。

被这钳子夹一下可真是够受的。"它们的蟹钳可以伸得很远"，乌克告诉我，"而且无论在水中还是陆上，蓝蟹的动作都很精准。它们视力很好"。他与那只摆出进攻姿态的母蟹周旋，戴着手套的一只手在其眼前佯攻，另一只手则趁机从母蟹背后抓住它，丢进蟹篓里。怀孕的母蟹会变得十分具有侵略性。"它们可真是好斗的女人"，乌克说，"涂着鲜亮的指甲油，但出招相当有力"。

他又提了一个蟹笼上船，里面趴着几只大蟹子，还有一条被钳得破破烂烂的砂鲻鱼。他咕哝了一句，给我看那条面目全非的鱼："它可是进错了笼子。"

等到蓝蟹长出螃蟹模样的时候，已经有幼体的 10 倍大小，但依旧很小，只有 0.1 英寸宽。但是它们长得很快。在迁徙的过程中，它们要再蜕 18—20 次壳，每次蜕完壳都比原来长大 1/3。但这个过程危险重重：在蜕壳前，旧壳下面会长出一层新壳，然后旧壳从后部破裂，螃蟹从旧壳中后退而出，但此时新壳像皮肤一样柔软弹滑，几个小时后才开始变硬，最多要花上 4 天才能完全硬化。在这段时间内，年轻的螃蟹毫无抵抗能力，会成为海龟以及条纹鲈鱼、石首鱼[1]、鳗鲕、鳊鱼、军曹鱼、美国红鱼[2]等多种鱼类唾手可得的美餐。"我曾经把一条岩鱼[3]开膛破肚"，乌克用当地土名称呼条纹鲈鱼，"它肚子里有 26 还是 27 只小螃蟹"。对其他螃蟹来说，命运同样无情。有证据证明，这些无情的肉食者们真的会吃掉**很多很多**螃蟹。

我们乘船继续向前。乌克拉起下一个蟹笼的时候，我惊讶地发现，居然能清楚地看到蟹笼被从水底拉起来。今天风平浪静，水面如镜，格外清澈，我能看到水面下 6 英尺的海湾底部分布着暗色的斑块。那是海鳗草[4]在丹吉尔岛东岸的海面下长成的大片水下草场。这类水下植被对螃蟹而言至关重要，它们在此猎食、交配，最重要的是躲藏，因为它们就在此处潜藏起来，安全地等待外壳变硬并再次出发。

蓝蟹在切萨皮克湾的旅程停止于深秋。到了秋天，它们在海湾底的泥沙中打洞休眠，避过即将到来的寒冬。在休眠过程中，

---

[1]　"石首鱼"是石首鱼科鱼类的总称，这里很可能指细须石首鱼，俗称亚特兰大石首鱼（Atlantic croaker），拉丁学名为 *Micropogonias undulatus*。

[2]　拉丁学名为 *Sciaenops ocellatus*，亦称眼斑拟石首鱼、红拟石首鱼、红鼓鱼、黑斑红鲈、斑点尾鲈等。

[3]　原文为"rock fish"，并非某种鱼类的名称，而是栖息在海边岩石附近的鱼类的总称。

[4]　英文为"marine eelgrass"，即大叶藻属所有藻类的统称，英文中亦称为"seagrass"或者"eelgrass"，本书一律译为"海鳗草"。

它们既不进食也不蜕壳，无知无觉、不移不动，直至下一个春天到来，它们再次投身旅途，向切萨皮克湾中部和北部含盐量较低的水域迁徙。在那里，它们达到性成熟并成对交配。接下来，偏好较低含盐量水域的公蟹停留在原地并继续蜕壳；而母蟹则在周边游荡，积攒力量，在此后迁徙到切萨皮克湾南部产卵，并再次在那里休眠越冬。几个月后，它们从泥沙中苏醒，用从交配时起保存至今的精子使卵子受精，并在腹部形成亮橙色的卵块。

这样一来一回，丹吉尔岛的渔民们一年有两次捕捞蓝蟹的机会。蓝蟹从南向北迁徙时，可以捕捉新成熟的螃蟹以及换壳蟹；从北向南迁徙时，则可以捕捉抱卵蟹。公蟹和"干净的"母蟹——即还没有受精卵块的母蟹——整个夏天都在切萨皮克湾活动。

乌克和他的亲族捕捉的只是每年途经丹吉尔岛的数以亿计的螃蟹中的一小部分。但即便如此，他们的收获也相当可观。一个持最高级许可证的、勤奋的捕蟹人可以放下 425 个蟹笼，每日的合法螃蟹捕捞量达到 47 蒲式耳，每周捕 6 天。每蒲式耳重量的螃蟹约合六七十只上品公蟹，或者七八十只次上品公蟹。假设 1 蒲式耳螃蟹有 6 打[1]，那么一个捕蟹人平均每天可以捕捞 3384 只螃蟹；这样算下来，在一个标准的捕蟹季——从 3 月中旬到 11 月，理论上，一个捕满捕捞限额的渔民可以捕获 66 万只螃蟹。[4]

---

[1]　1 打为 12 只，6 打即 72 只。

笼捕换壳蟹的捕蟹人收获就少得多了，因为他们的捕捞季更短，能下的蟹笼最多不超过 210 个，而且其中只有一部分笼子能捉到即将蜕壳的螃蟹；一天能捕到 1—2 蒲式耳换壳蟹就可谓上上大吉了。但他们也能收获"副产品"——硬壳蟹，夏季"副产品"的捕获量也会增加。今天一天，乌克已经捕获了 4 蒲式耳怀孕母蟹、2 蒲式耳上品公蟹、半蒲式耳未受精母蟹和半蒲式耳次上品公蟹。对于每只螃蟹而言，被捕捞到船上的概率都是百万分之一。每只母蟹的卵块中平均有 200 万颗蟹卵，但最终只有一两枚能长成成熟的螃蟹。海湾水面下朦胧阴暗的世界中密密麻麻生活着无数小生命，这些小生物都想捕捉彼此为食。

在这场生命的戏剧中，人们很容易忽视水下草场在食物链中代表的重要环节。当丹吉尔岛旁的海底草床茂盛广大之时，岛屿在捕捞蓝蟹上获得了无与伦比的优势；但如果失去了水下草场，那么一同失去的不仅是螃蟹，还有无数它们赖以为食的小生物。丹吉尔岛本身就是维护水下草场健康的关键元素，背风海岸挡住了搅动湾底的风浪，为海草繁茂生长提供了优良环境。

乌克敏锐地意识到了这种相互依赖。[5]"我不是科学家，也没受过高等教育，但要弄明白这点事儿并不需要一个火箭科学家出马"，他曾经这样告诉我，"如果我们放任这块土地被侵蚀，我们失去的不只是土地，还有滩涂和近岸浅滩处的海草。螃蟹需要那些海草。我们还会失去鸭子、岸禽、青鹭、白鹭。没有了栖息地，什么都没了"。

"我放出这种话，是因为有些人对救人不感兴趣，但对救助野生动物有兴趣"，他说着，像许多丹吉尔岛人讨论他们的岛屿面临的自然困境时一样，音调越嚷越高，"政府有钱。这也是让人沮丧的事情之一。他们有钱，却浪费了很多。很多钱都花在海外那些一点都不关心美国的人身上了"。

这位镇长知道，以任何传统标准来衡量，丹吉尔岛恐怕都算不上美国境内受海平面上升威胁的地区中最重要的那一类。从数据上说，相比那些动辄有数百万人口和房产受威胁的沿海大城市，比如可能在 21 世纪末沉入水下的纽约，或者不大量投入资金就一定会变成水下坟墓的新奥尔良，抑或下水道倒灌已经人尽皆知、海水在巨大的潮涌中涌入街道的迈阿密及周边都市圈，丹吉尔岛毫无惹眼之处。波士顿、诺福克、杰克逊维尔、圣迭戈、洛杉矶都将经历痛苦而深远的改变，更不用说许多其他的城市和城镇了。

但小小的丹吉尔岛有一个方面是重要的。就像《科学研究》上那篇文章得出的结论那样，它可能是第一个消失的地方。这一经历——以及它迫使这个国家去面对的棘手问题——将会告诉我们其他人，无论在海岸边还是离海岸很近的人，未来几十年内将会发生什么。是什么决定一个社区值不值得被拯救？如果大小是最重要的，那么临界点是什么，最低人口数量达到多少，才有拯救的价值？简单来说，对我们而言，什么才是重要的？

再想想切萨皮克湾蓝蟹吧：没有丹吉尔岛，大城市中的餐厅只有很少量的软壳蟹可供应，还有更多的地方只能用进口蟹肉替代蟹饼中真正的蓝蟹肉。"我们在这里，**就在美国境内**，离华盛顿特区只有几英里"，乌克说，"我们需要保护"。6

绕过尖尖儿，一只鱼鹰朝船的方向飞出来，在我们头上几英尺的地方盘旋。乌克从仪表盘旁的诱饵箱里拽出半条油鲱，抛到半空中。鱼鹰看着那半条鱼"啪叽"一声落入水中，把翅膀一收，像一颗导弹一样跟着鱼扎入水里。乌克暂缓收起下一个蟹笼，看着它用爪子抓着鱼浮出水面、飞回巢中，抖干净身上的水。"那是克兰费尔特"，他告诉我。他给每只在丹吉尔岛筑巢的鱼鹰都取了名字，而且能从 50 码开外就认出哪只是哪只。一并起名的还有几只海鸥。这些水鸟也认识乌克和他的渔船，在大多数早晨，都会飞出来享用免费的一餐。先是克兰费尔特，它在尖尖儿东侧筑巢，它的名字来自这座小屿曾经的一位拥有者；接下来是"发报员"，叫这个名字是因为它背上有个小小的信号发射器，用来追踪它冬天飞去巴西的路径；接着是在岛屿东南海岸筑巢的"小鱼儿"（Fishy）和在海岬剩余部分活动的"老伙计"（Old-Timer）。它们会盘旋个一分钟左右，然后乌克会吹出模仿它们叫声的口哨哄它们靠近。海鸥在鱼鹰们身旁盘旋，形成一个紧密的圈子，期待着从这些猛禽嘴里夺食。现在，克兰费尔特已经在天空中慢慢缩小成一个黑点，鸥群依旧吵闹不休地围绕着船尾。乌克慢慢开着船向前行驶。

他的习惯与普通丹吉尔岛渔民不同；他们基本不怎么关心周围的野生动物，除非是把它们作为收获拉上甲板。利昂·麦克曼就是这普通渔民中的一员。他今年85岁，在我们西边100码的水域工作，是乌克的岳父。利昂每天早上出海只为了捕蟹；他会告诉你，他才没工夫去欣赏海湾的美景、光线的质感或者一只滑翔中的鱼鹰有多么优雅。无论海上风平浪静还是波涛汹涌，无论大风、起雾或是骄阳似火，他对一天的评价总以而且仅以他捕获的换壳蟹的数量为准。"他身体很结实，非常的强壮"。在我们盯着那位老人看的时候，乌克这样说道。老人身着丹吉尔岛捕鱼人的标准装束——鸭舌帽、油布雨衣、高腰橡胶靴，正站在船尾的分拣盘旁。"在水上讨生活没有退休一说，所以祈祷你身体健康、一直工作下去吧，直到生命结束的那天"。

或许乌克的妻子艾琳正是从利昂那里继承了对乌克与水鸟间关系的看法。乌克觉得"这是出海带来的最棒的体验之一"，但她明显对此心存疑惑。他告诉我："我老婆说我在喂鸟上花了太多时间了。如果我回家晚了，她就会说，'你又去喂那些鸟啦？'"而乌克的儿子，38岁的詹姆斯——别人也叫他"啄木鸟"——或许就是承继了利昂和艾琳的脾气，才采用现在自己独有的捕蟹方式。他每天要捞的蟹笼太多了，多到要在船上雇两个岛民一同出海。詹姆斯驾驶的"丽贝卡·琼"二号正轰鸣而过。这是一艘为海上工作而建的高边大船，詹姆斯冬天驾这艘船出海。乌克渔船的甲板要比自己儿子的矮整整 2 英尺。红头发的"啄木鸟"把船停在我们旁边俯视着我们。乌克问他："收成怎么样?""啄木鸟"摇了摇头："除了抱卵蟹，什么都没有。"他把身子弯过船舷，在乌克手里放了两只换壳蟹——因为他捕的是硬壳蟹，这种螃蟹他用不上——然后挥了挥手，发动"丽贝卡·琼"二号走了。乌克看着他离开。"我不知道我是不是曾经有过跟他一样的雄心壮志"，他低声嘟囔，"我过去比现在要有闯劲，但他对这个是真上心啊。他**相当擅长捕蟹**"。

我们"突突突"地驶到下一个蟹笼处。乌克对鸟类的兴趣由来已久。他现在的这个绰号来自蹒跚学步时；彼时他试图模仿家里的一只宠物公鸡。他的父亲威尔·埃斯克里奇是第七代丹吉尔岛民，母亲米尔德丽德·"米什"·普鲁伊特则是岛上第一位定居者的第五代孙辈。[7] 威尔有 8 个孩子，乌克是其中最小的那个。1931 年，威尔 20 岁时，有了第一个孩子，即乌克的大哥艾拉；1958 年 7 月乌克出生的时候，威尔已经 47 岁了。他耸了耸肩说："我是个意外"。

乌克的另外两个哥哥威廉和沃伦是双胞胎；他 10 岁的时候，沃伦在越南战场上牺牲了。[8] 丹吉尔岛已经习惯于战争导致的人口减少了——按人口比例计算，在第二次世界大战期间，丹吉尔岛派出的年轻人比弗吉尼亚州其他任何地方都多，其中有 8 个人再也没能回到故乡。但沃伦是唯一一个死在东南亚的岛民，这让岛上所有人备受创伤，对埃斯克里奇家族来说，更是一个至今都仍在流血的伤口。时至今日，威廉家门前的草坪上一直立着一块铜牌，用以纪念他同胞兄弟的功绩。

除此之外，乌克的童年与丹吉尔岛上的其他人还是颇为相似的。他在泥泞的滩涂里玩耍；与岛上其他的孩子们一起在一艘搁浅于海岬沙滩的废弃油鲱捕鱼船上嬉闹，从桅杆上爬到索具上再摆荡到水里去。夏天，他会给父亲打下手，一开始是切削冰块，方便父亲威尔冷冻包装软壳蟹用以运输；长大一些之后就去父亲船上做船员帮工，就像威尔当年在自己父亲的船上一样。乌克曾经是岛上一支平凡的乐队"热冰"的主唱；卡罗尔的小叔子特雷西当时是乐队鼓手。有一点颇不平常：乌克继续念书了。20 世纪 70 年代，丹吉尔岛的大部分男孩会在 16 岁时辍学登船下海，能获得至少与大陆上蓝领工人持平的收入。他上四年级时，班上一共有 10 个男孩；1976 年他毕业时，就只剩下包括他在内的两个人了。

下一笼捞上来的除了几只螃蟹之外，还有一只斑点圆鲀[1]，

---

[1]　英文为"northern puffer"，指的是学名为 *Sphoeroides maculatus* 的斑点圆鲀，为辐鳍鱼纲鲀形目四齿鲀亚目四齿鲀科的其中一种，分布于西大西洋区从加拿大纽芬兰至美国佛罗里达海域及半咸水域。切萨皮克湾地区的人俗称其为"糖蟾蜍"（sugar toad），并将其作为佳肴食用。四齿鲀科（Tetraodontidae）的鱼类在国内均被称为"河豚"。

眼睛鼓凸，浑身是刺，身上小小的鱼鳍像是事后才匆忙安上去的。乌克举起它，把它翻过去，背部冲下，用指尖挠了挠它的肚皮。河豚立即鼓成了一个球。他问我："你之前看过河豚弹跳吗？"他将河豚抛到甲板上，球一样的河豚像个网球一样弹回他手里。"有一天我也是这样给一群游客展示"，他说，"然后有个女士对我说：'你怎么能这样对待这条鱼呢？这样对它不是太残忍了吗？'"

"我回答：'呃，一般来说我会把它的头切掉，从鱼皮上撕下鱼肉。相较而言，这对它来说根本算不上什么。'"他看着我轻声笑出来："可能我有点刻薄。"

乌克捞完最后几个蟹笼，我们回到了码头，把船停在一艘大大的、没有上彩绘的铝制作业船旁。这艘船归林迪海鲜公司所有。林迪海鲜公司是一家批发公司，一周除了周日，它的船每天从丹吉尔岛往南60英里的马里兰州伍尔福德（Woolford）出发来到这儿，把岛上捕获的所有硬壳蟹收购一空。乌克捕到的上品硬壳蟹1蒲式耳能卖100美元，因为现在时节尚早，硬壳蟹不多，价格是夏季最高的。未受精的母蟹和次上品硬壳蟹价格就要打个对折，而抱卵蟹每蒲式耳只值20美元。乌克说起抱卵蟹："蟹肉肥美饱满，但一蒲式耳螃蟹的数量相对较少，因为卵块占的体积太大了。"

总之，这趟出海的副渔获带给他280美元入账，捕到的半蒲式耳换壳蟹则要等到变成软壳蟹后，以"打"为单位出售。今天早上出海前，他卖了 2 箱一共 18 打软壳蟹给新富尔顿海鲜市场，一共卖得 460 美元。他把螃蟹放上邮船，现在它们应该已经在沿东海岸北上的卡车上了。"总而言之，今天是个丰收的日子"，他说。

但一天的劳作还远没有结束。乌克要先打扫渔船，把泥巴、黏液、海藻和海鳗草及螃蟹的碎屑清理掉，然后把船系到自己的蟹屋边，将换壳蟹倒入蟹屋后呈长列状的蜕壳箱里。螃蟹经过分类，每个蜕壳箱里的螃蟹会在相近的时间蜕壳。"新手"（green）或者"鼻涕"（snot）——就是还有一两天才蜕壳的螃蟹——蜷在内部水深 6 英寸的两个水箱里，水泵把港口的水泵进水箱。"排头蟹"——就是还有几小时就会蜕壳的螃蟹在另一个水箱里。正在蜕壳的螃蟹即破壳蟹又被单分进另一个水箱。

从现在开始到上床睡觉前，乌克必须每四个小时查看一遍所有水箱，因为在这段时间内，可能有"排头蟹"进入蜕壳进程变成破壳蟹，与它们在一起的螃蟹可能会攻击它们。更重要的是，破壳蟹蜕壳完毕后，如果还留在水里，新壳就会变硬。但破壳蟹如果被拉出水，螃蟹壳就不会再变硬，就可以被打包送去克里斯菲尔德或纽约了。

一般来说，乌克从蟹屋离开、把船开到他在丹吉尔岛滨海处租下的泊船点时，早已经是下午时分了。他从船里爬出来，登上主脊岭（Main Ridge）。丹吉尔岛上有三条低矮的高地，岛上的城镇就建于此三处，主脊岭是其中位置最中间也是最重要的那条。丹吉尔岛的商业活动、文化活动和大部分人口都聚集在这里，在一条 12 英尺宽、刚好容得下高尔夫车通行的道路两侧。

主脊岭从海岬起纵贯全岛，它始自整个丹吉尔岛最东北角的水边，在杂草丛生的、贫瘠的帕克斯小艇船坞，这儿也正是乘船到访小岛的人们登岸的地方。游客们要步行走过一条曲曲折折的狭窄小路，引着他们从码头斜坡来到主路上，小路沿途是一系列给镇上餐馆招徕顾客的手绘标牌，有些粗糙得可以称得上是民间艺术。

小路尽头就是沥青铺的主脊路了。主脊路向南延伸，一路上经过几间摇摇欲坠的蟹屋，几栋房子，一所齐整的、藤蔓环绕的循道宗牧师寓所，来到被认为是市中心的地方。这里有两家餐馆（其中一家仅在旅游季的 4 个月开放）和戴利父子百货店（Daley & Son）；几间只在夏天开门的礼品店；一家兼做汽车租赁的露天餐馆，也同样从 5 月下旬开到 10 月上旬；还有发电站和邮局；以及在一座朴素但庄严、顶端是四面尖塔形的钟楼下，矗立着的斯温纪念教堂，南、东、西三面为山形墙，嵌着巨大的拱形彩绘玻璃。主脊路两侧时不时分出狭窄的小径，通往运输燃料、饵料及邮船和夏季客船靠岸的各港口，以及那些在临街房屋后面挤挤挨挨分布的房子。小路尽头要么是水要么是滩涂，没有一条路稍微长上那么一些。

时间过去太久，没人记得，也没有人说得出，为什么主脊岭最北边这400码的区域被叫作"肉汤"（Meat Soup）区。刚过教堂，主路就绕了一个S形的弯，接下来830码道路两旁分布的大多是房子。新约教堂（New Testament Church）位于这部分道路差不多中段的位置，是一所简朴的教堂，其所有者是一群第二次世界大战结束后很快从循道宗会众中分离出来的教众，目前来这儿的教徒人数与斯温纪念教堂的几可匹敌。主脊岭从斯温纪念教堂到新约教堂的这一段叫作国王街（King Street），是这条路的旧名。同样地，主路两边也有像叶脉一样分支出去的紧窄小路，通向那些藏在主脊和湿地交界处的房屋。

主脊岭最南部的三分之一段，就是从新约教堂到主路潦草的尽头的这一段，房屋逐渐减少、消失，柏油路变成一条遍布车辙的灰土小路，通向护卫着岛屿南沿的滩涂湿地。这一段叫作"黑染"（Black Dye）区，又是一个没人能解释是什么意思的名字。靠南方的这两个街区分界并不明确，丹吉尔岛人对国王街在何处结束、"黑染"从何处开始存有争议，但是分界点大约就在新约教堂附近。

这就是丹吉尔岛的主干，岛上的建筑围绕着它建造；它只有大约三分之二英里长，最宽处不足200码，几个狭窄的地段甚至不足 100 码宽。下午的时候，乌克多半会踩着他的沙滩越野自行车来到斯温纪念教堂对面、"肉汤"区的一处低矮而普通的建筑前。这里曾是格拉德斯通诊所（Gladstone Health Center），以一位长期在岛上工作的医生命名；2010 年，在主脊路更偏南一些的路段上建起了一所更大的现代医院，取代了这个诊所。这处建筑的后门没有上锁，推门进去，是一条弯弯曲曲的黑暗走廊，直通诊所以前的产房。每个工作日下午两点半到四点，岛上的男人们会在这里举办兄弟会，聚在一起谈论天气、螃蟹、土地侵蚀等问题，以及政府管理员和海洋科学家的不足之处。这其中大概有一半的人已经退休了，还有几个或许也应该退下来了。乌克是集会中最年轻的人之一，他把这儿叫作"特情室"（Situation Room）。

利昂·麦克曼负责主持，讨论的话头也往往由这位长者发起。他会抨击州法规规定的捕蟹规则，例如他在五月底的一个下午说："他们试图制定让螃蟹更多的法律，但他们不知道自己在做什么，他们一无所知"，他说着，用一只因为关节炎而肿胀变形的手指指向自己的兄弟会成员们。他向后靠到椅子背上，叹了口气又说道："嗯，他们不是渔民。这些制定法律的人没有一个是渔民，他们对捕捞一无所知。他们就只知道水是湿的，仅此而已"。[9]

这群人也会思索他们捕获到的奇怪动物的神奇之处。[10] 那天下午他们也正聊着这些事，理查德·普鲁伊特拿着一只刚刚脱掉壳的螃蟹和它脱下来的壳——或者说"蟹蜕"走了进来。他已经 60

岁了，是个在海上讨生活的老手，依旧在捕捞换壳蟹。他把螃蟹和蟹壳放在同一只手掌上，展示给大家看。刚换完壳的螃蟹跟旁边自己几分钟前刚蜕下来的半透明空壳一对比，看起来大得格外惊人。"蟹蜕"里有错综复杂的空腔，每一个空腔对蜕壳而言都是障碍，都可能给想要挣脱的软壳蟹造成大麻烦。"真是神奇啊，不是吗？"理查德轻轻地问。他从眉毛往下的面部已经晒成了牛肉干一样的深褐色；而在棒球帽下——与其他丹吉尔岛人一样，除了在教堂里，他在室内室外都戴着帽子——皮肤则是鱼腹一样的白色。

"是这个样子啊"，布鲁斯·戈迪一边说，一边凑近些研究这个生物。他是位退休教师，也是岛上的非官方历史学家，与理查德是一辈子的朋友。

"制定法律的人不知道这个"，利昂对我们眼前的这个小奇迹发表看法，"对于这个，他们什么也不知道"。

他们也会谈起上了年纪的不方便，"今天早上起床，我吃了两片'我可舒适+'[1]"，利昂对大家说。老照片里的他是个大块头，胸膛宽厚，鬓角浓密，头发又黑又厚。比起那时，他现在已经没有了发达的肌肉，身高也矮了几英寸，稀疏蓬乱的白发下隐

---

[1] 原文为"Alka-Seltzer Plus"，是拜耳（Bayer）公司生产的一系列药品，有泡腾片、口服药片、糖浆等种类，弱碱性，主要缓解感冒、咳嗽、鼻塞等症状。此系列药品我国未批准引进，仅中国香港引进了"Alka Seltzer"，主治反酸、胃灼热，名为"我可舒适"，此处依照中国香港的译名进行翻译。

约看得见头皮。"上船的时候我吃了三片布洛芬，回到家又吞了两片'安理'[1]。我觉得我还得再吃上两三颗药才能挨到天亮。每天都这样"。[11]

　　所有对话用的都是丹吉尔岛本地奇特的方言。这种方言音调优美、语音流畅，总是会把单音节单词的音节拉长、将元音扭曲成双音节，一个不熟悉这种方言的人会觉得它像他加禄语[2]（Tagalog）或纳瓦霍语[3]（Navajo）一样根本听不懂。单词"hard"的发音变成了"howard"，"island"听上去则像"oyalind"。很长时间以来，登岛的记者们都认为这是一种因岛屿与大陆隔离而保留下来的伊丽莎白时代英语[4]的残余。虽然事实并非如此，但它确实让人回想起很久很久之前——而且更让人觉得这种方言很不熟悉的是，岛民们说出来的话与他们要表达的本意完

---

[1]　原文为"Aleve"，也是拜耳旗下药品，中文普遍称之为"萘普生"，主要成分为萘普生钠，是一种非甾体抗炎药，可以缓解轻度至中度疼痛。此处采用拜耳此款药品在我国大陆地区的商品名"安理"。

[2]　一译"塔加洛语"，在语言分类上是属于南岛语系的马来—波利尼西亚语族，主要在菲律宾使用，菲律宾官方语言之一。菲律宾语就是一种"标准化"的他加禄语。

[3]　纳瓦霍人使用的语言。纳瓦霍人是美国印第安族群中人数最多的一支，散居于新墨西哥州西北部、亚利桑那州东北部及犹他州东南部。第二次世界大战时期，因为他们的语言没有外族人能听懂，故被美国军方征召入伍，受训后成为专门的译电员，人称"风语者"。电影《风语者》就讲述了相关的故事。

[4]　原文为"Elizabethan English"，学术界多称之为"早期现代英语"（Early Modern English），指从15世纪晚期到17世纪中晚期的英语，钦定《圣经》英译本就使用了这种英语。"伊丽莎白时代英语"就是伊丽莎白一世时的早期现代英语，莎士比亚剧作即采用这一时期的英语写就。

全相反。

这被称作说话"完全相悖"，或者叫"正话反说"。丹吉尔岛人这么说话的时候，会用些许音调变化加以标示，通常是略微加强这句话的主语。因此，当看到一个美丽的女性时，丹吉尔岛民可能会这么说："**她**可没什么值得看的。"我还没到丹吉尔岛上的时候就在克里斯菲尔德见识过一个例子，当时一辆福特野马[1]转弯转得太急，在码头上的人群面前旋转着飞了出去。[12]"那辆车——它没靠边开"，一个岛民评价说。另一个回复他说："我敢打赌他一点也不脸红。"

这时，利昂透过眼镜环顾"特情室"，"我认识一些从来没吃过药的人"，他说，"我觉得药片是唯一能让我**活着**的东西了"。他摇摇头："药片，我可一片都不吃。"

还有一些时候，这群人会谈论起无声笼罩在每一个成年岛民头上的危机，就像利昂一边从棒球帽下尖利地怒视一边大声说："现在他们说，我们正在沉没。"[13]

博比·克罗克特绕开了这个话题，他退休前是个渔民，乘拖船出海，一出就是好几个星期："我就说一件事儿"，他说，"我希望我能一直活到这座岛沉没的时候。我会活到相当大的年纪"。

"这是他们说的"，利昂反驳道。

"确实啊"，布鲁斯附和道。

---

[1] 原文为"Mustang"，此处指的是福特公司旗下的一款车型。

"我跟你们说，我希望这就是结局"，红头发的博比大声说，"我就希望是这样，因为要真是这样，这座岛可是要存在相当久的。那时候我们肯定都死了，埋了，我们的孩子们也一样"。利昂指出，现在嘛，在一个岛民开始比较测量 50 多年前岛屿西海岸的体量之前，没有人对岛屿正在被冲刷殆尽这个事情感到焦虑，但这并不意味着这件事没有发生。博比承认土地侵蚀是另一回事。他记得西边的海岸比现在要延伸出去更远，而且"远得多得多"。

他还说，在北边的泰勒屯（Tylerton）——马里兰州史密斯岛上的三个村庄之一，州政府已经在保护海岸线上砸了一大笔钱。为什么弗吉尼亚州没有给丹吉尔岛这种待遇呢？"告诉你们"，博比说，"在泰勒屯，沿着整个镇子设置了最好看的防水板，连滩涂里都有。我听说他们花了一千万美元绕着镇子北面的野生动物保护区建了一圈防浪堤"。

利昂怒视他。"拯救鸟类"，他低声抱怨，"杀死人类"。

三

丹吉尔岛的早晨开始得很早。在破晓前好几个小时——对许多家庭而言，更接近午夜而不是清晨的时候——卧室、浴室、厨房的灯就亮了起来，人们咕咚咕咚喝下咖啡，打包午饭，渔民们在安静的黑暗中零零散散地穿过滩涂、走上脊岭，来到"肉汤"区。港口中，渔船船舷外的发动机一一苏醒。码头上弥漫着四冲程柴油机废气的气味。在长串的裸露的灯泡下，换壳蟹捕手们一边高声互相问候，一边翻捡出或者说挑出正在蜕壳的螃蟹。接下来，当大半个小镇继续沉浸在睡梦中时，岛上的捕蟹人登上渔船，要么向西去海湾里，要么向东到海峡，到各自的蟹笼那儿去。

春季的早上，四点之前，丹吉尔岛附近的水域上边星星点点亮起移动的灯光：船舱里灰黄色的灯光，船长们寻找浮标时用的强力光线，还有照亮甲板的蓝白色 LED 灯。他们在固定好的导航信标的绿色和红色闪光中穿行，这光看上去令人孤独，因为他们身处无边黑暗之中；又让人觉得安心，因为除了最糟糕的天气之外，它们都是恒定不动的。风向合适的话，渔船发动机的声音能从 1 英里外的海面上远远地传到岸边。

我只能当个糟糕的渔民，作息时间就是原因之一。凌晨三点，我可几乎没什么吃早餐的胃口。等到差不多适合起床的时间，我们已经干了半天的活了——至少已经做了海上工作的一半——我也在吃午饭了，但一般情况下我刚刚喝完第二杯咖啡。中午之前，或者刚过中午，我们就返回港口了。接下来的下午，我就像坐完飞机之后倒时差一样，体力透支，思维缓慢，因为太阳还有数个小时才落下，我都有些失去对时间的判断力了。连着许多天，我的生物钟都一直是紊乱的。

海上打捞的节奏就像工厂里的"三班倒"，所以一年到头丹吉尔岛人的作息时间都被打乱了。这样做是有必要理由的：起得早、开工早，让捕蟹人能在一天中水温最低的时候来到水上——这并不是出于捕蟹人的舒适，而是考虑到螃蟹的舒适度，因为被塞进蒲式耳桶的螃蟹不能长时间忍受高温。海湾中水产制造业的其他参与者——买家、分拣场、海警——也根据渔民们的时间安排来调整自己的工作日。丹吉尔岛上的营业时间也要更早一些。有家仅在冬天营业的餐馆凌晨 3 点就开门，以便让采捕牡蛎的渔民在进入冰冷的水中之前能填饱肚子；每天从早到晚都有饵料出售；百货店下午 5 点就关门；而渔民之家（Fisherman's Corner）作为仅在夏季营业的餐馆中最大的一家，晚上 7 点就打烊——相比岛上的晚餐时间还是很晚的。数代人以来，岛上的学校比大陆上的学校上学更早、放学更晚，正好能在父亲们差不多靠岸的时候让孩子们放学回家。

保持这种非自然的生物钟相当困难，甚至对那些按照这个节律劳作了一辈子的人而言也是如此。有一天下午，乌克在"特情室"说起，那天他深夜两点起床，结果坐在门廊上系鞋带的时候就瞌睡过去了，而且就那么趴在膝盖上一直睡着，直到西脊路上一辆过路的小摩托把他惊醒。[1]"我坐在那儿整整一个小时啊"，他说，"要不是那辆小摩托经过我家屋子，我可能现在还那样睡着呢"。

利昂·麦克曼同情地点点头，"每次闹铃一响，我都想拿根棒球棍打它个稀巴烂"。

没过多久我就发现，我一周内最多有一两天能出海。所以大部分时间，我的早上开始于太阳从东海岸射出第一缕晨光、隔着两个房子的院子里的公鸡打上 15 分钟的鸣迎接阳光的时候，得比渔民们晚上几个小时。我第一次被公鸡打鸣吵醒的时候真是大吃一惊，在一个低洼的、从事海上营生的小镇里，公鸡的鸣叫就像是一个来自陆地田园的不和谐音符。而且这只公鸡叫得真的**太响了**：我睡觉的时候窗户都开着，几扇落地双扇玻璃门也开着，只要那只公鸡一打鸣，我立马就会醒。

鳕鱼角[1]的整个二层都是我的住处，这间房子坐落于西脊岭差不多正中的位置，归辛迪·帕克斯所有，她是我在《弗吉尼亚向导报》一位已去世的同事的侄女。西脊岭是岛上居住人口第二

[1] 英文为"Cape Cod"，这里指的不是美国马萨诸塞州的地名，而是作者在丹吉尔岛上住处的名字。

多的高地。在房屋背后有个专供我使用的出入口，通过露天楼梯直接上下楼；楼梯通往的露天平台可以将岛上的飞机跑道和远处的海湾一览无余。从露天平台穿过落地的双扇玻璃门，就能直接进入我的房间。辛迪把房间里原本的步入式衣帽间改成了简式厨房，放了一台宿舍小冰箱和一个微波炉。出卧室门，顺着走廊往前走，就是一间独立的全浴室。

当你刚刚开始在岛上生活时，会自然地认为水将在你对这个地方的认知中占据主导地位——在丹吉尔岛上正是这样，水或明或暗地出现在你所有的视野里，并且出现在日常生活的方方面面。但因为岛上没有什么树，也没有明显起伏的地势或高层建筑阻碍视野，天空也在丹吉尔岛的景色中占据了重要地位。无边的天空像是一只倒扣着的巨大而无瑕的碗。雷雨将至时，形成的云砧在40英里之外就清晰可见，来袭的锋面清晰得像气象图上画出来的一般，将天空分成明晰的两半。岛上暗淡的街灯不会对夜空造成任何影响；半轮月亮也能照出影子，闪烁的星星明亮得非比寻常。

我能迅速地从平台上判断接下来的一天会是什么天气，以及我应当准备些什么。海湾上常规的夏季降雨——就是说不是由暴风系统带来的降雨——大多数来自西边，在降雨到达前一两个小时我就能知道。不用看天气预报，我就知道要备好雨衣。风在吹吗？我准备出海的日子里，这是我要考虑的，特别是风向是否与海浪方向相反、是否碰撞产生泛着白沫的碎浪。但风也与陆地上的生活息息相关：风是不是足够大——风速每小时 10 英里或以上吧——大到能让苍蝇离我们远远的，特别是让那些嗜血的、以"绿脑袋"闻名整个切萨皮克湾的鹿虻近不了身？如果风没那么大，我最好还是全身喷上厚厚一层驱虫剂，尤其是我在岛上大部分时间都要步行的时候。风向是不是转成东风了？如果是的话，就会带出小小的黑蚊蚋，或者叫"脚踝叮"，它们会成群结队地"糊"在人身上，而且看上去对细皮嫩肉的大陆来客尤为青睐——那很明显，又得拿出避蚊胺了。如果东风来得很猛，那虫子们会保持不飞，但大风会掀起大浪，水就会漫上街道、冲进院子。如果是西风来势凶猛，浪头就会降低，而岛上的潮溪会显露出泥泞的底部。

无论是什么天气，我都会在离开屋子前戴好棒球帽，并非仅仅因为几乎没什么树荫的岛屿到了中午就炙烤得厉害，还因为不戴帽子——或者戴不是棒球帽的帽子——意味着我是个游客。丹吉尔岛人的棒球帽，应当是被太阳晒得发白、表面蒙着盐壳、因被汗水浸湿而显得颜色发深，上面最好有某所大学、某支职业棒球队、某个拖船公司，或者丹吉尔岛本身的名号。而土生土长于此的人，棒球帽的边缘会变形、磨损，还有成百上千只螃蟹背上的黏液留下的污痕。

我登上丹吉尔岛的第一天——以及其后大部分日子——是以

骑自行车越过滩涂、骑上主脊岭为开端的，当地人称这段路为
"上山"或者"穿山"，因路上偶遇的野生动物而出名：青鹭、雪
鹭、鹗、几种不同的海鸥，偶尔会见到水蛇或麝鼠，以及极多的
流浪猫。不管什么天气，主脊岭上都能见到四处流散的流浪猫，
团在停着的高尔夫车下，占领后院和门廊，还一群群地懒洋洋地
瘫在路边，对往来车辆几乎没什么惧怕。主脊岭上的猫常常比人
多，因为在工作日的早晨，丹吉尔岛的这条中央命脉显得非同
寻常地荒凉。高尔夫车慢悠悠地开，不是去百货店就是去邮局，
前后两辆可能要间隔十几分钟。在中午游船靠岸前，只有零星
几个人会在街上逛。安静蔓延开来，能听得到鸟鸣声和芦苇的
沙沙低语。割草机低沉的轰鸣声非常明显，半英里外就能听得
清清楚楚。

　　没错，丹吉尔岛的大部分人都不在岛上。72位岛民——全是
男性——已经乘船出海了；另外41位男性则在拖船上工作，有一
半（甚至更多）时间离岛工作，大多在东岸地区沿岸牵引载货
船，两周一换班。有4位男性是船长，就是说他们持有可以载客
的船长执照；其中包括邮船船长布雷特·托马斯，还有开往克里
斯菲尔德的午后渡船以及天气温暖时开往奥南科克的轮渡的船长
们。还有两位男性受州政府雇佣，担任海警，每天花大量时间在
海湾上做有关捕蟹和牡蛎采捕的执法工作——这项职责会让他们
与渔民起冲突，而渔民中难免有他们的家人。[2]

　　总地算起来，大约有一半成年男性岛民不在岛上。因此，当我在 5 月末的一个早晨踩着自行车沿主脊岭北行时，一路上碰到的三两个人都是女性——白人女性，因为丹吉尔岛是南方社区中那种罕见的没有少数族裔[1]的社群。其中就有卡罗尔，她正站在她与丈夫阿隆扎·J. 穆尔三世——又叫朗尼（Lonnie）——共有的房子的矮篱笆后，她的丈夫也与其他捕蟹人一样出海了。我觉得她应该知道些什么，于是刹住车问她出了什么事³：穆尔一家住在主脊路的"肉汤"区，街对面就是戴利父子百货店，房子旁那条东西向小路穿过 400 码长的滩涂和一条蜿蜒如黑蛇的水道、最终连通西脊岭。可以说，镇上最繁忙的路口在她眼里一览无余。

　　卡罗尔回答我，接下来的这个周末会举办一场葬礼。岛上最年长的女性亨丽埃塔·惠特利两天前去世了，终年 91 岁。在她去世前一个多星期，还有一位 90 岁的男性去世了，他是丹吉尔岛上仅余的两位二战老兵之一。她说，这个月很糟，接下来情况只会更糟。在 2016 年 5 月的这一天，丹吉尔岛是 481 人的家乡，其中包括了并不在此居住而在上大学的年轻人和将丹吉尔岛作为法定地址[2]的军人，他们估计也不会再回到这里。⁴ 把这部分人去掉，人口数字降到了 470。在这 470 位岛上居民中，有 108 位——差不

---

[1]　这里的"少数族裔"指的是墨西哥裔。
[2]　可以理解为类似于我国居民身份证上"住址"的信息。

多四分之一——已经过了退休年龄，其中还有相当一部分是超过退休年龄几十岁的。卡罗尔的舅舅杰克·索恩是岛上现存的唯一一位"二战"老兵。他今年 92 岁，在同胞的 7 个兄弟姐妹中是老大，其中有三位与他年岁相差无几；几人中金妮·马歇尔刚满 89 岁，卡罗尔说她"恨不得见证了上帝说，'要有光'"。卡罗尔的母亲格蕾丝今年 83 岁，是兄弟姐妹中比较小的一个。"只要一位去世了，其他人会接二连三地走的"，她告诉我。"就像鹿虻。过程很快。"

"那什么，想开点儿"，我说。

"在这儿就是这么一回事"，她说，"也就是说，会有更多的房屋空置下来，而我们又不需要"。

"这儿能有多少所空房子啊？"我问道。当初我登出消息想在岛上找个住的地方，结果等了好几周都没回音，直到辛迪联系我。岛上什么都谈不上富足有余，房子也一样。

"有很多"，她说，"你有时间逛一圈吗？"

我们钻进她的高尔夫车，向西开上长桥路。长桥路是连接主脊岭和西脊岭的四条小路中最北边的一条，最宽的地方就 8 英尺。从卡罗尔家出来后，经过八间矮小而结实的村舍小屋，间距都很近，大部分状况良好，两间没人用。我们停在其中一间门前。这间小屋无人使用的痕迹并不明显：地基周围长了杂草，侧墙需要洗刷，但这些瑕疵并没有让它与岛上大部分房屋有所区别。"有大陆来客买下了它”，卡罗尔对我说，“他们来这儿把室内拆了个精光——借用了我们家的一些工具”，她噘起嘴，“我不知道发生了什么，但这么多年他们再没回来过”。

我们开车离开这些房子，穿过湿地，颠颠簸簸开过木头桥面的长桥（Long Bridge）。桥下是蜿蜒而过的大海沟，是条潮溪，在主脊岭和西脊岭间弯折盘回，事实上圈出了数个“孤岛”。长桥名副其实——它比丹吉尔岛上第二长的桥长了整整一倍，因为它正好横跨大海沟最宽的部分之一——足有 100 英尺长。这座桥让人意识到丹吉尔岛袖珍的尺寸及其与周围环绕的切萨皮克湾间脆弱的联系。滩涂向南铺展开足有 1 英里，地势毫无起伏，也没有树，滩涂上纤细的禾草已经由冬天的古铜色变成浅绿色，在微微的西南风中发出低低的私语声。海水和陆地在这片滩涂交汇——涨潮时水会漫到长桥边沿，退潮时黑色泥浆散发出草腥味，还有细细的溪流、小小的水塘以及过去几代人挖的沟渠的笔直痕迹。朱鹭和白鹭在浅滩上优雅地迈着长腿踱步。这里甚至比主脊岭还要安静。高尔夫车电机的运转声、小小的车轮在路上的颠簸声，以及芦苇的沙沙声，就是仅有的声音。

过桥后再开几码就到了西脊岭。西脊岭比主脊岭长一点，总长刚过 1 英里，且十分狭窄，大部分路段只有西侧才有房屋。在这儿向右转，往北开，能看到几间房屋和几辆单宽拖挂式房车[1]，还有机场停机坪，以及涂成暗米黄色的、预制钢板房建成的三层活动中心。

卡罗尔则在西脊路向左转，开过单宽房车、双宽房车，以及大大小小的房屋，从小平房到恢宏的、有几百年历史的维多利亚式建筑和殖民时期式样的房屋都有。大多数房子都深藏在前院之后，看不到太多东西；因为易受洪水影响而且排水又慢，草坪一年到头大多数时间都是湿乎乎的，咸水杀死了脊岭上大部分植物，只留下少数几棵树木和几大丛灌木。在我们右手边，房屋不断后退，而左手边依次出现了连接主脊岭和西脊岭的另外三条路，就像梯子上的横档。第一条与岛上最大的建筑——丹吉尔综合学校（Tangier Combined School）离得很近。学校的小学部分在一翼，中学部分在另一翼，整体结构均为木制，体量很大，由重型木柱支撑，高出地面5英尺。

从这儿再往前开大约200码就是华莱士路（Wallace Road），特别窄，来往的小汽车都得从柏油马路上猛转弯才堪堪能开上去。华莱士路与主脊路的交叉口差不多在斯温纪念教堂和新约教堂的

[1]　英文为"trailer"，此处指的是拖挂式房车。英文中有"mobile house""trailer""motorhome""Recreational Vehicle（RV）"等诸多称呼，汉语里统称为"房车"。这些称呼广义而言主要包括可以自行活动的、我们印象中的经典房车和不能自行移动的"拖挂式房车"，后者虽然也可以方便地从一地运到另一地，但需要由拖车运输，且一般安顿好后就不再频繁地改变位置。从丹吉尔岛的照片可以看出，岛上的"trailer"或者"mobile house"都是不能自行移动、需要拖车拖挂的拖挂式房车，为行文方便，后文一律直接翻译为"房车"。这里的"单宽"英文为"single-wide"，与下文的"双宽"（double-wide）是拖挂式房车的两种主要尺寸。

正中间，我之后会常常经由这个路口"上山"。我们经过了乌克家，是间拖挂式房车，这些年他加装了些东西；再过三栋房子，就是我住的地方了。

开到西脊路南端，就来到了最南边的那条东西横向路。这条路横跨大海沟时要过一座拱桥，桥的最高点在涨潮时离水面也超过 5 英尺高。这座桥叫作"悬吊桥"（Hoistin' Bridge），是根据之前一座横跨桥命名的，那座桥的桥面因为要过有桅船而被破开了。[5] 丹吉尔岛人会把"Hoistin'"发音成"Heistin'"，且常常把"桥"字省掉，就像"我向南到黑斯廷了"这样。

一过这个交叉口，西脊路就向右绕开了一段，然后继续向南延伸几百码，越变越窄，两侧紧密地挤着屋子和房车。这儿就是猪脊岭，虽然岛上的老前辈们并不在意名字，但至少这个名字有个解释：农夫们曾经在那儿养过猪。在猪脊岭的南端，柏油路变成了布满车辙的沙子路，一路通到滩涂。再往南，从一座摇摇晃晃的木头桥上越过一条小河沟，然后会突然从错综复杂的、高高的芦苇丛豁然走进沙滩。沙滩上的沙子细而洁白，清新的微风吸引人一直走到海岬的末端，但没多少丹吉尔岛人会这么散步。沙滩上常常空无一人。

现在，我们已经来到岛上道路系统的最南端，逆时针环游小镇的路也走了一半。在我们开车路过的时候，卡罗尔给我指了西脊路上那些没有人住的房子，调头返回的时候我计了个数：5 间房屋，6 辆房车，还有两栋已经无法住人的建筑——猪脊岭上一间许多年前就关了的大旅馆，从关门后就一直遭到搞破坏的人、自然气候以及撒尿画地盘的猫的毁坏；还有我住的屋子不远处的一间房子，三四年前烧毁了。那间房子就立在那儿，烧得焦黑，破破烂烂，里面是被水泡过的破损的家具、脱落的镶板和玻璃纤维隔热板——看了让人难受，但一直没拆，因为上面盖了石棉瓦，而且没人能在不违法也不倾家荡产的前提下拆掉这片废墟。

　　我们沿着猪脊岭开回去，向东拐弯穿过滩涂，颠过黑斯廷桥，又往北拐到主脊岭路上。开了不一会儿，左手边就是矮而现代化的消防站，玻璃格的车库门后面能看到一辆小型的二合一救护消防车。消防站工作全由志愿者完成，其选址颇有考量：在所有通向西脊岭的桥中，只有黑斯廷够结实，承受得住这些应急设备，所以把消防站设在这个十字路口附近是有道理的；西脊岭上距离最远的房子在活动中心旁边，这样一来与消防站的距离也就比"肉汤"区最北边的房子远一两分钟车程。

　　消防站离主干道与坎顿路（Canton Road）[1] 的交叉口也很近。坎顿路自主脊路开始，向东延伸，穿过 400 码的滩涂还有两

---

[1]　鉴于书中从未体现出这条路与我国广东省的关系，故不取"广东"的翻译，而是借鉴其他地名译为"坎顿"。

条水沟，就到了丹吉尔岛上最小的有人定居的脊岭。脊岭上有 27 户房屋，最大的几栋就背靠着坎顿的东岸（这里的土地快速流失）。卡罗尔告诉我，在过去的大部分时间里，丹吉尔岛上的土地侵蚀都集中在西海岸，但在近几年，主要目标似乎变成了东海岸。乌克的兄弟威廉，就是在自家前院竖着自己双胞胎兄弟的纪念碑的那一位，就住在一栋临水的房子里，他家后院外面，海湾已经逼近得让人忐忑了。

在坎顿数出 6 栋空房子后，我们回到主脊岭，继续向北开，穿过"黑染"区进入国王街。这边的路两旁排有链条和白色尖木桩组成的矮篱笆，守卫着房子小小的前院。这些院子被丹吉尔岛上面积最大也是最浓密的树群隐蔽着——阔叶硬木和雪杉，还夹杂着几棵高高的松树。卡罗尔告诉我，几年前，岛上的男孩们在大陆上捉了一对松鼠，放进丹吉尔岛上贫乏的树林里；其中一只很快死去了，剩下的那只倒是活了好些年。"所以"，卡罗尔说，"当我们这儿的人告诉你'今天我看见松鼠了'，意思就是看见**那只松鼠**了。大家都对它念念不忘"。当最终再也没有人目击到那只松鼠后，卡罗尔的丈夫朗尼带了一对新的松鼠上岛。这对松鼠2015 年的时候生下了后代，不过被猫杀死了，它们自己倒是活了下来——也许吧。卡罗尔说她也有段时间没看到它们了。

再往前几码，就是数代以来许多游记作家都必定会提到的墓碑群了。游客拍这些坟墓拍得太多了，丹吉尔岛人对此颇为恼火，对拍坟墓的游客态度很差。这些坟墓可以追溯到岛上人更多、脊岭上人口更密集的时候，那时可供土葬的空地甚至比现在还要少。

我们来到国王街上的一间小屋前，这儿就是1962年卡罗尔出生的地方。她在这儿一直住到18岁与朗尼结婚的时候，在此之前她没怎么去过稍微远些的地方。直到最近，丹吉尔岛的年轻人还是会紧守着自己家附近的一片地方，而把其他脊岭，甚至自己所在的脊岭的其他部分，看作陌生的地盘。以国王街为中心，卡罗尔将"肉汤"区理解为"路北边"，"黑染"区是"路南边"，西脊岭则是"路对面"，而坎顿太远、去得太少，几乎都不会想起来。"我们还是孩子的时候，没去过西脊岭，而我自己都没去过南边"，她告诉我，"上帝啊，沿着路往南走就算长途旅行，去坎顿简直就是去游乐园。我们不会出门闲逛。我曾经听住西脊岭的人说，他们直到9岁、10岁才第一次上山到主脊岭来"。

碰巧的是，朗尼·穆尔虽然出生在"肉汤"区，但他年轻时大部分时光都是在国王街度过的；他相当于住在马路对面的街区，就在一间著名的旅店兼餐厅——希尔达·克罗克特的切萨皮克湾小屋后面住，这间旅馆是朗尼的外祖母1939年开的。朗尼比卡罗尔大8岁——"而且相信我"，她说，"他曾经是个四处留情的风流浪子。而且他是不会在街上发《圣经》小册子的"。即便如此，在她1980年高中毕业之后，他们还是开始约会了。与其他男性岛民相比，他们两个之间的血缘关系要更远一些——他们有共同的五代祖——而且"跟他在一起很有意思，跟他一起四处玩很有趣"。那年 8 月份，他求婚了。他们于次年 4 月结婚。

我们从南边走向斯温纪念教堂时路过了希尔达·克罗克特的那家餐厅，由两幢分立在街道两侧、门脸相对、门廊深深的房子组成；另外还经过了国王街上其他几个地标：两三个礼品店，一家仅在夏天营业的冰激凌和比萨小铺，以及每年有 4 个月由志愿者做服务人员的、令人着迷的岛史博物馆。这个居住区最北边的建筑是一间大得惊人也豪华得惊人的社区医院，当没有医生从大陆飞过来出诊时，由一位医师助理坐诊。它取代了之前凌乱的老建筑——就是"特情室"所在的那栋楼。新社区医院里，无线网络信号非常强，所以晚上常常能看到自己没有无线网信号的丹吉尔岛人坐在中心门厅的台阶上刷手机。

由国王街进入"肉汤"区的弯道处，主马路经过加宽，以容纳停在教堂和邮局外面的小型机动车；另有一条小路从主马路分出去，通向一小片蜷在沿街楼房背后的房屋。道路围起来的那一小块"飞地"是由 20 世纪 60 年代疏浚出的泥堆建成的，名为庞德罗萨（Ponderosa），与老电视剧《鸿运》（Bonanza）中的庄园同名——但二者没有任何相似之处。

在我们探索丹吉尔岛的时候，游船上的游客正好在下船；我们在漫游"肉汤"区的游客中穿梭前行。顾客们出现在岛上全年营业的饭馆"洛兰家"（Lorraine's），出现在街对面的渔民之家，出现在四兄弟（Four Brothers）露天咖啡馆兼汽车出租处——那儿还挂着花彩装饰的招贴标语，写着"特朗普当总统"（TRUMP FOR PRESIDENT）。百货店外，高尔夫车歪七扭八停成一堆。少数几辆游览车——就是有多排座椅的、拉长一些的高尔夫车——上面坐满了人，他们每人花 5 美元坐上车，沿着岛上的公路进行一圈简短的游览，开车的当地人一路负责讲解。早上安静得近乎荒凉的"肉汤"区现在人满为患。但人群如彩云，来得快散得也快，因为绝大部分游客来岛上都是一日游，他们坐的船上午 10 点从克里斯菲尔德、里德维尔或者奥南科克出发，抵达丹吉尔岛的时候正好赶上午餐，下午 3 点前就会返回大陆。

运气好的话，一天到岛上的游客能有 200 人——乍一看上去并不是个很大的数字，但实际上达到了丹吉尔岛常住人口的一半，对狭窄的道路、商店以及餐馆来说都是个大挑战。很多岛民看到游客来了就闭门不出，因为他们觉得有些游客看他们像看猴一样；很多岛民都遇到过即便是出门倒垃圾这种日常琐事也会被拍下来的情况。卡罗尔就是其中之一。数年前，她在"肉汤"区经营一家现在已经关闭的餐馆；她发现，尽管陌生人为她敏捷的思维、俏皮的幽默和突出的相貌——她有着高高的颧骨和丰满的双唇，身材像时装模特那样高挑——吸引，但她并不怎么喜欢与他们待在一起。"我不怎么喜欢人们，但我得假装我喜欢他们"，她跟我说。她还开过两年观光游览车，但那更糟，"绝对是我干过的最糟糕的活儿"，同样是因为她必须在人前强装笑脸。夏天她几乎每天都要去大风过境的、贫瘠的上方岛，大多正好与游客登岛、在她家附近游玩的时间重合。

我们最终成功穿过了堵得结结实实的道路，一路上数出来 52 所空置的房屋和 12 辆空房车。它们大多属于已经去世的岛民，或者自己无力打理、家人又没有办法或不愿意抛弃这些产业的岛民。这差不多占总住宅存量的 20%。而且就像卡罗尔担心的那样，这个数字必定会继续增加。在丹吉尔岛目前仍有人居住的 210 栋房屋里，有 66 栋是仅有一人居住的，而且现在还住在岛上的居民绝大多数都是老年人。[6]

"肉汤"区夏天的繁忙喧闹让人以为，它自始至终就是岛上的港口以及文化和经济中心。但是，当年岛上生活的核心地带是坎顿，正是在那里，在如今已经变成脊岭中最小、最偏僻的那个地方，丹吉尔岛最早的、无畏的先民们建起了自己的房屋。

关于那段日子以及丹吉尔岛大部分早期历史的真相，已经埋藏在传说和不算可靠的口头叙述中不甚清晰了。可以肯定的是，在欧洲人出现在切萨皮克湾之前的很长时间里，居住在东岸地区及以西部分的美洲原住民们就已经熟知这个岛屿了。大多数历史学家认为，当时的土著部落将其作为猎场和渔场，而非定居地，但他们在岛上活动的时间着实不少。卡罗尔·穆尔和其他"游荡者"——本地方言对海滩捡拾者的称呼——在上方岛找到了数百枚被海浪冲到沙滩上的箭头。

英国人第一次注意到丹吉尔岛是在 1608 年 6 月初。詹姆斯敦（Jamestown）殖民地的传奇人物约翰·史密斯（John Smith）船长当时正在探索切萨皮克湾，正当他沿东岸地区溯流而上时，他和 14 个水手一同看到，船左舵方向出现了几个岛屿。他们调头往那边行船时，迎头遇上午后的飑风，裹挟着"猛烈的狂风、大雨、雷鸣和闪电"，他们"冒着重重危险，逃离了海水的无情狂怒"，不得不返回陆上。第二天，他们再次出发前往"岛群"，并在松软如海面的地上寻找淡水。不过他们没有找到，于是继续航行，前往现在的马里兰州地区。[7]

这就是大家普遍认为的约翰·史密斯"发现"丹吉尔岛的故事。事实上，并没有证据能证明他真的登上了这座岛屿；在他的回忆录里，能证明探险队到底登上了哪个"岛群"的描述非常少。传说中，也是他给丹吉尔岛取了名字。他确实这么做过，但他把丹吉尔岛和附近的岛屿拢在一起，用探险队里一个医生的名字给它们起名为"拉塞尔斯群岛"（Russels Isles）。"丹吉尔"这个名字直到数十年后才开始使用，而且也不知道具体原因。

据称，在 1666 年，一个东岸地区居民用两件外套从原住民手里换来了丹吉尔岛——这个传说更不可靠——然后在 20 年后将其中的一大片土地卖给了一个叫约翰·克罗克特的人。[8] 这个约翰·

克罗克特"是一位有英国血统的绅士"，带着自己的妻子和一个孩子一起搬到岛上的坎顿生活，在高地上耕种，并又生下了7个孩子。同样地，这也不是事情的真面目。

这个说法最早出现在1891年出版的《有趣的事实：丹吉尔岛历史概要》（*Facts and Fun：The Historical Outlines of Tangier Island*）一书中。[9] 这本书的作者名为托马斯·"糖汤姆"·克罗克特（Thomas "Sugar Tom" Crockett），在丹吉尔岛上采捕牡蛎为生，并最终当上了丹吉尔学校的校长。"读者可能想知道，是谁告诉了我这些故事"，休格·汤姆在书的开篇写道，"是我的祖母告诉我的。她活了105岁，去世时记性都还很好；至于她自己没有亲眼所见的部分，都是她的母亲告诉她的"。对于岛民们来说这就足够了，对20世纪90年代末那一系列把休格·汤姆对丹吉尔岛早期历史的讲述在新闻故事、杂志专题、各种书本里一次次重复的记者和书籍作者来说，也足够了。就连斯温纪念教堂外竖立的州历史纪念碑[1]上也写着，约翰·史密斯船长为岛屿命名、约翰·克罗克特及其家族在17世纪定居于此。

但是实在对不住休格·汤姆、他的奶奶和弗吉尼亚州政府，丹吉尔岛上第一批有记录的白人定居者直到1778年才出现，他就是10个孩子（而不是8个）的父亲约瑟夫（也不是约翰）·克罗

---

[1] 英文为"state historical marker"，即某个地方设立的记载此地是什么时候、由谁发现的纪念碑或纪念牌。

克特。[10] 当时的丹吉尔岛比现在大得多，他买下了岛上 450 英亩的土地，并在坎顿的一片高地上建起了一幢房子。约瑟夫·克罗克特出生于马里兰州萨默塞特郡，在史密斯岛上住了很长时间，搬家的时候已经 50 多岁了，可能希望在岛上的高地种地、在滩涂湿地放牧。

那一定是一段孤独而艰难的生活。近海沙滩只能让小船靠岸。就像约翰·史密斯发现的那样，淡水非常难得——哪怕在进入 20 世纪的很长一段时间里，丹吉尔岛人还在用水箱接取和储存屋顶留下来的雨水——而且夏天的午后总有猛烈的暴风雨。湿地里飞起来的饥渴的虫子多得连成了雾。冬天极冷，寒风凛冽，岛周围的水域常常冻得结结实实。

事实上，丹吉尔岛从英国人探索弗吉尼亚早期开始就被视作一个要命的鬼地方。当殖民统治者想找个地方流放 1644 年一次印度民族起义的参与者时，他们灵机一动想到了丹吉尔岛。那些被流放的印度人估计没撑过多久。[11] 两百多年后休格·汤姆见到的、记录下来的遗迹可能就是他们留下来的。"我手里有许多他们的遗物"，他写道，"他们在这儿建过坟墓，因为我看到了尸骨，手上还有他们的牙齿"。

岛上生活很简陋，但随着婚嫁，还是有新移民加入了约瑟夫·克罗克特的家庭。这些新来的人中有一个口吃的、近乎文盲

的渔民，名叫乔舒亚·托马斯，他在 1799 年前后买下了西脊岭 70
英亩的高地。他新婚两年的妻子蕾切尔·埃文斯[1]是约瑟夫·克
罗克特的外孙女。[12]

　　1776 年 8 月，托马斯出生于马里兰州的东岸地区。当他还在
蹒跚学步时，父亲就因为被狗咬而得了狂犬病去世了，他的母亲
改嫁给了史密斯岛上一个名叫乔治·普鲁伊特的人。那时美国独
立战争正处于高潮，切萨皮克湾上的岛屿经常被反对美国独立[2]
的歹徒，或者说海盗，当作藏身之处。乔舒亚五六岁的时候，一
群掠夺者把他家的房子烧毁了。这个损失明显摧毁了他继父的精
神：接下来的几年内，乔治·普鲁伊特常喝得酩酊大醉，在乔舒
亚十来岁的时候从船上落水淹死了。[13]

　　年轻的托马斯给史密斯岛的一个渔民打下手学习捕鱼，在他
去丹吉尔岛定居之前，他的捕鱼和驾船技艺都已经很精湛了。他
发现相比社区，岛上更像是一堆零散的小农场，大片大片没有路
的滩涂把几十个居民分散在不同的地方居住。托马斯家的农庄离
坎顿一英里，看上去可能孤独得像是天涯海角。"我们所有的家当
就是三蒲式耳动物饲料和两头猪崽"，他回忆道，"家里的家具也
就凑合着用吧"。[14]

---

[1]　"埃文斯"应当是她的娘家姓，后文再次提到她时已经改成夫姓，即"蕾切
尔·托马斯"。

[2]　原文为"Loyalist"，在首字母大写的时候，意为"支持大不列颠和北爱尔兰联
合的人"或"（美国独立战争时的）反对（美国）独立的人"。

　　1807 年的一个夏日，托马斯在近海的水面上捕鱼，这时有三条满载乘客的船接近了他。他们是一群朝圣者，乘船要去参加东岸地区的一个室外的循道宗野营布道会[1]。他们雇托马斯为他们领航。第二天，他和约瑟夫·克罗克特的小儿子约翰·克罗克特领着这群人穿过庞格提戈河（Pungoteague Creek）中停得横七竖八的船只，上岸后进入了一个数千人的集会。[15] 尽管还不能完全理解，但托马斯还是被循道宗那种喧闹的敬奉方式吸引住了。数年后，托马斯回忆道，留着胡子、头发凌乱的游历福音传道者洛伦佐·道正在"进行强有力的布道"的时候，"听众中突然有一个妇女叫喊起来。道停下布道并大声呼喊：'主在这里！主在这里！'我马上一跃而起，拉长了脖子四处寻找，想看到主，但我看不见他"。

　　而约翰·克罗克特呢，托马斯说，"看上去对周围的呼喊、歌唱，以及我们周围倒地的人们感到特别忧虑和紧张，于是我同意

[1]　野营布道会，英文为"camp meeting"，是一种新教宗教活动，最初产生于英格兰和苏格兰地区，与圣餐节（communion season）相关。第二次大觉醒（the Second Great Awakening）期间，美国，特别是美国边远地区采用这种方式举行礼敬上帝、传道及圣餐的仪式，现在美国许多地方依旧有基督教教派举办这种野营布道会和奋兴布道会（revival meeting，详见后注）。野营布道会最初是为了方便边远地区那些没有固定牧师的人们举办的，某个地区的人会在特定时间前往特定的"营地"，听巡游牧师的传道，布道会上还会分发圣餐、唱诗、播放音乐，偶尔还有跳舞和其他休憩活动。这种野营布道会是第二次大觉醒的主要组成部分之一。所谓"第二次大觉醒"，指的是当时的殖民地美国"第一次大觉醒"之后，在 18 世纪末至 19 世纪40 年代，宗教，特别是新教复兴的一个时期，其特点包括广泛的皈依、教会活动的增加、社会行动主义和新基督教教派的出现等，其遗产一直延续至今。相关信息可进一步查阅《基督教史》等相关书籍。

离开"。¹⁶ 虽然他走掉了，但他若有所思。循道宗原本是为了复兴英国国教（Church of England）而成立的平信徒牧师团体（lay ministry），强调与上帝建立个人联系而不是举行古板的宗教仪式，而它平实自然的宗旨对农村和未受过教育的人们格外有吸引力——就是说，像乔舒亚·托马斯一样的人们。

那个夏天的晚些时候，托马斯被拉去另一个野营布道会，在今天的克里斯菲尔德附近。当他听布道的时候，"感觉有什么把我直接带到耶稣脚下"，并且"来到圣坛，双膝跪地，开始大声地、真挚地呼喊祷词"¹⁷。他回到丹吉尔岛，迫不及待地要组织一次祈祷会，而不久之后丹吉尔岛上便进行了第一次循道宗礼拜。那次礼拜持续了六个小时。

从那时起，歌唱、祈祷和呼喊变成了周日的常态，礼拜在岛上的家庭中轮流举行，邻居们接连成为会众。¹⁸ 在第二年夏季，两个结伴游历的普通传道人^[1]来到岛上，搭了个帐篷。帆布帐篷下的传道让更多的岛民皈依基督的怀抱，因此在接下来的一年——1809 年——丹吉尔岛举办了第一次本地野营布道会。集会变成了海岬上一年一度的活动，吸引来的大陆居民也一年比一年多，而

---

[1] 这里英文原文是"lay preacher"，原本指未被教会正式授予任命、可能接受了完整神学教育也有可能神学教育不完整的"准"牧师，在循道宗中指的是那些并非受正式牧师任命，但获得教会承认和许可的布道人员，一般还有其他职业，在教会不领薪水。此前关于"循道宗"的注释中已提到过，本书下文也讲到，循道宗原本就脱胎于圣公教的平信徒牧师团体，因此对普通传道人及后文会提到的平信徒领袖（lay leader）和平信徒（laity）极为重视。

乔舒亚·托马斯站在布道台上也不再口吃，并变成了一位声誉日隆的传道者。

这就是循道宗在丹吉尔岛扎根，并紧紧抓住人们的心灵与思想的过程。信众越来越多，他们也愈发发现自己对上帝永久的依赖，因为他们不仅务农，还要从海上获得食物，而他们赖以生存的必需品大多也不在自己掌控之内。他们向上帝祈求网中鱼的收成，祈求在切萨皮克湾神秘而变幻莫测的天气中获得保护，祈求面对冰冻期和洪水的勇气。他们祈求可以顺风到家，祈求雨水滋养已种下的玉米、土豆和蔬菜。但祈祷最多的还是获得拯救，祈祷他们在死后的世界能免于岛上的种种艰难困苦。

早期，这儿的循道宗与美国中大西洋地区其他地方的没什么太大差别。但是，当美洲大陆上的教会在接下来的几十年里逐渐发展时，丹吉尔岛独立于世的地理位置依旧保留了其敬奉上帝的方式。[19] 所以直到今天，丹吉尔岛上的循道宗的各项要素就像被凝结在琥珀里一样，退回到了维多利亚时期信仰的形式。举个例子，约翰·弗勒德牧师为斯温纪念教堂的信徒寻求上帝的治疗并不是少见情况。我到丹吉尔岛不久，在一次晚祷的过程中，看到他将信众召集到圣坛前，让他们把手放到一位生病的女性身上。"最仁慈的天父，今夜我们来到你的座前"，弗勒德说。他在那位女性的前额涂油，拖长的、轻柔的声音在高高的圣所[1]中回荡放大。
"主啊，我们祈求你为这油赐福，将它变成祝福之油、治愈之油；
主啊，当她的额头涂上这油，你就会触摸她，触摸这具躯体，让
你的力量在这具躯体上显现"。

　　会众在生病的女性身旁围成一个紧密的圈，闭着眼、垂着头，
那些没有办法接触到病人的人则抓住更内圈的人的肩膀。"我们祈
祷，当你触摸她时，她正在接受那位伟大的医生、伟大的治愈者
的触碰"，体格像熊一样的、留着平头的弗勒德吟诵道，"主啊，
她能够感受到圣灵的力量在身体中流淌，从头顶一直到足底，触
碰身体的每个部分，当她被触摸时，她正在被治愈。本周当她接
受那些检测的时候，他们不会有任何发现，因为她在这里，**现在**，
就被治好了，主啊！"

　　同样地，在新约教堂——这个分支比岛上本就非常保守的基
督信仰更加圣经字义至上——的礼拜中，引用两个世纪前乔舒
亚·托马斯主持礼拜时念诵的讲道词也挺常见，我在五月末的一
个周日早晨听学校教师、教会长老杜安·克罗克特传道时就是这
样的。[20]"一个未被赦免的人或许不会原谅，但如果一个基督徒不
去原谅，那事情就完全不一样了"，这位金色头发、头顶渐秃的人

---

[1]　圣所，英文为"sanctuary"，狭义指存放圣物的秘密空间，还可以指代圣坛附
近、牧师和唱诗班所在的地方，亦可直接指代教堂内部的神圣空间，转引为"避难
所""禁猎区"之义。本书中多采用"圣所"的翻译。

告诉我们，"哦，有些时候我们很狡猾。有时我们会说，'我爱他们，我只是不喜欢他们'。我希望哪怕有一次，有人能打开《圣经》，告诉我，《圣经》里什么地方这么写了"。

"《圣经》里从没有这样写"，他说，"或者什么'我原谅他们，但让我告诉你他们对我做了什么'。**不**。如果你要把某个人对你做了什么告诉 50 个人，你根本就没原谅那个人"。杜安 38 岁，戴眼镜，口音在丹吉尔岛上也是数一数二的重。他会把"twelve"发成"tway-elve"，把"me"发成"may"。

"我们本应与兄弟姐妹一起让事情变得更好"，他说，"我们害怕人们会对我们生气，在丹吉尔岛上尤其会担心，因为我们认识周围的每个人。比起世界上任何其他地方，丹吉尔岛都要不同得多。我还想说，想让人们喜欢我们是很平常的事情。如果你不关心人们是不是喜欢你，如果我不在意人们喜不喜欢我，那肯定有什么事儿不对头"。

"但这并不意味着，你因为害怕自己做的事情会引起别人反感就能对所有的事情置之不理。你得设法解决这些事情"，他凝视着会众，"我们对这个世界有责任。我们对上帝有责任。如果有什么事情不对，你不是应该纠正它；你**必须**纠正它"。

从西北方向拍摄的丹吉尔岛全貌。左上部分是坎顿，它下面是主脊岭，离镜头最近的是西脊岭。最右侧是污水处理站。(厄尔·斯威夫特　摄)

四

1812 年 6 月，英国和美国之间爆发了新的战争。[1]1814 年夏天，一支英国舰队挺进了切萨皮克湾。入侵者们发现丹吉尔岛地处战略要冲，易守难攻，于是为了发动针对此地区重大目标的既定行动，指挥官派军队上岸，在海岬部位——就是曾经荫蔽过循道宗野营集会者的高高的松树林那里——修了要塞。岛民们变成了囚徒：英国军队征用了他们的牲畜和粮食，从他们的井里抽水，还期望他们能在近岸浅滩地区给船队引航。

除此之外，英军的占领还算文明。这在很大程度上要归功于乔舒亚·托马斯，他当时以丹吉尔岛首席谈判代表的身份与海军少将乔治·科伯恩及其手下的军官沟通。托马斯在英军第一次登岛的时候就出面与他们交流，并劝服他们绕道避开邻居们的田地而不是直接将其踏为平地。当他知道士兵们在循道宗的露营地砍伐树木时，他告诉海军少将，那些是上帝的树木，许多灵魂曾在它们的树荫下获得拯救，未来还会有更多的灵魂获救。科伯恩放过了那些树木。托马斯和少将相处得很好，当蕾切尔·托马斯生病时，这位英军军官甚至取出自己储备的药品交给她丈夫给她治病。科伯恩少将将这个粗汉子奉为自己旗舰上的常客。

乔舒亚确实很粗鲁。[2]1861 年一位牧师朋友写道，除了"词汇量极小"的书籍，"他很快就觉得自己简直在读天书"。他说话的时候用词粗陋，语法、词序混乱，混杂着口头禅还有"a-goin'"和"a-tellin'"的说法。他衣着估计也很可怕——英国人发现丹吉尔岛简直是个"赤贫之地"[3]。但他通常总能把海洋和自然的情况解读清楚。他仔细倾听，实话实说，诙谐幽默。他是个好伙伴。

1814 年 8 月，这支舰队起锚出发，载着 4000 名英军士兵沿着波托马克河抵达华盛顿，把首都洗劫一空并放火烧毁了白宫。一回到丹吉尔岛，他们就准备好夺取下一个预期的胜利：袭击巴尔的摩。巴尔的摩当时是美国第三大城市，在丹吉尔岛西北方大约 110 英里。

"我告诉他们，最好别这么做"，许多年后托马斯回想道，"他们的预期可能出错；巴尔的摩人会反抗，会为自己的城市和自己的家拼死反击"[4]。

"'哦！'他们说，'我们很容易就能拿下'。"

9 月初，当英国人正准备出发时，托马斯冥冥中获得启示，要他"忠告这些士兵"。于是乔舒亚·托马斯在已经集结的上千英军士兵面前站上了一个小平台，军官站在他的左右两侧，然后他开始大声呐喊。他讲"是什么把这个曾经美好幸福的世界变得像现在这样充满邪恶与悲伤；以及什么给人类，给灵魂和躯体带来损害"，他回忆道，"我说，是罪，原罪导致了所有这一切"。他让他们回想起"战争有多么邪恶，以及上帝曾经说过，'不可杀人！'"

　　然后他言归正传："我告诉他们，天父告诉我他们不可能占领巴尔的摩，也不会在远征中获胜"，他说，"我劝诫他们，他们要准备好面对死亡，因为他们中的很多人不久后极有可能死去，而我只有在最终审判前的号角声中才能再次见到他们"。

　　对他的听众们而言，这一需要巨大勇气的预告颇为牵强附会，因为他们在对战美国人的时候次次占据上风——至少在上一回合时是这样的。但他们出发去巴尔的摩之后，发生的事情验证了乔舒亚·托马斯的话。巴尔的摩的主要防御工事——麦克亨利堡[1]（Fort McHenry）在皇家海军的炮击中安然无恙，陆地上的英军士兵死伤惨重；大败的侵略者狼狈地逃回了丹吉尔岛。

　　这次失败的袭击也从人们的记忆中消失了，就像 1812 年战争[2]的绝大部分记忆一样；而不同的是，一位名叫弗朗西斯·斯科特·基的美国律师兼业余诗人恰好目击了这次夜间战斗，并写下诗篇以庆祝胜利。之后，这首诗被谱上曲，成为《星光灿烂的旗帜》[3]（The Star-Spangled Banner）。而托马斯的大胆劝诫也随着这首歌的盛传而广为流传，他本人也获得了极高的地位，在丹

---

[1]　巴尔的摩的一座五角棱堡，是美国的国立纪念地和"历史圣地"之一。在英美（加）1812 年战争中，英军从切萨皮克湾方向进攻巴尔的摩港，麦克亨利堡成功抵挡了这次进攻，守住了巴尔的摩港，美国国歌就诞生于此。

[2]　即 1812 年英美（加）战争，又称"美国第二次独立战争"，是美国独立后的第一次对外战争，自 1812 年 6 月 18 日起，至 1815 年 2 月 16 日结束。

[3]　即现在的美国国歌，一译《灿烂的星条旗》。

吉尔岛上可谓前无古人、后无来者。

　　啊，可惜在他发出警告的地方没有什么牌子可供纪念。那个地点在 1900 年就已经沉在深深的水底了。现在，它距离岸边得有大约半英里了。这让休格·汤姆书中的一段话听上去多少有些真实性："当约翰·史密斯船长第一次发现这座岛屿时，岛上覆盖着茂密的松树，都很有年头了，而且地面也比现在高很多"，他这样写道，"我们在地上挖开沟渠时，无论如何总会有松树桩拦路。每个人都知道，有松树桩的地方，有扎根很深的松树桩的地方，之前在某个时候肯定曾经生长着一棵松树；而我知道，从我小时候开始算起，我们脚下的土地在垂直方向上已经至少下沉了 8 英寸了"。[5]

　　他说得并不准确。休格·汤姆出生于 1833 年，这本书是他 58 岁完成的。在那时，丹吉尔岛并没有真的**下沉**那么多。

　　即便如此，有件事他确实说到了点子上。

　　在过去的纪元里，地球目睹了海洋的起起落落，而美国中大西洋地区诸州的沿海平原在不同的时代可能会在深深的海底，或高出海平面许多。[6]2.1 万多年前，在上一个冰期的极寒气候下，北极的冰川向南延伸，覆盖了现在北美洲和欧洲的大部分地区，其中的劳伦泰德冰盖覆盖了现在的加拿大全境和美国北部地带。现今魁北克北部哈得孙湾（Hudson Bay）的海岸附近，冰盖厚度达到两英里。

科学研究已经充分证实，这些冰盖在移动的过程中粉碎、切凿大地，塑造出新的湖泊、平原和谷地。与此同时，它们也在从未染指的大地上留下了痕迹。劳伦泰德冰盖十分沉重，迫使冰盖下的地壳发生沉降，并导致这个区域的地幔受到压缩，而后者正是支撑地壳并构成地球大部分质量的结构。部分地幔具有黏弹性，就是说它很滑腻，受到挤压的时候会类似胶体一样，从挤压点四散流开。冰盖产生的压力挤压地幔可塑的这部分向南移动，移到哪里，哪里的地壳就会受迫上抬。那部分陆地膨胀起来，而鼓凸最明显的就是现在美国的中大西洋地区。

陆地上抬的同时，海平面则下降了[7]：冰川冻结了大量的水，当时全世界的海水水位比现在要低上 400 英尺左右。现在的东岸地区一带那时候是绝对的内陆地区；古海岸线沿大陆架边缘形成，比现在的中大西洋海滩和堰洲岛（barrier island）要再向东延伸40—70 英里。

所以，在那时，我们所知的切萨皮克湾是纯粹的陆地——一条山谷，谷底流淌着萨斯奎汉纳河南段。[8]丹吉尔岛也不是个岛屿，它北边的"邻居"们——马里兰州的史密斯岛、南玛什岛（South Marsh），还有布拉兹沃思岛（Bloodsworth），以及现在霍兰岛剩下的那部分——也都不是岛屿。它们曾经是一条连续山脉的一部分，从东岸地区向南延展，形成了萨斯奎汉纳河谷的东侧；未来会变成丹吉尔岛的那部分在山脉的南端。因此，休格·汤姆曾手执的，以及卡罗尔·穆尔和她的海滩捡拾伙伴们找到的那些箭头的主人，那些打猎的印第安人，有可能并不是划船越过海湾来到丹吉尔岛上的，而是走过来的。

接着，大约1.2万年前，冰河时代结束了。冰川融化，全球海平面上升。东岸地区附近的大陆架没入水中。萨斯奎汉纳河的南部河谷被洪水淹没，形成了狭长的切萨皮克湾。上升的海水把丹吉尔岛附近的山脉变成了半岛。

在东边，另外两条河发生泛滥，形成了海湾的两条"胳膊"。曾经的下楠蒂科克河（the lower Nanticoke River）变成了丹吉尔海峡，宽四五英里，在丹吉尔岛以东、沃茨岛以西。下波科莫克河（the lower Pocomoke River）则变成了沃茨岛和东岸地区之间的波科莫克湾（Pocomoke Sound）。

融化的冰川带来的变化并未止步于此。[9]在极北部，地壳所承受的冰盖带来的压力消失了，地面开始回弹，错位的地幔回缩归位。与此同时，向南鼓凸出的地面开始暴跌。海湾下的地壳平静下来后，切萨皮克湾吞没了两个半岛最低的部分，切凿余下的高地，直到把它们变成了一系列互不相连的岛屿。科学家们称这个过程为"冰川均衡调整"，而且现在仍在进行。地幔继续流渗，在地壳下寻求平衡，而已经经过数千年回落的中大西洋冰川期的膨胀，应当还会这样再回落上数千年。

　　休格·汤姆从没听说过什么冰川均衡调整[10]，也没有工具能进行精确测量，但他明白这一过程带来的至关重要的影响：他的岛屿正在下沉，现在仍然在下沉。下沉年均速率看上去很小；科学家们估计，在距离丹吉尔岛不远的马里兰州东岸地区的国立黑水野生动物保护区（Blackwater National Wildlife Refuge），下沉速率大约是每年1.6毫米，这个数字无疑与丹吉尔岛的极为相近。加起来，每16年才下沉1英寸。

　　但即便是这样小的数字，也会给岛屿和它周围海湾的关系带来很大的影响。它加强了潮水和风掀起的海浪对土地的侵蚀。每一年，切萨皮克湾都会将更多一点的高地变成滩涂、把更多一点的滩涂变成开阔水面。每一年，丹吉尔岛的海岸线都会变得更咸、更泥泞，面对自然的诡计时也更加脆弱。

　　假设19世纪时丹吉尔岛的下沉速率与现在一样（应该相差无几），那么从休格·汤姆出生到他撰写这本书的时间里，丹吉尔岛下沉了大约3.6英寸。虽然如此，他给出的8英寸的数据也并不夸张，因为丹吉尔岛下沉的同时，它周围的海湾是在上升的——1891年的一个牡蛎采捕人可不会知道这个。海洋温度持续上升，使海水体积变大。冰盖和冰川在融化，海洋中的水更多了。在20世纪的大多数年份里，全世界海平面平均每年上升1.7毫米；这个数字从19世纪中叶开始增加，所以在休格·汤姆生活的年代，海平面并没有上升得这么快。即便如此，在那58年里，地面沉降和海平面上升这两个数字加起来差不多就是 8 英寸。

他或许歪曲了丹吉尔岛的人文历史，但他确实注意到，而且多多少少描述出了一个正在进行的残酷进程。一个世纪后，这个进程让丹吉尔岛走到了危急存亡的关头。

从约翰·史密斯看到拉塞尔斯群岛起，到休格·汤姆出版自己的著作，已经过去了 283 年。切萨皮克湾和丹吉尔岛在探险家们的时代是什么样子，我们只能猜测；但我们知道，那时的相对海平面高度比 1891 年低大约 3 英尺[11]，而休格·汤姆知道的丹吉尔岛也只是它更早时期的残余。

直到 1850 年，第一幅经详细测绘的丹吉尔岛地图——绘制了足够的背景环境和细节，可以与更晚近的地图进行精确比较——才面世。但其他更早期的地图确实也为我们提供了大概的印象：休格·汤姆所知的湿地在 17 世纪曾是干燥的陆地，许多沉入水底的部分曾突出海湾的水面，而将丹吉尔岛和沃茨岛与其他岛屿分割开来的水域原本要更窄一些。虽然绘制得很模糊，岛屿画得也像随便的一团，但在约翰·史密斯于 1612 年绘制的地图中可以看到，拉塞尔斯群岛由两条距离很近的岛链构成，能很明显地看出它们的前身是半岛（在切萨皮克湾当地也被称为"脖子"）。

1850 年的地图由联邦政府海岸测量处绘制[12]，能让现在所有熟悉切萨皮克湾中部的人都大开眼界。在这份地图中，丹吉尔岛比我们所熟知的样子大得多，几乎都要认不出来了：它比现在向西多延伸出半英里；西经76°经线在岛屿中心偏西一点的地方由北向南穿过整座岛，但今天它只能穿过离岛屿西岸很远的一片水域。在1850年的地图上，西脊岭根本没有那么靠西，反而是处于丹吉尔岛中部。

上方岛和丹吉尔岛本岛当时是一个单独的大岛。在迦南西边，上方岛向北延展，形成一个相对高的半岛，最北端比现在靠北将近一英里，几乎与另一个大岛——古斯岛（Goose Island）连在一起，二者间只有微不足道的几英尺水域。那个半岛现在已经完全消失了。古斯岛现在只剩一片不规则的低沙地和滩涂，荒凉枯败，常被海水淹没、冲刷。

迦南也出现在这份老地图上，地图中的点阵还显示出上方岛上其他有人定居的高地：位于迦南西边的椭圆形高地是艾赛斯；西南边的内陆地带有一条长脊岭，名为鲁宾屯；还有珀西蒙脊岭，这片定居地呈窄长方形，位置更靠南，离丹吉尔岛本岛最近。这些定居点什么都没留下来，而它们曾矗立的干燥陆地也所剩无几。

在丹吉尔岛人看来，这些变化都只源于风卷起的大浪，与上升的海洋并没有什么关系，而海浪也确确实实导致了岛上大部分土地的流失。但土壤侵蚀和海平面上升并不是非此即彼的选项：它们密不可分地联系在一起，因为随着海平面上升，切萨皮克湾中水的侵蚀力也变得越来越强。不断加速的侵蚀是一个全球现象的表征之一，而不是由当地大风单独产生的。

这一点被丹吉尔岛老地图上的潮溪样貌证实了。地图上，这些潮溪都是纤细的小溪流，大部分都窄得能一脚跨过去。大海沟现在蜿蜒穿行过整个丹吉尔岛；但 1850 年时并非这样，那时它在滩涂上半路就消失不见了。同样，坎顿溪现在是条宽而直的水道，把坎顿与丹吉尔岛其他部分分隔开，但在 1850 年的地图上它只是一线水流，而且在湿地中就半路消失了。为什么会这样？因为相比岛屿，周围的海湾上升了，把湿地变成了开放水域。

老地图证明，在西脊岭以西半英里的地方，丹吉尔岛本岛的第四条脊岭上，有一个小村庄。它被称作"牡蛎溪"，存续的时间相当长，老丹吉尔岛人现在还能记得。我 2000 年在岛上的时候，与乌克的父亲威尔聊过天，他回想起这个地方。[13]"那儿长着高高的松树"，89 岁的威尔告诉我，"他们曾经在那儿打球。牡蛎溪是个挺大的地方"。

比威尔·埃斯克里奇小 20 岁的利昂·麦克曼告诉我，他还是个孩子的时候，曾经在那边的高草丛里玩过，那里有几所空置不久的房屋作为标记。杰里·弗兰克·普鲁伊特比利昂·麦克曼小 13 岁，也是"特情室"的一位常客，同样记得在那边玩过，虽然他去那儿玩的时候那些屋子，连同那里的大部分树木，都已经消失不见了。

现在，在离海岸 100 码的地方，竖着一座导航信标。在它的基座下，离水面 8 英尺的地方，静静地躺着牡蛎溪曾有过的房屋的地基。

在 1850 年那份地图展示出的信息中，最引人注目的大概是丹吉尔岛现在已经被截断的海岬的样貌了。简单地说，海岬很大——从丹吉尔岛的西南角延伸出一条肋状沙地，总长有一英里，向南边和东边弯折，在钩状部分变宽，形成一片面积达十几英亩的四边形沙质地块。从地图上能看到变宽的那部分覆盖着树林：那儿就是循道宗野营布道会的旧址。

1812 年战争后，乔舒亚·托马斯在那里所做的著名的训诫广为流传，夏季海岬上的集会也变成了盛事，吸引成千上万的虔诚信徒来到这里。到了 1820 年，汽船载着诺福克和海湾北部其他大城市的布道会参会者来到这里。"每条河流都有船驶来，大小不一……"之后成为弗吉尼亚州州长的亨利·A. 怀斯这样描述自己的亲身经历，"船上都满载着人和供给品，岛上的码头挤满了船只，桅杆林立，看上去给港口和岛屿带来了相当规模的商品市场"。[14]

树木从英军多面堡的残垣断壁间长出，德高望重的牧师和谦卑的布道者在树荫下向大众高声呼喊。虔诚的祷告者们歌唱、起舞、哭泣、陷入狂喜——而且据说目睹了神迹。据《诺福克灯塔报》（*Norfolk Beacon*）的一篇报道称，1824 年 8 月，一个名为娜西萨·克里平的 19 岁的"虔诚的基督徒"少女，"因为圣灵在她身上起了极大的作用，她的脸庞变得明亮耀眼，凡人无法直视，但又没有引起围观人们的一丝负面情绪"[15]。

"那就像是太阳在一朵明亮的云朵上的反光"，一位目击者称，"在长达 40 分钟的时间里，她静默不语，面庞宛如天使。之后她醒过来，向人们描绘她幸福而极其美好的感觉，在这个过程中她粲然的面容逐渐暗淡下来，恢复了她原本的模样"。

对那些不怎么神圣的灵魂的记载要更加详细。有一群对福音不怎么感兴趣的鸡鸣狗盗之徒混杂进来，与那些寻求救赎的人一样在沙地上扎起了帐篷。"这边，教堂的牧师在从撒旦手中拯救灵魂；而那边，空虚的男男女女寻欢作乐、纸醉金迷，沉迷于感官享受的诱惑中"。怀斯这样描写 1828 年的集会，"营地晚上安静下来，但周遭的人都狂饮、鬼混、跳舞，还做出更糟糕的事，因可鄙的嬉闹调情而通宵达旦地喧嚣不休"。[16]

在 1850 年丹吉尔岛地图绘制前，野营布道会被——用尊敬的查尔斯·P. 斯温（Charles P. Swain，之后他成为那座以他的名字命名的教堂的牧师）的话来说——"交易的劲头和对安息日的亵渎"所阻碍，已经变得近乎无用。岛民们自己的行为并无不端之处，"但外来人把他们的货物带到这儿来贩售，小到西瓜，大到一艘船，甚至还偷偷卖威士忌，而且一如既往地，人们喝进去酒，就失去了理性，麻烦就接踵而至了"。[17]

美国南北战争爆发之前的那个 8 月，一群东岸地区恶棍被一位野营布道会布道师宣讲废奴主义之美德的话语激怒，在沙滩上发动了一次两栖突击。"上帝通过某种方式让人们发现了这群来势汹汹的恶徒"，斯温写道，"一队勇敢的人于是击败并放逐了这群撒旦的懦夫，每个人都遭受了来自文明社会的痛击，一个个为了逃脱跳进泥巴洞或者溪流中"。

即便如此，丹吉尔岛上集会的热情也慢慢冷了下来。1853 年，乔舒亚·托马斯去世；在失去这位古怪而强硬的人物 4 年后，丹吉尔岛上举行了最后一次野营布道会。在那之后不久，一个东岸人得到了海岬的所有权，"就在野营营地上建起了一座有 35 个房间的公寓"，斯温写道，"浪潮好像也被这种'创新'激怒了，开始逐步侵蚀这里，直到这个地方，包括松树还有所有的一切，都被海湾吞噬了"。

"就这样，上帝阻止了罪恶的手对此地的掠夺。"斯温这样结尾道。

在乔舒亚·托马斯把福音带到丹吉尔岛上的 208 年后的那个暮春[1]，他精神上的后裔们聚在一起，举行了两场苦乐参半的告别仪式[18]，岛上的教众以及许多非信徒都来参加。第一场是亨丽埃塔·惠特利的葬礼，在一个周日的午后举行，天气阴郁，气氛沉

---

[1]　即 2016 年春末。

重。冰冷的雨从铅云中连绵不绝地落下，在院子和人行道上形成一汪汪积水；与季节不合的寒冷让螃蟹缩在蟹笼达不到的深水区，寒冷也继续"把持"着小镇。

在新约教堂参加完早礼拜几个小时后，我骑自行车从西脊岭的租住处来到斯温纪念教堂。新约教堂的早礼拜由拖船工、教会长老金·"袜子"·帕克斯让人们自由提出代祷请求[1]开始。

"祈求流感疫情平复"，靠背长椅上传来一个声音。

"哦，是的"，索克斯点头表示同意，"流感太糟了。为流感疫情祈祷"。

"为埃德娜和她的血压祈祷。"

"让我们为埃德娜祈祷"，索克斯说，"她的血压一直不稳定"。

"为温德尔祈祷"，另一个人建议道，"温德尔昨天摔倒了"。

"是啊"，索克斯说，"为温德尔祈祷。他在自己的蟹屋摔倒了"。没有其他请求提出后，他补充说："为彼此祈祷。为我们的国家和接下来的大选祈祷。为以色列祈祷。"就在这时，坐在最前排的乌克喊道："祈祷来一波热浪吧！"

人群中爆发出一阵大笑，而台上并没有传来代祷的声音。悼念亨丽埃塔·惠特利的哀悼者们开着覆着防水布的高尔夫车赶到斯温纪念教堂，顶着外套急匆匆地跑进教堂门廊。教堂里，人群

---

[1] 英文为"prayer request"，即提出自己的请求，让牧师代为祷告。

很快聚集在圣所中，到得最早的人占了最后排的靠背长椅——这是丹吉尔岛上的一个老传统。我们所处的是一个轻松而抚慰人心的空间，高高的天花板和墙壁外覆盖冲压成型、涂成象牙白色的马口铁，内部空间被数盏大吊灯照亮，日光透过彩色玻璃窗倾泻进来。圣坛左边，在专门为教堂唱诗班搭的高台的后上方，挂着一块木雕标牌，上面刻着"请依从圣灵"的请求，这句令人敌意全消的礼貌请求在我 17 年前第一次进入这座教堂时就吸引了我。另一边挂着一幅金框装裱的照片，照片中一道彩虹划过丹吉尔岛的天空，恰巧投射在教堂的屋顶上；另外还挂了查尔斯·P. 斯温的大幅黑白肖像。圣所的东侧和南侧分别探出一个耳室，用于小一些的集会，比如周日早上例行礼拜前的查经班[1]。只要放下天花板上凹槽中沉重的木制百叶遮板，就能把耳室与屋子的其他部分隔绝开来。今天，它们都是开放的，人们在教堂其他部分被占满前先挤满了两个耳室。

棺材置于圣坛前，两侧是罩着玻璃罩的高脚烛台和一大组纪念花圈。逝者的亲人陆续走进来——这里的"亲人"是狭义的，因为在整个教堂里，我是零星几个与逝者没有亲属关系的人之一。伴随着南希·克里德尔的琴声，逝者的家人们坐满了教堂的前三排长椅。南希·克里德尔是一位资深前牧师的遗孀，自 1992 年起

---

[1]　class meeting，指的是教堂于周三和周日举行的圣经学习会，一般由一位牧师或长老带领，参与者结合自己的实际生活和体验，逐字逐句地研读《圣经》。

担任教堂的风琴手。她演奏的是一曲哀伤的列队行进乐，充分体现了风琴特殊的音效：像天使的唱诗班，像竖琴上奏出的和弦，轻柔地鸣响着。

亨丽埃塔的孙女婿之一里奇·普鲁伊特致悼词。他以一段对亨丽埃塔生平的简短介绍开场。亨丽埃塔在岛上经营一家商店，开了许多年，对蠢人态度相当差。她有 2 个孩子，5 个孙辈，6 个曾孙辈。

"亨丽埃塔在 1995 年基督教复兴运动[1]时皈依基督"，里奇告诉我们，"我不知道她在 1995 年的时候是多大年纪，但我确信在座有人知道"。

"70 岁。"座位上有人说。

"70 岁"，他说，"在 70 岁的时候将生命献给基督，并被接受[2]，是件非常好的事情"。

弗勒德牧师换下里奇走上布道台。"亲人们，朋友们"，他说，"在这个下午，我们要明白，天堂是真实存在的。它不是某个人白日做梦想出来的，不是个神话。而那里，正是亨丽埃塔女士今日之所在。今天，她已经升入天堂，在那完美的地方"。

"天堂也是重逢之地。亨丽埃塔女士现在正在经历最盛大的重

---

[1] 即 1995 年的"布朗斯维尔复兴"（Brownsville Revival，亦称"圣灵流露"，Pensacola Outpouring），发生在美国的新教灵恩派（Pentecostalism）复兴运动，强调通过"沉浸于圣灵中"以获得与上帝直接"连接"的个人经验。
[2] 此处指的是受洗入教。

逢。她与她所爱之人在天堂重逢。而我只能想象那不断的重逢，那重逢会持续到永恒。"

简短的仪式就这样结束了。在南希·克里德尔奏出的充满希望的套曲中，我们拖着步子走到外面，随着棺材向北穿过"肉汤"区。雨水渐止，只飘着一点毛毛雨。有些人步行，大部分人还是乘坐高尔夫车。行进的队伍在道路尽头的一栋房子旁停下，房子的后院里已经有一排墓穴。我们从伞下、从屋檐下注视着亨丽埃塔·惠特利被下葬入泥地里——而数量早已经超过丹吉尔岛在世人口数的岛上逝者，又多了一位。

几周后，我们再次聚集在斯温纪念教堂，参加另一种告别仪式：丹吉尔综合学校一年一度的毕业典礼。[19]丹吉尔岛人对这件事的热情，只有那么一两件事能媲美，因为所有岛民认识每一个毕业生——以及毕业生们的父母、他们出生的境况、他们家庭生活的私密细节、他们的学业水平、他们的约会史，以及他们是否虔敬——详细程度足以令岛上大部分孩子们感到胆战心惊。丹吉尔岛的孩子可没多少秘密。

另一方面，岛上的许多成年人都或多或少在 2016 届毕业班——6 个男生，1 个女生——的成长过程中起了作用。所以，6月初的一个周四，南希·克里德尔交替演奏着《乘风而起》和《攀登每座山峰》，以及其他鼓舞人心、脍炙人口的曲目，斯温纪念教堂中挤挤挨挨地有差不多 300 人——几乎是岛上三分之二的人口。经过漫长的等待，夏天终于来了，教堂的空调在与炎热天气的搏斗中发出咔嗒咔嗒和呼哧呼哧的喘息。我坐在乔安妮·戴利旁边，她 1968 年从丹吉尔综合学校毕业，现在是经营百货店的那个家庭的女家长。"以前他们会在学校举办毕业典礼"，她一边对我说一边用节目单给自己扇风，"天气总是很热。他们不得不把门都打开，马蝇们就会趁机飞进来"。

毕业生们列队走到前方，身穿深蓝色长袍，头戴学士帽。学校校长、本地人，也是丹吉尔岛唯一有博士学位的居民尼娜·普鲁伊特走上讲台。她用手指着放在下方桌子上的一瓶鲜花，解释说，除了在场的 7 位毕业生，今晚的仪式还向乔丹·韦斯利·戴利致意；他本来也应该今年毕业，但在 1998 年 3 月夭折于母亲腹中，因为他的母亲生产时动脉瘤破裂去世了。我看到观众中有不少人在轻拭眼角。乔丹·韦斯利·戴利的奶奶乔安妮在我旁边擤着鼻涕。

我们听到阿哥麦克县公立学校的新任负责人敦促毕业生们"尽你所能接受更多教育"和"要一直为社区做贡献，要回报长辈"。下一个上台的是杰里德·帕克斯，1997 年毕业，是丹吉尔岛的两位海警之一，也是我的女房东的儿子。他生得肉墩墩的，当他在卡拉 OK 伴奏下开口唱加思·布鲁克斯的《河》（The River）时，浓郁的丹吉尔岛口音居然消失了。这首歌的主题与海有关，十分应景，歌词中提到了波涛汹涌的海面、湍流以及其他相关的东西；歌曲在临近尾声处达到高潮，仁慈的主掌舵，将加思引向平安。

这些都是铺垫。尼娜·普鲁伊特再次站上讲台，向大家介绍毕业演讲嘉宾：学校 1982 届毕业生，也是现任学校数学老师，她几年前罹患了不可治愈的神经失调症并逐渐瘫痪，但某天早上醒来突然发现自己痊愈了，"你们相信奇迹吗？"校长向教堂中的人发问，"我要介绍给你们的就是**我们的**奇迹，特伦娜·穆尔女士"。

特伦娜是朗尼·穆尔的弟弟特雷西的妻子，她稳步走向麦克风。她身材高挑苗条，留着短发，利落干练。"过去 5 年里，你们 7 个人各自从我这里听到了一点愚见"，她对毕业生们说，"我非常高兴，在你们开启人生的下一个阶段时，还能再有机会对你们讲述我认为重要的品质和价值观念。但首先，我希望向在座的观众们介绍一些关于你们 7 个的情况"。随即她花了几分钟时间介绍毕业生们，列数他们的美德，淡化他们的缺点。"奥斯汀升入八年级时，性格十分安静，我实在不太了解他"，她提起一个学生，"但在他十一年级的时候，瞧瞧奥斯汀，他从一个在班里没什么存在感的孩子变成了有主见的少年，所有话题都能侃侃而谈——家，学校，还有岛上的八卦"。

"康纳在高中阶段对身边的人一视同仁"，她又点了另一个学生，"他从不格外偏向什么人，跟每个人都嬉笑打闹开玩笑。但他也赞美每个人。每一个迈入学校的人，从最小的学生到最年长的老人，都能从康纳那里获得甜蜜的赞美"。

"康纳总是诚实的，就算事情跟他有关也是如此"，她说，"我欣赏这种为人诚实的品格"。

她就这样一一寄语 7 个毕业生，然后话锋一转。她引用了《圣经·旧约·列王记下》[1] 中麻风病患者乃缦的故事：先知以利沙告诉乃缦，如果他在约旦河中沐浴 7 次，麻风病就能被治愈。"这正是我获知我得了不治之症时主降下的福音"，她告诉我们，"医生对我说，他会尽可能让我过得舒适，但这个病没有办法治愈"。

"主的这段话安慰了我，因为乃缦也得了无药可医的病，而且也不是一下子就被治好了。但上帝的话是真实的：乃缦在约旦河中沐浴 7 次后，麻风病被治愈了。而在 2014 年，我痊愈了。上帝的话是真实的，是可信的"，她强忍啜泣，"你们 7 个也是我痊愈路上的一部分，主动地来帮助我。我痊愈的那一天，你们 7 个都来到我的班里拥抱我。我永远不会忘记那一天"。

"看，工作会丢也会再有"，她说，"老板和教授会让你沮丧。物质财富会过时或破损。你的健康会随时间而流逝。有时甚至那些你最爱的人也会让你失望。但你总是可以相信基督永远是正确的"。

此前我从没听过这样的公立学校毕业嘉宾演讲。但毕竟这是

---

[1]　这里讲到的故事出自《圣经·旧约·列王记下》第 5 章前半段。乃缦是亚兰王的元帅，以利沙是当时的先知，住在撒玛利亚这个地方。

个市政水塔上都有十字架的小镇啊。

虽然特伦娜·穆尔的演讲动人心弦，但重头戏还没到，因为在这个毕业典礼上致辞的不仅有优秀毕业生代表，还有班上的每一个人。其中一位，就是前面提到的奥斯汀，他在感谢自己的父母时说，"没有他们，我真的绝对不可能站在这儿"。另一个男孩子感谢了在自己幼时去世的生父，还感谢了自己的养父。第三个孩子可谓"班级先知"，为自己的每个同学做了预言：一个会成为战斗机飞行员；一个会在自己的拖船工作中脱颖而出，"以破纪录的速度成为驻港船长"；第三个孩子会在大学里掌握电脑课程；还有一个会成为歌手麦莉·赛勒斯的制作人；至于汉娜·克罗克特，班里的"女王"，则会成为"著名的心理学家"。

人们大笑，人们落泪，因为毕业典礼的潜台词是，作为一个小村镇，丹吉尔岛哺育了这些孩子们，却要在不远的将来与他们告别——只有一个除外。两个毕业生要去上大学；一个会去参军；还有三个会进入文氏兄弟公司工作，这是一家总部在巴尔的摩的拖船公司，用驳船在东岸地区上上下下运载货物。他们中的大多数不会再回来——或者无论如何不会常住于此。丹吉尔岛没有为大学学位留下用武之地；曾经还偶尔有机会申请教职，但随着学校入学率一路走低，这种机会大概不会再出现。拖船工们或许会在此建房子，但更可能因为往返于岛屿和陆地间会占据他们两周一班的时间而疲惫乏累。穿上制服的年轻人逐渐习惯于更大、更宽广的世界，以及拥有汽车、啤酒乃至隐私——这些就算在军队里或许几乎没有，但仍会好过在丹吉尔岛。此外，除了他们已经知道的父辈从事的艰难、不确定而又危险的工作，岛上还有什么其他工作可做呢？

尼娜·普鲁伊特回到讲台上，"今夜你们将从我们身边离去"，她对毕业生们说，似乎在道一路平安，"我对你们提出最后一点要求。为你们身上的丹吉尔岛遗产自豪。为自己被称为丹吉尔岛人而自豪"。

"作为少年人，你们认为这个地方太局促，就像在显微镜下生活"，她说，"但很快你们就会意识到家是一个多么独特的地方。请带着我们岛上显而易见的、悠久的传统——努力工作、为家庭奉献，这会让你在人生道路上走得更远"。

毕业生们在南希·克里德尔演奏的《前进，基督教士兵们》（*Onward, Christian Soldiers*）中鱼贯而出，在教堂门廊里排成迎宾队列。我们这些祝福者慢慢从圣所挪出来。走到门边时，我发现身边是安妮特·查诺克，她之前离家去上大学，几十年都没有回来，直到她在家乡找到真爱，才在 9 年前搬回来，而她的继子与卡罗尔·穆尔的女儿结婚。她的头发短短地剪成方便的男孩子式样，眼睛明亮，开朗爱笑，比她大部分亲爱的岛民们嗓门稍微高那么一点点。"哦，真是个催人泪下的仪式，不是吗？"她说道，没有对任何一个人，却也是对着身边的每一个人说，"我刚刚止住为上一个故事流的眼泪，下一个故事就来了"。

蟹屋列于丹吉尔岛码头的主通道旁。（厄尔·斯威夫特　摄）

五

2000 年，我在岛上想仔细观察蓝蟹的时候，找到的就是安妮特·查诺克的未来丈夫[1]。截止到那个春天，爱德华·沃恩·查诺克已经在海上工作了将近 40 年，并被誉为岛上最棒的捕蟹人之一——他是一位老练的海员，一位为了捕捞硬壳蟹敢于远离海岛的有闯劲的捕蟹人，以及一位诚实的商人，每次往桶里装螃蟹都会满得让盖子凸起来——岛民们把这种行为称作"饶点零头"。

我找到他的时候，他正在"肉汤"区的家门外准备接下来一季的蟹笼。¹ 他在蟹笼的金属网上安上锌棒以减缓它们在海水中腐蚀的速度，给自己的航标刷上新漆，替换掉连接蟹笼和航标的磨损的绳子，为了增加摩擦力，在打结前把绳子的每一寸都浸到一个泥水坑里。他像是柯勒律治[2]笔下的人物，下巴方正，筋肉遒劲，皮肤被太阳晒得皲裂，一看就是个了解大海和自己的猎物，并且绝对有很多故事可讲的人。

但并非如此。埃德[3]说自己一无所知。虽然丹吉尔岛的渔民

---

[1] 从前文可知，安妮特是 2007 年才搬回岛上成婚的，2000 年两人还没有结婚，故作者说找到的是她的"未来丈夫"。
[2] 即塞缪尔·泰勒·柯勒律治（Samuel Taylor Coleridge, 1772—1834），英国诗人、文学评论家，英国浪漫主义文学的奠基人之一。
[3] 埃德（Ed）是爱德华（Edward）的昵称。

一生都在捕捞蓝蟹——所有人捕蟹的年数加起来能有成千上万年——但他告诉我，他们对蓝蟹的了解可能没有一杯咖啡多。"我们只知道两件事儿"，他说，"蓝蟹会跑，还会用钳子夹你"。

之后我还问过别的渔民，大家的回答大同小异[2]，他们还会感叹，尽管一代代人仔细地观察它们，可这种生物还是十分神秘。确实，岛上的捕蟹人对蓝蟹的生活习性持不同意见，也会吸收进一些相当严重的误传信息。尽管如此，丹吉尔岛人对这种生物还是了解颇多。就说蟹钳夹人的事儿吧：如果你不得不挨蓝蟹的夹，一定要是左螯夹。粗粗看上去，螃蟹的左右两边似乎是对称的，但它的两只钳子有些微的不同。两边蟹螯上都排列着交错的瘤状的锯齿，但左钳上的齿要小一点、细一点，左钳本身也要稍微瘦一些，顶端尖一些。这是因为蟹的左钳是用来切断食物的，而右钳要更粗壮，钳上的齿更像臼齿，是用来压碎东西的，并且远比左钳有力。

一个丹吉尔岛捕蟹人从小就知道这个，尽管他不太会关注丢到蒲式耳桶里面的螃蟹的蟹钳是什么样。他也不会在蓝蟹求爱的细微差别上花什么心思，但他会利用自己对这个仪式的了解诱捕母换壳蟹。除了蟹钳的颜色，还有第二种辨别螃蟹公母的方法。把螃蟹翻面，能看到腹部中心有一片可开合的壳瓣，这个部分被称为"围裙"[1]，下面盖着的就是螃蟹的生殖器。公蟹身上的

---

[1]　汉语中有时将其称为"脐"，所谓"尖脐公团脐母"说的就是根据脐判断螃蟹公母的方法。

"围裙"长而窄，很多人说像是华盛顿纪念碑的形状；未成熟的母蟹身上，"围裙"的形状类似三角形。孵化后 12—18 个月，母蟹即将进行性成熟前最后一次蜕壳时，"围裙"会带粉色或带点蓝色。[3]

用丹吉尔岛俚语来说，这种即将进行生殖蜕壳的母蟹被称为"待孕蟹"[1]，对邻近海域的公蟹有极强的吸引力。而即将性成熟的母蟹也同样被公蟹吸引，因为母蟹一生只交配一次，而且只在生殖蜕壳期、母蟹蟹壳还软的时候交配；大部分母蟹在性成熟后不会再蜕壳，因此接下来的几天是她繁殖的唯一机会。

这种无脊椎动物在求偶、繁殖时，表现得颇为感人。公蟹会在待孕蟹面前跳舞，如果她认为这只公蟹配与自己交配，就会后退到公蟹身下，而公蟹会用行走用的足将母蟹拉近自己的腹部。在接下来的几天内，公蟹会一直轻柔地抱着母蟹，自己走到哪儿就把母蟹带到哪儿[2]。当母蟹要蜕壳的时候，公蟹就用腿足在母蟹身周形成一个保护性的围笼，并在接下来的几个小时内守护母蟹钻出旧壳、舒展软皱的新壳。最终，母蟹达到性成熟的主要标志还是要在"围裙"上看出来：原本三角形的"围裙"会变成国会大厦的圆顶一样的形状。当母蟹身形舒展变大，公蟹会把她翻

---

[1]　英文为"doubler"，后文一律译为"待孕蟹"。
[2]　这里会有混淆，在切萨皮克湾地区的大部分地方，这样的一对公母蟹也被叫作"doubler"。但在丹吉尔岛上，这个词通常用来指即将进行生殖蜕壳的母蟹。——作者注

转到腹部朝上的姿势，打开自己的"围裙"，伸出一对触角一样细长的生殖肢；母蟹的"围裙"则会打开，露出一对被称为生殖孔的容器。一对螃蟹腹部相接进行交配，时长从 5 小时到 12 小时不等。之后，公蟹会再把母蟹翻正，并再次抱住她，直到母蟹的新壳长好、变硬。然后它们分道扬镳。[4]

　　捕蟹人知道，一般来说，即将蜕壳的螃蟹不会进入有硬壳蟹在的蟹笼。它们要寻找避难所，在硬壳蟹面前蜕壳简直就是邀请同类来杀死自己。如果蟹笼里同时有硬壳蟹和换壳蟹，那么先进入蟹笼的肯定是换壳蟹。而捕换壳蟹的渔民还知道，待孕蟹急切地要进行交配。因此，当丹吉尔岛附近的水域中密布"准新娘"们的时候，蟹笼下水前先往里面丢一只公蟹是渔民们的惯常操作[5]；一只即将换壳的母蟹可能会察觉到它的存在，想要与它交配，然后钻进蟹笼与公蟹见面——她急切的需求压倒了恐惧。

　　大部分年份，适龄的母蟹会在捕蟹季前期一次或数次经过丹吉尔岛，那时候换壳蟹的收成好得匪夷所思——渔民们在一个蟹笼里捕到好几打待孕蟹，或者一天用抄网捞到几百只，类似的故事比比皆是。但去年春天这样的情况并未出现，今年春天也没有，而且看上去没人知道为什么。

　　这就轮到渔民说，自己对蓝蟹还有多少不知道的事情了。

　　交配之后，性成熟的母蟹就开始进行产卵前的长途迁徙。因为冬天要休眠，所以通常母蟹要到来年才能完成这段旅程。当母蟹来到切萨皮克湾口的咸水附近时，便利用携带了一路的精子使自己的卵子受精。母蟹的腹部鼓胀起橘黄色的海绵状卵块。

如果丹吉尔岛的渔民们真的像他们声称的那样，对蓝蟹的某些生活片段知之甚少的话，那么那个部分就一定是卵块了。当我在谈话中问到，捕蟹人在捉抱卵蟹时会不会伤到自己——毕竟它们带着的是螃蟹的下一代——的时候，捕蟹人都坚持让我不必担心，因为那些橘黄色的卵块是未受精的蟹卵，永远不会孵化。事实并非如此：如果不受精，卵块就永远不会形成。捕蟹人桶里的抱卵蟹永远不会看到自己的卵孵化的一天，这没错，但那是因为它在桶里。

如果它能活到产卵的那天，母蟹还可以用体内留存的精子给另一批卵受精。只要它还活着，它体内的精子就一直保持活性，所以如果一只母蟹活得够长，理论上它就可以用那唯一一次交配获得的精子给第三批、第四批甚至第五批卵受精。不过，切萨皮克湾的母蟹通常活不到第三次产生卵块的时候，而另一天清晨出海的时候，我知道了其中一个原因。

乌克·埃斯克里奇开着"希里黛玉"号来到海岬东边的一个蟹笼边，像他已经习惯的那样因为以往的待孕蟹大潮没出现而感到奇怪。"它们去了深水区"，他推测道，"以前每个春天会有两次蟹潮，都有母蟹。然后变成一个春天只有一次蟹潮。再然后变成了，除了史密斯岛附近，我们连一次蟹潮也遇不到了"。

"螃蟹正在蜕壳，但我们再也没遇到过哪怕一次待孕蟹潮。螃蟹肯定在我们看不到的深水区"。

拂晓到来后两个小时，水面光滑如镜，几乎没有风，空气潮湿凝滞。这种滞涩感有一种奇异的不祥之兆，而就在南边，20英里开外的地方，乌黑的云幕垂到水面，不时被闪电点亮。乌克斜着身子用钩子钩住一个浮标，将一个蟹笼拎到甲板上，把内容物摇下来。他从分拣盘上挑出不同的螃蟹，分别丢进对应的桶里，随着螃蟹一同捞上来的还有一只扭动身体的海马。他把海马递给我。那个小生物周身裹着一层泥泞的黏液，在我手掌上挣扎扭动，首尾相碰。我欣赏了它几秒钟，用指尖敲了敲它遍是棘刺的皮肤，然后把它抛进水里。

乌克自己的婚恋历程与许多岛民夫妻类似，也就比蓝蟹的求偶进程出人意料那么一点点。他之前已经与几个夏天来岛上玩的大陆女孩约会过，然后在十年级的时候，把注意力转移到了九年级的朱迪思·艾琳·麦克曼（Judith Irene McMann）身上。不过也没什么神秘感——他们是青梅竹马。她文静美丽，眼睛明亮，笑容耀眼。他留着长发，喋喋不休；十一年级的毕业班年刊照片里他看上去像个冲浪手，眼睛笑得起皱纹，似乎有点瘾君子的感觉，但他实际上是个规矩正直的人。（"我从没吸过大麻"，他告诉我，"也从没喝醉过，微醺都没有过"。[6]）他们两个是远房亲戚——她的曾曾曾祖父母是乌克的曾曾祖父母。不过在丹吉尔岛上，跟自己的某个亲戚结婚基本上是不可避免的，而他们两个之间的血缘关系比许多人要远得多。

他们一起跳过舞，乘小艇在周围巡游过，一同去过沙滩。他们与其他少年们一起去几个有自动点唱机和台球桌的地方玩过，不过那些地方现在已经久不营业了。他们还一起去过"约会屋"，就在"肉汤"区她家的前面。他们还会散很久的步，注意避免在黑斯廷桥上逗留，许多老丹吉尔岛人会告诉你，女孩子在那儿"会有不好的名声"。

1977年4月与艾琳结婚的时候，他18岁，而她还有两个月高中毕业。"电光石火一瞬间，然后你就知道，'就是这个人了'"，他对我说，说不出别的能进一步解释为什么喜欢上她的话。"艾琳矜持了一段时间。我当时对她说：'我知道你也喜欢我。你这样也挺难的。'然后她说：'没错。'"[7]

那个时候，乌克已经在驾驶自己的船了——"朱迪思·艾琳"号，一艘有着圆形艉的尖底破浪船[1]，由内部柴油发动机驱动。尖底破浪船是传统的切萨皮克湾作业船，长30—50英尺，船身宽，靠近船头的位置有一个小而简单的船舱。"朱迪思·艾琳"

———————

[1]　deadrise，指的是一种尖船底的渔船，纵截面呈对称的五边形，船底呈V字形，适用于较深水域作业，本书译为"尖底破浪船"。后文还会出现一种适于浅水水域、船底为平底的渔船，英文为"barcat"，多用于耙蟹，有时候也会被直接称为"work-boat"，本书译为"平底作业船"。

号的圆形艉使得它有别于其他尖底破浪船。当时大部分丹吉尔作业船都是方形艉，现在也一样。但所有的尖底破浪船都有着适合将蟹笼拉上来的设计特点：船舱到船尾间长而开放的露天甲板，占船身总长的2/3，让捕蟹人可以放渔获；船舱里有一个操舵台，船舱外右舷侧还有一个，这样人们弯身探出船舷外拉放蟹笼的时候也能操控船只；船只纵剖面从船头至船尾呈斜向下的形态，船尾干舷[1]非常低，这样船尾部两侧距离吃水线都只有一两英尺高，将捕蟹人捞上渔获的垂直距离缩到最小。

乌克保有"朱迪思·艾琳"一号7年，然后将它卖掉，换了一艘小一些、简单一些的"希里黛玉"号，后者只有20英尺长，而且没有船舱——说到底这艘船就是个玻璃纤维制的"盆"，一头尖，一头安着一台90马力的舷外发动机。

工作日过了一半，我们收获颇丰，甲板上已经有几桶硬壳蟹，还有半桶换壳蟹。这种收获实属不易，因为连着几年夏天，丹吉尔海峡和波科莫克湾的水域里都凝结着一种羽毛样的粉褐色藻类，乌克管它叫"红苔藓"。这种藻类糟蹋了不少蟹笼，它们一长条一长条地长进长方体的金属蟹笼里，有时候长得太密了，蟹笼几

---

[1]　干舷一般指船舶中部由满载吃水线到甲板上缘的垂直距离，由于切萨皮克湾尖底破浪船露天甲板并不是水平的，因此这里不强调"船舶中部"，只强调露天甲板在吃水线以上的高度。

乎都要变成实心的了。

"它会长得很长，看上去像棕色的头发"[8]，他跟我说。他拉上来一个蟹笼，附着的海藻让它看上去像长了胡子。"长得真快"，他低声道，"笼子越旧好像越容易长这东西。我大概是 3 年前做的这个笼子吧"。乌克自己做蟹笼，这让他从其他直接买现成笼子的丹吉尔岛人中脱颖而出。在他放入海中的 210 个笼子里，有超过 1/3 是他在冬天做成的新笼子。他购入组成蟹笼基座和侧面的沉重的金属线框，用市面上称作"咸水网"的镀锌金属网做长方体的其他部分。这么做，一个蟹笼的花销大概只有店里买的成品的一半。

我们继续收这一排的蟹笼，发现更新的笼子也长上了海藻。看上去所有笼子都很快会让螃蟹望而却步：乌克告诉我，一点"红苔藓"无关紧要，但如果笼子上长了很多的话，就会把螃蟹吓走。而且，他说，海藻会增加蟹笼的重量，还会让他拖蟹笼出水的时候阻力更大——每天要拉数百个笼子上甲板的话，问题就大了。

是什么促使"红苔藓"出现？这个问题又在渔民们不知道的事情上添了一笔。"水里有什么东西让它长起来了"，乌克耸了耸肩猜测道。这个猜测很模糊，但弗吉尼亚州海洋资源委员会[1]

---

[1]　后文根据原文内容，分别采用全称"弗吉尼亚州海洋资源委员会"和略称"弗州海资委"两种译名。

（Virginia Marine Resources Commission，VMRC）负责人约翰·布尔也持这种观点："似乎是水质问题"[9]，他这样告诉我。弗州海资委是监管海湾中螃蟹、鱼类和牡蛎的商业捕捞的州立机构。

乌克又拉上来一个蟹笼，拴笼子的绳子上松散地覆盖着那种海藻。"如果情况变得很糟，我会把整个一列蟹笼拉上来，放在沙滩上晾上一两天"，他说，"让阳光烤一烤"。蟹笼里，一条小鲈鱼侧瘫在笼底，嘴巴张张合合，周围围着一堆硬壳蟹。乌克把蟹笼里的渔获倒出来，捡起小鲈鱼，用一根戴着手套的手指摩擦它。"卵很多"，他说，"这鱼身体里有好多鱼子"。他把鱼抛回海里。接下来的一个笼子里有一只软壳蟹蜷在硬壳蟹里。在把其他螃蟹倒进分拣盘之前，他先把那只软壳蟹挑了出来。"它是走了好运了"，他一边说着一边把软壳蟹拎到船头的一个盛着水的活水洞边丢进去。他又加了一句："大概吧。"

他正挑出一只大公蟹的时候，一只母蟹抓住了它不松钳。乌克用力晃了晃公蟹。母蟹的钳子掉了下来，它掉回托盘上，被晃断的钳子在它身旁咔嗒作响。钳子的两只大螯自动开合着。"看那个！"我大叫道。

"哦，是的，它们还会继续动"，乌克说，他把蟹钳捡起来，那只钳子还在空夹着，"还是有点劲儿"。

我们的船开到一列蟹笼末端，驶进利昂·麦克曼的视野之内。利昂正在小小的船舱里狼吞虎咽地吃午饭，他看向我们这边并挥手致意。"贝蒂·简"二号是艘小船，切萨皮克湾的作业船都这样——这种样式的渔船叫平底作业船，外观跟尖底破浪船一样优雅，但远没有那么大的块头，露天甲板比较小，离水面非常近。这种船只的设计适用于受保护的浅水区，而不是远海——而且也不是为了下蟹笼捕蟹，而是用来耙蟹，后者是另一种捕脱壳蟹的方法，近20年逐渐过时了。船尾后的绳子上拉着一个装置，看上去让人想起割草机后面的袋子：一个后面拖着绳网的钢框架。利昂把船开得很慢，船速大概只有2—3节，耙蟹的网子拖在海床上，把海床上的任何东西都捞进网子里。每过几分钟，利昂就把绳子绞紧，把装得满满的蟹耙网拉出水面，再将网里的渔获倒在分拣盘上。

我们看着利昂吃完了饭，拖着脚走回船尾。他又收了一波，就是说又收了一网，耙网满当当的。他一把接一把地拉着绳子。网子里堆满了泥巴、海草、破烂的鳗草还有一堆螃蟹。几乎所有东西都被抛回水里：不像用蟹笼的捕蟹人，耙蟹人不能留下副渔获——法律规定，耙蟹人必须把除了脱壳蟹之外的所有东西都放回海里——所以大部分时间，用耙网捕蟹的总体净渔获并没有那么多。

但这也能捕捞到足够的脱壳蟹了。平底作业船体型小，可以在尖底破浪船无法行驶的浅水区工作，因此耙蟹人能有更大的作业区域。而且，如果一天里一个地方收成不好，只要简单地拉起耙网、开船去另一个地点就好了——跟移动蟹笼时要面对的海量物资比起来，耙蟹的机动性简直令人羡慕。耙蟹还有其他优势：启动所需的资金少，毕竟几个耙网可比数百个蟹笼要花的钱少多了；工作的节奏也没有蟹笼捕蟹那么疯狂，耙蟹人在两次拉网之间可以深呼吸几分钟、看看周围，也有足够的时间仔细拣选；而且因为他们离岸很近，一般较少受恶劣天气的影响。风和日丽的时候，他们的工作一眼看上去几乎算得上休闲。

此外，耙蟹还有些寻宝游戏的诱惑趣味，因为耙网里能捞上来什么谁也说不准：鲨鱼，黄貂鱼，水龟，虾，以及其他不会冒险进蟹笼的生物；还有过去时代的遗物，如陶器、砖头、餐具、船和机器的残片，甚至有一次有一枚未爆炸的炮弹——利昂捞上来的，一捞上来就觉得"简直太危险了"。他时不时就捞上来些沉得拉不动网的东西，我听他在"特情室"讲过。"我捞上来一根很大的老木柱"，那天下午他大声道，"大概有这么粗"——他把两手张开，能有 10 英寸的距离——"10 英尺长。海上那些块头更大、更强壮的小伙子肯定能比我更轻松地把它拉上来，但捞到这根木头的是我"。[10]

"一定很沉吧"，布鲁斯·戈迪说。

"沉？那简直就是把我往水里拉"，利昂说，"那根柱子可**真大**。我觉得它沉在海底得有 150 年了"。

这当口，我们看见利昂挑拣完螃蟹，耙网正在海床上曲里拐弯地捞另一网。"现在还耙蟹的人不多了，但我一直挺喜欢的"，乌克说，"我夏季最后几周会来耙蟹。我喜欢船上放着所有需要的装备的感觉。我喜欢你想去哪儿就去哪儿。你也不会像现在这样这么累，因为你捞蟹笼的时候海上情况更苦，而且船移动得也太多了"。

"耙蟹的一个最大的劣势"，他说，"就是你只能在把蟹耙网拉上船的时候才算是捕到了东西。如果是下蟹笼，就算你在家睡觉也能抓螃蟹"。

我们收完了这里的蟹笼，同利昂挥手告别，便向着乌克在岛屿面向海湾的那一侧的蟹笼地出发。乌克并没有直接穿过港口过去，而是轰开节流阀向北灵巧地绕过上方岛，船首高高翘起，船身流畅地划过静水。在岛屿的另一侧，乌克在那儿的第一个蟹笼就下在离船道西入口 200 码的地方。乌克把它拉上甲板的时候，我看到上面覆盖着红苔藓，并问他是否觉得海藻让螃蟹认出了这是个蟹笼而把它们吓跑了。"它们**确实**聪明"，他答道，"很擅长想明白事儿"。他把蟹笼倒空，里面有几只硬壳蟹，其中有只大公蟹。丹吉尔岛人有句俗话来描述大的螃蟹，就像他说的，"一个顶十个"。

"它们比大多数鱼类都聪明"，他说。螃蟹很机警，加上视力又好，这让它们难逢敌手。许多捕蟹人都受过教训，戴有破洞的手套是会被夹得很疼的，因为螃蟹很快就会发现并且利用这处弱点。"或许你的蟹笼里只有一个小洞，但螃蟹会发现的。它们会不停地找啊找啊找，直到找到逃出去的路"。

我注意到右舷外的水里有动静。蓝蟹的学名 *Callinectes sapidus*，意为"美丽而可口的游泳者"，现在我明白它们确实不负这个名字：一只公蟹把一只待孕蟹紧紧抱在腹部，正在水面下几英寸的地方侧向游过船边。它只用桨一样的后足驱动，但动起来优雅又迅速，令人惊讶。

6月中旬的一个星期四，大部分岛民又一次涌进斯温纪念教堂，这次是为了参加兰斯·戴利和岛上本地人埃丽卡·帕克斯的婚礼。[11] 兰斯是岛上百货店店主的后代。从毕业典礼那周起，我就会在教堂里、在戴利父子百货店里、在"肉汤"区的街上遇到安妮特·查诺克，促使她发表些意见——通常以闲谈的方式，看上去她是摆脱不掉我了。我快步走到斯温纪念教堂的门廊时，又遇到了她，她面带微笑，走得很快，一手挽着一位看上去彬彬有礼的男性。他穿着一身剪裁利落的灰西装，打着一条似乎很贵的领带，脚上是一双礼服鞋。直到安妮特介绍他是她的丈夫，我才认出他就是我16年前采访过的那个渔民。

一进教堂大门我们便分开了，我按往常的习惯在后排的长椅上给自己找了个座位。扩音器里放着提前录好的帕赫贝尔的《D大调卡农》的曲子，约翰·弗勒德牧师和新约教堂的长老杜安·

克罗克特同新郎一起在圣坛上各就其位。兰斯·戴利穿了一件灰色的燕尾服，与他深棕色的皮肤对比鲜明。他的脖子上文着一对相交的心形，一个里面写着"J. W."，代表乔丹·韦斯利，2016级班里未出生的那个孩子，如果平安降生的话应该是他的小弟弟；另一个心形文着"Mom"，指的是他的妈妈斯蒂芬妮·克罗克特·戴利，生孩子时难产，与腹中的孩子一同走了。

新娘头发高高盘起，穿着一身缀着小亮片的细吊带象牙白礼服，穿过教堂走来。弗勒德牧师欢迎聚在教堂中的人们前来，然后将仪式交给杜安主持，后者还在学校教历史。杜安还是新郎的舅舅，去世的斯蒂芬妮·克罗克特·戴利是他的姊妹。他宣读《以弗所书》第五章中的一段话："你们做妻子的，当顺服自己的丈夫，如同顺服主。因为丈夫是妻子的头，如同基督是教会的头。他又是教会全体的救主。"[1]

"在我们现在的社会，《圣经》并不广受欢迎"，杜安承认道，"我们似乎并不能认同妻子应当顺服自己的丈夫。我们会想象出一个奴隶主对某些人颐指气使而丝毫不顾及他们的情感和渴望的画面"。他的丹吉尔岛口音中，"regard"的发音成了"regoward"，而"desires"听上去是"dizoyers"。

"我们的世界不觉得父母对孩子负责，或雇员对雇主忠诚有什

---

[1] 这两句出自《圣经·新约·以弗所书》，此处采用了《圣经》和合本的翻译。本书采用的《圣经》版本均为《圣经》和合本，以下不再重复注释。

么问题"，一直未婚的杜安说道，"但一个妻子要顺服丈夫的话听上去却陈旧古老"。

"主的这些话并不是要让一个妇女变成任何人的出气筒"，他分辩道，"我阅读和学习《圣经》中的这些话时发现，大部分的责任其实是归到丈夫身上的。他被要求要像基督爱教会那样、像基督为教众献身那样去爱自己的妻子"。

"无论何时，如果一个女性看到有个男性像这样爱他，我不认为她在顺服丈夫，在顺服一个这样爱她、愿意为她去死的丈夫上面会有任何问题。"

弗勒德牧师宣告称，这对新人写了各自的誓言，我们都努力地去听他们交换誓词。我只能听到兰斯的一两句话："埃丽卡，你是我遇见的最好的女人"，他对自己的新娘说，"我迫不及待地要与你共度余生"。牧师让人将戒指拿上，见证两人交换戒指，并宣布他们成为合法夫妻。"女士们、先生们"，他大大地张开双臂说道，"我很高兴向你们宣布，兰斯和埃丽卡已经结为夫妻"。教堂中爆发出掌声和欢呼声。

招待会设在学校的自助餐厅兼礼堂中，场地有 50 英尺×50 英尺见，高高的天花板桁架露在外面，门旁挂着一个大大的、有栅窗的挂表。房间四边覆着一层白色的纱质布料，里面闪着白色的圣诞灯饰。一张宴会桌上摆着开胃小吃：墨西哥炸玉米片配芝士汁、巧克力喷泉、一块一块的磅蛋糕[1]，以及素食拼盘。我给自己盛了一杯无酒精潘趣酒，这也是现场唯一的饮品。我思考着，岛上枯燥的日常生活就够称得上"富有挑战性"，但一场干巴巴的婚礼简直是更严苛的挑战。我离开桌边时又遇到了安妮特和埃德，他们坐在舞台旁的一张桌子边，桌上只有他们两个。"我能跟你们一起坐吗？"我问。

"来这儿坐我旁边"，她答道。

丹吉尔岛人对安妮特本人的第一次婚礼印象深刻——首先是因为在十几岁的那场悲剧后，她理应获得些幸福。她一直与沃伦·埃斯克里奇谈恋爱，两人计划等他从越南回来就结婚。"沃伦有辆小摩托，是一辆绿色的库什曼"，她之前同我说过，"我们确定关系之后，他把我名字的首字母写在了车上：MAP。代表'玛丽·安妮特·普鲁伊特'，就写在油箱的位置。我当时觉得就是这个人了"。

"我以为我注定要在丹吉尔岛上生活一辈子"，她说，"我会结婚，留在岛上，而我对此非常满意。然后他死在了我大三那年末尾"。[12]

安妮特并没有止步不前，她在 1970 年前往弗吉尼亚州哈里森堡（Harrisonburg）上大学，就是现在的詹姆斯麦迪逊大学

---

[1]　英文为"pound cake"，是美式蛋糕，因用一磅黄油、一磅糖和一磅面粉制成而得名。

（James Madison University）。在那里她遇到了第一任丈夫，而她的婚礼在丹吉尔岛的集体记忆中留下了深刻印象的第二个原因是：婚礼举办的时候恰逢《国家地理》杂志的一位记者在岛上。杂志1973年11月刊上登载了一张引人注目的照片，她穿着婚纱，被亲朋好友簇拥着站在斯温纪念教堂外。当时她从大学回到家中，并在毕业后与丈夫在谢南多厄河谷（Shenandoah Valley）定居。

　　然后，36年后——在这36年中她教小学一年级，养育了两个儿子和一个女儿，还离了婚——她在丹吉尔岛上的朋友撮合她与埃德·查诺克[1]在一起，埃德的妻子亨丽埃塔2005年去世了。根据安妮特所讲，这段交往是犹豫反复的，甚至算得上折磨人，因为埃德害羞得简直像个榆木疙瘩。但是，很显然，她将他拉出了封闭的外壳：2006年12月，他们在第二次或者第三次见面约会时，就已经在谈婚论嫁了。"他说，'呃，你懂的，因为我这份工作，一年中只有固定的时间能举行婚礼'"，安妮特回忆道，"所以我们就说起季节来。他说可以是冬季捞蟹之后、春天捕蟹季之前，或者我们可以等到夏季末尾。而我们两个都不愿意等那么久。所以就这样了——我们在2月底结婚了"。[13]

　　此后我坐到埃德旁边，请他介绍屋子里的岛民以打开话题。埃德快70岁了，但若不看那因为日晒和海水淋渍而布满皱纹的脸，他显得比实际年龄年轻。他是个高个子，看上去很有力量。

---

[1]　即前文的爱德华·沃恩·查诺克。

他回答我的问题时语气友好，但极其简短，让我想起杰里·弗兰克在"特情室"跟我讲过的埃德的父亲沃恩·查诺克的事儿来。他会讲起一个故事，"讲到一半，然后停下来说，'没必要再说下去啦'。人们会说，'哎，沃恩，你不把故事讲完吗？'他就会大摇其头，'没必要讲更多啦'"。[14]

　　一个从大陆过来的打碟师站在房间西北角，面前是一台闪着许多灯的独立操作台。酷玩乐队的音乐"咚次哒次"地从他的那列扬声器中传出来，我们几个排队等着走过摆着卤汁宽面条、恺撒沙拉、面包、布丁和甜茶的自助餐桌取餐。我们快到食物旁边的时候，我才意识到我坐到爷爷辈的桌子上去了——我突然想到，埃丽卡是埃德的外孙女——而从房间中许多人盯着我的目光中看出来，我是忝列其中，过早地去取餐了。回到桌边继续跟埃德聊天才让我感觉如释重负。他还是寡言少语，但很容易发笑，而且有一种自嘲式的冷幽默。安妮特弥补了他的腼腆。这顿饭很快就吃完了。

　　接下来的发言都很简短，而且无比赤诚："我和兰斯从幼儿园起就是最好的朋友"，年轻的大块头男傧相告诉我们，"我只是想告诉他和埃丽卡，只要需要帮助，我一定在"。一个伴郎拿到了衬衫袖箍，而伴娘之一则接到了新娘的手捧花。兰斯与他的祖母一同跳舞。新娘与自己的父亲伴着史密斯飞船乐队的曲子起舞。层叠金字塔形的蛋糕被从上到下切开。

　　打碟师为年轻一辈的岛民放了几首舞曲，然后宣布"接下来我们会按照年龄顺序放歌啦"，接着扬声器中突然响起了汤米·詹姆斯与肖恩德尔兄弟们乐队[1]的《莫尼莫尼》。一声呼哨响起，舞池里聚起了一群岛上的中年女性，最中间的是安妮特，她恣意地扭动着身躯。"快看妮蒂[2]！"有人喊道。

　　我望向埃德，他与房间中任何一个渔民一样坐在自己的座位上。他向后靠着椅子背，皮肤泛着长年受风吹的红色，既迷惑又高兴地看着舞池中的妻子。

---

[1]　即 Tommy James & The Shondells，是美国的一个摇滚乐队，于 20 世纪 70 年代中后期组建，一直到 2015 年仍有活动。乐队人员历经变化，核心人物是主唱汤米·詹姆斯。接下来提到的《莫尼莫尼》于 1968 年发行，荣登当时英国单曲排行榜第一、美国单曲排行榜第三的位置。根据主创们透露，这首歌的名字来自纽约互助大厦（Mutual of New York Building）楼顶的"M. O. N. Y."的标志灯牌。
[2]　从前后文推断，此处的"妮蒂"是安妮特的昵称。

第二部分

上帝晓谕水

六

一个热气蒸腾的上午，我在稍晚些时候走上露台，发现热度在消退，而太阳正晒得厉害。海湾上尖底作业船们在操作蟹笼，我很庆幸自己没有在任何一艘船上面。当我看着它们的时候，眼角余光察觉到有什么动静，便把注意力集中过去——正好看到一片鱼鳍带起一条弧线破水而出，片刻之后，在不远的地方，又有一片。这是一群宽吻海豚，正懒洋洋地在岛的西海岸向北游泳。

海豚在切萨皮克湾南段很常见[1]——20世纪90年代我住在诺福克的沙滩上时，一周能数次看到它们在浪花间游泳——但近年来科学家们发现，这些聪明的社会性生物同样大量地在海湾北端出现。在波托马克河上游，在马里兰州西部海岸最靠北的所罗门斯岛，甚至在安纳波利斯的海湾大桥附近，都发现了海豚群。有位科学家估计，每年夏天可能有多达1000头海豚进入海湾；另一位科学家乘船来到波托马克河河口，仅用了两个夏天，就识别（并命名）了500只海豚个体。

这是一种新现象还是人类认识提升的产物，依然不得而知。但一些专家怀疑，这些生物可能是受到海湾内丰富的石首鱼和岩鱼的诱惑，把切萨皮克湾定为度夏之所。另一些专家则假设，海豚的常规食物储备正在随着海湾的变暖而移动——这似乎是缓慢而稳定的变化。自 1960 年以来，海湾升温超过 2.5 华氏度[1]——而海豚只是在跟着食物移动。[2] 换句话说，海豚的出现虽然令人兴奋，但可能预示着海湾生态系统的一些鲜为人知的变化，而这些变化不太可能是好的。

无论如何，我用望远镜观察了几分钟，最终决定要进行近距离观察。最好的地方就是垃圾场那边的水泥台——一段混凝土码头。我跳上自行车，飞快地沿西脊岭往北骑行并绕过飞机跑道。距离上一次垃圾被分拣并用驳船运走已经有一段时间了，路边的垃圾堆得高高的：一台洗衣机，几台废弃的微波炉，一个旧油箱；空的丙烷罐，一套卫星电视天线，一辆踏板摩托车的骨架，一个破破烂烂的摩托车车架；几个烧烤架，几台生锈的割草机——在丹吉尔岛总被称为"剪草机"；一张次大号[2]的弹簧床垫；各种尺寸的磨秃了或有裂口的轮胎；过时的窗式空调和小型取暖器；一个坑坑洼洼的家用火炉，卷成一团的、生锈的铁丝网围栏；马桶、自行车和高尔夫车的残片；还有一根旧电视上的大号阴极射线管。[3]

在前面，水泥台被塞得爆满的巨大铁皮垃圾箱占据，混凝土路面上散乱地丢着废弃的油瓶、损坏的蟹笼以及牡蛎养殖业产生

---

[1] 用来计量温度的单位，华氏度＝32+摄氏度×1.8。——编者注
[2] 英文为"queen-sized"，指的是床铺等的次大号，大致尺寸是 1.5 米×2 米；比它更大的就是最大号"king-sized"。

的塑料浮板和金属箱笼；在丹吉尔岛，牡蛎养殖业才刚刚起步。水泥台边缘生锈的钢防水壁就成了一个不雅观的有利位置，它向西和向北方向视野清晰，如果海豚沿着它们的路线继续前进，就一定会经过这里。

不幸的是，当时没什么风，没过一会儿鹿虻就找上了我。切萨皮克湾的这种夏季灾星只有半英寸长，但从咬痕来看，牙占了它身子的一大半。"像德国牧羊犬一样坏"，我曾听利昂·麦克曼说过，还有一次他说是"像杜宾犬一样"。对于这种昆虫带来的痛苦而言，这些只是轻微的夸张。它对血的渴望极其强烈，在从你胳膊、腿或脖子上撕下一块皮后，哪怕你伸手要拍死它，它还是会死盯着你的眼睛，一直叮在那里吸血。一只鹿虻就是个可怕的对手了，一群鹿虻简直是人间地狱。现在它们来了——一只，现在有三只，突然就五只了——于是我拍打着、咒骂着，失去了对海豚所有的兴趣，拼了命地骑着车穿过垃圾场，沿西脊岭向南奔，不顾一切地只想找个什么屏障躲起来。

我跟乌克说起我看到了海豚的时候，他告诉我，他曾见到鲸鱼冒险来到海湾这么靠北的地方——他说，他在近海的丹吉尔灯塔（Tangier Light）那儿看到过一头，就在刚过去的春天里，渔民们照看蟹笼的时候看到了两三头座头鲸。[4] 他还说，有一年夏天，他的儿子"啄木鸟"发现一只被蟹笼里的线缠住的海豚。"他放了它"，他这样说起那个干劲十足的渔民，"所以他有一点我的影子。剩下的就全是利昂了"。

在海上度过了漫长的一上午后，我们来到了乌克的螃蟹棚屋。我们那天的谈话里一直出现动物救助的话题：几个小时前，在把一个蟹笼的内容物倾倒在"希里黛玉"号的分拣台上后，乌克从一团乱藻中挑出一只公蟹，说它瞎了。"看见它的眼睛了吗？"他问我，"它们是黑的"。果然如此——蓝蟹支棱起来的眼睛通常是与腹部一样的蓝灰色，但这只螃蟹的眼睛看起来像烧过的火柴头。他在它面前挥了挥手。它没有反应。"我总是把它们扔回去"，他说，"我觉得，如果他拼命了这么久，终于长到了这么大，我要放它一马。

"我妻子听到后会说，'你干了**什么**？'"他接着说，"詹姆斯会跟我说：'我才不信呢'。他们给我扣各种帽子，'怪异的''独一无二'，还有什么'稀奇古怪的'——这个词也合适吗？"

"合适"，我说。

"詹姆斯会说，'你怎么知道它们是瞎的？我从来没看到过一只瞎螃蟹'。我说，'哦，不过是因为你把它们也抓了'"。乌克把螃蟹扔到船舷外。"就算它是个大公蟹我也要这么做"，他说，"我要放他走"。

他告诉我，有一次，他在尖尖儿附近捕蟹时，偶然遇到一只受伤的海龟，"它头上有条很大的裂口。它在海面上游得很吃力——不停地往下沉，我能看出来它拼命要把头再伸出到水面上来。所以我把它拉上了船"。一回到陆地上，乌克就打电话给弗吉尼亚比奇的弗吉尼亚水族馆与海洋科学中心（Virginia Aquarium and Marine Science Center），那里有一间救助实验室。"他们说，'哦，我们得打电话给联邦政府工作人员'"，乌克回忆说，"'拥有一只海龟是违反联邦法律的'"。

"他们过来带走了那只海龟，但 NOAA 给我来了个电话"，他指的是美国国家海洋和大气管理局（National Oceanic and Atmospheric Administration），"那家伙跟我说，'这回就放过你'。我说，'噢，你这回放过我，哈？'"他瞪着我，用手腕蹭了蹭自己的小胡子。"你敢信？就跟我做了什么错事似的。如果我没把那只海龟捞上船来，它早就死了。"

"总之不管怎么样，他说，'是的，这次。不过如果再发生这种事，你不要动那只海龟一根手指头。只要告诉我们它在哪儿就行了'。我说，'如果再有这种事，你们绝对不会再从我这儿听到信儿了。再干一回我就是傻子。我才不管那只海龟是不是在喊着"乌克！乌克！救救我乌克！"呢'，我才不搭理。"

我告诉他我很怀疑他不会真的这么做。他耸了耸肩。

在蟹屋那儿，我们被动物包围着。一只大海鸥栖在一根桩子顶上看着我们。"那边那只是黄比尔（Yellow Bill）"，乌克告诉我，"他总来这边"。他又指了一只笑鸥[1]给我看，那只他取名为"夏时"（Summertime）。这两只海鸥都连续几年夏天在蟹屋这儿筑巢，而且常在他捕蟹的时候飞到他船边。"黄比尔一般直接从我手里叼吃的"，他说，"但如果他注意到旁边有别人，就会比较警觉"。

两只猫在我们周围的木板上踱步，还有一只在斑驳的水箱边沿上走平衡木，第四只在小屋里懒洋洋地躺着。五月份乌克第一次向我介绍这些小家伙们的时候曾飞快地念过它们的名字[5]，还说："它们是一群保守的小东西。"过了六个星期，我已经很熟悉它们了：萨姆·阿利托是只毛茸茸的烟灰色猫咪，身体健壮，总想引起人注意；约翰·罗伯茨块头最大，黑色的毛皮油光水滑；康迪·赖斯也是只黑猫，但体型稍小一点，缺了一只耳朵尖；还有母猫安·库尔特，瘦瘦小小，看上去总是很饿，皮毛是斑驳的黑色。

"它们在这儿生活了有12年了"，乌克边说边把约翰·罗伯茨从水箱边嘘开。"当时有场特别糟的暴风雨，我正好在这儿。水上漂过来一根树桩，载着几只小猫崽，所以我出去把它们捞了上来"。他用一只小抄网从一个水箱里捞出几片蜕下来的蟹壳，把它们弹进下方的海水里。我看着它们落下去。随着"哗啦"一声，它们加入了海湾底上成百上千的空蟹壳。"我老婆不让我把它们带

---

[1]　英文为 laughing gull，即美洲鸥。

回家"，他说，"所以从那之后它们就在这儿生活了，踩着这些木头长大"。

乌克在他的蟹屋里展示了渔民们在捕蟹生涯中获得的对蓝蟹的深入了解，最为令人印象深刻。小屋背后的外面排着三列水箱，由胶合板制成，8 英尺长、4 英尺宽，箱内水深 6 英寸，于下方溪流中抽水、排水以构成活水循环。乌克一共有 18 个水箱，不过这个季节他只用其中的一半。

许多年前，捕换壳蟹的渔民还没用上水泵给水箱循环的时候，他们用板条箱当水箱，并直接放到溪水中，溪流和潮水能自动为水箱换水。那时候这种水箱被称为"浮箱"，直到现在，还有些老渔民依旧继续使用它们。捕蟹人一般会把浮箱排成一列，或者布置成一个开口方形，并乘小船分挑箱中的螃蟹。这么做很伤背，但有人说螃蟹待在溪水里时，压力比待在现代水箱中更少，并能降低它们在箱中的死亡率。

我看着乌克挑拣今天捕获的换壳蟹，他根据它们还要多少天脱壳把它们放在不同的水箱里。他看一眼螃蟹的游泳足就能很快做出判断。螃蟹游泳足的一侧边缘会变色；最开始是发白的颜色，然后变粉，到马上要蜕壳的时候加深成红色。至少他是这么跟我说的。无论他给我看了多少只螃蟹，我都没法看出那种他坚持说很容易看到的、泄露螃蟹换壳秘密的红色。同样地，乌克向水箱里扫一眼就能从换壳蟹中发现软壳蟹，但我仔细盯也看不出来。"你怎么做到的？"我问他，"你看什么看出来的？"

他思索了一会儿。"它们有那种软壳蟹的样子"，他说，但是除了它们颜色有一点浅外，讲不出任何其他细节。其他丹吉尔岛捕蟹人也没法解释这个过程。一天下午，乌克带着一群参加婚宴的人参观蟹屋。新郎艾伦·帕克斯（Allen Parks）是土生土长的丹吉尔岛人，正向宾客们指出处于换壳的不同阶段的螃蟹，而宾客们都是大陆客——而且很不习惯丹吉尔岛口音。"那是只软壳蟹"，艾伦指着一只刚换壳的螃蟹说，"那一只是'*howard*'[1]"。

"你怎么知道那是'霍华德'（Howard）？"一个来参加婚礼的客人问。

"看一眼就知道"，艾伦告诉她。

"但是它身上有什么特点能让你知道它是'霍华德'？"

"它的样子"，艾伦答道。

"你给这些螃蟹都起了名字吗？"她问。

"什么？不，不"，艾伦说，"它是 *howard*"。[6]

有条经验法则——可靠度也就那样——是，软壳蟹一般会大一些。乌克的蟹笼里捕获的脱壳蟹要比硬壳蟹小很多；在一年的不同时节，要换壳的螃蟹宽度在 3.25 英寸至 3.5 英寸，而硬壳的

---

[1]　根据之前作者提到的丹吉尔岛口音规律推测，他说的应该是"hard"，即"那一只是硬壳蟹"。

公蟹和性成熟的母蟹宽度有 5 英寸左右。直到它们蜕壳，换上尚且柔软的外壳，才能达到一个比较客观的大小。"不了解蓝蟹的人会说，'那你为什么要抓那么小的脱壳蟹呢？'"乌克说，"因为你得抓小的脱壳蟹，才能得到大的软壳蟹啊"。

　　如果一只脱壳蟹已经长得很大了，基本能肯定它是公的。在交配后，公蟹还会继续换壳，一直不停地长大。乌克说，母蟹也可以继续长，但基本不会出现这种情况：在他出海这么多年里，也只抓到过八九只已经性成熟的脱壳母蟹。因此作为待孕母蟹，人们通常说它们马上要进行"最后的"蜕壳了。

　　离蟹屋最近的那些水箱专门预留给正在从旧壳里脱出的破壳蟹们。这是个非常脆弱的阶段：乌克告诉我，在野外环境中，一只正在蜕壳的螃蟹几乎从不在废弃的外骨骼中"滞留"，但在水箱中却很常见，而这会要了它们的命。他从水箱中舀起软壳蟹，把它们带进室内，丢进大冰箱的桶里。收音机里，一家东岸地区海鲜餐馆正在叫卖"次上品"螃蟹，开价 21 美元一打。"听听"，乌克说，"他们一打就要 21 美元，而我们卖的时候**一蒲式耳**才卖40 美元"。

　　这就体现出捕脱壳蟹的好处之一了。"同样是公蟹，卖次上品是一蒲式耳 40 美元，卖软壳蟹一打就能卖 40 美元"，他说，"我宁可卖软壳蟹"。没错，他的工作日是更长一些——他要监控抓获的螃蟹的情况直到深夜；没错，他还得雇人在他出海的时候分挑他的水箱。即便如此，他不用抓捕硬壳蟹的人抓的那么多的螃蟹也依旧能谋生。

由此我问乌克：既然软壳蟹这么值钱，为什么他不抓一大堆硬壳蟹——像那些有最高级执照的硬壳蟹捕蟹人那样一天捕 47 蒲式耳螃蟹——把它们丢进水箱，然后坐等它们蜕壳呢？几个捕蟹人可以搭伙，每天有一个人出海起蟹笼，其他人分挑捕获的数千只螃蟹，他们绝对能发大财。

哎呀，这么干不行的。"把螃蟹关起来，它们就变了"，他说，"脱壳蟹一进水箱里，脱壳速度就减慢了。如果放得太早，它们就完全不脱壳了。你没法像养鱼那样把螃蟹从小养到大"。

哪怕是几小时内就会脱壳的百分之百的脱壳蟹，"这个过程也会慢下来"，他说，"一只脱壳蟹被放进蜕壳箱后，可能要花上四天它才会蜕壳，但在海湾里只要一天到一天半"。

丹吉尔岛人并不是一夜之间就获得了这么专业的知识。这些知识是一代代累积下来的，捕蟹人们彼此交流，又把共同的知识传给子孙后代。这个岛上的人研究蓝蟹已经整整 200 年了。

岛上蓝蟹的早期研究者中，有一个人名叫乔治·普鲁伊特二世，他是乔舒亚·托马斯的继兄弟。1818 年，他和妻子一起在上方岛买了房产，他的妻子利娅是约瑟夫·克罗克特的另一个外孙女。据说，乔治二世与他放浪形骸的父亲简直是两个极端。"据说他祈祷的次数比任何一个曾在岛上生活的人都多”，休格·汤姆在他的史书中称，“我还是个孩子的时候，他已经是个老人了，我很多次看到他在自己的独木舟上捕蟹、捞牡蛎或者钓鱼，而且我从未看见他独自一人却不在祷告，一次都没有”。[7]

普鲁伊特一家在岛屿北岸定居的时候，附近已经有另一家人居住了——乔布·帕克斯和他的妻子罗达，后者跟利娅是姐妹。普鲁伊特家族和帕克斯家族在岛上的代代绵延就从那两所房子开始，如今丹吉尔岛上姓这两个姓氏的人已经远远超过姓岛上创始家族姓氏的人。现在丹吉尔岛人里有 81 个姓帕克斯，65 个姓普鲁伊特。姓克罗克特的只有 50 个。[8]

但在 1820 年，人们只上岛生活了 42 年的时候，丹吉尔岛上一共只有 74 个人。[9] 那个数字似乎注定会上升得很慢，因为岛屿生活非常艰难。举例来说，1821 年 9 月，“一场可怕的暴风雨和暴涨的潮水”袭击并淹没了岛屿，由此得名“九月大风暴”[1]（the Great September Gust）。一整个晚上，“风从东方和东南方吹来暴风雨”，休格·汤姆记录道，“这时风向突然转为西北，卷起了一场极大的飓风，海浪升得很高，飓风卷着切萨皮克湾的咸水冲上岛屿，直到整个岛都被海水覆盖。哪怕是最高的地方，积水也有 3 英尺深”。[10]

---

[1] 即“1821 年诺福克与长岛飓风”（1821 Norfolk and Long Island Hurricane），是目前所知导致纽约市塌方的仅有的四个热带气旋之一。

那并不是袭击丹吉尔岛的最后一场飓风，也不是最具毁灭性的一场，但休格·汤姆在差不多70年之后还记录了这场暴风雨的事实表明，他的祖先们将其视为一次难忘的考验。即便如此，长时间以来，丹吉尔岛人还是一直认为他们的岛屿是被上帝选中的，是被如同乔治二世发出的那种狂热祷告保护着的地方，而且他们意识到，哪怕遭受了最令人生畏的挫折，他们依旧有勇气继续前进。所以在九月大风暴之后，当洪水在他们贫瘠多盐的耕地上雪上加霜地又撒了把盐之后，他们向上帝祈祷，然后"去用漂流物和海洋排泄物以及各种算得上粪肥的东西覆盖他们的土地"，休格·汤姆写道，接下来的一年，"种出了他们一生中种出的最棒的庄稼"。

他们种的玉米和土豆至关重要，因为那时候丹吉尔岛人还没有完全依赖海洋讨生活。他们越来越精通钓鱼，并且成功卖出了部分渔获。他们也下网捕捞零星的螃蟹供自家食用。但是无论种植还是钓鱼，他们都只有在极偶然的情况下才能收获足够去买卖的量；用当时的帆船和四轮货车很难把海鲜——特别是螃蟹——运到市场上去。

牡蛎是最好的收入来源。丹吉尔岛周围的水域散布着牡蛎岩——数百万只牡蛎一群群地在海底堆成巨大的山丘——但把它们捞上船简直能把人的背累折。岛民们的工具是钳子，长得像末端有耙子的匙形取土器。丹吉尔岛人偏好使用的钳子用重型木材制成，手柄长 16—20 英尺，这意味着，就算耙子里没装满牡蛎，钳子本身也相当有分量。想象一下，你要在一艘小船的船边保持住平衡，把这么一个装置插到海底，钳动手柄铲起一堆贝壳（其中只有一部分住着牡蛎），然后一把接一把地把它拉到水面，同时注意保持耙子夹紧，把它提出水面、抬过船舷，再把里面的海货倾倒进船舱。想一想，你要在冰冷刺骨的西北风中进行这项工作，海湾里搅起了 3 英尺高的浪头，浪花溅起的飞沫冻结在钳子上、船上，让你手上脸上都皲裂开——这是很现实的场景，因为牡蛎都是在寒冷季节采捕的。再想象一下，在经历了数小时这样艰辛残酷的工作，你一天只收获了几蒲式耳牡蛎，每个——如果你能卖掉的话——只能卖几美分。总而言之，种地看上去更靠谱。

接着，到了 1840 年左右，外部世界"降临"丹吉尔海峡，这些纽约和新英格兰的牡蛎养殖者已经把家乡水域的牡蛎岩洗劫一空，来到这里寻找新的牡蛎供应。[11] 岛民称他们为"北方佬"（Nordmen），他们开始在奥克·哈莫克岩（Oak Hammock Rock）上采集牡蛎，这块丰饶的巨大牡蛎岩就在上方岛东北方向。他们和丹吉尔人一样用钳子，但同时也在帆船上安装了铁制的拖网，从海底把牡蛎刮下来，然后一蒲式耳一蒲式耳地把它们捞上船。这些外来人还会付给带牡蛎给他们的当地人一大笔钱。

美国北方的牡蛎采捕人重塑了这个岛与海湾的关系。"随着这个产业的迅速发展，人们纷纷移民到这个岛上"，休格·汤姆写道，"岛上的年轻人现在三天赚的钱比以前一个月赚的还多。他们结婚了，那些移民也结婚了，这使人口很快增加了"。[12]

的确如此。1850 年的人口普查报告称，"丹吉尔群岛"（其中包括了北部一些人烟稀少的小岛）的人口为 178 人。10 年后，这个数字跃升到 411。在南北战争期间，出海捕捞的利润甚至变得更高：美国循道宗教徒在奴隶制问题上产生分歧，而丹吉尔岛与北方一派站在统一战线，同情联邦政府。[13] 这个岛隔岸观望那场席卷周边大陆的战争，还不出意外地吸引了南北双方的来客，他们也想置身事外，其中就有一些人是乌克的祖先。

随着这地方的人口越来越多，地产被分割成越来越支离破碎的小块，以便给新来的人腾出地方，曾经占据整个"黑染"区、大部分国王街和整个西脊岭的田地一条一缕地缩小，最后只剩下一些彼此孤立的小农场。丹吉尔岛越来越依赖切萨皮克湾，也越来越善于收获它的馈赠。

在过去这么多年之后，这些早期定居者在岛上繁衍了数代，岛上的生活里有某种故土难离的情绪。丹吉尔岛对它的住民之所以如此珍贵，**家**的概念之所以对他们如此有意义，是因为它仍然不是一个容易居住的地方——事实上，岛上生活可以困难到令人望而却步。

或者至少是不舒服的。天气闷热，"特情室"变得又潮又闷。[14] "这里在变暖和"，布鲁斯评论道。

"就是这样"，利昂同意道，"是暖和"。

"我们应该在窗户那儿架一台空调"，艾伦·雷·克罗克特建议道。他是个半退休的渔民，虽然马上就要 80 岁了，但仍然有一头浓密的黑发。

"是的"，布鲁斯说，"该装了"。

周围的环境很破败。旧产房墙上贴着一共 4 英尺高的浅绿色瓷砖，有相当比例的瓷砖缺失、破损或者有裂缝。高一些的地方，在剥落的墙纸上，成员们用图钉或胶带粘上未镶框的照片：一张打印在打印纸上的照片，上面是布鲁斯·戈迪抱着一条 20 英寸长的岩鱼；诺斯罗普·格鲁曼公司[1]的航空母舰哈里·S. 杜鲁门号[2]正在航行的宣传照片；贝比·鲁思[3]和队友卢·格里克的

---

[1] 1994 年，诺斯罗普公司收购格鲁曼公司后，成立诺斯罗普·格鲁曼公司，是一家总部在美国的空天防御技术公司，是世界上最大的武器生产商和军事技术供应商。根据 2010 年的数据，这家公司是世界第四大军工生产厂商和世界上最大的雷达制造商。下文提到的杜鲁门号航空母舰是纽波特纽斯造船厂建造的，该造船厂于 2001 年被诺斯罗普·格鲁曼公司收购，后于 2011 年与公司的造船部门一同成为独立实体，成立了亨廷顿·英格尔斯工业公司（Huntington Ingalls Industries），即美国最大的军事造船公司。

[2] 简称杜鲁门号航空母舰，是 20 世纪 90 年代美国建造的尼米兹级航空母舰 8 号舰，以美国第 33 任总统哈里·S. 杜鲁门命名，为核动力航空母舰，1981 年开始建造，1984 年下水，1986 年 10 月 25 日正式服役，母港现为诺福克海军基地。

[3] 全名小乔治·赫曼·"贝比"·鲁思（George Herman "Babe" Ruth, Jr., 1895. 2. 6—1948. 8. 16），美国职业棒球史上最具代表性的二刀流选手，同时担任投手及外野手，生涯中期逐渐固定以打者出赛，是美国棒球史上最有名的球员之一，被誉为"棒球之神"。

黑白照片，以及鲁思在洋基体育场（Yankee Stadium）本垒板发表退役演说的黑白照片；一张非洲婴儿的半裸彩色照片，显然是一个传教士拍的；以及 20 世纪 40 年代丹吉尔岛县码头和港口的照片。咖啡机放在屋后角落的一个旧医药柜上。果蝇绕着一个装满了废弃泡沫咖啡杯的垃圾桶转。

他们谈到一个丹吉尔岛人，他因为违反州渔业法而失去了捕蟹执照。虽然没有说明他犯了什么罪，但这已经是他第三次犯了，弗州海资委已经禁止他在今年余下的时间里捕蟹。利昂对事态的发展感到震惊。"那个人没法工作了！"他喘着气，"他还能做什么？他们夺走了他的生计！"

"这跟你开车被开了三张罚单，然后法官说'你不能再去工作了'有什么区别？这是一回事"，他一边说一边理着头绪，"这部分法律有问题。如果我不能出海了，我要做什么？我还能**怎么办**？我可没有什么能去干活的肯德基店"。他说，这是一条由对海洋一无所知的"来自纽波特纽斯（Newport News）的年轻人"制订的规则——弗吉尼亚州海资委总部就在那儿。这让他想起弗吉尼亚州几年前曾考虑过的一条关于过度捕捞的法规。那条法规要叫停耙换壳蟹的行为，但并未涉及下蟹笼捕换壳蟹。利昂厌恶地摇摇头。耙蟹人"都有下蟹笼捕换壳蟹的执照，他们会捕捉现在耙出来的四倍那么多的螃蟹"，他说。

"这是事实，不是吗？"乔治·"厨子"·坎农说。他是卡罗

尔·穆尔的姻亲——他的妻子乔迪是朗尼·穆尔的姐姐——他家
在西脊岭，据说在乔舒亚·托马斯当年的庄园附近。"至少是四
倍"。

利昂瞪大了眼睛："这就像让我和这里的其他四五个人负责农
业一样。这根本说不通，一点也说不通。我懂什么种地？"

布鲁斯："你就是个海洋生物学家的话，并不能说明你对海洋
有一丁点儿了解。"

利昂说："但这就是他们看重的——那些人名字后面有什么头
衔"，他停下来喘了口气，"整个问题在于，制定规则的人不知道
自己在干什么"。

布鲁斯吸了一口电子烟："他们所要做的就是向这儿的人请
教。在座有人接受过这些人的采访吗？"屋子里的所有人都摇了
摇头。

坐得离门口最近的杰里·弗兰克·普鲁伊特大声说道："归根
结底，他们希望切萨皮克湾是个消遣放松的地方。"

"不"，布鲁斯说，"他们希望这个地方为了'未来的世代'
而存在"——就是说现在的人并不重要。

杰里·弗兰克把话题带回到那个被吊销执照的渔民身上。他
说，按他的理解，那个家伙藐视了规定。委员会传唤了他，但他
没有去。

"哦，那什么"，利昂说，"你可不能**那么干**啊"。

"对，不能"，杰里·弗兰克说，"你不能那么做。这是不尊重他们"。他说话很慢，声音很轻，好像每个字都在辩论。他在垃圾场附近有个船坞。由于丹吉尔岛人口不断减少，可供工作的船只也随之减少，他的船坞如今基本休业了。但在过去 40 年时间里，杰里·弗兰克手工制造木制尖底破浪船，据说质量名列切萨皮克湾前茅。他习惯在切割前量两遍。

"我说一句"，已退休的远洋拖船及驳船船长欧内斯特·埃德·帕克斯（Ernest Ed Parks）说，"我跟任何上船出海的人都站一边"。

杰里·弗兰克回答他说，这是很好，但一个人可能怀有最大的善意，在生活和工作中努力做对的事，却仍然不时地出错。他说，就在不久前，他在他的船坞旁的滩涂里修了一条路——而且完全没有恶意。"但我收到了一封来自诺福克工程兵部队[1]的很唬人的信，说我有大麻烦了等等"。

于是他给主管上校写了一封回信，"我口述了这封信。我不是一个受过教育的人，只上到八年级，所以我口述了这封信，信里说我觉得多么对不起，说我没有意识到我触犯了法律，而且我也知道不懂法不是理由，但我道了歉并承诺我永远不会再这么做。然后我请求他的原谅"。

"这就是你得做的"，杰里·弗兰克说，"你不得不做。因为

---

[1]　此处指的应该是美国陆军工程兵团诺福克区部。

规则就是规则，他们的职责就是让你遵守规则，如果你不遵守规则——那是谁的错呢？"

我们静静地坐着，消化着他的话。在我看来它们很有道理，但我知道，鉴于丹吉尔岛长期以来对规矩和官僚作风"一点就着"的风气，他的话恐怕不能代表房间里所有人的观点。

利昂在座位上挪动了一下。"天气比现在热得多的话，我们都没法在这儿坐着了"，他说。

"那"，库克·坎农说，"我们干吗不把空调搬进来呢？"

"好主意"，布鲁斯说。

接下来的几秒钟里，没有人动，也没有人说话。

"在哪儿呢？"库克问道，"空调在哪儿？"

"在那儿"，几个成员指着门外黢黑的大厅说。留着一把狂野的灰色胡须的库克跳了起来，眼睛里闪着疯狂的光芒。他大声道："是时候把空调安在这儿了。"他消失在大厅里，半分钟后又出现了，怀里抱着一个窗式空调机。

"我们只说"，布鲁斯说，"而他**去做了**"。

布鲁斯用力打开窗户，库克把空调机喀啦啦地从门口推到床边，把设备滑动到位，拉下框子把它固定好，打开两侧的风琴叶开关，插上电源。冷气冲进房间。

"看"，布鲁斯说，"只花了他四分半钟"。

2016 年 6 月，墓碑、墙砖以及一个已经消失的小村庄的其他遗物散落在迦南的沙滩上。（厄尔·斯威夫特　摄）

七

在离上方岛 50 码的地方，库克·坎农把"诺埃尔·C"号向右舷倾斜，船划出一条弧线，我们拐进了迦南海岸和古斯岛之间波光粼粼的平坦海峡，那是经纬度的交汇处，曾经是坚实的陆地。[1] 这里曾有一条手指状的土地从丹吉尔岛向北凸出——1917 年的政府地图上留下了此地的一丝痕迹，但在 26 年后地图更新时，它就已经消失了。在左舵的前方，古斯岛——以前差一点就与那块条状土地连在一起——幸存下来，成为一片只略略高出水面的滩涂地。

我们要去克里斯菲尔德，库克要去那里取一些建筑用品。因为他把"诺埃尔·C"号停在了船道的西端，所以他通常不会选择在港口内像蜗牛一样慢吞吞地"突突"航行，而会以快得让人吓出魂的速度向西驶入海湾，轰鸣着绕过上方岛。柴油发动机在甲板下咆哮，所以要交谈就得大喊大叫。但这是一个万里无云的清晨，空气清新，沁人心脾，我们南面的海湾上点缀着尖底作业船，在低角度的光线下反射着闪闪白光。此时跟一位 72 年岁月大部分都花在这片水域上的老水手一起出海，真是个好时机。

库克向左边点点头。"那是古斯港"。他大喊着说。"古斯港"曾经指的是古斯岛东边的那片水域，但是丹吉尔岛人有时用它指代整个古斯岛。"我还是个孩子的时候，从那儿到上方岛的水面有大约 300 码宽。"我盯着那片水域，现在那里足有 4 倍宽了。随着船的行驶，我们的视角变了，现在我眼中的岛屿是一片被分成两部分、星星点点露出水面的土地。"我曾经老是到那儿去"，库克对我说，"而且你可以直接蹚过这片水面。我曾经直接穿着及膝靴蹚水，连防水靴裤都不用"。

"你能直接**走**过去？"我问。这似乎是无稽之谈。

"是的，可以的"，他说，"现在看看。这里水很多。还是很深的水，一直到岸边"。他把船开向岸边，我们紧挨着上方岛摇摇欲坠的泥炭质海岸。我从他的深度计上看到，离海底有 10 英尺深。

之后，我翻查了 1863 年海岸测量处发布的海上导航图[2]发现，尽管跟库克的说法一样不可思议，但人们确实曾经可以走到更远的地方——从丹吉尔岛往北到史密斯岛，跨过州界的 6 英里距离——没有任何地方的水深超过 1 英尺。这张海图用阴影标示水深，清楚地反映出丹吉尔岛和史密斯岛曾属的那片长半岛的隐约遗痕。

库克把船朝东北方驶去，我们穿过了这片水域。在旧地图上，这片水域曾经有许多小岛星罗棋布，这些小岛都是沉没的半岛的遗存。只有零星几片留存至今。我们驶过女王脊（Queen's Ridge），就在古斯岛东边；在约瑟夫·克罗克特那个年代，这里曾经居住过至少一个大家庭。现在它留下的土地连造一个露营地都不够。船游弋过一个在旧地图上标着"小松岛"（Little Piney Island）的又长又瘦的小岛，但除了水什么也没看到。同样的事情也发生在就位于小松树岛北面的里奇·哈莫克（Reach Hammock）：消失了。再往北原本是一小块标注为"鲱鱼岛"（Herring Island）的方形土地，丹吉尔岛人把它叫作"赫恩"（Hearn）。乌克曾告诉我，他记得自己年轻时走到那里的岸上。"那里不是很大，但你可以四处走动"，他说，"我爸爸以前常说，岛上还有家商店"。[3] 丹吉尔岛人还会把赫恩作为一个参照点，但那只是记忆中召唤出来的幽灵。那里什么也没有。

库克喊着说，所有这些岛屿都缺乏同一个东西，那就是沙子：沙子可以保护海岸线。"沙子让海水上涨、漫过海岸。沙子没了，海水涌进来，就变成这样了"。他以拳击掌，"海水会破坏地基，然后海岸就会大块大块地断裂"。

他告诉我，过去丹吉尔岛的西侧海岸满是沙子。在他年轻的时候，岛民们不需要走大老远去海岬上才能到沙滩上玩；他们只要走一段短得多的路，走到今天西脊路和猪脊路的交会处。从那儿走一条向西的小路，经过几幢房子，穿过滩涂和高草丛，来到一个他们叫作"牛洞"（Cow's Hole）的地方。"我们过去在那里扮牛仔"，库克说，"那儿曾经有高高的草，是那种躺下去很舒服的草，要从草里走一段路。我想得有半英里"。徒步旅行的末尾就是一个可爱的海滩。无论沙滩的沙子为丹吉尔岛提供了什么样的保护，这种保护都没有持续多久，因为沙滩本身完全无法与海湾相提并论。沙子被冲走了，向南漂向海岬——直到海湾再把沙子从那里也冲走，永远地离开丹吉尔岛。

库克带着我们沿着史密斯岛的东侧前进。史密斯岛不是一个岛，而是一个岛群，即便不把占据其中最大一块的野生动物保护区计算在内，它的面积也至少是丹吉尔岛的四倍。三条陆地从岛的底部触须一样地蜿蜒南伸，尖端连接到弗吉尼亚州内。其中一条陆地的末端曾经有一个岛，叫作尚克斯岛（Shanks Island）。18世纪有人登岛定居，19世纪的大部分时间里都有人在上面生活；约瑟夫·克罗克特的女儿莫莉就在那里度过了大半生。除了名字，它什么也没有保留下来——只留下潮汐汊道尚克斯溪（Shanks Creek），贴着该岛曾经所在的东部。

我们疾驰而过一个叫“桃子园”（Peach Orchard）的捕蟹区，它得名于曾经占据该处的一块土地。滩涂上的屋顶宣传着泰勒屯，那是史密斯岛的三个村庄之一。它与其他两个岛没有公路连接，只能乘船到达。丹吉尔岛人把史密斯岛的居民称为“雅尼人”，这些人与他们的邻居有很多共同之处——与主流隔绝的生活，几乎难以辨认的口音，和一个连续几代稳步缩小的家园。

我们越过了由一串相隔甚远的白色浮标标示出的州界。前方，克里斯菲尔德若隐若现，水塔和几座大型滨水公寓大楼在天空的映衬下闪闪发光。库克驾驶着诺埃尔·C 号驶进了小安尼梅赛克斯河（Little Annemessex River）的河口，河口很宽，我以为是驶进了海湾而不是一条河流。船左舵方向有一片白色的沙滩，沙滩上矗立着一个高大的砖质烟囱。这是 1932 年被烧毁的一家鱼类加工厂的唯一遗迹[4]，现在它就像灯塔一样帮助水手们识别方向。我们另一侧的一大片土地就是小安尼梅赛克斯河低洼、泥泞而摇摇欲坠的南岸。"我还是个孩子的时候，在这儿我们不得不靠左行驶，几乎要一直走到那个烟囱才能进到克里斯菲尔德"，库克告诉我，"这边的这些"——他朝我们右边两百码宽的水面点点头——"全都是陆地。陆地真的很大，现在全部都被冲走了。从我小时候就开始了"。

这让我们意识到，海平面上升的影响并不仅限于切萨皮克湾的岛屿。它加剧了吞噬掉海湾边缘大片土地的土壤侵蚀，从萨斯奎汉纳河到弗吉尼亚海角都是。自 19 世纪中期以来，海水卷走峭壁，冲刷海滩，破坏森林。马里兰州设立了国立黑水野生动物保护区为候鸟提供在大西洋飞行路线上的中途停留地，从 1938 年到 2009 年，保护区近 2.9 万英亩的沼泽滩涂中有 5000 英亩变成了开放水域。损失是惨重的：保护区拥有该州三分之一的潮汐湿地。[5]

位于弗吉尼亚州东岸地区最北端的陆地社区是一个名叫萨克西斯（Saxis）的渔民村[6]，地势低洼，即使是小暴风雨也会淹没这里，高浪潮冲走了许多世代沿水而建的蟹屋。随着它们的毁灭，萨克西斯失去了商业中心。今天，这里弥漫着的气氛毫无疑问地表明一座鬼城正在形成：蜿蜒穿过小镇的主路尽头是一个商业区，里面只有一家咖啡店、一家夏威夷风情酒吧和一座煤渣砖砌的螃蟹分拣厂。

向南 60 英里，在切萨皮克湾位于汉普顿罗兹[1]（Hampton Roads）——这个都市区有 170 万居民、有弗吉尼亚比奇和诺福克这两个美国最大城市——的海口，满潮的海水日常淹没街区道路，水深足以行驶摩托艇，有时来自东北方向的强风会让整个城市陷入困顿。汽车被困在没窗深的水中的照片被登载在洪水过后的《弗吉尼亚向导报》上。

此地区的相对海平面上升速度甚至比丹吉尔岛还要快，因为那里的人口更多，从地下蓄水层取水，蓄水层的枯竭加速了上面土地的下沉。面临威胁的地产之中就有庞大的诺福克海军基地（Nortfolk Naval Base）——大西洋舰队的本土基地。基地的航空母舰、导弹驱逐舰和潜艇都没有危险——毕竟它们造出来就是要在海中漂的——但它们停泊的码头、为它们提供补给的管道和公用设施以及水手们去报到应遣的街道都处于极度危险的境地。汉普顿罗兹交通规划组（Hampton Roads Transportation Planning Organi-

---

[1]　亦译"汉普顿锚地"，即指弗吉尼亚州东南部一系列环海市区，也指代被这个市区环绕的海域。其包括的环海市区横跨弗吉尼亚州和北卡罗来纳州，为弗吉尼亚比奇—诺福克—纽波特纽斯一带。当译为"汉普顿锚地"时，更侧重其作为船只停靠地及海军基地所在地的性质。本书中统一译为"汉普顿罗兹"。

zation）是一个由地方、州和联邦官员以及公民领袖组成的小组，负责调整该地区的高速公路，以应对迫在眉睫的危机。该组织在 2016 年 5 月的一份报告中估计，到 2045 年，切萨皮克湾的海平面高度可能会上升 2 英尺。[7]

所有这些都表明，并非只有丹吉尔岛在与海洋做斗争。它只是在战斗的最前线，情况最糟糕而已。其他地方会很快感知到那里的问题，就像丹吉尔岛现在正受困于百年前霍兰岛面对的问题一样。

而我们知道霍兰岛结局如何。

库克关小油门，我们咔嚓咔嚓地驶过了克里斯菲尔德的城市码头，"考特尼·托马斯"号就停在那里。我们七拐八拐地穿过一条狭窄的水道，进入了宽阔的萨默斯湾码头（Somers Cove Marina）。这里是切萨皮克湾这一带最大的港口，有 500 多条船台滑道，一间码头负责人的大办公室，码头边缘还有一个繁忙的海岸警卫站（Coast Guard station）。库克离开船舱，来到船尾的操舵台，以典型的丹吉尔岛式的波澜不惊，操纵着船转向，流畅地一把把船倒进滑道。更了不起的是，库克的左眼因为一场童年事故几乎完全失明，而就像利昂在"特情室"提到的那样："如果你没有双眼，开船进码头的时候必须非常小心，因为你不知道间距有多远。你会撞上的"。[8]

我们把船拴好，沿着码头走，穿过一个停车场，来到库克值班时用的一辆黑色福特 F-150 轿车边上。他在切萨皮克湾基金会工作已经 9 年了，这是一个致力于保护切萨皮克湾及其水域的非营利组织。它的起源可以追溯到 1964 年[9]，当时，几个巴尔的摩商人在午餐时担心人们过度使用却不够爱护海湾，而这正在降低海湾水质、妨害海湾野生动物、破坏海湾的宁静美丽。他们创立了一个不起眼的组织，现在它已经成长为一个嘈杂而有效地恢复切萨皮克湾健康生态的倡导者，以科学家、律师和教育工作者为骨干，还有一支忠诚的志愿者队伍支持。

基金会的使命有时会导致它与丹吉尔岛的捕蟹人产生分歧。岛民们承认，基金会做了很多好事，特别是提高了公众对海湾脆弱性的认识。但在过去与商业渔民打交道时，它给人的印象可能是盛气凌人、自视甚高的。它似乎很快就否定了捕蟹人在海上工作几十上百年所积累的智慧。基金会的愣头青激进分子谈论着这个海湾，好像他们对它了如指掌似的。但丹吉尔岛人就**住在**海湾上。他们认为，激进分子往往错得彻底。

另一方面，丹吉尔岛人也不总是聪明或者理智的。有时候他们看上去自认为有上帝赐予的权利，可以依自己认为合适的方式掠夺切萨皮克湾的资源，同时还认为他们的继承权让他们不受法律法规的管辖。如果与他们那些算得上逸闻的知识不相符，他们就声讨基金会看重的科学。他们总是以基金会"拯救海湾"的口号来称呼这个团体，而且说这话的时候常常带着一种嘲笑的口吻。
20 世纪 90 年代中后期两方关系最糟糕的时候，丹吉尔岛与基金会
几乎要开战。当时游客们进入港口，会看到里面挂着谴责切萨皮
克湾基金会的标语，说它是那些以海湾为生之人的敌人。

这段日子双方相处得好多了。基金会真诚地寻求渔民们的建
议和意见——将他们视为海湾文化和生态健康的重要参与者——
并更好地解释自己的研究和目的。丹吉尔岛人尝试消除他们对科
学家和监管机构的不信任，并把"拯救海湾"视为邻居，尤其是
那些夏天在尖尖儿上的伊索贝尔港教育中心工作的年轻员工。当
他们的关系谨慎地缓和下来后，基金会开始组织一批批学生和教
师到丹吉尔岛拜访捕蟹者，并观看他们工作，让双方有更多的共
处时间。这也有所帮助。乌克的蟹屋已经成了常规旅游景点。

乍一看，库克·坎农似乎与该组织格格不入。他很有主见，
嗓门很大——即使在私人谈话中，他也倾向于大声说话，接近吼
叫——而且，虽然他常常微笑、虔信宗教，但同时他也脾气暴躁、
动不动就吵架。像他那一代的大多数丹吉尔岛人一样，他 15 岁就
辍学，和继父一起出海，而且他并不一定同意基金会的科学观点。
"我工作的公司相信全球变暖"，他告诉我，"他们也知道我怎么
想。我不相信。我认为这是一堆废话"。[10]

但仔细想想：库克 17 岁的时候，继父就在船上受了伤，这个
男孩自此成为家里的顶梁柱。他做一切能找到的工作——自然有

捕蟹，但还有建造和改造房屋，铺电话线，还干过水管工、电工和机修工。他在陆军工兵部队一艘疏浚船的轮机舱里一干就是 6 年。然后在 1988 年，他找到了一份监管镇上的污水处理厂和垃圾焚化炉的工作，这套设备价值 350 万美元，只运转 5 年就停机了。[11] 当时没几个人相信库克能把它修好。处理器污泥槽内的气体蚀穿了线路和控制面板；钢制天桥和楼梯被气体腐蚀得无法承载他的体重；故障的水泵喷在水泥地面上的污水深及脚踝。

大陆的专家们很快认定这一烂摊子无法挽回，并讨论要花费数百万美元来替换它。库克上任了。他清理了污泥、重新连接了控制装置、重建了水泵，让处理厂恢复全面运转，而这些都主要是通过研究每个部件、找出是什么推动它工作来完成的。"我不是天生聪明"，他说，"但我下定了决心"。

丹吉尔镇议会对他充满了敬畏和感激，投票决定授予他终身职位。20 年后，所有这些都使他成为照看切萨皮克湾基金会在海湾上教育机构的不二人选。一共有四所教育机构：在泰勒屯的两所大的老房子；在狐狸岛（Fox Island）上曾经的狩猎小屋；在伊索贝尔港上的教育设施，包括宿舍、码头和一间会议厅；以及位于马里兰州毕晓普斯海德（Bishops Head）的陆上基地哨站——就在黑水保护区附近。

我们离开萨默斯湾码头，走到克里斯菲尔德的主街上。一路上库克都在抱怨，丹吉尔岛的船道导致码头被西风直吹，还搅动了蟹屋附近的水域。"这可是个恶劣的港口"，他说，"整个海湾只有我们的海港没有好港口。我们可是**世界**海鲜之都。你知道这不对头"。他说，关于在岛屿西岸修建石质防波堤以保护海峡的事情，人们已经讨论了许多年。但每次要建防波堤的时候，要么是没钱了，要么是负责监督这类项目的陆军工兵部队觉得还要再多考虑一下。"他们花了几十上百万美元来研究这件事，但从来没真正花时间去**做**"，库克大声道，"要我说，现在就不该再听政客的，我们自己干——无论是对是错"。人们已经习惯于从库克那里听到这样的话，虽然这也就是全部内容了。如果丹吉尔岛人能够自己采取行动，他们早就去做了。

今天早上克里斯菲尔德很安静。在前往五金店和木材场的 1.5 英里的路上，我们只遇到零星几辆车。库克要在那儿取一些立柱，用以在史密斯岛上给鱼鹰建巢。库克的上司是一位名叫保罗·威利的基金会成员，体格健壮，戴着巴塔哥尼亚棒球帽，穿着工装裤在停车场等库克。他和库克走进五金店碰运气，然后扛着一堆经过盐处理的 4 英寸×4 英寸截面的木材出来了。我们三人驱车回到萨默斯湾码头，在克里斯菲尔德的水塔下穿过，水塔上的橙色螃蟹已经褪成了淡粉色。我们开过市中心，那里有零星的餐馆、一家关闭的银行、一幢庄严但久已废弃的海关大楼，还有大量的空地。主街的尽头与城市码头的末端相接。码头足够宽，可以容纳一条公路、一个斜角停车场[1]，以及邮船停靠点旁边的带篷等候区。码头两侧海岸边的墩柱上是集成式公寓大楼。各处都很安静。在我们把木头拖过50码的草坪并垒到船上的同时，海岸警卫站的扩音器里响起了起床号。我们汗流浃背地从船台滑道解开缆绳，驶出码头，开过一排古老的砖砌螃蟹包装厂——这是往昔的遗迹，当时这片海滨被挑选和包装海鲜的业务所占据，根本没有地方建公寓。

在船舱里，谈话聚焦于丹吉尔岛附近水域里数量稀少的脱壳蟹，以及当季迟来的硬壳蟹捕捞期。"在过去的3年里"，库克说，"情况跟以前不一样了。螃蟹的行为变了。我觉得它们变聪明了。我想它们想出办法来了"。就是说，这些螃蟹可能是发展出了更高的推理能力，并且有意识地让岛上的渔民抓不到它们。

威利自己也是名船长，自1989年起就一直为基金会进行海上和近岸工作。他听上去语带怀疑："你认为它们就在过去3年里变聪明了？"

"我跟你说，每年春天我们能经历两次螃蟹大潮"，库克说，"过去3年里，可一次都没有"。

威利挑起一边眉毛，"所以你认为在过去的3年里，螃蟹就把一切都搞清楚了"？

---

[1]　原文为"angled parking"，指的是停车位与道路成斜角，而非与道路同一方向或成90度。

库克拼命点头："如果你能训练鳄鱼，你就能训练螃蟹"。

威利举手投降："库克，可是没人在**训练螃蟹**啊！"

船行到丹吉尔海峡，话题不可避免地转向了土壤侵蚀。库克对渴望已久的丹吉尔岛防波堤滔滔不绝地说了几分钟。威利也承认，工程兵团是一个很难搞的组织。"尽管我们的关系不错，但要让他们告诉我们防波堤到底进展到什么阶段确实是个棘手难题"，他告诉我，"我们尽了最大的努力，但我们似乎总是在等消息"。

史密斯岛后缩的滩涂在窗口中划过时，库克正提到上方岛糟糕的状况和环丹吉尔全岛的海岸线向后退缩的事。威利同情地点头。"海湾的自然过程是侵蚀和填充"，他说，"但是，当它影响到海湾的关键部分，影响到塑造海湾的地方——当然，还有人们的家园的时候，就很糟糕了"。

好吧，库克说，一个可能的对策是把海湾其他地方的淤泥挖来，撒到丹吉尔岛上，把岛建起来，把海湾偷走的东西填上，为岛屿争取更多时间。他说，这个方法在尖尖儿生效了——在基金会搬到那座小岛上之前，小岛归某个人所有，他在那里倾倒了一大堆填海物，然后种了数百棵树，把原本可能被冲走的土地固定下来。"那儿以前是滩涂"，他说，"现在那里难道不是最漂亮的地方吗？"

"但是库克，这会走下坡路啊"，威利反对道，"这会让人们有借口用回填物把原本应该秋毫无犯的滩涂填成高地的。当岛屿消失的时候，你谁都想抨击，但有时你必须接受，这就是自然过程"。威利告诉我们，基金会对这一原则的信念可能会毁掉它在狐狸岛的教育中心。这个教育中心位于一个不规则的木结构狩猎屋内，小屋建于1929年，当时那片土地仍然被称为大狐狸岛——以区别于南边的小狐狸岛。在那之后，小狐狸岛完全消失了，而它的"姐姐"已经被侵蚀成一片几不可见的滩涂。小屋没什么保护措施，任凭风吹日晒、雨淋浪打，它的消亡只是时间问题。"这很遗憾"，威利说，"因为狐狸岛是个给人极大冲击的地方。想象一下，你是一个来自巴尔的摩的孩子，来到狐狸岛，一个如此偏僻的地方，周围一丝灯光也没有。真的太不可思议了"。

之后，库克和我在泰勒屯放下威利，开船回丹吉尔岛。狐狸岛的小屋就在左舵几英里的地方，看上去像是一个漂在水面上的白色长方形块。水手们称它为"俱乐部"，且对它的景象十分熟悉，很难想象海湾没有它会是什么样子。但这一天终将到来——而且很快就会到来。

侵蚀不仅吞噬了狐狸岛的高地和滩涂，也同样吞噬了几个世纪以来在最恶劣的暴风雨中依旧为其提供缓冲的沙洲。在丹吉尔岛老人们的记忆中，狐狸岛南部的浅滩真的很浅。退潮时，只有一层水覆盖着那里的沙滩和泥滩，一直延伸到沃茨岛。1944年出生的杰里·弗兰克·普鲁伊特告诉我，他还记得在那边"看到水面下的树桩"。"树桩又大又圆又古老，是很大的树留下来的"。

"水真的很浅，退潮的时候，只能驾单人小船通过"，他说。"我十来岁的时候那地方是这样的"。[12]

今时不复往昔。风和洋流冲刷着海湾的底部，使狐狸岛失去了可以减弱风和海潮的影响的缓冲带。只要来一阵强风暴，这个地方就完蛋了。就像丹吉尔人说的，俱乐部和狐狸岛本身"正在匆忙离开这里"。

当大小狐狸岛和沃茨岛等岛屿上还有人居住的时候，这种场景是无法想象的；多亏了牡蛎生意，丹吉尔岛的人口数量也在迅速增长。亚当·华莱士（Adam Wallace）在 1861 年为岛上的布道师乔舒亚·托马斯撰写的传记中写道，内战爆发前夕，丹吉尔岛的"主要收入来源"是冬季采捕的牡蛎。即便在那时，人们也"推测，切萨皮克湾水域的供应必定会很快下滑，因为每年牡蛎采捕量巨大，同时（采捕牡蛎）的设备在不断增加"。[13]

内战的结束，加上同时期其他几方面的发展，只是进一步刺激了牡蛎采捕。[14]1866 年，东岸地区铁路公司（Eastern Shore Railroad）铺设了一条通往萨默斯湾这个寂静海滨小村的铁路，牡蛎贸易立刻有了一条可以将捕获的牡蛎运往东部大城市的路线。给牡蛎去壳和包装的厂子一批批沿海拔地而起，1872 年，这个迅速发展的镇子以铁路公司总裁的名字将自己重新命名为克里斯菲尔德。有进取心的镇民们在海边滩涂地里堆满了牡蛎产业丢弃的牡蛎壳；随着时间的推移，他们创造出一个探进小安尼梅赛克斯河中的半岛，后来成了小镇的商业区。克里斯菲尔德是名副其实地建在牡蛎上的。

铁路建成后不久，罐头厂也成立了，很快，在离海边一千英里的地方用餐的人也能享受到丹吉尔岛人的劳动成果。牡蛎越容易获得，公众对它们的需求就越大，于是克里斯菲尔德繁荣了起来。它的帆船登记量逐渐上升至全国第一。即使在今天，老一辈的丹吉尔岛人还记得当时克里斯菲尔德几乎可以满足他们的一切需求。它的商业区拥有许多百货公司和两元店，还有服装店、鞋店和小孩子的学校制服店；以及许多餐馆，有些是供家庭用餐的，有些是专供渔民用餐的。那里有一座歌剧院，后来又有了电影院。还有宏伟的教堂，以及与其他地方一样的新古典主义罗马式的大银行。这是理所应当的，因为采捕后运至克里斯菲尔德的牡蛎总量达到了每年数百万蒲式耳，带来了金钱，大量的金钱。

很快，这种繁荣就会在弗吉尼亚州和马里兰州的渔民间——尤其是丹吉尔岛和史密斯岛的居民之间引发麻烦，就像金钱一贯会引发麻烦一样。但与此同时，内战的结束带来了更直接的危机。1866 年 10 月，霍乱来了。[15] 这是丹吉尔岛上的第一种传染病，尽管后来还爆发过麻疹、肺结核和天花，但没有一次造成如此高的伤亡，也没有一次引起如此大的恐慌。"第一个病例本月 10 日出现在丹吉尔岛"，《纽约时报》27 日报道称，"从那一天到 21 日共有 13 人死亡"。该报道建议称，大多数病例"都与饮食上的不谨慎有关"，并补充道："有一两个人吃了西瓜，其余很多病号吃了牡蛎。"

事实上，牡蛎确实可能携带病菌，但真正的罪魁祸首更有可能是日益扩大的定居点里潦草粗糙的卫生设施。霍乱是由潜伏在未经处理的污水中的一种微生物引起的，它被摄入体内后，会附着在小肠壁上。其后果是可怕的：大量的水样腹泻，引发可能致命的脱水，并有可能传染给照顾病人的人。今天，霍乱很容易治好，但在 19 世纪，它夺去了全世界数百万人的生命，其中包括前总统詹姆斯·K. 波尔克[1]。

1866 年，丹吉尔岛上的家庭用的还是茅厕，但不像大陆地区的厕所那样是跨在深洞上的——岛上的地下水位太高了所以不适用——而是建在狭窄的、理论上可以被涨潮落潮的潮水冲刷的"下水道沟"上面。就别纠结这些下水道沟最终会注入更大的、作为岛上交通网络的水道里了。当时岛上的道路比现在还要窄，只适合步行。为了搬运货物——炉子里用的木材、冰块、家具——住在主脊岭上的岛民用撑杆"推着"小船进入大海沟，然后转进挖进自家后院的沟渠。这些沟渠实际上就是他们高效的船道，但也很快变成了露天臭水沟。孩子们经常在这些水道中玩耍。

---

[1]   全名为詹姆斯·诺克斯·波尔克（James Knox Polk，1795. 11. 2—1849. 6. 15），美国第 11 任总统，循道宗教徒，在任时成绩斐然，卸任 3 个月后病逝。

渔民也总是待在同样的水里，在船上工作或冲洗设备。偶然喝到一口沟里的水或者不洗手就从水箱里舀饮用水，实在太容易了。或者，哦，是的，吃一个暴露在污水中的牡蛎，然后感染上病原体。

"人们开始很快地死去"，休格·汤姆回忆说，"直到医生告诉我们，我们才知道那是什么，而已经有 6 个人将在 24 小时内死去。我整晚都能听到哭声"。显然，疫情暴发引起了岛民疏散——休格·汤姆写道，"几乎所有的人都离开了"[16]——尽管他们离开了多久、多少人决定留在大陆上、多少人死亡都已在回忆中被遗忘了。

神奇的是，哪怕人口增长、岛上的住民也依旧使用茅厕和下水沟，这种疾病却并没有卷土重来。大多数人家直到第二次世界大战后才有室内排水管，而且即便到那时，排水管也没有连接到真正的下水道系统；室内厕所冲水进入化粪池，又或者经由穿过院子的水道最终排入开阔水域。布鲁斯·戈迪的妻子佩姬告诉我，直到 20 世纪 60 年代末她和布鲁斯在"肉汤"区租了个房子，她家才有了室内排水管。他们现代化的厕所直接往主港口里排污水。[17]

直至 20 世纪 80 年代初，丹吉尔岛上安装了供水和排污管道，情况才得到了改善，这意味着"特情室"里的每个人都有使用户外厕所的经验。[18]"之前那些厕所在的地方，沼泽能有这么高"，某天下午杰里·弗兰克·普鲁伊特告诉我，一边把手举过头顶，"其他地方的沼泽就只有这么高"。他把手落到腰间。

"是的。这是很好的肥料"，乌克说，"阴沟周围的沼泽也变得很高"。

"这些水沟"，我打断他说，"你们去那边游泳吗？"

乌克点点头，"你时常能遇到漂在那儿游的人"。

"得仰面朝天狗刨着游"，艾伦·雷·克罗克特回忆道。

他们两个都笑了。"是啊"，乌克说，"一点没错"。

霍乱过去四五代后的一个下午，我爬上卡罗尔·穆尔的小船，出发绕过上方岛西侧，向北进发造访迦南的幽魂。[19] 我为这次旅行做好准备，穿上了长裤和长袖衬衫，恨不得让自己泡透避蚊胺。"我在这里都能闻到你身上驱虫剂的味道"，卡罗尔在船尾一边掌舵一边喊，"没什么用的。它连让虫子们飞慢点儿都做不到"。

在迦南，激浪线附近仰面倒着几块墓碑，还有四处散落的零零碎碎的村庄遗迹：多孔的、冲刷得光滑的旧砖头，曾组装在机器上的生锈的齿轮和钉子，老旧木家具的碎片，还有玻璃。

"我要走这边"，卡罗尔指着东边，"你想在这儿转悠一下看看有什么发现吗？或者你可以沿着西侧走"。她一边说，一边就有飞蝇追踪着刚上岸的新鲜血肉绕着我们飞。"仔细找找，你可能会发现一些箭头"，她说，"我们回头在这儿碰头"。

她踱着步走了。一只苍蝇撞到我的脸颊上，但它没有落下来。还有一些在我耳边不足一英寸的地方嗡嗡作响，但避蚊胺目前似乎起了作用。我漫步走向墓碑，停在波莉·J. 帕克斯（Polly J. Parks）高大而破旧的大理石墓碑前。她死于1913年12月4日。那时迦南还是个热闹的村庄，住着一百多人，码头们从一片海滩伸出，现在已经沉没在库克和我曾乘船穿过的一条海峡下面。在波莉·帕克斯生活的年代，那一条把上方岛和古斯岛连接在一起的狭长土地虽有缩减，但并无缺损，仍然在西风下守卫着迦南的海岸线。

我把她墓碑上的沙子抹去。墓碑的中间裂了一条缝，裂缝上方是她的生卒日期，下面的铭文写道：

在这寂静的墓园，

你在草叶和露水下安眠；

未曾有一刻忘却，

我们悲伤地把你思念。

墓碑上没有写的是：亲朋好友叫她多莉。她出身普鲁伊特家族，是乔舒亚·托马斯的继兄弟乔治·普鲁伊特二世与约瑟夫·克罗克特外孙女利娅·埃文斯的直系后代。她生在一个大家庭，她们兄弟姐妹一共12个。她嫁给了哈利·帕克斯（Harry Parks），后者的直系祖先是最先定居迦南的乔布·帕克斯和利娅的姐妹罗达。她的家族还在延续：波莉的曾侄孙是杰里·弗兰克·普鲁伊特，她的外孙斯图尔特与杰里·弗兰克的姊妹康妮结婚。还有，波莉死后，她的丈夫哈利再婚了，并比她多活了 39 年。

现在，她的墓碑已经破碎，被潮水冲刷。她养育了 7 个孩子的地方已经被上升的海湾吞没，留下的只有碎片。她的孩子们后来繁衍了丹吉尔岛的大部分居民。一种明确可感的忧郁笼罩着迦南，不仅因为在此生息的几代人只留下了一鳞半爪的信息，还因为从它可以瞥见未来可能发生的事情。

卡罗尔回来了，几乎没找到什么东西。那是一个晴朗无风的下午，太阳高高地挂在天上，所以我们决定穿过海峡到古斯岛去。我们小心翼翼地在小岛边缘的浅滩行船，一次又一次地搁浅，卡罗尔不停变换航向以防止舷外螺旋桨咬海底咬得太深。最终我们在小屿的东南角着陆。古斯岛就像我在库克的船上看到的一样小，当我们真正踩上它的边缘时，它似乎更没什么存在感了。它高出海面只有 1 英尺，或者有 2 英尺。野生的矮牵牛花从低矮的沙丘上长出。小屿内部是一堆由潮水坑组成的泥沼，表面泛着浮沫，鲦鱼在水下忙碌地游来游去。

我们在水边逗留了几分钟，滨鸟在头顶盘旋、俯冲，呼喊着、哀叫着。然后，在搜寻了古斯岛剩下的这一小片地方后，我们出发前往东边几码远的女王脊。这片曾经有人居住的地方，现在只不过是一丛狭窄的芦苇丛。没有必要去寻找它过去的遗迹。已经没有可以搜索的地方了。

八

在内战之后的几十年里，丹吉尔岛与世界的联系更加紧密了。1867 年，蒸汽船开始定期环绕切萨皮克湾航行，1884 年丹吉尔岛成为航线上的固定站点。[1] 不久，每周有四艘载着乘客和货物的船停靠在那里。当时还没有丹吉尔岛港——"肉汤"区附近的水域太浅，只能容单人小船通行，坎顿和尖尖儿之间的溪流在退潮时就只有几英寸深。于是，蒸汽船驶入由弯曲的海岬形成的避风处——一个受保护的深水区，那里很快获得了"汽船港"的称号——下锚停泊。丹吉尔岛人撑船或驾帆船去接船上的人和物。

轮船公司及时地在"汽船港"的中间建了一个木制码头，使上下船和装卸变得容易了一些。但也只是容易一点点。三十多年里，任何乘汽船来到丹吉尔岛的人或物都不得不再乘渡船靠岸。尽管如此，岛民也是第一次可以便利地接触到大陆的报纸和日用百货，旅行推销员可以把纺织品和专利药品的样品带给渴望大城市商品的人们。

丹吉尔岛人有足够的钱购物。牡蛎产业的繁荣丝毫没有减弱的迹象。牡蛎生意变得极大，竞争也极其激烈，导致没过多久弗吉尼亚州和马里兰州间便发生了摩擦——精准地发生在他们横跨切萨皮克湾的州界上。这条州界在海湾西侧的部分很清晰，它紧靠波托马克河的南岸，就是说这条河流本身位于马里兰州。州界在东岸地区的部分也基本是确定的。但在东西段之间的水面上，它就模糊不清了——两百年来，海湾中生活的人们并不太在意这种情况，因为没有担心的必要。

现在他们有理由了。[2] 根据法律，牡蛎采捕人只能在他们自己州的水域内作业，这样一来，这条州界的确切位置便成了关乎几百万美元的大事。对这条线的描述要上溯至 17 世纪的一次政府赠地，两个州都对其中的参考点采用了有利于自己的解释。双方的政府官员会面试图解决这个问题。他们未能达成一致，便提请了针对州界问题的仲裁。

仲裁员们来自宾夕法尼亚州和佐治亚州，他们的工作任务很明确。他们不得不以几个世纪前的文件和约翰·史密斯绘制的切萨皮克湾地图为依据——那份地图是州界最初确定时唯一一份完整描绘切萨皮克湾的地图。"改变的不仅是地名，地形本身也大变样了"，仲裁员们写道，"据信，有相当一部分岛屿被海水冲走或分割开了。海岬原本延伸到海湾内部相当远的地方，现在已经消失了；从前平直的海岸线现在变得犬牙交错，或者弯折的方向完全变了"。[3] 但是，该委员会在 1877 年给出了决议，在系统论述史实后，确立了一条曲折的州界，将史密斯岛最南端的 1 英里从马里兰州分割出来归入弗吉尼亚州，将产量巨大的牡蛎岩划归弗吉尼亚州管辖之下，而马里兰州曾多次声称自己有这个地方的管辖权。

那时，牡蛎产业几乎达到历史顶峰。1884 年，切萨皮克湾的渔民从海湾中采捕出 1500 万蒲式耳的牡蛎[4]，如此丰厚的收获让现代人难以置信。即使在那些永远充满希望的船夫中，也有一些人不得不怀疑海湾还能再供给多久。

这一担心迅速成为现实，也揭示了为什么州界协定带来的和平如此短暂。[5]1884 年，采捕量达到峰值后迅速跳水。为了应对这个情况，采捕牡蛎的人越来越不顾一切地搜寻牡蛎，没过几年，弗吉尼亚人就对州界不管不顾了。愤怒的马里兰人与盗捕者交火，但没过多久，他们自己也偷偷地越过了州界线。两个州都成立了"牡蛎海军"在州界上巡逻，"海军"军官很快就与违法的渔民全力开火。19 世纪 90 年代中期的一天，弗吉尼亚州的牡蛎警察陷入了一场与马里兰州渔民的绝望枪战，后者有 30 条船，而他们自己只有 2 条。在接下来的一个月，一艘弗吉尼亚州船只遭到了蹲守在史密斯岛临时防御工事后的一小群马里兰人的攻击。到那时，年产量的下降已经相当明显了。

丹吉尔岛因为牡蛎改头换面。1890 年 12 月，这里比以往任何时候都更大、更健康、更富裕，有近 900 名居民、4 所学校、2 家酒店、7 家商店、3 家鱼类加工厂，码头上停着 52 条采挖船。岛民们无意放弃这些新得的财富。因此，随着牡蛎产业的明显衰落，他们将注意力转向了一种新的、丰饶而熟悉但基本上未被开发的水产——蓝蟹。到 1903 年 6 月，《纽约时报》报道称，"丹吉尔岛人没有闲暇，捞完牡蛎捕螃蟹，螃蟹捕过捞牡蛎，每个季节都有值钱的海产从丹吉尔海峡、波科莫克湾或者它们以南以北的水域产出"。[6]

"丹吉尔岛的居民处于一个几乎完美的地理位置，他们能以最简单的体力劳动从生活中获得最多的东西。他们靠大海为生，海岸只是他们偶尔歇脚或睡觉的地方"。

六月的一个早上，我在日出前一小时搭小唐纳德·索恩的车去乌克的蟹屋。[7]小唐纳德·索恩又被称作索尼，是卡罗尔的亲舅表兄弟。我看到乌克镇长正一边打包软壳蟹一边听收音机里一家东岸地区农场的报道。他告诉我，一个捕蟹人的生活在很多地方都与农民类似。首先，他的生计依赖于天气，以及其他不在他控制之下的自然因素：海湾的温度和盐度、水下海草的健康状况、以幼年蟹为食的鱼类的多寡。像农民一样，他的收入也取决于产品的市价，而他本人在这方面也没有什么发言权。一般来说，蓝蟹春季刚上市时价格最高，那时它们刚从泥里出来即将开始迁徙；在阵亡将士纪念日之后，随着蓝蟹数量的增加，价格稳步下降，在 7 月底或 8 月达到季节性低点，那时蓝蟹产量最大。除了这条一般规律，丹吉尔岛人就没什么可依凭的了。"你带着螃蟹来的时候才会知道价格是多少"，乌克说，"有时候他们甚至不会给你标价——他们只会告诉你蓝蟹比前一天贵还是便宜"。

这是一个让岛上几乎所有渔民都感到沮丧的现实。在这个问题上，很少有人能有利昂·麦克曼那样的发言权，他有 71 年的全职渔民经历，能仔细考虑这个问题。"他们想给多少就给多少"，他告诉我，"但凡我们是岛上的人，就只能在抓到蓝蟹之后才知道能卖多少钱"。[8]

与部分农民不同，捕蟹人没有资格获得政府补贴。华盛顿不会给他支票、让他坐等季节结束以稳定商品价格。他也不能囤积渔获等到市场价高的时候再卖。"我们捕捞到了，就必须处理掉"，利昂指出，"如果你有整整一船活螃蟹，你又不打算卖出去，那你要它们干什么？"

所以今天早上，乌克正在准备把一批软壳蟹运往纽约的新富尔顿海鲜市场，那里开出的价格比跟大部分丹吉尔脱壳蟹人做买卖的克里斯菲尔德螃蟹市场给的价高。这个决定也有缺点：他必须买沉重的运输用纸板箱，每只 10 美元；他必须支付把螃蟹从丹吉尔岛运到东岸地区、再用卡车运送到 260 多英里外的纽约市的费用；而且，给螃蟹打运输包需要大量的标签和文书工作，这对于一个每天已经在捕蟹上花费 18 个小时的人来说是个不小的负担。

但大多数情况下，纽约的定价弥补这些成本后还绰绰有余，而且卖到那边还有另一个好处：那里的人会接受乌克凭专业知识给软壳蟹做的定级，而克里斯菲尔德的买家并不会这样做。和硬壳蟹一样，软壳蟹也按大小定价。最大的一档软壳蟹是名副其实的大块头，横向直径超过 5.5 英寸，一只就能装满一个晚餐盘，被称为"鲸级"（whale）。稍微小一点的人称"特级"（jumbo），再小一点是"优级"（prime），然后是"中级"（hotel）——连利昂都解释不清为什么叫这个——最后，最小的是"毛蟹"（medium）。

乌克走到蟹屋中间的工业冰箱前，取出一个黄色塑料桶，里面装着前一晚换壳的螃蟹。他从桶里拎出的第一只软壳蟹足有 8 英寸宽。"这只软壳蟹很不错"，他说，"纽约的人会喜欢它的"。毫无疑问，这是上品中的上品。然而，大多数螃蟹的大小却没有那么明确的标准。"克里斯菲尔德那边给螃蟹分级的时候会把它们定到更小的档里，而且一般价格更低"，乌克说，"克里斯菲尔德的买家有时会在意螃蟹有多少条腿。当然，一只螃蟹上的腿确实不能太少，但如果你的螃蟹只少了两三条腿，他们就会格外吹毛求疵"。他知道，大多数食客不会打开软壳蟹三明治数里面炸螃蟹的十条腿是不是一条不少；反正软壳蟹的腿酥脆但没什么肉，所以如果一只螃蟹少了那么一两条腿也不会是大问题。除非有人觉得它是个问题。

今天早上，库克打包的绝大部分螃蟹是鲸级和特级的。在破旧的胶合板地板上放着几个新的货运箱，每个箱子里叠放着三层

纸板托盘。一个托盘里放多少只蟹是根据螃蟹的等级来定的：2
打鲸级，3 打特级，或者 3—4 打优级。他开始放特级；先把一页
旧版的《今日美国》放在一桶水里浸湿，然后把它叠成合适的尺
寸放进托盘，再从黄色的桶里抓出一只螃蟹放到潮湿的报纸上。
螃蟹一动不动，蟹腿整齐地收在腹部，嘴巴周围冒着泡泡。这并
不意味着它要死了：只要保持凉爽潮湿，螃蟹离水后还能存活好
几天。乌克又挑了一只，把它紧贴在第一只后面放好，让第二只
螃蟹的"脸"和钳子搁在第一只背上。第三只螃蟹以同样的方式
略微叠放在第二只身上，以此类推——直到九只螃蟹排成一列，
占据 1/4 个托盘。他开始摆第二排。

　　螃蟹静悄悄的。与它们是硬壳蟹时的暴躁易怒相反，它们现
在很虚弱，而且十分清楚自己有多脆弱，所以极力避免麻烦。乌
克动作很快，抓起螃蟹、瞥一眼定级、把它放进对应的托盘，这
一切只用几秒钟。当他装满一托盘，便取来另一张报纸，把它浸
湿，盖在托盘上，然后把托盘与其他相同等级的放在一起。

　　"以前得用死掉的海草包螃蟹"，他告诉我，"哪怕是卖到当
地市场，也得给它们裹上海草和纸、上面放好冰块，在蟹屋里都
得这么放"。这都是过去的事了，现在冰箱和冷柜对岛上的捕蟹人
而言是必不可少的——直到 20 世纪 70 年代，丹吉尔岛上才实现
了这项技术升级。"现在他们都用这种方法了"，他说，"可能螃
蟹在海草里卖相更好，但如果没必要这么麻烦你就不会这么做。

报纸能给螃蟹保湿，你需要的就是这个"。

和他的大哥艾拉建起这座蟹屋的时候，乌克刚上高中，这里以前是他们的爸爸用过的蟹屋。蟹屋结实而简朴，用 4 英寸×2 英寸截面的木料搭成主体结构，覆盖胶合板，房屋梁架都露在外面，老化成深红棕色。蟹屋中央就是冰箱，不锈钢制，是个 7 英尺高、6 英尺宽的大家伙。三面墙边都摆着大号冷柜。房间一角开着一扇门，里面是乌克打包时的工作台。出海必需的工具和补剂几乎堆满了每一寸地面：机油、防水填料、油漆和清漆、一轴轴千英尺尼龙绳、扳手、锤子、一罐罐螺丝钉、旧泡沫蟹笼浮标。还有猫粮。

乌克又装满了一个托盘。他已经装了两盘鲸级、5 盘特级和 1 盘优级。他飞快地装了第 9 盘，也是最后一盘，一半放特级一半放优级，然后把托盘安置到运输箱里，给每个纸箱盖上紧密贴合的箱盖，盖子上有类似蓝蟹的印章和"活软壳蟹"的字样。他用永久性记号笔在每个盖子的一角写上"JMS"——指的是新富尔顿海鲜市场内的收货商 JMS 时令海产公司——又在另一角写上"J. 埃斯克里奇，丹吉尔岛，弗吉尼亚州"。他在自己的名字下面画了一条耶稣鱼。

农场节目已经结束，换成了乡村音乐。"你有罐科罗娜，我在喝百威淡啤[1]"的歌词随着吱吱啦啦的无线电信号从功率过大的收音机喇叭里轰出来，乌克已经用黑色的带子捆扎好运输箱，运到了外面的船上。这些天，JMS 给乌克的价格是平均每箱 230 美元，所以这一早的工作能挣小 700 美元。这已经是很不错的一天了，而他都还没拉上哪怕一个蟹笼。

早上 7 点 40 分，我们穿过港口来到邮船码头，"考特尼·托马斯"号上的一名船员告诉我们，船的左舷引擎启动不了，所以下午的渡轮——马克·海尼的"莎伦·凯"三号——将在早上替班前往克里斯菲尔德。邮船船长布雷特·托马斯的外祖父埃德·帕克斯（Ed Parks）乘着一艘小船及时赶到码头。他旁边有两箱"肿蟾蜍"，这是丹吉尔岛人对鱼皮长刺、可以自己膨胀起来的斑点圆鲀的称呼。这些鱼虽然很丑，却是不可否认的美味。把它们剥了皮再油炸，就做成了一道名为"糖蟾蜍"的餐馆开胃菜，得到了越来越多人的欢迎。即便如此，80 岁的埃德还是丹吉尔岛上为数不多的钓斑点圆鲀的捕蟹人之一。

"今天外面的风很舒服啊"，我们走过去时他说。

"是的"，乌克答道，叹了口气，"今年夏天可没有这样的风了"。

---

[1]　科罗娜啤酒（Corona）和百威淡啤（Bud Light）都是啤酒的名称，前者是品牌，后者是百威啤酒下的一种。

我们坐在各自的船上随水波摇摆，等待马克·海尼到来。埃德是岛上两个埃德·帕克斯中的一个——这种情况并不罕见，因为岛上同姓的人很多。岛上还有两个丹尼·克罗克特，两个杰基·麦克里迪，两个迈克尔·帕克斯，还有很多像乌克这样父亲与儿子用同一个名字的。过去岛上人口更多，重名情况也更多，岛民们可能用家谱世系来区分两个有着同样姓名的邻居，就是在其中一个人的名字前面加上此人父亲的姓名——或者两个人名字前面都加（我的女房东辛迪·帕克斯就有这样一位祖先，人称"扎卡赖亚·克罗克特家的伊莱莎"）。现在，他们会用职业、身体特征或中间名来进行区分。例如，如果上下文没有明确指出是哪一个，两个麦克里迪就分别被称为"杰基·哈斯金斯"和"杰基·伯顿"；前者有时也会被直接称为"哈斯金斯"。

丹吉尔岛学校已退休的校长丹尼·克罗克特是"丹尼校长"；另一个丹尼·克罗克特是电气合作社工人，有个双胞胎兄弟多尼，就被叫作"双胞胎丹尼"。今天上午和我们交谈的埃德·帕克斯是"矮个儿埃德"，而不是叫"上校"的埃德·帕克斯；后者曾任丹吉尔镇长，现在经营着镇上的博物馆。矮个儿埃德不喜欢这个名号，岛上没有人会糊涂到当面这么叫他；他很少需要回应这个称呼。另一方面，有绰号或者昵称的丹吉尔岛人则很少被人直接喊名字。乌克总被叫作乌克。克里斯蒂娜·查诺克，就是那位在亨丽埃塔·惠特利去世后成为岛上最年长女人的女性，一直被叫作蒂妮。卡罗尔·穆尔的兄弟大卫·查尔斯·普鲁伊特总被叫作"啾啾"，而除了家人之外，岛上其他人都喊他的父亲为"拍拍"。乔治·普鲁伊特不知为什么被叫作"尖叫"，但更熟悉他的人会叫他"猴儿"（Monk），是"猴子"（Monkey）的简称，因为他小时候很会爬树。如果你去问他的本名，很多邻居会告诉你他叫弗朗基，但其实那是他的中间名。与此同时，弗朗基·克罗克特——这真的就是他的名字——总被叫作"狸花猫"。埃德·查诺克被称为"埃迪·杰克斯"，来自电视剧《佩顿广场》中一个角色的名字。已经去世的岛民里还有被叫作"杂烩""海饼干""爆米花""西班牙佬""庞克""大戟树""皮吉""小脾气"的，还有"肥屁股"，以及"亲亲"。

有些昵称是根据特定事件或特征取出来的。[9]例如"茅房阿尔"是因为"手底下有帮人，要到处去打翻马桶"，杰里·弗兰克·普鲁伊特这么说。而"半边屁股巴克"是个新移民，"他因为一次事故还是什么事情丢了半边屁股"，这是一天下午乌克在"特情室"说的。

"锯木机。"利昂插话道。

"对，对"，乌克说，"因为一台锯木机"。

"他来到岛上，娶了埃尔默的女儿"，利昂回忆说。他指的是已故的埃尔默·克罗克特。"他还救了埃尔默的命"。

"这是怎么回事？"我问。

"埃尔默脑袋撞到线上了"，利昂说，"我不知道他为什么没死。半边屁股巴克把他从线边拽开了，就这么救了他的命"。

"那个线是电线一类的吗？"

杰里·弗兰克点点头。"烧了个洞"，他说着，用手比画了一个橘子大小的圈，"他头上烧了个大洞。我在教堂里坐他后面，他那里总是裹着绷带。他们得时不时地探进去清脓液"。

这就是半边屁股巴克的故事。或是有意隐瞒或是无意遗忘，许多岛民的绰号的由来并不这样被人牢记。艾伦·雷·克罗克特和他的儿子马克都被人叫作"穆尼"，是跟着一个有同样称呼的祖先叫的，但两个人都解释不清这个名字的最初源头。比起自己的本名，金·帕克斯更喜欢"袜子"这个绰号，但他不肯透露这个绰号是怎么来的。"我不想讨论这个"，他告诉我，"那并不基督徒"。[10] 人们称开百货店、拥有岛上第一台电视的霍默·威廉姆斯（Homer Williams）为"多宾斯"（Dobbins）。"我不知道他们为什么这么叫他"，利昂在"特情室"告诉我，"他的一条腿比另一条短"。

"他没脖子"。布鲁斯·戈迪补充道。

利昂："我想是因为他出车祸什么的了吧"。

"他是在那次事故后得到这个名字的吗？"我问。

"不，我不这么认为"，利昂回答说，"我想他一直都叫多宾斯"。

在另一次"特情室"聚会上[11]，我问理查德·普鲁伊特，为什么他已故的父亲卡尔顿·普鲁伊特被人们喊作"中国仔"。"打死我也不知道啊"，他笑着说。

杰里·弗兰克揭了老底，"玛吉·沃尔特小姐给他取的。他和约翰·刘易斯·帕克斯正沿着小路走来，她喊道，'他们来啦，那个西班牙佬和那个中国人来啦！'"

"约翰·刘易斯·帕克斯长得像西班牙人吗？"我问。

"不，并不"。杰里·弗兰克答道。

"你爸爸长得像亚洲人吗？"我问理查德。他摇了摇头。

利昂告诉我，别指望这有什么逻辑。已故的玛吉小姐疯得很。"她家外面的拐角处有一盏路灯"，他说，"人们经过那里时，她总会评头论足上几句。人们会绕远路避开"。

一天晚上，在斯温纪念教堂，我问杰基·哈斯金斯的妻子马琳·麦克里迪，丹吉尔岛老前辈乔治·"大腿骨"·托马斯的绰号是怎么来的。[12]她被难住了。"'大腿骨'的绰号是怎么来的？"她若有所思地说，转向丹尼校长的妻子，"格伦娜，你知道吗？"格伦娜不知道，于是马琳拽住了路过的胡特·普鲁伊特。

"我一点也不知道"，他回答说，"在那些老年人里问问吧"。

她转头问年轻得多的丹尼校长，"你知道'大腿骨'的绰号是怎么来的吗？"

丹尼在我们身后的长凳上坐下，摇了摇头，"我不知道"。

马琳开始乱猜，"我敢肯定这要追溯到他小时候，跟他妈妈做的东西有关。在他面前放了根骨头什么的"。

"好像不太解释得通"，我说。我向圣所那一边的拖船工比尔·"射击"·帕克斯点头致意，"那比尔·'射击'是怎么得到他的外号的？"

马琳跨着整个教堂喊他："比尔·'射击'，你怎么被叫成比尔·'射击'的？你的外号怎么来的？"

"我不知道"，长着圆圆脸、剃着寸头的"射击"回答道，"是老早的事儿了。甩不掉了"。

"是啊"，丹尼赞同道，"只要得了外号就摆脱不掉了"。

现在，我们正坐在乌克的船上，马克·海尼开着"莎伦·凯"三号入港了。人们叫他"普普戴克"。许多年前，他曾经戴过一顶软趴趴的水手帽，让人想起大力水手波派的爸爸"普普戴克爸比"喜欢的那种帽子，就是出了连环漫画和动画的《大力水手波派》。他不戴那顶帽子已经几十年了，但他却永远都是普普戴克了。

我们在岛靠海湾的一边收乌克的蟹笼，钛灰色的天空云层低垂。从东北方向吹来微风，风速稳定在每小时 20 英里，但我们是在岛的背风面，离海岸很近，被保护着不受风的影响。[13] 再往西一点点，这种保护就消失了：在开阔的海湾里，一艘大帆船正颇为艰难地逆风穿过橄榄绿的、浮沫横飞的海洋。

　　然而，乌克并不在意早晨这不甚吉利的景象，因为蟹笼里装满了脱壳蟹和上品蟹。在第一排的 27 个蟹笼里，他捕获了 42 只脱壳蟹。"蟹笼里有一只脱壳蟹就很好了"，他告诉我，把船转了一圈，开始收第二排。第一个蟹笼哗啦啦地上了船，里面有一只脱壳蟹、一只次上品，还有几只不够大的小公蟹，他把它们扔回了海里。下一个蟹笼里有半打螃蟹。他仔细观察了一只刚换完壳的成熟母蟹，确定这是一只"硬麻布"——就是说它的软壳已经开始变硬了，无论对捕脱壳蟹的人还是捕硬壳蟹的人来说都毫无用处——然后把它和两只小未成年蟹一起扔了回去。他留下了一只脱壳蟹和一只次上品蟹。第三个蟹笼里有一只破壳蟹、一只上品蟹、一只次上品蟹和一只抱卵蟹。

　　"老弟"，乌克说，"真希望今天我能收完这边所有的蟹笼"。事实上，他在这边有 4 排 110 个蟹笼，剩下还有 100 个下在岛的另一侧，大部分都在岬角附近。这些蟹笼都是借的，因为乌克自己的蟹笼基本都搁在沙滩上，让太阳晒死堵住网眼的红苔藓，而且它们都太旧了。这些借来的笼子原本是利昂改去耙蟹之前买回来的，后来卖给了"啄木鸟"，后者又用到两三年前自己不捕脱壳蟹为止。正如乌克在过去几年里经历的那样，旧蟹笼很快就长上了一团团红苔藓，不过暂时还没有阻碍螃蟹进笼。第二排蟹笼一共捕获了 34 只脱壳蟹，第三排则收了 38 只。乌克既高兴又困惑。"我肯定螃蟹看到了"，他说的是红苔藓，"一点点苔藓似乎不会影响它们，一般量大起来的时候就会了"。

他花了 5 分钟的时间狼吞虎咽地吃下了半块花生酱果酱三明治和一块用玻璃纸包裹的点心蛋糕。一团海草飘了过来，他呷饮着瓶子里最后几滴 Yoo-hoo 能量饮料。"人们说螃蟹数量少了"，乌克说，"因为天气寒冷，我们一开始抓的螃蟹不算多，但我认为螃蟹根本没有减少。有些人就是没有任何依据就下结论"。

"有些家伙看到这个季节的海草都浮在水面上，就说是耙蟹人干的——他们把海草从海底扯了出来。那你去海湾边的其他一些地方，比如尚克斯溪，你会看到同样的情况。那边可没有人耙蟹"。他不屑地说道，"这附近有全海湾最健康的海草床。如果真是耙蟹导致的，海草早就没了"。

我们开始捞第四排。一只破壳蟹上了船，已经从旧壳里爬出了一半身子。连着三个蟹笼里都出了软壳蟹，而且都是鲸级。有一个蟹笼出水的时候，笼子外面的顶上蜷了一只脱壳蟹。乌克灵巧地用手抓住了它。"今天早上这儿有很多脱壳蟹啊"，他说，"我猜它们藏在树桩里"。我从船里探头往水里看，水深大约 8 英尺，但看不到任何被水淹没的树木的痕迹。

下一个蟹笼是空的——在一天的丰盛收获面前，这还真让人意外。"有时候，一只蟹笼里面什么都没抓到，因为下蟹笼的时候把它扔到树桩上，它就歪了"，乌克解释道。他把目光转向一百码外的岛屿西岸，"很难相信这里曾是一片树林"。

的确，下一个蟹笼里全是螃蟹。收完第四排最后一个蟹笼，乌克迅速地清点了一下：这一排收了 67 只脱壳蟹。"这基本上就是最好的收成了"，他告诉我。"非常好。我希望我在这儿下了更多蟹笼"。他停顿了一下，接着说："不过，得小心点。要是下了太多蟹笼，它们就会知道是怎么回事了"。

他打着了舷外发动机。我们冲进了船道，越过港口，迎头顶上了正刮得厉害的大风，还有似乎同时向四面八方冲去的 3 英尺高的海浪。我们往上方岛东南角行驶，船在海浪里颠簸着砰砰作响。乌克在那边下了几个笼子。当他停掉发动机去抓住第一个浮标时，船开始猛烈地摇晃起来。我抓住操舵台稳住身体。"起了点小风"。乌克说。

两个捕蟹人开着船从我们身边经过，向港口驶去。一个是耙蟹的，他伸出一拳，大拇指朝下。另一个是捕硬壳蟹的，比出一个伸出一根手指划过自己喉咙的动作。乌克挥手大喊道："够了啊！"我们照老样子收蟹笼，乌克钩浮标的时候，船绕着蟹笼打转，保证发动机的噪音消散在风里。我们起了五个蟹笼，五个都是空的。风速已经达到每小时 30 英里。现在，站在船上需要像健美操课上那样扎马步。"风嗷嗷儿的！"乌克喊道。

"啥？"

"这样的风"，他说，"就是嗷嗷儿的风。蟹笼是空的的话，这么干就不值了。我今天就到此为止"。

"坏天气"，利昂这么评价这种天气。"糟糕的天气。"他对着拥挤的"特情室"说。[14] 库克、杰里·弗兰克、理查德·普鲁伊特，艾伦·雷·克罗克特以及布鲁斯·戈迪都在，还有一个镇警察约翰·韦斯利·查诺克。每个人都在用一次性发泡塑料杯喝咖啡，有人去仓储超市买了一大批，就在房间里的垃圾桶旁码到齐颈高，垃圾桶上还是盘旋着果蝇。

我坐在艾伦·雷旁边，注意到他左上臂有个文身，看上去是一只尾巴分岔的鸟，但艾伦·雷的皮肤粗糙皲裂，晒成像烟草一样的棕黑色，实在看不出到底纹了什么。我问他："那是什么——是只家燕吗？"

艾伦·雷俯视着那个图案，好像已经忘了那里有个文身。"我想是啄木鸟"，他说，"已经文了太久了，我都不记得了。几乎看不见了"。

"它随时间褪色啦"，利昂说，话题已经转向了年老的影响，他便补充道："我不适合走路。一旦你不走路了开始开车，步行就变难了"。说这话的人刚在剧烈摇晃的渔船上站了8个小时，把满载的拖网拉上船。

衰老是利昂经常谈论的话题。他可能从一则轶事开始讲起，就像有天下午他谈起他的活动躺椅时那样："你把椅子往后一支，过不了多久就会打瞌睡。然后你醒过来想，'我是不是应该出门干活了？'你突然惊醒，想知道，'我是已经出去了呢，还是正准备出去？'"[15]

"我确实会打着打着盹惊醒，然后开始想"，他做了个鬼脸跟我们说，"如果你上了年纪，这就是你衰老的标志"。

更多情况下他会以温和的抱怨来引出这个话题。"你变老了，日子就不一样了"，另一天他大声说道。[16]

"变短啦？"有人猜道。

"是麻烦事儿更多了"，利昂说，"疼痛更多了"。

"这让我想起来"，这时候杰里·弗兰克正说着，"好多年前雷的故事"。雷是利昂的岳父，"他去看耳鼻喉科专家斯穆特医生"。这个故事很长，最后雷对医生说，"你看，我都80岁了。什么都下降了50%"。

乌克大步走了进来，一边往咖啡里加奶精一边说他简直要气疯了——他把"mad"发音成"my-yid"。听上去是他与一个岛民发生了争执，这个岛民认为镇上收取25美元的高尔夫球车登记费是不公平的。丹吉尔岛是弗吉尼亚州唯一一个不挂州车牌也可以合法开车的地方；相应地，岛上的285辆机动车，除了少数高尔夫球车外，都被要求张贴镇标识。这个市民告诉镇长，他不相信他必须得付这笔费用。

　　"我说，'那你试试看看'"，乌克说，"'但是我告诉你我觉得会发生什么：你的车得闲置一年'。他说，'哦，是这么回事啊'。我说，'对，**就是**这么回事。你要么买个登记标，要么就别用车'。但他就是不放弃，一直说一直说。我说。'那你干呗，试试去'"。

　　利昂很明显知道那个人是谁。"我敢打赌，他走去坎顿再走回来就会乖乖交那 25 美元"，他说，"走路太难了"。

九

头上缠着一条红头巾的玛丽·斯图尔特·帕克斯（Mary Stuart Parks）环顾着渔民之家的厨房。现在是星期六早上 9 点。[1] 餐厅还有两个小时就要开门了，斯图尔特（她更喜欢别人这么喊她）要做一大堆杂务，为预计在周末到来的游客高峰做好准备。她先列了一份要最先完成的紧急任务清单："5 磅[1]蟹饼。解冻。卷心菜沙拉。南瓜煲。青豆。浓汤。热上靓汤。烤面包碎。油炸玉米粉团"。

要做的事很多，但是——根据她 17 年来与自己的堂姐，也是乌克的妻子艾琳·埃斯克里奇（Irene Eskridge）经营这家餐馆的经验——能做完。斯图尔特穿过房间，走到一台巨大的工业冰箱前。这台冰箱与乌克蟹屋里的那台很像。埃德·查诺克的堂姐妹莉萨·克罗克特已经在那儿了，他们一起快速清点了一下存货。莉萨是个有十年经验的厨房老将。外面下着雨，天气凉爽，这无疑会让游客减少一些，所以她们在过去几天里做的蟹肉饼——用 4.5 公斤蟹肉做出来的，一共大约 50 块——可能足够了。一个任务完成。

斯图尔特从冰箱里拿出一大锅西红柿汤底的蔬菜汤，舀了一

---

[1]　英制单位，1 磅≈0.45 千克。——编者注

些倒入一个大碗里，再搅入现剔出来的蟹肉，准备做这家餐厅的招牌菜之一——蟹肉蔬菜汤。汤汁被倒进一只锅子里，架在厨房后墙处有 6 个灶孔的明火炉子上，那里各种炉灶占了后墙的大部分空间。通风罩是艾琳自己画的："**主的仁慈每天早晨都是新的**。"[1]

　　女人们进入了日常工作节奏，她们的速度和精力都提升了。莉萨将一打黄褐色的土豆放入烤箱，斯图尔特则走到不到 1 米外的不锈钢工作台，开始烹制餐馆的另一道特色菜——蟹肉浓汤。她把炼乳、黄油和面粉混合在一起——"绝对零卡"。她向我保证——然后边小火加热边用勺子搅拌，做成可以让汤浓稠得恰到好处的乳酪面粉糊。

　　斯图尔特搅拌面粉糊的时候，莉萨从烤箱里端出一大盘烤面包碎，这是店里很受欢迎的蟹肉蘸酱的配菜。在切配桌的另一头，做了四年厨师兼服务员的金纳·贾尔斯把刚切好的青葱拌进做蟹肉炸玉米饼的面糊里。她请斯图尔特尝一下味道。

　　"辣要再多点"，斯图尔特老大说，"你放欧贝调料了吗"？

　　"没有"。金纳说。

　　"我会加一些欧贝料和一点奶酪进去。"

---

[1]　此句化自《圣经·旧约·耶利米哀歌》："我们不至消灭、是出于耶和华诸般的慈爱、是因他的怜悯、不至断绝。每早晨这都是新的。你的诚实、极其广大"。（3：22-3：23）

其他的员工也进来了：洗碗工多特·戴兹，斯图尔特的阿姨；女服务员珍妮弗·鲍登，在东岸地区土生土长的丹吉尔岛后裔，现在嫁给了一个岛民；服务员埃丽卡·戴利（Erica Daley），埃德·查诺克的外孙女，刚刚结婚[1]。多特开始洗碗，珍妮弗和埃丽卡煮咖啡，并在通往餐厅的门口旁布置沙拉台。金纳准备南瓜煲——今天的特色配菜，斯图尔特则切芹菜、对剖虾肉来做虾蟹沙拉。她停下手里的活，把蟹肉和炼乳加到浓汤里，并从火炉上拿下一锅青豆。

快到 11 点时，艾琳来做收银。她和斯图尔特轮流照管厨房和餐厅，同时分别负责餐厅的其他事务。"艾琳处理更多的行政事务"，斯图尔特说，"我们互补"。

"我们不吵架。如果我们吵架的话就不可能一起工作这么多年了。我们想把餐厅做成以上帝为中心的事业，当作一项基督徒的事业来经营。"

这也是桩家族生意。这家餐厅的软壳蟹来自乌克以及斯图尔特的丈夫安迪·帕克斯，后者是丹吉尔岛仅存的几个耙蟹人之一。乌克告诉过我，旅游季最旺的时候，他每天要供应六七打软壳蟹。[2] 他经常在餐厅吃午饭，亲眼见证自己在"希里黛玉"号上和蟹屋里长期工作的一手成果。在这里，在他周围游客的盘子上，

---

[1]　即前文提到的与兰斯·戴利结婚的埃丽卡·帕克斯，婚后从夫姓为埃丽卡·戴利。

他的脱壳蟹们从海湾到筐子再到蜕壳箱，终于结束了自己的旅程。

脱壳蟹生命最后的一段旅程对有洁癖的人而言有些目不忍视。斯图尔特——或者别的大厨——把活的软壳蟹腹部朝上放好，拉开它的脐；再把螃蟹抓在手里，用剪刀剪掉它的头面部——包括眼睛、触角和复杂的口器。处理掉螃蟹的前端后，就可以掀开它的上壳，露出里面的内脏，然后拔掉两串长长的、海绵状的"死人手指"——螃蟹的鳃。与流行看法相反，它们并没有毒，但它们的味道和质地确实令人不快，所以要被拔掉。

斯图尔特还要把螃蟹亮黄色的、软塌塌的肝胰脏清出来——那是螃蟹体内过滤血的器官。[3] 它有一种强烈的、带点苦的味道，与鲜甜多汁的蟹肉形成鲜明对比。在美国大陆，许多餐馆把这种"芥末"留在原处，许多食客似乎很喜欢。然而在丹吉尔岛，人们嫌弃它是"黄色垃圾"，并把它去掉。虽然这是一个基于口味而不是食品安全的决定，但是有强有力的论据支持这一做法，因为如果一只螃蟹在被污染的水域活动并吸收了有毒物质，肝胰脏就是毒素积累的地方。

接着，斯图尔特将螃蟹浸在面糊里，裹上面包，或油炸或香煎。如果夹在三明治里吃的话，油炸是最好的选择，因为香煎螃蟹会让面包变得软塌塌。遵照传统，三明治里的面包都是未烤的白面包。没必要用小圆面包装点这道菜品——这只会妨碍螃蟹天生的美味。不，应该说面包越少越好；面包的作用只是方便把螃蟹从盘子送到嘴里。

很少有餐馆——几乎没有——能说自己店里的螃蟹能像"渔民之家"的螃蟹那样，从海湾里现吃现捞。乌克的脱壳蟹笼就下在站在丹吉尔岛岸边能看到的地方，捉到的螃蟹就在离餐馆火炉五百码的地方蜕壳。上岸后，从拴好的"希里黛玉"号走过"肉汤"区的两百码路程，他带着菜品的原材来到餐馆。

洛兰·马歇尔自己的同名餐馆距"渔民之家"大约 12 英尺远，她那里供应的软壳蟹同样是最有当地特色的菜品，也同样由丹吉尔岛的捕蟹人供应原料。在海湾地区的任何地方点一份软壳蟹三明治，你都大可放心，里面是来自丹吉尔岛或切萨皮克湾其他地方——或者美国其他可以捕脱壳蟹的地方（例如北卡罗来纳州或路易斯安那州）——的蓝蟹。但是"从海里到碗里"的体验让岛上的这两家餐厅与众不同。没有中间商，绝对是货真价实的软壳蟹。

沿路走到"切萨皮克湾小屋"，这家餐馆提供大分量的自助午餐和时段较早的晚饭，核心菜品是超大的蟹肉饼，食客们同样可以放心，这家餐馆的螃蟹也产自附近。这家餐厅从林迪海鲜公司买螃蟹，丹吉尔岛上捕硬壳蟹的人都把螃蟹卖给这家海鲜店。林迪公司把螃蟹蒸熟、剔出蟹肉，然后把蟹肉送到"切萨皮克湾小屋"，就可以直接做蟹肉饼了。[4]

然而，离了岛，正宗的切萨皮克湾蓝蟹就很难找到了——至少蟹肉饼、蟹肉酱和其他地方特产中那些被蒸熟剔出的蟹肉是这样的。甚至在那些号称自己源自切萨皮克湾、遵循海湾传统的餐馆——那些在墙上装饰着蟹笼、浮标还有渔民和尖底作业船照片，并吹嘘自己的切萨皮克湾食谱绝对正宗的餐馆——里也是一样的。他们端出来的螃蟹往往跟切萨皮克湾毫无关系。相当多——如果不是绝大多数的话——中大西洋地区的餐馆使用的是来自数千英里之外的、经过巴氏消毒的蟹肉。至于其他地区的餐馆，想想看，他们的螃蟹是进口的。[5]

这种情况的驱动因素是经济。海湾出产的螃蟹数量起伏不定——有时会少到令人担忧——因此在过去的 30 年里，马里兰州和弗吉尼亚州都收紧了捕捞限制以保护这个物种。即使在丰年，新鲜切萨皮克湾蓝蟹的供应也受限于这个物种本身的生命周期，即从 12 月到次年 3 月都没有可供捕捞的螃蟹。因此，餐厅和蟹肉供应商找到了替代品——亚洲梭子蟹。这种螃蟹在许多外观细节上与蓝蟹相似，在菲律宾群岛和东南亚广泛分布，量大且价格十分便宜。你在超市里找到的大多数螃蟹，无论是罐装的还是冷藏的，也都是进口的。

为什么要关心这一点？首先，进口蟹肉的涌入影响了丹吉尔岛、史密斯岛和切萨皮克湾附近许多小渔民社区捕蟹人的基本收入。进口螃蟹削减了林迪海鲜公司这样的购买、处理、销售切萨皮克湾蓝蟹的公司的利润。更重要的是，亚洲梭子蟹的味道跟切萨皮克湾蓝蟹一点都不一样。对我来说，本国的螃蟹比其他任何一种都更甘美。我认为，哪怕是在卡罗来纳州或墨西哥湾岸区捕到的同一个物种，切萨皮克湾蓝蟹的滋味都与众不同——就算是同一个物种，味道也会因产地而异。

持这种观点的不止我一个人。蓝蟹迷们可以很容易地发现其中的区别。"我来自密西西比，所以我吃着那里的蓝蟹长大。它们很好吃"，汉普顿罗兹的主厨悉尼·米尔斯说。[6] 在过去 30 年里，他在一系列赫赫有名的餐厅掌勺，因为富有想象力的菜品和华丽的摆盘颇有盛名，我在 20 世纪 80 年代末第一次吃到他的香煎软壳蟹时真感觉唇齿留香。"但这里捕捞的螃蟹，它们的味道不一样。切萨皮克湾蓝蟹要更甜一些"。

许多食客，特别是那些并不是从小就吃螃蟹的人，吃不出这种细微的差别。"我觉得没有哪儿的螃蟹味道比这里的更好"，埃德·查诺克告诉我。[7] "但我觉得那些餐馆只要便宜就不在乎。人们吃到一块蟹肉饼，但并不知道它应该是什么味道的，所以他们不知道其中的区别"。

"我跟你说"，他说，"这对我们来说不一样"。

视线拉回"渔民之家"，餐馆里来了两对用餐者。一份点菜单送到了厨房：一份蟹饼三明治和一份配菜沙拉。女服务员们把沙拉调好，匆匆端上桌。斯图尔特往一口高边平底锅里倒了半英寸高的油，开火热油，等了几分钟，估计顾客开始吃沙拉了，便把两个大致呈球形的蟹饼放进平底锅里。蟹饼发出响亮的吱吱声。她翻动蟹饼，等到它们一面棕色、一面焦脆，不到 1 分钟就把它们捞出锅——里面的蟹肉已经蒸过了，很容易熟过头。接着，她把平底锅中取出的蟹饼放进微波炉加热足够长的时间，让蟹饼彻底热透，然后装盘。

乌克走了进来，手里拿着一个装满蟹肉的自封袋递给了斯图尔特。"渔民之家"有道隐藏菜品，叫作"切萨皮克湾软壳蟹珍奇"，主料就是这个：掉了大部分腿的软壳蟹，被渔民们叫作"门把手"。乌克并没有把这些不完整的软壳蟹卖掉，而是把它们切分成了蟹肉块。

斯图尔特从袋子里拿出四块，捣碎后裹上面包糠，扔进炸锅。数分钟后，她把蟹肉捞出来放在我面前，警告说："等一分钟。让它们凉一凉"。每个都有一只油炸玉米粉团那么大，看不出是软壳蟹——直到我连几秒钟也不想多等，咬了一口。

随着一声清脆的"啪"音，蟹壳裂开了。里面是一整块肉，鲜嫩、甜美、汁水丰溢。我这辈子还没遇到过比这个更好吃的东西。而那个抓到它，并在几分钟前刚把它从蜕壳箱里捞出来的渔民，正在几英尺远的地方溜达着。

"味道怎么样？"斯图尔特问。

"太棒了。"我告诉她。

"当然"，她说，"它们可是最新鲜的"。

2000 年 5 月，斯图尔特、艾琳和另外两名岛上女性合伙买下了"渔民之家"，所有权一直没变，餐厅也一直开到现在。"我们谁都没主意。当时我们都只是家庭主妇"，斯图尔特说。开业那天，"我们哭了，我们太害怕了。我们根本没有受过训练"。

另外两位合伙人最终搬走了，留下这对堂姐妹经营餐馆。1954 年出生的斯图尔特和 1959 年出生的艾琳都在雷园长大，是"肉汤"区那里以艾琳外祖父的名字命名的一组舒适的房屋群。两人从小就认识，成年后依然亲密无间——作为商业伙伴时更是如此。"我们一起工作，发现了彼此的长处"，斯图尔特环顾厨房说，"这里发生了很大的变化。比如，我们最初在那儿洗碗"——她指着靠近灶台的一个水槽——"经常互相撞上。我们每年都把这儿改得更好一点"。

"再看到一桌坐十个客人，我们根本就不在乎。但我们之前曾经是，'哦上帝啊，我们可怎么办啊？'现在这都不值一提"。

更令人惊讶的是，这家餐厅的创始人们在创业的时候，没有一个有大笔资金；她们的丈夫都是渔民，都只有捕蟹那笔不稳定的收入。几个人都忙于家庭和宗教活动。斯图尔特的两个儿子都长大了，但她还要抚养一个年幼的女儿。艾琳担子很重，不仅因为她嫁给了丹吉尔岛新的代言人，还因为他们夫妇俩的小儿子约瑟夫当时还在丹吉尔岛综合学校读高中，并且还要养那四个女孩子。

艾琳和乌克早就谈过领养的事。艾琳怀第三个孩子的时候流产了，之后领养这个话题就被提上了日程。在知道领养本国儿童可能需要花好几年之后，他们选择了昂贵但更快捷的选择——领养一个印度女孩。1996年，4岁的希里黛玉从印度海得拉巴的一家孤儿院来到这里。"长没长虱子？她简直全身都是虱子"，利昂回忆道，"她到这儿的时候我们去了四个人接她，结果我们都得用RID驱虱套装——去索尔兹伯里的一家商店买了。我们身上全是虱子"。[8]

尽管利昂的回忆让人啼笑皆非，整个小镇的人还是接受了这个安静的小女孩。她融入得非常顺利，于是两年后，埃斯克里奇夫妇想再收养一个女儿。他们想收养一个八九岁的孩子，这样希里黛玉就能有个玩伴了。于是，黛维从同一家孤儿院来到了岛上。孤儿院的经营者说她7岁，但她看上去像9岁或10岁。

孤儿院还告诉埃斯克里奇夫妇，黛维的母亲把她交给了孤儿院抚养，后来黛维的双亲都去世了。那是另一个谎言——她是被绑架之后卖到孤儿院的。"我所有的身份文件上都写着，我妈妈非婚生女，不能抚养我"，19年后，黛维回忆道，"我想，'这太滑稽了，我那时就跟她生活在一起啊'"。[9]

在飞往华盛顿杜勒斯国际机场的飞机上，一个印度的收养经纪人教会了她说"你好,妈妈"和"你好,爸爸"。当她踏上美国国土时,只会说这两句英语。"我不害怕,但我很紧张",她告诉我,"我不想在那儿。我很想家。机舱门打开的时候,他们指着詹姆斯和艾琳说,'他们是你的新父母'"。

尽管初见是充满创伤的,性格外向、富有冒险精神的黛维还是喜欢上了丹吉尔岛。一来,它看起来很熟悉。"我之前的家在卡基纳达,那儿大部分人也是以打鱼为生",她说,"我进城卖香料的时候,会看到他们带着渔船和渔网进城。而我到达丹吉尔岛时,周围都是海水,而且大部分人也是渔民"。

艾琳自己在家教她英语,用便利贴给家里的一切贴上标签——床,门,盐和胡椒瓶,冰箱。[10]黛维学得很快,但并不意味着学英语很容易。"你从印度带来不会说英语的孩子",尼娜·普鲁伊特校长说,"把他们带到丹吉尔岛——还有人觉得连岛上的**我们**都不会说英语呢——你可就有得折腾了"。[11]

当黛维马马虎虎地会说一些英语之后,便告诉乌克和艾琳她是从母亲身边被偷走的。他们吓坏了,联系了亚拉巴马州他们定期联络的一对夫妇,这对夫妇也在同一年从同一家孤儿院领养了一对姐妹。这对夫妇向自己的养女们讲了黛维的故事,才知道这对姐妹也是被偷走的。这些发现促成了调查,印度那所孤儿院的工作人员也被处理。现在,亚拉巴马州的那对夫妇依旧积极参与社会运动,推进领养流程改革。[12]

埃斯克里奇夫妇和亚拉巴马州那对夫妇都给了孩子们机会，让她们回到印度，去见她们幸存的亲戚，并选择她们要在哪里生活。她们都决定留在美国。总而言之，长话短说，这对亚拉巴马州夫妇把他们的两个女儿送去与她们在美国唯一认识的印度人一同生活——就是希里黛玉和黛维。2003 年，埃斯克里奇夫妇把 13 岁的帕吉雅和 15 岁的曼朱勒接到了自己在西脊岭已经很拥挤的家中。

就这样，丹吉尔岛成了这几个人数虽少但备受瞩目的亚洲人的家。"她们的童年很愉快。哦，是的"，利昂说，"这里的人疯了一样热情地接受了她们"。[13]

就是这样：艾琳与人合伙创建这家餐厅时，正是她忙得不得了的时候。接下来的许多年，她的生活也一点都不轻松。年纪最大的女孩曼朱勒 2005 年从丹吉尔综合学校毕业，最小的希里黛玉直到 2010 年才毕业。[14]

现在，女儿们都在大陆定居。[15] 曼朱勒嫁给了沃伦·埃斯克里奇，他是一名驳船船长，也是乌克的弟弟艾伦·戴尔的儿子。他们有两个孩子，一家人住在马里兰州的东岸地区。帕吉雅在亚拉巴马州伯明翰市做理发师。希里黛玉在得克萨斯州奥斯汀市，在做保姆的同时为成为一名教师而读书。

还有黛维，她时常回岛上。[16] 她现在住在弗吉尼亚州拉温斯顿，就在蓝岭山脉东边，是一名保姆；搬到现在的住址之前，她还在特拉华州、佛罗里达州以及东岸地区住过。黛维离乌克和艾琳的儿子约瑟夫的住址只有一个小时车程，约瑟夫自离开丹吉尔岛去利伯缇大学读书后就一直住在林奇堡。两个人经常一起去教堂。

餐厅里没有客人的时候，"渔民之家"的后厨员工就会聚到大门外的一张桌子上，翻阅她们手边为休息时间准备的一堆杂志和图录。这些出版物都污迹斑斑，纸张因年代久远而皱巴巴、软塌塌的。其中一本是 2006 年的《乡村生活》。莉萨·克罗克特正在仔细阅读 2010 年的某期《南方生活》。"我们就好像从没看过它们一样地去读它们"，她对我说，指着一则广告："这些东西可能都不再生产了"。

戴利父子百货店的员工打电话要来取餐——炸腌黄瓜、煎绿番茄、油炸玉米饼和两杯蟹肉浓汤。百货店的员工匆匆走进厨房。莉萨用一个冰激凌勺舀起金纳的蟹肉面糊下到油锅里。

"渔民之家"的员工全是女性。"洛兰家"也一样。两家餐馆的睾丸素水平都很低[1]，或许可以解释这两个竞争对手为何能和

[1]　这两家餐厅都只有女员工，睾丸素水平低，因此攻击性低、不容易起冲突，使得两家和平相处。这实际上是一种错误的观念。睾丸素又称睾酮、睾丸酮、睾甾酮，是雄性激素的一种，是一种类固醇荷尔蒙，由男性的睾丸或女性的卵巢分泌，肾上腺亦有少量分泌。从某种意义上说，我们可以认为睾丸素能够维持男性的"男子气概"；但已有的科学研究证明，除非睾丸素水平极高或极低，否则其与攻击性、与暴力程度之间并没有什么关系。因此，这句话的潜在逻辑并不正确。

睦相处这么多年。"两家餐厅相邻不算什么好事情"，斯图尔特一边给要下锅油炸的腌黄瓜挂面糊一边说，"你会看到游客们走上前，看看这个，再看看那个，半天定不下来要吃哪一家，生意冷清的时候这可真让人紧张"。

"但是我们相处得很好。我们没薯条了，就从她那拿点的。她有什么用光了，也会过来借。一直都是这样。上帝让我们所有人都有生意。"

"切萨皮克湾小屋"已经开了近80年，创始人也是位女性，她的女儿们经营了几十年，现在则主要由格伦娜·克罗克特管理。她和她丈夫丹尼校长是这座产业的所有人，餐馆员工全是女性。

走进丹吉尔岛陆上的大部分工作场所，你同样会发现男人很少。礼品店销售纪念棒球帽、T恤和运动衫，以及手工工艺品和进口小商品，夏季生意兴隆，这里是女性的天地。女性也主导旅游车业务，在岛上唯一的沙龙里服务顾客，做博物馆的前台接待员。湾景酒店是唯一一家全年提供住宿和早餐的酒店，店主是一对已婚夫妇，但日常事务都是女方负责：莫琳·戈特，来自新泽西。

布雷特·托马斯开邮船，但关键的商业运营工作由他的母亲贝丝负责。小特里·戴利和他的儿子兰斯一起经营这家百货店，但他得听家族的女家长——他的母亲乔安妮的，她从1986年开始掌管生意。

岛上公共机构的领导层也毫无疑问由女性组成。自 2005 年以来，尼娜·普鲁伊特一直担任丹吉尔综合学校的校长，管理 12 名教师和 9 名员工。其中，只有杜安·克罗克特一名男性。伊内兹·普鲁伊特（Inez Pruitt）在大陆读了五年书，前 3 年每天乘邮船往返，后两年只有周末回家，最后成为岛上的医师助理。她的女儿安娜·普鲁伊特-帕克斯（Anna Pruitt-Parks）自 2006 年起就担任镇议会成员，日渐成为议会中的最强音——同时也是丹吉尔岛上随时待命的医疗护理人员和丹吉尔岛志愿消防站唯一的全职成员。邮局由女性管理。虽然乌克是镇长，但是长期以来，小镇的商业活动一直都是由镇上的女性具体负责的。

由于岛上大多数身体健全的男人基本上都乘船在海上干活，丹吉尔岛的妇女们同时还要担负起传播消息、进行社交活动的重任，以维持岛上生活的顺利进行。她们的交流网络依赖于岛上几乎所有家庭都仍在使用的固定电话，而且沟通速度极快。当丹吉尔消防站屋顶的警笛发出长鸣——说明发生了严重的伤情、病情，最糟糕的情况是火情，警笛声听上去就像老电影里伦敦的空袭警报，让人感觉它的声音更加不祥——电话铃以迅雷不及掩耳之势在脊岭间响起，人们在电话里提问、猜测到底出了什么事。几分钟之内，整个岛就都知道了。好消息传得也只慢一点点。

2000 年我在岛上的时候，体验过这个沟通网络的效率。当时我住在湾景酒店，这家店彼时由埃德·查诺克的姐妹雪莉经营。

一天早上，我正在吃早饭，雪莉问我那天有什么计划。我回答说，我要去主脊岭见一位女性，她答应把她收藏的斯温纪念教堂的布道录音磁带给我。两所教堂都为岛上卧病在床的人录制了这样的磁带，现在是录在 CD 上了。两座教堂刻录了不少光盘。

我出门的时候，雪莉拿起了电话。我在华莱士路上步行的时候，迎面走来一个岛民，对方说："听说你要去找'某某夫人'拿磁带。"走到国王街时，没等我问路，另一个岛民就给我指了去那个女性家的路。等我走到主脊路的一半，丹吉尔岛上所有人都知道我要去哪儿、去干什么了。

我从中吸取了教训。丹吉尔岛的访客最好把自己当成类似人类学研究的对象，并据此行事。岛民们可能会抱怨游客们观察自己观察得太仔细了点，但反过来也一样。

当然，岛上的男人也会交流信息——在"特情室"里，以及在丹吉尔石油公司进行的类似聚会上。丹吉尔石油公司是综合石油码头兼船用五金店，人称"石油码头"。但大部分时间他们都是独自一人，或者与自己船上的两三个人一起待在船上。他们的交流网络局限于工作时和工作间歇，缺乏妇女们的沟通网的那种即时性。当男人们抽出时间谈论某个话题时，很有可能他们的妻子们早就详细地讨论过了，岛上对这个话题的舆论风向也开始形成了。

这一点值得再三重复：丹吉尔岛上的妇女引领着岛上的思想。

通常情况下，她们也是行动的催化剂。如果学校或教堂需要资金，妇女们来筹集。当岛民们决定把丹吉尔岛的视频发给每一位国会议员，是安娜·普鲁伊特-帕克斯策划并领导了这场运动。一些退伍军人的坟墓没有旗杆，岛民认为这是一种耻辱——直到卡罗尔·穆尔出手才解决，她组织了购买和竖起旗杆的活动。

总而言之：除了出海和管理教会这两项活动，在岛上生活的方方面面都由女性掌舵。教会也只是表面上由男人统治，教团内部的影响力很大程度上是由妇女发挥的。

当我向黛维·埃斯克里奇求证这个发现时，她不假思索地表示肯定。"人们说男人是老大"，她说，"但实际是女人。如果明天我妈死了，我爸都不知道他的袜子在哪儿"。[17]

这种依赖不仅仅局限于日常穿着。安妮特·查诺克嫁给埃德后很快发现，他对管理家庭和管理财务一窍不通，甚至连一张支票都没写过；他已逝的妻子亨丽埃塔监督指导着日常生活中几乎所有在大陆上的活动，她去世后则由女儿们承担起这个责任。"我记得有一天我正在做晚饭"，安妮特回忆说，"我说，'埃德，你能去下邮局吗？我不想把晚饭撂下'。他说：'我不知道该怎么办。'我说：'你说不知道该怎么办是什么意思？'他说，'我从来没做过'"。[18]

"我说，'你是说，你从来没有去过邮局、把钥匙插进邮箱、拧动钥匙打开门把邮件拿出来过？'他说：'没有'。我说：'那好吧，是时候上一课了'。然后我们就去实地实践了。"

"他说，'我觉得自己像个孩子'。我说：'**呃。**'"

思绪回到"渔民之家"，我在餐厅里找了个位子坐下来，现在这里熙熙攘攘的。乌克坐在我对面。"丹吉尔岛谁说了算？"我问他，"男人还是女人？谁才是**真正的**老大？"

艾琳正在收银台后面埋头处理文书工作，离我们桌子五六英尺的地方，但能听得很清楚。"哦"，乌克以一种权威的口吻非同寻常地高声说，"我想说，女性做出了她们的**贡献**"。他偏头偷瞄了一眼。艾琳没有从工作中抬头。

"你感受到了她们的付出"，乌克把声音提高了一点继续说，"要想想来源啊"。他又迅速瞥了她那边一眼，"有些贡献，在你考虑过来源之后，也就是这个样子了"。他又大着胆子看了一眼。

艾琳连他的一个字都没听。

十

6月底，丹吉尔岛的夏天已经如日中天。大多数下午，气温会飙升至90多华氏度，湿度也随之上升，没什么树荫的岛屿好像罩在蒸笼里一样。没有一丝风，苍蝇从滩涂中飞起来猎取鲜血。路上空空荡荡。

黏腻的闷热感在渔船上更甚，捞蟹笼或拖蟹网的重体力劳动加上水面反射的炫目阳光，让人头晕目眩、几近失明。但这样的努力是有回报的，因为在每年的这个时节，切萨皮克湾也变暖了，促使螃蟹从深水游到浅水，并在某些"鼓励"下进入渔民的蒲式耳桶里。硬壳蟹捕手几乎能捕到执照允许的极限数量，捕换壳蟹的人也收获颇丰。

不过，捕蟹人必须密切关注天气预报，因为随炎热一同到来的还有不稳定的天气。就像乌克说的那样，早晨可能狂风大作，同一天下午又风平浪静、一片死寂。西南风可能一连刮上几天，掀起巨浪，从丹吉尔岛西岸出海或在码头内航行都十分艰难。持续的西北风可能会压低浪头，一股东南风则可能会掀起更高的海浪。

在某种程度上，丹吉尔岛人把风看作讨厌的东西而并非威胁。如果他们预料到了风向，一般就能在风浪里工作——而且他们也倾向于这样做，毕竟捕蟹的日子可没有伤停补时。一个星期天傍晚，我决定第二天早上跟乌克一起出海，便在新约教堂的礼拜进行完之后找到他，问他什么时候、在哪儿见面合适。[1] 他举起一只手，"它说早上会起风"，他说。

"它说会起风？"我重复了一遍。

"是的"，他说，"这只手说会起风"。

"那么，你要出海吗？"我问。

"当然，我会出海"，他答道，"但你可能想改天再去。如果风大起来，我觉得你在船上会不太舒服"。

"嗯，如果你要出海的话，我想我还是能咬牙坚持下来的"，我对他说，"只要不是狂风**呼号**就行"。

他建议我们明早再谈，也许我会改主意。当我定的凌晨 4 点的闹钟响起时，狂风正持续不断地拍击房屋，挂在我露台下面的风铃被吹得发出疯狂的响声。我走到外面。一股狂风正以每小时 30 英里的速度持续从西边袭来。我看不见海面，但我能听到海水的嘶嘶声，以及飞机跑道旁碎浪撞击海岸发出的"砰砰"声。我想我不可能在能**听到**海水的声音时还在一艘毫无遮拦的船上待一天。我给乌克留了个口信，然后回去睡觉了。当我再次醒来时，阳光灿烂，但风吹得还是那么猛烈。我再次走到外面。海湾上点缀着白色的浪花。浪花间有几艘尖底作业船，船长们正在捞蟹笼。晚些时候，"特情室"里的谈话集中在海上的风"抽"得多么凶，但似乎没给他们带来什么不便。

不，只有渔民们没有预见到的天气才会让他们陷入麻烦，而在切萨皮克湾，这种情况可不少。几天后，我回家匆匆割草、回邮件后，坐上马克·克罗克特的"乔伊丝·玛丽"二号回到岛上。这是一艘夏季客轮，往返于丹吉尔岛和最近的弗吉尼亚州港口奥南科克之间。航线横跨波科莫克海峡和丹吉尔海峡，总长 16 英里，起一点风都能把航程变得无比艰难。哪怕在丹吉尔岛这个专家云集的岛上，马克掌船的本领也是数一数二的。他一直密切关注着天气预报。

天气预报说今日风平浪静、天气炎热，事实也是如此。但当我们接近两个海湾交界处的沃茨岛时，马克提醒我注意看岛屿西岸上空高耸的雷雨云砧。² 云层为暗灰蓝色，有几千英尺高，呈现出那种意味着"棘手"的经典的铁砧形——几分钟前它还没有出现。我们看着它以极快的速度沿着海岸线向南移动，越过南边很远的海面。

这种风暴在切萨皮克湾并不罕见，往往在你还没意识到它们到来时就已经砸在你头上了。³ 在某些炎热的夏季，这些风暴几乎每天下午都会横扫海湾，尽管只有很短的过境时间——常常只有几分钟——它们也会产生媲美飓风的狂风、致命的云地闪电[1]，以及《圣经》中灭世洪灾一般的暴雨。我坐马克的船回岛的第二

---

[1] cloud-to-ground lightning，亦称"地闪"，是一种自然雷电现象。常发生于强对流天气。当雷电电流从云中泄放到地面时，直接打在建筑物、构筑物、其他物体以及人畜身上，产生电效应、热效应和机械力，造成毁坏和伤亡。

天，一股飓风驰过丹吉尔岛以北的海湾[1]，猛烈冲击克里斯菲尔德，风速估计达到每小时 80 英里——甚至有报道称达到每小时100 英里——并破坏船只、吹倒树木，还把史蒂文·托马斯号的船尾缆刮断了。史蒂文·托马斯号是一艘大型丹吉尔游船，它的船尾缆直径足有 $1^1/_4$ 英寸。

"飓风的速度可能只有每小时 5 英里，也可能刮到每小时 100英里"，利昂在"特情室"说道，"你永远不知道会是什么情况"。

"有件事我是知道的"，艾伦·雷说，"当我看到起飓风的时候，我会谨慎对待"。

利昂赞同地点点头，"必须的"。

"只要在风里调转船头"，艾伦·雷说，"并且尽力把稳就行了。就是这样"。

"没错"，利昂表示同意，"麻烦的是，风刮得太厉害，你根本看不出它在往哪个方向吹"。[4]

部分凶猛的风暴，尤其是在春天，会探出黑色的触须一样的水龙卷，会带来更有针对性的一击。乌克告诉过我，哪怕只是一条直径跟人肩膀差不多宽的水龙卷，也能让一艘 40 英尺长的工作船打转，再大一点的就能把船掀了。2015 年的一个早晨，丹吉尔岛目睹了一连串雷雨云砧在海湾上空轰隆而过。岛民们数出，从

---

[1]　飓风于 2016 年 6 月 1 日袭击东岸地区。

云层上一次性就垂下来 9 条水龙卷，而暴风雨过去之前，一共出现了将近 40 条水龙卷。乌克说，还有一次，一条水龙卷在离他的蟹棚不远的小溪中降下，并在杂货店后面登陆。当时他在学校北边，看到水龙卷正朝他在西脊岭上的家前进，便朝那边赶去。路上他经过一棵垂柳，它下垂的树枝全都竖直朝上指了。[5]

龙卷风里都是水，行进得很慢。"它走过了华莱士桥，在那儿卷起来一艘小船"，乌克说，然后水龙卷离开地面，悄无声息地越过他院子里的一个地面游泳池。"我们在游泳池里放了一些游泳圈——一些橙色的游泳圈——它把那些游泳圈卷起来了。我还没进屋，它就从我正上方飞过，我抬头就能看到它的内部。里面有蟹笼、篮子，还有好多好多东西。然后它移动到海面上，我还能看到水里面那些橙色游泳圈"。他停顿了一下。"我没能拿回来那些"。

我可以证明夏季飓风的威力，以及它能有多么可怕。1994 年夏天，我说服报社的编辑买了一艘海上皮划艇，我可以划着它环游切萨皮克湾 500 英里，一路上发送故事和照片。我从诺福克出发，划了 20 多英里，穿过切萨皮克湾湾口，抵达东岸地区的最南端，然后在船上装满食物和露营用具，再从那里向北出发。

航行的第三天，我把船划到马特沃门河河口的海岸，停在一个宽阔的海岸裂口中，在蜜月岛上登陆，准备过夜。[6]蜜月岛是河中间的一个沙丘，岛上长着海滩水草和几丛山地苦槛兰。我支好帐篷，打开炉子，做了晚饭。然后，当夜幕降临时，我爬进睡袋，在睡前借着头灯看书。我埋首书中，大约 9 点的时候，忽然听到远处传来一阵长长的、轰隆作响的低沉的雷声。我没怎么在意。不到 3 分钟后，我又听到了一声沉闷的低鸣——这一声更响、更深、更近。就在几秒钟后，一股极为凶猛的狂风猛然轰进了帐篷，我还没来得及尖叫，狂风便拔起了木桩、掀翻了地板，把帐篷布卷到了一边。我扑倒在帐篷迎风的一侧，伸展身体，用手和脚把帐篷的两个角固定住，这时从外面传来了厨具叮叮当当被风吹跑的声音和皮划艇在沙滩上滑行的声音。这声音只有片刻，因为马上就有一股倾盆大雨轰击了帐篷，一连串急促的闪电亮起，无数雷声炸响，与我离得很近，我身下的地面都震动了起来，蓝白色的电火花隔着两层尼龙布几乎把我的眼睛晃花，而这地狱风暴的声音——风雨的怒吼，雷电的震荡——让我脑中一片空白，只知道我要死了。

我帐篷的支架是铝的。方圆四分之一英里以内，这个帐篷是最高的，我就被困在这个导电金属制成的笼子里。我肯定闪电会劈到我的。它来得如此之快、距离如此之近，我几乎不可能避开。足足有 25 分钟的时间，我一边趴在帐篷里与风抗衡以保证帐篷底不会被刮起来，一边听着天上发出的声音，那是我从没有听过、那之后也再没有听到过的声音——好像头顶有战斗机在轰鸣、巨大的布料被撕扯开来。笼罩在最上方的，是刺耳的雷电声。然后，就像它突然开始时一样，风暴突然停止了。几声逐渐远去的雷鸣后，河流静了下来。

我的防风雨帐篷的地板被一英寸深的水淹了。我的睡袋湿透了，所有的装备也湿透了。我太疲倦了，几乎没有注意到，在我的一生中，可能还受过一两次比这还严重的惊吓，但从来没有像现在这样惊恐这么久。我尽可能把水舀出去，然后瘫倒在湿漉漉的睡袋上，沉沉睡去。

提醒你一下，我那时是在陆地上。我无法想象，坐着一艘小船、在开阔水面上遇到这样的暴风雨会是什么样子。我希望我永远都不知道。

海湾上的恶劣天气不仅仅出现在温暖的季节。猛烈的风暴也会在严冬毫无征兆地突然出现。丹吉尔岛最广为流传的悲剧之一发生在 1896 年 1 月。威廉姆·亨利·哈里森·克罗克特把一船牡蛎运到华盛顿特区后，正驾船返回岛上时，突然遭受了一股猛烈的西北风的袭击。[7] 他是乌克的曾外祖父，也是卡罗尔·穆尔的曾曾外祖父。西北风的力量极大，直接掀翻了他的中型双桅帆船，克罗克特和他的三个船员都被抛进了冰冷的切萨皮克峡湾。船员之一是他的女婿塔布曼·B. 普鲁伊特，就是卡罗尔的曾祖父和乌克的舅祖父。

"船立刻就沉了……"一份东岸地区报纸这样报道，"墨菲船

长驾驶警方船只还没开到一半，渔船就沉了。当他到达灾难现场时，除了咆哮着的汹涌波涛，什么也看不到".[8]

几天后，斯温纪念教堂的悼词中称，丹吉尔岛"强烈地感到自己的损失"。尤其是克罗克特，他是布道人，也是主日学校[1]的校长。"丹吉尔岛失去了这些人，就是失去了备受尊敬、极有价值的邻居和公民，少有人能填补他们的位置，大家将悲伤地想念他们，并长期珍藏关于他们的回忆。"[9]人们确实一直记着他们：120多年后的今天，人们仍在谈论他们。

1914年2月，发生了第二起严重的致死事件。在一场更大的冬季暴风雨中，丹吉尔岛离岸灯塔助理看守员威廉姆·阿斯伯里·克罗克特突遭狂风袭击。[10]他是杰里·弗兰克·普鲁伊特的曾外祖父，当时他完成了每日去岛上取邮件和去百货店采购的任务，回灯塔途中意外地遭遇强风。有人说风掀翻了他的船，有人说船帆被狂风吹得猛然变向把他撞下了船。无论事实如何，他溺水而死。

自那以后的许多年里，冬季恶劣的天气连续夺走了许多岛民的生命。1965年11月，詹姆斯·E."冰球"·肖尔斯就因此溺水身亡。[11]他的儿子鲁迪·肖尔斯是捕脱壳蟹的，他的蟹屋就在乌克的蟹屋旁边，并且与乌克的大姨子结婚。1989年4月，乔安妮·戴利的兄弟哈利·史密斯·帕克斯（Harry Smith Parks）驾驶他40英尺长的尖底破浪船"安妮特小姐"号从东岸地区回家，在报告

---

[1] Sunday school，指教堂在星期日对儿童进行基督教教育的课堂。

发动机故障后随即失踪。

　　还有一件发生时间近得多的谜案。[12]丹吉尔岛每一个年龄超过20岁的人回忆起来，都又悲伤又沮丧。詹姆斯·唐纳德·"唐尼"·克罗克特时年77岁，当了一辈子渔民，是一个即使在艰难的环境中也能保持冷静的人。他住在"肉汤"区，就在利昂家后面。在他们整洁的两层小楼里，唐尼和妻子艾尔多拉养大了4个儿子，都跟着他成了渔民。

　　艾尔多拉于1982年去世，此后几乎每天晚上，当唐尼路过时，利昂的妻子贝蒂·简都会敲敲厨房的窗玻璃，把自家做的余下的晚饭递给他。后来，他的大儿子唐死于癌症。其他几个儿子都长大了，他便忙着在夏天下笼子捕蟹、在冬天捞牡蛎，还有修理自行车，以及照顾一个"猫口"越来越多的猫咪大家庭。

　　即使在丹吉尔岛这个动物泛滥的岛上，他养的这"一大家子"猫也很引人注意。他养了20多只猫，每只都有自己的名字——他主要用《圣经》和天气起名，例如"大卫王"和"所罗门王"，以及"雾天"和"霜寒"——并悉心照顾它们。他每天的首要任务就是回家给它们喂吃的。正是其中的一只名叫"点点"的灰色虎斑猫，促使唐尼在2005年3月8日那个狂风大作的上午出发前往克里斯菲尔德。

　　那天要刮大风的预兆很强，快速移动的西北风促使国家气象局发布了大风警报。他的儿子们恳求他不要出海。但点点需要进行绝育手术，所以唐尼·克罗克特开着他那艘 40 英尺长的方形艉尖底作业船"艾尔多拉·C"号离开丹吉尔岛，送点点去看兽医。去克里斯菲尔德的 12 英里海路他驶过无数遍，那天的去程一切安好。

当他接了点点要回家的时候，天气变了，而且每分钟都在恶化。温度骤降，刺骨的寒风刮过小安尼梅赛克斯河；15 分钟之内，风速就从每小时 20 英里跃升至每小时 45 英里。雪被风斜卷着，下得很大，能见度几乎为零。这场风暴太可怕了，利昂和贝蒂·简看完住在东岸地区的女儿卡罗琳要回丹吉尔岛的时候，担心 64 英尺长的邮船是不是不够安全。"我看到西北方的那条风暴带了"，他告诉我，"我们刚到邮船旁，风暴就来了。我们走到码头边，我往外看了看，决定不走了"。[13]

的确，这艘邮船的船长——布雷特·托马斯的父亲小鲁迪·托马斯——一发船前往丹吉尔岛时就后悔了。那天船上乘客很多，其中有唐尼的孙子双胞胎丹尼和他的妻子丹妮尔，他们的两个小儿子，还有丹尼的弟媳安德烈娅，她当时怀着唐尼的另一个曾孙辈。他们遇到的海浪从 4—6 英尺不等，这艘巨大的、以钢铁为船体的邮船在大浪中上下颠簸。溅起的水沫在扶手上结了厚厚的一层冰，露天甲板上也有厚厚的一层，威胁着船的操纵和平衡。鲁迪后来说，他本来都要掉头返航了，但害怕船体侧面正对海浪。经过了无比紧张的 1 小时后，他们到达了丹吉尔岛，鲁迪对乘客们说："我不知道是上船的你们更笨还是开船离开码头的我更蠢。"[14]

与此同时，唐尼用小车拉着点点回到自己的船上。他有个姊妹住在克里斯菲尔德。本来他可以留下来的。或许他担心家里的其他猫会挨饿吧。不管怎样，他还是登上了"艾尔多拉·C"号，向家驶去。"天气糟透了，风速有 50"，利昂告诉我，"他直接就冲进了风暴里"。[15]

有人跟他一起。[16]另一个丹吉尔岛人多尔西·克罗克特正在克里斯菲尔德海边观察天气，看到唐尼的船突突开过，做出了丹吉尔岛人常见的回应："我觉得如果他能出海，我也能"。他打着自己的尖底破浪船，跟在"艾尔多拉·C"号后面出了海港，超过了它一点点。他超船的时候和唐尼互相挥手致意。

那时候的丹吉尔海峡已不适合任何船只通行。根据丹吉尔海滩附近的离岸灯塔记录，风速达到每小时 58 英里。一旦船只离开海岸线的保护，就会有 6 英尺高的海浪冲击甲板，冻结在窗玻璃和木头上。在漫天飞舞的白茫茫的雪花中，他们什么也看不见。

"天气太糟了，不是吗？"唐尼在无线电上对多尔西说。

"当然"，多尔西答道。

几分钟后，"艾尔多拉·C"号消失了。

多尔西·克罗克特什么也看不见，正用雷达导航，突然看到屏幕上代表唐尼的船的光点消失了。"我试着通过无线电喊他"，他告诉《弗吉尼亚向导报》，"但什么也没有"。两艘船相隔不到 1 英里，但是掉头是不可能的。"风一会儿都不停"，多尔西说，

"我从没在那么糟的天气里出过海"。[17]

唐尼的儿子们得到了父亲失踪的消息。他们冒着风暴去找他。当他们离开港口时，朗尼·穆尔正好进港靠岸，他比唐尼晚大概45分钟离开克里斯菲尔德。"那是我出海遇到的最糟糕的天气之一"，朗尼说，"我们进河道的时候，看到他的儿子威尔开着船往外赶，但我们不知道唐尼失踪了"。[18]人们在浪涛汹涌的海峡中搜寻，直到天黑。海岸警卫队出动了搜救直升机和一架配备夜视设备的C-130运输机。在接下来的几天里，丹吉尔岛的渔民以及来自弗吉尼亚州海洋资源委员会和马里兰州警察局的船只在切萨皮克湾这片450平方英里[1]的海面上曲折前行，以寻找船只或唐尼的任何痕迹。

柴油动力的尖底破浪船上有许多可以飘起来的松动部件[2]，其中之一就是发动机的大胶合板箱盖。水面上什么也没有。"艾尔多拉·C"号沉没时没有报告自己的方位，唐尼也没有发出求救信号，渔民伙伴们便知道沉船是瞬间——或几乎是瞬间——发生的，而且船倒扣在海底。与任何一次海难后一样，丹吉尔岛人纷纷讨论、推测，彼此交流是什么导致船沉得这么快。唐尼的船用了40多年，大家都知道那艘船的舱底泵很难用；可能只是船舱进水量大于水泵排水量。可能有一个异常的大浪涌上较低的船尾，

---

[1]　英制单位，1平方英里≈2.59平方公里。——编者注
[2]　loose part，指的是没有焊死或拧上、可以自己掉下来的部件。

淹没了这艘船。或者是唐尼在牡蛎季结束后仍未卸下的捕牡蛎装备导致了事故，那套设备可能使"艾尔多拉·C"号在那样波涛汹涌的海面上失去了平衡，特别是那时船上结的冰还增加了船只重量。船可能在没有预警的情况下就翻了。

几天过去了，几周过去了，几个月过去了，丹吉尔岛人一直抱有希望，希望能找到唐尼·克罗克特的尸体，或者海湾中出现船只碎片好让搜寻人员知道该去哪里寻找。历史，或者至少是传统，让他们有所期待。普克·肖尔斯的遗体几个月都没有找到，但最终还是出现了，是在他的船沉没之后的那个春天被海水冲上了岸。哈利·史密斯·帕克斯的遗体在他溺亡后 3 周才被发现，横跨了整个切萨皮克湾出现在对岸。

1896 年，威廉姆·亨利·哈里森·克罗克特溺水身亡时，遗体也没有找到。据说，过了 5 个月，他的遗孀忧心如焚地拜访了循道宗牧师查尔斯·P. 斯温，告诉他她担心自己的丈夫永远都得不到一个体面的葬礼。牧师告诉她，他一直在为这件事祈祷，他相信船长很快就会回来的。没过几天，潮水把他的尸体冲了上来，就冲到他家房子后的沟渠里。[19]

唐尼·克罗克特一家就没那么幸运了。目前为止找到的他唯一的痕迹，就是一个被冲到沃茨岛上的"艾尔多拉·C"号的救生圈。

　　当威廉姆·亨利·哈里森·克罗克特去世时，他忠诚服务过的循道宗教众还在"肉汤"区一个小而朴素的建筑物里集会，每周日都颇为拥挤，逢婚礼、葬礼和节假日简直人满为患。斯温牧师建议，随着小镇的不断扩大，这个虔敬的小镇需要一个更大的礼拜堂，因此他发起了一场修建教堂的运动。新教堂完工于1899年，空气通畅、令人安心，可以容纳600人以上，有众多枝形煤气吊灯提供照明，并安装了大量彩色玻璃窗。[20] 它立刻成了岛上生活的中心。

　　在它首次亮相一年后，查尔斯·斯温搬到了马里兰州东岸地区的迪尔岛。他的离开让丹吉尔岛人倍感遗憾，因为在丹吉尔岛就任的五年内，他的所作所为远胜过一个传统牧师。毫无疑问，他是个令人信服的布道者，也是令病人感到安慰的见证人。在他的带领下，岛上建起了一座与东岸地区任何教堂比起来都毫不逊色的大教堂。他像对待自己的家乡一样欣然接纳丹吉尔岛，把自己当成一个丹吉尔岛人，并向外部世界宣传、维护丹吉尔岛。他的小书《丹吉尔岛简史》（*A Brief History of Tangier Island*）在各地图书馆中时常可见；而且，当《华盛顿明星晚报》[1]（*Washinton Evening Star*）在1899年7月发表文章宣称，许多丹吉尔岛岛民

---

[1] 此报于1852年创刊，1972年收购《华盛顿每日新闻报》（*Washington Daily News*），随即更名为《华盛顿明星新闻》（*Washington Star News*），20世纪70年代末定名为《华盛顿明星报》（*The Washington Star*），1981年停止出版发行。

"对文明世界的了解像小孩那么少","女性几乎都是赤脚的","这里年满 16 岁的女孩子会长到 6 英尺高、200 磅重",还有"丹吉尔岛人对每样东西都有手势,并且对月亮近乎崇拜、通过月亮占卜暴风雨和各种灾难"……时,斯温迅速发起反驳,"它里面讲的几乎都是子虚乌有"。他给一位编辑写了一篇长文,对报道逐字逐句、条分缕析地进行反驳,"我们并没有遗世而独立,但如果某些报刊记者脱离了这个世界的话那真是上帝保佑"。[21]

但是,他最为人所铭记的事迹——也是最能证明他的虔诚信仰和与上帝的亲密关系的事迹——就是他预言了威廉姆·亨利·克罗克特船长定然要回家;即使是现在,只要你在岛上待一段时间,便一定会听到这个故事。斯温成为丹吉尔岛上继乔舒亚·托马斯之后最受人尊敬的人物,无怪乎在得知牧师去新岗位上任不久便殁于肺炎时,整个小镇都陷入了深深的悲恸。他只有 40 岁。[22]教众立即投票,将新教堂以他的名字命名。

斯温纪念教堂的钟声在人口爆炸时期召集到为数不少的信众——从 1880 年的 590 人,到 1890 年休格·汤姆估计的 900 人,再到 10 年后的 1064 人。[23] 在许多方面,这个拥挤的小镇仍然是个落后复古的地方。每个人到哪里都是步行的——除了几辆运送货物的独轮车,岛上没有陆上交通工具。黑斯廷桥的桥面宽度只有 3 英尺,通往坎顿的路只有三块木板那么宽。[24]孩子们倾向于待在自己的街区，很少冒险从自家住的脊岭去往另一个脊岭，甚至都不会从"肉汤"区去国王街。只有上方岛的循道宗教徒会步行到很远的地方，而且只在周日：走一条蜿蜒曲折的小路穿过滩涂沼泽，再走过"肉汤"区主街北端一座摇摇晃晃的人行桥[25]，到达教堂。

"从自家房子走到桥那边的路，是他们撒了家里炉子的炉灰铺成的"，杰克·索恩告诉我。[26] 他还说，当他还是个孩子的时候，听说某个星期天斯温牧师的儿子阿瑟看到牧师住宅屋外刮着大风，就对他父亲说，"爸爸，我想你今天不会在这里看到那些从迦南来的人了"。没过一会儿，他们便看到上方岛的人穿着油布雨衣爬过桥。"**爬着**"，杰克说，"现在人们开着高尔夫车也不会去教堂了"。

然而，日常生活中的一些事物可以算得上现代。除了星期日，邮局每天都收到来自大陆的邮件。1905 年，一条电话线铺设到岛上，一些商店安装了电话——这件新事物寿命短暂，因为线路在海湾的盐水中迅速被腐蚀掉了。商店也是最先通电的，有店铺安装了发电机供电的灯具，虽然在岛上其他地方，夜晚之王依旧是煤油灯。丹吉尔成了一个官方城镇，然后被取消，后来又取得了这一官方头衔。[27] 在新世纪的第一个十年里，岛上最大的进步出现了：舷外发动机。

汽油发动机改变了捕蟹效率。渔民们现在一天可以去几个地方捕捞，而且可以拖不止一条曳钓绳[1]——这是当时的主导技术，是一根数百英尺长的棉线，两端用浮标固定，每隔几英尺就用鱼、鸡或牛唇下饵。[28] 螃蟹会紧紧抓住饵料，哪怕它们被从水里提起来、甩进网里的时候也不松钳子。新的马达对水上安全也大有裨益，因为捕蟹者可以不再只依靠风力来逃脱即将到来的风暴。更重要的是，他们可以在捕到螃蟹后几小时内就把它们送到克里斯菲尔德。丹吉尔岛就这样继续发展着。到 1913 年，岛上人口达到 1262 人，其中 777 人住在主脊岭，216 人住在西脊岭，107 人住在牡蛎溪，104 人住在上方岛，58 人住在坎顿。[29]

陆军工程兵团估计，岛上大约有 1000 艘小船。[30] 这更凸显了丹吉尔岛悲惨的滨海状况，因为那里没有受保护的码头：唯一的深水区在蒸汽船港，离哪里都很远，而且根本无法容纳这么多船只。理想的港口位置在毗邻"肉汤"区的小溪，但那里退潮时水深只有 2 英尺——对岛上常用的工作船来说太浅了——而且缺乏通往海峡的水道。

第一次世界大战期间，陆军工程兵团认为应当改善这一状况。兵团的船只在主街北端挖出了一个 400 平方英尺的回船塘，接着又疏浚出一条穿过上方岛与尖尖儿之间狭窄沟渠的航道——5 英尺深、50 英尺宽、1 英里长——把回船塘与丹吉尔海峡连通起来。"这一改进使航行更加可靠"，兵团报告称，"因为船只不再需要

---

[1]　一根线上挂了许多个鱼钩的长钓鱼线。

等待有利的潮汐进入或离开丹吉尔港"。[31]

　　岛民们迅速适应了新港口。码头从港口边缘拔地而起。"肉汤"区原本主要是住宅区，港口建成之后变成了商业区。那里新建的建筑之一为卡罗尔·穆尔的曾祖父所有，他曾在迦南开了许多年商店。他的新店就开在卖杂货和日用百货——包括鞋子——的主干道旁。

　　人口持续增长，人口密度也不断增加。也许是丹吉尔岛本岛脊岭上的喧嚣和住民们亲密的社区氛围，让外围小村庄的孤立感和搬迁的意愿更为强烈，因为在第一次世界大战后的 10 年里，这些较小的定居点逐渐减少。1929 年，已被不断前进的海洋困扰的迦南被全部清空，人们拆除了他们的房子和店铺，用船把它们运到大陆或向南迁到丹吉尔镇中心。主脊岭上至今保留着许多来自迦南的房屋，修缮程度不一。乌克就出生在这样的一座房子里，这栋房子是从上方岛小小的外缘定居点珀西蒙脊岭乘驳船"漂"下来的。

　　接着，移居者们安顿下来后不久，1933 年的风暴来了。

　　尽管快速袭来的飓风会让人筋断骨折、失去生命，但它们对岛屿本身的影响通常不过挠痒痒而已。是大型的、持续数天的天气系统摧毁了海岸线，吹散了蟹笼，推动海湾里的海水涌进街道和家中。每年都有东北风，几乎从无例外，而哪怕提前数天预报有东北风也并不能减轻它的影响。一次是在 1889 年 4 月，海水在狂风作用下漫到街道上，涌进建筑物，不断翻涌进屋，直到每户人家的房屋一层都被水淹没。足足 48 个小时，狂风都没有减弱。在还活着的丹吉尔岛人的记忆中，只有少数几场风暴能与 1889 年的那场大灾难相提并论。1962 年 3 月的"圣灰星期三"[1] 大风暴淹没了数十座房屋。1984 年 3 月的一场东北风让岛上大部分地方积水深达 1 英尺。1998 年 2 月连续发生的风暴引发了几乎创纪录的巨浪。

但岛民最担心的还是飓风，因为他们家乡的地形几乎无法抵挡强风和巨浪的持续袭击。"九月大风暴"已经过去了近两百年，其间岛屿不时受到众多热带气旋的攻击和侵袭，其中一些是岛上居民整理记忆的锚点——在风暴之前或之后举办的婚礼、出生的孩子、失去的亲人、建起的家园。

1879 年 8 月，一场被称为"大暴风雨"的飓风席卷了整个切萨皮克地区。1936 年 9 月，一场未命名的气旋将该岛淹没，而"1944 年大西洋飓风"令潮水再次上涨。10 年之后，飓风"黑兹尔"带来了海湾有史以来最厉害的风。"黑兹尔，那时候风速达到 105 英里每小时了"，杰克·索恩在他猪脊岭的家中对我说。

---

[1]　Ash Wednesday，原本指的是"圣灰星期三"，或称"大斋首日"，即复活节前的第七个星期三。基督教诸教会会在这一天过"圣灰节"。此处作为风暴名，指的是"1962 年圣灰星期三大风暴"，发生在 1962 年 3 月 5—9 日，恰好在当年的圣灰星期三（3 月 7 日）前后，故名。亦称"1962 年 3 月大风暴"。

"你说到风。但我当时在克里斯菲尔德——我在克里斯菲尔德遇到了飓风。我当时正在收蟹笼，当我进港卖我捉到的螃蟹时，突然刮起了风，我都没法出海回家"。[32]

1955 年 8 月，飓风"康妮"斜扫过丹吉尔岛；1960 年 9 月，飓风"唐娜"带来了反常的大雨。1972 年，飓风"阿格尼丝"差点儿把这里完全淹没。而 1999 年，飓风"弗洛伊德"似乎好整以暇，要给这个岛致命的一击。"潮水涨得比往年都高，比任何人见过的都高"，当时 21 岁的杜安·克罗克特回忆说。[33] "海水覆盖了整个岛屿，并不断上升，越来越高，我们听说它还会继续上升两三个小时。我们都在想，'怎么能比**现在**更糟糕呢？在水位不断上涨的情况下，我们怎么能再坚持两三个小时甚至更长时间呢？'"

"就在那时，风暴改变了方向，潮水停止上涨"，杜安说，他的声音沙哑了，"上帝告诉水它能做到哪一步"。

实际上，飓风"弗洛伊德"并没有改变方向：它在靠近切萨皮克湾南端的位置横跨海湾，笔直地向东北方行进，从丹吉尔岛的西侧——飓风是逆时针旋转的，因此丹吉尔岛暴露在它的最强风下——向东侧移动。但是，自乔舒亚·托马斯的时代以来，丹吉尔岛人就普遍相信上帝插手其中。如果不是有上帝干预，还能如何解释丹吉尔岛在这么多本可以毁灭此地的灾难中幸存至今呢？

"我时常想到这个事实，这个小岛经受了这么多风暴"，2000

年我在丹吉尔岛逗留期间，时任镇长杜威·克罗克特对我说，"你会听到很多人说，'作为渔民，你不可能不相信上帝的福音'。你看，那么那么多次人们得以从汹涌的波涛中幸存"。我们当时正在学校里交谈，身高 6 英尺 6 英寸的杜威克罗克特时任副校长。讲到这儿时，他往后一靠，张开双手。"我觉得"，他说，"也许这只是一种成见，但我觉得，我们丹吉尔岛是被上帝特别选中的，因为丹吉尔岛人有坚定的宗教立场和对祈祷的强烈信仰。我们是被祝福的一族"。[34]

艾丽斯·普鲁伊特 88 岁高龄，是新约教堂教众中资历最高的成员。我与她一同坐在她在"肉汤"区的屋门廊上时，她也讲了类似的话。[35]"我自己也经常想这个问题"，她说，声音轻似耳语，"上帝为什么要保护我们？我想，他保护我们，是出于某种目的"。她的观点是："这里有很多虔诚的基督徒，而且我们支持传教士，也许主想到了这些。"

尽管如此，持续上升的海湾已经占据了曾经保护丹吉尔岛不受风和潮汐影响的沙洲和滩涂，使它完全暴露于来自四面八方的天气现象之中。2006 年 8 月，热带风暴"安尼斯多"裹挟着大风、暴雨和席卷整个城镇的风暴潮而来，席卷了这个脆弱的小镇。2012 年 10 月，飓风"桑迪"在岛上肆虐了两天多，海湾的海平面升得很高，淹没了机场跑道，甚至冲击了位于坎顿的房屋，而它们所在的是岛上最高的脊岭。其他地方几乎已经全被洪水淹没——黑斯廷桥是唯一露出水面的道路。

卡罗尔·穆尔已故的父亲把他的蟹屋留给了她。蟹屋位于船航道的北岸，背对上方岛。"'桑迪'到来的几星期前，冥冥之中有个声音告诉我，'你得去拿你爸爸的眼镜和帽子'，他把它们落在蟹屋里，我也就把它们照原样放在那儿了"。她说，她把它们取了回来。飓风"桑迪"过后，第二天早上，她和朗尼走到"肉汤"区北端的帕克斯小艇船坞查看蟹屋。"我们穿着靴子，有些地方还得蹚水"，她说，"我不敢看。我问，'朗尼，它还在吗？'他只是摇了摇头。它在夜里被冲走了"。[36] 就在同一天晚些时候，她偶然遇到了迦南那些敞着的墓穴。

尽管飓风"桑迪"造成了巨大破坏，但与 2003 年 9 月的飓风"伊莎贝尔"相比，只是小巫见大巫。飓风"伊莎贝尔"掀起了 20 英尺高的海浪，推着墙一样的洪水沿着小溪冲进了港口，摧毁了岛上的大部分渔业基础设施。丹吉尔岛共有 85 间蟹屋，其中的 34 间严重损毁或被彻底摧毁[37]，而且因为它们建在水上，所以不在联邦洪水保险理赔范围内。飓风还吹飞了蜕壳箱、存放换壳蟹渔获的电冰箱以及成千上万的蟹笼。

岛民和外地人都不知道丹吉尔岛是否能从损伤中恢复。渔民要承担最大的重修成本，但他们在捕蟹季最后一个月都完全无法工作——对许多人来说，即使不考虑修理费用，一个月没有收入就会上顿不接下顿。经济崩溃近在咫尺。实际上，一些捕蟹人在飓风"伊莎贝尔"之后放弃了捕蟹而去拖船和采挖船上工作。

在对捕蟹业受到的损失大为惊忙时，人们很容易忽略岛屿本身遭受的洪灾，而那场洪水毁坏了 99 所房屋。[38] 总而言之，飓风"伊莎贝尔"是这个岛屿幸存至今遭受过的最严重的风暴，部分原因是经济最繁荣的时候也最脆弱，还因为岛上的大部分私人财产保险保值不足。阿哥麦克县官员事后估计，只要洪水水位高一点，岛上的住宅损失就高达 400 万美元。其中只有大约 50 万美元能得到赔付。

飓风"伊莎贝尔"甫一停歇，人们就将它与丹吉尔岛悠长历史中的标志性风暴相提并论——人们普遍认为，那场风暴是在现代袭击切萨皮克湾地区的最严重的风暴。它于 1933 年 8 月 23 日在北卡罗来纳州的外滩群岛登陆，直接碾过诺福克——掀起了比正常海浪高 3 米的巨浪，导致该市市中心积水深达 5 英尺[39]——然后沿着西海岸缓慢向北移动。

丹吉尔岛位于飓风行进的路径东侧，时速 80 英里的狂风肆意破坏岛屿。在风暴最猛烈的时候，"肉汤"区被海湾吞没，碎浪沿着主街滚滚而下，风暴潮淹没了整个岛屿。洪水毁坏了卡罗尔·穆尔的曾祖父拥有的大商店里的一切，迫使他歇业。"除了牧师住宅，所有房子都被淹了"，杰克·索恩说。那时他快满 9 岁了，就住在牧师隔壁，"岛上的每一所房子。要我说，站在地面上看，水至少有那么深"——他的手离地板有 30 英寸，大约厨房柜台那么高——"在房子**里面**"。[40]

　　金妮·索恩·马歇尔（Ginny Thorne Marshal）是杰克的妹妹，比他小 3 岁。她想起"人们乘着小船在街上来回"。大潮冲垮了一艘六七十英尺长的有桅渔船，把它冲上岸，冲到主街上。洪水退潮时，"玛丽安·苏"号搁浅在街上，就在现在的戴利父子百货店前面。"真是稀奇的景象"，杰克说。还有两艘 50 多英尺长的大船也被冲到陆地上，其中一艘归杰克的叔叔所有，"几乎经过上方岛一路被冲到迦南，就在那片沼泽滩涂那儿"。[41]

　　大陆上的人们知道风暴即将来临，那些住在易受风暴影响的地带的人们有时间提前规避。但丹吉尔岛没有得到消息，大部分渔民都乘船出海了。乌克的父亲威尔时年 22 岁，也在其中。他在岛屿北部成功度过了最糟的时刻，回到家后，看到丹吉尔岛满目疮痍。"我们回到码头的时候，只有两艘船还浮在海上"，他在2000 年告诉我，"那段日子真是愁云惨雾啊"。[42]

　　确实如此。飓风过境后，岛屿的前景也趋于惨淡，因为海岸线遭受的打击相当沉重。每个丹吉尔岛人都能看到岛屿正在越变越小，但一场飓风后，变化简直令人目瞪口呆。许多岛民在 1933年的风暴后离开了。正是从那时起，丹吉尔岛的人口开始稳步下降。

　　想一想，1930 年，杰克·索恩刚满 6 岁时，岛上人口普查的数字是 1120 人。到他 16 岁时，至少有 100 个邻居离开。在他 25 岁左右的时候，又少了 105 人。20 年后，另外的 101 人也离开了。1990 年，杰克 66 岁的时候，又少了 155 人，降到了 659 人。

到了千禧年，这个数字是 604。[43]

自那以后，超过五分之一的丹吉尔岛人已经搬走或死亡。

2016 年 6 月，朗尼和以赛亚·麦克里迪、卡梅伦·埃文斯

一起在波科莫克海峡寻找硬壳蟹（厄尔·斯威夫特　摄）

十一

距黎明还有数个小时，我登上了朗尼·穆尔 32 英尺长的尖底破浪船"阿伦娜·雷哈布"号[1]，驶出蟹屋林立的船道，进入丹吉尔海峡。正下着大雨，雨点在船舱顶部强力聚光灯的照射下反射出灼眼的亮光。除此之外，一切都是黑色的：云层遮蔽了月亮，而凌晨 3 点 50 分，岸上仅亮着的几盏灯也被掩盖在厚厚的雾气之中。前路是一片光芒穿不透的虚空。朗尼毫不畏惧这骤雨，他打开节流阀，柴油发动机轰鸣，船头高高扬起，我们颠簸着、震荡着冲进了风雨中，冲进尖尖儿附近波涛汹涌的大海。

我们要去朗尼的蟹笼那里。425 只蟹笼拴成一行行，每行有 3 英里长，下在东岸地区附近的海域，最近的离家也有大约 10 英里。船上还有以赛亚·麦克里迪和卡梅伦·埃文斯，都是即将升入高中三年级的学生，这是他们在朗尼的船上当船员的第 9 天。以赛亚还在适应早起的节奏，他在硬塞进船首尖头的一个小卧铺上打盹。卡梅伦打着呵欠，正和我努力地在船舱摇晃颠簸的甲板上站稳。

朗尼弓着背坐在舵轮后面的椅子上，眼睛盯着雷达、全球定位系统（GPS）和测深仪。反方向的风卷起的海水狠狠撞上我们的船，他的身躯也随着猛烈的颠簸而晃动。用丹吉尔岛人的话说，我们正在"钻船首缆洞"[1]，但他没有减速，而是把速度提高到了19节。短短的船头扎进了一个大浪，一股粗大的水流划着弧线越过窗户和探照灯，在船舱里投满怪异的蓝绿色。

"牛仔，冲啊！"朗尼的喊声盖过了柴油发动机的轰鸣声。"海上起了点风。天气预报说南边风速不到10节，但现在风刮得比预报猛。"我们撞上一个浪头，我感觉脊椎都被压紧了。"我觉得得有20节"，朗尼透过玻璃盯着外面说，"现在潮水正在上涨，但海浪顶上还泛着白沫，所以我觉得有20节"。翻译过来就是：南风是顺着潮水而不是逆着潮水刮，但海峡中海浪依旧泛起白沫。

船又扎进一个浪头，另一大波海水跃过船舱。GPS显示，我们正在绕过沃茨岛的南端。我们颠颠簸簸地向东开，进入波科莫克海峡的中部，然后转向正南。前方，一个航道标志透过雨幕闪着微弱的红灯。朗尼调整雷达信号，放大了我们的位置。凌晨4点25分，他关掉了引擎。以赛亚眨巴着眼睛从床上爬了起来。我们在奥南科克河入海口西南偏西3英里的地方。仪器是这么说的。隔着船舱雾蒙蒙的窗户，看不到东岸地区，压根什么都看不见。

"孩子们，可别晕船"，船长对船员们说，"现在又颠又晃，厉害得很呐"。的确，来势汹汹的大浪在船下翻涌，使船一会儿倾斜15度，一会儿又向另一个方向倾斜15度。他打开一个开关，

---

[1] 原文为"right in the painter holes"，即"穿过船首缆孔"，因为这个孔比一般的孔小、阻力大，在此应为"十分艰难"的意思。

三盏探照灯将后甲板照得透亮。船每摇摆一次，海水就会拍在船的两侧，激起的水花像间歇泉[1]一样，在船舷上方高高地溅起。"你觉得我该穿外套吗？"卡梅伦问道。

朗尼眯着眼睛看着探照灯下的倾盆大雨，看着溅上船舷的海水。"你自己定"，他说，"水肯定会溅到你身上。这是肯定的"。他把鞋子套进油布雨衣，再把雨衣提到腰部，解开肩部绑带。"我不打算穿外套"，他说，"我宁可被海水弄湿，也不想满身大汗"。卡梅伦点点头表示同意。三人穿好雨衣，从潮湿的船舱走到大风横扫、颠簸不堪的甲板上。覆盖船上大部分工作区的遮阳棚基本挡不住从侧面吹来的雨水。朗尼大步走到船尾的操舵台，卡梅伦就站在他身后更靠船尾的地方，以赛亚在甲板中央整理蒲式耳桶。然后，他们一言不发地——这是船长阿隆扎·J. 穆尔三世[2]喜欢的工作方式——进入了一套复杂而流畅的工作流程。

第一步：朗尼启动引擎和变速器，让船贴在一个浮标旁边。他让引擎空转，用钩子把浮标拉出水面，然后踩下踏板开关，用电动收绳机卷动收绳。卷轮转动，装置发出呜呜声，在两三秒内，卡梅伦身旁便堆起了50英尺长的绳子，蟹笼升出了水面。朗尼把它拎上船，倒放在船舷上缘，打开底部饵料舱的插销。

第二步：朗尼操作变速器，船慢慢地向前驶去，同时卡梅伦

---

[1]　Geyses，间断喷发的温泉，多发生于火山运动活跃的区域。——编者注
[2]　朗尼全名，前文曾提及。——编者注

抓住蟹笼，把它翻正，松开橡皮筋卡口，晃动蟹笼，把里面的渔获倒进甲板上的一个镀锌金属桶里。然后，他合上蟹笼，再把它翻成底朝天，从船尾的一个纸板箱里抓了几条鲱鱼塞进做蟹笼饵料舱的一个铁丝筒里。他把舱口重新闩上，把蟹笼扔进水里，接着把堆起的绳索和浮标也扔了下去。

第三步：朗尼钩住下一个蟹笼的时候，以赛亚要分拣捕获的螃蟹，他把螃蟹从桶里拿出来，丢进相应的蒲式耳桶里。他的动作必须快，因为朗尼已经将这一流程精简，达到了极高的效率，每两个蟹笼之间的平均时间间隔只有一分钟多一点。鉴于此，那些顽固地紧抓着金属网不放的螃蟹就被留在蟹笼里——"阿伦娜·雷哈布"号的船员们明天来收拾它们——朗尼还对船做了一些量身改造，方便进一步简化自己的动作：例如，他在船上加了两个自制的支架，把拴蟹笼的绳子穿到收绳机上后，他就把钩子插到支架上，直到再用它钩下一个笼子为止。钩子的位置十分符合人体工程学，他看都不用看一眼就能自然地把它抓起来。

同样地，他用转向杆代替了舵轮，因为转向杆操作起来更快。向前推是右转，向后拉是左转。他几乎只需要轻轻一个动作，就能在每个蟹笼的操作上少花几秒钟。他说，操作转向杆、变速器和踏板都已经是下意识行为，如果他思考一下自己在做什么，反而不会做了。

我们沿着这排蟹笼往南走，只能看到探照灯照出来的世界：

深绿色的海水泛着泡沫，响亮地拍打着船身侧面；颠簸的甲板因为泥浆、红苔藓、螃蟹的小碎片和被狂风斜吹上船的雨水变得滑溜溜的；追着我们讨免费食物的海鸥在探照灯光域中划出白色的闪光。一只蟹笼上了船，里面挤着 15 只螃蟹。"看看！"朗尼喊道。

但这是不正常的。大多数的蟹笼里只有一两只螃蟹。天亮了一些，泛出铁灰色，朗尼拉上来第 100 只蟹笼。"干完四分之一了"，他说，冲着目前为止的渔获点了点头：两桶未怀孕母蟹，接近一桶抱卵蟹，半桶上品、半桶次上品，以及几只他要卖给乌克的换壳蟹，"凑合"。

"是因为苔藓"，他告诉我。"蟹笼上长了很多苔藓的话，你就抓不到螃蟹了"。许多蟹笼都被海藻堵住了，这里的海藻似乎比乌克在丹吉尔岛附近水域发现的那种要金黄一些。如果朗尼捕的是换壳蟹，蟹笼上长点海藻反而还对他有利——毕竟一只即将蜕壳的螃蟹要寻找庇护，而长了海藻的蟹笼就变成了黑暗的洞穴。"昨天这儿还没长苔藓呢。我们抓了很多螃蟹"，朗尼说，"但几周前，情况实在太糟了，我不得不带上一台高压水枪，一路开一路冲洗笼子。我甚至看不见笼子里的东西"。

我们沿着东岸收了 3 英里的蟹笼。在黎明前雨水笼罩的黑暗中，海岸在我们东边形成一条曲折的黑边。正常情况下，朗尼会继续往南，开到下一排蟹笼的最南端——庞格提戈河河口，再沿着这排蟹笼往北返。但是现在，我们是船体侧面正对海浪空转，甲板上飘着海水味儿、老螃蟹味儿、柴油机废气的味儿，十分刺鼻，他决定改变策略。我们会加速返回蟹笼列的北端，摆脱这些苔藓（他希望如此），然后再掉头向南逆风收蟹笼。我们回到船舱中。朗尼打开了节流阀。

对收成不佳的一天而言，捕硬壳蟹的利润少得可怜。[2] 相比换壳蟹捕手，要达到收支平衡，朗尼·穆尔在日常开支上要多花许多钱：他下的笼子是换壳蟹捕手的两倍多，蟹笼用的铁丝也重得多、贵得多。因为他把蟹笼下在离海岸更远的、水深更深的地方，拴蟹笼需要的绳子就长得多——这大大增加了成本——而且暴风雨和水面交通让他损失了更多蟹笼。他的燃料成本也更高，因为乌克下的蟹笼离他的蟹屋最多 5 英里，但朗尼下的离家最近的蟹笼也有两倍的距离。他还得买饵料；饵料可不便宜，一个蟹笼里要放两条鱼，一天就要放 850 条。他还必须付给他十几岁的船员每人每天 70 美元，每周六个工作日加起来一共 840 美元。

总之，夏季他平均每天抓到价值 400 美元的螃蟹，才开始挣到第一分钱利润。捕蟹季刚开始的时候和秋季，保本点就提高到每天 500 美元，因为男孩们都去上学了，他不得不雇用一个成年船员，还因为在凉爽天气里，蛏子更适合做饵料，而它们要更贵。

换句话说，这不是心灵脆弱的人能做的活计。他每天必须奋力工作，不管天气多糟，也不顾疲劳和疾病。这份工作要求他全身心致力于最小化成本、最大化收获。无论他的操作多么精简、运气多么好，他的收入很大程度上还是取决于别人的决定，因为就像丹吉尔岛的任何一个捕蟹人一样，他对自己抓的螃蟹能卖多少钱没有任何发言权。现在，随着旺季的到来，螃蟹也大量上市，螃蟹店的出价比六周前要低得多：每蒲式耳上品蟹从 100 美元跌至 65 美元，次上品蟹和未怀孕母蟹从 50 美元跌到 25 美元，抱卵蟹则从 20 美元跌至 16 美元。

　　让人们觉得朗尼出海捕捞的选择更加非同寻常的是，朗尼过去超过一半的工作时间领的都是切萨皮克湾基金会的工资；在基金会，他最开始是船长，然后负责管理基金会所有的岛上项目，后来则担任基金会船队的指挥官。他选择辞职——也意味着放弃了薪水、退休金和可预期的工作时长的保障——在离开近 25 年后，重新出海工作。

　　和大多数丹吉尔岛捕蟹人不同，朗尼并没有跟随父亲的脚步去捕蟹。朗尼出生于 1954 年 11 月，他的母亲是埃德娜·西尔斯（Edna Sears），丹吉尔岛第一个也是最著名的旅馆老板希尔达·克罗克特的女儿；父亲是 A. J. "小年轻"·穆尔（A. J. "Junior" Moore），一位"二战"老兵，曾在岛上的电力公司工作，并担任邮局局长多年。朗尼也试图找一份陆地上的工作，至少一开始是这样的。他 11 年级时从学校退学，曾在建筑工地工作过一段时间，后来和杰里·弗兰克·普鲁伊特一起造船。但是退学三年后，他为捕蟹业预期的独立性和经济收入所吸引。他给别人当了两年船员，然后请杰里·弗兰克给自己造了一艘 42 英尺长、方形艉的渔船，给它起名为"这能行"号，取自朗尼小时候他祖父拥有的一间海滨小屋。

杰里·弗兰克造的这艘船花了他大约 8000 美元。他说，自己花了大约 2.1 万美元给船安上了全套装备，"当时你可以去银行贷款来付所有的钱"。在当时看来这并不划算，但现在，成本价格能轻易地达到原来的六倍，而且因为出海捕捞的不确定性使贷款人感到大有风险，大部分或全部的钱都不得不用现金支付。

到 1986 年，朗尼开着"这能行"号下蟹笼捕蟹已经 10 年了，他让人造了一艘更大的船——47 英尺长，正横方向 14 英尺宽——船体设计成可以承受冬季海上的恶劣条件的样式。他用 1981 年与他结婚的妻子卡罗尔和次年出生的女儿洛妮·勒妮的名字为船只命名，取名为"洛妮·卡罗尔"号。四年后，事实证明，他将船升级换代的决定是幸运的。当时朗尼拿到了船长执照，还获得了海岸警卫队发放的载客许可证，进入了切萨皮克湾基金会工作，担任基金会在尖尖儿的伊索贝尔港教育基地的船长。"洛妮·卡罗尔"号很大，适于航行，可以载上一教室的孩子进行户外教育活动。

当时，基金会在丹吉尔岛上没有任何人气，和朗尼同捕蟹的伙伴们对他的决定大惑不解。"并不是说我不能靠出海捕蟹谋生",他说。但那时他和卡罗尔已经有了第二个孩子,一个名叫亚历克斯的男孩,出生于 1988 年,他们需要经济保障——而且他也把这份工作看作一个代表船夫、海湾及其野生动物进行宣传的平台。

早些时候,他在伊索贝尔港工作的两年间,以及之后管理基金会在尖尖儿、史密斯岛和狐狸岛上的岛屿项目的十二年间,情况确实如此。但朗尼说,这个组织变了:他认为,它变得越来越滑头,越来越商业化,越来越政治化,越来越不接纳海湾上以打渔捕捞为生的人们。"基金会过去还是有站在渔民一边的时候",他说,"现在他们总是和鱼、牡蛎和螃蟹站在一起"。尽管基金会与丹吉尔岛之间的公开敌意有所缓解,朗尼的失望还是加深了;到他任船队高级经理的第五年,"我讨厌这份工作",他说,"我讨厌上班。我不能信任基金会的某些员工。卡罗尔一直叫我辞职"。于是在 2014 年,在任船队高管的第 10 年,他辞职了。

他把"洛妮·卡罗尔"号卖给了基金会,然后买了"阿伦娜·雷哈布"号,以他孙女的名字命名,比原来的船小一圈。因为他多年不怎么捕蟹,所以州政府只给他开了一张"小量"的硬壳蟹捕蟹许可证,仅允许他下 85 个蟹笼——即便他不雇人,这个数目也远低于他谋生所需的数量。他用这个许可证和 5000 美元跟另一个捕蟹人换了一个"中量"的硬壳蟹捕捞证,可以下 255 只蟹笼。2016 年初，他又用这个"中量"证件和 1.2 万美元换取了弗吉尼亚州颁发的"最大量"的许可证，可以下 425 个蟹笼，又花了 3000 美元买了一个换壳蟹捕捞许可证，以保证自己有选择的余地。因此，他光在"本本"上就投入了 2 万美元。

由此，他获得了特权，可以在海湾上冒险尝试几乎不可能的事情的特权。

早上 6 点 50 分，我们到了第二列蟹笼，在铅灰色的天空下自奥南科克河河口向南收笼子。我的手机显示温度是 76 华氏度，但是风从西南方持续刮来，力度不减，感觉上要冷得多。除了右舷方向半英里外的一艘尖底破浪船外，海峡里什么也没有。朗尼一眼就认出那是"亨丽埃塔·C"号，为埃德·查诺克所有，是出自杰里·弗兰克之手的另一艘精美的木船。

卡梅伦和以赛亚互换了角色，现在以赛亚倾倒蟹笼。笼子里并没有倒出太多东西来：在接下来的 20 分钟里，我们又收了一蒲式耳的上品蟹和一蒲式耳的未怀孕母蟹，但这里的红苔藓比南边更糟。一个又一个蟹笼黏黏糊糊、空无一物。朗尼很困惑，决定我们还是往南回庞格提戈河河口去。"我就讨厌这个"，我们沿着海岸快速向南行驶时他嘟囔道，"从一头跑到另一头，发现没什么用"。

我们来到一排 120 只蟹笼的最南端。透过薄雾，我可以看到庞格提戈灯塔竖立在它同名河流的入口处。它是一个沉箱式铁制灯塔，形状像火花塞，底部固定在海底，用混凝土加重固定。海湾里有好几座这样的灯塔，它们在一个多世纪以来一直在浅滩上站岗。这个灯塔最初建于 1908 年。

岁月无情。当我们离得更近一些的时候，我看到灯塔已经裂成两半，灯也坏了，残余部分非但对航行毫无帮助，反而产生威胁。旁边竖着一个警示标，警告水手远离此处。我问朗尼是什么造成了这样的破坏。他答道："冰。"

在某些冬季，丹吉尔岛以东的部分峡湾地区会结冰，个别情况下整个切萨皮克湾都会结冰上冻。冰阻碍了邮船的往来和百货店每周的进货，随着冰冻的持续，岛上逐渐弥漫起一种疯狂的幽闭恐惧症的氛围。而且，虽然海湾地处中纬度地区，结冰时长却远超其纬度的合理预期时长：最高纪录是在 1917—1918 年的冬天创下的 52 天。1977 年另一次长达数周的冰冻导致丹吉尔岛西岸沿岸堆积起大量巨型冰块，足有两层楼高，且冻得极为结实，几个年轻的丹吉尔岛人甚至能横跨冰冻的切萨皮克湾，步行超过 2 英里距离，抵达一艘第二次世界大战时期沉入开放水域的自由轮[1]

---

[1] 英文为"Liberty ship"，是第二次世界大战期间在美国大量制造的一种货轮。平时作为商船使用，战时则作为美国海军的辅助船只。罗斯福总统在 1941 年主持帕克里克·亨利号的下水仪式时称，这些船只将给欧洲带来自由（liberty），这种船由此得名。这种标准化的轮船建造迅速、价格便宜，成为第二次世界大战中美国工业的一种象征。

遗骸。甚至有人在冰面上骑自行车。

在可靠的海岸警卫队破冰船和救援直升机出现之前，这样的封冻可能会导致真正的困境。1893 年 1 月，天气冷得要冻进骨头缝，丹吉尔岛人被迫吃空了所有的储备，并宰杀了岛上的牲畜，但正如一篇新闻报道所说，这个岛仍陷于"极度的物资匮乏"。[3]在 1936 年的一次极为严重的封冻中，为了补充岛上日益减少的食物供给，马里兰州的警察试图用雪橇从克里斯菲尔德长途跋涉至岛上运送物资。途中，因冰面破裂，一名州警坠海冰冻而死。食物最终由飞艇送上了岛。[4]

如今，结冰的峡湾甚至完全冰封的海湾已经不再是切实的危险，而更接近一种不方便的境况：多亏了飞机跑道，岛民不必再担心挨饿。但冰层开始融化时，他们就要担心了。在风和海浪的推动下，浮冰好像攻城锤一样劈开前进路线上所有的东西。庞格提戈灯塔废墟矗立的地方并非仅被风力作用下的浮冰破坏了一次，而是两次。1856 年 2 月，早些时候这里有一座螺旋桩灯塔——本质上就是一间安在蛛网一般交叉的钢铁支架上的小屋，支架底部用螺栓拧进海底——在它服役的第二个冬天就被浮冰推倒了。[5]

切萨皮克湾因冰损毁的灯塔能列出一长串名单。[6]1877 年，浮冰撞毁了马里兰州的胡珀海峡（Hooper Strait）灯塔；四年后，浮冰把附近的夏普斯岛灯塔从基座上推走，管理员被困在灯塔里，被浮冰带着沿海湾漂流了 5 英里。1893 年，史密斯岛北边的所罗门斯崌（Solomons Lump）灯塔被堆积的冰块撞倒，并于两年后被浮冰摧毁。浮冰于 1879 年撞碎了位于克里斯菲尔德市外的简斯岛（Janes Island）灯塔，又于 1893 年严重损坏了重建的灯塔，1935年终于彻彻底底毁掉了修缮后的灯塔。

浮冰可以摧毁在飓风中屹立不倒的建筑物，想要破坏脆弱的海岸线更是几乎毫不费力。不仅是风，也不仅是海浪，移动的冰也磨掉了沙滩，大块大块地撕裂高地上的草皮，把滩涂成片成片地推入海湾。从定居岛上最初的日子起，丹吉尔岛人便发现冰冻给岛屿边缘留下了令人吃惊的变化。

在这些时候，岛民们无法不意识到他们的家园正在缩小，而且不仅仅是在迦南。整个岛屿，特别是它的西海岸，都屈服于大自然的攻击。但直到进入 20 世纪的许多年，他们依旧连失去了多少土地，或者土地流失的速率是多少都不知道。在那些海水没有结冰、风暴没有冲击海岸的年份里，这个问题就被他们抛诸脑后了。

还有很多事情需要考虑，因为各种变化纷至沓来。1928 年，岛民在主脊岭上安装了一台柴油发电机，连接岛上纵横交错的电线，形成了一套原始的电力设施。[7] 这套系统产生的是直流电，如果家里用的是统一标准的电灯、收音机或家用电器，就需要特殊的设备；而且电力系统的负载能力非常有限，每天晚上只有从下午 5 点到 10 点半的几个小时能供电。大多数丹吉尔岛人选择继续使用煤油灯。尽管如此，镇上还是有了一些昏暗的街灯，而且在漫长的冬夜里，大家集会的地方总算有了安全、清洁、可靠的光线。

同年，本杰明·富兰克林·"弗兰克"·刘易斯（Benjamin Franklin "Frank" Lewis）获得了金属网捕蟹笼的专利。[8] 他是个年近 70 岁的渔民，出生于伊利诺伊州，住在弗吉尼亚州西部海岸的哈利霍根（Harryhogan）村。几十年来，他都在用曳钓绳捕蟹，终于受够了繁重的劳动和微薄的收入。20 世纪 20 年代某年 7 月的一个炎热日子里，他把他的曳钓绳丢进了约克美科河（Yeocomico River），他的儿子哈维后来回忆说，他在院子里的一棵树下坐了几个小时，陷入深深的沉思，以至于"甚至没有听到妈妈喊他吃晚饭"。

"后来他去了棚屋拿了他的剪钳，让我去商店买些细铁丝网"，哈维说，"然后他开始把铁丝网剪成一截一截的，并把它们折腾来折腾去。他一整个夏天都在忙活这个"。最终他做出了一个早期版本的蟹笼：一个缠在更沉一些的铁丝框架上的立方体铁丝网，两边各装一个锥形漏斗，底部有一个用来装诱饵的圆筒。螃蟹通过漏斗进入蟹笼，很难找到出来的路。刘易斯在 1928 年为这项设计申请了专利，当时他对这项发明还没有完全满意，并花了好几年时间不断改进。

核心的改进是基于这个原理：如果螃蟹感觉自己被困住了，它通常会从下方跑掉，或者向上游出去。刘易斯在蟹笼里装了一层铁丝网，把笼子分成上下两个部分。他在铁丝网中间开了一个口状的裂口，把剪断的铁丝的两端向上卷起，形成一条单向通道。当螃蟹从一个漏斗，或者叫"喉口"，进入陷阱，然后——发现自己被困在"楼下"——便向上游，通过单向通道进入"笼厅"，在那儿螃蟹就几乎不可能跑掉了。

刘易斯在 1938 年获得了这种改良装置的专利。没过多久，丹吉尔岛的渔民们就第一次见到了一个改良后的蟹笼。在记者拉里·乔宁（Larry Chowning）的《平底作业船船长》（*Barcat Skipper*）一书中，埃尔默·克罗克特——就是之前被"半边屁股巴克"救下来的差点被电死的捕蟹人——这样描述那个场景：当克罗克特在切萨皮克湾西岸的莫布杰克湾（Mobjack Bay）用曳钓绳捕蟹时，看到两个捕蟹人，每人捕到了十桶螃蟹——差不多有 33 蒲式耳——而那天他的运气糟透了。"我能看到他们的船上没有曳钓绳"，他说。于是有一天清晨，他跟上了其中一个人。他"往莫布杰克湾里开了不远，开始拉一根系在牡蛎桩，就是牡蛎产区的标志物，上面的绳子。我的老天，他拉起了一个铁丝笼子，里面全是螃蟹"。后来，克罗克特跟那个下笼捕蟹的捕蟹人接触，对方高兴地"给我看了一个笼子，并且允许我用一个笼子做样子，这样我就可以做自己的蟹笼了。这是我这辈子见到的第一个蟹笼"。[9]

克罗克特花了两天时间做了 13 个蟹笼，他的"同伴们很快就发现钱都被我赚了。他们也去搞了些铁丝，我给他们看怎么做蟹笼"。没过多久，"我和孩子们决定把这些蟹笼带回丹吉尔岛，看看它们在那儿表现得怎么样。是我们最先把蟹笼带到丹吉尔岛"。

这项发明是革命性的。在弗吉尼亚州，曳钓绳很快失去了人们的青睐；到现在，只有马里兰州的部分浅海区域还在继续使用曳钓绳捕蟹，因为在那里，蟹笼因威胁船只航运而被定为非法。朗尼现在使用的蟹笼与刘易斯 1938 年设计的相差无几，只是增加了两个"喉口"，以让蟹笼四面都有入口，以及在"笼厅"部分开了几个 $2\frac{3}{8}$ 英寸宽的筛选圈，可以让个头不够的螃蟹逃出去。

在埃尔默·克罗克特和他的伙伴们将蟹笼带到岛上后不久，冬季结冰及随之而来的不便给丹吉尔岛带来了另一个巨大的变化。1940 年 10 月，美国联邦通信委员会（Federal Communications Commission）引证了 30 年代切断丹吉尔岛与外界联系的数次冰封，批准建立丹吉尔岛和大陆间的无线电话连接。[10] 丹吉尔岛上安装了四部电话：一部在发电厂，两部在商店，还有一部在斯温教堂教众中一位杰出成员的家里。拿起话筒，打电话的人通过无线电信号与克里斯菲尔德的一名接线员连接，后者将电话接入大陆的电话系统。接电话就有点复杂了。如果接电话的人不知道会有电话打来，可能需要一段时间才能找到这个人来接电话。

在接下来的 26 年里，这 4 部电话变成了 15 个投币式电话亭。[11] 但它们仍然依赖无线电通信网络，仍然最适合拨出电话，而且是合用线路——意味着一个岛民可能要等另一个电话亭的邻居打完电话，自己才能打电话。

但那时，丹吉尔岛人已经习惯了有限的科技。1944 年，他们那台临时搭设的发电机在服役 16 年后报废了。岛上没有钱买新发电机，所以大家都用回了煤油灯。[12]

视线转回"阿伦娜·雷哈布"号上。现在是早上八点，我们快到这排蟹笼的最北端了。每上来一个蟹笼，都比上一个蟹笼缠了更多的红苔藓。大多数蟹笼里面只有一两只螃蟹，而且没几个个头足够的；我在几个蟹笼里看到小小的螃蟹拼命想挤出筛选圈逃跑。"是的，这儿苔藓更多"，朗尼说着，一边往东开向他的第三排蟹笼，一边叹了口气，"我现在希望这阵南风明天能把它从我们这儿吹走"。

我们从南端开始。起风了，在接下来的半小时里，浪大了起来。一阵突来的大雨拍在甲板上和船员身上。在拉蟹笼的间歇，伴着拉绳机的声音，我和朗尼尝试维持时断时续的对话——海上工作的危险，人们可以采取的提高安全返港概率的预防措施，以及命运的无常之手。朗尼花了很多钱让"阿伦娜·雷哈布"号保持良好状态。他对预防性维护近乎狂热。但是，他说，有时会发生一些你无法预料的事情：一连串凑巧发生的不幸，或是恰好在最糟糕的时刻发生的小事故。

这是他的经验之谈。1991 年 4 月 19 日，他一个人在"洛妮·卡罗尔"号上，正在大致标注丹吉尔岛和克里斯菲尔德中点的红铃浮标附近快速航行。他往船尾方向走，要去检查船尾的什么东西，但走路时绊了一跤，一头从船尾部栽进了海里。

当时，海水温度是华氏 55 度。东北风以每小时 30 英里的速度吹着，海面波涛汹涌——海浪高到丹吉尔岛的渔民那天都在家不出门——所以朗尼看到"洛妮·卡罗尔"号开走了的时候，他知道有人来救自己的希望很渺茫。

潮水向离岛的方向涌出。风和浪一起把他推向南方，他别无选择，只能随波逐流。寒冷让他浑身麻木、神志不清，体力每分钟都在流失。他就这样在海里浮浮沉沉了两个小时。"我产生了幻觉"，他说，"我只剩不到五分钟了。我只是在漂着。我再也划不动胳膊游泳了。我就要死了"。

接着，一件可能性几乎为零的事情发生了。两个丹吉尔岛人前往大陆买啤酒，碰巧注意到汹涌的水面上漂浮着什么东西，于是绕了个弯想近距离观察一下。他记得自己被拉上船，醒过来就在一辆救护车上了。绝大多数丹吉尔岛渔民都曾经从船上落水。很少有人像朗尼一样倒霉，陷入差点儿让他丧命的一连串巧合事件中。更少有人像他一样走狗屎运，能被人救起来。

相比之下，他今天的坏运气就不算什么了，它一直都在。最后一排蟹笼上长的红苔藓更多，而且我们还没收完这排笼子，饵料就用光了。朗尼开船回家，一天的努力以赤字告终。

风继续吹。几天后我进"特情室"时，只有利昂一个人到了。他煮了一壶咖啡，咖啡从滤壶往下滴的时候，他坐下来，从眼镜上方盯着我："今天早上真难熬"，他说，"风刮得太猛了"。[13]

杰里·弗兰克·普鲁伊特走了进来。"你今天出海了吗？"利昂问他。

"出了"，杰里·弗兰克说，"今天刮风。风真够大的"。

"海上风很大，今天早上"，利昂表示同意，"一下就转东南风了"。

"是的，风刮得很凶，没错"，杰里·弗兰克说，"我不确定我是不是得掉头回家，但我在海上坚持住了，太阳出来之后，风马上就停了"。

一场关于风的冗长讨论随之而来。乌克冲进了房间。"谁来告诉我一声"，他喊道，"是**每天**早晨都会刮大风吗？"

看来是这样的。几天后，一场时速达到 60 节的飚风席卷小岛，把堆叠起来的蟹笼吹下码头、吹进港口，将船上装备和院子里的家具刮得七零八落，让小船进水沉没。过了几个晚上，又有一阵大风从西边朝着小岛呼啸而来。它使奥南科克河的河水逆流，漫过河岸，淹没了镇码头。2 英尺深的海水在我停着的车周围盘旋，把它彻底"报销"了。[14]

在一阵阵大风之间，丹吉尔岛被缅甸式的热浪炙烤着。一个星期天的早晨，高大魁梧的拖船船员保利·麦克里迪在新约教堂这样开始了主日礼拜："早上好——这个美丽而炎热的早晨。"教众们低声咒骂表示赞同。"没事的"，保利安慰他的邻居们，"很快就会结冰了"。[15]

黑斯廷桥下的十字架，是乌克竖在丹吉尔岛滩涂里的

三个十字架之一（厄尔·斯威夫特　摄）

十二

在 7 月的第一个星期天，杜安·克罗克特正向新约教堂的教众布道。[1] 正值离岛定居的岛民趁假期周末回岛探访，听众比平常更多一些。"我为美国感谢上帝"，他对拥挤的听众们说，"我们本可以出生在任何地方，但我很庆幸我们出生在美国。更重要的是，我本可以出生在美国的任何地方，但我出生在丹吉尔岛。这是一件美妙的事情"。

大家都点头赞同。我像往常一样坐在教堂右后方的长椅上，身后坐着"特情室"的常客理查德·普鲁伊特和他妻子玛格丽塔。利昂的座位比我靠前三排，与他女儿卡琳坐在一起。卡琳是他四个孩子里的老大。乌克和艾琳坐在第一排。卡罗尔和朗尼在房间的另一边。

这个教堂远比斯温纪念教堂高耸的圣所低调。这里没有温暖人心的彩色玻璃窗：嵌在墙壁内的荧光灯管发出灰黄色的光，让这里看上去更像办公室而不是教堂。吸音天花板不高，由六根仿木涂漆的室内钢柱支撑。墙壁上覆着仿木镶板，地板上铺着深紫红色的粗毛地毯。

坦率地说，杜安很爱国。"根据盖洛普民意测验，77%的美国人称自己是基督徒"，他告诉我们，"我们知道事实并非如此。事实上，如果真有77%的美国人是基督徒，学校早上第一件事就仍然是祈祷和读《圣经》"。他从讲词上抬起头，环顾房间："像美国公民自由联盟[1]（ACLU）这样的无神论的、异教的组织就不会对美国政治产生任何影响"。

我环顾四周。他的听众对这句话毫无反响，至少我没有观察到。这让我想起了岛上两个教堂间的另一个区别。新约教堂没有牧师，而是由几位男性长老领导，他们轮流传道。他们都是土生土长的丹吉尔岛人，没有一个接受过正规的神学教育，而且都或多或少地遵从乔舒亚·托马斯带到丹吉尔岛的崇拜方式。这种风格是直言不讳的，充斥着过于左倾的措辞，并用来自岛上生活的经验做例证。它可以是谦逊的、幽默的，或大胆、或悔恨、或泪流满面。很明显，也可以贬斥第一修正案。

杜安结束了开场白，开始讲述自己要传达的真正主题："当我们在《圣经》之外还要制定自己的规矩时"，他说，"我们就把自己置于所谓的'奴仆的轭'[2]之中。我自己也做过这种事许多次"。

---

[1]　美国公民自由联盟（American Civil Liberties Union，简称 ACLU），或译美国公民自由协会，由罗杰·纳什·鲍德温（Roger Nash Baldwin）于1920年成立，是一个非营利、非政府、非党派民间组织，致力于捍卫和维护美国宪法及法律赋予所有美国人的公民自由和权利，对表达自由采取绝对主义立场，有"美国最大的法律事务所"和"公民权利的看门狗"之称。

[2]　"奴仆的轭"（yoke of bondage），出自《圣经·新约·加拉太书》（5:1）："基督释放了我们，叫我们得以自由，所以要站立得稳，不要再被奴仆的轭挟制。"

他拿自己与美国 13 号公路——贯穿东岸地区的主要高速公路——上的一家综合加油站兼酒行的关系举例。"我想过很多次，'我不会在一个叫"酒架"的地方加油。我不会这么做。上帝才知道有多少人在那里买了酒并喝得烂醉。我不会在"酒架"买汽油的'。我在心里给自己定下规矩，我不能在那儿加油——而每个在那里给车加油的人都变成了异教徒，因为他们居然在那儿加油了。"

"有一天，我开车回克里斯菲尔德。加油灯开始闪了。"会众发出一阵会意的轻笑。"我得加油。我说，'啊，我可以碰大运等到安妮公主服务区那儿，或者我就把车停在这儿给车加油'。我怎么做的呢？"他停顿了两拍："我按常识做的。我把车停下，在'酒架'给车加上了油。"

"人们不会根据我给车加了什么油来评判我"，他说，"但你们看，我把自己置于'奴仆的轭'之下。而为了在会众面前挽回我的声誉，我得告诉你们，自从那次我在那儿加完油之后，我就再也没有去'酒架'加过油"。

"奴仆的轭"，丹吉尔岛人对此略知一二。查尔斯·P. 斯温去世后，以及在 20 世纪的大部分时间里，岛上的循道宗信众仍然坚持那些让游客们觉得古怪甚至落后的习俗。就以安息日为例，在弗吉尼亚州大陆地区，安息日可以说被废止很久了。但当时丹吉尔岛上许多家庭星期天依旧不做饭，因为这可能也算工作；虔诚的丹吉尔岛人会在周六准备好周日的饮食，并努力保存到饭点才食用。[2]

一些岛民不会洗头也不会刷碗，因为他们担心这也算是一种工作。他们避免了任何涉及使用机器的活动，在他们看来，像剪刀这样简单的工具也属于机器。在周日，信徒不会修剪草坪、骑自行车，或者上船工作，甚至也不会剪报纸上的优惠券。

虔诚的信徒周日吃饭的时候不会吃甜点，因为这是一种不必要的享受，会让上帝不喜。人们认为，孩子们也不应当在安息日玩耍。"我记得我还小的时候"，杜安在他接下来的布道中说，"我曾经总是随身带着一个蒲式耳桶盖，无论我走到哪里，我都假装自己在开船"。

"然后，一个星期天的早上，我去了主日学校。我开着自己的'船'走出院子。我把盖子放在院子边上，从主日学校回来的时候，我穿过院子把它捡了起来，韦斯爷爷当时在屋外门廊上等着我。他总是叫我韦恩。他说，'韦恩，过来一下'。我说，'什么事，爷爷？'他开始对我唱一首合唱曲，歌词是：

'周日，周日，周日你不能玩耍。

周日你不能玩耍，因为这是种罪过。

周一，周二，周三，周四，周五，周六你都能玩耍，

直到周日再次到来。'"

"他说，'周日的时候你不应该拖着那个盖子穿过院子'。我再也没有这样做过"，杜安告诉我们，"我想说的是：我再也没在星期天做**任何事**，因为我觉得这样做是在伤害上帝"。

执行安息日不仅是斯温纪念教堂的牧师职责，也是镇政府的职责，因为在大多数情况下，丹吉尔岛看上去完全处于神权政治下。不经教会的同意，他们不会做出任何市政决议。没有教会的支持，任何新想法都不可能扎根。该镇的法令书中有一条远比其他地方严格的"蓝色法令"[1]：禁止周日"在商店门廊和街道上闲逛"，并规定所有居民"在礼拜时间必须在教堂或在自己家里"。

这个岛上从没有出现过全体居民都是虔诚基督徒的情况；一开始，这里住的都是些无赖汉、酒徒、斗殴者和积习难改的人。但即使是那些绝不入教的人也尊重斯温纪念教堂[2]在丹吉尔岛生活中的地位和权力，并达成一致，实现了与岛上信循道宗的主体居民的和平共处。岛上确实有酒，但都是偷偷地运进来、偷偷地喝。一个喝醉了的岛民为了不被别人看到自己七扭八歪地在主街

---

[1]　原文为"blue law"，指的是旧时规定安息日行为（如娱乐、买卖）的法律条令。

[2]　此处译文因英文中"church"一词的多义性略显不规范。英文中"church"一词意为教堂、教会、教派（或"宗"）等，有时会延伸指代某个教堂的教众，行文中有时使用其中一个意涵，有时则会兼而指称。此处原文中"Swain Memorial Church"既指代斯温纪念教堂，同时也指代丹吉尔岛上以斯温纪念教堂为活动地点的一个循道宗分支派别。后文也会出现类似情况，不再重复注释。

上走，宁可去蹚滩涂走到自己的目的地。即使是嘴最臭的丹吉尔岛人也会努力避免在邻居面前说脏话。除了极少数例外，所有人都遵守蓝色法令。[3]

一次例外引发了丹吉尔岛历史上最臭名昭著的事件之一。1920 年 4 月的一个星期天，17 岁的洛兰·帕克斯——安妮特·查诺克的外祖父，我在婚礼[1]上和他坐在一起——去了他家位于主脊岭上关门歇业的杂货店，为他生病的母亲取冰激凌。镇警长 C.C. "巴德"·康诺顿在商店看见了他，引述蓝色法令要逮捕他。帕克斯坚持要完成这次跑腿，康诺顿便跟着他回了家，冲着前门廊上的他开了枪。[4]

男孩受了枪伤，活了下来，康诺顿则被判入狱一年。他只服刑了一小段时间就获得了州长赦免，之后回到了丹吉尔岛，继续担任岛上的警察。五年后，当康诺顿坐在岛上某家咖啡厅一扇打开的窗户旁时，被一名身份不明的枪手枪杀。[5]

据说，许多岛民都知道谁该为此负责，但没有人说。这些守口如瓶的人当中，也有斯温纪念教堂那些敬畏上帝的会众。[6]

在丹吉尔岛，虔诚与无法无天可以形影不离。

这将我们带入了一段传奇。它让丹吉尔岛痛入骨髓，至今余波仍在。这段传奇的核心人物是詹姆斯·C. 理查森，他于 1943

---

[1]　即作者在第 5 章描述过的兰斯·戴利与埃丽卡·帕克斯的婚礼。

年 11 月抵达丹吉尔，担任斯温纪念教堂的新任牧师。[7] 他出生在位于海岛南端的弗吉尼亚州的汉普顿（Hampton），17 岁时就开始在邻市纽波特纽斯传教。当他和妻子埃尔娃·柯尔·威尔逊及他们 15 个月大的女儿格雷丝搬进斯温纪念教堂的牧师住宅时，这位充满活力的金发牧师是循道宗弗吉尼亚大会[1]（Methodist Church's Virginia Conference）里一颗冉冉升起的新星。他还不到三十岁。

理查森很快赢得了他的新会众全心全意的支持和喜爱，弗吉尼亚大会传闻称，他们是一个特别活跃的、熟读《圣经》的保守群体。然后，他于 1945 年愉快地接纳了一位名叫斯特拉·托马斯的土生土长的丹吉尔岛人加入他的教区，后者在海外传教多年，即将返回丹吉尔岛。她带来了一些最新的观点——这些想法在今天的福音派[2]信徒看来可能并不激进，但这让斯温纪念教堂当时

---

[1]　在之前的美国循道宗、现在的联合卫理公会（详见后文注释）中，"大会"（conference）或"年度会议"（annual conference）是教会在某地的地区主体、组织管理主体和一年一度（对应地区的）分会大会三合为一的称呼，可以指代上述三者中任意一者，同时也是它们的统称。这种"大会"或"年度会议"对应的地区可能是美国的一个州，可能是一个州的一部分地区，或者两个或两个以上的州。如果该大会对应地区的教徒中有人要退出大会，有可能只是退出该大会、另创新的大会（这也是为什么有的州有两个大会），还有可能是退出联合卫理公会，加入其他教派或干脆自立新门户。

[2]　英文原文为"evangelical"，意为"福音的，福音派的；狂热的；福音派信徒"，前文注释在介绍循道宗特点时提到过它秉承福音主义（evangelicalism）。福音主义或"福音派"，亦称福音派基督教或福音派新教，是新教在世界范围内跨地域、跨教派的一个信仰分支，相信《福音书》的本质是唯独借助恩典、唯独通过对基督牺牲的信仰才能实现灵魂拯救的信条；福音派信徒笃信获得拯救的中心是（灵魂）"重生"，笃信《圣经》作为上帝对人类的启示的权威性，并坚持传播基督的信息。

老派的、圣经字义至上的[1]信徒们大为吃惊。

我不会在这里详述这些观点，因为对这个故事而言，它们并不重要。知道这些就足够了：这些观点让理查森和一些会众兴奋不已，但却让更多的人感到一种对《圣经》的背离。而且，大多数人在理查森的亲密支持者身上感到了一些自命不凡的意味，一种认为引领丹吉尔岛如此长时间的循道宗不够好、不够有力、配不上他们的态度。这种感受很可能也加剧了矛盾。

1946 年夏天，事情最终爆发了。除了周日的主日礼拜，理查森开始每天主持晨祷，以飨他"羊群中的羊群"[2]。岛上的教会受托人向弗吉尼亚分会请愿，希望撤换这名牧师。理查森请求在岛上再待一年。分会的主教否决了他的请求。

因此，在考虑了自己的处境后，理查森决定不再做循道宗牧师，并在丹吉尔岛开创第二个派别。他在西脊岭租了一套房

---

[1] 英文为"biblically literalist"，来自"biblical literalism"这个词组。"Biblical literalism"，即"圣经字义至上主义"，又称"biblicism"（圣经主义），也有部分群体称其为"biblical fundamentalism"（《圣经》原教旨主义），指的是拘泥于《圣经》文句、仅从《圣经》文字字面表达的意思出发去理解《圣经》而不带任何比喻或隐喻理解的行为和信条，认为就应当这样去理解《圣经》。原教旨基督教徒和福音派都会使用这一概念。

[2] 英文为"flock-within-a-flock"，是一个带有隐喻的词组。《圣经》中将上帝或基督比作"牧羊人"，将人们称为"羊群"（flock），以表述上帝或基督与人类在（信仰上的）相互关系。牧师（pastor）这个词的本义就是"牧羊人"，而"flock"这个单词后来也引申出"一部分教众"的意思；《福音书》中多次出现羊群——教众和牧羊人——教会神职人员的对应说法。这一组对应关系在基督教文化影响地区的文化作品中常有出现。

子，并把他的家人——他那时已有了第二个女儿——从牧师住宅里搬了出来。"我对这里最早的记忆是我们离开教堂、搬到西脊岭上那栋房子的那天"，他的大女儿格雷丝·金佩尔在 2016 年夏天回岛拜访的时候告诉我。[8] "我的祖母推着婴儿车里的妹妹——她大概四个月大。她一只手推着婴儿车，另一只手拿着一盏直杆落地灯"。

"我们就像在大冒险一样，但我能感觉到这很重要"。

理查森并非孤身离开。[9] 斯温纪念教堂的 55 名女信徒和 4 名男信徒跟随了他的脚步——只是循道宗信徒中的一小部分，但是这次大出走让家人对立、让夫妻分离、在丹吉尔岛许多家庭中造成伤害和不信任。那些随他离开的人被自己的社交圈排斥，并被留下的人贴上"受蒙骗"和"不忠诚"的标签。

斯特拉·托马斯的姐姐把她在"肉汤"区的一间单间商店租给了理查森。1946 年 11 月，当时被称为"祈祷之家"（House of Prayer）的教堂举行了第一次礼拜，这便是新约教堂的前身。第二天早上，理查森发现，有人把他的船沉进了丹吉尔港。[10]

于是，无法无天的事情开始了。岛上老旧的发电机两年前就已经报废了，在夜幕的掩护下，不知道是谁破坏了店门口的圣所，撕毁了赞美诗集，把椅子拖出来扔到屋顶上，并且数次把小风琴扔进了丹吉尔港。总有人鬼鬼祟祟地在西脊岭上理查森的屋子外面潜伏。1946 年春到 1947 年冬，这种骚扰变得越来越无耻。[11]

随着夏天的到来，局面完全失控。1947 年 8 月里的五次晚间祈祷会上，"祈祷之家"遭到了喧闹的暴徒的围攻，他们向改建后的商店投掷砖块、罐子和贝壳。理查森抱着一堆食品杂货路经一座桥通过大海沟时，一个岛民找上了他，并用尽全力试图将他撞进水里。他的追随者们发现船只引擎里被倒入了含铜油漆，自家窗户被打破，自己被亲朋好友当空气。理查森的船再次被弄沉。谣言满天飞，说这位前牧师和他的家人将被绑架或被迫离开这个岛。镇长和镇议会的一名成员警告他说，他们不能保证他的安全。

8 月下旬一个星期六的晚上，理查森在印第安纳州参加一个会议时，破坏者再次闯入临时教堂，把装满排泄物的污物桶倾倒在地板和椅子上。第二天，会众在其中一个成员的家中集会，这个成员的渔网和一个库房很快就被人纵火烧毁了。在接下来的六个星期里，袭击事件有增无减：有人破坏了支撑临时教堂前廊的柱子，并且又向圣所倾倒污物桶，打碎窗户，在墙上涂鸦，还毁坏了另一架风琴。

面对这些考验，理查森感到"惊讶或悲伤"，格雷丝·金佩尔说，但她不记得曾看到他生气："我爸爸的想法是，比他的批评者和对手活得更长、更爱他们。"尽管如此，到了十月初，他还是明显地感到沮丧，这一点在他写给镇长和斯温纪念教堂的平信徒领袖的信中可以看出来。"有人暗示我，这种事情持续发生，是因为做下这些事情的年轻人觉得他们得到了镇长、镇议会和社区领导人的认可和道义上的支持"，其中一封信里写道，"我不相信丹吉尔岛人民会赞成这种行为。我希望听到镇上任何一个官员发出抗议，或者看到任何阻止这种行为和态度的书面告知，但目前为止我的等待都是徒劳的"。[12]

令人难以置信的是，丹吉尔镇没有对已经持续了近一年的破坏行为做出任何官方表态，似乎放任严重伤害或其他更糟的情况发生——理查森的信也没能让他们愧而改之。一周后，他给丹吉尔岛所有人写了一封公开信，其中的要点可以用一句话概括："现在是有罪者思量他们的道路的时候了。"[13]

或许这让虔诚的教徒心有戚戚焉。或许这甚至促使无法无天的人进行自我反省。但我们永远不会知道了，因为就在两天后，也就是 10 月 13 日，《新闻周刊》（*Newsweek*）杂志发表了一篇题为《丹吉尔的麻烦》的文章，把这场危机摊在了全美国面前。"同许多与世隔绝的社区一样，丹吉尔岛对待宗教十分严肃认真。一个多世纪以来，循道宗一直是岛上唯一的教派"，报道中写道，"上周，大陆接到报道称，该岛因宗教分歧而陷入混乱。老友互相咆哮。家庭分裂。盗贼们向教堂窗户投掷石块。船在停泊的码头上沉没。一位生命受到威胁的牧师和他的妻子及两个孩子挤在一间窗玻璃被打碎的小房子里"。

报道中还说，斯温纪念教堂的成员否认已经宽恕了袭击事件。该杂志报道称："他们将其归咎于那些血气方刚的年轻人，这些人无意中听到了家中的争端。他们说，在没有娱乐的情况下，一些年轻居民可能会开始喝酒，并做出破坏公物的行为。"

弗吉尼亚州州长威廉姆·塔克被这篇报道弄得很尴尬，他征召了阿哥麦克县巡回法院法官杰斐逊·F. 沃尔特来止息骚乱。月末，法官召集了一个大陪审团来调查此事。陪审团成员传唤了镇长、镇议会、教会和社区领袖，以及几位刚刚从"战场"上回来的岛民——《新闻周刊》提到的所谓的"血气方刚的年轻人"。大陪审团没有发出控告，但法官明确表示，任何进一步的骚扰都会得到迅速而严厉的回应。就这样，麻烦停止了。[14]

理查森把他那初生的教会搬出了商店，搬到了自己的家里。他敲掉了走廊的一面墙，扩大了客厅，这样里面就能塞下51把椅子。孩子们三个一排地挤在楼梯上，更多的成年人坐在旁边的房间里。牧师站在前门，常在黑板上写写画画来阐明他所讲的内容。"不是每个人都能看到我爸爸"，格雷丝·金佩尔回忆说，"但每个人都能听到他的声音"。

新约教堂的教众在那里聚会了八年，直到他们筹到钱在国王街和"黑染"区交接处的空地上建起了他们朴素的二层教堂。第一次礼拜是在1957年的复活节举行的。尽管与斯温纪念教堂相形见绌，但它却兴盛了很多年，带来了一种像它的建筑一样谦逊而极度朴素的福音派布道方式。理查森与几位教会长老共享其领导权，他们轮流在讲坛上讲道。大多数人在海上工作，而且都是男人。

孩子们在教堂里长大——杰里·弗兰克·普鲁伊特和埃德·查诺克也在其中——年轻一些的岛民则自愿加入教堂。但最终，新约教堂最初的忠实信徒老去了，他们去世的速度比新人加入教堂的速度还要快。

虔诚而又无法无天——丹吉尔岛民性的一体两面，可举的例子比比皆是。以西脊岭南端的那家制衣厂为例：1919 年，一家巴尔的摩服装公司开设了这间工厂，雇用了 60 名岛上的女性，每日生产"连衣裙、工作衫和不同品质、不同样式的连衫裤[1]"，一家东岸地区报纸 1927 年的报道中这样说，"有些员工从工厂开办以来就一直在那里工作，足以证明员工们很满意"。[15]

工厂被烧毁了。尽管工厂里的工人可能曾经对这份工作很满意，但岛上的传统注定了男人们对自己的妻子和女儿因工作获得的独立性很不高兴；工厂被破坏不是意外事件。强劲的南风助长火势，大火吞噬了工厂建筑，然后迅速烧过滩涂，也吞噬了黑斯廷桥，全凭人们疯狂地用水桶接水灭火才阻止了它蔓延到"黑

---

[1] 连衫裤（rompers）最早起源于维多利亚时期的一种连体儿童衣服样式，后成为一种女装样式，即裁剪宽松的无袖连衣短裤。连裤衫（jumpsuit）则起源于飞行员跳伞服，亦称"连体衣裤"，一般是连在一起的长裤长袖，后来也发展出短袖或无袖的款式，但裤子还是比较长。我们平常说的"连体裤"一般是连体背带裤的式样，即上半身没有完整的衣服结构，胸前和腹部的布料与裤子是一体的，由肩带连接至后腰。

染"区，否则它可能从那儿点燃一间又一间房屋，一直烧到主脊岭去。从没有人因这一罪行被追责。

我能从历史中找到很多这样的例子，但我们还是看一件近期发生的事吧：杜安·克罗克特做了关于"奴仆的轭"的布道三周后，七月下旬的一个晚上，有人溜进了斯温纪念教堂位于教堂西侧扩建部分的小小的办公室，偷了约3000美元，溜之大吉。

两天后，这个消息传到了"特情室"，斯温纪念教堂现任平信徒领袖胡特·普鲁伊特告诉这儿的常客们，赃物中只有600美元是现金，其余都是私人支票，对窃贼来说毫无用处，因为他们不会蠢到试图去兑换现钞。他说，钱并没有存放在教堂的保险柜里，但也不是放在显眼的地方：它们分别藏在房间三个不同地方的文件堆里。[16]

"小偷里有人知道它藏在哪儿"，胡特说，"他们直奔主题"。

"有一个非常熟悉情况的人"，杰里·弗兰克若有所思地说，"他们很可能会被抓住"。

"希望如此"，胡特说。

"什么时候出的事儿？"利昂问。

"从周日晚上做完礼拜之后到周一早上之间"，胡特说，"有许多不三不四的人在附近转悠"。他停顿了一下，接着说，"也可能不是他们干的"。

"有内贼"，乌克推测道。

"从目前的情况来看"，胡特显然颇受打击，说，"不得不这么想"。

几个小时后，星期三教堂晚祷开始时，斯温纪念教堂笼罩着一种带着忧虑的好奇气氛。[17] 约翰·弗勒德神父有些泄气地在圣所前面踱步。"现在你们可能已经猜到了，今天晚上的仪式和平常的周三晚祷有点不一样"，他说道。他的呼吸声很重，经由他的耳机麦克风从音响里传出来："你们是了解我的。我不喜欢秘密。我尽力提供我掌握的所有信息。"

"我确定，现在岛上所有人都知道，我们在周日晚上或周一清晨遭到了抢劫。什一税和捐款都被抢走了，男性祈祷早餐会筹集的钱也被拿走了一些。"他停顿了很长时间，仔细观察他的会众。我们听着他的呼吸。"我真正要请求你们的是，不要因为这件事让自己的心变冷酷。我要告诉你们，我为这件事感到被深深地冒犯。我无法用语言表达我的感受。我对你们说实话：在感到受伤的时候，我也感到愤怒。他们拿的不是**我的**钱。他们拿的不是**你们的**钱。从钱币碰到那个盘子的那一刻起，它就变成了**上帝的**钱。他们拿的是**上帝的**钱。"

他的语气软了下来。"我们还不必陷于黑暗、炎热或寒冷。上帝会负责的"，他说，"我想请你们做一件不寻常的事，那就是为犯下罪行的人祈祷，因为那个人显然需要我们的祈祷"。然后他做了祷告。"我们为犯下这一罪行的人祈祷"，他说，"我们为调查此事的调查人员祈祷"。

　　几分钟后，当牧师征询代祷内容时，一个渔民建议，也许斯温纪念教堂最好的应对方法是把偷窃的事抛在脑后，原谅发生了的事。杰基·哈斯金斯的妻子马琳·麦克里迪表示同意。"是的，在这件事上我们要像个基督徒一样"，她说，但她补充道，"这对我们的教堂是一个沉重的打击。实际上，我们需要这些钱来熬过冬天"。

　　卡罗尔·穆尔的姑姑金妮·马歇尔坐在我后面的长椅上。"这是丹吉尔岛发生过的最糟糕的事情"，她低声说，"岛上也发生过其他坏事，但在我看来，这是最糟糕的"。一开始，我对这种夸大之词大为震惊，那么霍乱，在战争或海上死去的岛民，还有过去两个世纪降临在这个地方的无数悲剧，又算什么呢？但是我转念一想，意识到，教会一直是丹吉尔岛在困难时期依靠的基石。教堂，无论是斯温纪念教堂还是新约教堂，一直是这个与世隔绝、饱受大海冲击的小岛上无常命运的避难所。教会一直是丹吉尔岛的精神中心，丹吉尔岛也是教会的重要组成部分。

　　或许土壤侵蚀对两者而言都是威胁。

第三部分

见证终结之时

2017 年 4 月，被海浪破坏的上方岛西海岸。

（厄尔·斯威夫特　摄）

从东北方向看上方岛——这个角度清楚地显示出这个小屿上的

水和滩涂几乎一样多。远处海岸线上的缺口看上去就像一个大裂口。

（厄尔·斯威夫特　摄）

十三

阿斯伯里·普鲁伊特（Asbury Pruitt）是那种少见的被众人交口称赞的人。[1] 他的更少见之处在于：他是第一个想要追踪和记录丹吉尔岛消失过程的丹吉尔岛人。1964 年当他开始这项工作时，邻居们都认为这不过是小小的好奇心，是一种古怪的爱好。最终，它成为理解作用于他家乡身上的力量和海洋无情的侵蚀不可或缺的资料。

认识他的人都这么形容刚开始进行研究时的他：中等身高，有点肚子，但身体强壮，非同寻常的年轻皮肤掩盖了他真实的年龄。他谦逊而温和。他很不容易发怒，几乎没人记得见过他生气——不高兴的时候他也只是自己对自己咕哝。他十分厌恶流言蜚语，如果觉察到有人在嚼舌头，他就会关掉他的助听器。他情感丰富，谈话中时常流泪。他滴酒不沾，并且认真研读《圣经》。他是新约教堂的长老和布道师，用取自岛屿生活的例子来阐明他所讲的内容。

他开始测量的时候是四十五岁。那时，他已经与一位第八代岛民结了婚，有包括杰里·弗兰克在内的三个孩子。第二次世界大战期间他在海岸警卫队的一艘设标船上服过役，而战前和战后，他都以出海捕捞为生。他们一家住的房屋原本属于他外祖父威廉姆·阿斯伯里·克罗克特，就是那位取完邮件返航途中溺水而亡的灯塔看护人。

1958 年，阿斯伯里不再捕蟹、捞牡蛎，转而为美国海军工作。当时，美国海军将切萨皮克湾作为靶场已经近 50 年了。1911年，他们将一艘退役的战列舰锚定在丹吉尔岛西南几英里处，并在几十年里对它进行了炮击、鱼雷攻击和低空轰炸。后来，他们还把其他废弃军舰停在附近，同样对它们进行了猛烈攻击。现在，美国海军又在距离丹吉尔岛西部海岸 2 英里多一点的地方部署了两艘自由轮的船壳，并派出一波波喷气机用烟幕弹进行轰击。[2]

美国海军雇用了包括阿斯伯里在内的四名丹吉尔岛平民在西脊岭附近的两个海军射击观测站工作，向飞行员反馈他们的射击准确性和攻击角度。四人以阿斯伯里为首，他手下有矮个儿埃德·帕克斯、矮个儿埃德的妻兄弟查尔斯·普鲁伊特、帕特·帕克斯三人，他们都是退伍军人。不久，另外两名岛民也加入进来。在接下来的 12 年里，这六人履行了他们的职责，而海军的战斗机在海面上和岛民们的蟹笼上低空掠过——有时多达一天 80 次——撕裂了丹吉尔岛上空的和平氛围。

在这份工作的早些时候，阿斯伯里记录了从两个观测站俯瞰到的丹吉尔岛西缘的情况和那里海浪的影响。这是一个罕见的视角。丹吉尔岛人知道他们的家园正在缩小；迦南消失得很快，他们也看到"牡蛎溪"被吞噬，尖尖儿变得支离破碎。但现在阿斯伯里目睹了这种变化。"地面会看上去在随着波浪涌动起伏",他说,"最后像一块块融化的冰山一样掉进海里"。[3]

这一景象令他警醒。因此,在人们于丹吉尔岛定居近 200 年后,阿斯伯里·普鲁伊特第一个追问这个问题的答案:我们到底损失了多少土地?

1964 年 1 月 8 日,阿斯伯里在海军射击观测主站附近不远处将一根铁管锤入滩涂,并测量了铁管到海边的距离。在我看来,那个日期、那个行动可名列丹吉尔岛历史的转折点之一。有了这些测量数据,阿斯伯里开始与这个岛一起,试图理解这个古老而日益严峻的挑战。杰里·弗兰克告诉我,那天之前,土壤侵蚀一直只是丹吉尔岛人"有些担心"的问题。"但他们并没有很放在心上。他们没怎么在意。"[4]

阿斯伯里每年 1 月 8 日都会重复这项测量,坚持了几十年,他的测量结果首次以年为单位提供了大自然对这里的"磨损"记录。[5]"他很好地记录下来了正在发生什么事",杰里·弗兰克回忆说,"他非常关心这件事,真的"。[6]

理应如此,因为丹吉尔岛的损失远远超过任何人的想象。在阿斯伯里做记录的头七年里,他发现切萨皮克湾平均每年从岛上扯走的土地使海岸线后退了 12 英尺。此后,每年损失的土地都比前一年多。1973 年 1 月,他发现海岸线后退了 18 英尺。1974 年的测量结果显示,在过去的 12 个月里,有 37 英尺的岛屿消失了。[7]

到 1975 年 1 月，他记录了整整十年的数据。[8] 在此期间，在海军射击观测主站附近，丹吉尔岛北端的海岸线后退了 159 英尺；在南部，猪脊岭下方第二个射击观测点附近，海岸线后退的数字达到了可怕的 181 英尺，仅过去的一年里就有 44 英尺。观测点和切萨皮克湾间曾经存在的水塘和滩涂全都不见了。"你站在那个观测点的平台上"，阿斯伯里说，"可以直接把东西扔进海湾里"。[9] 他对那些警醒于他的年度观测记录的记者说。于是，他的测量结果被《弗吉尼亚先驱报》和其他地方报纸报道，这些报道促使了政府介入。弗吉尼亚州召集了一个由联邦和州官员组成的特别小组来研究这一情况。

首当其冲的就是岛上的新机场。1965 年 12 月，陆军工程兵团从丹吉尔港向西挖掘了一条船道，经滩涂通往切萨皮克湾，终于满足了丹吉尔岛渔民们长期以来的愿望。[10] 在这条"北航道"被挖好之前，一个捕蟹人如果想在岛屿西侧下蟹笼，必须先开船向东进入丹吉尔海峡，转一大圈绕过海岬，再横跨海湾 1 英里多才行。一条从岛屿腰部横切、将上方岛与丹吉尔岛本岛分开的船道就能轻松化解这种不便，对工程兵团来说也是一项毫不费力的工程。事实上，这项工程确实很轻松，疏浚船不到一个月就挖好了通道。

该项目捆绑了另一个改善岛上生活的工程：工程兵团将疏浚出的泥土泵进了西脊岭的房屋后面一片湿嗒嗒的、长长的矩形滩涂里。在接下来的三年里，弗吉尼亚州将填泥造出的陆地填平、铺上路面，造出了一个机场，设有 3050 英尺的跑道和一个大型停机坪。[11]1970 年 3 月，州长小米尔斯·E. 戈德温主持了机场的落成仪式，虽然阿斯伯里·普鲁伊特的测量结果表明，这一设施的寿命并没有很长。

五年后，海湾迫近沥青跑道，拍岸的海浪在距离猪脊岭的房屋不到 100 码的地方迸溅，弗吉尼亚机场管理局（Virginia Airport Authority）采取行动，在摇摇欲坠的机场南端修建了一道弯曲的抛石防波堤[1]以保护机场。工作人员用创纪录的速度抛填了 1.3 万吨的块石，但海浪依旧拆毁了一段段飞机跑道，并卷走了机场南端的数盏灯。[12]

与此同时，州特别小组发布了报告和建议。[13]通过研究地图，该小组发现，在 1942 年到 1960 年，这个岬角急剧向东移动。岛屿西侧的土地损失程度比阿斯伯里·普鲁伊特的记录显示出的还要严重：从 1850 年到 1942 年，海岸线平均每年后退 18 英尺，从 1942 年到 1967 年平均每年 20 英尺，从那以后的数字则是 25 英尺。保护机场的抛石防波堤或许可以阻止土壤侵蚀，但却无法阻止其他地方的滩涂和高地的极大量流失。特别小组提出的可能解

---

[1]　抛石防波堤是斜坡式防波堤构造型式的一种，是由粗细石料堆筑而成的防波堤。这种防波堤利用开采出来的大小不等的块石抛填而成，根据石块不经分选、混杂抛填或分选后分级抛填，分为不分级抛石防波堤和分级抛石防波堤两种。

决方案有两种：将抛石防波堤扩展到整个丹吉尔本岛西侧，一直修到新的船道口——无疑是最佳选择，但很贵——或在与上述方案相同的海岸段上铺设旧轮胎做的垫子，特别小组也承认这是一个丑陋且未经检验的替代方案，但是便宜。

无论政府选择何种补救措施，都只能减缓而不能阻止自然对丹吉尔岛的持续破坏。由于最高的浪头更多地从西北方向抵达丹吉尔岛，上方岛和新船道的西入口前景黯淡。"预计该岛在船道以北的部分会持续缩减"，报告中这样警告，"这将导致船道口出现补偿性结构，最终使得船道变浅，船道南岸也将暴露在海浪作用下。因此可以预见，负责维护工作的陆军工程兵团将对丹吉尔船道进行修正作业"。[14]

记住这一点。在后面这会很重要。而且记住，这是在1976 年。

后来发生的事情是，那一年弗吉尼亚州没有筹到建造防波堤的资金，甚至没有筹到用轮胎垫做实验所需的 10 万美元。紧接着的那个冬天，海湾冻结，海冰从岛屿西海岸扯走了进深 85 英尺的土地。阿斯伯里·普鲁伊特不得不把他的那条管子移到内陆，又不得不再往更内陆移，但海水还是继续前进。1978 年 1 月，他发现海水又逼近了 31 英尺。[15]

海军被迫放弃了猪脊岭下面的南射击观察点。大约那时候，杰克·钱德勒到了阿斯伯里手下干活；他后来娶了利昂的女儿卡罗琳。"我去那里的第一天，他就带我去了海滩上的老观测点"，杰克告诉我，"那里的沙子从下面被掏空了。观测点就淹在海湾里"。阿斯伯里指向废墟后面的近海深水区。"阿斯伯里说，'那里曾经是森林'。"[16]

　　就在抛石防波堤救下岛屿南端两年多后，该州另一项研究预测称，跑道的剩余部分将在十年内被淹没。"丹吉尔岛上情况紧急，必须立即予以补救"。报告在总结部分称，"岛上的土壤侵蚀的情况极为严重，在不久的将来，它会被冲进切萨皮克湾"。文件称，丹吉尔岛还存在其他问题，但如果对侵蚀不加控制，"其他问题也无须讨论了"。[17]

　　1979 年 4 月，阿斯伯里震惊地发现西海岸在短短 3 个月内后退了 17 英尺，报告中严酷的预测得到了印证。[18] 他还在离海岸 6 英尺的海浪中发现了电话线。[19] 电话公司告诉他，电话线是在距海岸 45 英尺的地方安装的，就在短短 14 个月前。

　　同月，美国国会的弗吉尼亚州议员约翰·沃纳率领一个由高级官员组成的代表团前来访问丹吉尔岛。他走在机场跑道上。他注视着逼近的海水。他与阿斯伯里·普鲁伊特和其他丹吉尔岛人交谈。这位参议员这样告诉随行记者："如果我们不尽快阻止侵蚀，美国历史将会缺失一角。"

　　他的访问似乎点燃了州政府和联邦政府的热情。那年夏天，弗吉尼亚州签署了一项协议，授权陆军工程兵团开始设计防波堤。[20] 建造它所需的数百万美元还未到位，但岛民们受到了鼓舞，因为似乎终于有什么事正在发生。众议院顺势将防波堤项目纳入了 1980 年《水资源开发法案》（Water Resources Development Act of 1980)。[21] 然而，吉米·卡特总统的政府抱怨称，陆军工程兵团没有充分测试防波堤的有效性，认为这个项目尚不成熟，有待进一步研究。

不管怎样，众议院还是通过了这项法案，但它卡在了参议院。当沃纳对丹吉尔岛的访问过去一年多后，这位激愤的参议员向他的同事发出呼吁。"在紧急情况下，我们是否可以通过某种途径加快批准建设项目，以便在进一步的侵蚀损害威胁到它本身的生存之前拯救具有历史意义的丹吉尔岛？"他在写给处理此事的委员会的信中问道，"时不我待，浪不我待啊"。当参议员们犹豫不决时，沃纳写道："丹吉尔岛一直在下沉——而且还在继续下沉——沉入切萨皮克湾，而且速度并不缓慢。"[22]

该法案未获通过。[23] 华纳承诺他不会放弃，并在近三年后发起了一项新举措，要授权工程兵团研究现状并估算防波堤成本。那项法案足足花了一年多的时间才像挤牙膏一样获得国会通过。而与此同时，海水已经威胁到岛上另一项公共工程。

20 世纪 80 年代初，联邦政府和州政府投票通过用现代化污水处理系统取代岛上的化粪池和污水沟，并建一个新的自来水厂。

承包商拆毁道路铺设管道，用煤渣砖在每个脊岭上建了泵站，并建起了水塔。建设工作拖拖拉拉持续了好几年，弄得这地方泥泞不堪。时任镇长杜威·克罗克特抱怨说，岛民们不得不"穿着长筒靴进教堂做主日礼拜"。[24]

项目的核心是一座大型污水处理兼垃圾焚烧厂，建在机场跑道以西。虽然它所在的是岛上最高的地区之一，但与快速逼近的海湾之间只隔着200多英尺的滩涂。1983年1月，这座总投资350万美元的建筑还在建设中，但阿斯伯里·普鲁伊特发现建筑和海水之间的距离正在迅速缩小。"我想说的是"，他对一个记者说，"海水正在逼近"。[25]

国会起草并通过了另一项为防波堤提供资金的法案，结果却被里根总统否决。海湾不断地涌来。外界所有专家都认为丹吉尔岛处境悲惨。每个游客都认为这个地方应该获得拯救。但在阿斯伯里·普鲁伊特进行第一次测量之后的第21年，联邦政府依旧在拖延搁置这个问题。对此感到沮丧的并非只有岛民。"联邦政府的所作所为就是推迟和拖延"，《弗吉尼亚先驱报》发表社论称，"如果国会再不集体行动起来、批准丹吉尔岛迫切需要的海堤，丹吉尔岛最终可能会变成丹吉尔岛礁"。[26]

丹吉尔岛以前也曾步履维艰，但总能设法渡过难关。"我们会一直在这里，直到上帝另有安排"，一天下午，杜安·克罗克特在岛上的消防站告诉我。他在那里兼职做簿记员。"我知道，上帝行事有时会让我们不知所措——然后就在那时，我们发现万事尽在上帝掌控之中。"[27]

丹吉尔岛正处在这样一个节点上。1985 年 10 月，朗尼的父亲"小年轻"穆尔担心地告诉记者，"以现在的速度，我们的下一代就不会在这里了"。[28]阿斯伯里的下一次测量结果显示，岛屿海岸线又崩塌后缩了 37 英尺[29]，就显得这个论断极端乐观。接着，命运出现了转机。或许是无所作为的高昂代价最终给丹吉尔岛缓了刑——华盛顿认识到，如果还不采取行动，岛上的污水处理厂肯定就报废了，不仅浪费了 350 万美元的公共投资，还要再花数百万美元税款来重建。相比之下，把公共资金花在修防波堤上要更加明智和划算。

不管怎样，在接下来的两年里，国会认真起来，各方于 1988年 4 月达成协议：联邦政府出资 268 万美元，用于修建从船道南侧沿丹吉尔岛西岸向南至机场防护堤的 5700 英尺抛石防波堤。顺次排列，弗吉尼亚州许诺注资 147 万美元，阿哥麦克县则承诺支付 20 万美元。在一次镇民大会上，丹吉尔岛人投票表决是否将岛上的固定资产税提高 5 倍以筹集他们需承担的 20 万美元成本。全体一致举手表决通过。[30]

于是，1989 年，驳船满载花岗岩块石停靠在丹吉尔岛的西岸，一台起重机将它们一块块安置到位，直到海岸线被高出地平面的岩石所覆盖。这层防护迅速阻止了侵蚀。从那以后，那里没有一寸土地滑进海湾。

但它并没能让切萨皮克湾停下脚步；海水开始猛烈地进攻岛上的其他地方。土壤侵蚀最严重的地点之一就是北船道（North Channel）的西入口，正如州特别小组多年前预测的那样。去水泥台那边转一转就能看得很明显了。横贯滩涂的船道原本只有 75 英尺宽，现在的宽度至少是原来的四倍。每一场风暴都会让它进一步扩大，人们可以通过一根竖在上方岛上的电线杆来估算土地损失：在丹吉尔岛上的头五个月里，我见证了电线杆牵索周围的土地后退了 8—10 英尺，直到其中一根牵索的固定桩被海水淹没。

同样令人烦恼的是，不断变宽的船道使西风直吹海港，所以任何比微风剧烈一点的天气都会让港口变得波涛汹涌。"他们挖开那条船道之前，我们的港口本来挺好的"，一天下午，利昂在"特情室"后悔道。还有一天他这么说："在蟹屋那边，我们曾经在海里放了 50 个螃蟹浮箱，没有一个松动的。潮水一次也没有涨到足够让那些浮箱移动的高度。现在它们动了，那发生了什么？就是那个船道搞的。"[31]

船道令人不快的副作用不仅是汹涌的海水。海浪把从上方岛扯下的沙子和淤泥也卷进了船道。"没过多久，船道两侧的沙洲就开始变浅了"，我在矮个儿埃德·帕克斯位于庞德罗萨的家里与他聊天时，他对我说，"当时岛上只有一个人反对开辟那条船道。他叫约翰·帕克斯（John Parks），而且凡是他说的事几乎都发生了。他说，'修了那条船道，溪流就毁了'"。[32]

那应该是"垃圾佬约翰"·帕克斯（"Junk John" Parks），大家这么称呼他，是因为他除了捕蟹，还会拾荒、回收垃圾以维持生计。他是利昂的叔叔。"他是对的"，埃德说，"我当时并不这么认为。你在码头上聊天的时候，就普普通通地聊天，他就会发表自己的意见，有些人就会对他发火。不过，他很肯定。他说它会把你不想让它变浅的地方变浅，把你不想让它变深的地方变深"。

陆军工程兵团很早就意识到了这条船道的脆弱性。[33] 防波堤完工六年后，工程兵团就已经设计出了一个解决方案：从上方岛西南角修出一条石质堤坝来，以保护航道的入口。当时，工程兵团估计这个项目成本在 120 万美元左右，其中 90 万美元由联邦政府承担，其余部分由州、县和地方政府分担。

但就像防波堤一样，这个堤坝项目从构思到批准再到拨款的进度比蜗牛还慢。[34] 8 年后，2004 年春天，堤坝似乎终于要动工了。但并没有。岛民们发现，只要手头有钱造堤坝，工程兵团就认为有必要进行补充研究，而只要工程兵团的研究欲差不多得到了满足，钱就不够了。一年又一年过去了。这条堤坝的造价从 120 万元攀升至 2007 年的 300 万美元，最终达到 420 万美元。与此同时，上方岛的海岸不断被侵蚀，改变了堤坝的设计参数，导致需要更多的研究。

　　在此过程中，一个奇特的现象产生了。在许多丹吉尔岛人心中，这条堤坝的尺寸和形状已经发生了改变。在他们看来，它不再像从前那样只是一个延缓沙洲变浅、保护港口免受风浪冲击的简单而相对局限的手段。不，现在它已经与这些年里昙花一现的其他宏大计划混在一起了，这些提议呼吁将上方岛大部和丹吉尔岛暴露在海湾中的南部腹地也防护起来。在岛上公众的想象中，这条堤坝已经被重新塑造成一个像保护飞机场的防波堤那样的沿海防波堤——一个能保证岛屿安全的防波堤。

　　这条神秘的防波堤似乎正是岛民们在教堂提出代祷要求时所说的"海堤"，或者老年岛民们口中希望自己能活到它建成那天的那条"海墙"：不是一个小堤坝，而是某种一厢情愿的、未有定型的产物，是多年来考虑过的、计划过的、希望过的、被许诺过的事物的虚构集合物。

　　这也许可以解释，2012 年 11 月，卡罗尔·穆尔在迦南被海水掘开的坟墓绊倒的三周后，时任州长罗伯特·F. 麦克唐纳和工程兵团官员许诺会修建堤坝而且会很快建成的时候，岛上洋溢起的那种狂喜。据《华盛顿邮报》（*Washington Post*）报道，州长是在丹吉尔岛海滨举行的一个仪式上做出这一承诺的。一名工程兵团官员告诉该报，他"对堤坝 2017 年完工持谨慎乐观态度"。[35]

　　岛民们深信，这意味着堤坝将于 2016 年开始建设，乌克就是其中之一。[36] 直到 2015 年 12 月工程兵团和切萨皮克湾基金会代表在学校自助餐厅与镇民见面时，他们才知道自己弄错了。官员们告诉他们，是的，项目初始阶段已经获得资金并准备齐全，可以开始——但所谓的初始阶段就是更多的研究。

在场的人感到震惊和愤怒，其中一些人对此直言不讳。"我们一般都是礼貌地坐在那儿听"，丹尼·克罗克特校长告诉我，"但当他们说不会在 2016 年开始建设时，我们简直气炸了肺。这条船道每年都变得越来越宽，你用这些钱能做的事也越来越少。人们很沮丧"。[37]

最终，工程兵团向岛民们保证，堤坝会在 2017 年初开始建设，预期可在 2018 年完成，这才结束了这次群情汹涌的会面。"他们说的是 2017 年"，乌克告诉我，"他们没说具体哪个月，但他们说会在 2017 年开始建"。[38]

实际上，无论 2017 年的哪个月，工程兵团都没开始这项工作。

"他们做研究，然后再研究这些研究"，镇长在收蟹笼的时候抱怨道。[39] "我知道这是他们的流程，但这很令人沮丧。我们现在的处境就好像，我看到一艘要沉的船上有一家子人，然后我说，'我会救你们的，但我得先研究研究'。"

"他们知道我们正在失去土地，也知道我们时间不多了。有时候你只需要勇往直前地去**做**。"

一天傍晚，我爬上卡罗尔·穆尔的小艇，迅速驶向迦南。[40] 卡罗尔开着船沿海岸——受潮水和海流侵蚀的泥炭和牡蛎壳岸崖，有 1 英尺高——缓慢前行，我借着一个小船锚艰难地爬出船，把锚尖扎进脚下咯吱作响的松动的草皮里。

从这儿开始，我们依惯例分头行动，卡罗尔一个人向东搜寻，而我则在迦南贫乏的遗存中挑挑拣拣，或者沿着岛的西侧漫步。于是她出发了，低头寻找着箭头、瓶子和过去的碎片。我沿着岸边往西走，一边拍打蝇虫，一边绕开泥坑和潮溪水坑，七拐八拐地顺着海岸向南拐。喙色鲜亮的蛎鹬被我的闯入吓了一跳，在我的头顶上尖声大叫。

海岸大多是米草茎丛立的草皮或者光滑的、滑溜溜的泥滩，都被冲刷出一道道扇贝一样的纹路。我走过的时候，海浪涌进这些凹槽里、溢出它们的边界，发出响亮的声音，并撕走大块的土壤。海浪把草皮从海岸上卷走，搅成了大块大块无生机的泥块，再拍回岸边。我不时地看到这种泥块，有些有软垫脚凳那么大。

后来，当我们沿着上方岛的西侧驾船返回时，卡罗尔把海岸上一个被岛民们称为"裂口"的缺口指给我看。它看上去有 30 英尺宽，充满滩涂里涌出来的海水。我能辨认出五十码开外一艘被遗弃在泥泞岸边的旧船。

尽管其貌不扬，但这个裂口预示着新的危机。自从地图上标有上方岛以来，它的东侧就一直有切进滩涂的水湾。其中最大的是一片棒状水体，叫作"汤姆之肠"（Tom's Gut）。在老地图上，它大约切入岛屿宽度的一半。但是随着上方岛西侧的土壤侵蚀，水湾和海湾之间的滩涂越来越窄——同时"汤姆之肠"也像吹气球一样地扩大——直到两边水体相接。

水湾扩张是海平面上升的教科书式的连带结果：高地变成了湿地，滩涂被淹没，取而代之的是泥滩，进而变成开放水域。2006年发表在《全球环境变化》（Global Environmental Change）杂志上的一篇文章表明，发生在"汤姆之肠"的情况同样促使霍兰岛消亡。[41] 研究发现，在1849年至1989年，霍兰岛大约有88英亩的高地消失。大部分——53英亩多一点——都被"岛屿四周海浪对岛缘的侵蚀"给冲刷毁尽了。剩下的34英亩高地则变成了滩涂沼泽。

再回过来看这个裂口和它未来的发展可能：上方岛已经被切成两半，内陆部分现在也已经暴露在海湾的侵蚀作用下。它会被从内到外冲走，而且随着缺口扩大，上方岛还会加速受损。[42] 我们在船上看着那个裂口，卡罗尔说六七年前"它还很窄，几乎连小艇都过不去，而且也很浅，每次都会搁浅卡住。现在两艘工作船可以并排通过，缺口已经变得又深又宽了"。

最迟从2011年起，丹吉尔镇议会就一直要求工程兵团用淤泥填塞缺口。[43] 到目前为止，依旧毫无动静。看看工程兵团在丹吉尔岛的其他项目花了多久才实现，就知道这可能还得再要一段时间。与此同时，"汤姆之肠"每天都在变大，上方岛每天都在缩小。

十四

卡梅伦·埃文斯的小艇的前外发动机"没有倒挡也没有空挡"，所以他得在离乌克的蟹棚 30 英尺的地方关掉发动机，让船滑行过剩下的这段水路。[1] 在这个黑暗的周六早晨，他给镇长分挑破壳蟹来挣点零用钱，而他挣的每一分钱都是血汗钱：凶猛的冷风攫住了丹吉尔岛，岛上的水塔隐没在雾气朦胧的雨幕后几乎看不见。

小船沿着乌克的码头滑行，撞在一根桩子上，卡梅伦抱住那根桩子让船停下。他上身着雨衣、下身穿防水裤遮雨挡水，爬上甲板，大步从猫咪们身边走过，走到蜕壳箱旁。乌克在其中一个箱子里放了一条误闯蟹笼的橄榄灰色比目鱼，有 1 英尺长。它待在蜕壳箱底部，平平展展，一动不动，在一群蜷着的螃蟹面前保持低调。卡梅伦从水里挑出几只螃蟹，把它们转移到其他蜕壳箱里，然后去查看离蟹屋最近的蜕壳箱里的破壳蟹。他用抄网舀出了两只软壳蟹，把它们放到冰箱里，但他留下了第三只等下次再挪；它几秒钟前才从旧壳里脱身出来，太软、太脆弱了，受不住被舀起来挪走。

他没有触碰螃蟹就做出了这个判断。卡梅伦才 16 岁，但已经掌握了渔民们那种近乎超感官的能力，能打眼一扫就鉴别出螃蟹的状况。几乎没有别的丹吉尔岛青少年能吹嘘自己有他那样的技术。但另一方面，也很少有人和他一样对岛上的支柱产业感兴趣——或者换句话说，很少有人像他一样对自己父亲和祖父小时候享受的生活充满热情。

当岛上的其他年轻人坐在室内、沉迷于电视和电子游戏时，卡梅伦几乎总是在外面，或是和他的同学以赛亚·麦克里迪一起在海岬附近用组合弓捕猎黄貂鱼，或是在岛上漫步、拍照，或是在码头附近钓岩鱼，在又冷又黑的冬天埋伏起来猎野鸭，在泥滩上挖蛤蜊。这孩子是根正苗红的丹吉尔岛人。就像岛民说的，他"脚趾间有泥"。他就是为这里而活的。

两只破壳蟹在蜕壳过程中卡住死掉了。他把它们从旧壳里分离出来，快速检查一下，确定它们刚死掉不久，于是把它们拿进蟹屋，用塑料袋包裹起来放进一个巨大的卧式冷冻柜里。冷冻柜里塞满了类似包装的软壳蟹，几乎要塞爆了——成百上千的螃蟹。冬天没有活螃蟹的时候，乌克就会把它们卖给买家。

我问卡梅伦2018届班级毕业后他打算做什么。"目前为止我真的什么都不知道"，他说。他在地上倒上一小堆一小堆猫干粮。萨姆·阿利托、约翰·罗伯茨和安·库尔特以迅雷不及掩耳之势冲进屋子。"我一直保持开放的心态。"

"你觉得你会去上大学吗？"

"是的，我想去"，他回答说，"但我真的不知道我想做什么。

我想从事一份户外工作，就这样——我不想坐办公室"。

　　我们所在的蟹屋大概是他在岛上的工作地中最接近办公室的地方了。一捆捆绳子，一堆堆生锈的网子。浓烈的海水味。四周墙上的装饰物有：一只足有 1 英尺宽的鲎；褪色的埃斯克里奇家族的快照，照片上他们的红头发都看不出颜色了；以及一张保险杠贴纸，上面的标语透露了它的年代：**新的世纪，同样的神**。

　　回到外面，卡梅伦从水箱里舀出 6 只死掉的换壳蟹，把它们堆在水箱的木边上。它们会是很好的鱼饵。风大了起来。一只站在蟹屋顶上的海鸥扑腾着翅膀，拼命不让自己掉下去。卡梅伦又把蜕壳箱过了一遍。"没什么太多要做的了"，他说，"之后会有更多的"。我们回到小艇中去。

　　"那你愿意留在丹吉尔岛吗？"一上船我就问。

　　卡梅伦把船从木桩边推开，启动了舷外发动机。"我想如果可以的话，我应该会的"，他回答，"我想留在这个州，这个我清楚。但其他的我就不知道了"。

　　我们缓缓驶离蟹屋，进入港口。我在岛上遇到的所有孩子中，他是我能想到的最有可能继承他先辈们的事业的人——我能想象出他成为船长、开着尖底破浪船收蟹笼的样子。不是只有我一个人这么认为。如果你问老一辈的人，岛上的男孩哪一个最能让他们想起自己年轻时的样子，他们会告诉你是卡梅伦。再问问他们，他们认为那些即将毕业的学生中谁能不去大陆上但仍然自得其乐，他们会告诉你：卡梅伦·埃文斯。

然而，他们的答案都是一厢情愿的，因为丹吉尔岛上每个人都知道，卡梅伦无论去哪里、做什么，都能取得成功。他合群、有趣、心地善良，是一个非常正派的孩子，在主日学校和斯温纪念教堂青少年项目中都很活跃。他身材瘦而健康，下巴方方，让他大为加分。而且他很聪敏：虽然学习科目很多——物理、戏剧文学、大学预修心理学课和三年级西班牙语，他的成绩依旧很好。

实际上，如果卡梅伦宣布说他决定留在丹吉尔岛，我相信岛上很多成年人都会敦促他三思。尽管他们很欣赏这个和他们一样热爱丹吉尔岛的青年，也很乐意看到这么一个有能力的继任者接过自己的工作和传统，尽管他们会很伤心，但他们还是知道，他做的选择是错误的。

他们面临着一个两难的现实：他们岛屿需要年轻人留在这里、出海捕捞、养家糊口才有未来。但是很少有岛民愿意把自己生活中的艰辛和不确定性强加给自己的孩子——尤其是像卡梅伦这样拥有几乎无限可能的孩子。

丹吉尔岛最后一批随父出海的男孩们如今已年近四十。大约二十年前起，年轻船长就开始数量锐减，岛民们把这个情况怪罪在当时州政府严格限制捕蟹执照的政策上。这个观点看似合理，但考虑到后来政府给丹吉尔岛人免除了执照冻结最麻烦的环节，而且年轻人在这项新规定出台前几年就已经纷纷逃离丹吉尔岛，就知道这并不是症结所在。

真正的原因要基础得多：岛上的男孩们不想承受捕蟹需要的长工作时间、高强度体力劳动和不稳定的经济收入。至于女孩们，如果留下来，等待她们的会是什么？可能会结婚，但婚姻已不像她们父母的时代那样是必然发生的事，因为可以选择的伴侣很少。如果结婚了，她们要抚养孩子，打理家务，或许会在餐馆找份工作，开旅游车，除草。

男女双方都在成长过程中看到父亲未老先衰、双亲烦恼收入不佳、母亲的生活因缺乏意义而停滞不前——他们在成长的过程中也通过卫星电视和互联网看到了更广阔、发展更快、更迷人的世界。也就是说，推动丹吉尔岛年轻人"走出去"的大潮同样席卷了全美国上下的农村乡镇，从南方的农场村镇到阿拉斯加灌木丛林中的原住民村落，年轻人都在离开。一个孩子不需要看多少镇子——或者大海——之外的世界，便能发现继续待在原地就会落伍。除此之外，对岛上的孩子们而言，还有一个额外的推动力，就是家园的持续破坏：即便他们想留下来，他们真的能指望在这里过完一辈子吗？如果不能，他们把宝贵的时间花在一个他们的努力注定没有什么结果的地方——哪怕只有几年，难道不是一种浪费吗？

尽管老一辈的丹吉尔岛人对年轻人的流散感到悲伤，但还是默默地鼓励他们。"能上多少学就上多少学"——这是我的女房东辛迪·帕克斯和她已故的丈夫查尔斯给他们两个儿子的建议。查尔斯捕蟹几十年，年年辛劳。"从小到大，查尔斯常对孩子们说，'只要你能做任何捕蟹以外的工作，就去做吧'"，辛迪告诉我，"他知道要过日子有多难。螃蟹刚有两三天好收成，船发动机就坏了。你刚想存点钱，暴风雨就把你的蟹笼卷走了"。[2] 钱像流水一样从捕蟹人手里经过，但即便是好年景，他手里也留不下多少钱。

尼娜·普鲁伊特校长嫁给了一个由渔民转职拖船工的男人，她承认，现在丹吉尔岛的生活不像 1980 年她高中毕业时那么有吸引力了。"很多人问我是否鼓励学生留在岛上"，她说，"答案是否定的。就因为我自己给自己选了这条留在岛上的路，并不意味着我认为他们也应该这么做、应该留在这里让这个岛维持下去"。

"我鼓励他们做自己想做的事。"[3]

1914 年的春天，记者 J. W. 丘奇和一名摄影师登上丹吉尔岛，以为会见到"一个惊人的人类近亲繁殖的案例"。[4] 两人受雇于《哈珀杂志》（*Harper's Magazine*），除了知道数百名岛民有几个相同的姓氏外，对丹吉尔岛知之甚少。丘奇在出发前咨询了大陆上的牡蛎采捕人和村民，他们把丹吉尔岛人描述为"无所不能的怪人"，还说到"那边发生的怪事"。

当他们听到为他们提供住宿的埃德·克罗克特船长说的话时，就更害怕了。船长说："我们这儿偶尔有男孩子想去东岸地区娶个老婆，但一般来说我们丹吉尔岛人更喜欢跟自己人在一起。"

"我的思绪"，丘奇写道，"回到了我们经过的一连串坟墓。现在我想，我们会不会在丹吉尔岛的某个隐秘地方找见一个收容大量残疾人的收容所"。

记者们并没有发现这种东西。在移民初期，近亲结婚肯定是有的，但到了 1914 年——丹吉尔岛的人口数量接近历史顶峰时——许多岛民都是后来迁居岛上的人的儿子辈或孙子辈。此后，基因库进一步扩大：尽管几乎每个出生在丹吉尔岛的人都能将自己的血统追溯至最初定居岛上的约瑟夫·克罗克特，但他或她也可以将自己的血统追溯到数量庞大、形形色色的大陆来客身上。

但这些外来者并不是因为被丹吉尔岛吸引才留在这里的。在没有与岛上居民结婚的前提下，后来人很少会孤注一掷地到岛上来生活；即便有，也几乎没有人能生活很久。有些人觉得丹吉尔岛上恶劣的天气和一成不变的景色让人沮丧，特别是在冬天。岛上的风言风语令人疲惫。有些人就是觉得无聊了。"人们来这儿体验岛屿生活。他们以为这儿是个田园牧歌般的地方，被吸引到这儿来"，简·克罗克特向我解释说，"但事实是，这儿一点也不田园牧歌，所以他们不会留下来。人们能在**这儿**住一定得有个理由。

否则，你不会愿意忍受这些愚蠢的破事儿。岛上乱七八糟的愚蠢事可不少”。[5]

岛上的年轻人离岛而去，又没有稳定的新来人口定居，丹吉尔岛面临着岛屿社区特有的危险。丹吉尔岛远离其他人口中心，随之也无法获取它们提供的服务；它的生存取决于少数关键业务的健康发展，如果没有它们，日常生活将变得极为困难。每一项业务都需要一定数量的资金流入以保持偿付能力——换句话说，每项业务都有一个临界点。随着人口的减少，它们的临界点越来越近。

头一项关键业务就是戴利父子百货店。[6]这家店是岛上包装食品、新鲜农产品和肉类以及非处方药的唯一来源。1986年，乔安妮和老特里·戴利成为它的第四任老板。或许如你所料，杂货店的三排长而窄的货架上堆满了罐装和盒装食品。一面墙摆放的是药物。冰箱和冷柜沿着另一面墙摆放，里面放着从冷冻比萨到鹰嘴豆泥的各种食物。在商店的后部，蒲式耳筐里摆着农产品，肉类则陈列在一个历史能追溯到20世纪中期的玻璃柜台里。

百货店每周四上货，戴利夫妇会用他们45英尺长的“工作犬”号尖底破浪船从大陆运来消费品，总重8000—1.1万磅。一天下午，在她国王街的家中，乔安妮告诉我：“我们尽力储备所有的基本用品。”每周要28箱或以上的牛奶。90打鸡蛋。大堆面包，其中大部分是白面包。半升装、一升装、一加仑装的饮用水，以及高尔夫车电池需要的蒸馏水。

她的儿子小特里十几岁的时候在这家商店工作，后来出海工作，2013 年父亲去世后他才回到了岛上。从那以后，乔安妮就把商店的日常经营交给了小特里和他的儿子兰斯。店里最畅销的产品并非都是美国医学协会（American Medical Association）认可的。店里一年平均每周卖 50—60 盒香烟（红色万宝路卖得最多），盛夏时每周最多卖出 80 盒。这家店每周还卖出 20—50 箱薯片，每箱 12 袋。还有一袋一袋、一条一条的曲奇饼干、薄脆饼干和糖果，很多很多的混合蛋糕粉，多得足够让小艇浮起来的巧克力糖浆。夏天苏打水销量特别大，"工作犬"号每个月都要专门跑好几次，每次装五六百箱苏打水，供应给商店、岛上的餐馆还有小特里的六台户外苏打水售卖机。在一个干燥的岛上，糖是老大。

这些东西大陆上都有。沃尔玛购物广场离克里斯菲尔德和奥南科克都只要几分钟车程，马里兰州港口还有一家物资齐全的雄狮食品超市。外人看来，如果戴利父子百货店倒闭，丹吉尔岛不会出什么问题。但岛上的生活将面临困窘。开船到大陆去既昂贵又耗时，且许多岛民因为年老去不了。

而且大陆上的商铺也不允许他们记账，或者"赊账"。百货店四分之三的顾客会记账，考虑到渔民们的收入时多时少，这可不仅仅是为了方便。"有些顾客两周一结账，有些一月一结"，乔安妮说，"冬天的时候我尽量让他们多赊一段，等到夏天他们就能把账结清了。大多数人都这样"。

我问乔安妮，她是否能想象有一天岛上的人口无力支撑百货店营业。她告诉我，是的，很遗憾，她能想象得到。"最终很可能会是这样的结局"，她说，"但可能是我的儿子和孙子他们两个人经营店铺的时候，而不是我还活着的时候"。

我向男人们提出了同样的问题。"我们现在的生意可能没有几年前那么好"，兰斯承认，"我们失去了很多优秀的客户，他们已经去世了"。

我问他是否担心。"不太担心"，他说。他停顿了一下，然后改了主意："嗯，我想我们是担心的。"

另一个必需的业务是邮船，它运行的时间很长，十分可靠，以至于人们可能会把它误认为是一项政府服务。[7] 实际上，这是桩家族生意——自 20 世纪初以来，乔舒亚·托马斯的后代就一直在丹吉尔岛和克里斯菲尔德之间运送邮件、乘客和货物。乔舒亚的曾孙约翰·W. 托马斯船长开创了这项业务，并一直运营到 1934 年他去世。他的儿子尤利斯·H. 托马斯船长驾驶邮船 60 多年，最终把舵轮交给了自己的儿子老鲁迪·A. 托马斯，后者拓展了这桩家族生意，把在克里斯菲尔德和里德维尔之外的游客船业务也加入进来。

小鲁迪出生于 1956 年，还没到拿驾照的年龄就开始为父亲跑克里斯菲尔德航线。1978年，他与贝丝·帕克斯结婚，那时邮船的票价是单程10美元或当日往返12美元。鲁迪总是不愿意提高价格，即便岛上的人口——也就是邮船公司的客户群人数——在20世纪80年代减少了一百多，而且还在持续下降。"当时船票价格达到了20美元"，贝丝说，"而燃料成本继续上涨，我就说，'我们得提价'，而他总是说，'不。20美元去克里斯菲尔德足够了'"。

小鲁迪之所以能够坚持住不涨价，是因为客户群的萎缩被每个岛民出行次数的增加抵消了——至少是部分抵消了。30年前，去克里斯菲尔德是件了不得的事。如今，许多丹吉尔岛人都把车停放在克里斯菲尔德，坐船通勤去上学、去拖船上工作和去看病都是家常便饭。另外一个原因是乘客的船票只占邮船收入的一部分。邮船公司与美国邮政服务公司签订合同运送邮件，并与联邦快递和美国联合包裹运送服务公司签订了运送包裹的合同。"考特尼·托马斯"号还承担了岛上大部分普通货物的运输工作，从成箱的软壳蟹到建筑材料都包含在内。"我们几乎什么都运"，贝丝说，"各个餐厅从西斯科公司批发的农产品。从五金店买的东西。我们也会运送遗体——而且送遗体不收任何费用。这个规矩是老辈传下来的。鲁迪说他是从祖父那里听来的：'我们不收他们最后一次回家的钱'"。

但收入多元化只能减缓而不能阻止这一不可避免的趋势。病人完成了那最后一次免费旅行后，就不会再去看医生了。岛民越少，货运也就越少。而且邮船的运营费用很高。"考特尼·托马斯"号于 1989 年在路易斯安那州建造，原本用于运送船员到墨西哥湾的海上钻井平台，船体很结实，除了最极端天气外，能在各种天气中负载很重的运量，但它的柴油发动机耗油量非常大。

无论开源还是节流，都找不到两全其美的办法。提高票价很可能会减少客运量；而改为较小的船可能会省钱，但会大幅缩减运力，特别是货运量。2011 年，也就是他 57 岁去世的三年前，小鲁迪在接受采访时说："有时我会想，是不是就到此为止了。我不知道我们还能维持邮船运行多久。"[8]

如果这艘船停止运行，马克·海尼的"莎伦·凯"三号还可以承担起部分航运业务，他现在就已经全年无休地每天往返于克里斯菲尔德和丹吉尔岛。但他的这艘船要比邮船小得多，装载货物的空间有限——而且许多年长的岛民对冬季乘坐任何比"考特尼·托马斯"号小的船只横跨海峡都感到不安。没有了邮船提供的与外部世界的重要联系，这个岛屿会变得更加逼仄。

"我觉得如果我们坐下来再多考虑考虑，我们都会失去信心的"，贝丝说，"但事实胜于雄辩。岛上有很多老年人，但没多少有孩子的年轻家庭"。

这句话说到了点子上。在所有可能降临到岛上的灾难中，只有一场致命的飓风才能像丹吉尔综合学校消亡那样，迅速而确定地毁灭这个岛。与我交谈过的家长中，没有一个愿意让自己的孩子每天乘船往返，穿过变幻莫测的丹吉尔海峡和波科莫克海峡去大陆上课。"你会看到人们像沉船上的老鼠一样四散离开"，辛迪·帕克斯告诉我，"他们会说，'我可不会让我的孩子做**那种事**'"。[9]

学校入学人数越来越少，岛民们也越来越焦虑。1980 年尼娜·普鲁伊特毕业的时候，学校的学生一共约有 120 名。2016—2017 学年开学时，这一数字为 67。到 2018—2019 学年，人数预计会降至 54 人，后年则将降至 53 人。预计 2020—2021 学年学生总数将小幅反弹至 58 人，但这很可能只是暂时的缓解。[10] 新生儿太少了。

阿哥麦克县的教育副主管朗达·哈尔告诉我，这些数字并不是引起担忧的直接原因。"我不觉得委员会已经到了说，'好吧，如果学生总数降到 50 以下或者怎么样，我们就关掉这所学校'，我不认为已经到了这个地步"，她说，"我从 2005 年起就在这里担任副主管。从来没有人说过丹吉尔学校的运营成本太高"。

相反，该地区通过将 6 个小学年级合并成 3 个教学班，以及依靠网络进行外语教学和其他专业教学，解决了学生减少的问题。委员会还决定，可能会停止进行部分设施的改建："下一步要涉及的，比如说，操场"，哈尔说，"我们会讨论，给这么少的孩子建一个设备完整的操场有多大意义"。

"这很难。但现在我们已经驾轻就熟了。"

前校长丹尼·克罗克特认为，即使入学人数大幅下滑，丹吉尔综合学校依旧不会关闭。"想一想为了取代这所学校所必须要做的，这个成本至少跟让这所学校继续开着一样多"，他说，"必须有一艘专门接送孩子的船，船长和大副都要有执照"。与路程本身相比，成本只是一个小障碍。马里兰州史密斯岛的学生从八年级起就乘船到大陆的学校上学，但他们的通勤距离只有丹吉尔岛到奥南科克的一半，而且途经的水域相对安全一些。对丹吉尔岛的学生们来说，单程 16 英里的水路可能需要一个小时或更长时间，前提是海面平稳无浪——而这个前提基本不可能实现。"如果你有一场考试"，丹尼说，"你必须乘船过海去参加考试，而海上风速是每小时 25 英里，你在路上晕船了——嗯，从教育上讲，这可不会有太大好处。所以我认为阿哥麦克县跟我们一样一筹莫展"。[11]

但岛民们确实有担心的理由，不是学校的学生人数，而是他们的老师。"老师的平均年龄都太大了"，尼娜这么说。[12]有些人的身体状况很差。有一对夫妇很可能不久之后就要退休，另外还有两三个人也有可能退休。"而且随着人口减少"，尼娜告诉我，"不会有人接替退休的教师"。

哈尔指出，尼娜自己就已经可以退休了。"她随时都可以退休，学校里有五六个老师现在立即就可以退了。他们随时都可能走人。"

"并不是说学生数量下降就会出问题"，她说，"但如果有很多教师同时退休，那就**成问题**了"。

对丹吉尔岛来说，这个问题可能攸关生死。一旦学校关闭，有孩子的家庭就会搬迁——而考虑到几乎所有孩子都生活在双亲家庭，这就是说岛上三分之一的人口会搬走。他们丝毫不会犹豫。其他基础行业也会崩溃。如同一个世纪前在霍兰岛发生的那样，大规模的弃置就会迫在眉睫。

八月中旬的一个星期五，"特情室"得到消息称，库克·坎农刚刚从树上摔了下来，双脚都摔断了。[13]

"那可不是小伤了"，欧内斯特·埃德·帕克斯表示。

"他只能爬着走了？"莱昂问道。

朗尼带来了详情。据他所知，库克一只脚的一个脚趾断了，另一只脚至少断了三根骨头。他也不是从树上摔下来的；他站在尖尖儿的一堆灌木丛上，突然失去了平衡，双脚卡在一堆树枝里摔倒了。我们都本能地缩了一下。我想着，不知道天气凉了以后谁会把空调从窗户上拿下来呢。

话题转到了总统竞选上，像过去一个月内的几次会议一样。自从唐纳德·特朗普发表了竞选演说，"特情室"的大多数成员就成了他的死忠粉，而他们的理由并不是超党派关系，也不是他在堕胎、同性婚姻和移民问题上的立场：丹吉尔岛人认为他会破除阻碍丹吉尔岛获得拯救的那些繁文缛节、官样文章，他会制止工程兵团永无止境的研究并敦促他们采取行动，他会迫使国会筹集钱款，他会发现丹吉尔岛是一个充满了爱国主义、崇敬之心、强烈的职业道德和传统价值观的城镇——他们认为这些品质对他"让美国再次伟大"的竞选口号而言可谓核心要义——因此值得保存，他会利用自己在商业和建筑商方面的经验来**落实工作**。

但今天，他们中间有一个反对的人。在特朗普高调成为共和党提名人很久之前，朗尼预测他要失败，他的著名预言是："几个月后，人们会问，'特朗普**是谁啊**？'"为了纪念这句话，乌克用圆珠笔把"特朗普是谁啊？"写在了咖啡机旁边的墙上。

现在朗尼宣称，投票给特朗普或希拉里·克林顿一样，都是浪费。"他们是同一种人"，他对我们说，"他们完全一样。你给其中一个人投票，就相当于给另一个投票"。

"我和你一样——我认为他们两个都一文不值"，胡特·普鲁伊特一边摩挲着自己半球状的肚子一边答道，"我不算多心地善良，但我会把票投给特朗普而不是给她"。

"你在浪费你的选票"，朗尼反唇相讥。

房间里其他人众口一词告诉他他错了。朗尼试图继续这种来回交锋，但没有人上钩。当辩论明显已经结束时，布鲁斯·戈迪在椅子上向前倾了倾身子。"你们觉得丹吉尔岛还会有下一代渔民吗？"他问道。接下来是一阵长长的沉默。

"我觉得我要乐观一点"，终于，朗尼开口了，缓慢地选择自己的措辞，"并且告诉你，会有那么几个的。可能不会是真正的

'一代',但肯定会有几个的"。

布鲁斯:"你觉得会有多少?"

"我不知道",朗尼说。"三个,四个。也许五个吧"。沉默了几秒钟后,他继续说:"有人说如果他们取消限制,会有更多的男孩去海上捕蟹,但我不这么认为。"他环视了一下房间。与即将到来的选举相比,他正在讨论的话题更触动丹吉尔岛人的心弦。"现在有很多捕蟹许可证卖",他说,"如果男孩们想去捕蟹,他们现在就可以去。但你没看到任何人买证"。

大家又安静地坐了很长一段时间。没有人反对。

2016 年 11 月，马克·海尼的"莎伦·凯"三号上，归家的丹吉尔岛人在刷手机。(厄尔·斯威夫特　摄)

十五

2000 年，我第一次参加斯温纪念教堂的周日晨祷，那时的牧师名叫小 L. 韦德·克里德尔，鼓着啤酒肚、穿着吊带裤，他在里士满南边的一个烟草产地出生、长大。这是他在岛上的第九年，他的祷告和布道都很简单、直接，很好地贴合教众的需要。他讲了捕蟹人如何工作，讲了风暴、汹涌的大海和经济困难。更重要的是，他明智地与出生在丹吉尔岛的杜威·克罗克特共享讲坛。克罗克特站得比牧师高一个头，舒缓的男中音和随和的讲话方式让人想起加里森·凯勒——如果凯勒是倒着说话长大的话。杜威的仪态令人感到亲切和安心；他头脑敏锐，但性情温和。他亲切地微笑了一下，把手放在肩膀上说，"阿门，兄弟"。

教堂里挤满了人，这些循道宗教徒——其中许多人显然没有受过教育——从长椅上站起来做祈祷，他们的祈祷体现出《圣经》研读带来的深切启示。牧师的妻子南希在风琴键盘上弹奏着活泼的十九世纪圣歌，大家都跟着唱起来，声音在屋顶高耸的圣所中回荡。而我，一个不信任何"有组织宗教"的人，发现自己在想，"这就是人们去教堂的原因"。

但没有哪个地方比两所教堂更能体现丹吉尔岛人口的下降。到新世纪初，参加斯温纪念教堂的大型周日晨祷的人数很少超过

200 人，而教堂原本可以容纳三倍的人员。与南边的新约教堂相比，斯温纪念教堂的情形还算得上可观。新约教堂最初的老一辈信众一个个去世，他们的孩子们大部分依旧追随新约教堂，而这些"孩子们"自己也年事已高。第三代"圣浪"（Holy Roller）们——大家都这么称呼他们——人数则远没有那么多。"我们的情况已经到了周日晨祷来的人可能都不到 30 个"，自小便去新约教堂的约翰·韦斯利·查诺克说。"到星期天晚上，可能只有 15 到 20 个人来"。[1] 有些祷告会只能来六七个人。看起来，丹吉尔岛似乎又要回到只有一个信众团体的日子了。

然后，两件曾经不可思议的事情发生了。第一件，是在 2009 年夏天，斯温纪念教堂来了位女性牧师。

帕特里夏·斯托弗出生于弗吉尼亚州谢南多厄河谷的一个农民和牧师家庭——她的祖父和外祖父都在教堂里担任过牧师，而且斯托弗从小就觉得讲坛对自己有吸引力。[2]"我总是在和耶稣说话"，她告诉我，"他就好像是我看不见的玩伴"。她拒绝了这种召唤。在詹姆斯麦迪逊大学获得生物学和历史学学位后，她结婚、生了一个儿子和一个女儿、离婚，先后做过生物化学家、基金经理、国家公务员，同时，用她的话说就是"与令人敬畏的上帝斗争"。最后，在快满 50 岁时，"我投降了，说，'好吧，我会按你说的去做'"。

她于 1994 年成为牧师，并在该州各地的乡村教堂担任牧师一职。她即将开始在罗阿诺克（Roanoke）东南的蓝岭地区一所教堂中的第四年任期时，她的教区主管长老告诉她，他为她找到了一个"极好的就职机会"，与她的福音主义倾向和对亲密社区的热爱相契合。你要去丹吉尔岛，他宣布道。

于是斯托弗牧师来到斯温，与由丹尼·克罗克特校长领导的教会理事会会面。引见过程进行得很顺利。"我真的觉得自己是被欢迎的"，她说。"我曾经心怀疑虑，因为我知道他们非常保守，有人告诉我，如果十年前有人说他们会有一位女牧师，他们会说，'那是不可能的'"。[3]

那时，牧师住宅已有一百多年历史，年久失修。在漫长的翻修过程中，这位牧师栖身于国王街的一间小屋里。除此之外，她就职的最初两年似乎一切顺利。"表面上看一切都很好"，她说，"教堂有收入。他们交什一税。他们熟知《圣经》——他们会在查经班上起身发言，内容让我吃惊"。然而，在看似积极健康的表象下，斯托弗牧师"可以感觉到教堂里有一股暗流。[4]我不知道是什么。我说不清楚"。是因为有些教友——有男也有女——不能接受她在讲坛上讲道吗？她不愿这么想，但她心里也在疑惑。不管原因是什么，她"确信有一种分裂的感觉"，她告诉我，"和一种无法无天的气质"。

一些那时斯温纪念教堂的虔诚信徒承认，其实，当时教众中确实有一种令人担忧的动荡不安。他们提到了一个共同的源头：

循道宗整体变得过于自由，特别是在对同性恋的观点和是否任命男女同性恋牧师的内部辩论上。库克·坎农的话代表了许多人的看法，他说："我并不是反对他们。我不是强烈反对的人或者类似什么人。但这是不对的。我不想待在一个支持这一切的地方。"[5]

联合卫理公会[1]当时不允许、现在也依旧不允许同性恋者进入领导层。教会不允许会内牧师主持同性婚姻，也不允许在本教会的教堂内举行同性婚姻的仪式。但这并不是说对这些问题的争议已经尘埃落定了。事实上，这些问题已经把全国的教众分成了两派，一些人担心将于2019年召开的关于性与性别少数人群在教派中角色的卫理公会峰会会引发永久性的分裂。看上去，单单是讨论这些问题的行为就足以让许多丹吉尔岛人感到不安了。

杜安·克罗克特作为主日学校的老师、青年领袖和风琴手，深入参与了斯温纪念教堂的活动。他发现了一个更直接的、更具本地性的问题："只是再也没有人参与了——总是那几个人做所有事。每个人都会说，'我不行。我太忙了'"，他说，"很多年长的、虔诚的人都去世了"。[6]

斯托弗牧师也同意，实际上掌管一切的只有极少数人。她回忆说，但是他们"很强硬，可以说有些控制欲过强"，"扼住了教

---

[1] 联合卫理公会（United Methodist Church，UMC）是世界性的新教主流教派之一，主要活跃于美国。1968年，美国的循道宗（the Methodist Church）和福音联合弟兄会（Evangelical United Brethren Church，EUB）在得克萨斯州达拉斯联合后，形成了联合卫理公会。

堂的咽喉"。南希·克里德尔支持她的看法。"是有几个——相当少的几个，我应该这么说——想管控教堂"，她说，并补充道，"这种情况并不少见"。[7]

在这样的背景下，斯温纪念教堂派出代表参加了 2011 年弗吉尼亚联合卫理公会会议。

每年 6 月，数千名弗吉尼亚州的联合卫理公会牧师和教会成员便会聚集一堂，以应对该教派来年的事务。2011 年的会议在该州西部山区的罗阿诺克举行。按照惯例，斯温纪念教堂派了两名代表参加会议：教堂牧师和信众代表尤金妮亚·普鲁伊特，后者已经连续十数年担任丹吉尔岛教众在该会上的代表了。

尤金妮亚是利昂的亲舅表兄弟埃德温·"旋涡小子"·帕克斯的女儿、米斯·安妮·帕克斯女士的孙女。米斯·安妮·帕克斯被岛民视作自查尔斯·P. 斯温之后丹吉尔岛上最称得上圣人的人物。尤金妮亚身材矮胖，有一头卷曲的黑发，嗓音洪亮。2011年她 69 岁，入教已经 50 年了。

"被选举为代表后，我对待这件事是非常认真的"，一天下午，我们坐在她位于西脊的家中，她这样说道。[8] "这样，在开会之前，你会拿到这本书。这是本手册，就是，他们要求你读完整本书，这样你就知道发生了什么。其中包括所有已经提出的决议，会议将对这些决议进行表决。"这里提到的文件就是大会每年发布的《报告书》（*Book of Reports*），如果读下来就会发现它实在枯燥，而 2011 年的《报告书》以乏味的文字公布了需要投票的 18 条决议。其中的第 13 号决议引起了尤金妮亚的注意。

这项决议题为《对巴勒斯坦人和以色列人的有效和有建设性的调停》。[9]决议开头指出，教会寻求“在巴以冲突中充当和平的倡导者”。它宣称，更可取的路线是“建立以色列和巴勒斯坦这两个独立的主权国家，彼此毗邻，在和平、和合作中共存”。它指出，“一个能独立发展的巴勒斯坦国必须有一个可持续的财政基础”，并主张，“为达此目的，必须鼓励对巴勒斯坦人进行积极的财政投资”。它还承诺教会将“研究并提出具体措施的建议”，以便其理事会、机构和成员“鼓励、促进和帮助巴勒斯坦人民建设国家的努力”。这是决议的主要内容，但这并不是尤金妮亚从中读出的内容。她将其理解为呼吁“卫理公会弗吉尼亚大会向巴勒斯坦捐钱，让他们建国”，她这样向我描述。

“嗯，我读的时候非常困惑。我一直为此祷告，直到我让乌克读了它。我看到他在‘渔民之家’。他在那儿吃晚饭，一边读一边这样。”她做出摇头的动作。她给杜威·克罗克特看，他也摇头，还给杜安·克罗克特看了，他一样也是摇头。尤金妮亚和丈夫弗雷德开车去了罗阿诺克。她发言反对这项决议。她投了反对票。但它还是通过了。[10]她和弗雷德开车回家。在接下来的那个星期天上午，她依照教堂惯例，向斯温纪念教堂的教众作了会议报告。

"我觉得没有人会想到她能说出些什么来——他们觉得那会是一次无聊的汇报"，在教会理事会就职的琼·克罗克特回忆说，"这可不是一次无聊的报告"。[11]

尽管决议并不像尤金妮亚解释的那样呼吁联合卫理公会向巴勒斯坦捐款，但许多丹吉尔岛人到现在都相信决议就是这个意思。斯温纪念教堂的一些信众以另外的、更根本的理由反对它：他们认为，决议鼓励建立一个巴勒斯坦国，实际上是对以色列的攻击，相应地就与他们对《圣经》的解读背道而驰。"以色列人是上帝的选民"，杜安告诉我，"如果没有以色列，就没有王国。如果没有王国，就没有国王。如果没有国王，整本《圣经》就都是谎言"。[12]

或许有人会辩称《圣经》中的以色列和同名的现代民族国家是完全不同的实体，前者指的是一个民族、一片古老而定义模糊的疆域，后者则是世俗法律和政治的造物，其历史只能追溯到1948年。但丹吉尔岛的许多虔诚信徒并不接受这种想法。在他们看来，以色列就是以色列，对巴勒斯坦的任何支持都相当于对以色列的敌人的援助，足以激起上帝的愤怒。"巴勒斯坦人的人生目标只有一个，一个目标，那就是杀死以色列所有的人"，库克·坎农我解释说，"我支持犹太人。《圣经》上说，所有的土地都属于犹太人，而他们的土地却从未被归还"。[13]

"我想这是会让上帝极其愤怒的事情。"

杜安事先就知道尤金妮亚计划谴责这项决议，他随后对会众发表了自己的看法："我说，'如果你们支持我们，反对这项决议，可以请你们站起来让大家看到吗？'"一部分教众对他们这么折腾感到困惑，不确定这么"站起来"意味着什么。尽管如此，大多数人还是站了起来。[14]

周日晨祷结束了，但忧虑并未消失。斯托弗牧师说，她"试图向他们解释，大会的决议只是一种表态，没有什么强制措施，也没有什么实质行动。我说，'这个决议里不涉及任何金钱'。我还说，'这只是一个声明，有一部分人支持它，而这只是我们同意保留各自意见的事情之一'"。但斯温纪念教堂的许多人坚信，弗吉尼亚大会已经把矛头指向了以色列，依旧竭力反对。

在斯温纪念教堂的一次理事会会议上，这个问题又被提了出来。"我问理事会我是否可以给教区主管长老和主教写信"，杜安说，"理事会一致投票同意让我这么做"。他还问，他和利昂的大女儿卡琳·肖尔斯能否给弗吉尼亚州的每一家报纸写信，"让人们知道正在发生的事情"[15]。理事会也同意了这一点。

那年夏末，数十家报纸上都出现了这些信件。我在《信使快递报》（*Herald Courier*）的网站上找到了保留至今的完整信件内容[16]——该报在弗吉尼亚州最西南端的布里斯托尔（Bristol）发行。"丹吉尔岛的斯温纪念教堂联合卫理公会成员不能支持以色列的死敌建国",信中声明道,还说,"我们呼吁联合卫理公会弗吉尼亚大会的成员通过联系你们的牧师、教区主管长老和主教,申明你们反对这项不符合《圣经》的决议,坚持上帝的话语"。

不久之后,弗吉尼亚州的其他教堂没有出现明显的愤怒舆情,斯温纪念教堂的教众发现自己陷入了僵局。"我们开始在理事会会议和委员会会议上花大量时间讨论:我们下一步该怎么办?"杜安说。他们的答案是,停止将斯温纪念教堂的每周募捐和什一税的一部分捐给更高层的卫理公会——也就是说只支持丹吉尔岛的教会及其传教活动。一些成员还认为,收缴教堂长椅上所有的卫理公会赞美诗集是明智之举。

于是,那年初秋东岸地区教区主管长老塔米·艾斯特普到访丹吉尔岛时,岛上的情况就是这样。她传达的信息很坚决:你们不能收走赞美诗集——它们是联合卫理公会教堂的财产。如果你想离开弗吉尼亚会议[1],悉听尊便——但你要明白斯温纪念教堂也是联合卫理公会的财产。这座建筑仍然是卫理公会教堂。

这一点完全出乎抗议者们的意料。他们的祖先建造了这座教堂,他们认为这就是他们的。但毫无疑问,联合卫理公会持有该地产的契据。他们现在才发现,与始终更加自由的外部世界决裂看似轻而易举,却要付出高昂的代价。斯温纪念教堂承载了一百

---

[1]　关于离开大会的含义,可见前文注释。此处指的就是离开联合卫理公会加入别的宗派。

多年的集体记忆——洗礼、毕业典礼、婚礼、葬礼；风暴袭击时、婴儿出生时、邻居生病时的祈祷；几代人的欢乐和悲伤。这不仅仅是一座建筑。这更是一个精神和情感的家园。

不管它是建筑还是别的什么，卡琳第一个离开了这里：她辞去了斯温纪念教堂音乐总监的职位，并于当年 12 月离开了教堂。圣诞节后不久，五个出生在丹吉尔岛、在大陆传教的牧师回到岛上，希望大家保持冷静的头脑。"我们对他们说的任何话都没有异议"，琼·克罗克特回忆说，"可是他们谈的主要就是我们的传承，而我们的传承正在终结"。[17] 第二天晚上，教众们开会决定怎么做。一些人主张留在弗吉尼亚大会，并在大会内部促进以色列的发展。另一些人则建议他们全都退出大会，一个不留，留给那些卫理公会教徒一个无人使用的教堂。

最后，教众进行了投票，两方都离全票通过差得很远。于是，第二件原本不可思议的事件发生了。斯温纪念教堂的教众分裂了，但还没有人知道到底有多少人会离开，直到 2012 年 1 月的一个周日，斯托弗牧师发现她的教众少了大约 80 人。

"不得不离开斯温纪念教堂让我很难过"，尤金妮亚说，"我不想说离开是件容易的事。一点也不容易。但我离开时毫不犹豫。那个周四晚上，他们让那些牧师都来和我们谈话，当晚我离开的时候，我知道我再也不会回来了。我和弗雷德一起上了高尔夫球车，说，'亲爱的，我不回去了'"。[18]

"那些留下来的人，我敢说他们中的很多人是因为这座教堂留下来的——因为这座建筑"，她说，"我们知道，如果所有人都团结在一起离开弗吉尼亚大会，他们就会来人，关上教堂的门。他们会用木板把它封起来。但我相信再过一两年，我们就能把教堂买回来了。他们要用那座大楼做什么？他们会把它卖回给我们的"。

像1946年的那次一样，这次教众分裂也分割了家庭。卡罗尔·穆尔去了新约教堂，而她的母亲、阿姨们和舅舅杰克则留在斯温纪念教堂。埃德和安妮特·查诺克留在斯温纪念教堂，但埃德的女儿丹妮尔离开了。艾伦·雷·克罗克特没有走；他的兄弟杜威，几十年来都与斯温纪念教堂画等号的杜威，选择了离开。博比和丽萨离开了，而丽萨的母亲仍然是联合卫理公会教徒。

和之前的分裂一样，这一次分裂也让人十分难过。"就像死了一样"，南希·克里德尔告诉我，"当我走在街上，看到我在教堂里见了许多年的人把头扭过去像是我不存在一样，真的让人感觉很受伤。我一直祈祷上帝能帮助我做出我应该有的举止"。[19]

但随着时间的推移，伤口开始结痂。一度差点关门大吉的新约教堂如今焕发出了新的活力，周日祷告的出席人数与路那头的斯温纪念教堂不相上下。虽然斯温纪念教堂的信众所剩不多，但斯托弗牧师仍然找到了值得庆祝的事情。"分裂发生之后，教众中的暗流就完全消失了，出现了这种甜美的气氛”，她告诉我，“那真是太美了”。

2013 年，斯托弗牧师离开的时候到了，新的牧师将会接替她。卫理公会牧师罗比·帕克斯是丹吉尔岛生人，他意识到自己主管的弗吉尼亚州中部的一个教区里，有一位他负责监督的牧师可能很适合这份工作。约翰·弗勒德当时在爱德华王子县（Prince Edward County）的三座教堂担任牧师，罗比与约翰·弗勒德以及他的妻子德洛丽丝一起度过了一个周六。“我跟他说了丹吉尔岛所有的优点”，他回忆说，“我也告诉他丹吉尔岛的所有缺点”。[20]

约翰·弗勒德还牢牢地记得那次谈话。“他说，‘那里一直存在着问题。教会分裂了，而且出现了很多混乱局面。那里需要治愈’。”[21] 没过多久，他和德洛丽丝第一次去了丹吉尔岛。他们都被丹吉尔岛和他们遇到的岛民所吸引。这种感觉是相互的。“他们一进门，说了声你好，我就知道约翰·弗勒德就是我们需要的人”，斯托弗牧师回忆说，“我就是知道。他看起来很温暖、很柔和、充满爱意，他就是完美的人选”。

自那之后的几年里，弗勒德牧师设法让裂痕弥合了许多。他以安静而随和的方式做到了这一切，这种方式源自他乡下烟草农场的出身，以及他从第一份职业——经营一家卡车公司——中磨炼出来的实用主义。在田里劳作数年让他深入了解了无常的天气和收成、季节的必然性和变化性，并进而得以了解水上生活的艰辛。

他不介意岛民从属哪个教派，而是让整个岛屿都成为他的牧区。如果马里兰州警察局的救伤直升机来丹吉尔岛接人送去医院，弗勒德牧师会出现在机场，鼓励病人和家人。如果丹吉尔岛有人住院，他一定会出现在他或她的床边。

"弗勒德牧师是上帝送给丹吉尔岛的绝好的礼物"，尤金妮亚说，"有一段时间大家都很难过，大多数人都责怪我。在后世看来，我会是那个分裂教会的人。但主可以不顾我们而行事。弗勒德牧师来到这里之后，人们更加懂得宽恕"。

一天晚上，我和教区主管长老亚历山大·B. 乔伊纳一起参加了教众的年度会议。[22] 会议以胡特·普鲁伊特的证言为起始。他说："上帝保佑我们有了我们的牧师，因为他知道如何规劝人们走上正途——不是用粗暴的方式，而是用温柔的心"。安妮特·查诺克上台发言。"人们都爱他，无论他们是不是这个教堂的成员"，她对乔伊纳牧师说，"他就像一个温柔的巨人"。

马琳·麦克里迪说："他是整个岛的牧羊人。"

2012 年那一系列事件发生时，乔伊纳在东岸地区做牧师，并且一直密切关注事件的进展。他走上了讲台："作为你们的教区主管长老，听到你们的牧师得到这样的支持，我真的很高兴"，他对与会者说，"在**这个**教堂听到这些话尤其让人感到欣慰"。

"并不是因为这是一个缺乏爱的地方"，他很快补充道，"但你们知道，丹吉尔岛也可以是个很难相处的地方"。

十六

在人们把换壳蟹放进水泵供水的水箱里让它们蜕壳之前，许多人选择不去操心螃蟹蜕壳的过程，而是把换壳蟹卖去蜕壳场，螃蟹在那里蜕完壳变成软壳蟹，再被卖到市场上去。

现在，岛上所有的捕换壳蟹的人都有自己的水箱。但是，其中一个人身上仍然保留着当年蜕壳场交易的痕迹：乌克从捕硬壳蟹的人那里购买他们捉到的换壳蟹。每只换壳蟹他出 50 美分。有时他一天能买几百只；有一次我见到他从一个捕蟹人那里一次性买了 70 只。他建了一个从蟹屋一直延伸到船道边上的方角码头，方便他那些捕硬壳蟹的邻居们更容易地放下他们的篮子，也方便他差不多一周一次结清欠他们的钱。

理论上，这生意很划算。他水箱里的换壳蟹的数量增加了一倍还不止，而他 50 美分一只买回来的螃蟹只要蜕壳成功，就能卖出六七倍的价格。但等螃蟹蜕壳也有风险。7 月，一场风暴席卷丹吉尔岛，狂风大作，掀倒了电线杆，电线杆上架着的电线是给蟹屋供电的，导致为换壳蟹水箱换水的水泵断电停机。乌克和他邻居的水箱里，成百上千的螃蟹死去。这个时候，乌克不仅失去了换壳蟹和它们原本可以带来的收入，还要为这些他再也不可能卖掉的螃蟹照付他欠捕硬壳蟹的渔民的钱。

还有，每年，捕换壳蟹的渔民的水箱里都会发生螃蟹大批死亡的神秘现象，他们说当初换壳蟹养在船外浮箱里的时候这种现象并没有出现过。有一天，乌克在"特情室"里宣布，他正在养的三箱自己捕的换壳蟹和三箱从别人那儿买的换壳蟹都在大批死亡，特别是那些从捕硬壳蟹的渔民手中买到的，死得更多。[1]他买回来的螃蟹里，昨晚有30只换壳成功、33只死掉；过了一晚上，今早发现又死了40只换壳蟹。而他自己捉到的螃蟹，昨晚有55只换壳、5只死了；今早发现又死了7只。

朗尼·穆尔说他在每个蟹笼里都发现有两三只螃蟹死了。"到处都是这样"，他说。

"很多时候"，乌克说，"那些快要死掉的螃蟹样子会不一样"。

"一副快死了的样子"，朗尼提出。

"对。它们身上没有那种健康的颜色"。

11天后，螃蟹死亡的情况加剧了。无论是在蟹笼里还是在水箱里，它们都成蒲式耳成蒲式耳地死去。[2]"螃蟹都在死掉"，理查德叹了口气说，"每年都是这样"。

"水不对"，利昂说，"不像它们在海里的时候"。丹吉尔岛人最多能给出这样的解释。他们也说不出为什么这种大批死亡现象会在每年夏季过后的两到三周结束。

我跟着乌克一起乘"希里黛玉"号出海度过短暂的一天。[3]与此同时，螃蟹还在大批死亡。今天是他的生日——也是我的——他和艾琳计划乘晚间那趟船前往大陆，然后开车去南边的弗吉尼亚比奇，在一家海滨酒店度过一晚。太阳刚一升起，港口上就袭来一阵把人热傻的热浪。我们往海峡方向驶去，路上遇到开着"天空公主"号的矮个儿埃德·帕克斯。这种天气里，他穿着短裤、及膝短袜和白色的捕虾靴。

第一个出水的蟹笼闪闪发光。里面的水体里全是凝胶状的栉水母，它们从蟹笼的网眼渗进去，像棱镜一样折射和反射着初升的太阳的光线。和它们一起被捕获的还有大量的小硬壳蟹。乌克把它们叫作"吃屎的家伙"，这还是我第一次听到他骂人。"每年这个时候你都能抓到很多螃蟹，但它们都没用"，他解释说。"它们跟换壳蟹一样大小"——也就是说，比硬壳蟹最小尺寸即 5 英寸小得多——"而且看上去也像换壳蟹。它们看上去好像要换壳了似的"。

乌克说，但是它们并不会在几天内换壳，而是会保持这种中间态好几个星期。"他们管这种螃蟹叫垃圾蟹，或者吃屎的家伙。等到它们最终换壳，差不多要磨蹭掉一整个八月"，他把它们一个接一个地扔回海里，"它们派不上什么用场"。至少现在是这样。

有些蟹笼里有那么一两只换壳蟹——乌克的第一排蟹笼一共捕了 26 只上来——但它们几乎要被垃圾蟹淹没了。一只蟹笼里抓到了 11 只螃蟹，他不得不把每一个都扔回海里去。"你就知道为什么换壳蟹不愿意进笼子了"，他说，"里面简直一团糟"。

他开着收音机，我们听到一则弗吉尼亚州的彩票广告在兜售4.78亿美元的头奖。他想起之前有一次彩票的头奖也差不多是这个钱数；埃德·查诺克跟他说，如果他赢了，就可以用这些钱买很多捕蟹用品。我可不这样，乌克咯咯笑了："如果我赢了那么多钱，我觉得我会收起我的换壳蟹蟹笼不干了。"

另一排蟹笼。"很多螃蟹。很多垃圾蟹，有几只公蟹，但换壳蟹很少。"他叹了口气。"我都没动力了。"在海面上枯燥地待了四个小时后，乌克休息了一下，吃了一份蛋黄酱火腿白面包。我们随海浪轻柔地摆荡，离海岬足够近，可以听到聚集在那里的鸬鹚和黑背鸥的无调的合鸣。"就在那里，在鲸岬角"，他朝着坎顿易碎的南岸点了点头，"我们本来可以把一些驳船放在那儿的"。

驳船是丹吉尔岛的一个旧伤疤。[4]2011年春天，来自陆军工程兵团的救助还遥遥无期，南方出现了一个可能拯救丹吉尔岛的契机：汉普顿罗兹的一家打捞公司愿意捐赠几艘空驳船，用以围在丹吉尔岛受损的海岸线外做临时防波堤之用。出身丹吉尔岛的美国国会共和党众议员斯科特·里格尔支持这一想法，称在更持久的解决方案出现之前，这是一个很有创造力的延缓土壤侵蚀的方法。而且，因为该公司会自掏腰包清理、拖曳和沉下驳船，纳税人不用花一分钱。

那年6月，里格尔到丹吉尔岛与乌克和打捞公司的一名管理人员见面。大家都为这个想法感到兴奋。虽然这个方案看上去有些另类，但并非无先例可循：第二次世界大战后东岸地区南端新开了一个轮渡码头，九艘混凝土覆盖的货船首尾相连沉于近岸处，使码头免受海湾的风浪影响。1964 年切萨皮克海湾大桥开通后渡轮停开，但沉入海底的货船仍在尽护卫之责——尽管它们已经严重朽烂，长满了草、灌木，甚至还长了几棵树。它们现在保护着弗吉尼亚州的基普托佩克州立公园，同时还有鹈鹕、海鸥和迁徙水鸟密集地栖息其上。

在丹吉尔岛，这三个人设想用类似的方式利用驳船。它们会单独或一组组地沉入水下，沉在土壤流失最严重的几个点：船道的东西两端，沿着上方岛，穿过迅速被侵蚀的鲸岬角。里格尔想马上开始——在六个月内，他说，"但理想的话，只要花一半的时间"。他"不想看到这个工程被耽搁"，他称，"我真的不希望看到来自任何政府机关的任何阻力"。[5]

但他遇到了阻力。工程兵团犹豫不决，弗吉尼亚州也举棋不定。再加上一个切萨皮克湾基金会。"有个工程兵团的人问我，'你们岛的海岸线上有一堆生锈的驳船，看上去成什么样子？'"乌克回忆道。"我说，'当风暴来袭的时候，它们看起来会非常棒'。"

镇长解释说，最主要的反对理由是，驳船会沉在水下草场上。他对此感到沮丧，因为如果土壤侵蚀继续发展下去，这些草场无论如何都难逃厄运。他对我说："这跟灭野火的原理是一样的——你得放弃一些东西好救下更多东西。"他摇了摇头："常识不是那么普遍的东西了。"

一天早上，我开车到诺福克，去伊丽莎白河（Elizabeth River）河畔美国陆军工程兵团使用的一座楔形办公大楼里与戴夫·舒尔特见面。[6] 他是《科学研究》（Scientific Reports）2015 年那篇文章的第一作者，正是他的那篇文章加快了我返回丹吉尔岛的步伐。他身材矮胖、剃着光头，经过深思熟虑的话语和三件套西装让他身上有一种专业的气质。

在他的办公室里，以及之后的午餐期间，舒尔特简略讲述了他这些年研究丹吉尔岛并思考其未来的经历。他在国防部负责弗吉尼亚州和佐治亚州的林业、狩猎管理和湿地恢复项目多年，直到 2001 年才来到诺福克地区。因为早期的一个工程兵团项目，他来到了丹吉尔岛，参与了一项关于岛屿土壤侵蚀困境的全面调查，目的是保护该岛作为多种鸟类、海龟、昆虫及近岸水下草场中海洋生物的栖息地的功能。

在那次工作中，上方岛给他的印象格外突出，他还记得自己在那里上岸时的第一反应。"当时我真是大吃一惊，因为所有东西都太矮了"，他说，"墓地还在那里。还有一间拖车式的活动板房，在离岸边相当远的地方。我记得有几棵无花果树。那里还有松树——并不是很大的一片，只有十五到二十棵树，但是那里还是有高地的"。

那是在 2002 年。该研究建议，沿上方岛西岸建造一串防浪堤并在船道口建造一道海堤——这比现下预想的那道防波堤要更精细、更有保护效力。工程兵团项目需要积极的成本效益评估；如果它估算出，公众从一个项目中获得的利益无法抵消或超出项目成本，该项目就会被放弃。在这种情况下，工程兵团认为，丹吉尔岛作为生物栖息地的重要性值得他们进行投入。

但是，工程兵团项目也需要联邦、州和地方政府共同分担开支。"我们非常沮丧"，舒尔特告诉我，"因为丹吉尔岛拿不出项目中它应分担的那部分费用。这并非不常见。他们要求州政府支付他们的那一部分费用，但州政府也拿不出这笔钱"。

该研究还预测了若该项目未能实施，上方岛上可能发生什么：舒尔特说情况"相当严峻"，而从那之后一路发展至今的情形正是如此。情况一直"让人十分沮丧，因为我们就拿着这份旧研究，坐在工程兵团的建筑里什么都没做，而这个研究本来可以解决这个岛正在经历的许多问题"，他说，"现在是 2016 年，14 年过去了，我们刚刚才走完那个提案里的一小部分所需的必要内部步骤。从说'我们必须解决这个问题'到真正解决这个问题，似乎需要很长时间"。

那次调查之后，在接下来的数年里，舒尔特一直对丹吉尔岛的新闻保持敏感，关心这座岛及其居民的命运，并且持续关注与不断变化的海湾相关的文献。甚至在他到达诺福克之前，就有很多类似的信息，因为切萨皮克湾已经成为科学家研究气候变化之影响的首选地点。例如，在 1991 年的一篇论文中，两位马里兰大学（University of Maryland）的学者研究了马里兰州四个正在消失的岛屿及附近大陆上的滩涂，以寻找海平面上升的速度变化的证据。[7] 他们发现，自 19 世纪中期起，这些岛屿便以越来越快的速度失去土地。到了 20 世纪，土地消失的速度进一步大幅加快，潮汐计记录显示，该海湾海平面上升的速度"是过去几千年长期趋势的两倍以上"。

1995 年，另一篇论文中称，在过去的一百年里，切萨皮克湾沿岸有超过 4.4 万英亩的土地被冲走了。[8] 历史记录明确表明，"土地流失至少从 19 世纪中期就开始发生"，作者写道，"从中可知，土地流失并非新的现象，但在过去的一个世纪里，土地流失的速度很可能在加快"。

次年，《海岸研究期刊》（*Journal of Coastal Research*）上的一篇文章发表了大致相同的结论——"从 17 世纪中叶到 1850 年左右"，海平面上升和海岸侵蚀都是缓慢的，在 19 世纪中叶之后，绘制出的折线图上需要"插入一个急转的拐点"。[9]

显然，19 世纪中叶标志着海湾及其岛屿的一个转折点。发表于舒尔特首次登上丹吉尔岛之后的研究就是基于这一观点。例如，2006 年发表在《全球环境变化》（*Global Environmental Change*）杂志上的一篇文章以霍兰岛为研究焦点，称从 1668 年到 1849 年，该岛的土地流失率为平均每年不到四分之一英亩，但从 1849 年到 1989 年，土地流失量增长了 5 倍。[10]

研究文献表明，到目前为止，海平面上升和土地流失的幅度虽然很大，但与未来几十年的预测相比还是相形见绌。2010 年，科学家们在《河口、海岸和大陆架科学》（*Estuarine，Coastal and Shelf Science*）杂志上撰文预测，切萨皮克湾的水位将以更快的速度上升，"据我们预测，到 2100 年海平面很有可能上升约 700—1600 毫米"。那就是跃升 27—63 英寸的高度。[11]

那么在丹吉尔岛上是什么样呢？《海岸研究期刊》上的另一篇文章发现，在 1998 年全年，该岛附近海潮高于当时的平均海平面 1 米或更高的总时长一共只有 3 小时。[12] 但如果海平面像预期的那样上升，到 2100 年，主脊岭和西脊岭平均每年淹没在海面下的时长会达到 4400 小时，或者说长达半年。而在那之前很久，丹吉尔岛就不适宜人居住了，因为上方岛会全部消失，使港口毫无用处。

《自然气候变化》（*Nature Climate Change*）杂志 2013 年发表的一篇论文预测了丹吉尔岛人在这种情形下的反应。[13] 文章称，人们对受到气候威胁的社区的依恋程度表明了他们将对政府应对气候威胁的策略产生何种反馈。"因此，直接触及人们对居住地的情感的迁居政策可能得不到支持，而让人们留在当前住地的各种战略更有可能获得成功。"

确实，我也听岛民这么说过。当我们谈到大陆人认为拯救丹吉尔岛成本太高、岛民应该收拾行李搬走时，乌克总结了许多人的感受："我们已经在这里生活了两百多年"，他说，"这里是我们的家"。或者就像卡罗尔·穆尔对我说的那样："我会一直待下去，直到我的一只脚踏进棺材，另一只脚踩在水里。"

2015 年，舒尔特与两位同事一起开展了自己的研究[14]：地理学家卡林·德里奇（Karin Dridge）和陆军工程兵团诺福克区部水力和水文部门负责人马克·赫金斯（Mark Hudgins）。工程兵团资助了这篇论文，但因为是通过科学资助拨款，舒尔特"可以说工程兵团不能说的东西"，他告诉我，"我可以谈自然资源的价值。我们（指工程兵团）不能用金钱来衡量它的价值，但这一次我做到了"。

这篇论文关注的并不是丹吉尔岛的人文价值。"当然，失去这座小镇是巨大的损失，但我想让人们知道，损失远不止于此"，舒尔特说，"岛屿栖息地极为宝贵，因为它们数量不足。我想要展示的是，仅就栖息地而言——用美元来衡量——如果任由这座岛屿被冲走，我们会失去什么"。

这份报告估定了湿地和水下草场的生态价值，这里的"价值"并不是指它们的售价，而是它们作为野生动物栖息地做了每年的价值。作者对土地流失做了保守预期，估计到 2063 年，丹吉尔岛、上方岛及其外围小岛屿将失去超过 431 英亩的湿地，按 2015 年美元价值计算，这部分湿地每年的价值将达到 175 万美元。到 2113 年，这些岛屿将失去 629 英亩的滩涂——换句话说，几乎全部滩涂——以及每年价值 254 万美元的栖息地。"鸟类筑巢数量会下降"，论文警告称，"从而加速这些物种的减少"。

仅失去上方岛就会导致该岛背风面东侧水下植被的毁灭，而这些植被覆盖了海湾超过 370 英亩的海床。舒尔特和他的同事估计，这相当于每年 300 万美元的损失。几十年累加起来，失去栖息地造成的生态价值损失将达到数亿美元。"我们的结论是"，他告诉我，"拯救这个岛是非常合情合理的"。

文章作者没有对岛上人类居民的损失进行估值，但他们明确表示，损失会极大。他们写道，丹吉尔岛会"以指数级的速度失去土地。在防波堤以南，丹吉尔岛的土地损失将是巨大的。这一推测表明，位于岛屿南端、可以部分减轻来自南方的海浪波能的沙地海岬很可能会消失。现在蜿蜒穿过岛屿的潮溪将显著变宽，并逐步侵蚀高地山脊。预计到 2063 年，上方岛巨大部分将被淹没，导致丹吉尔镇受到的保护减少"。

实际上，失去了现在上方岛所剩的部分，这座小镇将失去冬季所有的防护。"没有上方岛，丹吉尔岛就不可能真正存在"，舒尔特承认，"你会失去受保护的港口。你会失去整个海产品业"。

舒尔特和他的研究伙伴预测，在不到一百年的时间里——很可能在 2063 年以前，丹吉尔岛就将无法居住。除了可能剩下一些孤立的零星小高地，岛上的脊岭都"将转变为潮间带滩涂与高河口滩涂的混杂地带"。但丹吉尔岛人并不完全接受这一预测，特别是研究报告那令人印象深刻的结尾所写的："留给丹吉尔群岛和丹吉尔镇的时间不多了，如果再不采取行动，丹吉尔岛的人民可能会是美国本土第一批气候变化难民。"

镇长和他的大部分选民仍然对人类在全球变暖中能起的作用持怀疑态度，而自那以后，丹吉尔镇就开始出售有丝网印制图案的 T 恤，上书：**我拒绝成为气候变化难民**。当我就此询问舒尔特时，他耐心地点头。"海平面上升的微妙之处确实是他们无法理解的"，他说。"他们会看到一个曾经是草的地方现在变成了滩涂。他们会知道一个地方以前长着树，现在树死了而且不能再种出新树了。但他们并不认为这是海平面上升造成的。他们认为是洪水泛滥。"

舒尔特的论文提出的解决方案是，在上方岛的西、北、东面离海岸略远一些的地方修建一系列石质防波堤。防波堤和被快速侵蚀的海岸之间将由沙滩和沙丘填补形成缓冲区，暴露在海水中的岛屿西侧的缓冲区最深。论文还主张在机场南边的海滩上建造另一个防波堤——本质上就是进一步延伸现有的机场防波堤。最后，建议用疏浚出的沙子在上方岛和丹吉尔岛本岛原本有人定居的地方重建 5 个高地，并种植火炬松。

舒尔特与他的合作者雄心勃勃，相应地，他们的计划造价相当高——估计需要 2000 万美元到 3000 万美元。他们通过重申危在旦夕的对象来说明这一巨大成本的必要性："拥有独特文化的丹吉尔镇——弗吉尼亚州切萨皮克湾水域里的最后一个近海渔村社区。"

我告诉舒尔特，我觉得这篇文章令人信服，但依旧觉得它过于乐观——根据我从 2000 年以来看到的变化，以及过去几个月里我在迦南看到的海岸线后退的状况，推测到 2063 年，人们能驾驶作业船在丹吉尔岛大部分地区航行。小镇绝无可能坚持到那个时候。

舒尔特点头同意。他告诉我，工程兵团的研究必须使用计算机建模的海平面预测，或者说"曲线"。丹吉尔岛曲线的数据来自诺福克海军基地休厄尔斯岬角（Sewells Point）的潮汐测量记录。"问题就在于休厄尔斯岬角数据集本身"，他说，这是"我们时间跨度最长的数据集之一，我们使用整个数据集来建立平均值"。因为数据刚开始记录时，海平面上升的速度比现在慢得多，所以取全体平均值便低估了当前问题的严重性；它"错误地给当前情势绘出了一幅乐观图景"。

　　"你要做个选择"，他说。"要么去掉早期的数据，使用更近期、更准确的数据；要么你承认低预期曲线（low‑scenario curve）"——对未来海平面上升最保守的预测——"不太可能成真"。他和他的合作作者选择了后一种方法，使用一条介于最佳和最差预期之间的曲线——尽管如论文中承认的那样，最坏的预期看上去总是更符合现状。

　　"这确实是一个保守估计"，他告诉我。"我认为他们没有五十年的时间。我接受报纸采访时，总是说还有 25—50 年的时间——而我认为更可能接近 25 年，因为海平面上升的速率还在继续增加"。

　　我就在船道西端建堤坝的提议向他提问。"这对他们解决特定问题会有一点帮助"，他说，"但对更大的问题却无能为力"。只建造防波堤而不对岛屿其他部分进行任何形式的防护，最终丹吉尔岛就只会剩下这条堤坝和现在岛屿南端的那条防波堤。丹吉尔岛本身还是会消失的。

　　"无论我们要什么，都必须在接下来的几年内开始"，他说，"如果人们的兴趣足够高，你可以在那边建个小型的波普勒岛[1]。

---

[1]　即 Poplar Island，意译为"白杨岛"，因岛上原本遍生白杨树而得名。此岛在部分中文文献中称"贝伊汉哲岛"，但未找到译名的确切出处，加之岛屿重建后植被发生明显变化，故本文参考其他相关译名，采取"波普勒岛"这一译法。关于岛屿重建的详细情况可见后文内容，根据最新资料，该岛屿生态重建项目预计于 2044 年完工。该岛现已成为重要的野生动物保护区，并成为疏浚泥重建海岛的成功案例之一。

这也是个选项"。

　　如果说有两个单词肯定能惹得丹吉尔岛人恼怒地大摇其头的话，一定就是"波普勒岛"。波普勒岛位于马里兰州东岸地区附近、丹吉尔岛以北 60 英里处。在 19 世纪中期，那里是切萨皮克湾上众多有人居住的岛屿之一。[15]岛上的主要定居点瓦里安特（Valiant）有 100 位居民，还有数个养牛场、一所学校、一家杂货店、一家邮局和一家锯木厂。

　　锯木厂可能加速了波普勒岛的毁灭。居民们砍伐岛上茂密的树林，使岛屿失去了固着岛上泥土的树根。南北战争前，波普勒岛呈新月形，总面积约为 1100 英亩，纵长达 4 英里；后来它支离破碎，并且每一片土地都在迅速缩小。1920 年前，岛上的居民全部搬离了这个地方；70 年后，这个岛已经缩小为一个 5 英亩的小岛和 3 个小小的外围高地。所有土地似乎注定要化为浅滩了。

　　但与其他很多自生自灭的岛屿不同，波普勒岛在生死关头得救了：美国鱼类及野生生物管理局（U. S. Fish and Wildlife Service）谴责切萨皮克湾的荒岛鸟类栖息地日渐减少，与马里兰州政府和陆军工程兵团巴尔的摩区部合作，将岛屿重建至原始大小。[16]

　　该项目使用了工程兵团疏通进出巴尔的摩港（Baltimore Harbor）的船只航道时挖出的淤泥。疏浚航道并不是什么新鲜事——工程兵团数代以来都履行此项职责，保证本国主要港口能够畅通地连接深水交通。但工程兵团一般都是将疏浚出的淤泥直接倒进海里。利用淤泥重建切萨皮克湾内的一个岛屿更有意义，而且波普勒岛离这里只有 30 英里——对拉着疏浚泥的平底驳船来说路程很短。

因此，工程兵团从 1998 年开始，大致依照 1847 年岛屿的大小和形状，修建了一条抛石堤，并在三年后开始向内倾倒航道疏浚物。到 2016 年初，波普勒岛的面积达到 1140 英亩，被一条高脊岭分为两部分。山脊线东侧受到的保护更多，工程兵团建设了各种各样的湿地：高低不一的沼泽滩涂、池塘、潮坪（tidal flat），以及供鸟类筑巢的安全岛。在山脊线西侧部分，工程兵团用疏浚泥堆起了两大块高地单元，它们最终将达到海拔 25 英尺的高度，并且会种满松树。

2014 年，国会批准将这个新岛屿扩大 575 英亩，将开阔水域栖息地与额外的高地和滩涂结合。整个项目将于 2040 年左右完成，届时将共使用约 6800 万立方码的疏浚泥，足够填满超过 200 万个 20 英尺尺寸的航运集装箱[1]。项目预计成本约 14 亿美元。

让丹吉尔人倍感痛心的是：这数十年的慷慨努力和破天荒的支出将为成千上万的鸟类和其他野生生物创造一个栖息地，但上面的居住人口为零。有这么多钱，丹吉尔岛可以变成一座坚不可摧的堡垒。正如杰里·弗兰克·普鲁伊特在"特情室"所说的：

---

[1] 即长 20 英尺、宽 8 英尺、高 8.6 英尺的航运集装箱。

"他们可以建造那些岛，却无法拯救一个岛？我们也不用花那么多钱啊。"[17]

丹吉尔岛吸引此类资金时面临的挑战之一是它的地理位置。如果波普勒岛不是离巴尔的摩那么近，如果工程兵团不需要保持巴尔的摩港船道的畅通，波普勒岛早就被淹没了。丹吉尔岛距离此类疏浚作业的任何作业地都很远，这让舒尔特很担心。"我们已经失去了切萨皮克湾的很多岛屿"，他说。"现在只剩下几个岛了。我们真的要让它们也消失吗？"

"现在看来，可能真的会如此。"

十七

8 月 15 日，周一，上午晚些时候，一群内地访客抵达丹吉尔消防站，与镇议会议员会面。[1] 岛上的大多数人都不知道这次集会，甚至镇议会也不确定这次会面所为何事——来客们只用几句含糊的句子草拟了日程。尽管如此，丹吉尔岛人还是一样兴奋。

这件事要追溯到春末，当时工程兵团诺福克区部的格雷戈里·C. 斯蒂尔（Gregory C. Steele）与弗吉尼亚州海洋资源委员会专员约翰·布尔共进午餐。[2] 他们在讨论将疏浚泥倾倒入约克河河口附近的开阔海湾的问题——工程兵团自 20 世纪 80 年代以来一直这么做，但由于可能对蓝蟹造成影响，这一做法让弗吉尼亚州越来越介意。

"当时我们说，'是的，我们真的不应该在螃蟹产卵地倾倒淤泥'"，约翰·布尔回忆说，"我们中的一个人说，'我们应该把它们都倒去丹吉尔岛'。我们两个都笑了起来，然后异口同声说，'哎，等一下'"。

现在，两个多月之后，这两个人带领着一支 8 人小组来到丹吉尔岛。组成人员中来自工程兵团的是诺福克区部水资源部门负责人斯蒂尔以及 5 名专家——一名土木工程师，两名规划人员，两名政策制定人员，来自弗州海资委的则是约翰·布尔和另一位高层人员。戴夫·舒尔特未到场，他告诉我他不知道这次会面。

代表丹吉尔岛的是镇行政长官勒妮·泰勒和三名镇议会成员：在电力合作社工作的诺伍德·埃文斯；杰里·弗兰克·普鲁伊特的妻兄弟詹姆斯·帕克斯；还有杰里·弗兰克的女儿安娜·普鲁伊特-帕克斯。乌克未到场，他告诉我他也不知道这次会面，因为他没查邮件。他从不查看电子邮件。"我不用电子邮件"，他说。[3] 镇议会里每个人都知道，他是美国为数不多的觉得电子邮件没什么用的民选官员之一。但是安排会议的人并没有给他打电话，而是发邮件给他。

无论如何，他并没有现场听到来访者提出的拯救丹吉尔岛的提议，即在这里建起另一个波普勒岛：工程兵团将在岛屿周围修筑建筑单元，然后将它们填充以创造高地或线条清晰的湿地。其主要目的并不是保护人类——正如戴夫·舒尔特发表在《科学报告》上的论文指出的，该岛的野生动物栖息地比小镇的基础设施更有价值。但如果这一设想获得批准，丹吉尔岛人就能与鸟类一起被拯救。

"我很兴奋"，安娜后来告诉我，"我并不是说存在气候变化这类事情，但如果他们愿意花钱尝试用各种方法来应对气候变化，以便看这些方法在其他地方能不能有用，我对此没有意见"。[4]

当我问安娜，会议在没有镇长参与的情况下是如何进行的时，安娜明显生气了。"乌克知道"，她说，"我想我不应该这么说，但一年里大概有六个月，乌克是一个好镇长。不过到了螃蟹蜕壳的季节，他简直就是个摆设。我很爱他，但当那些换壳蟹开始蜕壳的时候，你根本没法让他离开它们"。

"我是想说，自从去年 12 月《科学报告》的那篇文章发表以来，有这么多记者、这么多文章、这么多关注，我觉得他只是累得筋疲力尽，把开会给忘了。"

不管怎样，两天后的下午，当镇议会召开正式的镇民会议、分享之前的会面中发生的事情时，乌克到场了。那时会面的细节已经流出来一些，足以让 58 个满怀期待的岛民聚集在新约教堂参与会议。[5] 镇民会议以杜安·克罗克特的祈祷开始。"我们感谢上帝，感谢你对我们岛屿的关心"，他说，"主啊，为了做到这一点，政府中有很多人需要转变看法"。

詹姆斯·帕克斯概述了兵团的建议。他指向一幅工程兵团绘制出的相当粗糙的新丹吉尔岛效果图：一个近似方形的团块，让人想起一个世纪前丹吉尔岛的大小，但只能依稀辨认出丹吉尔岛的样子。海岸线上的水湾和凹陷处已被填平。蜿蜒穿进内陆的潮溪及坎顿和尖尖儿之间的许多小溪都不见了。岛屿南端不再是海岬，而是一块楔形陆地。

"这需要为期三年的研究"，詹姆斯说，"他们解释了。可能需要两年时间来开始这个三年研究。所以，要等上五年才能知道这个项目能不能开工建设"。

安娜解释说，岛上的居民并不够格成为工程兵团拯救丹吉尔岛的正当理由——因为人太少而成本太高——但官员们似乎认为"他们在波普勒岛做的事情"可能有用。"他们还没有真正仔细考虑这将给居住区带来什么影响"，说到丹吉尔镇的时候她说，"一旦他们开始扩建这座岛，他们需要一并抬升居住区以防止洪水吗？他们需要把疏浚物摊到这个区域吗？他们需要抬高房屋来适应这些变化吗？所有这些都将在那项为期三年的研究中加以考量"。

乌克指出，这个项目需要岛上的捕蟹人配合做出调整。"有些地方，比如可能有些捕蟹人工作的地方，会被填上"，他说，"但这是一个宏伟的计划"。他环顾四周："有什么问题吗？"

"是的，我有个问题。"是尤金妮亚·普鲁伊特。"他们知道我们的沼泽地每天都在迅速地消失吗？"她问道。"无论沼泽地里的东西是什么，它们造成的破坏比海水侵蚀要大得多得多。"吞噬湿地的饥渴的大型啮齿动物一直是尤金妮亚的一大担忧。她曾告诉我，"这些沼泽生物比麝鼠还要大，要多温和有多温和。我在门前的走道上见过一只。我看见它从前门进来，直接沿着走道走。它会坐在院子里看着你"。她说不出来这些可能是什么动物。海狸鼠在东岸地区是个大问题，但没有人在丹吉尔岛发现过。

"再过一年，它们就会让西脊岭淹在海峡下面了——不管沼泽地里有的是什么"，她告诉与会者，"我不在乎在啃沼泽地的是老鼠还是什么；有东西在吞噬土地，土地消失得很快。谁都看得出来"。

像其他地方的镇民大会一样，丹吉尔岛的镇民会议也时常会偏离主题。"嗯，这也是项目的一部分"，詹姆斯急切地想改变话题，说道。

尤金妮亚："如果我们再等三年，没到一半时间就什么都不剩了。"

詹姆斯："我们就是这么告诉他们的。"

尤金妮亚："什么都不剩了。"

"大家都知道我们的港口有多么脆弱"，乌克插话进来，试图把讨论引回到工程兵团的建议上来，"如果你在这儿的小溪里有个蟹屋或者什么别的，就会被风刮坏"。他说，如果这一提议成为现实，"港口区域就不会再有汹涌的海水，因为它会被封隔起来。唯一能通往开放水域的就是船道，东西各有一个出口"。

"你可以骑着脚踏车去蟹屋"，詹姆斯开玩笑说。

杜安·克罗克特站了起来。"我认为，他们做这些都是为了鸟和野生动物，对人性来说是非常可悲的"，他说，"但我也不会滤出蚊子、吞下骆驼[1]。我不在乎他们为什么要救我们的岛，只要他们能救就好。而且在我看来，这个计划是天赐之机"。

---

[1] 原文为"strain out a gnat and swallow a camel"，语出《圣经·马太福音》："你们这瞎眼领路的、蠓虫你们就滤出来、骆驼你们倒吞下去。"（23∶24）在不同语境下，其含义可以理解为"有小礼而无大义"，"舍本求末"。

"就像杜安说的，鸟类比人还重要，这很可悲"，乌克说，"但无论付出什么代价，我都能接受"。

一位岛民问这个项目要花多长时间。詹姆斯和乌克说他们不确定，但要许多年——至少 10 年。也许大大超过 10 年。

住在"黑染"区的伊娃·玛丽·普鲁伊特大声发言。她和尤金妮亚一样担心沼泽里的啮齿类动物。（她主动告诉我，"我听说如果其中一个找到你了，它们就会一直跟着你，直到你**死了**——我相信这一点"。）"所以这个项目和那些正在吞噬我们沼泽地的东西没有关系？"她问道，"我不知道它们叫什么……"

"那是什么？"詹姆斯问道。

"麝鼠"，安娜说。

"哦，不"，詹姆斯说。

"至于麝鼠的问题"，詹姆斯的妹妹、安娜的母亲伊内兹·普鲁伊特说，"要我说，无论谁想要获得准许去抓它们，尽管干"。

接下来就是一串关于麝鼠的令人费解的交流。渔民加里·帕克斯给这段交流画上了句号。他说出的想法无疑埋在许多人心中："你知道的，这个我们听过很多次了。"

"一点没错"，詹姆斯同意。

"我可能是对此持怀疑态度的人之一"，加里说，"我对它有怀疑"。

"我也有怀疑，加里"，詹姆斯说，"我确实有。但就像他们说的，我们总得有个开始啊"。

安娜说她之前忘了说一件事。"我们星期一与工程兵团会面之后，昨天，参议员蒂姆·凯恩派出他的地区负责人和两名立法助理去讨论这个计划"，她说，"在他被希拉里选择参选副总统的一个星期前，他给我们打了电话，而且他原本会来丹吉尔岛跟我们坐下来开会……"

"我觉得，如果他没能当选副总统，我们有希望在这里看到他，而且他会帮助我们"，她说，"我要自私一些，希望他来帮我们完成项目，而不是当选副总统"。

她的母亲比她更进一步。"投票让他选不上吧"，伊内兹说，"投正确的票"。

"好吧"，镇长说，"我们只能希望，如果他真的当上副总统，也许他还能记得我们"。

第二天，"特情室"的气氛前所未有地偏激。[6]"就跟他们刚想到似的：'嘿！我们可以倒填充料！'我们要求这么做已经好多年了"，布鲁斯抱怨道，"450 人里才有 58 个人到场，你就知道到底有多少人感兴趣。其中一个原因是他们以前就听过这些了。他们都听了好几千遍了"。

"2016 年了，我们本来应该抛石头建堤坝了"，利昂说，"我们现在有石头吗？要花三年进行研究。三年哪！"

"我们那时候都死了，埋了，被忘掉了"，布鲁斯一边抽电子烟一边说。

"我甚至都不相信他们"。利昂咕哝道，"他们过去撒了那么多谎。他们比希拉里撒的谎还多。为什么 2016 年我们没建起本来应该建好的堤坝？"

"他们把钱用在了别的地方"，欧内斯特·埃德·帕克斯提出。

"他们又会再把它用在别的地方"，利昂咆哮道，"我们这里的历史比弗吉尼亚州任何地方的历史都要丰富。弗吉尼亚州不关心历史。马里兰州——现在马里兰州倒是关心历史。但弗吉尼亚州不是"。

理查德进来了。房间里突然沉默下来，他倒了杯咖啡，坐在垃圾桶旁边的椅子上。那里飞着的果蝇比以往任何时候都多，在他左肩附近形成了一片旋涡状的云。他似乎没有注意到。

"你们见过潮水退得这么低吗？"利昂问房间里的人。我个人很好奇，因为昨天我在海上的时候，发现港口已经干得见底了：坎顿和尖尖儿之间的小溪是一片暴露的泥滩，大多数蟹屋下面的海底也裸露出来了。微风里混着海水、甲烷和蜕壳箱底部散落的腐烂的螃蟹壳的气味。

"涨潮的时候整个海湾都会涌进溪里来"，艾伦·雷说。

"潮汐是个有趣的东西"，利昂若有所思地说，"真是太有意思了"。

救护车的警报声传进了房间。对话中断了。"有人病了"，利昂平静地说。

布鲁斯从窗外往路上看着，宣布说："往北开向'肉汤'区，开得很快。"

"有人病了，或者摔倒了"，利昂说。他们列出了主脊岭那头所有可能的人选：琼·奥特里（Jean Autry）和斯特里克兰·克罗克特，都年事已高、身体衰弱。89 岁的金妮·马歇尔。88 岁的艾丽斯·普鲁伊特。这串名单能列得很长。

乌克大步走进房间。"米尔顿在他的码头上摔倒了"，他说。那就是指 85 岁的米尔顿·帕克斯，"肉汤"区最北边的帕克斯小艇船坞的所有者，杰里·弗兰克的岳父，利昂的舅表兄弟，艾伦·雷和理查德的近亲。好像是有艘船驶进码头，把一根绳子抛向米尔顿。他拉了一把，结果绳子并没有系在船上。他失去平衡，狠狠地摔了一跤，一侧臀骨折。

杰里·弗兰克起身离开时，谈话回到了昨天的会议上。乌克抱怨说关于麝鼠的讨论太多了。"你不认为它们是个问题吗？"布鲁斯忍着笑问。

乌克把帽子往后一推，显得很疲倦。"本来想说几句，但我想，'不'。我就这么算了。我想，'上帝啊，我们面前摆着最伟大的方案之一，却在这儿纠缠麝鼠的事儿'。她说，'如果我们不处理这些麝鼠，这个防波堤就没有任何好处'。我想，'是的，这很好。真希望我们最大的问题就是麝鼠'。"

话题又转移了，这回说的是用抄网捕蟹的人这段时间以来的好运气。只有少数的丹吉尔捕蟹人会用抄网捞螃蟹，而且只在夏末的一小段时间使用。"在以前赫恩岛的地方，抄网收成很好"，乌克说，提起他的儿子"啄木鸟"昨天在那里"一个小时内捕到了 55 只螃蟹"。

"我知道抄网收成一直不错"，利昂点头说。

"他说如果不是潮水这么低，他可以捉到一百只甚至更多。"

"赫恩岛具体在什么地方？"我问。

"在去史密斯岛的途中，鱼骨岛（Fishbone Island）北边"，乌克说。

他停顿了一下。

"麝鼠吞掉了它。"

在那次消防站会面一个月后，我开车去诺福克与工程兵团会面，亲自听一听该计划的细节。[7] 我不是完全不相信镇议会对此事的解释，但考虑到在议的防波堤在岛民心中已经吹气球一样夸张成比实际大得多的东西，所以自己听一听还是要明智一些。

我被领进一间会议室落座，与格雷戈里·斯蒂尔和同他一起前去丹吉尔岛的另一名工程兵团高级成员——诺福克区部规划和政策部门负责人苏珊·L. 康纳同桌会谈。"我们作为一个机构，如何才能最好地解决丹吉尔岛发生的事情，这一直让人困惑"，斯蒂尔开口道，"这是一个非常困难的命题。你必须考虑，我们有限的资金用来满足纳税人哪些需求是最有益的"。

他向我简述了工程兵团面前摆着的烦恼。首先，以防洪管理项目的方式拯救丹吉尔镇自身是行不通的。它永远不可能满足工程兵团的成本—效益分析要求。其次，即便工程兵团能有办法凑到钱来保护岛上的定居点，那最有效的方法"可能就会是，好的，我们动迁这个镇子，把他们搬到东岸地区去"。然而，要解决小岛的困境，这个方案并不可行。"文化和经济因素使得这种迁移对丹吉尔岛的人们而言毫无吸引力"，他说，"而且他们确实是切萨皮克湾中蓝蟹产业的引擎和中心"。

因此，工程兵团陷入了僵局，直到斯蒂尔与约翰·布尔那次共进午餐。他们一起找到了同时解决数个问题的一线希望：工程兵团可以利用其关键任务之一——改善航行条件——的副产品来完成它的另一项主要任务——保护和创建生态系统。顺带还能拯救小镇——洪水管理是工程兵团的另一项使命。而且州政府也不用再为成堆的淤泥被扔进切萨皮克湾烦恼了。

但斯蒂尔强调，这也只是一线希望而已。"这不是万无一失的事"，他告诉我，"简直是难如登天。如果我们要做出一个拯救丹吉尔岛的方案，得把方方面面都安排妥当。我们必须得到授权，但这些授权很难获得。我们必须得有拨款"。

康纳解释说，在工程兵团得以开始为期三年的整体投资研究——就是镇议会提到的调查——之前，该机构必须获得陆军助理部长的授权来进行这项研究。工程兵团本身不能提请授权；必须由项目的利益相关者，即丹吉尔岛和弗吉尼亚州发出授权请求。他们提出的理由必须是充分的、强有力的。军方会审查所有提交上来的此类文件，并且大加挑剔。通过这一程序的可能性很小。

即便假设它克服了这项障碍，研究本身也并非十拿九稳，因为全国平均每年只有十项研究获得批准。如果丹吉尔岛的研究能位列其中，会需要300万美元资金，而联邦政府只会支付其中的一半。而且，即使研究得出结论说，该项目极好地利用了公共财政，对国家也绝对有利，也依旧会存在资金问题，这是最大的挑战。

斯蒂尔说，他不知道这整个宏伟的计划将花费多少钱，但可以想象，可能会超过8亿美元——"相当于给丹吉尔岛上的每个人200万美元"。这可能会招致国会的反对，他们可能花上十分之一的钱："与其为每个人花200万美元，倒不如在每个人身上花20万美元，在其他地方给他们买一套特别漂亮的房子"。

即便它能在国会完好无损地通过，这个项目仍然可能就搁置在那儿，斯蒂尔这样告诉我。他说："工程兵团已获批准但从未建成的项目涉及多少亿美元投资，我甚至都不知道。"他对丹吉尔岛这项提案的总结是："这对我们所有人来说都非常艰难。"

此时此刻，我既为我的这次拜访感到高兴，又为我所了解到的情况感到沮丧，因为很明显，镇议会对消防站会议的内容过于乐观了。事情并不像詹姆斯·帕克斯告诉他亲爱的岛民们的那样，丹吉尔岛"要等上五年才能知道这个项目能不能开工建设"。工程兵团现在甚至还不知道这个设想是否值得研究。

而如果真进行了那项研究，也很可能会得出结论说这是个坏主意。斯蒂尔说，这类项目的一个危险是"会诱导风险——项目创造出的有效保护一旦失效，其结果是灾难性的"。你强化了丹吉尔岛，可能会让岛上的居民产生一种虚假的安全感，而实际上他们所在的小岛依旧是一片巨大而不可预测的水域中心的一小块极易被飓风影响的土地。"岛上居民们会认为，'我们很好'"，他说，"但实际上，不，你们并不好——只要各项因素组合到位，就可能引发灾难"。

不过，他和康纳都强调，依然还有希望。弗吉尼亚州看起来很热切："弗州海资委从项目中看到了许多东西，这个事实就是个巨大的胜利"，斯蒂尔说。陆军可能对一个结合了工程兵团三大主要任务的项目感兴趣。这个岛屿代表着一种"极为稀缺资源，因此也变得更加重要"。而且，丹吉尔岛有一种无形的吸引力："一个孤立族群的文化似乎能引起人们的共鸣"，康纳指出。

"至少"，斯蒂尔说，"我们认为这个想法能通过争得脸红脖子粗的测试"。

话题适时地转向了重建后的丹吉尔岛可能会是什么样子，不仅是地下的变化，还有地上的变化，它的街道、房屋窗外的景色会是什么样。从镇民大会上展示的模糊的块状效果图能清楚地看出，如果这个设想成真，大多数丹吉尔岛人会住在离海更远的地方。无论是去切萨皮克湾还是去丹吉尔海峡，早间通勤时间都会更长一些。沙滩可能会不复存在。黑斯廷桥可能会变得多余了。

大部分变化应该会受欢迎；我确信，大部分岛民愿意用美丽的景色换取安全坚实的海岸。尽管如此，这些人在过去的一个世纪里曾一次又一次坚定地抗拒变化。这种对维持现状的渴望影响了几乎所有争议和集体担忧。丹吉尔岛人可并不热衷于寻找新的、更好的做事方法。

"如果我们制订了计划并稳步推行，这个岛就会大变样"，斯蒂尔承认，"我们从波普勒岛获得了经验，所以无论我们要在丹吉尔岛做什么——如果我们真的能做什么——可能会跟波普勒岛完全不同"。康纳说，举个例子，相比环绕整个岛屿修筑抛石防波堤，工程兵团可能会选择"用自然方法来减少洪水风险"，比如重建城镇周围的滩涂和种植树木等。

斯蒂尔提出了另一种可能性。"我们可能会像在波普勒岛那样，也在丹吉尔岛构造建筑单元"，他说，"然后我们把整个镇子搬到一个已经建好的单元里——整个镇子一股脑儿搬走，然后放任目前的城镇所在地恢复成滩涂"。这不是镇民大会上讲述的前景，而它为我很久之后的思考提供了素材。丹吉尔岛人最引以为豪的特质之一就是他们与地球上这一小块土地，与几乎没有随时间流逝而改变的这一些房屋和小巷的联系。它的海岸线以外的世界已经被钢筋水泥重塑，但今天的丹吉尔岛几乎还是几代人以前的样子。对于一个在地图和指南针陪伴下成长起来的群体而言，地形很重要。

如果所有这些都被打乱了，会发生什么？如果像斯蒂尔所说，这个小镇被搬迁去别处，它不太可能在其他地方重现原貌；舒适的网格化街道更加便利而且更为高效，此时把镇上的房子分在三个遥远的脊岭上是没有意义的。在大多数方面，它可能是一个更适合居住的城镇——更整洁，邻里更近，或许还会有遮阴的树木和一个公园。房屋、百货店、教堂之间的距离会更近，或许步行就能抵达。游客们可能会发现，丹吉尔镇更符合他们所寻找和期待的、随时能拍成明信片的那种村子，而不是像现在这样，是个狂风肆虐、挤挤挨挨的渔村。但那还会是**丹吉尔**吗？

康纳警告说，即使一切如其所愿，这一雄心勃勃的救援行动也会进展缓慢。"从目前的情况来看，我们最少还要几年才能开始调研"，她告诉我，"我不想直接说个数字，但我们很可能需要 5 到 8 年的时间才能完成这项研究"。

斯蒂尔说："在研究的中间阶段，我们会清楚地知道这个方案是否会起作用——我们的方案是否会有吸引力。"

"我们努力控制预期"，康纳说，"当你把所有这些时间表汇总在一起看时，十年内破土动工是不太可能的"。

没过多久，我们握手告别。我乘电梯到大楼的一楼，交还我的访客徽标，走进屋外的炎炎夏日中。伊丽莎白河的三叉河口蜿蜒穿过汉普顿罗兹的中心地带，河水随着涨潮而涨起，高高地拍在环绕工程兵团大楼的防水板上。如果这里的海平面上升和地面沉降合起来达到科学家们预测的极端程度，工程兵团就将成为该地区第一批经历这种情况的土地所有者。

到那时，除非工程兵团能努力实现这个波普勒岛式的设想，否则丹吉尔岛的命运就早已注定。我走向自己的轿车，心里确信，只有发生奇迹，才能让这个方案通过陆军官僚机构的审核，得到国会批准供给经费，并在一场风暴给海湾推波助澜、把一切化为乌有之前完工，至少对岛上的人类居民而言是这样的。

最少十年才能动土开工？

时间站在自然这边。

第四部分

天选之民

2016 年美国阵亡将士纪念日，约翰·弗勒德神父（左）和

前校长丹尼·克罗克特在高尔夫车上聊天。（厄尔·斯威夫特　摄）

十八

　　丹吉尔岛宣讲福音的历史相当长久，其地理位置将其与大陆地区咄咄逼人的忙碌隔离开来，岛上的人也并不像大部分美国人那样沉溺于社交媒体和真人秀，因此人们常常将其视为对过去更加纯真、更为虔诚的时代的回归——就像直接从过去诺曼·罗克韦尔（Norman Rockwell）的画中抠出来的那样，是一个家庭至上的地方，有着完好的道德准则、清新的空气、健康的娱乐方式，男人们敬畏上帝、自力更生，女人们忠诚、钟情而且个个是烹饪的一把好手。游客们为了寻找这个世外桃源而来：这里是美国未被路怒症、快餐和讽刺挖苦染指的一角，人们彼此熟知、没有秘密，而且从不推卸责任。如果他们只在丹吉尔岛玩上一个下午，或者只过一两夜，这正是他们能感受到的。

　　你所能读到的关于丹吉尔岛的大多数描写都加深了这种印象。关于此地的唯一可信赖的历史作品是 1999 年的《上帝之岛》（God's Island），由一位循道宗牧师出版。1973 年，《国家地理》杂志（National Geographic）的丹吉尔岛专题由当时的丹吉尔岛校长、已去世的哈罗德·"长钉"·惠特利执笔，不仅展现了斯温纪念教堂中的礼拜场景，还展现了岛上生活的其他方方面面：安妮特·查诺克的婚礼照片，礼拜中的牧师以及米斯·安妮·帕克斯的照片，还有一张是布鲁斯·戈迪的妻子佩姬与两个小女儿在圣所中的照片，可爱而圣洁。

多年以来，成百上千篇刊登在其他报纸和杂志上的文章都扭曲了宗教在岛上各种事务中的作用。这种风潮肇始于 J. W. 丘奇发表在《哈珀杂志》1914 年 5 月刊上的那篇报道，其中说"牧师是一位仁慈的专制君主，他的话就是法律"，还说这个牧师监管着一个"定居地的几乎所有成年人都是其成员或拥护者"的教派。[1]

"正如渔业是岛上唯一的产业，宗教——最严格、最不妥协的那种——也是岛上唯一的智力刺激或娱乐方式"，丘奇如此写道，"丹吉尔岛上的渔民们不允许，或者至少没有特别地想要喝酒、打牌、跳舞，或者进行其他轻佻无用的娱乐活动。这些事情配不上生活这么严肃的事情"。

这个镇子一直"没有犯罪或品行不端的事情，令人惊讶"。所以丘奇觉得疑惑，为什么镇上还需要巡警呢？休格·汤姆的儿子埃德·克罗克特船长解释称，巡警的工作是"负责照管上岸的陌生人"。在丘奇的要求下，他透露了更多信息：

> "几年前"，他说，"这儿的情况变得很糟糕。人们渐渐开始习惯于说脏话，而且不仅是在船上，在孩子们能听见的大街上也是如此。所以我们三十来个人聚在一起，就在这个屋子里，结成了一个'治安联盟'，用我们珍贵的生命和我

们的财产起誓，要终结岛上这股不道德之风。我告诉他们，在联邦的任何一个州，骂脏话最多会被罚款 5 美元，在我们这儿也应该一样。于是我们就决定这么做，并且告诉副警长巴德·康诺顿给每个骂人的人一次公正的警告，下次再发现他骂人就罚款 5 美元"。

"他逮捕过任何人吗?"埃利斯（Ellis，丘奇的摄影师）引他接着说下去。

"头一周抓了 43 个人"，船长说，"之后就一个也没有了。孩子们很快意识到，不注意骂人的事儿太贵了"。

"那陌生人呢?"我问道。

埃德船长狐疑地看了我一眼："我们警告他们两次"，他说，"最终只有一个人被罚。巴德优秀地履行了他的职责"。

这里提到的巴德应该就是 C. C. "巴德"·康诺顿，他在几年后枪击了安妮特·查诺克的外祖父，自己落得了不幸的下场。

《哈珀杂志》上的这篇报道为之后 80 来年的许多故事奠定了基调。丹吉尔岛清白无垢的名声似乎一直颇受赞誉，直到 1998 年年初。当时华纳兄弟为了给凯文·科斯特纳和保罗·纽曼的电影《瓶中信》（Message in a Bottle）中的一个渔村取景，派采景人员登岛。他们通过上岛观察、乘船巡视、直升机俯视，确定丹吉尔岛非常适合拍电影中的一些外景。

　　工作室称这部电影是一部"令人悲伤的爱情戏"。[2] 科斯特纳饰演一个渔夫，他给自己去世的妻子写了一封情书，装进瓶子里，然后投进大海。漂流瓶在鳕鱼角（Cape Cod）的一个沙滩被冲上岸，被罗宾·怀特饰演的正在度假的芝加哥报纸专栏作家捡到了。看过信后，她觉得必须要找到写这封优美无比的情书的忠贞之人，也这么做了；等等。这部电影根据尼古拉斯·斯帕克斯（Nicholas Sparks）的同名小说改编而成。

　　华纳兄弟向镇子开价 5000 美元，用以支付拍摄期间短暂使用公共资产及雇用当地人搭建拍摄场景的费用。丹吉尔岛的邮船、仓管、杂货店、旅馆都将有一些营收。大家对此颇为兴奋。但小镇的六人议会看了一眼剧本，发现在某个场景中，科斯特纳饰演的角色脱光了怀特饰演的角色的衣服，接下来还有一串违反基督教精神的情节；电影中的角色喝啤酒和红酒，饰演电影中科斯特纳之父的保罗·纽曼还满口脏话[1]；还有一位镇议员抱怨说电影中的角色乱用上帝的名字。

　　因此，议会成员一致投票通过决议，不允许工作室在岛上拍摄，除非他们把故事内容净化干净。"我们的镇议会成员都是基督徒"，时任镇长杜威·克罗克特这样向《华盛顿邮报》解释道，

---

[1]　此处原文为"PG-13 language"。PG-13，美国电影分级中的等级之一，代表"13 岁以下儿童必须在家长指导下观看的电影"，即影片中有可能包含不适合 13 岁以下儿童观看的内容，比如不算严重的暴力、裸体、性感、粗话，等等。

"我们就是不能接受"。华纳兄弟于是换了拍摄地。

镇议会的这一投票结果吸引了一大波媒体的注意，其中大多表现出对丹吉尔岛挺身而出对抗好莱坞的骨气的赞叹。"如果去字典里查 *chutzpah*[1] 这个词，你会发现这无疑是对切萨皮克湾中这个东岸地区小岛的素描"，《巴尔的摩犹太人时报》(*Baltimore Jewish Times*) 在当月晚些时候的社论中评论道，"无论你是否同意丹吉尔镇这种大胆的观点，你都会为它拒绝向那万能的绿幕屈服的行为鼓掌"。[3]

但许多丹吉尔岛人并不赞同这个决定。镇议会投票后的第二天晚上，他们涌进学校的礼堂，参加一场激烈的全镇大会。"镇上所有的人都去了，去目睹接下来将要发生的激烈争论"，安娜·普鲁伊特-帕克斯说，她的父亲杰里·弗兰克当时是议会成员。[4] 会上有 27 个人发言，支持和反对的观点针锋相对、不相上下。群情激奋。人们向议会递交请愿书，请他们重新考虑这一决定，有 200 人在请愿书上签字。但什么也没有改变。

在接下来的一周，贝丝和小鲁迪·托马斯的一位世交基思·沃德来拜访他们。[5] 已去世的小鲁迪·托马斯是丹吉尔邮船的驾驶人，就是他发起了请愿。基思·沃德在大陆做租船的生意，他对他们说，来我的船上，有些东西想让你们看一看。

船舱里的人是保罗·纽曼。"他说，丹吉尔岛看起来是他原本

---

[1]　意第绪语，意为"胆识、肆无忌惮"。

会很喜欢的地方”，贝丝回忆道。

2000年我到丹吉尔岛之前，已经读过了《哈珀杂志》上的故事以及其后的数十篇报道，也仔细了解了关于那部电影的故事。我在岛上待了六个星期，所见所闻无一让我质疑它那严格依照《圣经》要求生活的虔诚社群的形象。正相反，我坚信基本每个丹吉尔人都会在周日早上去教堂做礼拜，礼拜也不是每周的日常杂务，而是小岛的雷达，是它的指南针，是它的指路明星。

两个教派都深切地融入了日常生活的方方面面。基督教影响最明显的体现就是没有酒精出售，但其他证据也很丰富。我没有听到任何一个人说脏话。邮船周日不营运。学校图书馆里没有危险的《哈利·波特》系列小说。政府的每个决定都合乎基督教信仰，当然这也难怪——杜威·克罗克特不仅是镇长，也是斯温纪念教堂的指挥和实际上的副牧师，同时还是镇上的殡仪员。丹尼·克罗克特既是学校校长又是斯温纪念教堂的平信徒领袖。我跟库克·坎农在一起待了一天，那时他负责操作污水处理设备；他把外面的世界比作撕扯海岸的浪潮——有腐蚀性而又狡猾，需要持续警戒。

在他们家中，岛民们对我讲丹吉尔岛被仁慈的上帝之手拯救、许多次逃离毁灭命运的事迹，说得同样多的还有最近岛上的基督教信仰巅峰事件。一般而言，两个教团会在春天和秋天分别举行奋兴布道会[1]，由外地来访的牧师主持，一直持续五六个晚上。但是，1995 年 3 月，两个教团合力举办晚间的布道会，两派的非神职牧师轮流使用讲道台。一开始，结果并不怎么好——杰克·索恩是这么说的："几个晚上之后，只有几个人，也许一两个，入了教。"6 但是第六天晚上，那是个星期天，在奋兴布道会原定的最后一次礼拜中，斯温纪念教堂的一个信徒来到圣坛祈祷。新约教堂的一位长老马歇尔·普鲁伊特当时正在讲道台上，他翻过围栏，并排跪在一旁。就这样，杰克描述道，"爱涌动进来"。

"于是人们开始聚集起来"，马歇尔的遗孀艾丽斯·普鲁伊特回忆道，"而且不断有更多人加入。人们都在忏悔"。7

几十个人上前来入教。于是两个教派的领头人双双决定将奋兴布道会再延长一天。第二天又发生了同样的事情，于是他们再次延长了一天。第三天还是发生了同样的事，接下来的一个晚上也是同样。"有时候我们甚至还没有开始布道，就有人上前来"，杜威的遗孀琼·克罗克特说，"你能看出那不是人力组织起来的"。8

一共有 200 多人入教，而小镇的总人口还不足 700 人。岛民们依旧会谈起这件事——例如一个周日早上我在新约教堂就听到杜安·克罗克特说起来。9 "任何一个在场的人都会记得"，他站在

---

[1] 奋兴布道会（revival meeting），是以吸引更多对基督教感兴趣的人皈依基督教、鼓励"罪人"们忏悔为目的举办的一场或一系列祈祷会或布道会，一场通常由一位牧师（或布道师）主持。

讲道台上说，"我们认识了一辈子的人站出来，进行简单的布道宣讲，在布道结尾会发出邀请，然后一晚上就有三四十个人回应福音[1]。我一辈子都不会忘掉那个场景"。

"布道的人只是相信《圣经》的普通人，是圣灵（the Holy Spirit）在讲述《圣经》，劝服人们的心灵，并引领人们获得拯救。我曾看到过成年人对着福音书哭泣。我看见过人们在聆听入教邀请时突然浑身大汗、紧紧抓住椅子，浑身颤抖也不松手，好像体内正在进行激烈的斗争。这就是福音的力量。"

所有的这一切，都让我在回到岛上的时候有把握地相信，哪怕自 2000 年春天我离开丹吉尔岛起已经过了十六年，丹吉尔岛上的大部分人，还是像他们说的那样，与主同在。

但事实并非如此。证据虽然细微，而且很可能被游客忽视掉，但它们确实不在少数。举个例子，仲夏的某个傍晚，我在国王街上目睹了一次类似毒品交易的行为，就在离博物馆不远的地方。当时我在骑车，偶尔看到一辆高尔夫车停在主脊路的中间。开车的是一个三四十岁的瘦瘦的男人，我认出了他的脸，但并不知道他是谁。另一个年纪差不多的岛民站在车子旁，两人鬼鬼祟祟地迅速进行了一项交易：一手交折叠起来的现金，一手交了一个小袋子。

---

[1]　此处指入教。

再讲一个例证：一天下午，在海岬上消磨了一个小时后，我骑着自行车沿猪脊岭向北走，在已经关闭的落日旅店外遇到了修自己那辆皮卡车的欧内斯特·埃德·帕克斯。[10] 落日旅店曾经是丹吉尔岛上最大、最舒适的旅店，现在已经荒废了，杂草丛生。门前齐腰深的杂草中，藏着一辆破破烂烂的高尔夫车，锈得只剩骨架。墙壁上长着霉菌。跟欧内[1]聊天的时候我提到，让这么好的一栋建筑白白废弃，实在可惜。"这儿曾经是个很好的地方"，他对我说，"但他们就这么放弃了。从这儿离开了"。停顿了一下，他问我，"你进去过吗？"

他带着我走过一道宽大的木制楼梯，来到一个紧邻旅馆楼体南侧的露天平台。一棵木兰杂乱地生长，未经修剪的低垂枝条挡住了路，我们只能从中挤过去。我们试着开了一下正门，发现上锁了，于是绕到旅馆西侧，从那儿可以远眺到机场跑道和海湾。那里有一扇玻璃推拉门，已经被从外向里踢开或砸开了。我们踩过玻璃门，眼前是一片废墟：大房间里，铺满整面墙的挂毯已经脏污，被水浸透，皱皱巴巴的，石膏纸夹板铺满霉菌。猫尿的骚味儿令人难以忍受。地板上到处是垃圾，还有一只空的荷兰杜松子酒酒瓶。

我们从一个房间走向更暗的房间，每个房间都比之前的破败得更厉害。杂牌杜松子酒和威士忌的空酒瓶格外引人注目。我们

---

[1]　Em 是欧内斯特（Ernest）的昵称。

在两个房间里发现了被弄脏的床垫，没铺床单，但有临时凑合的枕头，看上去最近都有人用过。我迫不及待要离开这儿。

几天后的一个晚上，来岛上看我的未婚妻和我骑着自行车路过落日旅店。透过一扇窗户，我们看到一间屋子里有智能手机的亮光在动。[11] 一旦有意识去观察，我就在各处发现了违反教义的迹象：越过垃圾场后的水泥台处聚集起来的皮包骨头、面貌衰败的岛民；滩涂里浮起来的、被海上风暴掀起的浪潮冲刷出的一堆堆空啤酒瓶罐；提到某个邻居时去教堂礼拜的人一致摇头表示惋惜；把西脊路上一处破破烂烂的旅行拖车聚集的弯道称为"魔鬼的胳膊肘"。还有一座令人难以忽视的小屋子，不足 800 平方英尺，里面住着 10 口人；我经过的时候，常常看到院子里满是脏兮兮的、再不洗澡就要生病的小孩子，当我问起来的时候，别人总说那里"处境令人悲哀"。

杜安·克罗克特在关于 1995 年那场奋兴布道会的布道中其实暗示了，不是所有岛民都遵循诚实而道德的生活方式。"想想丹吉尔岛上一处你永远不会进去的地方，或者一个只要被人看到跟他在一起就会玷污你的名誉的丹吉尔岛人。我可以向你保证：那或许就是上帝要你去传播福音的地方、要你分享福音的人。"

"艾丽斯曾经去过许多这样的家庭中，向人们证明灵魂得救之事"，他举了新约教堂的一位年长成员的例子，"我说的家庭，就是那些如果我要进门，会先四处打量有没有人经过、会不会看到我进去的家庭。我说的是这种家庭"。

　　在斯温纪念教堂拥挤的办公室里，我与约翰·弗勒德谈起了岛上未被拯救的人。他告诉我，相比大陆，丹吉尔岛是个虔敬上帝的地方。但在他上岛之前，他以为这里还要更虔诚一些。

　　"这让我大为震惊"，他说，"因为我对丹吉尔岛的印象还是周日早上每个人都去教堂礼拜、不在教堂的人也会留在家里关好门的那种。八九十年前或许是这样，但现在早就不是了"。[12]

　　根据弗勒德牧师估计，两个教派加在一起，岛上有一半人会去教堂。剩下的一半人中大多数都过着绝对正统的日子。

　　但并不是所有人都如此。比如说，我们只需要看我们身处的房间就够了。七月盗窃案就发生在这儿，事件发生两个月后，岛民们依旧记忆犹新。在斯温纪念教堂 8 月份的理事会议上，成员们提出，可能是教堂公布每周捐赠收入才引来了窃贼。[13] 收入金额往往很大，就印在每周日早上分发的公告簿的第三页，夹在即将到来的岛民们的生日和教堂接下来的祈祷及合唱计划中间。失窃之前，公告簿上记着上周日的捐赠总额达到了 4273 美元。理事会决定暂停公布捐赠收入"两三个月"，看看是否有人注意到或表示反对。

　　9 月的理事会议上，大家知道有人注意到了。理事会主席丹尼·克罗克特报告说，教堂最主要的捐赠人之一找到他问情况。

"他想知道我们为什么要这么做，而且想知道是不是有什么不可告人的事情"，丹尼说。屋子里有几个人表示震惊。为什么会有人这么想？理事会能藏着掖着什么呢？丹尼举起一只手。"双方对彼此都有怀疑"，他说，"无论我在哪个组织，我都相信它们公开透明。我们秉承世上所有的最好的善意——但提出这个问题的又是个善良的人"。

"我们做事公开透明，圣灵引导我们的行为，要让人们感到舒心才行"，一位理事会成员建议道。没有人因盗窃而被捕让人心安定。阿哥麦克县之前派了一个侦察员来，据说正计划着来第二次。但如果说这个案子有什么特别怀疑的人，他又没有泄露出来。在容易传播流言的丹吉尔岛上，这个情况已经引发谣言——说斯温纪念教堂的领导层已经明确知道是谁干了这件事儿，而且在封锁消息。

"肯定没有人怀疑我们监守自盗吧"，一个理事说。

"其实他们怀疑"，另一个说。

弗勒德牧师站了起来。"你们肯定会听到很多流言蜚语"，他劝说道。他最近去克里斯菲尔德的时候，有个认为被盗的钱已经还回来的人上前与他攀谈。一个大陆警察告诉弗勒德牧师，他也听说了类似的故事——小偷向教堂自首并且道歉，而且获得了原谅。

一个旨在保护教众的决定反而带来了质疑和分歧，这让胡特·普鲁伊特大为疑惑。"如果这个决定让大家不满"，他说，"我们就得照原来的做"。接着他建议教团恢复公布捐赠收入。卡罗尔·穆尔的母亲附议。最终这个提议获得了全体一致通过。

24 小时之后，我对丹吉尔岛逃离了邪恶的大陆生活的任何想法都消失得一干二净。随着一声木槌敲击的清响，一月一度的丹吉尔岛县议会会议在市政厅开始。[14] 市政厅是一所覆有石棉层的小屋，阿斯伯里·普鲁伊特的海军观察员曾在此驻扎。核心人物是西尔维娅·博尼韦尔，她开旅游车，住在西脊岭的南端。她向议会成员抱怨岛上广泛的违法行为。开快车的人在街上简直肆无忌惮，她说"他们需要学学怎么开高尔夫车"，还补充说，"今年夏天有五个人差点被撞死"。毒品交易也明目张胆。"他们甚至藏都不藏一下"，她说。随手扔垃圾的情况也很严重。

"要说毒品交易"，"上校"埃德·帕克斯议员说，"你有权利自行逮捕罪犯"。

西尔维娅朝他眨眨眼，"我担心他们会打爆我的头"。

"啊"，上校埃迪说，"鱼与熊掌不可兼得嘛"。

旁听的是罗布·拜克特尔，哥伦比亚特区警察局的预备警官，跟妻子芭布一同搬进了西脊岭上的一所大房子。"岛上冰毒的问题比较严重"，他宣称，"我看到岛上有人吸冰毒。我们面临的问题之一是（镇警察）约翰·查诺克没有足够的经验出庭作证"。罗布建议申请派一位在缉毒方面成绩斐然的便衣警官到岛上来，与约翰搭档。这样一位警官在看到毒品交易时，知道调停的合理依据。"约翰不知道法律上的合理依据"，他说，"因为他没有这方面的经验"。

乌克指出，卧底警察卧不了太久的底。"如果真的有这么个人，你知道他看上去会有多扎眼。这跟在大陆上不一样"。

"让另一个警察跟约翰一起工作可以让约翰未来能自己做类似的工作"，罗布说。

乌克转向西尔维娅。"我们也担忧你的担忧"，他告诉她，"被抓的那些人只是受到了些不痛不痒的处罚，接着就在警察船只面前被放回来了"。

会议中还显示出小镇面临的其他许多问题：漏水的水管，破破烂烂的街道，以及经常超负荷运转而且总是很贵的污水处理装置。[15] 还有枯干的水井：岛上有十口打进距地表 1000 英尺的含水层的水井，但只有三口还能出水；这三口中，有一口在 2016 年因为细菌污染而停止使用，其余两口井打出来的水中钡、钠以及氟化物的含量极高，来岛上诊治的医生和牙医都建议他们的病人不要喝这种水。[16] 戴利父子百货店里的瓶装水卖得很好。

但没有一项能跟丹吉尔岛与毒品的对抗相提并论，这场战争已经持续了不短的时间：镇议会 2001 年 10 月 4 日的会议记录中有一条写道，"上周日有个人在岛上卖了一大堆小药丸[1]。这个人有此类前科"。2006 年 12 月的另一条会议记录中这样写道："一些人问，镇上是否可以在比尔码头（Bill's dock）旁边安一盏灯，因为很多毒品交易在那儿进行，灯光或许可以产生些威慑力。"[17]

当我对经营岛上社区诊所的医师助理伊内兹·普鲁伊特提起这件事时，她告诉我，丹吉尔岛上大部分吸毒者"是四十多岁的人。我们遇到过一个吸海洛因的。这个情况并不是突然出现在丹吉尔岛上的"。[18] 有一个一流的、受人尊敬的渔民死于明显的吸毒过量。

"每个月我至少会产生一次这样的想法，'伊内兹，你应该离岛去接受一些关于药物成瘾的培训'"，她说，"我不认为岛上吸毒的行为有看起来这么流行，但我们知道每一个吸毒的人，而吸毒影响了岛上几乎所有的家庭"。

某次去学校拜访的时候，我也与尼娜·普鲁伊特讨论了这个话题。[19]"我们这儿滥用处方药是个大问题"，普鲁伊特校长说，"酗酒也是个大问题。我觉得情况还在变糟"。

"丹吉尔岛和酒精的关系很奇特，因为总是处在两个极端：一

[1]　原文为"pills"，在俚语中指的是巴比妥盐类或苯丙胺类的片剂或丸剂。巴比妥盐和苯丙胺都是具有成瘾性的精神类处方药；"安非他命"是苯丙胺类药品中最出名的一个品牌，现在也用来指代这类药物，而甲基苯丙胺的结晶体就是俗称的"冰毒"。

个丹吉尔岛人要么喝得烂醉如泥、不省人事，要么滴酒不沾。岛上从来没有过聚众饮酒。"

丹吉尔岛上工作最难、最吃力不讨好的人正开着一辆掀背式雪佛兰乐骋[1]沿着国王街缓慢地行驶。[20]约翰·韦斯利·查诺克平静地扫视着主脊路两侧的房屋和院落，时不时对他路过的、正在玩耍的小朋友们挥挥手或点点头。他从2009年开始担任镇警官。邻里间的平和安宁靠他来维护；这几乎是件不可能完成的协调平衡工作。

这并非因为丹吉尔岛是道奇城[2]那样无法无天的地方；岛上的毒品和酗酒问题基本都藏在紧闭的屋门后，很少暴露在光天化日之下，也几乎不会发生暴力行为。他的工作之所以这么难做，是因为，他每次执法都意味着要与自己的亲属或姻亲起冲突。"每次电话一响，我就知道我不是要面对我的家人就是面对我的好朋友"，他说，"我又不能再也不跟他们见面。我必须在这里跟他们一起生活"。

今天，他也像惯常那样开着自己的四缸发动机警车，对每个经过的人微笑示意。这辆警车的速度足以超过高尔夫车，但应对

---

[1] 一款小型两厢轿车。

[2] Dodge City，美国堪萨斯州西南部的一个城市，历史上被称为"美国最邪恶的小镇"，是流氓盗贼出没的是非之地。1993年有一部同名西部电影上映。

某些岛民们晚上狂飙的四轮汽车和摩托车就无能为力了。我在牧师住宅外上了警车，坐在副驾驶的位置，就像大城市里那种老套的记者和警察的搭档组合。驾驶舱很挤，后座小得只能容得下身材最娇小、脾气最驯服的犯人。

我们现在正进行第二圈环岛巡视，从新建的社区医院旁缓缓驶过，绕过斯温纪念教堂的墓园，向"肉汤"区开去。"这么长时间以来我一共只抓了差不多40次人，有些人还是反复被抓"，他说，"我指的是逮捕——传唤我做得当然很多了。在这40次逮捕中，一共就涉及了8—10个人吧"。

约翰在老诊所有一间小办公室，就在通往"特情室"的那条没有灯的走廊上。办公室的墙上安着一台摄像机和一个平板显示仪，约翰通过这些设备与阿哥麦克县的一个地方法官联系，他会决定被捕的人是否需要被送到大陆上关押。技术极大地简化了这项工作，要知道从前每抓住一个人就都得乘船来回一趟。

"我跟年轻人基本没什么冲突。问题出在跟三四十岁的人打交道的时候"，约翰一边说我们一边巡逻，"麻烦都来自毒品或者酒精，这里所有的犯罪都是，而且很多"。岛上十几岁的年轻人折腾出来的麻烦基本都跟车有关——不满法定年龄就开高尔夫车，开车不开灯，在机场跑道上开车——而且多是无聊下的产物。

"我十多岁的时候，岛上有五六个地方能让我们去消遣"，他说，"我们能找到地方打台球。有些地方有自动点唱机，我们还能去跳舞。每周有两三个晚上，游乐场会开放给我们打篮球。我们会打排球。还会去打棒球"。

我们跟一辆对面开来的高尔夫车擦肩而过，车里坐着两个十多岁的小姑娘沿环路绕圈。一晚又一晚，都能看到孩子们环绕岛上的公路系统开车——向北开上一条脊岭，穿过沼泽滩涂，向南开下另一条脊岭，再穿过沼泽滩涂——一圈又一圈。有时候他们能一直开上几个小时。"但就青少年能进行的活动来说"，约翰说道，"丹吉尔岛真是倒退了"。

我们在戴利父子百货店外面把速度减得更慢，向左转弯开过"渔民之家"，然后穿过卡罗尔家和杰里·弗兰克家夹着的那条狭窄小路。约翰家就在前面，只隔了几道门。他家对面，金·"袜子"·帕克斯的院子里竖着的旗杆上飘着一面以色列国旗。再往前，一架海军的"海鹰"直升机停在机场的停机坪上。"可能有人叫了午餐"，约翰猜测道，"他们还挺常这么干的。'洛兰家'会给他们递送"。我们开过长桥，沿着西脊路向南开。离黑斯廷桥还有一半路程的时候，窗外飘过另一面以色列国旗，那是乌克家门外竖的。

约翰告诉我，他遇到的大多数犯罪事件都是贫穷引发的，而这类事件确实不多。"就像我跟县议会一遍又一遍说的：我们这儿很幸运了，因为那些成瘾的家伙们都挺能挣"，他说。许多人都出海讨生活。"如果不是这样的话，非法闯入就要多得多"。

约翰偶尔需要处理家庭暴力事件，几乎都跟酒精或毒品有关。"你离开的时候，所有人——无论受害者还是嫌疑人——都对你很生气"，他说，"这份工作最糟糕的一点，也是最让我难受的一点就是，我要面对那些我认识了一辈子的人，那些跟我一起长大的人，而他们在我走近的时候就会把头撇开"。

约翰·韦斯利已经在这个岗位上就职 7 年多了，他的前辈们因为受不了工作压力，都在远早于这个时长的时候就辞职了。早些时候，乌克当过一段时间丹吉尔岛的兼职警察，他告诉我他一点也不喜欢这份工作。"有些人会打电话跟你报告别人的事情，而这两个人都是你的朋友"，他说，"当你认识所有人的时候，这就不是份好工作"。[21] 在他之后有位警官曾于 2006 年向县议会抱怨说，他被关于"喝酒和闹事的人"的"来电淹没了"，还有些人"想对别人提起诉讼"，但又不能就自己提出的诉求坚持到底。他说，岛上还需要一位警长，"因为一个人根本干不了这个工作"。[22]

车子轰隆隆地开过黑斯廷桥，向北转开上主脊路。与大部分担任过此职务的人一样，约翰也是先出海工作，然后接任警察工作的。他与自己的哥哥埃德·"埃迪·杰克斯"·查诺克一起工作了 15 年，然后有了自己的渔船。那是一艘长 38 英尺、方形艉的尖底破浪船，他以妻子的名字将其命名为"瓦莱丽·费丝"号。"她帮我走过了艰难时刻"，他告诉我，"如果没有她，我不知道怎么才能挺过来。这并不是恶习或者别的什么类似的问题，大部分都是经济上的，要靠出海维持生活"。

"出海讨生活的话，家里一定得有个勤俭持家的人。可能这个月你赚得盆钵满盈，下个月就两手空空。"他开"瓦莱丽·费丝"号出海有 15 年多，然后去叔叔查尔斯·"皮吉"·查诺克手下干活，卖饵料给岛上的捕蟹人。他做这项工作 6 年后，镇上把他送去了汉普顿罗兹的一所警校。

在"黑染"区，我们经过了一个站在路边的小孩子，正用折叠式小型双筒望远镜观察我们。协调平衡的另一条准则：镇上的几乎每个人都对你应该如何更好地完成工作有想法。约翰跟他哥哥埃德一样沉默寡言，以一种淡然隐忍的态度包容这类言论。他耸耸肩，我们的车正好穿过"肉汤"区。"他们允许我使用自由裁量权"，他说起镇议会，"来按照我认为应当的方式处理事情"。

车子停了下来。我之前把自行车靠着牧师寓所周围的铁丝网围栏停放，但现在它不见了。"我的自行车没了"，我告诉约翰。

"你确定把它停在这儿了？"他问。我回答说我很确定。"好的，我们来找找它"，他说。

我们又开始新一圈环小镇的巡视，他盯左边，我看右边。我们缓缓地开过西脊路，约翰一边开车一边指着停在路边园子里的自行车："是那辆？那边那辆是不是？"就这样，我们一路交流，来到了猪脊路，看到了我的自行车，正靠在落日旅店附近的一条围篱上。

十九

　　9月中旬，乌克给"希里黛玉"号装上了耙蟹的索具。[1]他每年都有两三周这么干。有天早上，我们的船开过上方岛东翼，来到史密斯岛以南仅剩的几块滩涂边，他关掉了发动机。我们飘在"长丘"（Long Tump）旁，它只剩了一点长着草的暗礁，已经名不副实了；它不会超过 50 码长，涨潮的时候几乎露不出水面。这里很安静，没有船只来往，只有我们北面四分之一英里处有利昂和矮个儿埃德·帕克斯在耙蟹，他们的船只在史密斯岛参差不齐的绿色海岸边隐约可见。

　　过去几天，伴随着东风，天气凉了下来。一并被带走的还有劳动节[1]那个周末水汽弥漫的潮湿和酷烈的暑气，当时乌克不得不在操舵台上方撑起一把彩虹色条纹的沙滩伞。早上天气美妙，无与伦比。但乌克把蟹耙拖上来、倒出内容物之后，发现只有三只待孕蟹，缠在一团海鳗草里。"寒潮之前，我一耙网下去能捞上来十四五只待孕蟹"，他告诉我，"这就是寒潮的麻烦。天气很好，但对螃蟹不好。蜕壳蟹欢迎寒潮就跟农民欢迎干旱一样离谱"。

　　这几天，耙蟹季就要结束了。一般说来，水越浅，水温随天气变化的速度就越快，螃蟹的反应也越快。蓝蟹喜热，因此在浅

---

[1]　美国的劳动节（Labour Day）定于每年 9 月第一个星期一。

水区耙蟹的人一般是最先感到秋日寒意给经济带来的影响的人。过不了几天，乌克就会重新开始下蟹笼，本月末利昂也会搁置平底作业船，到来年 5 月再启用。下蟹笼的捕蟹人也受到季节变化的影响。水箱里的换壳蟹要花更长的时间蜕壳。"夏季中期可能三天就够了"，乌克说，"但天气变冷之后，有可能要花一周"。

　　另一网捞上来一条刺鲀[1]，岛民们管它叫"刺蟾蜍"。跟它的亲戚斑点圆鲀一样，它也会自己充气鼓起来，但要更四四方方一些，表皮还有突刺。"这鱼很能咬"，乌克说道，一手抓着刺鲀，一手摸索着想找点东西塞进它一英寸宽的嘴里。他摸到了一块蟹壳。"刺蟾蜍"嘎巴嘎巴地把那片厚实的外骨骼嚼进嘴里，咔嚓一声咬碎。"可千万别让它咬到你的手指"，乌克建议道。他把鱼抛回水中。

　　我们西边几码的地方有一截坑坑洼洼、沾染污渍的混凝土柱露出水面，顶上伸出一段残余的木杆。北边五十码处有另一个混凝土柱，前面开放水域上还有一串这样的柱子。它们是一条从丹吉尔岛到史密斯岛的旧动力传动链的遗存——一个搬家到丹吉尔岛的人建了这个传动链，而 70 年后，岛民们依旧会谈起他的故事。

　　亨利·扬德尔原本是康涅狄格州的一个建筑承包商。在一次

---

[1]　英文为"porcupine fish"，一般是对鲀形目刺鲀科（Diodontidae）鱼类的总称。

假期，他和妻子安妮一同造访了丹吉尔岛。他们非常喜欢这里，于是卖掉了他们在新英格兰的房子，买下了猪脊岭脚下滩涂上的一所老房子，并在 1943 年带着妻子和孩子搬到了岛上。一开始，岛民们对这些新来者感到不自在。他们夫妻两个都是上过大学的知识分子，这在猪脊岭是很少见的。他们热爱艺术和古典音乐。而且他们的姓氏让人怀疑他们是德国人。当时可是在打仗。[2]

但岛民们发现，亨利·扬德尔是个乐于助人、心灵手巧的人，很快便把他选入了镇议会。岛上老旧的电力设备坏掉后，他带头尝试恢复电力供应，将岛上的诉求传达给了农村电气化管理局（Rural Electrification Administration，REA）。农电局断然拒绝了他的请求，因为它判定丹吉尔岛太小了，不值得提供服务。于是扬德尔和其他几位镇议员以城镇自有系统的方式出售股份，向投资者保证会付给利息。他们筹集了足够的资金，在"肉汤"区修了一个新的发电站，配有两台军用剩余发电机（War-Surplus generator）。扬德尔费尽心思也找不到适配发电系统的变压器，于是他又去联系了农电局。农电局并不生产他需要的设备，但它再次了解了一下丹吉尔岛的情况。农电局注意到史密斯岛也在寻求帮助，如果他们把这两地的人口加起来，就可以产生一个符合联邦援助要求的客户群了。[3]

就这样，切萨皮克诸岛电力合作社（Chesapeake Islands Electric Cooperative）产生了。1947 年，电线通过这些覆有水泥的柱子跨过上方岛、一直连通到史密斯岛的蟹场。那年冬天，丹吉尔岛的电灯又亮了起来。

　　一个外来人领导岛上通电事宜的事实说明了丹吉尔岛生活的一个有趣的侧面，岛上本地人也乐于承认这个特点：作为个人，丹吉尔岛岛民极其独立，也极其能够自给自足——他们可以被称作现代牛仔，或者任何他们喜欢的说法。但是当他们作为一个集体时，便显出一种几近于无的、扭捏的主动性。"没人愿意投入精力、挺身而出"，某天在消防站，安娜·普鲁伊特-帕克斯告诉我，"人们好像会想，'好的，你被选进了县议会，那就你来操心吧'，事务妨碍他们出海的时候这种想法尤甚"。[4]

　　我从学校校长尼娜·普鲁伊特那里听到了几乎一样的说法。"县里或州里来的人跟我们一起开会，我们大概会有三四十个人参加，其中有二十个是65岁或更年长的人。你不得不想象，那些官员们返回大陆，想着：'我们为什么要为这么少的人花这么多钱，何况他们都那么老了？'"

　　前任校长丹尼·克罗克特认为，岛上的宗教信仰或许也促成了岛上进取心缺乏的局面。"我们是个虔诚的社群，我觉得有时候我们就把事情交给上帝了"，他说，"我们确实相信，上帝会安置一切"。但是，他承认："有时候上帝希望我们自己照顾好自己，这种视角也是有的。"[5]

这种集体性的怠惰或冷漠，或者无论你用什么词来称呼，在夏季早期显现了出来，当时有小道消息说回岛省亲活动被取消了。大家很难过，因为省亲活动是岛上最大的聚会活动，让那些离开岛屿的人回到出生地，一连持续数天。这次，往常每年组织活动的那位丹吉尔岛人没法做这项工作了。没有人提出要代劳。

夏天的一个下午，我在"特情室"又见到了这种惰性。[6] 据说州里会取消 2016—2017 年的牡蛎采捕季，当时聚在一起的人们正在讨论这个流言。牡蛎采捕季是冬季收入的一个重要来源。"他们肯定能做这个事儿"，利昂嗓音低沉，"他们愿意做什么就能做什么，想什么时候做就能什么时候做。但我觉得真有这事儿的话早就该传得沸沸扬扬了"。

"确实应该"，艾伦·雷说道。

"最好有人打电话给什么人"，欧内斯特·埃德·帕克斯说，"然后问问明白"。

布鲁斯·戈迪说："这主意不错。"

艾伦·雷说："我们得找一个能言善辩的人去那儿。"

"得是个受过教育的"，利昂说。

杰里·弗兰克·普鲁伊特走了进来。利昂问他是不是听到了这个传闻。"听到了"，杰里·弗兰克答道。"我知道'比利小子'"——就是威廉姆·艾尔斯·普鲁伊特，生于丹吉尔岛，曾任弗吉尼亚州海洋资源委员会负责人——"在网上发了消息，说我们最好都去开会。我记着是星期三，人们去参与很重要。他们在讨论停止在弗吉尼亚州捕牡蛎。"

"他们都想啥呢？"利昂很奇怪。

"不知道"，杰里·弗兰克回答。

我直接问了："所以谁去呢？"

"应该有人去"，艾伦·雷说道。

"必须有人去"，杰里·弗兰克附和。

"但谁去呢？"我问。

艾伦·雷："应该有人去。"

我："你会去吗？"

"呃"，艾伦·雷说，"该有人去"。

两天后的会上，弗州海资委最终并没有推迟牡蛎采捕季，但并不是因为有丹吉尔岛人对此提出反对。没有一个岛民去了现场。

乌克拉起蟹耙，我们向北开船，来到一片被捕蟹人称为"小丘"（Knoll）的广阔浅水水域。"就像达拉斯的那个'草丘'[1]"，他告诉我，"当然啦，只不过这儿是海草"。我们掠过残存的电线杆。这些杆子位于我们西边，形成了海湾与海峡之间实际上的分界线。就在我们南边，在一列电线杆与古斯岛的交叉

---

[1]　此处指的是达拉斯迪利广场（Dealey Plaza）内的一处低缓小丘，因约翰·肯尼迪被刺杀于此而闻名。

处，埃尔默·克罗克特在猎鹅时头擦过了一条下垂的电线，半边屁股巴克救了他。此前，电线向北连到史密斯岛南岸，穿过岛屿南部的沼泽湿地，来到史密斯岛上三个村子里最大的尤厄尔村（Ewell）的发电站。但在此后的几十年间，史密斯岛的南岸向北方和东方收缩，现在电线杆直接沿一条直线插在了一片开放水域中，并戛然而止。

人们会好奇，如果没有亨利·扬德尔插手的话，丹吉尔岛人能忍过多少没有电力的日子。人们肯定也会好奇，如果没有"特情室"现在用的那间诊所，又会有多少岛民因为病痛或意外受苦。如果不是斯温纪念教堂诸位来岛牧师之一奥斯卡·J. 里谢尔，这个诊所是建不起来的。[7]里谢尔牧师在岛上的牧师寓所中突发了一次心脏病，之后就以一己之力带头兴建诊所。在他对弗吉尼亚州官员进行个人游说后，1957 年，丹吉尔岛上建起了这座装备精良的医疗建筑。

里谢尔还在为保健中心寻找就职医生的事情上发挥了主要作用。[8]此前，岛上的医生是全科医师查尔斯·格拉德斯通医生，他在 1918 年流感疫情期间来到岛上治疗病人，并在这儿一待就是 36 年，收入靠每周从每户收一点会员费维持。当格拉德斯通宣布要退休时，里谢尔牧师挑起大梁，主导寻找继任者的一大摊子事。里谢尔和州里的医务官员花了 4 年的时间，才找到加藤三树夫医生——一位来自日本神户的 33 岁硕士，他于 1957 年 4 月来到岛上。第二年，在乌克父母位于国王街的家中给乌克接生的，正是加藤。

除了扬德尔和里谢尔，还能数出一串人名来，他们都是为丹吉尔岛做出丹吉尔岛人自己无法做到或不想去做的贡献的"迁来人"。其中最受敬爱的无疑是大卫·B. 尼克尔斯医生。他自 20 世纪 70 年代末起，每逢休息日不上班就会造访丹吉尔岛，那时岛上已经十多年没有驻岛医生了。尼克尔斯在西海岸开着一家全科医院，他是驻岛医生之外的最佳选择。在接下来的 31 年里，他每周都来岛上。[9]

尼克尔斯深深地爱上了丹吉尔岛，为此他学会了开直升机，并在自己大陆上的诊所旁修了直升机停机坪以缩短旅程。除了为几乎每一个丹吉尔岛人诊治，他还雇了伊内兹·普鲁伊特做助手，一路指引她从高中辍学生成为医师助理；在他的鼓励下，她先获得了一般同等文凭（GED），然后从马里兰大学获得学位，并最终克服九九八十一难获得了弗吉尼亚州的医师执照。尼克尔斯还为建设新的社区医院——即大卫·B. 尼克尔斯社区医院——奠定了基础，新医院造价 140 万美元，于 2010 年 9 月投入使用。4 个月后，他死于癌症，享年 62 岁，但他的现代诊所里每个星期依旧会有一位医生从大陆飞来看诊，其余时间由能力绰绰有余的伊内兹负责。

另一位"兼职人员"挽救了尖尖儿。1959 年，乔治·伦道夫·"兰迪"·克兰费尔特买下了这个小屿，并将其以妻子的名字重命名为伊索贝尔港。克兰费尔特是来自宾夕法尼亚州的一个保险经理，也是一位热情的海员。他在接下来的数年时间内，运来泥土填进这个滩涂小屿的中心地带，并在如今已经变结实的地面上密密地种上了松树。如果他没有这么做的话，现在尖尖儿的大部分土地就已经消失了，丹吉尔岛东侧就会变得几无遮拦。克兰费尔特还买下了沃茨岛，那时它已经在逐渐消解入丹吉尔海峡了。当他发现岛上的墓园在不断被海水冲刷走时，他将墓碑抢救下来，并在伊索贝尔港为帕克（Parker）家族建了一座纪念碑，纪念他们 19 世纪时在沃茨岛上耕作。

最后，在 1988 年，克兰费尔特将 250 英亩大的尖尖儿连同他在海岸上修的一所可爱的度假屋一并捐给了切萨皮克湾基金会。[10]基金会告诉它的成员说，他这样做，"是将切萨皮克湾中一个珍贵而充满历史意义的部分开放给了成千上万的学生、教师和公民"。克兰费尔特任切萨皮克湾基金会的董事会成员 11 年，他 2007 年去世后，基金会悼念他，称失去了"一位朋友，一位受托人，一位独一无二的捐赠人"。他就是这样一个人。

或许没有一个"迁来人"能像苏珊·德雷克·埃默里赫一样，在岛上停留如此短的时间，却在岛上留下了那样长时间的影响。[11]她于 1997 年 6 月搬来丹吉尔岛，那时丹吉尔岛人和切萨皮克湾基金会的关系糟得无以复加——这也并不奇怪，因为客观地说，岛民们只是他们岛屿和附近水域的差劲管家[1]而已。他们废弃的厨房用具、自行车以及舷外发动机在滩涂上丢得到处都是，脊岭上的垃圾不堪入目。渔民们习以为常地把垃圾，包括机油，扔到海里；港口浅滩飘着刺鼻的气味，泛着驳杂的颜色。而丹吉尔岛人对环保主义者只有憎恶，因为他们警告称海湾里的蓝蟹资源已经遭到过度捕捞，濒临崩溃，而只有更严格的商业捕捞限制才能让蓝蟹数量得到恢复。

埃默里赫是威斯康星大学（University of Wisconsin）的博士研究生，怀揣着可以优化渔业、改善岛屿长期经济，以及促进渔民与切萨皮克湾基金会沟通的有力观点来到岛上。第一个观点：上帝创造了切萨皮克湾，做好它的管家就是基督徒应尽的义务——于是丹吉尔岛对环境根深蒂固的不尊重就与它本身的信仰相抵触了。第二个观点：切萨皮克湾基金会和政府官员忽视了宗教信仰在他们处理丹吉尔岛事务中的作用，这让每个人都感到悲伤。

短短几个月内，埃默里赫对岛民们发出挑战，让他们反思自己与海湾及其丰饶恩赐的关系，使他们在海上的行为与他们原本就应勉励遵守的《圣经》教诲相吻合。最终，她的努力以一份由58 名丹吉尔岛渔民——包括乌克在内——签署的《渔民管理圣

---

[1] 原文为"steward"，与下文的"管家职责"（stewardship）一样，具有基督教的隐喻含义，指的是上帝让人像管家一样对世上万物进行管理，而人应当忠诚于上帝。出自《圣经·新约·哥林多前书》（4：1-2）："人应当以我们为基督的执事、为神奥秘事的管家。/所求于管家的、是要他有忠心。"

约》（*Watermen's Stewardship Covenant*）胜利告终。契约中他们起誓遵循上帝和人的法，这意味着他们会遵守渔业、船只和污染相关的法律法规，在犹豫和被胁迫时互相支持。岛上的许多女性签署了她们自己的那一份管理承诺书。埃默里赫明确地告知他们彼此在"踢皮球"，也促进了岛民、监管者和切萨皮克湾基金会之间的对话。

签署了那份契约的 58 名渔民占岛上有商业捕捞执照的渔民的三分之一多一点，他们发现自己面临渔民中大多数人的骚扰和孤立。埃默里赫本人也遇到了强烈的抵抗。丹吉尔岛人在她背后威胁称要杀了她、把她从岛上赶走。当着她的面，他们也几乎毫无顾忌：在新约教堂前一场她事后将其比作女巫审判的集会中，人们谴责她是个"土地崇拜者"，是"扭曲教义的人"，甚至说她"是个大骗子"。

尽管如此，1998 年 3 月埃默里赫组织起来的那场会议依旧取得了成功。会上，丹吉尔岛渔民、联邦及州官员、科学家和环境保护者齐聚一堂；在博士论文中她写道，这次会议为丹吉尔岛人提供了一处场所，可以讲述他们"在宗教信仰基础上的对代上帝管理环境、经济和文化的理解，这是他们作为神的子民是什么样的人、与自然环境有何种关系的不可或缺的一部分"。对环保主义者和政府官员而言，"听到丹吉尔岛人皈依基督教的故事让他们头一次意识到丹吉尔岛人的宗教信仰在他们对环境和世界的认识中的中心作用"。

如果有人想找出丹吉尔岛和切萨皮克湾基金会关系好转的精确转折点，那就是 1998 年的那次会议了。丹吉尔岛的风貌也同样如此。虽然岛上的某些地方依旧凌乱不堪，丹吉尔岛现在已经比我第一次来的时候干净整洁得多了。岛上的住民分批次对河沟和滩涂进行有组织的清理，渔民们也更愿意把垃圾打包带回岸上处理。或许成效尚小，但他们的改变确实始自苏珊·埃默里赫的努力和勇气。

埃默里赫离开五年后，凯夫妇搬来了岛上。

"哦，对，凯夫妇"，我提起他们的时候乌克这样说道。尽管我期望他再多说些，但他只是叹了口气。在丹吉尔岛上，尼尔和苏珊·凯医生夫妇是个复杂的话题——哪怕对乌克来说也是如此，尽管他曾与他们关系亲近，尽管他的四个女儿与他们的关系还要更亲近些；黛维甚至曾与这对夫妇在大陆上共同生活过一年，而且现在依旧称他们为"另一对父母"。

当对岛民们提起凯夫妇时，大部分人回应基本都是这样的：他们是好人，热爱这座岛屿，在岛上住的时候做了很多好事。他们慷慨地贡献出自己的金钱、时间和汗水。他们还推动了岛上积极的变化。"要我说"，前镇长兼前镇行政长官丹尼·麦克里迪对我说，"如果尼尔医生还在这儿的话，防波堤现在肯定已经建好了"。[12]

同样地，当我问起岛民们为什么凯夫妇离开了丹吉尔岛时，他们的回答也总是大同小异。"你不能说你来到一个社群，然后就试图要改变它"，凯夫妇的近邻之一汉森·托马斯说，"这在岛上行不通的"。[13]

"你必须适应我们的生活方式"，尤金妮亚·普鲁伊特说，"我觉得这正是凯夫妇搞砸了的地方。他们刚来这儿的时候，跟扬德尔先生很像——他们想帮助这座岛屿。但接下来他们就想改变它了"。[14]

"我们一开始喜爱凯夫妇，后来就不喜欢他们了"，我在岛上的隔壁邻居丽萨·克罗克特说，"这就是我们的反应。如果你做出什么跟我们对着来的事情，你在这儿就待不下去"。[15]

跟丹吉尔岛作对恰恰正是凯夫妇做到了的事情，哪怕他们已经花了数年时间，变成了岛上几乎不可或缺的一分子。他们原本是纽约本地人，看上去不太像是流亡者。尼尔是犹太教徒、精神科医生，苏珊是天主教徒、病理学家，他们婚后的大部分时间都住在特拉华州的威尔明顿。他们第一次接触到这座岛屿是在 2002 年的 9 月，那时尼尔刚刚拿到直升机的私人飞行员执照，驾驶他们的第一架直升机——之后他们还买过许多架——飞行，妻子苏珊也一同在直升机上。

"他们极其友好"，尼尔这样评价他们遇到的岛民，"他们很热情好客。这个地方的美景令人难以置信。一片有一英里半的沙滩上只有你一个人，而且是干干净净的原生态沙滩。小镇也很可爱。到处飞着鸟儿，岛上的野生动物引人注目"。[16]

"我们两个都被吸引了"，苏珊回忆道，"第一次去的时候，根本看不到那些潜藏的负面的事情"。

凯夫妇一直在房地产市场上寻购周末度假房，在东岸地区找到了一座，就在奥南科克南边几英里。完成交易后，他们飞到丹吉尔岛吃了一顿蟹饼以示庆祝，饭后散步的时候，经过了猪脊岭上一所挂牌出售的砖砌平房，离沙滩只隔了几栋房子。他们突然发现买下大陆上那座房子是个错误；于是他们改了主意，最终在2003 年 8 月买下了岛上的那所房产。"在丹吉尔岛上买房子的决定太糟了"，13 年后尼尔如此对我讲述，"岛屿已经在下沉、消失了。但当时我们想那是个很方便周末溜过去散心的地方。我们本来完全没想着要参与进社群里"。

他们搬进岛上的家中几天后，飓风"伊莎贝尔"重创了丹吉尔岛。"我们手上有台链锯，将它借给岛上的人了"，苏珊说，"我们开着直升机带镇长飞到空中，这样他可以拍照片给联邦应急管理局（FEMA）看"。尼尔飞去东岸地区，买了更多的链锯，并将它们分发给他们的新邻居。尽管心存感激，岛民们还是对这对夫妇心存疑惑。这一点并没有改变。

那年秋天，凯夫妇增加了他们在岛上的投入。"他们提议为整个岛屿建家谱"，2003 年 11 月的镇议会会议记录中记载道，"最终成果是'丹吉尔岛家族树'，竖在活动中心旁边，成为岛上的谈资"。这份记录中的一句话体现了这对夫妇在岛上大部分活动的特点："他们表示他们会出资资助。"[17]

果然，凯夫妇收集了一大堆电脑打印出来的家族树谱系，这项工作是在学校教师唐娜·克罗克特的帮助下完成的，她本人也是岛上的"迁来人"。这项工作进行了数年之久，直到2010年他们把打印出的家族谱系在活动中心内安置了一圈才宣告完成。时至今日，岛民们还会聊起来。

与此同时，苏珊还主导创建了岛上的图书馆。凯夫妇购置了一个16英尺×20英尺的小屋，将其安在猪脊岭上，并在里面放满了书。2005年12月，图书馆开门。几乎在同一时间，他们还发起并全额资助了一个"身边的艺术家"活动，这个活动吸引了画家肯·卡斯泰利来到丹吉尔岛。凯夫妇来到岛上后很快就发现，岛上缺少公共厕所，他们想做些什么予以补足。当他们获知岛上没能在州政府拨款下完成岛上游客中心的建设时，这对夫妇想办法获准由自己继续主持这个项目。2007年年初，他们向政府申请了资金，来为丹吉尔岛修建一所历史文化博物馆，还有人行步道网。在卡斯泰利的帮助下，他们将国王街上一处已经关门的礼品店进行了增建，作为这个新景点的容身之所。"我们每周都来丹吉尔岛并开展工作"，尼尔说。

"是来工作"，苏珊强调道。

　　博物馆于 2008 年 6 月开门，并理所应当地获得了赞誉：它讲述了丹吉尔岛过去的故事，展示了它奇特的文化，但还不止于此——它有成效地记录了丹吉尔岛与海湾正在进行的斗争。博物馆的亮点之一就是卡斯泰利为丹吉尔岛绘制的精美的详细地图，它占了博物馆的一整面墙；还有一幅背面打光透视的艺术作品，在数层有机玻璃上用不同颜色分层绘制出丹吉尔岛一步步缩小的过程。"最开始只是想建洗手间"，尼尔说，"博物馆只是凑巧跟洗手间一同建起来了"。

　　凯夫妇仿造丹吉尔岛灯塔的样式设计并定制了垃圾箱，将它们安装在镇上各处。他们聚焦于岛上较为古老的房屋，创建了一条"历史漫步步道"。他们还有更多帮助个体的善举。尼尔获得了弗吉尼亚州的行医执照，他为岛上的几个岛民提供了免费的精神科医疗，这几个人的后代称他的介入为救命般的帮助。他免费开直升机送岛上的病人去大陆上的医院，在紧急情况下运送装备，在一年一度的回岛省亲活动上带大家乘直升机兜风。当乌克的儿子约瑟夫请他来自己婚礼上摄像时，尼尔答应了——并在之后几年内都担任丹吉尔岛的婚礼摄像师。斯温纪念教堂里那幅彩虹投注到教堂上的照片也是他拍的。

　　无论从哪方面讲，凯夫妇都是不可多得的邻居，也是对社区大有裨益的人。这就让之后发生的事情变得更加令人沮丧。

2009 年 4 月，这对夫妻发现自己成了他们眼中一则"经典丹吉尔岛流言"的主角。那年春天，他们忙于一个新项目：尝试建立一条与奥南科克间的由政府补贴的、全年通行的轮渡航线。他们发现这个项目大有必要，因为镇子对克里斯菲尔德的依赖不能为它提供获得弗吉尼亚州政府服务的途径。而这些服务，从药物滥用治疗到驾照考取，都是镇上也交了税支持的。

但他们的努力搅起了丹吉尔岛人心中长久以来的、深切的恐惧，岛民们为岛上的学校，以及学校给位于乡村、资金短缺的阿哥麦克县带来的财政负担而担心。2009 年，丹吉尔岛综合学校里共有 13 名教师，学生总共只有 80 人，使得学校里的学生—教师比在州里排名倒数第一，只有 6.2 ∶ 1——不足区内其他学校的一半。

很长时间以来，岛民们都认为，阿哥麦克县之所以没能让岛上的孩子们去大陆上的学校上学，就是因为穿越丹吉尔海峡和波科莫克海峡的交通成本高又很困难。但如果州政府开通了一条轮渡航线并支付费用——会怎么样呢？"如果邮船开去奥南科克"，尼娜·普鲁伊特告诉我，"或许我们学校的学生就会坐船去上学呢"。[18]

所以当传言说凯夫妇不仅想开通一条轮渡航线，还试图关闭学校的时候，这就根本不是一件小事。就像岛上典型的流言一样，在这对夫妇得到消息之前，它已经闪电般地在人们中迅速传开，并且被当作了事实。"很多人都火冒三丈"，尼尔说。对此，他和苏珊用一封公开信回应，他们把信贴在百货店里，贴在邮局里，贴在丹吉尔岛全岛的电话柱上。[19] "这不是真的"，他们写道，"我们百分百支持孩子们在岛上接受从幼儿园到高中的教育，支持学校获得全额政府资金，支持分年级授课，支持丹吉尔岛的学生们获得所有那些与州内所有孩子们相同的益处和机会"。

在凯夫妇看来，无论有没有轮渡，孩子们都不会去大陆上学。不论船有多大，都要与切萨皮克湾的恶劣天气斗争，而学区不可能坐视学生们在上学的路上晕船，或者因为坏天气和海面结冰而缺课。所以这对夫妇又为轮渡项目奔走了三个月，直到镇议会全体投票通过，称完全不接受这个想法。[20]

尼尔告诉我，当他们一家"提请考虑丹吉尔岛向政府提出买断岛屿"时，岛民们又一次受到了刺激。他和苏珊能从自己的直升机上看到气候变暖的影响日复一日地更加明显，岛屿的未来看上去相当黯淡。他们建议镇上将丹吉尔岛打造成"迁移安置一个社区的典型。我们或许可以将丹吉尔岛以一个街区的形式迁走"。这个想法也让很多人不满。

所以岛民们一边敬佩、感激凯夫妇，一边又已经对他们产生了一些疑虑。就在这个时候，2010年8月的一个周六下午，苏珊在威尔明顿的家中打开Facebook，看到了一张新粉刷的丹吉尔岛水塔的照片。水塔旧的塔身图案是南北两侧都刷着丹吉尔岛的名字；新的图案是在水塔的东侧画了一只大大的橘色螃蟹，西侧新增加的图案令人讶异：一个巨大的、饰有花蕾的十字架，四端则是三叶草的图案。她把它给尼尔看。

"我相当惊恐"，他说。两个人都认为十字架明显违反了政教分离的原则：它是应丹吉尔镇的要求画在由政府出资建造的水塔上的，而且是用公共开支维护的。除了不合法，它还必定会引起许多游客的反感，就像他们的感觉一样。"我上一年级的时候，是班上唯一一个犹太人"，尼尔说，"我的一个朋友开生日聚会，当时是在一个乡村俱乐部。他们不接受犹太会员。所以我成了朋友们里面唯一一个没有被邀请去聚会的人。我对反对此类事情抱有热情——反对宗教偏见和孤立"。

尼尔急匆匆地向镇议会发了电子邮件：

> 我刚刚看到水塔涂了十字架的照片。我请求你们重新涂刷。对一个犹太人而言，这太无礼了。美国宪法规定政教分离，如果有任何公共资金被用于涂刷这个十字架图案，就是违反了这神圣的分离，只要被其他同样因此而失望的人注意到，就会引起对镇子的诉讼。
>
> 我深深地尊重所有宗教和每个人的宗教信仰自由，丹吉尔岛不应当用这种方式表明宗教立场……
>
> 公民们有权任意在自己的院子里竖十字架，有权建造寺

庙、教堂、清真寺、蒸汗屋[1]，有权举行仪式、献祭或进行任何他们想做的事情。但，由丹吉尔镇出资的公共景观为一个特定的宗教背书，就是另外一回事了。[21]

马后炮地说，他在第一段使用"无礼的"这个词大概是个错误，因为当这次争论的消息在全镇飞速传播的时候，被简化成了"凯夫妇称十字架是无礼的"，而很多丹吉尔岛人听到这儿就压根不想往下听了。在几个小时之内，丹吉尔岛最大的恩人就成了"不受欢迎的人"（persona non grata）。"很明显，他们认为这是对他们信仰的攻击"，尼尔说。他和苏珊试图说明他们反对的是水塔的塔身图案，并提出自己出钱把十字架改成船锚图案。岛民们并不买账。在几天后的一次镇议会会议上，乌克宣布说"除非法官这么判决，否则十字架不会被拿掉"，会议记录中这样记载。[22]议员们一致投票支持他。

"我们曾被至少一个镇议会的成员口头告知过，如果我们坚持要把那个十字架拿下，我们也就会'被拿下'。我们把那个威胁当真了"，尼尔说道，"或许这也导致我们多回想了一些——回想我们在丹吉尔岛上的疯狂的经历。我们意识到，去丹吉尔岛可以

---

[1]　蒸汗屋（sweat lodge）是一些文化，特别是北美原住民、斯堪的纳维亚、波罗的海和东欧文化中一种礼仪性或仪式性的建筑或活动。在北美原住民中，蒸汗屋是将水泼到热石头上激发出蒸汽，以此达到宗教或治疗目的的建筑结构，据说在这种仪式中会看到幻象。

说是响应某种使命的召唤，而或许十字架的事件就是我们的使命已经结束的信号"。

他们在 Facebook 上看到水塔新图案照片后的一周，也是在岛上安家七年之后，凯夫妇再次向镇议会发了邮件。[23]"我们在丹吉尔岛上居住的日子已经要结束了"，他们写道，"我们意识到我们并不能生活在十字架的阴影下，而我们也知道，如果十字架被移除，我们同样无法生活在其带来的怨愤的阴影中。我们做出了决定，搬离丹吉尔岛，并卖掉我们的房子"。第二天，他们打包好东西，离开了。

丹吉尔岛上的老脑筋们认为，一系列其他的、更复杂的、与丹吉尔镇政府无关的问题导致了凯夫妇的搬离，而十字架不过是个方便的借口。安娜·普鲁伊特-帕克斯认为，新的水塔塔身图案不太可能让人吃惊，因为"我们的基督教信仰让丹吉尔岛可以说得上臭名远扬了"。

但凯夫妇将离开丹吉尔岛的原因归结且仅归结到十字架上绝不是只在嘴上说说。他们的邮件以及那个时期的日记给出了令人震惊的证据，表明老脑筋们想错了。凯夫妇在 Facebook 上看到那张照片的五天前，一直记日记的尼尔还写道，他们为自己在丹吉尔岛上的家买了灯具。在网上发现水塔上的十字架几小时前，他还写道要给家里买幅画。二者都没有显示出他们有任何搬走的意思。但之后，尼尔的日记突然变了调子。在镇议会投票的后一天，他的日记是这样的："苏珊和我在努力理解离开丹吉尔岛有多么艰难。"接下来一天的日记写道："极度震惊。"

当我问起乌克这个争论的时候，他告诉我镇议会从未想过要涂掉十字架。[24]"我们听一些不喜欢的人说过，他们觉得这看上去像个天主教十字架。但这个十字架就在那儿"，他说，"我和其他的一些公民们决定，如果他们真把我们告上法庭，他们就得把它涂掉。而如果他们把这个十字架涂掉了，我们会轮流爬到上面去，再刷一个新的"。乌克还告诉我，画十字架的主意来自大卫·尼克尔斯医生，他是镇子上受人爱戴的"飞行医生"（Doctor Copter）："他说，'我觉得你们应该画一个螃蟹和一个十字架。这是两件让你们之所以成为你们的事物'。"

凯夫妇将尼克尔斯视为朋友，也听到了相同的传闻，并在2010年9月的一封电子邮件中向尼克尔斯医生提起了这件事。[25]"后来我们得知，你曾提出，这些设计代表我们这个社群的核心观念——信仰和螃蟹"，他们在邮件中写道，"我们绝不认为你应当对发生的任何事情负责。但，这确实把我们吓坏了"。

几天后尼克尔斯回信了[26]："丹吉尔岛诊所的一个工作人员问我的时候，我确实跟他提到过'蟹与十字架'可以代表丹吉尔岛社群"，他写道，"我得承认，我确实从未想到政教分离的问题，但在这个幸运的宪法事实[1]上你们确实是对的。我也疏忽了，没

---

[1] 原文为"constitutional fact"。"宪法事实"一般指在宪法裁判过程中与案件相关的特定事实，是裁定某部法律、某项法条、某个行为是否违宪时必须提供的证据。

有想到这会如何影响包括你们在内的所有岛民。我理解你们的担
心，并为此诚恳致歉"。

八年后，十字架还在。

博物馆也在。图书馆，垃圾桶，历史地标也都还在。

凯夫妇只回来过一次，来参加尼克尔斯医生的追悼会。

2016 年 11 月，竖在主脊岭上的一块为丹吉尔岛支持的

候选人拉票的自制标语牌（厄尔·斯威夫特　摄）

二十

夏季还剩最后几周，丹吉尔岛上，即将到来的总统大选的气氛前所未有地浓厚起来。游客们行经的港口航道两边满是"特朗普当总统"的标语，下船后道路两侧也都是。高尔夫车的车头和车尾保险杠上都贴着特朗普的贴纸。"四兄弟"店里到处都贴着"让美国再次伟大"（MAKE AMERICA GREAT AGAIN）的海报、挂着特朗普的旗子，看上去不像是个车辆租赁店兼小餐馆，倒更像个竞选总部。

大选的话题甚至渗透进了教堂。"接下来，我要花一分钟讲点与政治相关的东西"，一个周日，约翰·弗勒德在布道中说，"如何投票是你和上帝之间的事情。拉上窗帘，就全由你自己决定了"。[1]

很快他就说了"但是"。"有一个党派坚持认为，同性可以结婚"，他说，"一个基督徒怎么可能为它投票呢？一个基督徒怎么可以投票支持什么都能发生的局面呢？"许多人纷纷点头。"他们宣扬的一个立场是，一个人可以走进任何一个他想进的洗手间，我们怎么能想象有这么一个政党呢？"

牧师说，其中透露出的更重要的信息是，"这个世界仍然在抗拒耶稣基督。这个世界并没有在哀悼那位被刺穿的救世主，或者说那位被刺穿的上帝之子。现在，这个世界觉得自己做得很好。

世界认为一切尽在自己掌握之中。但是有一天，恐怕这天很快就会到来，他们会痛心疾首，因为他们会看到自己犯下了一个永恒的错误"。结尾处他引用了数月前宣布退选美国总统的本·卡森医生（Dr. Ben Carson）[1] 的隐喻作为背书："我相信，人类知晓那被刺穿的救世主。"

在"特情室"，大选已经"荣升"为仅次于螃蟹、风与海浪的最热门的话题。2 九月中旬的一个下午，我们到了"特情室"，发现岛上大部分地区都停水了，这所老旧的诊所里没法煮咖啡了。利昂咕哝了一声"上帝啊"，开车去戴利父子百货店买了一加仑装的水。等到他回来，我们才开始聊实质性的话题。利昂回来了，他煮咖啡的时候，朗尼开始说正事儿。

"在这个节点上吧，我在想要不要投票给加里·约翰逊[2]"，他指的是那位自由党候选人，"我都在考虑加里·约翰逊这种人了，你们就知道我是个什么情况了"。

杰里·弗兰克指着他。"你投给加里·约翰逊，就是在浪费你的选票。"

---

[1] 老本杰明·所罗门·卡森（Benjamin Solomon Carson Sr.），共和党人，传奇的神经外科医生，是一位非裔美国人。他在2016年美国大选中被提名为共和党总统候选人，后于2016年3月宣布退出大选；2017—2021年，他担任美国住房与城市发展部部长。

[2] 加里·厄尔·约翰逊（Gary Earl Johnson），商人、作家、政客，前共和党员。曾任美国前新墨西哥州州长，即2012年和2016年两届美国总统大选中均被自由党提名为总统候选人。

"那，你投给唐纳德·特朗普，也是在白费你的选票"，朗尼说，"杰里，他赢不了的。这是不可能的"。

"今天我不想讨论这个"，杰里·弗兰克说。

"绝对不可能"，朗尼说，"他没啥能赢的办法"。

"比起她[1]，我还是选他"，杰里·弗兰克答道。

"哦，你会不得不接受她的"，朗尼说，"她会当上总统"。

"我希望你错了。"

"我没错"，朗尼说，"而且说真的，投票给他，跟投票给她一样。他们都一样。他们两个无论谁赢了，都不会有什么改变"。

"那我不信"，杰里·弗兰克说。他看向我："他有一种让你跟他争辩的能力。他知道那个能让你激动起来的有魔力的词。他知道怎么精确地戳中你的痛点。"

我看着朗尼，他正咧嘴笑着。"我跟你讲，杰里"，他说，"我觉得给加里·约翰逊投票好过给他们俩任何一个投。而且他的赢面跟特朗普一样大"。

乌克进屋的时候，杰里·弗兰克叹了口气说，"哦，那我们拭目以待"，然后他隐晦地加了一句，"就像奥蒂斯·埃文斯船长说的，最长的杆能打到最高的柿子"。我查了一下，杰里·弗兰克说的是一句 19 世纪的乡村格言，意思是更强的一方会获胜。

朗尼换了个话题，宣布一直在克里斯菲尔德进行躯体康复的

---

[1] 指希拉里。

库克·坎农明天就会回家了。他还说，那个有名的东海岸商人希腊人萨姆死了。

"喝酒喝的?"利昂问。

"我是这么听说的"，朗尼答道。

"威士忌?"利昂问。

理查德·普鲁伊特点头："是威士忌。"

艾伦·雷："他是个实诚人。"

"是的"，杰里·弗兰克说，然后转向我。"他曾经有一大摊生意，都喝酒喝光了，但他承诺他会还上他欠的每个人的钱。他的债主可多了。"

朗尼进一步解释："他是个希腊人，来到了克里斯菲尔德，一步步把生意做得很大。但毒品和酒把生意给毁了。"

"还有女人"，艾伦·雷补充道。

"还有女人"，朗尼点点头，"毒品，酒精，还有女人。我也不知道哪个排前头"。

"哦"，乌克拿着一杯咖啡坐下。"换了我，我宁可死在女人身上，也不死在毒品或者酒上。"

镇长有意多谈谈政治。他说，他之前在跟我的隔壁邻居丽萨·克罗克特聊天时，她说丹吉尔岛应该给希拉里·克林顿投票，因为民主党赢了的话，"上帝会再临得快一点"。这话引得几个人大笑出声，然后一边笑着一边走进走廊、走出大门。四点了。到晚饭时间了。

　　十月初，丹吉尔岛开始"闭岛"以待冬季来临。马克·克罗克特的邮船暂停开往奥南科克，次年五月再恢复。"渔民之家"和其他餐馆都关了门，只有"洛林家"还开着。博物馆和礼品店也关了——一开始只是工作日关门，很快就每天都闭门不开了。希尔达·克罗克特的切萨皮克湾小屋也不再让客人入住，岛上就只剩下一所营业的旅馆。

　　在接下来的 7 个月里，只有一小撮不畏艰险的外来人会登岛：爱冒险的周末旅行者，零星的记者或者野生动物摄影师，由几个岛民带着去上方岛北边的几个滩涂岛猎鸭子和鹅的打猎人。风向转为西北风，强风带来的寒意预示着刺骨的冷风即将到来。

　　利昂、矮个儿埃德和岛上其他的耙蟹人收起了自己的平底作业船。大部分下蟹笼的人会工作到本月末。为了抵御越来越冷的天气，他们在油布雨衣下穿得鼓鼓囊囊的。有些人会少下一部分蟹笼。被绑好的尖底破浪船堆得高高的，在码头上纵横交错，等待来年春天再度下水。

　　一个周六，我跟贝丝·托马斯一起坐在邮船办公室，看着渔民们三三两两地走进来取克里斯菲尔德的螃蟹买主开出的支票。[3]这是每周惯例的第一站：拿到支票后，脱壳蟹捕手会把他们欠的用邮船运送软壳蟹的货运费付给贝丝，然后前去"石油码头"付清过去一周内给工作船加的柴油或汽油的钱，再去戴利父子百货店把在那儿的账结了。

在这个周六，他们也在道别。利昂走进屋，踱步过来。"不干啦"，他宣布说，"我结束工作啦"。

另一位老前辈在他后面进来。"谢谢你"，贝丝把一张支票交给他的时候他说，"就这样啦。下个螃蟹季见。明年春天见"。

"是呀"，贝丝答道。"再见"。

外面乌克的蟹屋那儿，与他共度夏日的鸟儿们已经出发去更温暖的地方了。镇长为他的四只猫建了一个用聚光灯取暖的小窝。但是捕蟹季即将结束并不意味着他就此休息。除了脱壳蟹蟹笼，他又在海上放了鳗鱼笼。很快，这种扭动着的褐色生物就装满了几水箱，他会把它们活着运到纽约。这些鳗鱼经过炸、腌或者番茄汁烩，就成了意大利人或者意大利籍美国人家里的平安夜主餐。捕完鳗鱼和最后一波脱壳蟹之后，紧接着就是冬季海捕了。

在 19 世纪，"冬季海捕"意味着捕牡蛎，即便在 20 世纪上半叶捕获量直线下跌，这种双壳贝类依旧一直在丹吉尔岛的寒季海上采捕中占据绝对的头把交椅。但到了 20 世纪 30 年代，丹吉尔人最倚仗的牡蛎岩已经被搜刮殆尽，弗吉尼亚州的平均牡蛎产量仅达到 50 年前高峰时期的百分之十。[4]

接着，在 1949 年，已经陷入重围的牡蛎雪上加霜地遭受了一场新的、可怕的灾难：被一种单细胞寄生虫，学名是海水派琴虫[1]感染，或者说"Dermo"病。最开始，这种寄生虫被误认定为一种真菌，到现在为止这个问题依旧悬而未决。但人们很快就发现了这一点：它在炎热气候和咸水中大量繁殖，造成切萨皮克湾及其汇入支流内的成熟牡蛎成百上千万地死去。[5]

十年后，随着亚洲牡蛎的进口，另一种名为"尼氏单孢子虫"——又称"MSX"[2]——的入侵微生物被偶然地带入了美国水域。短短几年内，MSX 就与"Dermo"一起在本地牡蛎中肆虐，使这一物种的灭亡近在咫尺。20 世纪 80 年代中期一系列连续的炎热干燥天气几乎让牡蛎的灭绝成真：病原体成功度过了暖冬，在夏季数量爆发式增长，蹂躏所剩无几的牡蛎。到 1985 年，弗吉尼亚州别无选择，只能停止丹吉尔海峡和波科莫克湾的牡蛎采捕。[6]

牡蛎数量的减少并没有让丹吉尔岛的渔民无所事事。很多人转而将精力放在冬季采挖螃蟹上。海湾上采挖螃蟹的人相对少一

---

[1] 派琴虫（*Perkinsus marinus*），亦译为海水帕金虫或海生鞭孢簇虫。由它引发的牡蛎病被称为"Dermo"病，目前国内对此种病暂无统一翻译。第二十一章还会再提及一次。牡蛎被这种微生物感染后，其繁殖和生长会受到极为严重的影响。

[2] MSX 即"Multinuclear Sphere X"或"multinucleated unknown"，指的就是尼式单孢子虫。这种寄生虫会感染无脊椎动物，引发"MSX"病，太平洋牡蛎、美洲牡蛎、虾夷扇贝等海产贝类均会受其侵害，造成大量减产。目前国内对此种病暂无统一翻译。

些；这一产业活动于每年 12 月至次年 3 月开展，已经传了数代人。采挖船拖着一个比普通型号更大、更沉的带齿耙子，耙子咬进海底，将打洞钻进泥沙中休眠的螃蟹挖出来。这可不是什么轻松的活计，因为冬季采挖以海湾口为中心展开，岛民们需要在东岸地区最南端的汉普顿罗兹或查尔斯岬（Cape Charles）附近的水域工作，有时去一趟就要几个星期。但是，对那些没有其他进项的捕蟹人来说，好歹能有些收入。

夏季来临，海湾上的硬壳蟹捕手们也重新加倍了蟹笼的数量以捕捉蓝蟹。很快，螃蟹产量便觉得吃紧了。2000 年，弗吉尼亚州的特别小组报告称，"在蓝蟹资源的确切现存量上"，科学家们进行了激烈讨论。但是，小组成员可以肯定，即便有更多的捕蟹人下了更多的蟹笼，也并没有捉到更多螃蟹。在整个 20 世纪 90 年代，弗吉尼亚州的捕蟹人从海湾捕获的螃蟹数量基本是固定的，同时硬壳蟹笼执照的数量增加了 14%，而有执照的脱壳蟹笼的数量跃升了 82% 之多。[7]

渔民的努力空前巨大而捕获量却持平，有力地表明螃蟹的总体数量在下降。特别小组担心，螃蟹的尺寸也在缩减。[8] 汉普顿的一个蟹肉处理商告诉我，以往能生产 12—13 磅蟹肉的螃蟹，到 2000 年只能产出 8 磅蟹肉。

自 20 世纪 90 年代起，弗吉尼亚州海洋资源委员会就要求捕蟹人在硬壳蟹笼侧面剪出筛选圈，好让不够大的螃蟹逃出来。委员会还减少了每个捕蟹人能在海中下的蟹笼的数量。它还宣布，将海湾南部的一大块区域定为自然保护区，以保护产卵的母蟹和刚生产出的小螃蟹，之后又在海湾中部划出一道巨大的禁入区。弗吉尼亚州开始要求渔民们为每一样捕蟹设备购买单独的许可证。最终，政府颁布了迄今为止最极端的措施：完全禁发新的捕蟹执照，也禁止转让绝大部分许可证。[9]丹吉尔岛的许多老前辈谴责这个极端举措，怪它导致岛上的年轻人离开。

所有这些补救措施都产生了效果，但没有一个能够充分解决那个长期存在的大问题：成熟母蟹的数量急剧下降。从 1994 年开始，成熟母蟹在六年内减少了约 70%。[10] 没有这些雌性，螃蟹种群的命运已经注定。

海湾上所有的捕蟹人中，冬季采挖者受到这一动向的负面影响最严重。虽然他们的捕蟹量仅占弗吉尼亚州螃蟹捕获量的13.5%，但成熟母蟹几乎是他们唯一的捕捉对象——从海底耙出的螃蟹中，90%都是性成熟的母蟹。这些雌性螃蟹全都在等着越过冬季后好产卵、生出卵块。[11] 采挖者捕捉这些母蟹，严重损毁了螃蟹繁殖的能力——并深刻影响了他们来年夏天下蟹笼捕硬壳蟹的预期收成。

因此，即便从 20 世纪 90 年代开始就出台了这些新法规，蓝蟹这个物种的境况依旧不容乐观。科学家们推测，在任何一年内，螃蟹捕获量都不应该超过海湾内螃蟹总量的 46%——这个“捕获比例"能让螃蟹繁衍出足够的下一代，在下一季补足本季被捕捞的缺口量。但渔获量往往超过这一阈值。1998 年开始的十年内，捕蟹人平均每年捕捞的蓝蟹的数量占海湾内蓝蟹总量的 62%，有些年份捕捞占比甚至还要多得多——根据切萨皮克湾基金会的数据，2001 年是 71%，2004 年是 70%。[12]

到 2007 年，蓝蟹业已经濒临崩溃。海湾内蓝蟹总量从 1990 年的 7.91 亿只急剧下跌至 2.6 亿只。而且在这 2.6 亿只蓝蟹里，只有 1.2 亿只蓝蟹是可以产生下一代的成熟蟹，远低于科学家们确信的能维持蓝蟹在切萨皮克湾生态系统中长期存续的 2 亿只的数量。2007 年，正是自 1945 年第一次记录全海湾蓝蟹捕捞量以来，捕蟹人收成最惨淡的一年。[13]

弗吉尼亚州的官员们意识到，只有大幅减少性成熟螃蟹的捕捞量，才能扭转蓝蟹物种的灭亡，而且动作一定要快。于是，他们在 2008 年 4 月下令停止冬季采挖螃蟹。此后一直没有重新放开。[14]

这项举措并未在丹吉尔岛上产生几年前可能会造成的那种剧烈影响，因为随着岛上人口的减少，捕蟹者整体、连同冬季采挖螃蟹的人都少了，尽管还有一些老渔民还在继续下蟹笼，但已经不再在严酷的寒冬下水挖蟹了。整个海湾的情况都是如此：在1944—1945 年度的冬季，切萨皮克湾共有 346 搜挖蟹船工作，每艘船上都有一名船长和 1—2 名水手。仅 4 年后，就只有 192 搜挖蟹船了。弗吉尼亚州 2000 年特别小组注意到了这个趋势并推测，如果蓝蟹能再坚持几年，就会从它们的捕捞者手中逃过一劫。事实确实如此，到 2007 年，只有 53 艘挖蟹船还在工作，其中来自丹吉尔岛的也就十一二艘。[15] 对这一小撮渔民而言，停止冬季采挖同样导致他们度日艰难，特别是当这一时期又凑巧撞上了国家经济危机。丹吉尔岛经历了好几个困难年头。

但是，就像丹吉尔岛人会告诉你的那样，这里是被选中的地方，他们用以佐证的还不仅是好天气。正当冬季采挖被停止的时候，切萨皮克湾曾经取之不尽的牡蛎种群的最后一批幸存者继续在微生物的侵扰和人类的掠夺下挣扎求存——而它们突破万难，数量上终于有了恢复的迹象。

因此，在捕完了 2016 年最后一波螃蟹、在乌克下笼子捉完了鳗鱼之后，这位镇长和其他至少 50 名丹吉尔岛人已经蓄势待发，准备去做牡蛎采捕人了。

大西洋飓风季（Atlantic hurricane season）每年自 6 月 1 日开始，至 11 月 30 日结束，与一年中下蟹笼捕蟹的时间大半重叠。丹吉尔岛与飓风的近距离遭遇通常发生在这六个月的中段，即 8 月和 9 月；其中，1821 年 9 月的大风暴、1933 年 8 月的大风暴和 2003 年的飓风"伊莎贝尔"是三次破坏力最强的飓风，岛上狂风大作、海水漫灌。

秋季气温逐渐凉爽，飓风的危险却远未结束。我收到这样的提醒是在 9 月 25 日晚祷的时候，朗尼的弟弟特雷西·穆尔开始在新约教堂的晚祷前接受代祷请求，请乌克的妻姊妹卡琳·肖尔斯祈祷以激励他们。"我感谢你，上帝，为了你将要赐给我们的那堵海堤和你将给我们的沙滩"，她回应道，"主啊，现在正在飓风季。请保佑我们。主啊，就像你过去常做的那样，请赐予我们保护吧"。[16]

正当她发言的时候，在西非海岸，一团由雷暴团发展形成的风暴正迅速跨越大西洋。三天内，它增强为典型的热带风暴。接着，它向西沿着委内瑞拉和哥伦比亚的海岸线移动，并惊人地增强为五级飓风。几乎在丹吉尔岛"闭岛"过冬的同时，飓风"马修"[1] 转向了。

飓风"马修"在海地西南部登陆，风速达到每小时 150 英里，造成巨大破坏；12 小时后，又席卷了古巴东部。在向北移动的过程中，它逐渐减弱，又突然增强，重创巴哈马群岛。当时，气象预报预计此风暴会沿弧线经过切萨皮克湾，然后直撞上丹吉尔岛。飓风"马修"还在南方 1000 余英里以外，丹吉尔岛附近已经掀起滔天巨浪，海水从水道涌出，淹没道路。

---

[1] 飓风"马修"（Hurricane Matthew）是自 2007 年飓风"菲里克斯"之后的第一个五级飓风，也是 2005 年飓风"斯坦"之后最具破坏力的大西洋飓风，给加勒比海沿岸地区及岛屿带来了巨大的损失。

但到了 10 月 5 日星期三，斯温纪念教堂虔诚的信众们聚集起来参加晚祷时，大部分气象预报显示，飓风"马修"将在佛罗里达州或者南卡罗来纳州（South Carolina）登陆美国本土，然后转向开放海域。"今天晚上有人蹚水过来吗？"弗勒德牧师这样问候道。[17]"有人跟我说，明天早上 8 点，人们会在学校的旗杆旁为了这场风暴做祷告。我认为上帝已经回应了我们的祈祷。据我所知，我们这儿只会因为它多下点雨。"

他的布道围绕着《彼得前书》中的一段展开："万物的结局近了，所以你们要谨慎自守、儆醒祷告。"[1]

"有多少人一直祈祷风暴转向？"他问。几乎所有人都举起了手。"有多少人为海地、为古巴东部、为佛罗里达州的人们，为所有遭受危险的人们和地区祈祷？"大部分教众再次做出回应。牧师点了点头。"祈祷是件很严肃的事情。我们应当像为自己祈祷那样，勤恳地为他人祈祷。"

飓风"马修"沿着佛罗里达州的大西洋海岸西岸缓慢向北移动，与陆地的距离都在 20 英里以上，却导致该州暴雨连绵、巨浪滔天。当周六早晨它在南卡罗来纳州的默特尔海滩登陆时，已经减弱为一级飓风——同样很危险，但已经没有灾难性的大风了。它又折弯回海中，越过北卡罗来纳州的堰洲岛，在周日黎明之前，依预测路线在哈特拉斯角离开大陆、转向大海。

---

[1] 语出《圣经·新约·彼得前书》（4.7）。

无论如何，它依旧是一个巨大的气旋，而丹吉尔岛距离哈特拉斯角不过 170 英里左右。飓风"马修"的外围风带卷着每小时50 英里的大风袭击丹吉尔岛。窗户咔嚓作响，木制墙壁颤抖着发出吱嘎声。机场跑道附近有架停了两个多月的废旧飞机[18]，直接被吹翻了。我在破晓后不久登上船甲板，看到浪涛撞击在防波堤上，向天激起一朵朵巨大的浪花，前方海湾的海面上被浪头搅起白色的浮沫。

我穿好防雨夹克，骑上自行车前往新约教堂参加 10 点钟的主日礼拜。西脊路上的积水有几英寸深，北风裹挟着雨水砸得我眼睛生疼。我转弯骑上华莱士路、准备穿过滩涂时，只能靠猜来确定柏油马路在哪儿——路完全被水淹了——而且得向左倾斜 10 度来对抗大风。强风卷起夹克的帽子，扭着它从侧面抽在我的脸上，一阵又一阵的风吹得我完全失去平衡，不得不在半路下车，啪叽啪叽地踩着水走完到主脊岭剩下的路。

新约教堂的停车场里没有一辆高尔夫车。大门锁着。主日礼拜被取消了。我没有原路返回，而是顶风踩着自行车去了斯温纪念教堂等 11 点的礼拜。教堂大门没有锁，但会众一个都不在。毫无疑问，岛上的陆线电话网像往常一样发挥了"统治"的作用。不幸的是，我没有陆线电话。

我已经浑身湿透了，决定再去周围多逛一圈。我向北穿过"肉汤"区，一个人也没遇见。风暴没有给商业区带来任何肉眼可见的混乱：丹吉尔岛有充足的准备时间，我没看到任何错位的东西。我骑过长桥，顺着一阵超过七级的大风过了整个西脊岭，一下脚蹬都没踩。

南边的海岬上，沙滩被袭来的碎浪遮得丝毫不见，沙丘被海水雕出垂直的峭壁样。空气中满是水雾和被吹起的白沫，海水撞击在岸上，发出震耳欲聋的声响。海浪溅起的水沫打在自行车轮上、落在我脚下的锯齿草[1]丛里，沙子上方形成了一个小小的、飞速旋转的旋涡，很快又消散了。

除了损坏了沙丘，飓风"马修"并未给丹吉尔岛造成什么伤害——并且为丹吉尔岛提供了新的证据，证明这个岛被万能的上帝庇佑，岛上人们的信仰和祈祷让它被主选中。当晚，在新约教堂，特雷西·穆尔于祷告前征求代祷请求。卡琳·肖尔斯的话再直白不过："感谢上帝再次拯救我们。"[19]

11月的第一个周日，弗勒德牧师向他的循道宗信徒们建议，对大选袖手旁观并不明智。[20]"这要由基督徒决定"，他说，"这是我们的职责"。他请出生于丹吉尔岛、从东海岸回岛访问的牧师查克·帕克斯做祷告。

"我们的国家在政治上正处于焦虑时期"，帕克斯牧师说，

---

[1]　锯齿草（saw grass，一作 sawgrass）是一本芒属（*Cladium*）多种莎草的俗称，这一属的植物在热带和温带地区广泛分布。

"主啊，我们为即将到来的大选祈祷，我们祈祷，就任总统的那位候选人是能最好地实现你对这个国家的规划的人"。末日审判，他说，"已经近在咫尺"。

两天后的早上，我骑自行车去学校，投票机就设在那里。路上，我遇到了乌克，他正在自家屋子外面停放他的沙滩越野车。"今天早上我投了好几次票"，他跟我说，"再等一会儿，我还要再过去重新投一次"。他瞟向我，注意到我脸上的怀疑，补充道："实际上，我把钱包忘了。他们要看我带照片的身份证，所以我不得不回来取。"

我继续向前，沿着一条蜿蜒的路径骑过主脊岭。主脊岭上四处一丛丛地竖立着特朗普的标牌。公民们给常规的"让美国再次伟大"的标语增添了自制的颂词，用难以擦掉的马克笔潦草地写在刷了漆的木板上。我没看到任何支持希拉里·克林顿的牌子。我看着人们持续不断地开着高尔夫车来到学校投票。当天结束时，有 221 名丹吉尔岛人为特朗普投下了选票——岛上一共投出了 253票，这个数字超过全岛投票数的 87%。[21]

大选三天后，那周的星期五，我乘邮船去了克里斯菲尔德。[22]我与库克·坎农跟布雷特·托马斯一起待在驾驶室里。库克·坎农四肢伸开，躺在船舱后面的一张矮长椅上，要去大陆看医生。快到标记航程中点的红铃浮标时，库克几乎是吼着说，在 8 年过去后，美国要再次迎来一位基督徒总统了，他有多么开心。

我在丹吉尔岛上做政治辩论的哑巴听众有六个月了，听到了很多类似的话。他们说贝拉克·奥巴马和民主党人大体上都是基督教价值观和"美国方式"的敌人。说唐纳德·特朗普，这个吹嘘自己可以性虐待妇女而能免于处罚的人，这个用种族和文化差异为自己的竞选活动添柴拱火的人，这个对欺骗、人格侮辱、通奸和离婚毫不陌生的人，还是一个比相对古板的希拉里·克林顿更虔诚的人。《走进好莱坞》（*Access Hollywood*）录影带记录下特朗普明确地对女性做出违反基督教教义的评价的影像，而乌克对此录影带的反应可以为丹吉尔岛人的意见做注解："这些左派，他们表现得对视频里的语言极为震惊"，2005 年的那份录像带曝光没几天，他在"特情室"公开说道，"哦，他们才是支持不信上帝的社会的人呢"。[23]

杰里·普鲁伊特这样回应道："太多人不知道自己在为什么投票就去投票了。"

我对此一直困惑不解。今天，仅此一次，我决定更正他们的印象。"奥巴马总统是基督徒，希拉里·克林顿是个循道宗信徒"，我告诉库克，"而且在我看来，特朗普很大程度上是个无神论者"。

"他不是无神论者"，库克答道。

"又是个媒体撒的谎"，布雷特说。

"他是个基督徒"，库克说，"他是被拯救的"。他指的是有关结过三次婚的百万富翁葆拉·怀特（Paula White）的流言。有消息称，这位宣讲"繁荣福音"[1]的电视福音布道人[2]指引新当选的总统走上了信主之路。

我转过去面对库克："你看见过任何一张特朗普在教堂里的照片吗？"

"那没有意义"，库克大声道，"你不必去教堂才算得上基督徒。同理，就因为你去教堂，不代表你就是个基督徒"。

这并不是我经常从丹吉尔岛人口中听到的那种话。

但足够真实。

---

[1] 英文为"prosperity gospel"，又名"繁荣神学"（prosperity theology）、"健康与财富福音"（health and wealth gospel）、"成功福音"（gospel of success）、"种子信仰"（seed faith），是部分新教基督徒的宗教信仰。这一"教派"认为《圣经》是上帝与人之间的"合同"；信徒们相信，财富上的福祉和身体上的健康一直是上帝对他们的意旨，并相信虔信积极的演讲和为宗教事业捐款会增加一个人的物质财富。这一神学流派受到许多基督教教派领袖的批评。

[2] 英文为"televangelist"，即"television evangelist"的缩略写法，指的是规律地组织和放送宗教电视节目、在电视上宣讲基督教教义并劝服人们皈依基督教的人，特别是布道师。

第五部分

海面升上来了

马特·惠特利抽出一支烟，朗尼·穆尔和史蒂夫·沃森则一直关注着拉帕汉诺克河上的其他牡蛎船。摄于 2016 年 11 月。（厄尔·斯威夫特　摄）

二十一

杜安·克罗克特把一年中比较好的日子都花在逐字逐句地为新约教堂的教众宣讲《哥林多前书》上。有一天，他的宣讲主题是预言天赋。[1]"每年这个时候，我都会跟大家分享克洛斯先生和牡蛎的故事"，他说。

乔治·"巴兹"·克洛斯在 1987—1992 年担任斯温纪念教堂的牧师。"那是 80 年代末的时候，每个经历过那段时间的人都记得，海湾里的牡蛎不是病了就是死了"，杜安说，"几乎没有牡蛎幸免，看上去再也不会有人捉到牡蛎，也再也不会有人能靠抓牡蛎、靠牡蛎产业谋生了。我与在座各位一样，记得很清楚"。

"我也记得信仰坚定、笃信祈祷的克洛斯先生。他要求人们带他出海，驶遍整个海峡，为牡蛎岩祈祷"。杜安环视在座的信众，最终把视线锁定在一个渔民身上："拉里（Larry），你也是其中之一，对吧？"那个渔民点了点头。"没错"，杜安说，"克洛斯先生在每块牡蛎岩边祈祷。之后他说，上帝让他看到，有一天牡蛎贸易会全面复兴，人们能够再次靠牡蛎产业谋生"。

"总有些碎嘴子想阻止上帝的事业"，杜安说，"有人告诉他，'上帝没有告诉你这些，也没有让你看到未来，这都是你自己想象出来的'。他们说了太多遍，我觉得连克洛斯先生自己都开始怀疑上帝是不是真的告诉了自己这些话……"

"上帝真的让克洛斯先生预见未来了吗？"杜安问道，"那么我们来提几个问题。他是上帝的孩子吗？是的。他所预言的事情成真了吗？是的"。

"有谁曾想过海峡边的渔民们靠着两块牡蛎岩就能谋生？谁能想到？"他说。他环顾四周，让大家消化自己的话，接着继续讲道："这个预言是不是对上帝的歌颂？乌克总是说——他昨晚祷告时就说了——'感谢上帝赐予我们牡蛎。'这句话他说了好几遍——无数遍了。所以这是对上帝的赞美。"

"这对教会是否有益？那么我这么问：通过售卖牡蛎赚钱，教众是否满足了生活需求？传教士是否获得了支持？教堂的需求是否得到了满足？是的。"

"那么"，杜安总结道，"通过这些回答，我必须说，三十来年前，确实是上帝给了克洛斯启示预言"。

至少这一点是肯定的：乔治·克洛斯做出预言的时间点，正是切萨皮克湾的牡蛎濒临灭绝、岛上采捕牡蛎的人对牡蛎恢复几乎不抱希望的时候。过度采捕使海湾的牡蛎资源濒临枯竭，"Dermo"病和尼氏单孢子虫（MSX）病[1]则带来了近乎致命的一击。1980年至1984年，弗吉尼亚州本就大幅缩水的牡蛎产量直接减

---

[1] 这两种牡蛎疾病及其病原体已在第二十章中介绍过。

半；到 1990 年，私人养殖场的产量也崩盘了。那时候，弗吉尼亚州几乎要放弃掉牡蛎产业：大幅削减了恢复双贝壳海产产量的投资，并在接下来的 20 年内没有在这方面进行任何大额投入。

但是，威廉玛丽学院下属的弗吉尼亚海洋科学研究所（Virginia Institute of Marine Science，VIMS，以下简称"弗州海研所"）的科学家们继续监测了"Dermo"病和尼氏单孢子虫病的情况。这些病原体喜爱高盐分和温暖的环境，春季降水多的时候数量缩减，天气变热、变干后又暴增回来。1998 年，弗州海研所测算出，丹吉尔岛附近的岩石上生长的牡蛎至少有四分之三感染了"Dermo"病；到 2001 年，这个比例达到了 96%，甚至可能更高。还存活的牡蛎只能算是苟延残喘。最近的 2006 年，弗吉尼亚州牡蛎产量不足 1 万蒲式耳，仅是 19 世纪巅峰期的百分之一。

在这样惨淡的现实面前，联邦政府出手干预，投入资金和精力恢复公共海域的牡蛎岩，换上新鲜的贝壳以满足牡蛎幼体固着和生长的需求，并向牡蛎岩投放健康的野生繁殖期牡蛎。到 2009年，弗州海研所报告称，尽管"普遍认为，切萨皮克湾的牡蛎并未对这种病产生抵抗力，或者说这种抗病力是不太可能产生的"，但长期监测数据表明，这个过程正在发生。[2] 曾被尼氏单孢子虫病肆虐的牡蛎岩现在出现了有抵抗力的牡蛎，而它们的后代似乎拥有更强的抗病能力。

弗吉尼亚州官方建立了公共牡蛎岩的循环采捕系统，即对一块牡蛎岩采捕后，要间隔一到两年才能对同一块牡蛎岩进行再次采捕，这进一步提高了牡蛎产量。虽然海湾内的牡蛎没有战胜病原体，数量也完全没有恢复到过去种群数量的迹象，但几十年以来它们的数量第一次稳定了下来。从 2011 年开始，丹吉尔岛牡蛎采捕人的收获逐年上升。

正因如此，11 月中旬的一个星期四，我在黑夜中开了三小时的车，来到弗吉尼亚州北颈[1]顶端的一个小船坞——风车岬（Windmill Point）。朗尼·穆尔的"阿伦娜·雷哈布"号正停在那儿，旁边还停着其他几条丹吉尔岛的小船，以及 20 来条南切萨皮克湾的尖底破浪船。[3]这些船都准备抢占 2016 年牡蛎季的先机。在丹吉尔海峡，牡蛎季要到 12 月 1 日才开始；但在宽广的潮汐河——拉帕汉诺克河，这个时间要早上好几周。就在河口处 28 英尺深的水下，一块巨大的、健康的牡蛎岩静待采捕。

大多数丹吉尔岛人不会来到离家这么远的地方，但朗尼在采捕牡蛎上表现出了与整个夏天捕捞螃蟹时一样的进取精神。他一点也不在乎在感恩节期间一周有四个晚上在船上过夜。这次他的船上是两位有执照的牡蛎采捕人：来自丹吉尔岛的资深老手马特·惠特利，还有新手史蒂夫·沃森，后者每天要花两小时从诺

---

[1]　英文为"Northern Neck"，暂无统一中文译名，本书中译为"北颈"。这个地区是弗吉尼亚最北边的一个半岛（该州传统上将"半岛"称作"脖颈"），位于切萨皮克湾西岸，北以波托马克河为界，南以拉帕汉诺克河为界。

福克来这儿。我上了船，小心翼翼地在占据"阿伦娜·雷哈布"号大部分开放甲板的拖网设备间穿梭，他们都跃跃欲试地想要开始采捕了。

弗州海研所谨慎地调控牡蛎采捕进程，其中的一条铁律就是只有太阳升起时——今天是6：48——才能开始采捕，早一秒钟都不行；而且，采捕船只能比这个时间提前半小时离港。6：10左右，码头上下的船纷纷发动引擎，空气中充满了喊叫声和汽油机排出的烟；6：15，船员们松开缆绳；6：18，20多艘船离开码头，朝船坞通往拉帕汉诺克河的出口驶去。

我们五艘船并列向南，在起伏达1英尺的水面上全速前进，前面的船破开激烈的浪花。在破晓前的昏暗里随这样一支船队航行令人兴奋——我们好像不列颠之战中的空军那样，以紧凑的队形"翱翔"，血脉偾张。到离岩石3英里左右的地方，船只四散开来，各自寻找自己中意的位置。朗尼把船开到自己选中的地方，关掉了引擎。"好了伙计们"，他说，"穿装备！"

他们踩进油布雨衣，拉扯着盖住牛仔裤和连帽衫，朗尼则盯着用螺栓拧在天花板上的GPS显示屏上的时间。从西边吹来一阵寒风笼罩在河上，无论是船尾操舵台旁的朗尼，还是站在不锈钢分拣台两边的马特和史蒂夫，都冷得牙关打战。拖捞网挂在一条生锈的铰链末端，高度齐眉。拖网有22英寸宽，网口参差错落、网袋由打结的绳子构成，锈得掉渣，看上去足有百年历史。

时间到了 6：48。拖网被抛入水中，带着铰链从水力绞盘上旋开，腾起一阵细碎的锈渣。链条哗啦啦地震动着，放到底的时候一下绷紧，发出轻轻的嘎吱声。朗尼向右舷猛打船舵，在水面上迅速划出一道急转弯，我们旁边的船也各自打弯。来自丹吉尔的"玛丽亚·泰勒"号就在我们右边几英尺，朗尼直接擦着它的船尾过去了。左舷尾处一条长 20 英尺的卡罗莱娜小艇[1]（Carolina Skiff）也这样擦着我们的船过去了。我们的小船越旋转圈子越小，旁边划大圈的船只在船长驾驶下寻找着自己的位置，离我们越来越近。就好像缠斗混战一样。

90 秒之后，绞盘启动，卷回铰链，拖网钻出水面，滴着水升上船舷——空空如也。再来一次，拖网里只有橘黄色的抱卵蟹。第三次捞上来更多的抱卵蟹。船划了第四次圈，这下拖网里沉沉地坠上了牡蛎。马特和史蒂夫抓住拖网把它拽上甲板，将拖网里的东西一股脑倒在货盘上，又把拖网甩回船外。铰链再次松开，发出震耳欲聋的哐哐声。

他们迅速地挑拣，把其中一半贝壳推到一边，用锤子敲开紧闭的壳来确认里面有牡蛎还是仅仅只是个空壳。锤子用螺纹钢制成，用来去除牡蛎上黏着的藤壶和贝壳碎片——也叫"小翅膀"。水面上船只的轨迹越发狂野。朗尼开着"阿伦娜·雷哈布"号向

---

[1]　"Carolina Skiff" 是北美有名的玻璃纤维船只制造商，其旗下最出名的品牌就是与公司同名的"卡罗莱娜小艇"。

右一个大转弯，避开了直直地从萨克西斯（Saxis）冲出来、自左向右开过我们船尾的"再来一波"号，而它接着被另一艘闯进它航线的船逼得偏离了航向。两艘船以 5 英尺之差堪堪错过。一艘小船好像控制不住自己的拖网设备，正好卡在我们右舷正横前。史蒂夫抱怨道："这船会全天挡我们道的。"朗尼猛地向右打舵倾斜船身，轰大柴油发动机，从这艘船后 4 英尺的地方斜插了过去，解决了这个问题。拖网又升上来了，满载糊满淤泥、缠着海葡萄的牡蛎。

"阿伦娜·雷哈布"号在河中打转，初升的太阳从船左舷照到船尾，到右舷，再照到船头。我向船舱内瞄了一眼，看看 GPS 显示器上记录的航行轨迹，上面的路线一圈叠一圈，叠成厚厚一团黑色的线团。我们与一艘敞舱船狭路相逢，长着白胡子的来自东岸地区的船长朝朗尼摆手，让他闪一边去，朗尼则示意他让开路来。"他觉得我挡了他的道，我觉得他挡了我的道"，朗尼吼着盖过铰链的哗啦声，"每个人挡了每个人的道"。

铰链再次卷紧，溅起染着朝霞橙红色的水花，又有一袋沉甸甸的贝壳被倒上货盘。已经有一蒲式耳那么多了。

我看了看表，7 点整了。我们干了 12 分钟。

不像捕蟹时用的木制蒲式耳桶，"阿伦娜·雷哈布"号的船员们把采捕到的牡蛎倒进一种他们称为"弗吉尼亚桶"（Virginia

tub）的容器里。这种桶用橘黄色的模压塑料制成，很像人们放脏衣服的脏衣篮。它们也比装螃蟹的桶大一些。跨过州界，那边的牡蛎采捕人用的容器是"马里兰桶"（Maryland tub），比弗吉尼亚桶小一点，但还是比装螃蟹的桶大。丹吉尔岛的渔民看上去对此有些迷惑，但也并没有格外在意这种标准度量上的差别。"一蒲式耳桶有一蒲式耳"，利昂告诉我，"一马里兰桶是一蒲式耳。一弗吉尼亚桶也是一蒲式耳。它们大小都不一样。但是有些东西并不是一蒲式耳。他们管那些东西叫蒲式耳，但其实并没有那么多蒲式耳"。

弗吉尼亚州法律规定，一个有执照的牡蛎采捕人每天最多捕8弗吉尼亚桶的牡蛎。拉帕汉诺克河面上的所有船上都有一个船长、一或两个船员，加起来就是每艘船每天有16蒲式耳的采捕量，或者像"阿伦娜·雷哈布"号那样，能达到24蒲式耳。理论上讲，朗尼和他的伙伴们每天的工作时间应该比在我们旁边打转的一些小船多一半。

但马特和史蒂夫在采捕牡蛎上可是目光如炬。他们目光毒辣、动作迅速，每捞上来一网，就飞快地把牡蛎丢进桶中，把空壳和碎石、煤渣丢回水里。除此之外，朗尼也是个严苛的老板：他自己不休息，也不允许手下休息。所以到了8点，白天刚开始72分钟，我们就有了6只填得满满的牡蛎桶——相当于每小时5桶。马特根本没工夫安心吸完一支烟，所以他干活的时候总是在唇间咬着一支万宝路。

西风强了起来，河面上水浪渐大。有一网里捞上来一个老牡蛎，周围黏着至少十个小牡蛎，结成一大团。"这些牡蛎都黏在一个壳上"，马特一边给我们看那一大团牡蛎一边说，"再过几年，它们就会长成特别大的个头"。下一网捞上来一个旧啤酒瓶，棕色的玻璃瓶身周围长满藤壶——但只有 6 个牡蛎。

马特正往第九个桶里丢牡蛎的时候，高边大船"朱莉·安"号擦着我们的左舷转弯，距离近得史蒂夫暂停了手里的活怒瞪对面的船长。"玛丽亚·泰勒"号朝我们的右舷开过来了，朗尼猛地侧倾渔船好避开它的航道。我们与一艘大陆来的船擦肩而过，上面有两个人，我惊讶地发现船员居然是个女性。"这些船里至少有五艘上面有女船员"，朗尼告诉我。不用他说也知道，丹吉尔岛的船上不会有女人。

"妈妈的话"号从很近的地方驶过。它的船尾上写着的船籍港是"弗吉尼亚州，下坠与爬行"（FALLIN AND CRAWLIN, VIRGINIA），但这艘船本身是在丹吉尔岛造出来的，制造人是杰里·弗兰克·普鲁伊特。"嘿——"朗尼扯着嗓子跟"妈妈的话"号的船长打招呼。

"嘿——"对方回应。

我们驶近"格雷丝"号，一艘圆形舯木船。"这艘船上也有女的"，朗尼一边说一边指向船上的船员，她正忙着拣选牡蛎，运动衫的兜帽紧紧地扎在脸周围。我们周围的船靠得越来越近了，"妈妈的话"号就在我们后面几英尺的地方，我们旁边就是"格雷丝"号。等时机一到，朗尼猛地向右打舵，我们几乎蹭着"格雷丝"号的拖网边开了过去，恰好避开"朱莉·安"号的船尾。

史蒂夫正在挑拣最后一网收获，只找到两只牡蛎。"这儿没多少货啦，朗尼"，他回头喊道。

"是没多少了"，朗尼应和道，"我们得找下一个点"。

我们从这个圈里冲出来，往河上游开了 100 码，下一网就兜上来一大堆牡蛎。还没拣选完这一网，"朱莉·安"号就滑到了我们左舷的位置。"他们挡道了"，马特低吼。

"比其他任何一艘船都碍事儿"，朗尼也很恼火，"他根本不知道自己在干什么"。没到两分钟，船只又扎堆了——"妈妈的话"号，"玛丽亚·泰勒"号，还有东岸地区的小艇，都过来了。"朱莉·安"号死贴着我们的船尾。"我甩不掉他"，朗尼抱怨道，"我去哪儿他就跟到哪儿"。

时间走到了十点。甲板上已经有了 16 蒲式耳牡蛎。"朱莉·安"号还是贴得很近，拖网在船侧撒了有 30 英尺长——网撒得太远了，而且也阻碍了别的想从它右侧通过的船只。我看着"朱莉·安"号的船员们拣选牡蛎，他们花的时间足足是马特和史蒂夫的四倍。"我们收工的时候他们还选不满 10 蒲式耳呢"，史蒂夫说。

朗尼怒视着那艘船："他总是切进来打断我们。"

"你要靠过去吗?"史蒂夫问。"我知道你不喜欢骂人,但你要骂的话我不介意。"

朗尼甩开我们的跟屁虫,快速冲到更上游的位置。下一网捞上来一堆贝壳和 14 只裹着灰色淤泥的牡蛎。"瞧我们的!"史蒂夫吼道。

11 点,"玛丽亚·泰勒"号返航靠岸。这艘船的船长只带了一个船员,而且他们已经采捕到了 16 蒲式耳的牡蛎。数分钟后,我们的甲板上已经有 23 桶牡蛎了。第 24 桶也飞快地填满了:一网捞上来 27 只牡蛎,下一网则有 23 只。"我觉得够了!"史蒂夫大声喊道。船员们固定拖网的时候,朗尼打开节流阀,我们迅速返回风车岬。

几天后,我回到丹吉尔岛,在停靠在自己的码头的"阿伦娜·雷哈布"号上找到了朗尼。他正在撬一堆数小时前刚刚由船员们拣出来的牡蛎。我翻上船,他正好撬开一只牡蛎,然后递给我。我从壳边把牡蛎吸溜进嘴里。这只牡蛎十分肥美,肉质紧实,带着咸味。此前我从来没吃过这么好吃、这么新鲜的牡蛎。

"不错吧?"他问。

我点头,嘴里塞得满满的。

他又撬开一只递给我。

丹吉尔海峡的牡蛎季开始的时候，持续增强的寒冷天气已经把采捕牡蛎变成了一项几乎不可能的事业。12月中旬，白天岛上的气温维持在华氏40度左右，从北部开放水域刮来的风会使温度骤降到相当低的水平。高地上有积雪很常见。海上也很容易形成巨大的风浪。水雾会濡湿每个水手都要在油布雨衣下面穿的棉衣，会在船的甲板和采捕设备上结成冰。于是，这份对错误容忍度极低的工作就变得更加艰辛苛刻：下海就是直面绝望。在如此冰冷的海水里，渔民只要待上15—30分钟，身体失去的热量就会低于能维持生命的热量，接着就会发生低体温症。他体内的能量迅速流失，四肢无法运动。而如果他没有被拉出水面、擦干身体，他就会死。

在一个黑沉沉的、寒冷的早上，我做了一个不合理的决定：与乌克和艾伦·雷·克罗克特一起登上后者那艘42英尺长的"克劳丁·苏"号出海。[4] 我们驾船来到丹吉尔岛东北方向5英里的一块石头附近，那里已经有其他41条船等待黎明了。数量相当多的拖网在面积相当小的水域中形成的图像与在拉帕汉诺克河上采捕牡蛎的图景没有太大区别。我们跟利昂的"贝蒂·简"号常常只有五六英尺的距离，他带了矮个儿埃德·帕克斯当船员；有时候与其他争夺空间的尖底破浪船几乎是紧挨着航行。

区分时间的是风。太阳一升上地平线，从西北方就刮来了风。到早上8点，海面上波涛汹涌，浪头有3英尺高，拍在船体上的浪让整条船都颤动起来。9点钟的时候，风速能达到每小时25英里，咆哮的海浪有 4 英尺高。甲板左右摇晃，时不时地发生猛烈倾斜。水沫越过船舷上缘溅进来。有时候一个浪头直接打上船头，翻过船舱，直接拍在我们身上和周围的甲板上。

我抵住船舱的门框，拼命地试图稳住身体。从那儿，我能看到船舱胶合板的内饰上嵌着一幅装饰画。这是沃纳·萨尔曼（Warner Sallman）1950 年创作的一幅作品的印刷版，他是一个专门绘制宗教画的艺术家。这幅画名为《我们的领航员基督》（*Christ Our Pilot*），画面中，一艘木船遭遇了一场巨大的海上暴风雨，一名肌肉精壮的年轻水手紧握住木船的舵盘；耶稣以灵体的形象站在他背后，身材格外高大，左手放在水手的肩上，右手指明安全的方向。这幅画是丹吉尔岛作业船的标配。

乌克和艾伦·雷忙得顾不上考虑寒冷和潮湿。在他们装满 16 蒲式耳牡蛎之前，我们是不可能进船舱的。"我们这个时候出海，其实是不应该的——海浪冲进船里，贝壳打在脸上"，乌克试图安慰我，但适得其反。他向艾伦·雷点头："他说话可真风趣。"

20 英尺外是"贝蒂·简"号，我看着它突然歪斜、在浪头上大起大落，又突然一下子摇晃起来。这并不是利昂耙捞脱壳蟹用的那艘小平底作业船"贝蒂·简"二号，而是一艘更大、更老且因为漏水而臭名远扬的尖底破浪船。拖网拉上来了，利昂和矮个儿埃德爬上分拣台引着拖网到位，卸货，再手脚并用地爬回甲板上。利昂快过 86 岁生日了，矮个儿埃德有 81 岁。他们循环往复地干着活。

"嗷嗷儿的风啊！"乌克的喊声盖过了发动机、哗啦啦的铰链还有风的声音。"风儿吹，风儿吹，柠檬果儿挤出汁。"

"天气真差"，艾伦·雷一边说一边开着船又撒下一网。

"真是一年里最糟糕的一天了"，乌克说。他回头看着我。"下次要是再带你来，我们就得好好考虑考虑了！"

乌克说明天的天气可能会更糟糕。今晚气温会跌破华氏20度，意味着风还会更大。"我们明天不出海了"，他说，"但是那些不要命的牡蛎猎手们还是会的，比如朗尼，明天他很可能会出海。他们就是心里觉得非做不可"。

第二天早上我离岛前往克里斯菲尔德的时候，脑子里还在想着这件事。[5] 我带着行李走出屋子，看到海湾一片黑暗，海水搅起旋涡，刮着冷冷的西北风，风速稳定在每小时30英里。我到了邮船码头，贝丝·托马斯告诉我说布雷特决定今早不发船了。去程倒不会太麻烦，但天气恐怕会变得更糟，他担心返程有问题。天气很冷，水雾都能结成冰。乘客的安全是一方面；"考特尼·托马斯"号船体是钢铁的，考虑到它的吃水深度，他很担心船体上的额外重量会影响船只的航行表现。

没有邮船，还有马克·海尼开的"莎伦·凯"三号，于是我拽着大包小箱沿着码头公路向南走上主街，然后沿着"肉汤"区徒步走到靠近北端的县码头。"莎伦·凯"三号还没到港，我和其他乘客在码头的一端挤作一团，在寒冷的天气和一阵阵的冷风中缩脖耸肩。乘客中有一个块头结实的人，看上去人到中年，我虽然不认识他，但从他破损的棒球帽和胡子拉碴的下巴能看出，他要么是渔夫，要么是拖船工。我询问他的名字。"贾森·查诺克"，他说。

"你都有哪些亲属啊？"我问道。这是我为了在丹吉尔岛家族树中确定一个新认识的人时提出的标准问题。

"就是说，我爸妈那样的吗？我爸是埃德·查诺克"，他答道。

"埃德·查诺克？就是埃迪·杰克斯？"

他轻声笑了："对，埃迪·杰克斯。"

我做了自我介绍，告诉他我很喜欢他父亲，因为他的父亲虽然寡言，但说出来的话都很有道理。他点头微笑，并感谢我。我意识到，虽然这是我们初次见面，但我已经知道了关于贾森的很多事情了。我知道他与卡罗尔和朗尼·穆尔的女儿洛妮·勒妮结婚。我已经见过他的孩子们，因为卡罗尔常常帮着照看他们；朗尼以其中两个孩子的名字命名了自己的船。我还知道埃德在"亨丽埃塔·C"号上的船员就是他的儿子——他们已经在一起工作20多年了——安妮特在大陆上有两个儿子，但我知道埃德只有一个亲生儿子。这就是那个孩子了：贾森·查诺克，与他父亲一样是个渔夫——而他父亲的祖先也像他们各自的父亲一样在水上讨生活，这些祖辈们的父亲也是同样。整理丹吉尔岛上的家族关系就像在玩 3D 版国际象棋一样。

贾森背后就是朗尼的"阿伦娜·雷哈布"号停靠的弧形码头。恰如乌克预料的那样，"阿伦娜·雷哈布"号并不在港。朗尼已经出发去牡蛎岩了。马克·海尼慢慢停下船，冻坏了的乘客们纷纷上船。"莎伦·凯"三号与尖底破浪船差不多大——46 英尺长，14 英尺宽，船舱宽敞，船体前半段的露天甲板上覆着塑料罩子。船上有 20 个左右有防护的乘客座位，罩子后半部分还给货物和吸烟区留了空间。不过它还是比邮船短了将近 20 英尺，重量也要轻上好几吨。船只从码头起航时，我周围的旅客们悠闲地聊着天，但空气中弥漫着一股紧张的气氛。我们即将开始一段刺激的旅程。

这段旅程很快就开始了。还没转过上方岛南角，海浪就已经开始猛烈地拍击船首。从上方岛开往史密斯岛时，"莎伦·凯"三号从 4 英尺的浪峰摇晃着跌进波谷，偏离原本的航向，船头歪歪扭扭地带着整艘船打转。狂风不断地拍击我们周围的塑料罩，罩子噼啪作响，左舷的窗户被溅起的海水浇了个精湿。

我们靠近了史密斯岛的海岸，但低矮的滩涂并不怎么能防风，大风一吹，我们脚下的甲板可能毫无征兆地歪向任何一个方向。我向舱里瞟了一眼，船长单手把舵，警觉但放松地坐在船舱后。他看上去一点也不紧张。然后我看向船尾。海峡里大量的海水已经搅成了一个漩涡，被海浪推向一个方向，又被风卷向另一个方向，巨浪轰然撞击在一起——高高的大浪对撞，喷溅出无数水沫，分开后形成的深沟看上去绝对能把我们吞没。因为缺失了色彩，整个画面看上去更为可怖：除了飞溅的白色泡沫，其余所有颜色不是黑色就是深灰色。我尽力稳住心情。

啊，但接下来我们就转弯向东横跨海峡。狂风呼啸，我甚至开始怀念几分钟前的海浪。坐在"莎伦·凯"三号上就好像在做一次糟糕的奇幻旅行，我的脑海里开始出现一些讨厌的念头：在这疯狂的环境中，船只唯一的防御措施就是向前航行。如果现在引擎停了，海浪就会从船尾打过来，船就会沉，而这一切会发生得很快。我们能在华氏40度的海水里坚持多久呢？

我又向船尾看了一眼，然后决定不再干这种蠢事了。取而代之，我开始观察船上其他乘客的表情。数位乘客看上去在打瞌睡；三五个乘客与我的目光相遇并朝我微笑；还有几个在聊天，就像坐在路边咖啡馆里一样。我看上去是所有人中最紧张的一个。

我盯着南方，盯着海峡的南边。在那个方向的某个地方，掩藏在水沫后面，朗尼·穆尔正在采捕牡蛎。

丹吉尔岛的冬天就这样降临了。西北风呼啸而过，寒冷潮湿。人们前往斯温纪念教堂参加一年一度的圣诞节大合唱；平安夜，两座教堂都挤满了祷告的人群。新年夜，岛上零零散散地放了烟花，没有为2017年举杯祝酒的公众仪式。一月初的一个星期五，岛上下雪了。[6]疾风卷起雪花，在路上、滩涂上积了1英尺深，屋子和篱笆旁边的雪更是堆到齐腰深。岛上的雪化得很慢，高尔夫车几天都不能开。

但丹吉尔岛的渔夫们还是登上了自己的船。"感谢上帝让我们享有这么美好的牡蛎季"，在暴风雪一星期后，卡琳在新约教堂的代祷仪式上说，"工作变难了，但他们一直能捞到达到采捕上限那么多的牡蛎"。[7]

牡蛎采捕持续到二月末，一代代逐渐熟悉起来的水上生活周期又开始了新的篇章。岛上的渔民们卸掉拖网，把渔船恢复成捕蟹时的简单设置。许多人把船拖上岸，刮掉残漆，重新给船体喷漆。

三月中旬，"硬核派"捕蟹人——朗尼和"啄木鸟"以及各自的船员，埃德·查诺克和贾森，还有其他几十个人——已经在油布雨衣下裹着厚厚的棉服再次出海了。为了即将到来的游客潮，艾琳·埃斯克里奇和斯图尔特·帕克斯将"渔民之家"打理一新，丹尼·克罗克特校长和妻子格伦娜也同样在希尔达·克罗克特的"切萨皮克湾小屋"做准备工作。礼品店下单制作丹吉尔岛的纪念棒球帽和 T 恤衫补充库存。旅游车司机和博物馆讲解员享受着最后几周安静的时光。

乌克在自己的蟹屋建了 80 个新的蟹笼，为换壳蟹季做好准备。他接受记者采访的数量也水涨船高，这些记者为这个正在消失的岛屿着迷，而岛上的人却投票选出了一个将气候变化称为骗局的总统。

2016 年 5 月，贾森和埃德·查诺克在"亨丽埃塔·C"号上。

（伊莱·克里斯特曼　摄）

二十二

许多岛民会说，那天下午确实起了狂风，海上情况一如既往地不怎么好。[1] 但是 2017 年 4 月 24 日星期一，破晓时天气并不那么坏，时速 20—25 英里的风从岛的东北偏东方向吹来——这个天气可能会让利昂在"特情室"抱怨几句，但对丹吉尔岛的捕蟹人来说，他们已经见识过太多这种晨间天气了。所有人都知道风会大起来，下午时分海风会更强劲。大部分人都计划着在海浪高起来之前早早收工。

埃德·查诺克和他的儿子贾森也是这么打算的。清晨 5 点，埃德驾驶着"亨丽埃塔·C"号倒退着开出它停驻的"肉汤"区北端的码头，贾森则在甲板上准备好了饵料和蒲式耳桶。他们驾船从被海浪一遍遍冲刷的船道口出发，开向西南方他们布下的六列、数百个蟹笼，最近的一个也要在 7 英里开外。[2]

他们工作的地方周围全是海水，距离哪个岸边都很远，令人望而生畏。但与朗尼·穆尔以及乌克的儿子啄木鸟一样，查诺克父子来离家很远的地方下笼子已经是个习惯了：他们从不是随大流的人，而是会去他们认为有螃蟹的地方。此外，这对父子对自己这一行很精通。埃迪·杰克斯在水上讨生活已经 54 年了，70 岁的他可以说是船长中的船长，船只操作经验丰富，是岛上最有雄心也最成功的捕蟹人之一。贾森四十来岁，身材强壮结实，做自己父亲的全职大副已经 21 年了。而且他们的船也是周边最漂亮、最久经考验的船只之一：丹吉尔岛的尖底破浪船都很优雅，但从船首舱到船尾的美妙的弧形结构让"亨丽埃塔·C"号显得格外突出。它看上去比实际上更长、更矮、更精巧。这艘船造于 28 年前，船身由冷杉木和黄松木制成，敏捷而结实，也许是杰里·弗兰克·普鲁伊特的杰作。

　　考虑到风会变大，查诺克父子计划捞起 300 个蟹笼就收工——如果还有时间就多收一些，天气变得早就少捞一些。大约 6 点时，他们抵达了最近的两排蟹笼，南北向漂浮在一艘海军靶船的水下残骸附近——这艘战舰原本名叫"得克萨斯"号，后来更名为"圣马科斯"号，沉没于丹吉尔岛西南，已经变成了一堆生锈的废铁。他们在那儿拉上来 30 个蟹笼，但收成令人失望。于是他们放弃了这两排，转而前往 5 英里以外的另外 4 列蟹笼。那里是原来发往巴尔的摩的大船使用的航道，蟹笼就下在航道边缘。路上他们经过了保罗·惠特利（Paul Wheatley）的"伊丽莎白·凯莉"号。保罗是埃德的女婿，与埃德最大的女儿凯莉结婚，而埃德的外孙乔纳松是他的副手。所有人都挥手致意。[3]

　　他们运气不错，航道边的蟹笼里满满的都是螃蟹。但是当他们收完一列蟹笼、准备去收下一列的时候，风转向北吹。上午十点左右，风速已经达到每小时 25—30 英里，海浪高达 4 英尺。查诺克父子继续收蟹笼。[4] 这么点小风并不会干扰到他们，特别是在那天早上。过去的一周内，他们都一直不停地做着移动蟹笼、调整蟹笼方向这些令人疲乏的工作，所以非常期待他们的劳作能在这周一得到回报。

事实也确实如此：邻近中午，他们才收了三分之二的蟹笼，但甲板上已经挤挤挨挨地堆了36蒲式耳螃蟹。这时，天气每分每秒都在变坏，他们决定返航。他们向东北方出发，直接开进大风和5英尺高的海浪里。埃德奋力开船，但船速依旧很慢，特别是船上还有大概1400磅重的螃蟹。[5] 大约中午12：45，航行了大约一半路程、刚刚过"圣马科斯"号残骸时，他们发觉船很无力。船不能迅速地调整节流阀，转船舵的时候反应也很慢，看上去很"懒"。

他们知道这意味着什么。"亨丽埃塔·C"号进水了。

这本身并不是需要警戒的事情。木船是半渗透的，自然而然就会进水。但查诺克父子知道他们需要重视这件事。在这样波涛汹涌的大海中，船本身又已经因为收上来的螃蟹吃水很深，他们能承受的舱底进水很有限。它会让船吃水更深，令柴油机消耗更大，从而让他们无力抵抗大浪。

当时海浪确实很高，而且从四周向他们涌来。此后很久，丹吉尔岛人都会谈起那天下午，而所有人会在这一点上达成一致：那天，随着时间流逝，海湾变得狂乱无序，6英尺高的海浪从四面八方涌过来。他们说，海面非常奇怪，像灯芯绒一样起起伏伏，高高的浪峰紧挨着深深的波谷——比起让船只摇晃不停，更像是在恫吓它。[6]

利昂·麦克曼曾告诉我，在海上保证安全的要点很简单："你要保证出的水比进的水多"，他说，"如果船进的水比排出的水多，那你就遇上麻烦了"。[7]"亨丽埃塔·C"号上有两件装备能确保排水。[8]第一件是舱底泵，与地下室深水泵的工作原理一样——由水触发，直到水排尽才会停止工作。埃德·查诺克的船上有两套舱底泵，其中一套暂时坏了，但另一套运转得很好。

第二件则是自动水斗。[9]这是一根直径1.5英寸的黄铜短管，从船底部穿过。船向前开动的时候，管子较低的一端会产生真空，将舱底和甲板上的水吸走。不用的时候，管子口是盖着的，一般可以通过紧挨引擎箱后缘的一个舱口打开。贾森掌舵，埃迪·杰克斯打开舱口，跪在甲板上，整条胳膊几乎都伸到舱底去打开水斗盖。他胳膊的大部分都在水里。

船舱里，贾森听着船舶无线电台，里面传来渔民们抱怨今日天气有多糟糕的声音。[10]大部分渔民都在丹吉尔海峡或者波科莫克海峡，受到东北偏东风的影响比"亨丽埃塔·C"号小得多；其中就有贾森的岳父朗尼·穆尔，他满载着螃蟹正在返航。舱外船只摇晃颠簸，收音机里大家继续聊天。这浪肯定有5英尺高。简直是风力全开啊。

如果你觉得那儿天气不好，贾森在无线电里说，那你应该来这儿看看到底有多糟糕。

甲板上，埃德已经打开了水斗，但并没有抽出任何水。他们的船迎风开得很慢，管道下口产生不了真空。解决方法是：顺风开船，提些速度，让水斗工作。只要他们把水排出去了，他们就可以调转方向回家了。

贾森不想浪费他们至今为止已经行驶过的路程，决定不顺风走，而是迎风开船——向西北方向开，风以正横[1]的方向打在船上。看上去起作用了，速度提上来一些，水斗抽出了水。朗尼已经安全开进了前往丹吉尔岛的海峡，在电台里问：你们还好吗？

是的，都很好，贾森回复道。船进了些水，但不是大问题。我们会一直迎风开船，直到我们把水排掉。[11]

但水并没有排空。水斗疯狂地抽水，唯一的一台舱底泵也奋力排水，但舱底依旧全是水——实际上，每分每秒似乎都有更多的水涌进来。就在这时，贾森注意到一件他此前从未见到的事情：驾驶舱的地面上有积水。他检查了窗户，没有发现裂缝，然后意识到是舱底的水漫上来了。[12]

这就意味着舱底泵没有用了。自动水斗成了排出积水的唯一通路，而这条小小的管子明显并不能担此重任。面对这种情况，

---

[1]　指的是风向与船的龙骨或飞机机身成直角。

贾森进行了应急操作。他调转船尾冲着风，并轰大了油门。"亨丽埃塔·C"号顺着风暴向西疾驰。它就这样行驶着，直到发动机熄火。

在随之而来的诡异的寂静中，埃德从甲板上大喊：贾森，你得喊人了。还有把你的油布雨衣脱了，赶紧脱了！

贾森在丹吉尔岛人监听的甚高频（VHF）无线频道上呼叫救援。当时邻近下午两点，还有零星几个捕蟹人在海上。贾森试了好几次，最终接通了比利·布朗（Billy Brown），后者正在克里斯菲尔德附近躲避风暴，距离他们十六七英里。[13] 我们有麻烦了，他告诉比利。我们的船在进水，非常多的水。我们需要帮助。最好带一批人来。

比利：我应该呼叫谁？

贾森：朗尼。呼叫朗尼。

他没有时间了。水涨到了他的腰间。他的父亲在外面的甲板上喊：贾森，快出船舱！

他扫视了一眼船舱，寻找他们一直带着的那两件救生衣，在几英尺外的储物柜里发现了一件。[14] 他涉水往那个方向走去，但伸手去拿的时候水一下子涨到胸口高，他失手没有抓住，只能在水下摸索试图找到它。外面又传来父亲的声音：快出舱！贾森掉头向舱门走去。在他走到舱门前，水已经淹过了他的头顶。

他不得不游到水面上。他的父亲在水面踩着水，稀疏的头发贴在秃顶的脑门上。"亨丽埃塔·C"号也是一样，因为船首舱中残留着空气，它船头在上、船尾在下竖在水里，船头浮出水面大约 4 英尺。看到这个场景，贾森目瞪口呆，寒冷的水让他四肢麻木，他甚至无法移动。他的父亲猛地把他从呆滞中唤醒。跟我来，埃德喊道，接着他在前面带路，向船游过去。他们爬上前窗下的整流罩，寻找抓手。埃德抓住了帆脚索，贾森则一只胳膊环抱住船首。

船上半部面向东，冲着风。两个人穿的都是切萨皮克渔民们在天气寒冷时的标配：棉质蓝色牛仔裤，棉袜，纯棉内衣，棉质 T 恤。埃德还多穿了一层棉质运动衫。气温在华氏 55 度左右，水温大概有华氏 60 度。他们浑身湿透，无遮无拦地暴露在撕扯他们的大风、浇湿他们的水沫中，狂风掀起的巨浪把他们拍在木制甲板上。贾森坚持住，埃德压过风暴的咆哮吼道。他用一只胳膊搂住自己的儿子，把他拉近一些。

主啊，这太冷了。贾森从没有感觉到这么冷过。湿透的短发像冰一样扎着头皮，脖子、胳膊、双手因为寒冷而疼痛，衣服湿透了黏在背上，每刮来一阵风他都觉得要没法呼吸了。他的父亲也感到同样的寒冷。我觉得我坚持不下来，埃德对他说。他重复了好几遍。

"亨丽埃塔·C"号随着海浪上下颠簸，它落入波底时船身传来轰然的震动。它触底了，埃德说。他们泡在 40 英尺深的海水里，船尾撞击到海湾下的海床，从泥沙中反震起来。

船身每触底一次，就有一股空气从船首逸出，船头就随之下沉几英寸。现在，海水已经漫过了前窗，随着每一声撞击，一点一点漫上他们的腿。

比利·布朗的电话打给了"石油码头"，那是渔夫们结束劳作后一起谈论螃蟹、船只、天气和执迷不悟的政府规章的地方。那天下午电话响起来的时候，他们都已经散去了——在柜台工作的桑德拉·帕克斯接到比利说"亨丽埃塔·C"号出问题的通报时，只有一个捕蟹人还在。[15]

那唯一一个捕蟹人是安迪·帕克斯，他是斯图尔特·帕克斯的丈夫，也是埃德最亲密的朋友之一。[16] 桑德拉告诉他自己听到的消息时，安迪立即警觉起来。当埃德·查诺克这样经验丰富的船长呼救时，意味着他已经做了所有自己能做的事情。而埃迪·杰克斯是位十分出色的船长，也就是说情况确实十万火急。

安迪抓起电话打给埃德的女儿凯莉。听着，你爸爸的船正在进水，他告诉她。保罗在家吗？他在的，她回答说。[17] 她的丈夫保罗·惠特利早些时候还跟埃德和贾森挥手示意，此时正好从船上回家进门。

告诉保罗他必须出海，安迪说。他必须去帮助你爸爸。安迪声音嘶哑。凯莉从没听过他那么焦急地说话。她觉得他可能在哭。

丹吉尔港口排成一行的船位里，保罗的堂兄弟弗雷迪·惠特利（Freddie Wheatley）正要下船，这时他听到收音机里传来的贾森与比利·布朗的通话。他听到了贾森的求救，而且从背景音里听到了埃德的声音；他正在大喊："就要来不及了！"[18]

弗雷迪朝着在旁边的滑道上正清理自己船只的迪安·戴斯大喊。埃迪·杰克斯的船要沉了，他说。两人都打着了发动机，解开缆绳出发。数分钟后，保罗·惠特利和埃德的外孙乔纳松登上了"伊丽莎白·凯莉"号。他们点火发动船只，向西开出船道。码头附近其他在船上的丹吉尔人也得到了消息，他们也出发了。这只小小的船队离开丹吉尔岛的保护出海时，这条突发消息通过陆上的电话线在岛上的居民间传开。

朗尼·穆尔没有接到消息。他在波科莫克海峡捕蟹捕了 8 个小时，累得筋疲力尽，已经换了睡衣在沙发上睡"死"过去，家里电话的铃声也关掉了。但他在学校教特殊教育的女儿洛妮·勒妮知道了这个消息。[19]埃德的表姊妹尼娜·普鲁伊特把她从教室里拉出来的时候，洛妮·勒妮还根本想不到"亨丽埃塔·C"会真的遇到什么麻烦。这艘船整天都在海上漂着，她的丈夫和公公知道怎么操纵它。他们已经经历无数风雨交加的日子了。

然后她得知，没有人能从无线电台里呼叫到这艘船，甚高频通话表明海湾里一片狼藉，而风还在越刮越大。她从平静变得担忧，变得焦虑，最后变得恐慌。她打不通父亲的电话，于是冲刺了250码跑到父母家里。她闯进朗尼睡觉的房间时，气喘吁吁、泪流满面。爸爸，她告诉他，贾森的船正在沉没。你必须出海找到他们。[20]

朗尼从沙发上蹦起来，一边穿衣服一边连珠炮般地问问题。他们在哪儿？进了多少水？他的女儿什么都不知道，但与安迪·帕克斯一样，朗尼也不得不做最坏的打算。他在洛妮·勒妮喘匀气之前就奔出了房门，朝码头跑去。请把贾森带回我身边，她在他身后喊。求你了。

朗尼刚跑到"阿伦娜·雷哈布"号旁，丹吉尔岛的志愿救火队长、矮壮的拖船工迈克尔·帕克斯从县码头隔着海对他喊道：需要我从消防站拿个水泵吗？

没时间了，朗尼吼着回答。

需要我帮忙吗？

需要，朗尼说。上来吧。

朗尼发动了柴油机，迈克尔跳上船出发了。[21]"阿伦娜·雷哈布"号破开航道的水面，船头翘起，全速开过丹吉尔岛西沿，一头扎进风暴。

在这种时候，丹吉尔岛在美国版图上的独特位置格外明显。危险的大海已经吞没了一艘有名的渔船，操纵它的是海湾上下最受人尊敬的船长之一——埃迪·杰克斯，而他是最不可能出这种事的人。但他的邻居们，没有丝毫犹豫地开着自己小小的渔船，舰队一样地冲进了危险境地。那天有大约 20 条船出海寻找"亨丽埃塔·C"号，大部分都载着两三个岛民。也就是说有 50 多个丹吉尔岛人出海。这是岛上男性人口的一大部分。

海岸警卫队派出了两艘巡逻艇，一艘小一些的船，还有一架搜救直升机。[22] 海军也从帕塔克森特河（Patuxent River）机场紧急派飞了一架直升机。所有出发搜救的人都只能猜测查诺克父子会在哪儿。像大部分丹吉尔捕蟹人一样，埃迪·杰克斯也没有在船上安装紧急无线电示位标[1]，这种装置会在船只沉没时自动发送呼救信号，为救援者标示船只位置。示位标要几百美元一个，岛民们不太愿意花这笔钱。

弗雷迪·惠特利和迪安·戴斯知道埃德为了收蟹笼往西南方向开了很远——并且算出他遇到麻烦的时候应该是在回程——于是开船前往"圣马科斯"号残骸附近的一个航标"晶石"。[23] 还有几艘船也往那个方向开去。其他船只只能靠着直觉在"圣马科斯"号以北的海域盲目地搜寻。

此时，朗尼·穆尔正在脑中回想他与贾森的最后一次无线电通话。[24] 他知道"亨丽埃塔·C"号是在返航的时候开始进水的，也知道贾森调转船头对着风行驶。狂风从东北偏东方向刮过来，

---

[1] 即 emergency position-indicating radio beacon，缩写为 EPIRB。

也就是说贾森是往西北方去的。这次通话与贾森和比利·布朗之间的通话间隔了得有差不多一小时。这段时间里，埃迪·杰克斯和贾森可能开出好几英里远了。

最终朗尼判断，"亨丽埃塔·C"号在"圣马科斯"号残骸西北足足5英里远的地方。它可能在一个位于丹吉尔岛西北偏西方向6英里的红色锥形浮标附近。渔民们管它叫"玉米标"，因为它离一个早已拆除的老标记物的位置很近，那个标记是为了警示水手们远离一艘满载玉米的货船沉船竖起来的。

朗尼转舵，驾驶"阿伦娜·雷哈布"号往"玉米标"去了，并催促周围由作业船组成的"无敌舰队"也往那个方向行驶。

"亨丽埃塔·C"号的船头不断下沉。埃德和贾森已经骑在上面了。找直升机，埃德告诉儿子。那是我们最后的希望了。要一直找直升机。

他们没有看到任何直升机，没有看到任何船。他们几乎什么也看不到，只有周围似乎藐视一切规则的海水。潮水顺着风向外涌，但怒涛似乎没有方向也没有规律。它们撞在一起喷溅爆发，又分开裂出深深的低谷，从四面八方伏击海中的两个人。每分每秒，他们湿透的衣服都从他们身上吸走一部分热量和能量。

你最好与上帝和解，埃德告诉贾森。呼喊上帝的名号，因为只有他能把我们从这里拯救出来。

过了一会儿，埃德向东看的时候说：我觉得没有人会来。

又过了一小会儿他说：我没想到我会这样死去。

然后他说：我很害怕。

贾森意识到他的父亲在哭，而他本人昏沉麻木得根本没有发现。脑中一片空白。这太不真实了。寒冷太过强烈，擦除了一切想法，只留下最简单的、本能的念头。船头几乎要被淹没了，水漫到他们的胸口，贾森松开抓住船首的手，等了好一会儿，让救生衣从胳膊上滑脱下来。他把救生衣递给埃德。一个浪头把救生衣从他父亲手中打落，将它冲走了。

他们抓住船首的 45 分钟后，"亨丽埃塔·C"号彻底沉入水中。他们落在海里，在海浪中没有任何抓手，几乎瞬间就被冲向了不同的方向。他们之间隔了 80 英尺海水。在鸿沟的另一边，贾森还能看到埃德紧盯着自己。[25]

贾森与比利·布朗通话后一小时，"阿伦娜·雷哈布"号和另外几艘丹吉尔渔船在"玉米标"汇合。[26] 又向西北行驶了一段，他们遇到了一片浮在水上的碎片区：一大块工作船引擎箱上的胶合板；一堆蒲式耳桶，有些已经空了，有些还满是螃蟹；以及一个写着埃德·查诺克的名字的提包。

于是朗尼意识到，他们要找的并不是一艘船，而是水里漂着的两个人。搜救人员开始分头行动，而他则开始计算海浪有多高。

现在海浪有 5—6 英尺高，它们冰冷无情，几乎是粗暴地撕碎了这艘船。

从 1991 年与死亡擦肩而过的那次经历中朗尼得知，踩水的人漂得比遇难船只的浮货慢。这就意味着，埃德和贾森可能在残骸碎片上风的地方。他转向东北方向。外面的甲板上，迈克尔·帕克斯爬上了引擎箱。"阿伦娜·雷哈布"号像一块软木塞一样在海面上颠簸起伏，但这个大块头的消防员还是设法在扫视周围水域的同时站得稳稳的。

朗尼在碎片区航行，直到它的边缘，然后又绕回他在自己的 GPS 上定位的点。另一个丹吉尔岛渔民通过无线电与海岸警卫队直升机上的队员联系。让他找到碎片区，然后逆着水流飞，朗尼这样告诉那个渔民。埃德和贾森会飘在残骸碎片后面。

朗尼又向东北方绕了一圈。他的船轻便又灵活，甲板在脚下急转、下降、倾斜。风暴还在加强。丹吉尔岛的船已经在他南北两侧分散开，他能看到它们在浪里沉浮。朗尼估算了一下，风速大概在每小时 35 英里甚至 40 英里。

海岸警卫队的直升机在头顶轰鸣盘旋。[27] 又飞过一次。这时无线电里传来卡罗尔的声音。"朗尼，你看到什么了吗？"与很多丹吉尔岛家庭一样，穆尔一家也在家里安了海上甚高频无线电台。

"暂时还没有，卡罗尔"，他答道。

"你觉得有希望吗？"

他没有说话。直升机又飞了一圈，他的脑海里开始生出一个可怕的念头。也许他不得不告诉他的女儿，他找不到她的丈夫，他的外孙失去了父亲。他没有把自己的担忧告诉其他船上的人。相反，他开着"阿伦娜·雷哈布"号转了一圈又一圈，总是回到他一开始在 GPS 上标记的那个点，并尝试鼓励他的同伴们。我知道他们可能还活着，他在无线电里说。因为我也曾经这样掉进海里。

然而，贾森与比利的通话已经过去了一个半小时。时间所剩无几。卡罗尔又打过来。"发现什么了吗朗尼？"

"暂时还没有，卡罗尔。"

他又绕了一圈，突然迈克尔大喊，"我看见什么东西了！"他站得并不稳，目光越过船舱盯着渔船前面的水域。"就正正好好在你船头的方向！"朗尼转动船舵、打开窗户，正好听到迈克尔喊，"我觉得是贾森！"

就在前方，波浪分开，显出一个只有头露在水面上的人。他脱下了一件浅红色的 T 恤衫，在头顶挥舞着。迈克尔丢给他一个救生圈，把他拉上"阿伦娜·雷哈布"号。他冻得像鬼一样苍白，甚至发青了。

"你爸爸在哪边？"朗尼一边四处扫视一边问。

贾森浑身发抖，走不了路，几乎说不出连贯的话。"我觉得爸爸坚持不下来了"，他说。

贾森给美国海岸警卫队的陈述中这样写道：

爸爸漂远的时候一直盯着我。我正在寻找直升机。我一直找一直找，然后回头想看看爸爸在哪儿，他不在那边了，应该已经溺水了。

之后我觉得我在水里待了将近一个小时。我必须坚持下去。最终我不得不休息来保持体力。我一直向东，寻找海岸警卫队。最终有一架直升机飞过我上方，有一艘船从东往西开，但就从我身边开过去了。我觉得只要它开过去了，他们就会把这个地方标记为已搜索地区。我一直努力。

我看到了另一艘船，我想起来，雨又开始下了。我看到另一艘船从西边过来，那是朗尼的船。我脱下 T 恤衫并挥动起来。[28]

两天后，在约翰·弗勒德开始斯温纪念教堂的周三晚祷时，埃德依旧在海上无影无踪。[29]"敬爱的天父"，牧师祈祷道，"作为你的子民，今晚我们聚集在一起，倍感伤痛。天父啊，我们在试图理解这个星期发生的每一件事情"。

南希·克里德尔不在岛上，于是教众们唱起了《天赐恩典》，五段唱全，纯人声合唱，为这个仪式带来一种谦卑、祈求的气氛。听到这个悲惨的消息后，弗勒德牧师告诉教众，他的第一反应是感谢，就在上个月，埃德入了教。"就在三月一日"，他说，"他被赦免没有多久，但确实得到了拯救，如同他在 20 岁时就获得拯救一样"。

他凝视着教众。"你们一定会奇怪，上帝在哪里呢？当时到底发生了什么？"他问。"我这就发现了两项恩赐。一个是埃德——在危难关头，在狂风大作的海里，挣扎坚持的时候——告诉他的儿子：'这看上去不妙。你应当与上帝和解，你要立即接受他为你的拯救者。'另一件，则是洛妮·勒妮告诉我，她已经做出了决定。她说：'主啊，只要你让贾森平安回家，我愿余下终生侍奉你。'你们知道，我不得不想到这会让埃德多么高兴啊。你们也知道，埃德衷心希望能看到自己的儿子和儿媳入教。"

"而且我相信，在那里，在周一那样险恶的大海里……我始终相信在那样的环境里，上帝也与他们同在。"

就这样，弗勒德牧师大概描绘了丹吉尔岛人会如何消化这场悲剧。埃德·查诺克很久以来一直经常做礼拜——每周日他穿着最好的衣服，陪安妮特到斯温纪念教堂做礼拜。岛民们都认为他是一个诚实、正直、高贵、和蔼的人。但是他得到拯救缓和了他离去的悲痛，而他的离世间接引导了两个丹吉尔岛人获得救赎，这是值得庆贺的。"上帝与我们同在"，弗勒德牧师告诉教众，"而我相信。上帝的荣光已经在贾森和洛妮·勒妮身上显现"。

聚集在一起的教众们诉说他们对埃德的记忆。胡特·普鲁伊特说与埃德相处"总是很愉快"。马琳·麦克里迪说他是"一个好人"。杰克·索恩说埃德很诚实，总是很诚实，而且他没有白白死去。"我想，'哎，主啊，埃德怎么会淹死呢？'"杰克说，然后自己回答了自己的问题："如果他没有淹死，贾森和洛妮也许同样会入教。不过也许要再过很久？"

弗勒德牧师点点头。"从这件事中，有很多地方可以让我们看到上帝的荣光"，他说，"埃德没有被撒旦带走。耶稣来带走了他"。

所有人站起来，手拉手形成一个圈，几乎围住了整个圣坛。马琳带着大家祈祷。"主啊，请你照看我们的水手，那些在这广大海湾上谋生的人"，她说，"并保护他们"。

"主啊，如果这是你的意旨，请将埃德的遗体带给他的家人。"

第二天，我来到查诺克家与安妮特面谈。[30] 她的两个儿子布罗克和特拉维斯急匆匆地分别从弗吉尼亚州西部和北卡罗来纳州沿海的家中赶到岛上陪伴母亲，还有一些关心她的人来到她的起居室看望她，我也是其中之一。安妮特用一个柔软的拥抱欢迎我。她因为震惊而心烦意乱，又连续三晚失眠，让她精疲力竭，但还是展现出往常的健谈和热情。家里有很多食物，她对我说。吃点什么吧。

贾森也在场，他站在门边，拥抱每一个进门探望的邻居。"我不是很喜欢拥抱"，他说，"但我已经拥抱了很多人，而且我并不介意"。

斯图尔特·帕克斯走进来，双臂环抱住他。"嘿，贾斯[1]"，她低声道。

"是啊"，他咕哝着，"劫后余生啊"。

尤金妮亚的丈夫弗雷德·普鲁伊特走进门。他紧紧拥抱了贾森很久，拍他的后背以示安慰，并告诉他岛上的两所教堂前一天晚上都为他的父亲举行了礼拜仪式。"埃德是唯一的中心"，另一个岛民赞同道，并补充说卡琳主持了新约教堂的仪式并"做得非常出色"。

贾森与他父亲一样，也是个沉默寡言的人，这些交流谈天明显让他力不从心。"她之前一直是我最喜欢的老师"，他挤出话来。弗雷德问他是否撑得住。"我尽可能不待在家里"，他回答道，缩回到沙发上，"早上是最难熬的，我一睁眼就会开始想事情"。

话题转到了他求助的无线电通话上。有人好奇，在那么糟糕的天气条件下，超高频无线电信号跨越那么远的距离还能接通的可能性到底有多大？贾森说，当他打无线电的时候，根本不知道比利·布朗在哪儿。"我对他大吼了一次，没有得到任何回复"，他告诉我们，"我没有打给别人的时间了。如果他没有接起来的话，我可能也淹死了。没有人会知道我们当时在哪儿，而我们又总是最晚收工回家的那批人。他们甚至都不会知道我们失踪了"。

---

[1] Jace，贾森的昵称。

　　安妮特走来走去忙个不停，询问客人们是否有什么需要的，安抚他们的悲伤，就像他们抚慰她一样。我在她家待了差不多一个小时的时候，当时我正在跟她的两个儿子聊天，乌克带着一个朋友过来了。他的朋友叫肯尼·卡彭特，是弗吉尼亚州萨福克（Suffolk）的一名私人飞行员。镇长告诉安妮特，他们要坐肯尼的塞斯纳 172[1] 去海上寻找埃德。飞机上还坐得下一个观测员，于是我自告奋勇地加入他们。过了 30 分钟，在我们从飞机上卸下肯尼捎给乌克用来喂鸟的一堆过期汉堡面包之后，飞机起飞，盘旋爬升。

　　坐在肯尼的飞机里，飞在 1000 英尺的高空，看到的景象前所未见。[31] 丹吉尔岛看上去非常小，非常易碎，被水冲刷，处处积出水塘。它是那样极度地脆弱，即便我已经用了一年的时间研究它的脆弱性，却依旧惊讶于它在与海洋的抗争中如此明显的惨败。岛上的脊岭比在陆地上显得更纤细，更无助。整个丹吉尔岛的最南端，在大海沟入海的地方，岛屿在溶解。上方岛的滩涂围绕着许多大潮水坑，像一条松松的蕾丝花边，那个缺口几乎将岛屿一分为二。

　　数分钟后，我们飞过了一个黄色的罐形浮标，乌克告诉我们已经快到了。肯尼伸开飞机的襟翼让飞机减速，我们下降到 400

－－－－－－－－－－

[1]　塞斯纳 172，即 Cessna 172 Skyhawk，是美国塞斯纳飞机公司研制的单发四座活塞式小型通用飞机，北约称其为"天鹰"。

英尺的空中。海水被轻柔的风吹起皱褶，海面上星星点点漂着蟹笼的标记。"已经能看到很多浮标了"，肯尼说，"如果能看到浮标，那我们应该也能发现遗体"。

"哦，是的"，乌克答道。就在他答话的时候，一个红色的圆形浮标——"玉米标"出现了。"好的，就是它了"，他说，"贾森说，船沉之后他们向西南方漂了，所以在那个方向"。他指向我们左侧。飞机倾斜转弯的时候，乌克和我都尽力瞭望，他看向飞机右侧的方向，我则看向左侧。那是个晴朗明快的春日，海湾温和地闪烁着光芒。"在今天这种日子"，乌克说，"船不太可能沉的"。

我们沿着一个更大的圈飞行，飞机掠过似乎无边无际的深绿色海面。透视比例很难估量：我不确定从这么高的地方往下看人体会有多大，也不确定自己能不能辨认出埃德衣服的颜色，所以我什么都找：水面上任何奇怪的地方，任何突兀的碎浪，任何不和谐的阴影或亮斑。我们仔细找了 40 分钟，几乎没有说过一句话，但什么都没找到，这时肯尼建议我们飞去大陆上给飞机加些燃油。乌克记得有一块残骸——"亨丽埃塔·C"号的引擎箱盖——昨天漂到了海湾西海岸的米尔福德港（Milford Haven），跟机场多少顺路，所以我们朝那边飞去，依旧保持低空低速，依旧不遗余力地在下方海面上寻找。

水面下潜藏的沙堤让海湾显示出一种明亮的、几乎是加勒比海一样的青绿色。红色、亮橙色、电光蓝色的浮标点缀在浅滩上，我能看到海鸥逐浪飞翔。如果我们飞到埃德的头顶上，我们应该能看到他。但我们从米尔福德港上空飞过的这趟航程一无所获。接着我们向南飞，飞向拉帕汉诺克河，飞过 5 个月前朗尼采捕牡蛎的那块牡蛎岩，飞到拉帕汉诺克河河口降落。

接下来的那个星期天的早上，26 个岛民在斯温纪念教堂的南屋集合，参加每周一次的查经班。[32]"他们今天应该会再次出海寻找埃德的遗体"，胡特·普鲁伊特站在讲经台上宣布，"所以让我们祈祷吧"。

"主啊，我们知道，他的灵魂已与你同在天国"，马琳说，"与他的母亲，他的家族，他从小认识的每一个人在一起。我们为此心怀感恩。主啊，我们邀请岛上的所有基督徒虔诚祈祷，希望能够找到遗体"。

"洛妮·勒妮找到我说，'无论会发生什么，我的余生将一直相信基督'"，卡罗尔·穆尔的妈妈格雷丝说。她擦了擦眼睛："我为孙辈们祈祷到深夜。我曾经想，'他们没有一个得到救赎'。但现在洛妮·勒妮得到了。"

"埃德的遗体一定会被找到"，马琳说，"萨迪奶奶曾经有个小儿子跌进外面滩涂的沟渠淹死了。当时是寒冬，他的尸体漂走了。但是她向上帝祈祷，那具遗体又出现在了当初的那条水沟"。

一小时之后，我与理查德·普鲁伊特、捕蟹人阿伦·帕克斯一同登上了马克·海尼的"莎伦·凯"三号，船向海湾开去，与其他寻找埃德遗体的船只汇合成一支船队。[33] 这又是可爱的、几乎没有云的一天，轻柔的南风持续吹着。"跟我们周一在海上找人的时候一点都不一样"，艾伦对我说，"要说，那天感觉真是汪洋大海啊"。

"亨丽埃塔·C"号沉在 38 英尺下的海底，因此艾伦和理查德在打捞网上用了两条极长的缆绳。艾伦用的缆绳末尾拴着一根钢筋，钢筋上还挂着 7 个看上去很凶残的大号三头尖钩。理查德用的绳子上则钉着许多很大的弯钉。艾伦把捞网甩进船尾右边的海里，理查德则甩到左边。他们放出缆绳；海水像水晶一样透明，绳子放到 15 英尺深的地方还能看见。我们开始在"亨丽埃塔·C"号沉没地以西的海床上一寸一寸地搜寻。

30 分钟后，他们把捞网拉上来。理查德放下去的网没有打捞起任何东西。艾伦的三头尖钩拖了一大堆成团的海藻和海葡萄；他仔细地把这些东西清掉，再次将拖网和缆绳放回海中。来了一艘海岸警卫队的船，甲板上全是穿着亮橙色救生衣的船员。船长通过无线电告诉我们，我们得离开 200 码的距离，因为他准备锚定"亨丽埃塔·C"号的残骸，并派潜水小组入海。

又过去了一个小时。捞网再次被拉上来，依然只有鳗草、红苔和海葡萄。我们吃了之前打包好的午饭，在下午的烈日下汗流狭背。艾伦属于丹吉尔岛渔民的年青一代，他谈起了埃德，"有一说一，他是丹吉尔岛上最好的渔民"，他说，"埃德渔民生涯的巅峰期正是螃蟹和牡蛎最少的时候。那时他也总能满载而归。他能像螃蟹或者牡蛎那样思考"。

"亨丽埃塔·C"号沉没十天后，一个史密斯岛的渔民在沉船残骸不远处发现了漂在海面上的埃德的遗体。遗体经过验尸官检查，再由大陆上的一家殡仪馆打理，准备下葬。最终，他乘着邮船回家了。[34] 我看着一个志愿消防员把他的棺材放进丹吉尔岛的救护车上，送到斯温纪念教堂。

当天下午晚些时候，在遗体告别仪式的几个小时前，"特情室"的常客们又聚在了这里。[35] 漫长的静默中，我们默默地啜着咖啡。最终利昂打破了沉默。"我们一定会想念老埃德的。"

"是的，我们会想他的。"杰里·弗兰克低声道。

"如果天堂里真有一群渔民，而且埃德也在内的话，他一定正在讲故事。"乌克说。

杰里·弗兰克："我来说点他的别的事儿。世界上再也没有这么诚实的人了。"

"再也没有比他诚实的人了"，理查德·普鲁伊特点头赞同。

我们又沉默地坐了 15 秒。又是利昂给谈话起了头儿："感觉他是注定要死的。"

"是啊，好像所有事情都在阻止他活下来"，乌克说，"拿不到救生衣。为了船舱排水往远离岛屿的方向开船，导致要找到他变得更困难"。

"那什么"，利昂说，"我指的是他入教之类的"。

所有人都点头。谈话又转到了"亨丽埃塔·C"号上。一个诺福克来的记者想写篇关于埃德的稿子，于是他问杰里·弗兰克，那艘船是否有什么不寻常的地方。杰里·弗兰克在离埃德"三四百英尺的地方"住了70年，听到这个问题后摇了摇头。"我一听到这个事情，就在脑子里回想我是不是对那艘船进行了什么不同的操作"，他说，"但没有，我在那艘船上做的事情与在其他船上做的没什么两样"。接着，他没有听后续问题，就贡献出了一个背景故事。这个故事已经传了三个星期了，他是少有的几个能对此发表权威意见的岛民之一。

"大概4年前"，杰里·弗兰克说，"他把船送到船厂进行离水检修，检修员在驾驶舱的舱底发现了一个被虫蛀的地方——不是你在船上看到的那种，而是钻进树干里把树啃死的虫子"。

"是那种干木材虫"，杰里·弗兰克这么叫这种虫子。[36] 如果把船或者船上用的某件设备放在树下，这些虫子就可能掉进去。它们从里到外啃噬木船船体。他怀疑这些虫子是从海湾西岸里德维尔的树上掉下来的，丹吉尔岛人常常把装备存放在那儿。

"我从这片区域的很多船上剔除过这种虫子"，他说，"它们很难被发现。蛀洞很小，得凑近了看。虫子越吃，长得越大。它当初钻进去的时候只有一小点"。他说，船厂可能没注意到虫蛀感染，但发现被蛀的船板挂不住漆。所以船厂把发现的破损处挖空，填补好，再涂上漆，然后告诉埃德他得把木材换掉。

问题在于，多年来，埃德早就知道那些木板是坏的。

他非常喜爱那艘船。他细心保养那艘船。在那之后，他更换了船体右舷尾部高磨损部分的几块木板，因为他总是从那儿把蟹笼捞上船。去年 11 月，他把"亨丽埃塔·C"号送去了史密斯岛的一家船厂，打磨、修补船体，刷上新漆，给船舵和制动杆包锌，还给驾驶舱安了一个新座椅。[37]

但他没工夫更换舱底那些薄弱的部分。这项工作会让船长时间离水，他们在相当长的时间里没法出海工作。而他知道，这会让贾森焦头烂额——像从前的埃德那样，他有四个孩子要养。[38]

那个周一，他们很有可能在返航的途中震碎了一片被虫蛀过的木板。[39]一块木板破了，就好像撞倒了第一块多米诺骨牌，另一块跟着破裂，接着是下一块，直到"亨丽埃塔·C"号不复存在。

二十三

2017 年 5 月 18 日，是我住进丹吉尔岛一周年的日子。在黎明前的黑暗中，我站在邮船码头上，向外俯瞰港口，等着乌克。一阵轻柔的南风吹皱海面，黑沉的天空突然被点亮，变成深紫色，然后——在 10 分钟时间里——变幻成红色、橘色、金色，还未从海平面升起的太阳给东方天边的数片黑云镶上了金边。五点半，在这绚烂的色彩中，我认出了镇长那艘从自家蟹屋倒着驶入船道的"希里黛玉"号。它慢慢地划过黑色的水面，停在码头旁。"嘿，乌克"，我说。

"嘿，口头作家"，他答道。

我跳上船。我们把三箱软壳蟹送上邮船后部的载货甲板。我问它们是不是要送到纽约去。乌克摇摇头咕哝着，驾船驶离邮船。"现在它们都要被送去克里斯菲尔德"，他说，"哪儿的行情都不好，不值得把它们运那么远"。特级一打最多也就 14 美元，也就是他过去见识过的价格的三分之一。毛蟹只要区区 4 美元一打。曾经单单一只鲸级螃蟹就卖得上这个价儿。

他解释说是市场饱和了。据说一两周之前，一家蜕壳场花了 50 万美元收购了所有的待孕蟹，于是现在东岸地区沿海的餐馆和商店里都有足够的软壳蟹了。螃蟹价格回弹可能要到六月份。我们以每小时 6 海里的速度在海港的蟹屋间穿行。许多蟹屋旁都系着作业船。"许多人都在家没出来，因为要参加葬礼"，乌克说，"我也不会在外面待太久。可能就收 100 来个蟹笼吧"。

尖尖儿上高大的松树在天空的映衬下突兀地耸立出黑色的剪影。我们的船游弋过切萨皮克湾基金会没有灯光的营地，它就在右舷外 150 码的地方；然后绕过丹吉尔岛东北角。水面上传来忍冬花浓烈而甜蜜的香气。

第一个蟹笼里有 9 只待孕蟹，第二笼里 2 只，第三笼则只有 1 只抱卵蟹。第四只笼子里有 10 只待孕蟹。"附近已经没有值得一提的待孕蟹潮了，也就只在伊索贝尔港这儿还能看到零星的一点"，乌克说，"以前你可以把蟹笼下在这儿，等待孕蟹潮来了，就沿着这个方向，你能抓到六七蒲式耳螃蟹"。那样的日子好像离我们越来越远了，今年连抱卵蟹的数量好像都下降了。"我不知道是什么改变了它们的习性，或者它们的习性为什么变了"，他说，"人们都在说海浪变得多么高。这简直是一团糟——螃蟹的习性改变了，海浪也都不正常了"。

太阳跳出了地平线。船右侧的水面上刺出一根细金属杆，上面挂着一面皱巴巴的旗子，橘色已经褪成了暗粉色。它标记出一个航行隐患：许多年前，兰迪·克兰费尔特在那儿建了一道紧贴着海岸线的防水壁，试图阻止伊索贝尔港继续缩小，但没有用。防水壁留了下来，但已经被水淹没，而且离岸很远了。

我们捞完了尖尖儿的蟹笼，往南航行，来到乌克在海岬东侧放下的四长排笼子那儿。[1] 我们东边 4 英里就是沃茨岛，被初升的斜阳映出剪影。这次也像通常那样，当我能清楚地看到这座岛时，我总要费好大的力气去辨认它的外貌。1994 年，在划着皮划艇环海湾航行的途中，我在某天早上沿奥南科克河划出海，看到沃茨岛就在波科莫克海峡对面，离我几英里，于是突发奇想决定去岛上看看。我干了件蠢事儿。划到一半，突然起了西风，我费力地花了三个小时才最终把皮划艇停在岛屿东侧边缘的一处沙滩上。

那时沃茨岛有大约一公里长，呈苗条的新月状，岛上是沙子和高地树林。两片树林下方都是浓密的灌木丛，缠绕着毒葛。所以我沿着灌木丛边缘走。我能回想起来，走在沙滩上的时候，我既兴奋狂喜，又觉得孤立无援。我没有发现任何人类近年来在岛上留下的痕迹，为人们在上面住了那么久却没有留下一处遗址而感到困惑。我并没有看到，在树木掩映中，有一个电线接线盒：1977 年，丹吉尔岛停用了亨利·扬德尔安装的柴油发电机，转而接上了一条从大陆连过来的海底电缆，东岸地区和岛上的电线就在这里交会。[2] 我唯一的同伴就是鸟儿——成百上千只，藏在高高的树中，随着我走过发出尖锐的叫声。

丹吉尔岛看上去近在咫尺。我在沃茨岛上走了一小时，其间注视着斯温纪念教堂的尖顶和水塔，也看到尖底破浪船四散开来，在乌克和我正工作的水面上来回穿梭。我极其渴望继续划到丹吉尔岛，但海风依旧强而稳定地吹着，我觉得还是返航比较好。

现在，从"希里黛玉"号上，我看到沃茨岛已经缩小到23年前的三分之一。岛上两片树林中的一片连同它扎根的土地已经消失得无影无踪，剩下的一片树林也在慢慢消失，每个月都有几棵树倒进丹吉尔海峡和波科莫克海峡。我曾走过的沙滩踪影全无。接线盒还在，但下面的土地已经不在了；它曾经在非常内陆的地方，现在则被安在岛屿南端附近的一个平台上，平台下的海水还在不断加深。

一列30个蟹笼捞完了，再来另一列。总共捕到了几只大公蟹，一大堆抱卵蟹，以及几只待孕蟹。乌克在每个蟹笼里都下了一只次上品，它们的蟹钳都事先被水平方向拽掉了。"它们似乎能吸引更多母蟹"，他说，"而且这样一来公蟹就没有办法伤到蟹笼里的任何一只软壳蟹了"。

一只鱼鹰飞来，在船上盘旋，就在我们头上几英尺的地方大声拍打着翅膀。乌克从饵箱里抓出一条鲱鱼，伸长手臂把鱼递出去。鱼鹰缓缓地靠近，直到离食物只有3英尺，然后2英尺的距离——然后受到惊吓，突然转弯飞走了、乌克把鱼抛向它后方的空中。"还从来没有哪只鱼鹰像海鸥那样能从我手里叼鱼走呢，但它飞得越来越近了"，他说，"今年夏天我打算试着让它叼一次"。

这真是美好的早晨，但这一天余下的时间都让人忧郁。几小时后，我来到人头攒动的斯温纪念教堂，参加埃德·查诺克的葬礼。我坐在后排的长凳上，听双胞胎之一丹尼·克罗克特念诵悼词；在丹吉尔岛的上一次海难中他失去了祖父唐尼，而他的妻子丹妮尔正是埃德的女儿。胡特·普鲁伊特独唱了一段。杜安·克罗克特对我们说，"亨丽埃塔·C"号沉没的时候，上帝与它同在："他在那里，他救了贾森的命，拯救了他的灵魂，并把埃德带回家。"约翰·弗勒德总结称"埃德得到了虔诚而充分的哀悼"，然后结束了仪式。

当我6月初回到丹吉尔岛的时候，岛屿正经历着突如其来的媒体关注，起因是乌克的儿子"啄木鸟"在蟹笼里发现了一只非同寻常的成熟母蟹：两只牡蛎近乎完美对称地附在它腹部的甲壳上。乌克手里举着这只螃蟹的照片刚刚刊发在《华盛顿邮报》上，并被全世界的报纸转载。[3]

但除了这个小小的惊喜，岛上的捕蟹人并没有什么值得高兴的。换壳蟹几乎在丹吉尔岛附近的浅滩上消失了。原本应该在海岛背风处长得厚实的水下海草今年出现得很慢，需要换壳的螃蟹都去别的地方寻找安全区了。在过去的三个星期里，所有的耙蟹人和部分下蟹笼的渔民收获惨淡——利昂抱怨说，自己出海三天，抓到的换壳蟹还没有一打，甚至都考虑歇业不干了。"我知道爸爸用网耙蟹"，他的女儿卡琳在新约教堂的代祷请求仪式上说，"还有很多其他耙蟹人，海里没有螃蟹，他们都很难过"。

"我们赞美上帝"，她说，"上帝知道我们需要螃蟹，他会赐给我们的"。[4]

第二天，利昂的苦难雪上加霜，因为"贝蒂·简"二号的液压操舵系统失灵了，他只能在海上漂着，直到另一艘船把他拖回来。[5]"我出海了"，晚些时候他在"特情室"里跟我说，"但我遇上了很多麻烦"。

"比如拉了裤子"，乌克一边说一边给自己倒了杯咖啡。"不是吗，利昂？"

利昂毫不在意地点点头。"你再老几岁就干不成这事儿啦。你没法说，'没事的——我再等等'"，他对杰里·弗兰克、库克、布鲁斯还有我说，"你会全然没有以前的雄风啦"。

"止回阀也没有那么好使啦"，布鲁斯添油加醋。

利昂点点头，"没错"。

我们听到外面的门被打开的声音，有人进入大厅，然后四个CNN的工作人员走进了"特情室"：两个扛着巨大的摄影机和三脚架的摄影师，一个制片人，还有珍妮弗·格雷（Jennifer Gray），她是电视台的实况转播气象学家之一。乌克已经就这次访谈与电视台联系了几个星期，并邀请工作人员来这儿加入我们。接下来要发生的事情会把丹吉尔岛推向新闻的焦点，所有人很快都会忘掉那只奇怪的螃蟹。

已经怀孕数月的珍妮弗·格雷审视了一下这个屋子。"这儿很酷"，她说，一边打量着破碎的地砖、翘角的图片以及飞舞的果蝇，"我喜欢这儿"。

"我们也很喜欢"，库克对她说。

"见识外面的世界越多"，杰里·弗兰克说，"我就越喜欢这地方"。

"我明白，不是吗？"格雷说。"这是你们的小窝。"她看向乌克。"所以这就像市政厅一样？"

"这里或许比市政厅更有权威"，镇长答道。

制片人让所有人都换了位子。这样一来，布鲁斯、利昂、杰里·弗兰克和乌克在"哈里·S. 杜鲁门"号的宣传照片下坐成一排。库克说他不想参与，坐在了咖啡机旁边，就在其中一台摄像机后面。我坐在镜头外离乌克 2 英尺远的地方。

摄影师给主角们身上安上领夹式麦克风。先给穿着 T 恤衫的乌克和布鲁斯夹上，只需要把话筒线放到衣服里就行。然后轮到杰里·弗兰克，他穿了一件领尖有纽扣的衬衫，下摆塞进裤子里。一个摄影师把扣子一颗颗解开，将话筒线顺进衬衫下面。杰里·弗兰克明显很不舒服。利昂从旁边的椅子上看着，一脸惊恐的样子。等杰里·弗兰克这边结束了，摄影师走向利昂，他立刻大摇其头。"我不需要拿东西"，他说，"我会朝这儿喊的"。他把身子靠近布鲁斯做演示。

格雷坐在四个人对面。摄影机开始工作，她问他们是否注意到岛屿在缩水。"是的，我注意到了，他们让我们离开"，杰里·弗兰克说，"本来几年前就能预防、阻止的"。他停了一下，又加上一句："现在也不晚。"

格雷问他们是否注意到海湾在上升。杰里·弗兰克再一次代表四个人发言。"我在这儿生活了72年，海湾并没有多大改变"，他说，"这些关于海平面上升的说法，我完全不认可，因为海平面的高度取决于风往哪儿吹"。他接着就风如何影响潮水和水平面的高度进行了一番讲解。

乌克插话进来。"我们关心的是土地侵蚀"，他说，"海平面上升是一个很缓慢的过程，等到它淹过来的时候，我们早就因为土地侵蚀玩儿完了……"

"岛屿的问题，土壤侵蚀的问题，你早上一醒过来就会想到"，他接着说，"晚上上床睡觉的时候你还在想它。我们无时无刻不在考虑这件事。它总在你脑海深处"。

"一直都是"，杰里·弗兰克说。

"它阻止人们在这儿投资"，乌克说，"你会发现你在想，'如果这个地方可能根本不存在了，我还要在这儿投资吗？'"

格雷："是什么让这里如此特别？"

杰里·弗兰克："光是这儿的历史就值得拯救。"

布鲁斯："没错。"

乌克："这里有丰富的历史。出了很多军人。现在我们需要华盛顿的帮助。"

格雷把话题转到唐纳德·特朗普身上。"如果今天你们可以对他或他的行政部门说句话，你们会说什么？"

"我会说……"乌克起了个头。他停顿了一下，这时一直沉默的利昂突然脱口而出："给我们建堵墙吧！"声音大得根本不需要话筒。

"是的，给我们建堵墙吧"，乌克说，镜头外库克发出咯咯的笑声，"他们都在说墙的事儿——我们愿意接受一堵墙。我们想建一堵环丹吉尔岛一周的墙"。

话题又转到了岛民们对总统的亲切感上。乌克说他欣赏这个人撕碎繁文缛节的意愿："他会减少研究什么东西需要的时间。我们研究到死，不过是需要落实些什么。"

他还没说完。"我爱特朗普"，乌克严肃地宣称，"我的每个家人都一样"。

就算是跟乌克相处了 14 个月，经受了他尖锐的政治观点的洗礼，此时此刻我还是惊讶得眼珠子都要瞪出来了。我脑海里立即闪过两个念头。第一：CNN 绝对会用上这个的。第二：特朗普一定会注意到。

格雷以再次询问几人想对总统说什么结束了这次采访。"唐纳德·特朗普，如果你看到了这个片子，我是说，任何你能做的——我们会欢迎你对我们的任何帮助"，乌克说，"如果唐纳德·特朗普来这儿，我会带他去海上捕蟹，然后带他去吃一顿蟹饼大餐"。

四天后，6月9日，这个片子播出了。[6] 格雷的报道里将丹吉尔岛持续的洪水、岛民们对唐纳德·特朗普的支持，以及特朗普将气候变化称为骗局的发言放在了一起——临近结尾时还有对我的一段简短的采访。采访刚播出的几分钟内，就有几个丹吉尔岛人在 Facebook 上发消息，称赞这个报道，并为乌克的发言表示庆祝。

但 CNN 的推特账户几乎立即就被震惊的观众挤爆了，他们发现丹吉尔岛人压倒性地给特朗普这个嘲弄海平面上升背后的科学依据的人投了票。"我一点也不同情丹吉尔岛人"，一个人写道，"如果他们有 87% 的人给那个白痴投票，他们现在就是自作自受！祝他们好运吧"。

"亲爱的弗吉尼亚州丹吉尔岛：被大海淹没吧"，另一条评论是这样的，"你们都是 #特朗普 的支持者，就应当承受自然带来的结局：淹没"。

这样的评论一屏接着一屏："如何称呼上面住着一群特朗普支持者的正在沉没的岛屿？一个好的开端。"以及："很难同情这些居民，客观上他们很蠢，他们自己还很自豪。"还有这条："希望他们知道怎么做有用。"还有："马里兰州的丹吉尔岛？没开玩笑吧。它简直是近亲繁殖的'试管'啊。"

与我交谈过的岛民，还有被我关注了 Facebook 账号的岛民，都被这种来自陌生人的言语谩骂的网络暴力惊得目瞪口呆，他们从十分困惑变得沮丧苦闷、厌烦恶心，甚至感到惊恐，没想到他们对唐纳德·特朗普的支持居然让亲爱的美国民众希望他们去死。芭布·拜克特尔在 2013 年和丈夫罗布一起移居到丹吉尔岛，我与她在这场舆论风暴期间聊天的时候，她简直怒发冲冠。"他们为应对自然灾害寻求帮助已经二十多年了"，她这样说她的邻居们。"这是个发展很缓慢的自然灾害，但它也是自然灾害啊。如果这是发展很快的自然灾害，比如野火，这个国家的所有人都会说，'哦，那些可怜人啊！他们需要我们的帮助！'"[7]

"事实上人们已经坐下来辩论岛上这些人是不是值得救了。这是什么道理？"她说，"我不在乎你想把它叫成土地侵蚀还是海平面上升还是'萨迪阿姨的屁汤'。什么原因导致了这个灾难并不重要。重要的是这场灾难正在发生，这些人需要帮助"。

不久我们就得知，CNN 报道的连锁反应才刚刚开始。[8]那期节目播出后的第三天，乌克正在海上收蟹笼，突然看到"啄木鸟"开着船朝自己这边飞速赶来。他的儿子把船停在"希里黛玉"号旁边说，爸，你得回来，"老总"（the president）想跟你通话。

哪儿的老总啊？乌克问。

他儿子花了一分钟才让他相信，白宫给"石油码头"打来了电话。乌克开船回到码头等电话，然后决定去挑一挑他的脱壳蟹——毕竟螃蟹不等人——等他再次上岸的时候，电话响了。一个女声告诉他，总统想知道是否可以跟镇长通话。当然，乌克回答道。他当然可以。

唐纳德·特朗普接起电话，做了自我介绍，然后——乌克之后这样回想起来——跟他说，你那儿有个倒霉催的岛啊。

是特朗普岛，乌克答道。我们这儿的人都非常爱戴你。他告诉特朗普，他相信总统支持工人阶级，相信他要让人们重新上岗，相信他支持军队、支持以色列、支持保护宗教自由，相信他是国家在正确时间的最正确的总统人选。

特朗普告诉乌克他很感激。他发表意见说，丹吉尔岛看上去是个美丽的地方，如果乌克来华盛顿的话，应当来做客。他说乌克跟自己是一类人。他说他和他一家人都爱丹吉尔岛的居民。

特朗普的通话为全世界的报道提供了头版头条。乌克对一个记者这样描述道："他说不用担心海平面上升。他说，'你们的岛屿已经存在了上千年，我相信它还会继续存在上千年'。"

听到这些，许多岛民都放下心来。

全世界都觉得这很荒谬。

外国记者纷纷来到丹吉尔岛——我在街上遇见过挪威的、俄罗斯的、法国的还有英国的记者。[9] 史蒂芬·科尔伯特（Stephen

Colbert）在他的单人节目《晚间秀》中，将丹吉尔岛作为那期节目的核心。"万一唐纳德·特朗普的话没能安抚即将消失的丹吉尔岛上的居民"，科尔伯特说，"他们的镇长还是相信有办法应对海岸侵蚀。他们需要建堤坝，或者甚至需要绕岛建起一整圈防波堤，而……特朗普会抛开一切繁文缛节给他们建起防波堤来"。

"没错！"他在哄笑声中说。"特朗普会为他们建起防波堤，并让大海出钱！"

这在岛上掀起了轩然大波。[10] 但很快这件事就被忘掉了，因为丹吉尔岛再一次被推到了媒体的风口浪尖：镇长乌克受邀在 CNN 的电视节目"市政厅"（Townhall）中出镜。那期节目由 CNN 的电视主持人安德森·库珀（Anderson Cooper）主持，前副总统阿尔·戈尔[1]（Al Gore）为特邀嘉宾，后者因警示全球变暖而获得了 2007 年的诺贝尔和平奖[2]。

节目时长一小时，库珀在节目进行大约三分之一的时候连线乌克。摄像机摇了过来。镇长穿着他周日的惯常装束：一顶看上去很新的丹吉尔岛纪念棒球帽和一件领尖有纽扣的格子花呢上衣。"戈尔副总统，库珀先生，我是一个商业捕蟹人，在切萨皮克湾上干了 50 多年了"，他对着手持话筒说，"我在水上有个蟹屋，而现

---

[1]　即小艾伯特·阿诺德·戈尔（Albert Arnold Gore Jr），一般简称阿尔·戈尔，美国前副总统，气候变化专家，著有《难以忽视的真相》等。
[2]　2007 年，美国前副总统阿尔·戈尔与联合国政府间气候变化专家小组的人因为号召人们重视全球气候变暖的行为获此殊荣。

在的海平面高度与 1970 年蟹屋建起来的时候是一样的"。

"我不是科学家，但我是个热心的观察者，如果海平面真的在上升，为什么我看不到一点迹象呢？"那些熟悉乌克平常开朗随和的语气的人会发现他在紧张。但他气度翩翩，给人的感觉低调而聪明，声音中些微的颤抖让他显得十分谦逊，让人很有好感。"我们的岛屿正在消失，但不是因为海平面上升，而是因为海岸侵蚀"，他说。"如果建不起防波堤，我们的岛屿就会消失。但回到这个问题上来：为什么我没有看到海平面上升的迹象？"

前副总统的声音听上去十分自信，他问道："镇长，你觉得为什么会发生土地侵蚀呢？"

"因为海浪的作用"，乌克答道，"因为暴风雨"。

戈尔："这些现象有增长吗？"

乌克："呃，实际上并没有——"

戈尔："所以，即便海浪没有增多，你们也在失去岛上的土地。"

"是的"，乌克告诉他，"土地侵蚀从约翰·史密斯船长发现这座岛并给它起名的时候就开始了。现在它已经来到我们家门口了，我们对它关注得多了"。

戈尔点头。"如果我告诉你，科学家们确实说切萨皮克湾的海平面正在上升，其实对你也没有什么帮助……而且科学家们预测未来海平面还会再上升 2 英尺——那么，如果海平面真的又上升了2英尺，对丹吉尔岛来说意味着什么？"

"丹吉尔岛的话，我们只比海平面高出4英尺"，乌克说。其实只有高地才有这个高度。

"嗯"，戈尔说。

"如果我看到海平面上升，我会站在房顶上喊出来的。"

戈尔点点头："好的。"

"我是说，我们没有，你知道的，我们没有后退的余地"，乌克总结说，"但我没看到海平面在上升"。

"是的。好的"，戈尔说。他用手指撑住脸颊，看上去陷入沉思："那么，这件事情的挑战之一就是如何理解科学家所说的话，并把它们翻译成人们能相信的说法，他们就可以看到自己的生活会受到什么样的影响。我明白这一点，而且我每天都在想如何去做这件事。"

这时候，戈尔本可以解释，对于日积月累、逐步增长的变化而言，逐日的目击，甚至是几十年的记录，都可能无法得出可信的看法；与此相反，扎实的科学证据能够确凿地证明海平面正在上升。他还可以说，乌克没有观察到海平面上升，并不代表海平面真的没有在升高。

但相反地，他的回答体现出他了解一些丹吉尔文化，但只是隐晦地回应了乌克的问题。[11]"这让我想起一个田纳西州的故事"，他转向库珀说道，"是一个被洪水困住的人的故事。当时他坐在门廊上，一辆 SUV 开了过来要救他走。他说，'不，上帝会救我的'。洪水涨起来了，他爬上了二楼，救援人员开着船来到窗前说，'来，过来，我们来救你了'。然后他说，'不，上帝会救我的'。水位继续上涨，他不得不爬到屋顶上，此时来了一架救援直升机，放下了绳梯。他说，'不，上帝会救我的'"。

"最终他死在了洪水中"，戈尔说，"死后他上了天堂，问上帝说，'主啊，我以为你会来救我的'。上帝说，'你还想怎么样呢？我派了一辆 SUV，一艘船，还有一架直升机去救你啊'"。

对话就这样结束了。丹吉尔岛人都认为乌克"赢"了这次面对面会议，而我在大陆上的家里看节目的时候也得出了相同的结论。世界著名的、关注气候变化危害的杰出发言人没能回答一个仅受过高等教育的、鲁直的捕蟹人提出的极其简单的问题。如此一来，他使得坊间民智坚定地站在了真正的科学的对立面。这真是天大的不幸。

岛民们还被戈尔的笑话激怒了，因为他们觉得这嘲讽了他们的宗教信仰。我不那么认为——即便他想说的没能被目标观众接受，但他依旧指出了一个关键点。上帝赐予岛民们意识到面前的危险的头脑。这或许就是现阶段上帝准备赐予他们的全部。否认危险的存在——或者期盼出现能驱走危险的契机——或许并不是上帝想要的。

接下来的夏天，一直到秋天，全球媒体都保持了对丹吉尔岛的兴趣。[12] 英国的一家广播电视网派了一支团队上岛，朗尼对记者问题的回答让不少人惊掉了下巴："我不在乎是什么玩意儿出钱在我们这儿建防波堤。你可以随便把什么名字安上去，只要让岛上建起防波堤就行。"在同一个报道中，乌克还质疑科学是否永远正确，他是这样说的："科学家还说我们是从猿猴进化来的呢。"在这段时间，整座岛屿还对降落在跑道上的直升机颇为警觉。有传言说，安德鲁斯空军基地（Andrews Air Force Base）的直升机在为总统访问这座小岛做侦查准备。总统没有来，但这并不能熄灭人们对唐纳德·特朗普的普遍热情。

乔治·"大腿骨"·托马斯死了。岛上的人口又减少了一个。里基和尼克·莱尔德这对渔民父子搬去了克里斯菲尔德。又有两个人去世：年轻的渔民凯莱布·库珀意外死亡，博物馆志愿者盖尔·史密斯也走了。人口在持续减少。

我的房东辛迪·帕克斯再嫁了一个大陆人，搬离了岛屿。又少了一个人。辛迪把房子卖给了儿子杰里德。她很幸运：有些丹吉尔岛的房子已经在市场上挂了好几年了。在住了 14 个月后，我也离开了在西脊岭的住处。

与此同时，岛上的生活又恢复到由季节和蓝蟹控制的节奏。贾森·查诺克登上"阿伦娜·雷哈布"号给朗尼做副手。丹吉尔岛综合学校的新学年迎来了 60 个学生。利昂冬天不再去耙捞螃蟹了。乌克捕捞上来一堆鳗鱼。防波堤工程还在挤牙膏似的走陆军工兵部队的流程，20多年了依旧没有进展。

把岛屿当作野生动物保护区挽救下来的这个想法还为时尚早。或许有人猜测，报道中体现的唐纳德·特朗普对这个地方的情感并不会降低建立保护区的概率，但现在对华盛顿的任何猜测都失之草率。而这个想法会面临国会的严格考验——而最终，还要接受美国人民的考验。

有时候，大陆上的朋友会问我，在跟岛民们相处了一年多以后，我对花上数百万美金的税金拯救丹吉尔岛的前景有什么看法。我的标准回答是，我希望丹吉尔岛能获救，我想要它被救下来。丹吉尔岛已经深入了我的每个毛孔。我已经爱上了微风吹来的开阔的滩涂，上面的沼泽禾草摇摆低语，光与影在禾草上投下微妙的图案。我珍视在上方岛海岬上的时光，在寻宝的同时也沉思着自己生命的无常。我在岛上不需要开车的生活中如鱼得水，即便这意味着要走得飞快才能躲开蚊蝇。我学会了享受木馏油的气味、柴油的油烟味，还有码头和蟹屋传来的老螃蟹的味道。每次一上船我都很兴奋。

我想我不用格外说明，这些快乐都比不上我对岛上居民们的感情。他们中许多人对信仰的态度令人困惑，对自己的生活方式墨守成规。他们可能会吹毛求疵，蔑视权威，瞧不上书本知识。

而且天晓得，他们还很八卦。但是，他们也非常有韧性，非常努力，非常有勇气。他们愿意为彼此拼上性命。他们的信仰不可动摇。他们的乐观令人惊叹。

他们被血缘和历史的纽带紧紧地联系在一起，大部分现代美国人都无法理解这种紧密联系。他们生于斯长于斯，深深地眷恋着切萨皮克湾中这一方小小的、泥泞的故土，看上去甚至像另一个时代的产物。而他们热情、忠诚、慷慨大方。他们一发现我并不是个一天就走的观光客，就把我当成他们中的一分子看待。

但说我希望这个地方获救并没有回答那个问题。它是否应该被拯救是一个太过艰难的问题，因为这需要我们就接下来的数十年内海平面上升带来的改变达成全国性的一致观点。那些变化已经在发生了——丹吉尔岛善良的人们到时候会看到——随着变化越来越快，它们会影响到美国成千上万的社群。

我们没有足够的金钱和物理手段，甚至不会有足够的时间把它们都救下来。所以，我们必须以一个民族整体的身份制定规则，决定要挽救哪些城镇和产业，又要放弃掉哪些。我们应该只把人口众多的大城市作为挽救的对象吗？美国数得上的大城市中，有部分城市正面临洪水的威胁，政府用于保护它们的支出肯定能发挥出最大效率。如果你同意这条准绳，那我们就必须确定实施干预的人口基准数。是一百万人？还是五十万人？

无论那个数字是多少，这条规则一定会让丹吉尔岛以及成千上万其他在我们的历史和文化中占据重要地位的地方面临灭顶之灾。如果我们不愿意牺牲掉其他我们珍视的小地方，就不得不再制订其他价值尺度标准。我们必须设计出能够量化评估某地无形资产的方法，正是这些无形的东西让此地具有特别的意义。

在组成美国文化的无数生活方式和生活体验中，丹吉尔岛既有字面意义，也有隐喻地位。我们必须决定，这样的边缘文化群体是否与主流群体一样有被拯救的价值，一个圆的圆周部分是否与它的中间部分同等关键。或者用大陆上的日常用语打个比方，当地人珍爱的家庭经营餐馆，是否应当与州际公路上开的繁忙无比的连锁餐厅一样受到保护。

丹吉尔岛迫使我们现在就直面这些问题。我们如何应对它面临的困境，会证明我们认为什么是重要的，以及我们将如何应对未来更加复杂的挽救或放弃的局面。从一个角度来看，丹吉尔岛正是极其关键的、完美的挽救对象，它身上汇集了微不足道的人口和毋庸置疑的独特性——这个词已经被用烂了，但在这里真的有其意义——两种特征。从另一个角度来看，它又是最不值得挽救的，因为即便竭尽全力进行干预，岛上的人口状况还是有可能导致它最终无法留存下来。

我们不必选择先做哪道题，因为大自然已经替我们选了。所以，面对"我们是否应当挽救丹吉尔岛"这个问题，我内心那个负责任的公民说，我们应当决定如何做出决策、如何根据决策做出行动。

　　但作为一个曾做过一段时间丹吉尔岛人的人，无论那段时间有多么短暂，我都会为这个岛屿的消失感到深深的悲哀。我不忍心看到岛民们不得不背井离乡搬到大陆上。我将为失去这个可以直接联系到历史往昔的地方而哀悼。没了这个岛屿，世界会变得更无趣一些。

　　所以，再说一遍，我希望我们能干预。

　　我真的希望。

　　这是早秋的一个傍晚。[13] 我坐上卡罗尔·穆尔的皮划艇，在它与朗尼的"阿伦娜·雷哈布"号共用的码头旁无所事事地漂着。卡罗尔在船尾，询问正站在我们上方平台木板上的丈夫。

　　"朗尼，你怎么看？"她问，"去东侧还是西侧？"

　　朗尼侧着脑袋，似乎听得很认真，然后保持这个姿势站了七八秒。"考虑到风向，我会去东边。"

　　"那我们就往东划"，卡罗尔说着，手上一拧，皮划艇舷外的推杆嗡鸣起来，我们冲出码头进了海港。我们快速地穿过码头和停泊的船只，扎进航道，两边就是蟹屋。小镇被我们抛在身后——教堂的尖顶，水塔，聚堆的房子，挤在一小片薄薄的绿地上，纤细得几乎与海湾融为一体。

　　我们转了个大弯进入丹吉尔海峡，在它被风吹皱的海面上弹跳。到了迦南，卡罗尔小心地把船停在泥炭一样的海岸边，我们下船上岸，脚下的地面因为最近高涨的潮水变得像凝胶一样，每一步都能被踩出一个小水坑。卡罗尔将船锚拎出水面 10 英尺，然后把锚爪戳进沼泽一样的泥炭地里。船锚被吞了下去。

天空中飘着一朵朵碗形的云。上方岛一片寂静，晚风太过轻柔，吹不乱滩涂，也吹不起浪头。相比 17 个月前我看到的样子，这里的海岸已经发生了翻天覆地的变化。那天固定船锚的土地已经被切萨皮克湾卷走，竖着墓碑的地面后撤了 15 英尺，某些地方甚至后撤了 30 英尺。2016 年春天挡住我们沿海岸向东航行的那一大团被海水漂白的树干，如今已经淹没在水下。在它身后，新的沙滩已经成形。

我们来上方岛很多次，卡罗尔还是第一次让我参与她在海滩上的寻宝活动。我们从停船的地方沿着涨潮线向东走，注意着脚下的箭头和玻璃瓶碎片。"这儿肯定有些好东西"，她一边扫视着地面一边低声咕哝，"肯定得有"。

沙滩很快被古老的牡蛎壳堆取代，走上去咔嚓作响。跟我们脚下的牡蛎壳相比，我见过的那些从海底捞上来的牡蛎都是小儿科。不一会儿，贝壳变成了被水淹死的山地苦槛蓝的根茎，呈泥浆状。再接下来就是一层淤积得厚厚的腐烂海草。"我奶奶原来总告诉我，'别去海燕麦（sea oat）丛里，因为你永远不知道下面有什么'"，卡罗尔说，"像带钉子的木板啦，这一类的"。她避开那些搁浅的植物，啪叽啪叽地在及踝深的浅滩上走着，停下脚步从水里捞出了一只半英寸宽的公蟹。她张开手给我看。

"还没长大呢"，我断定道，"嘿，小家伙"。

"它已经死了"，她说，接着把它丢回了水中。

我们继续前行。海岸过渡到类似稀泥巴汤的状态，四处散落着被水冲得光滑的砖头和裹着黏液、被虫子蛀出一道道空洞的旧木材。脚下的淤泥松软而有黏性，散发出一种胃肠胀气时的臭味。卡罗尔丝毫没受影响，一路踩过去，走到沙滩与滩涂交接的约膝盖高的陡坡处。"看那边"，她指着说。

在一条窄窄的米草（spartina）和沙滩带对面，一个巨大的水坑出现在上方岛内陆。到处都有这种与海峡并不连通的水坑，它们与大海之间只隔着细细的一条涨潮时几乎完全被淹没的土地。"这是最近才出现的"，卡罗尔说。一年前，这个水坑要小得多、浅得多，而且在更深入岛内的地方。看上去，上方岛东侧的这个地方又将出现一个新的豁口。

我们掉头返回。除了几个旧瓶子断裂的瓶颈，我们在沙滩上什么也没找到。上方岛逐渐缩小，迦南的残骸连同上面的遗物也更加远离海岸。"我们没在这儿找到任何别的东西"，卡罗尔说着，叹了口气，"风这么个吹法，我以为我们能找到点什么的。但没有"。

"去年冬季的某天，我来到这儿，找到了应该有 17 个瓶子。

当时海水清澈，正是低潮。就是这样了。"她摇了摇头，"我很难
过，因为这部分历史已经消失了。如果不把人带到这儿来并且找
到些什么遗物，你很难跟别人讲上方岛的故事。但它就这么消
失了"。

我提议，也许这儿的沙滩寻宝是有周期性的。或许她一个月
后再来，就会发现沙滩上又到处散落着祖先们的遗存。

"有可能吧"，她说，"有可能。但是二十年来我一直像做礼
拜一样到这儿来"。

"而你之前从没见过这种场景？"

"没有。从来没有"，她说，"我指的是，土地流失得简直有
些不真实"。

我们又原路返回牡蛎壳堆。在堆成小山的白色贝壳中，我发
现了一个黑色的球体，原来是个大煤块，或许曾在上方岛上某家
的烹饪炉里燃烧过。我们走路的时候，卡罗尔一直凝视着海面。
"你已经不想寻宝了"，我对她说，"你甚至都没在仔细看"。

我们从贝壳堆中穿行而过，脚下不断传来噼噼啪啪的声响，
然后回到了沙滩上，终于安静了下来。"你来这儿的时候"，我问，
"会想到未来还会有人来到丹吉尔岛上，探寻你遗留在这儿的痕
迹吗？"

"嗯，如果我们能造起防波堤的话，他们还有机会来这儿寻
宝"，她说，"如果没有防波堤，到时候根本连寻宝的岛都留不下

来"。她又叹了口气，"我不知道我为什么会到这儿来。我是说，这里很平和。而且很美。你看"。

我们停下脚步。风停了下来。深蓝色的丹吉尔海峡平整如镜。西下的斜阳给海岸染上一层温暖的琥珀色，平静的海面被镀了一层金光。十二公里外，克里斯菲尔德的公寓楼反射着阳光。在这个静谧的夜晚，切萨皮克湾看上去似乎那样可爱，那样温良。

"不会有比这再美的光景了"，卡罗说。

我看向自己的脚下。我们站在一片浅浅的新月形沙滩上。沙水交界处，沙子的颜色被颗粒状的木头、海藻、种子和细黑土组成的沉淀物掩盖。退去的潮水把它们留在岸上，形成一片有着与咖啡渣一样颜色和质地的糯糊。

丹吉尔岛的碎片一点点被海湾搅碎，几乎什么都没有留下。

致　谢

本书是我在美国本土 48 州最与世隔绝、内部联系最紧密的社区之一度过许多日夜之后的成果。就作品本身而言，多亏了丹吉尔岛上的人们：如果他们认为不需要这个项目、决定不让我登岛，那我现在就没什么可说的了。而事实上，丹吉尔岛的一切都让我感到宾至如归，而且有超过 60 位岛民同意与我进行访谈。我为他们的好客、耐心和把他们的故事托付给我的信任向他们所有人表示感谢。

有几位岛民的角色格外关键。詹姆斯·"乌克"·埃斯克里奇允许我几乎全天贴身与他同行——在船上，在蟹屋里，在"特情室"，在"渔民之家"，以及在他家的客厅。我们相处了超过 14 个月，他一定烦我烦得要死，但他对我总是很好。他的帮助至关重要。

卡罗尔和朗尼·穆尔夫妇也同样是我研究过程中极其重要的角色。卡罗尔让我像小尾巴一样跟着她一次又一次去上方岛，她的细心与才智令我印象深刻。朗尼带我出海捕蟹、捞牡蛎，并且毫无倦怠地回答我对二者数不清的疑问，展现出他机智、坦白而直率的性格。

辛迪·帕克斯·沃尔特将她在西脊岭上的房屋分了一半给我居住，每次都会在住处和码头间接送我和我的行李，还让我用她的已过滤的自来水资源。对任何到丹吉尔岛的记者而言，行李都是个大麻烦；如果没有辛迪的帮助，我绝对会因为大包小包更加步履维艰。我对她感激涕零。

每天，我都期盼在"特情室"度过的 90 分钟。感谢"特情室"的常客们允许我旁听他们的聚会：利昂·麦克曼，杰里·弗兰克·普鲁伊特，艾伦·雷·克罗克特，欧内斯特·埃德·帕克斯，理查德·普鲁伊特，库克·坎农，约翰·韦斯利·查诺克，胡特·普鲁伊特，丹尼·麦克里迪，以及鲍比·克罗克特。

另一位长期成员布鲁斯·戈迪把我带进了这个团体。我时常造访他家，他和妻子佩姬与我进行的交流平静而愉快，不啻我的避难所。他们还招待我吃了几次蟹煲，可以说是我在岛上生活的亮点。

感谢斯温纪念教堂的约翰·弗勒德牧师，以及新约教堂的杜安·克罗克特和其他长老，感谢他们欢迎我加入他们的教众群体。我在岛上生活期间，马克·"穆尼"·克罗克特船长、马克·海尼船长和布雷特·托马斯船长安全地将我送至岛上，又送离海岛。2016 年 7 月我的车在奥南科克镇码头报废后，黛维·埃斯克里奇驾车 250 英里送我回家；自那之后，杰克·钱德勒和卡罗琳·钱德勒夫妇同意我将租来的车停放在他们的院子里，位于河流上方一处高高的岸上。

我也受到了大陆上许多人的帮助。自我一开始构想本书起，我的代理人大卫·布莱克（David Black）就一直在给予支持，帮助我调整构思、充分地肯定它的优点，并在接下来的报道和写作中给我鼓励。他是这个行业的佼佼者，我们的每一次交流都让我庆幸，能有他这样的伙伴是多么幸运。

本书是我与哈珀柯林斯出版集团的编辑彼得·哈伯德合作的第二本书。我们的两次合作都非常愉快，是作者梦寐以求的那种与出版社的相处关系。彼得带着智慧的头脑和旺盛的求知欲参与项目，他全身心地投入这本书。可以说，这本书是我的孩子，也是他的孩子。

在我报告和创作《切萨皮克安魂曲》期间，弗吉尼亚大学的弗吉尼亚人文基金会（Virginia Foundation for the Humanities）就像之前的 5 年那样，一直是我专业上的家园。那里的研究团体为我提供了智慧友爱的环境——对于写作这项只能独自一人完成的事业而言，这是无价的礼物。我向基金会的所有人员表示感谢，特别感谢基金会创始人兼主席罗布·沃恩，执行董事马修·吉布森，以及奖助金项目助理主管珍妮·塞勒。

《弗吉尼亚向导报》的研究馆员莫琳·沃茨和杰昆·海斯

（Jakon Hays）帮助我查询报纸档案，成为我深挖成百上千个关于丹吉尔岛老故事的好伙伴，并在追踪更加难以获取的原始资料方面给了我策略上的建议。工程兵团的马克·W. 哈维兰允许我自由探索诺福克区部的图书馆，那里可是有价值信息的宝库。我衷心感谢所有人。工程兵团的戴夫·舒尔茨也给了我极大的帮助。

我想对帮我审校稿件的诸位文字工作者说声感谢。约翰·普鲁伊特（John Pruitt），我在《弗吉尼亚向导报》的老同事，出生于丹吉尔岛；他阅读并订正了一份早期书稿，并提出了宝贵意见。他还帮我协调安排了住宿事务，每当他在岛上的时候，总会邀请我去他家用餐、谈天。

凯尔·拉格斯顿和辛迪及大卫·富勒读了一部分故事，并提供了有益的反馈意见。

另外，我还想要感谢五个人；如果没有他们，这本书不会是现在的样子，甚至都不会存在。玛丽亚·卡里略阅读并评论了本书原稿。以前我的每本书也都经她之手，但这一次，她更换工作、跨越半个大陆搬了家，并且在搬家前和搬家后都要与飓风抗争，在应对诸多事务时兼顾我书稿的审阅工作。我非常非常感谢她。

我与劳拉·拉费做了 30 多年朋友，并一直受益于她敏锐的智慧、宽广的心胸和始终如一的友情。一直以来，我都非常羡慕她在故事写作上无与伦比的能力。在过去的一年中，我意识到她的编辑能力也同样非凡。她让这本书的面貌焕然一新。

我认识马克·莫布利的时间与认识劳拉的时间相差无几。他一直是我的挚友，本书就是为献给他而作。在本书的创作和出版过程中，虽然他编辑的角色也很重要，但他承担的远不止于此：他是我的啦啦队长，我的军师，我的知己，陪我走过这段冒险旅程。

还有我的女儿塞勒。她在我久居丹吉尔岛期间照顾我们在大陆上的家，看护家里的宠物，几乎全权负责一切事务的正常运行。无论我身处何方，她都能让我振奋精神。如果没有她，我甚至不会尝试创作这本书，把它写完更是不可能的事情。

最后，我要感谢我的未婚妻艾米·沃尔顿。我的上一篇关于丹吉尔岛的作品写于 15 年前，是她意识到，这个故事值得我们以另外的角度进行更深入的了解。她鼓励我提出这个议题，在我数月的调查和报告过程中做我最坚实的支持者，并且在我暂居丹吉尔岛时，数次不畏艰险地横渡海峡来看我，为我的生活增添了明亮的色彩。她从一开始就对这本书，对我，怀有厚望。

就像丹吉尔岛人说的，我可真是"太不幸了"啊。

注　释

本书主体内容均基于我在丹吉尔岛上度过的近两年时间内的第一手资料完成。这两年生活始自 2015 年 12 月 24—26 日和 2016 年 2 月 10—12 日的先期考察。2016 年 5 月 18 日，我开始完全在岛上生活，直至同年 11 月。在此期间，我仅偶尔返回自己的家中，与家人见面、修剪草坪以及补做大陆上的业务。从 2016 年 12 月到 2017 年 3 月，我大约每个月上岛一周；2017 年 3 月至 6 月则每月在岛上生活两周。此后，我又因报道需要，在 9 月和 10 月各到岛上短期旅行一次，每次为期数天。

我调查的最终结果是一份粗略地按时间顺序排布的记录，记述了丹吉尔岛 2016 年捕蟹季及牡蛎季活动和 2017 年上半年吸引了全球目光的岛上大事。

书中有相当大的一部分内容基于我的亲眼所见、亲耳所闻。我会用电子方式进行记录，或者手写记录后尽快录入电脑。我个人没有经历也没有耳闻的场景则取自多个来源。

我在丹吉尔岛上度过了一段较长的时日，让我得以分别与同一件事情的几个主人公就此事进行不同的对话。行文中，我用现在时强调那些"活生生的"——就是在某个现场发表的——意见；与主题相关、但是在事后或其他时间发表的意见则用过去时。

文中用双引号表示我确信的、自己逐字逐句记录下来的人们的话，这些话或是我亲耳听到或录下的，或是同一事件的数位参与人一致确认细节之后由我复原的。如果一段引文被包含在一段更大的引文内，例如我引述一个人物回想起一段对话，此时，为了行文清晰，我会用引号标注出内部引文而不再关注其严格的准确性。

书中部分对话并没有使用引号，此时我只是在复述对话的主体内容，并非精确记录每一句话。当我使用这种方法时，或是要将一段长对话精简浓缩，或是事件的参与者无法准确回忆他们所说的话、但对大致的内容和要点达成一致；极少数情况是现有材料无法进行确证，只能依赖单一信源。

我在丹吉尔岛居住、进行报道的过程中，本书中出现的所有人物都过了至少一个生日，许多人在我最后一次登岛至本书出版的这段时间内又年长了一岁。因此，本书中，我尽可能用出生年份表示人物年龄。如果这一方法不适合叙述语境，便使用人物在彼时现场时的年龄。因此，利昂·麦克曼在本书前半部分是85岁，而在后半部分则是86岁。

引子

1. 我对卡罗尔·普鲁伊特·穆尔 2012 年 10 月 31 日迦南之行的描述是基于我在 2016 年 2 月 11 日和 10 月 30 日与她的访谈内容。

2. 此事发生在 2016 年 9 月 27 日，我、卡罗尔·穆尔、詹姆斯·"乌克"·埃斯克里奇和来自弗吉尼亚人文基金会（Virginia Foundation for the Humanities）的一组研究人员一同前往上方岛。

一

1. 我对詹姆斯岛和夏普斯岛的荒废过程的描述来自 William B. Cronin, *The Disappearing Islands of the Chesapeake* （Baltimore, Md.: Johns Hopkins University Press, 2005），及 Michael S. Kearney and J. Court Stevenson, "Island Land Loss and Marsh Vertical Accretion Rate Evidence for Historical Sea‐Level Changes in Chesapeake Bay", *Journal of Coastal Research* 7, no. 2 （Spring 1991）: 403-15。

2. 此处描述基于 Cronin, *The Disappearing Islands of the Chesapeake*，及 Sheila J. Arenstam Gibbons and Robert J. Nicholls, "Island Abandonment and Sea‐Level Rise: An Historical Analog from the

Chesapeake Bay, USA", *Global Environmental Change* 16, no. 1 (February 2006): 40-7, 及 Irving M. Parks Sr., "Vanishing Island: A True Story of Hollands Island"。最后的这份文献是这位前岛民 1972 年写作的一本小册子，我在网上找到了它的打字稿，见 https://sites. google. com/site/taleof2shores/enjoys - seeing - hollands - island-through - the - memories - of - irving - m - parks - sr/vanishing - island-a-true-story-of-hollands-island-by-irving-m-parks-sr（retrieved November 7, 2017）。人口数字来自美国人口普查局。

3. 2016 年 5 月 24 日，我在乌克的船上。

4. 我对切萨皮克湾的无力描述来自多种出版物、网络资源及地图，在马里兰州海洋基金（Maryland Sea Grant）网站的"切萨皮克湾：事实与数据"网页上有一份优秀的简介，可见 http://www. mdsg. umd. edu/topics/ecosystems-restoration/chesapeake-bay-facts-and-figures（retrieved November 7, 2017）。

5. 马里兰州克里斯费尔在市码头上竖了一块标志，上面就写着这个称号，表示对其的所有权。

6. 我使用的测量值来自 David M. Schulte, Karin M. Dridge, and Mark H. Hudgins, "Climate Change and the Evolution and Fate of the Tangier Islands of Chesapeake Bay, USA", *Scientific Reports* 5 (2015)。在这篇论文中，作者估计丹吉尔岛本岛总面积为 789 英亩（中央公园为 843 英亩），丹吉尔镇减去飞机跑道后的面积为

83 英亩（水库面积为 106 英亩）。

7. 有一个关于"全球变暖"这个名词的有趣讨论，见 NASA，"What's in a Name? Global Warming vs. Climate Change"，https：//pmm. nasa. gov/education/articles/whats–name–global–warming–vs–climate–change（retrieved November 14，2017）。

8. 卡罗尔·穆尔的叔叔老肯尼·R. 普鲁伊特（Kenny R. Pruitt Sr.）运营迦南的普鲁伊特家天堂猎鸟营地（Pruitt's Paradise bird–hunting camp）许多年。这家营地与联邦狩猎当局关系紧张。

9. 2016 年 2 月 11 日笔者与卡罗尔·穆尔的访谈。

10. 此处关于霍兰岛的信息来自 Cronin，*The Disappearing Islands of the Chesapeake*，人口数字来自 Gibbons and Nicholls，"Island Abandonment and Sea–Level Rise"。

11. 2016 年 5 月 24 日，乌克在自己的船上说了这番话。

12. 2016 年 2 月 11 日笔者与卡罗尔·穆尔的访谈。

13. 2000 年人口数据来自美国人口普查局。2016 年人口数据来自岛民唐娜·克罗克特，她每年对岛上的人口进行统计研究并逐年记录。唐娜在 2016 年 7 月给我看了相关记录。丹吉尔综合学校的入学数据由尼娜·普鲁伊特校长于 2016 年 7 月 13 日的访谈中向我提供。

14. 此处我引用的文章是 Robert E. Kopp，Andrew C. Kemp，

Klaus Bittermann, et al., "Temperature – Driven Global Sea – Level Variability in the Common Era", *PNAS* 113, no. 11 (March 15, 2016): 1434-41, 此文于 2016 年 2 月 22 日进行了早于出版的网络首发。

15. Schulte, Dridge, and Hudgins, "Climate Change and the Evolution and Fate of the Tangier Islands."

二

1. 此处为 2017 年 6 月岛上的车辆保有量。

2. 这一场景围绕 2016 年 5 月 24 日我与乌克出海的情况进行描绘。

3. 对蓝蟹生命周期的介绍可见于 William W. Warner, *Beautiful Swimmers: Watermen, Crabs, and the Chesapeake Bay* (Boston: Little, Brown, 1976), 此书是围绕切萨皮克湾的非虚构作品中的永恒经典。我也参考了如下文献: Curtis L. Newcombe, *The Biology and Conservation of the Blue Crab, Callinectes sapidus Rathbun* (Richmond: Commonwealth of Virginia, 1945), Robert Aguilar, Eric G. Johnson, Anson H. Hines, et al., "Importance of Blue Crab Life History for Stock Enhancement and Spatial Management of the Fishery in Chesapeake Bay", *Reviews in Fisheries Science* 16, nos. 1 – 3

（2008）：117－24，及弗吉尼亚海洋科学研究所网页"Blue Crab Life Cycle"，http：//web. vims. edu/adv/ed/crab/cycle. html（retrieved November 14，2017）。

4. 我对捕蟹人最大捕获量的估算方法为：每蒲式耳 72 只螃蟹×47 蒲式耳×196 个捕蟹日。2016 年捕蟹期为 3 月 17 日至 11 月 1 日，减去 33 个周日，得到"196"这个天数。

5. 镇长的话引述自 2016 年 2 月 25 日的电话采访。

6. 乌克的话引述自 2016 年 5 月 24 日我们出海那天的对话。

7. 我对乌克家族谱系的介绍及本书中其他同类介绍均得益于约翰霍普金斯大学（Johns Hopkins University）20 世纪 90 年代在丹吉尔岛上开展的一项哮喘研究。岛民唐娜·克罗克特让我阅读了她手上的副本。

8. "Tangier War Victim 1st Since World War Ⅱ"，*Virginian-Pilot*，February 5，1969. 沃伦·埃斯克里奇进入越南境内约 6 周后，于 1969 年 1 月 28 日在越南西宁省（Tây Ninh Province）死于枪伤。

9. "特情室"2016 年 5 月 21 日聚会上，我听到利昂表达自己的这一看法。

10. 同上。

11. "特情室"2016 年 6 月 27 日聚会。

12. 2015 年 12 月 24 日邮轮准备离开克里斯菲尔德时，我听到周围的人谈论这辆福特野马车的事情。

13. "特情室" 2016 年 7 月 14 日聚会。

三

1. "特情室" 2016 年 7 月 11 日聚会。

2. 此处引用的数字来自唐娜·克罗克特 2016 年 7 月与我分享的岛上人口统计调查数据。

3. 我与卡罗尔·穆尔及接下来几段中描述的兜风行程均发生在 2016 年 5 月 19 日。

4. Crockett, demographic study.

5. 我在美国陆军工程兵团诺福克区部总部的图书馆里发现了某位绘图员绘制的早期黑斯廷桥的图像。图片标题为"被渔民和当地人抱怨的弗吉尼亚州丹吉尔岛的桥梁之速写"(Sketch of bridge at Tangier, Va., complained of by boatmen of the locality),绘制于 1925 年 12 月。图中的黑斯廷桥桥面宽 3 英尺,桥面中段有一 15 英寸的间隙,距离高潮水面 52 英寸高。见 USACE Baltimore District File No. H-50-20-09。

6. 数据来源为 Crockett, demographic study。

7. 约翰·史密斯船长关于 1608 年探险的日记出版于 1612 年,是他《弗吉尼亚地图:附国家、商品、居民、政府与宗教情况》

（*A Map of Virginia*：*With a Description of the Countrey*，*the Commodities*，*People*，*Government and Religion*）一书中的一部分。此书有许多可用版本。我使用的版本出自 Lyon Gardiner Tyler，ed．，*Narratives of Early Virginia*，1606 - 1625（New York：Charles Scribner's Sons，1907），在线地址为 www. americanjourneys. org/aj-075/。

8. 柯克·马里纳（Kirk Mariner）在自己的著作中对"大衣换土地"和早期开拓者似是而非的故事进行了描述和驳斥，见 Kirk Mariner，*God's Island*：*The History of Tangier*（New Church，Va．：Miona Publications，1999）。马里纳的这部著作研究十分深入，虽然人们对其严格的编年体编排有所诟病，但瑕不掩瑜，它是目前为止对丹吉尔岛历史最完整的研究作品。如果有读者想了解更多丹吉尔岛历史的细节，我推荐这本书。

9. Thomas Crockett，*Facts and Fun*：*The Historical Outlines of Tangier Island*（Berkley［Norfolk］，Va．：Berkley Daily News Print，1891）．克罗克特的这本书分为两部分。第一部分是内容存疑但十分有趣的丹吉尔岛史，第二部分则是他对自己在岛上的童年时光的汤姆·索亚式回忆录。他的邻居们对书的后半部分内容极为愤慨，因此销毁了他们能见到的每一本书。我在 2000 年首次读到这本书，当时东海岸的一位图书馆员偷偷提供给我一份影印件，并事先要求我承诺不向他人透露我从哪里得到了这份影印件。现在，你可以在岛上的博物馆买到一本此书的打印稿，并且保留了书中原有的对黑人的蔑称（nigga）。

10. Mariner，*God's Island* 及 David L. Shores，*Tangier Island*：*Place*，*People*，*and Talk*（Newark：University of Delaware Press，2000）．后一本书的作者是丹吉尔岛人，后成为一名语言学家，在诺福克的欧道明大学（Old Dominion University）担任教授。前文引用的约翰霍普金斯大学的哮喘研究证明，岛上的第一位定居者是约瑟夫·克罗克特而非约翰，岛上只有很少的几个人不是约瑟夫的后裔；调查中没有出现约翰·克罗克特。

11. 丹吉尔岛这次被迫与世隔绝的事情发生在 1645 年 8 月，简要记述于 Martha W. McCartney，"Narrative History"，in *A Study of Virginia Indians and Jamestown*：*The First Century*，ed. Danielle Moretti-Langholtz（Williamsburg，Va.：Colonial National Historical Park，2005）。休格·汤姆的话引述自 Crockett，*Facts and Fun*，2。

12. 托马斯在丹吉尔岛定居的详情记录于 Adam Wallace，*The Parson of the Islands*：*A Biography of the Rev. Joshua Thomas*（Philadelphia：Methodist Home Journal，1872）。此书是研究他一生经历的经典著作。我使用的是第 4 版，出版于原版出版后的第 11 年。

13. 同上。

14. 同上。

15. 托马斯餐馆野营布道会的经过记录于 Wallace，*The Parson of the Islands* 及 Andrew Manship，*Thirteen Years' Experience in the I-*

tinerancy（1856；repr. Ann Arbor：University of Michigan Library，2005）两本书中。本书此处的引言来自 Robert W. Todd，*Methodism of the Peninsula：or，Sketches of Notable Characters and Events in the History of Methodism in the Maryland and Delaware Peninsula*（Philadelphia：Methodist Episcopal Book Rooms，1886），87。

16. 转引自 Wallace，*The Parson of the Islands*，27。我对早期循道宗的描述来自 Wallace；Mariner，*God's Island* 及 S. Warren Hall III，*Tangier Island：Study of an Isolated Group*（Philadelphia：University of Pennsylvania Press，1939）。

17. Wallace，The Parson of the Islands，31. 我对丹吉尔岛上第一次礼拜的描述来自 Mariner，*God's Island*。

18. 同上。

19. 我对丹吉尔岛循道宗这种维多利亚式特征的描述来自 2016 年 12 月 15 日我与亚历山大·乔伊纳牧师大人的访谈，他是联合卫理公会弗吉尼亚大会东岸地区主管。本文此处描绘的信仰疗法场景发生在 2016 年 5 月 29 日。

20. 杜安·克罗克特于 2016 年 5 月 29 日进行了此次布道。

四

1. 此节对英军占领的相关描述来自 Mariner，*God's Island*，及

Manship, *Thirteen Years' Experience in the Itinerancy*, 及 Wallace, *The Parson of the Islands*。

2. 对乔舒亚阅读理解能力的评价来自 Reverend James A. Massey, "Introduction", in Wallace's *The Parson of the Islands*, 7。我对托马斯的天赋的描述亦来自此。

3. 这一表述引自布鲁斯·戈迪为丹吉尔岛博物馆的访客们准备的小抄本《沙滩上的历史》(*History on the Beach*)。

4. 托马斯这次著名的布道主要引自 Wallace, *The Parson of the Islands*, 54–6 及 Manship, *Thirteen Years' Experience in the Itinerancy*。

5. 此地在 1900 年前消失的情况记录于 C. P. Swain, *A Brief History of Tangier Island* (1900; repr. Coram, NY.: Peter's Row, 1993)。休格·汤姆的话转引自 Crockett, *Facts and Fun*, 2。

6. 此处冰河时期对海湾作用的叙述基于 Benjamin D. DeJong, Paul R. Bierman, Wayne L. Newell, et al., "Pleistocene Relative Sea Levels in the Chesapeake Bay Region and Their Implications for the Next Century", *GSA Today* 25, no. 8 (August 2015): 4–10 及 Simon E. Engelhart, Benjamin P. Horton, Bruce C. Douglas, et al., "Spatial Variability of Late Holocene and 20th Century Sea–Level Rise Along the Atlantic Coast of the United States", *Geology* 37, no. 12 (December 2009): 1115–8。

7. 冰河时期海平面的相关信息可称海量。NASA 的简报中有一份极为简明的总结文章，见 Vivien Gornitz，"Sea Level Rise，After the Ice Melted and Today"，https：//www. giss. nasa. gov/research/briefs/gornitz_09/，January 2007（retrieved November 15，2017）。另参见美国地质调查局的科学总结报告：Thomas M. Cronin，"Sea-Level Rise and Chesapeake Bay"，https：//chesapeake. usgs. gov/sciencesummary-sealevelrise. html，May 2013（retrieved November 15，2017）。

8. 古切萨皮克湾情况见 Michael W. Fincham，"Channeling the Chesapeake：In Search of Ancient Estuaries"，*Chesapeake Quarterly*，April　2011，http：//www. chesapeakequarterly. net/v10n1/main/及 Cronin，"Sea-Level Rise and Chesapeake Bay"。

9. DeJong et al. ，"Pleistocene Relative Sea Levels in the Chesapeake Bay"及 Engelhart et al. ，"Spatial Variability of Late Holocene and 20th Century Sea-Level Rise"。

10. 同上。

11. National Geographic Society，"Sea Rise and Storms on the Chesapeake　Bay"，at　https：//www. nationalgeographic. org/news/sea-rise-and-storms-chesapeake-bay/（retrieved January 2，2018）.

12. 戴夫·舒尔茨向我提供了海岸测量处所绘地图的电子版。

读者可以在以下地址获取其他 19 世纪丹吉尔岛地图：NOAA's Coast Survey Historical Map and Charts Collection page at https：//historicalcharts. noaa. gov/historicals/search。

13. 我与威尔·埃斯克里奇的访谈于 2000 年 2 月在国王街乌克少时的家中进行。利昂·麦克曼和杰里·弗兰克·普鲁伊特于 2017 年 2 月 14 日回忆起"牡蛎溪"的情况。

14. 1820 年的景况引自 Charles B. Cross Jr. ，"Camp‒Meeting Tradition Rooted in Tangier Sands"，*Norfolk Ledger‒Star*，January 26，1976。亨利·怀斯的话引自 Henry Alexander Wise，*Seven Decades of the Union*：*The Humanities and Materialism*（Philadelphia：J. B. Lippincott，1876），95。

15. 克里平小姐闪耀光芒的面庞记录于 "A singular display of the goodness and power of Almighty God，at a Camp Meeting held at Tangier Island，August 15th，1824"，最初刊登于 1824 年 8 月 19 日的《诺福克灯塔报》。我发现 1824 年 9 月 1 日《波士顿信使报》（*Boston Herald*）上再版了此报道。

16. Wise，*Seven Decades of the Union*，95‒6.

17. Swain，*A Brief History of Tangier Island*，6‒7.

18. 新约教堂礼拜及惠特利的葬礼都发生在 2016 年 5 月 22 日。

19. 毕业典礼于 2016 年 6 月 9 日举行。特伦娜·穆尔、尼娜·普鲁伊特和部分学生向我提供了他们的演讲稿。

五

1. 我于 2000 年 3 月上旬拜访了埃德·查诺克。

2. 对螃蟹蟹钳的大量深入见解可见 H. J. Pynn，"Chela Dimorphism and Handedness in the Shore Crab *Carcinus maenas*"，*Field Studies* 9（1998）：343–53 及 David L. Smith，"Patterns of Limb Loss in the Blue Crab, Callinectes sapidus Rathbun, and the Effects of Autotomy on Growth"，*Bulletin of Marine Science* 46，no. 1（January 1990）：23–36。

3. 如有读者对公母蟹的详细介绍及照片感兴趣，我推荐 Austin B. Williams，"The Swimming Crabs of the Genus *Callinectes*（Decapoda：Portunidae）"，*Fishery Bulletin* 72，no. 3（1974）：685–92。

4. 我对蓝蟹交配的描述基于 Newcombe，*The Biology and Conservation of the Blue Crab* 及切萨皮克湾项目（Chesapeake Bay Program）的"蓝蟹"词条 https：//www. chesapeakebay. net/S = 0/fieldguide/critter/blue_ crab（retrieved January 2，2018）。

5. 关于此种圈套的更多信息可见于 Peter Hess，"Crabbers Use Sex to Catch Naked Soft‑Shell Crabs"，*Washington Post*，June 1，2016。

6. 乌克在 2016 年 6 月 13 日和 9 月 13 日讲述了他与艾琳的情

史。我在丹吉尔岛博物馆中发现了几份综合学校现在已经不再发行的年鉴《入港灯》（*Harbor Light*）。2016 年 7 月 30 日，他在船上发表了前述对大麻的看法。

7. "电光石火一瞬间"引述自 2016 年 5 月 24 日的访谈，"矜持"相关的话引述自 2016 年 9 月 13 日的访谈。

8. 此处及接下来几段乌克的话引述自 2016 年 6 月 13 日的访谈。

9. 2017 年 10 月笔者对约翰·布尔的电话采访。

10. 利昂"简直太危险了"的评价发表于"特情室"2017 年 3 月 15 日聚会。他在 2016 年 7 月 25 日讲述了拉起木头的经历。

11. 婚礼于 2016 年 6 月 16 日举行。

12. 2017 年 10 月 6 日笔者与安妮特·查诺克的访谈。

13. 同上。

14. 杰里·弗兰克的发言引述自"特情室"2016 年 11 月 10 日聚会。

六

1. 本段及接下来一段的信息来自 Tim Prudente，"Researchers Finding More Dolphins Than Expected in Lower Chesapeake Bay"，*Baltimore Sun*，June 11，2017。

2. 海湾温度升高的情况可见于切萨皮克湾项目的"气候变化"词条 https：//www. chesapeakebay. net/issues/climate＿change（retrieved November 10, 2017）及 Haiyong Ding and Andrew J. Elmore, "Spatio-Temporal Patterns in Water Surface Temperature from Landsat Time Series Data in the Chesapeake Bay, USA", *Remote Sensing of Environment* 168（October 2015）：335-48。

3. 我在 2016 年 7 月 23 日对垃圾场的情况进行了调查。

4. 我与乌克在他的船上及蟹屋里的对话均发生在 2016 年 7 月 30 日。

5. 乌克于 2016 年 5 月 24 日向我介绍了他的猫咪。

6. 乌克于 2016 年 7 月 30 日告诉了我关于"霍华德"的故事。之后我询问了艾伦·帕克斯，他提供了一些其他细节。

7. 定居迦南之事可见于 Mariner, *God's Island.* 此处引文出自 Crockett, *Facts and Fun*, 23-24。

8. 形式统计数据出自岛上人口统计调查。

9. 人口数据出自 Hall, *Tangier Island*。

10. 关于飓风的引文出自 Crockett, *Facts and Fun*, 20-21。

11. 对北方人大批涌入的描述可见于 Mariner, *God's Island* 及 David M. Schulte, "History of the Virginia Oyster Fishery, Chesa-peake Bay, USA", *Frontiers in Marine Science* 4（May 9, 2017）。

12. 引自 Crockett, *Facts and Fun*, 28。

13. 对丹吉尔岛站在合众国一边以及南北战争时期相关情况的描述可见 Mariner, *God's Island*。

14. 此场景发生于"特情室"2016 年 5 月 27 日聚会。

七

1. 2016 年 5 月 25 日，我与库克一同出海。

2. 地图可见 https：//historicalcharts. noaa. gov/。

3. 2016 年 12 月 14 日，乌克在艾伦·雷的"克劳丁·苏"号上讲起赫恩岛。

4. 这个烟囱的起源故事可见于 Jason Rhodes, *Crisfield：The First Century* (Charleston, Sc. ：Arcadia, 2006), and Don Beaulieu, "Plain Janes", *Washington Post*, June 12, 2002。

5. Scott Dance, "At Blackwater Refuge, Rising Sea Levels Drown Habitat", *Baltimore Sun*, December 31, 2016, and DeJong et al. , "Pleistocene Relative Sea Levels in the Chesapeake Bay", and Daniel Strain, "The Future of Maryland's Blackwater Marsh", https：// www. climate. gov/news-features/features/future-marylands-blackwater-marsh, January 14, 2015 (retrieved November 15, 2017) .

6. 我在 1994 年划皮划艇环游切萨皮克湾的旅程中到过萨克西斯，2016 年 9 月 28 日又去了一次。我推荐"玛莎厨房"的咖啡配零点。

7. 此处提及的报告为 Samuel S. Belfield, *Sea Level Rise and Storm Surge Impacts to May* 2016 *Roadways in Hampton Roads*, Hampton Roads Transportation Planning Organization，May 2016，可见于 http：//www. hrtpo. org/uploads/docs/Sea%20Level%20Rise－Storm%20Surge% 20Impacts% 20to% 20Roadways% 20in% 20HR% 20Final% 20Report. pdf（retrieved November 11，2017）。

8. 利昂于 2017 年 5 月 26 日发表此言论。

9. 切萨皮克湾基金会的历史可见其官网 http：//www. cbf. org/about－cbf/history/（retrieved January 3，2018）。

10. 库克于 2016 年 9 月 27 日发表此言论。

11. 同上。他在污水处理厂的工作经历被记录于 Cyril T. Zaneski，"Island Cleans Up Its Waste Problem"，*Virginian－Pilot*，March 6，1989。

12. 杰里·弗兰克的话引述自"特情室"2017 年 3 月 14 日聚会。

13. Wallace，*The Parson of the Islands*，13。

14. Mariner，*God's Island*，及 Hall，*Tangier Island*，及 Rhodes，*Crisfield*。另可参见马里兰州历史基金会（Maryland Historical Trust）文件：https：//mht. maryland. gov/secure/medusa/PDF/Somerset/S－517. pdf（retrieved November 11，2017）。

15. 霍乱疫情的记录可见于 Crockett, *Facts and Fun* 及 Mariner, *God's Island*，以及 1866 年 10 月 27 日《纽约时报》（*New York Times*）上登载的一条短讯。

16. Crockett, *Facts and Fun*, 35.

17. 佩姬·戈迪的话引述自 2016 年 9 月的一次电话访谈。另见 Peggy Reynolds, "New Tide Washes Old Tangier Isle", *Washington Post and Times Herald*, April 28, 1957, 报道中就有 "只有少数几个家庭里有洗手间（Only half a dozen homes have bathrooms.）" 一句。

18. 我目睹了 2017 年 3 月 15 日 "特情室" 的短暂聊天。

19. 我于 2016 年 6 月 27 日前往上方岛。

八

1. 我对蒸汽船往来的描述基于 Mariner, *God's Island*, 及 Hall, *Tangier Island*, 及 Shores, *Tangier Island*, 及 C. P. Swain, "Tangier Island: A Protest Against a Recent Letter in Relation to It", *Richmond Dispatch*, July 30, 1899, 及工程兵团长官的来信, *Transmitting Report of the Board of Engineers for Rivers and Harbors on Review of Reports Heretofore Submitted on Tangier Channel, Va., with Illustration* (H. R. Doc. No. 51, 72nd Congress, 2nd Session)。最后

一份文献是我在工程兵团诺福克区部总部图书馆发现的。

2. 本书中关于州界纷争的信息来自 *Report and Accompanying Documents of the Virginia Commissioners Appointed to Ascertain the Boundary Line Between Maryland and Virginia*（Richmond，Va.：R. F. Walker，1873）及 *Final Report of the Virginia Commissioners of the Maryland and Virginia Boundary to the Governor of Virginia*（Richmond，Va.：R. F. Walker，1874）。这些文件中对切萨皮克湾地区土壤侵袭情况的描述十分引人注意。许多讨论都围绕着一块被许多 17 世纪档案引述的土地——沃特金斯角（Watkins Point）展开。马里兰州的委员们力主这个地方在过去两世纪内已经移动了位置。"几乎没有必要提起它"，他们写道，"切萨皮克湾及其汇入支流的'岬角'、海岸及岛屿以如此快的速度、以这样大的幅度发生改变，这些变化有仍在世的目击见证者，而且我们已经见到或听闻了许多相关证据。这些变化现在仍在继续。在颁发给巴尔的摩勋爵（Lord Baltimore）的许可证中提到的这个名叫沃特金斯角的地方早就被冲刷掉了，甚至已经完全消失了"。"有证据显示，大陆最初一直不断地延伸到沃茨岛"，他们继续写道，因此"意味着沃特金斯角就在现在的沃茨岛的南端"。他们提出的证据中，包括沃茨岛"毗邻的区域的水下有大量树木和灌木丛"，无疑说明"在沃茨岛最南边"存在过"一条连续不断开的土地"。毋庸置疑，这个说法在当时未能获胜——否则沃茨岛和丹吉尔岛就都得是马里兰州的一部分了。但是报告显示出，早在140多年以前，海湾中海平面上升就已经产生了作用，后来更是以极快的速度发展。

3. "Appendix C: Opinion of Arbitrators—1877 Opinion Regarding Boundary Line Between Virginia and Maryland", http://www.virginiaplaces.org/pdf/mdvaappc.pdf （retrieved November 11, 2017）.

4. 数字来自 Mariner, *God's Island*。戴夫·舒尔特在2017年6月16日给笔者的电子邮件中对此进行了确认。

5. 舒尔特在《弗吉尼亚牡蛎业史》（"History of the Virginia Oyster Fishery"）一文中描述了牡蛎收成下降的情况。牡蛎战争的记述见 John R. Wennersten, *The Oyster Wars of Chesapeake Bay* （Centreville, Md.: Tidewater Publishers, 1981）及 Mariner, *God's Island*。

6. 引述自 "Tangier Island Colony: Poverty and Crime Almost Unknown in the Community", a New York Times report published in the Washington Post of June 7, 1903。

7. 乌克蟹屋里的这一幕发生于2016年6月13日。

8. 利昂在2016年10月30日向我讲了这些话。

9. 引述自 "特情室" 2017年3月15日聚会。

10. 2016年11月7日笔者与金·帕克斯进行了访谈。"特情室"里的谈天发生于 2017 年 2 月 15 日。

11. 对话发生于 2017 年 3 月 14 日。

12. 对话发生在 2016 年 9 月 26 日。

13. 这一部分讲到的捕蟹活动发生在 2016 年 6 月 25 日。

14. "特情室" 2016 年 6 月 27 日聚会。

15. "特情室" 2017 年 2 月 15 日聚会。

16. "特情室" 2017 年 3 月 12 日聚会。

九

1. 2017 年 9 月 2 日，我在"渔民之家"的厨房活动。

2. 乌克 2016 年 8 月 20 日告诉我他给"渔民之家"的供货情况。

3. 我对螃蟹肝胰腺的描述来自 Rob Kasper, "To Cut, or Not to Cut, the Mustard", *Baltimore Sun*, June 21, 1992。

4. 在 2017 年 9 月的电话访谈中，丹尼·克罗克特向我说明了"切萨皮克湾小屋"的蟹肉来源。

5. 对进口蟹肉的有趣研究可见 Michael Paolisso, "Taste the Traditions：Crabs, Crab Cakes, and the Chesapeake Bay Blue Crab Fishery", *American Anthropologist* 109, no. 4（December 2007）：654-65。

6. 2017 年 11 月 10 日笔者与悉尼·米尔斯进行了电话访谈。

7. 埃德·查诺克在 2000 年 2 月一次采访中发表了文中的言论。

8. 利昂的话引述自 2016 年 10 月 30 日的访谈。

9. 黛维·埃斯克里奇被领养的经历和她被领养前后的生活细节均出自 2017 年 8 月 23 日我与她在弗吉尼亚州北园（North Garden）的访谈。

10. 黛维在 2017 年 8 月 23 日的访谈中向我讲述了便利贴的故事。

11. 尼娜·普鲁伊特的话引述自她 2016 年 7 月 14 日向一组访问丹吉尔岛的大陆校长们发表的言论。

12. 2017 年 8 月 23 日与黛维的访谈和 2017 年 10 月 7 日与乌克在"洛兰家"的谈话中，两个人分别详细说明了事情的来龙去脉。那对亚拉巴马州夫妇的经历可见"An Adoption Gone Wrong"，Morning Edition，NPR，July 24，2007，https：//www.npr.org/2007/07/24/12185524/an-adoption-gone-wrong 及"Adoption Victim Meets Her Mother After 9 Years"，ACT，December 25，2005，http：//www.againstchildtrafficking.org/2005/12/6160/（both retrieved November 14，2017）。

13. 利昂在 2016 年 10 月 30 日发表此评论。

14. 2017 年 9 月 18 日，黛维通过手机短信告知了我毕业人数信息。

15. 乌克在 2016 年 2 月 25 日的电话访谈中详述了他女儿生活的地址。

16. 2017 年 8 月 23 日笔者与黛维·埃斯克里奇的访谈。

17. 同上。

18. 安妮特·查诺克的话引述自 2017 年 10 月 6 日的访谈。

十

1. 2017 年 6 月 12 日教堂礼拜结束后，我去找了乌克。

2. 2016 年 6 月 30 日，马克·克罗克特和我远远地看着那场风暴。

3. 飓风于 2016 年 6 月 1 日袭击东岸地区。

4. 这番对话发生于 2016 年 7 月 25 日。

5. 乌克记不清他与水龙卷近距离接触的年份，遑论具体日期。我 2000 年在丹吉尔岛上时，他就跟我讲过相同的故事，因此很明显是在那之前发生的。

6. 我于 1994 年 7 月 3 日在蜜月岛露营。

7. 我对威廉姆·亨利·哈里森·克罗克特去世情况的描述来自 Mariner, *God's Island*。另见 "Four Men Drowned", Peninsula Enterprise（Accomac, Va.），February 29, 1896, preserved at ht-

tp：//chroniclingamerica. loc. gov/lccn/sn94060041/1896 - 02 - 29/ed-1/seq-3/（retrieved November 13, 2017）。

8. 同上。

9. "Resolutions of Respect", *Peninsula Enterprise* (Accomac, Va.), February 29, 1896.

10. Mariner, *God's Island*, and "Dies After Rescue", Richmond Times - Dispatch, February 23, 1914, preserved at http：//chroniclingamerica. loc. gov/lccn/sn85038615/1914 - 02 - 23/ed - 1/seq-4/#date1 = 1900&index = 0&rows = 20&words = Asbury＋Crockett＋Tangier&s earchType = basic&sequence = 0&state = Virginia&date2 = 1920&proxtex t = asbury + crockett +% 2B + tangier&y = 11&x = 16&dateFilterType = year Range&page = 1 (retrieved November 13, 2017).

11. 数位岛民向我讲述了肖尔斯去世的故事，其中有他的儿媳卡琳·肖尔斯、利昂·麦克曼以及杰里·弗兰克·普鲁伊特。哈利·史密斯·帕克斯的失踪事件记载于"Officials Halt Boat Search", *Daily Press* (Newport News), April 7, 1989 及 "Watermen's Bodies Found After Separate Accidents", *Daily Press* (Newport News), May 2, 1989。

12. 我对唐尼·克罗克特沉船溺水过程的再现基于 Joshua Partlow, "Tangier Island Aches for Lost Waterman", *Washington*

Post，March 14，2005 及 Joanne Kimberlin，"An Island Waits for Its Lost Soul"，*Virginian-Pilot*，March 16，2005。

13. 2016 年 10 月 30 日笔者与利昂·麦克曼的访谈。

14. 2016 年 10 月 8 日的访谈中，鲁迪的妻子贝丝·托马斯向我讲述了那次邮船航行以及鲁迪对乘客们说的话。在 2018 年 1 月 4 日与丹妮尔·克罗克特的电话采访中，我确认了游船上部分乘客的名单。

15. 利昂在"特情室"2016 年 7 月 4 日的聚会上发表了意见。

16. Partlow，"Tangier Island Aches for Lost Waterman"。

17. Kimberlin，"An Island Waits for Its Lost Soul"。"风一会儿都不停"的话转引自 Partlow，"Tangier Island Aches for Lost Waterman"。

18. 2017 年 4 月 29 日的访谈中朗尼如是说。

19. 丹吉尔岛上这个最受欢迎的故事记录于 Mariner，*God's Island*。

20. 我对斯温牧师及斯温纪念教堂的描述均取自 John I. Pruitt，*Beacon of the Soul：A Centennial Remembrance*（Tangier，Va.：Centennial Committee of Swain Memorial United Methodist Church，1997）；及 Mariner，*God's Island*；以及两份未出版的打印稿，其一为卡罗尔·穆尔外祖母哈蒂·索恩（Hattie Thorne）所写的、创作时间未知的《循道宗斯温纪念教堂史》（"The History of Swain Memorial Methodist Church"），其二为前牧师奥斯卡·J. 里谢尔

在 1954 年丹吉尔岛循道宗 150 周年纪念上演讲的整理稿《这是主的所为》（"This Is the Lord's Doing"），另见 Swain, *A Brief History of Tangier Island*。

21. "Lead Simple Lives", *Washington Evening Star*, July 15, 1899, preserved at http：//chroniclingamerica. loc. gov/lccn/sn83045462/1899 - 07 - 15/ed - 1/seq - 15/# date1 = 1898&sort = relevance&rows = 20&words = ISLAND + Island + Islander + TANGIER + Tangier&searchType = basic&sequence = 0&index = 4&state = &date2 = 1900&proxtext = %22Tangier+Island%22&y = 16&x = 9&dateFilterType = yearRange&page = 1（retrieved November 13, 2017）.《里士满报》（*Richmond Dispatch*）于 1899 年 7 月 19 日转载了此新闻。斯温的回信写于 7 月 26 日，发表于 1899 年 7 月 30 日的《里士满报》，标题为《丹吉尔岛：对近期一封有关信件的抗议》（"Tangier Island：A Protest Against a Recent Letter in Relation to It"）。

22. 斯温牧师去世的详细信息可见 Mariner, *God's Island* 及 Pruitt, *Beacon of the Soul*。

23. 1880—1900 年人口数字出自 Hall, *Tangier Island*。

24. 当时黑斯廷桥的外形可见于 "Sketch of bridge at Tangier, Va. , complained of by boatmen of the locality", USACE Baltimore District File No. H-50-20-09, December 1925。

25. 岛民杰克·索恩和金妮·马歇尔都记得去上方岛的人行

桥。我在诺福克区部图书馆中找到的另一份陆军工程兵团档案中对它进行了描述，详见：*Report of June 22，1928，by Lt. Col. C. R. Pettis，USACE，on preliminary examination of Tangier Sound，Va.，with a view to securing a channel to the foot of County Road on the south end of Tangier Island*。

26. 2016 年 6 月 26 日笔者与杰克·索恩的另一次访谈。

27. Mariner，*God's Island*.

28. 我对曳钓绳的描述来源于个人观察。

29. 1913 年人口数据出自作战部长转发的一封信 "Preliminary Examination of Channel from Tangier Island，Va.，to the Mainland"，January 24，1913；其中包含了工程兵团长官的一封信 *Reports on Preliminary Examinations and Survey of Channels to Tangier，Va.*（H. R. Doc. No. 107，63rd Congress，1st Session）。有趣的是，在 20 世纪早期，工程兵团一直将"Canaan"（迦南）拼写为"Canane"，促使我向老一辈岛民们寻问当时这个定居点的发音是否像西弗吉尼亚人读"Canaan Valley"那样，将这个单词读作"*kuh-NANA*"。没有一个人听过它是这样发音的。

30. 对丹吉尔岛船只的描述引自"Preliminary Examination of Channel from Tangier Island"，with a letter from the chief of engineers，*Reports on Preliminary Examinations and Survey of Channels to Tangier*。航道深度信息出自 *Report of the Chief of Engineers，U. S.*

Army，1923（Washington，D. C. ：Government Printing Office，1923）。

31. 对这项工作的描述和此处引文均出自 *Report of the Chief of Engineers*，*U. S. Army*，1923。

32. 2016 年 6 月 26 日笔者与杰克・索恩的访谈。本段及以下数段中风暴的相关信息均出自 *The Eastern Shore of Virginia Hazard Mitigation Plan*（Accomac，Va. ：Accomack – Northampton Planning District Commission，2005）。文档可见 http：//a – npdc. org/word-press/HazardMitigationPlan. pdf（retrieved November 13，2017）。

33. 我于 2016 年 7 月 14 日在消防站采访了杜安・克罗克特。

34. 我于 2000 年 3 月在综合学校采访了杜威・克罗克特。

35. 我们的访谈于 2016 年 12 月 12 日进行。

36. 2016 年 10 月 30 日笔者与卡罗尔・穆尔的访谈。

37. 此处列出的损失数据出自 *Eastern Shore of Virginia Hazard Mitigation Plan*。

38. 同上。

39. 同上，及 Mariner，*God's Island*。

40. 2016 年 6 月 26 日笔者与杰克・索恩的访谈。

41. 笔者 2016 年 11 月 10 日与金妮・马歇尔及 2016 年 6 月 26 日与杰克・索恩的访谈。

42. 2000 年 3 月笔者与威尔・埃斯克里奇的访谈。

43. 人口数据来自美国人口统计局。

十一

1. 文中描述的这一天是 2016 年 6 月 28 日，我在"阿伦娜·雷哈布"号上。

2. 我们那天在船上时，朗尼向我说明了他捕蟹的开支，2017 年 4 月 22 日我们的短信交流中也有所提及。

3. 1893 年那次封冻的影响可见 "Seven Dropped on the Ice"，*Washington Post*，January 24，1893，以及我在此处引用的 "Frozen Oystermen"，*Los Angeles Times*，January 25，1893。

4. 我对 1936 年封冻的描述基于 "Island Group Claims Food Needed Badly"，*Washington Post*，February 7，1936，及 "Life Lost in Mercy Dash：Aid Tragedy Draws Fire"，*Los Angeles Times*，February 9，1936。

5. "Our Heritage：Pungoteague River Lighthouse"，U. S. Lighthouse Society，Chesapeake chapter，http：//www. cheslights. org/heritage/pungoteague. htm（retrieved November 13，2017）.

6. 美国灯塔协会（U. S. Lighthouse Society）的切萨皮克湾篇中介绍了简斯岛、所罗门斯嵋、夏普斯岛和胡珀海峡灯塔的兴衰与毁灭，见 https：//cheslights. org/category/heritage－maryland/（retrieved November 14，2017）。

7. 对岛上这第一部难用的发电设备的描述可见于 Mariner, *God's Island* 及 Anne Hughes Jander, *Crab's Hole: A Family Story of Tangier Island* (Chestertown, Md.: Literary House Press, 1994)。

8. 我对蟹笼发明过程的描述基于 James Wharton, "The Pot at the End of the Rainbow", *Baltimore Sun*, June 3, 1956 及 James Wharton, "Of Time and the Dipnet", *Rappahannock Record* (Kilmarnock, Va.), August 11, 1983。可见于 https://virginiachronicle. com/cgi-bin/virginia? a = d&d = RR19830811. 1. 3# (retrieved November 7, 2017)。

9. Larry S. Chowning, *Barcat Skipper: Tales of a Tangier Island Waterman* (Centreville, Md.: Tidewater Publishers, 1983), 140–42.

10. "FCC Authorizes Radiotelephone to Bay Islands", *Washington Post*, October 16, 1940.

11. 岛上的电话亭及 1966 年家用电话取代电话亭的相关信息可见 "Dial Cuts Distance of Island", *Virginian-Pilot*, October 13, 1966, 及 "1st Phones for Homes on Tangier", *Virginian-Pilot*, October 17, 1966, 及 "Telephones in Tangier", editorial, *Virginian-Pilot*, October 18, 1966, 及 "Changes Coming to Tangier I. ", *Washington Post*, October 27, 1966。

12. Jander, *Crab's Hole* 及 Mariner, *God's Island.*

13. "特情室" 2016 年 7 月 11 日聚会。

14. 我的车于 2016 年 6 月 28 日彻底报废。

15. 保利·麦克里迪于 2016 年 7 月 24 日发表此言论。

十二

1. 此次新约教堂的礼拜发生在 2016 年 7 月 2 日。

2. 本段及接下来几段中丹吉尔岛安息日情况的描述来源同上。

3. 2016 年 6 月 26 日笔者与杰克·索恩的访谈及 2016 年 12 月 12 日笔者与艾丽斯·普鲁伊特的访谈。

4. "Boy Who Defies 'Go to Church' Blue Law Shot", *Chicago Tribune*, April 19, 1920, 及 Mariner, *God's Island*, 及 2017 年 4 月 28 日笔者与安妮特·查诺克的访谈。

5. Mariner, *God's Island*, 及 2017 年 4 月 28 日笔者与安妮特·查诺克的访谈。

6. 2017 年 4 月 28 日笔者与安妮特·查诺克的访谈。

7. 我对理查森到丹吉尔岛之前及在丹吉尔岛早期的情况的描述出自 Mariner, *God's Island* 及 James C. Richardson, 7 *Acres: The Story of the New Testament Church on Tangier Island* (Shippensburg, Pa.: Companion Press, 1997), 以及我与格雷丝·金佩尔（2016 年 10 月 31 日）、艾丽斯·普鲁伊特（2016 年 12 月 12 日）、金

妮·马歇尔（2016 年 11 月 10 日）及杰克·索恩（2016 年 7 月 3 日）的访谈。

8. 2016 年 10 月 31 日笔者与格雷丝·金佩尔的访谈。

9. "Trouble in Tangier", *Newsweek*, October 13, 1947.

10. 同上。

11. 对丹吉尔岛上教派分裂后的骚乱场景的描述出自 Richardson, *7 Acres*, 及 Mariner, *God's Island*, 及 Shores, *Tangier Island*, 以及 2016 年 10 月 31 日我与格雷丝·金佩尔的访谈，及同上。

12. Richardson, *7 Acres*, 80。

13. 同上，81。

14. 2017 年 6 月在就此事做调研时，前岛民萨拉·牛顿·帕尔默（Sarah Newton Palmer）联系了我。帕尔默夫人的父亲在那段混乱时期担任丹吉尔岛综合学校的校长。她发邮件告诉我，在《新闻周刊》上那篇文章发表前，她的父亲就已向州长写信称，如果弗吉尼亚州仍不对此事发表意见，岛上的教派分裂就会以暴力结束。但我未能确认她的父亲在弗吉尼亚州介入的过程中发挥的任何作用。

15. 制衣厂的情况可见于 James Marinus, "A Visit to Tangier Island", *Peninsula Enterprise* (Accomac, Va.), May 7, 1927。制衣厂被摧毁的经过在我与岛民们的许多次访谈中都有提及，并被引用于 Harrison Smith, "Tangier Island Is Sinking. Its Population Is

Shrinking. And These Guys Want to Make It the Oyster Capital of the East Coast", *Washingtonian*, March 6, 2016。

16. "特情室" 2016 年 7 月 27 日聚会。

17. 我参加了斯温纪念教堂 2016 年 7 月 27 日的礼拜。

十三

1. 我对阿斯伯里·普鲁伊特的描述来自我与杰克·钱德勒（2016 年 7 月 17 日）、约翰·W·查诺克（2017 年 1 月 12 日）、格雷丝·金佩尔（2016 年 10 月 31 日）、丹尼·麦克里迪（2016 年 10 月 10 日）、康妮·帕克斯（2016 年 9 月 26 日）、金·"索克斯"·帕克斯（2016 年 11 月 7 日）、伊内兹·普鲁伊特（2016 年 9 月 24 日）及杰里·弗兰克·普鲁伊特（2016 年 6 月 27 日）的访谈。

2. 关于靶船和射击行动的介绍，可见 "Bombs to Drop Off Tangier Isle", *Washington Post*, June 2, 1957, 及 "6 Operate Navy Bomb Range", *Virginian-Pilot*, November 3, 1967, 及 John Stevenson, "Business Is Explosive at Navy's Island Range", *Virginian-Pilot*, April 6, 1970。我还同时援引了 2016 年 7 月 17 日与杰克·钱德勒和 2016 年 10 月 11 日与"矮个儿埃德"·帕克斯的访谈内容。

3. 阿斯伯里的话引述自 Jack Dorsey, "Eastern Shore Islands

Yield to Sea as Men Argue Peril", Our Vanishing Shoreline, *Norfolk Ledger-Star*, October 1979。

4. 2016 年 6 月 27 日笔者与杰里·弗兰克·普鲁伊特的访谈。

5. 阿斯伯里的测量方法在 Dorsey, "Eastern Shore Islands Yield to Sea", 及 Donald P. Baker, "Tangier Island: 17 Feet Lost to Bay in Last 3 Months", *Washington Post*, April 20, 1979 中均有描述。

6. 杰里·弗兰克的话同样引自我们在 2016 年 6 月 27 日的访谈。

7. Morris Rowe, "Erosion Threatens Tangier", *Virginian-Pilot*, February 15, 1973, 及 John Pruitt, "Tangier Islanders See Land Washing to Sea", *Virginian-Pilot*, January 14, 1974。

8. 阿斯伯里的测量结果登载于 "Tiny Tangier Island Losing Erosion Fight", *Virginian-Pilot*, January 9, 1975。

9. 阿斯伯里的话引述自 Pruitt, "Tangier Islanders See Land Washing to Sea"。

10. 航道修建的具体情况见于 *Report of the Chief of Engineers*, *U. S. Army*, 1965 (Washington, D. C.: Government Printing Office, 1965), 及 *Report of the Chief of Engineers*, *U. S. Army*, 1966 (Washington, D. C.: Government Printing Office, 1966)。

11. 我对机场发展的描述基于 "Tangier's Isolation Due to End Soon", *Norfolk Ledger-Star*, January 28, 1966, 及 "Airport for Tan-

gier：Accessibility to Grow"，*Virginian-Pilot*，February 22，1966，及 John Pruitt，"Tangier Airport Tentatively Granted $102, 000"，*Virginian-Pilot*，April 30，1968，及 Don Hunt，"A Link to Tangier Takes Shape"，*Virginian-Pilot*，February 24，1969，及 "First Airfield Is Opened on Island off Virginia"，*New York Times*，August 10，1969，及 John C. Stevenson，"Control Tower Begun for Tangier Airport"，*Virginian - Pilot*，March 17，1970，及 "Tangier Airport Upgrade Sought"，*Virginian-Pilot*，August 3，1973。

12. "2nd Barge for Tangier Project"，*Virginian - Pilot*，December 2，1975，及 Morris Rowe，"Island Gets 13, 000 Tons of Riprap to Fight Erosion"，*Virginian-Pilot*，February 22，1976.

13. Robert J. Byrne，*Shore Erosion at Tangier Island*，Virginia Institute of Marine Science，College of William and Mary，1976. See also Paul G. Edwards，"Bay Waters Rapidly Erode Tangier Island"，*Washington Post*，July 4，1976.

14. Byrne，*Shore Erosion at Tangier Island*，23.

15. 土地流失数字出自 "Saving Tangier"，editorial，*Virginian-Pilot*，April 12，1979，及 Baker，"Tangier Island：17 Feet Lost"。

16. 2016 年 7 月 17 日笔者与杰克·钱德勒的访谈。

17. Baker，"Tangier Island：17 Feet Lost". 我在《丹吉尔人的挽歌》（"The Tangierman's Lament"）一文中引用了这份报告，

这篇文章是我根据 2000 年在丹吉尔岛上的经历撰写的文章，分上下两部分发表于 2000 年 6 月 11—12 日的《弗吉尼亚向导报》上。

18. Claudia Turner Bagwell，"Seawall for Tangier Draws Official Eyes"，*Virginian-Pilot*，April 20，1979.

19. 参见 Baker，"Tangier Island：17 Feet Lost"。

20. 协议相关信息可见 Claudia Turner Bagwell，"Tangier Island Seawall Given Officials' Accord"，*Virginian-Pilot*，July 13，1979。

21. 有关救援提案在国会中的早期情况的报道可见 "Panel to Discuss Tangier Seawall"，*Virginian-Pilot*，July 24，1979，及 Felicity Barringer，"$3.5 Million for Seawall at Tangier Backed on Hill"，*Washington Post*，July 27，1979，及 "House Panel Okays Tangier Seawall Bill"，*Virginian-Pilot*，July 31，1979，及 Claudia Turner Bagwell，"2 Attempts to Block Seawall Project Fail"，*Virginian-Pilot*，January 29，1980。

22. "House Approves Tangier Seawall"，Virginian-Pilot，February 6，1980. 沃纳的信附于 Claudia Turner Bagwell，"Warner Seeks to Jar Loose Tangier Funds"，*Virginian-Pilot*，June 3，1980。

23. "Warner's Bill Seeks Seawall"，*Virginian-Pilot*，February 8，1983，and Linda Cicoira，"Seawall Is Urged for Tangier Island"，*Virginian-Pilot*，September 28，1983，and Linda Cicoira，"Panel Recommends Erosion Bill"，*Virginian-Pilot*，May 25，1984.

24. 杜威·克罗克特的观点可见于 Linda Cicoira，"Residents of Tangier Push Road Development"，*Norfolk Ledger - Star*，September 17，1987。

25. Linda Cicoira，"Erosion Worsens on Tangier Island"，*Virginian-Pilot*，January 11，1984. 阿斯伯里的话引自 Cicoira，"Panel Recommends Erosion Bill"。

26. Linda Cicoira，"New Tangier Island Seawall Likely"，*Virginian-Pilot*，June 28，1984，and "Funding OK'd for Seawall off Tangier Island"，*Virginian - Pilot*，September 19，1984，and Linda Cicoira，"Bay Nearing Landing Strip at Tangier"，*Norfolk Ledger - Star*，January 9，1985. See also "Save Tangier Island"，editorial，*Virginian-Pilot*，October 26，1985。

27. 2016 年 7 月 14 日笔者与杜安·克罗克特的访谈。

28. "小年轻"穆尔的话转引自 Jean McNair，"Tangier Fights to Keep Head Above Water"，*Virginian-Pilot*，October 22，1985。

29. 阿斯伯里的测量数据可见于 Linda Cicoira，"Tangier Loses 42 feet to Erosion"，*Virginian-Pilot*，January 14，1986。

30. Linda Cicoira，"Senate OKs $5.4 Million for Tangier Seawall"，*Virginian-Pilot*，March 28，1986，and "House OKs Tangier Seawall"，*Norfolk Ledger-Star*，June 25，1987，and Linda Cicoira，"Accomack Pledges Its Share of Tangier Seawall"，*Virginian - Pilot*，

April 22, 1988, and Patrick K. Lackey, "Keeping Bay at Bay: Tangier Building Wall to Save Island", *Virginian-Pilot*, June 27, 1988。

31. 利昂于 2016 年 5 月 26 日做出"港口挺好"的评价，关于"螃蟹浮箱"的话则是在"特情室" 2016 年 8 月 18 日聚会上说的。

32. 2016 年 10 月 11 日笔者与"矮个儿埃德"·帕克斯的访谈。

33. 153 Cong. Rec. 12, 039（2007）.

34. 丹吉尔镇议会 2001 年 6 月 5 日、2002 年 7 月 23 日、2002 年 11 月 19 日、2004 年 2 月 10 日、2004 年 9 月 8 日、2009 年 8 月 17 日、2010 年 2 月 2 日和 2012 年 7 月 24 日的会议记录均可反映出防波堤缓慢的进展。

35. Susan Svrluga, "Harboring Hope on Tangier Island", *Washington Post*, November 21, 2012.

36. 2016 年 5 月 30 日笔者与詹姆斯·"乌克"·埃斯克里奇的访谈及 2016 年 2 月 11 日笔者与丹尼·克罗克特的访谈。

37. 2016 年 2 月 11 日笔者与丹尼·克罗克特的访谈。

38. 2016 年 5 月 30 日，我首次与乌克一同尝试捕蟹时，他发表了如上言论。

39. 2016 年 9 月 13 日，乌克发表了这一言论。

40. 此次上方岛之行和本节卡罗尔·穆尔的评论出自我在

2016 年夏日的笔记，具体日期未见。

41. Gibbons and Nicholls, "Island Abandonment and Sea-Level Rise", 42.

42. William B. Mills, Chih-Fang Chung, and Katherine Hancock, "Predictions of Relative Sea-Level Change and Shoreline Erosion over the 21st Century on Tangier Island, Virginia", *Journal of Coastal Research* 21, no. 2（March 2005）: 36-51.

43. 镇议会 2011 年 9 月 12 日会议记录。

十四

1. 我与卡梅伦·埃文斯于 2016 年 10 月 8 日一同外出。

2. 辛迪的话引述自我 2016—2017 年冬天的访谈笔记，具体日期未记。

3. 2016 年 7 月 13 日笔者与尼娜·普鲁伊特的另一次访谈。

4. J. W. Church, "Tangier Island", *Harper's Magazine*, May 1914.

5. 2016 年 9 月 26 日笔者与琼·克罗克特的访谈。

6. 我对百货店的描述来自个人观察，以及 2016 年 9 月 22 日与乔安妮·戴利的访谈和 2016 年 10 月 10 日与特里·戴利和兰斯·戴利的访谈。

7. 我对邮船的描述基于 2016 年 10 月 8 日与贝丝·托马斯的

访谈，及 Thomas Ferraro，"Neither rain，nor snow，nor broken rudder stops the mail"，a UPI report carried in the Galesburg（Il.）Register-Mail，April 13，1977。

8. 鲁迪·托马斯的观点出自 *Voices of the Chesapeake*，2010－2013。这是一档由 WRNR-FM in Grasonville，Md. 的迈克尔·巴克利（Michael Buckley）推出的采访播客，可在 iTunes 上免费收听。

9. 2016—2017 年冬季笔者与辛迪·帕克斯的访谈。接下来关于丹吉尔综合学校状况的介绍基于 2016 年 7 月 13 日我与尼娜·普鲁伊特的访谈和 2017 年 9 月我对朗达·哈尔的电话采访。

10. 2016 年 7 月 13 日我与尼娜·普鲁伊特的访谈中，她向我提供了这些预期数字。

11. 2016 年 2 月 11 日笔者与丹尼·克罗克特的访谈。

12. 2016 年 7 月 14 日，一支大陆校长代表团访问丹吉尔岛时，尼娜说到了"老师年龄太大了"；她对教师退休的看法出自我们 2016 年 7 月 13 日的访谈。

13. "特情室" 2016 年 8 月 19 日聚会。

十五

1. 约翰·查诺克的话引述自 "特情室" 2016 年 9 月 12 日

聚会。

2. 2017 年 5 月 3 日，我对斯托弗牧师进行了电话采访，她讲述了在登上丹吉尔岛之前自己的个人经历。

3. 斯托弗牧师关于她在丹吉尔岛任职期间的叙述出自 2017 年 5 月 4 日我们的电话采访。

4. 罗比·帕克斯牧师大人出生于丹吉尔岛，在大陆上为联合卫理公会弗吉尼亚大会服务。他也印证了斯托弗牧师关于斯温纪念教堂气氛不对的感觉。在 2016 年 8 月 29 日我与他的访谈中，他告诉我，自己在斯托弗牧师上岛之前数年就觉察出会众中的某种骚动。

5. 2016 年 9 月 27 日笔者与库克·坎农的访谈。

6. 2017 年 1 月 14 日笔者与杜安·克罗克特的访谈。

7. 2017 年 1 月 12 日笔者与南希·克里德尔的访谈。

8. 2016 年 10 月 11 日笔者与尤金妮亚·普鲁伊特的访谈。

9. 2011 年《报告书》可见 http：//www. vaumc. org/ncfilere-pository/AC2011/2011BOR. pdf（retrieved November 14，2017），第 13 条决议位于第 59—60 页。

10. 弗吉尼亚大会对决议的投票结果可见 "Results of 2011 Annual Conference Resolutions"，http：//www. vaumc. org/ncfilere-pository/。

11. 2016 年 10 月 29 日笔者与琼·克罗克特的访谈。

12. 2017 年 1 月 14 日笔者与杜安·克罗克特的访谈。

13. 2016 年 9 月 27 日笔者与库克·坎农的访谈。

14. 2017 年 1 月 14 日笔者与杜安·克罗克特的访谈。至少有一位会众，即约翰·I. 普鲁伊特（John I. Pruitt），没有站起来。还有几位岛民告诉我，他们对杜安的请求感到不解，但还是站了起来。

15. 此处杜安·克罗克特的话及后文他对岛上教派分裂的评论均引自 2017 年 1 月 14 日我与他的访谈。

16. 此信存档于 http：//www. progress-index. com/progress-index/news/1. 1178887/archive（retrieved November 14，2017）。

17. 2016 年 10 月 29 日笔者与琼·克罗克特的访谈。

18. 2016 年 10 月 11 日笔者与尤金妮亚·普鲁伊特的访谈。

19. 2017 年 1 月 12 日笔者与南希·克里德尔的访谈。

20. 2016 年 8 月 29 日笔者与罗比·帕克斯的访谈。

21. 弗勒德牧师的评论出自我们 2016 年 6 月上旬的访谈，具体日期未记录。

22. 与亚历克斯·乔伊纳一同参与的这次会议于 2017 年 9 月 26 日举行。

十六

1. "特情室" 2016 年 7 月 14 日聚会。

2. "特情室" 2016 年 7 月 25 日聚会。

3. 2016 年 7 月 30 日，我和乌克一同乘船出海。

4. 对驳船项目的描述可见 Scott Harper， "Rigell：Use old barges to stem Tangier Island erosion"， *Virginian-Pilot*，June 28，2011。里格尔办公室发布的一则视频记录了里格尔议员、丹吉尔岛民及一位打捞公司高级职员的会面，可见 https：//www. youtube. com/watch？v=tqYR92YOO_Q。

5. 里格尔的发言引述自他的办公室发布的一次记者招待会，详见 https：//votesmart. org/public − statement/620760/delmarvanowcom − rigell−proposes−sinking−barges−off−tangier#. Wk6OQEtG3BI. Ooker's made his comment on July 30, 2016。

6. 2016 年 6 月 22 日，我拜访了戴夫·舒尔特。

7. Kearney and Stevenson， "Island Land Loss and Marsh Vertical Accretion Rate Evidence"。

8. Rachel Donham Wrayf, Stephen P. Leatherman， and Robert J. Nicholls， "Historic and Future Land Loss for Upland and Marsh Islands in the Chesapeake Bay， Maryland， U. S. A. "， *Journal of Coastal Research* 11， no. 4 （Autumn 1995）：1195–203.

9. Michael S. Kearney， "Sea−Level Change During the Last Thousand Years in Chesapeake Bay"， *Journal of Coastal Research* 12， no. 4 （Autumn 1996）：977–83.

10. Gibbons and Nicholls, "Island Abandonment and Sea-Level Rise".

11. Raymond G. Najjar, Christopher R. Pyke, Mary Beth Adams, et al., "Potential Climate-Change Impacts on the Chesapeake Bay", *Estuarine, Coastal and Shelf Science* 86 (2010): 1-20.

12. William B. Mills, et al., "Predictions of Relative Sea-Level Change and Shoreline Erosion over the 21st Century on Tangier Island, Virginia".

13. W. Neil Adger, Jon Barnett, Katrina Brown, et al., "Cultural Dimensions of Climate Change Impacts and Adaptation", Nature Climate Change 3 (2013): 112-7.

14. 特别提醒，此文献即 David M. Schulte, Karin M. Dridge, and Mark H. Hudgins, "Climate Change and the Evolution and Fate of the Tangier Islands of Chesapeake Bay, USA", *Scientific Reports* 5 (2015)。

15. 我对波普勒岛历史的描述基于 Stephen P. Leatherman, *Vanishing Lands: Sea Level, Society, and Chesapeake Bay* (Washington, D. C.: U. S. Department of the Interior, 1995) 及 Jon Gertner, "Should the United States Save Tangier Island from Oblivion?" *New York Times Magazine*, July 6, 2016。

16. 波普勒岛项目的描述可见 Gertner, "Should the United

States Save Tangier Island from Oblivion?"，及"In Chesapeake Bay, Poplar Island Is Man-Made Miracle"，*Washington Post*，September 24，2015，及美国陆军工程兵团巴尔的摩区部网站 http：//www. nab. usace. army. mil/Missions/Environmental/Poplar - Island/（retrieved November 14，2017）。

17. 杰里·弗兰克的话引述自"特情室"2017 年 2 月 15 日聚会。

十七

1. 我通过与格雷戈里·斯蒂尔（2016 年 9 月 15 日）、约翰·布尔（2017 年 10 月）、勒妮·泰勒（2016 年 8 月 18 日）和安娜·普鲁伊特-帕克斯（2016 年 10 月 31 日）的访谈，重现了此次消防站会议。

2. 在我与斯蒂尔 2016 年 9 月 15 日的访谈和我与约翰·布尔 2017 年 10 月份的电话交流中，斯蒂尔和约翰·布尔都向我描述了他们的午餐会面。

3. 2016 年 8 月 20 日，我们在他的船上时，乌克向我说了他对电子邮件的感觉。

4. 2016 年 10 月 31 日笔者与安娜·普鲁伊特-帕克斯的访谈。

5. 在岛民芭布·拜克特尔的一份电子记录的帮助下，我重现了 2016 年 8 月 17 日的镇议会会议。

6. "特情室" 2016 年 8 月 18 日聚会。

7. 我与格雷戈里·斯蒂尔和苏珊·康纳于 2016 年 9 月 15 日会面。

十八

1. Church, "Tangier Island".

2. 我对《瓶中信》相关事件的描述基于 Marylou Tousignant, "Tangier Island Gives Film Script a Thumbs Down", *Washington Post*, March 12, 1998, 以及 2016 年 10 月 31 日与安娜·普鲁伊特-帕克斯的访谈和 2017 年 9 月与贝丝·托马斯的一次电话交流。

3. 引自 "Immorality vs. Immortality", *Baltimore Jewish Times*, March 20, 1998。另见 Tousignant, "Tangier Island Gives Film Script a Thumbs Down"。

4. 2016 年 10 月 31 日笔者与安娜·普鲁伊特-帕克斯的访谈。

5. 2017 年 9 月笔者与贝丝·托马斯的电话交流。

6. 2016 年 7 月 3 日笔者与杰克·索恩的访谈。

7. 2016 年 12 月 12 日笔者与艾丽斯·普鲁伊特的访谈。

8. 2016 年 10 月 29 日笔者与琼·克罗克特的访谈。

9. 杜安·克罗克特于 2016 年 9 月 25 日进行了这次布道。

10. 欧内斯特·埃德·帕克斯和我在 2016 年 8 月 30 日前后探索了落日旅店。

11. 我的未婚妻在 2016 年 9 月 9 日或 10 日注意到了旅店中的亮光。

12. 2016 年 6 月上旬笔者与约翰·弗勒德的访谈。

13. 此次会议召开于 2016 年 9 月 11 日主日晚祷之后。

14. 此次丹吉尔镇议会会议于 2016 年 9 月 12 日举行。

15. 2016 年 10 月 31 日，安娜·普鲁伊特-帕克斯在访谈中告诉我，岛上的污水处理装置"花的钱要把镇子榨干了"。

16. 2005 年 2 月 1 日，丹吉尔岛镇议会的"水务特别会议"讨论了逐渐报废的水井和丹吉尔岛上糟糕的水质的问题。

17. 第一个引述来自文中所述的会议。第二个引述来自 2006 年 12 月 4 日的镇议会会议。

18. 2016 年 9 月 24 日笔者与伊内兹·普鲁伊特的访谈。

19. 2016 年 7 月 13 日笔者与尼娜·普鲁伊特的访谈。

20. 2017 年 1 月 12 日，我与约翰·韦斯利·查诺克一同巡逻。接下来段落中的引述及他个人履历的细节均来自我和他在车中的对话。

21. 乌克在 2016 年 7 月 30 日的言论。

22. 这位警官向镇议会的投诉发生在 2006 年 4 月 4 日的会议上。

十九

1. 这一幕发生在 2016 年 9 月 13 日。

2. Anne Hughes Jander, *Crab's Hole: A Family Story of Tangier Island* (Chestertown, Md.: Literary House Press, 1994).

3. 同上；"Approval Seen for Islands' Power Plans", *Washington Post*, October 8, 1947, 及 "Virginia Isle Again Has Electric Light", *Washington Post*, December 25, 1947。

4. 2016 年 10 月 31 日笔者与安娜·普鲁伊特-帕克斯的访谈。

5. 2016 年 7 月 13 日笔者与尼娜·普鲁伊特的访谈。

6. 此事发生于 2016 年 7 月 4 日。

7. 奥斯卡·里谢尔的贡献可见于 Peggy Reynolds, "New Tide Washes Old Tangier Isle", *Washington Post*, April 28, 1957。亦可见 Mariner, *God's Island*。

8. 同上；Peggy Reynolds, "Doctor's Welcome to Tangier Isle Marred by the Death of a Villager", *Washington Post*, April 17, 1957 及 "Dr. Kato's Island Domain", *Washington Post*, April 18, 1957, 及 Jeff O'Neill, "Trouble Again on Tangier: ' Copter Plucks Heart Attack Victim Off Island That Has No Doctor", *Washington Post*, March 30, 1959.

9. 本书对尼克尔斯医生的描述均基于 2016 年 9 月 24 日与伊内兹·普鲁伊特的访谈，及 "Dr. David Nichols, Tangier Island's Angel, Dies", *Richmond Times-Dispatch*, December 30, 2010, 及 Angela Blue, "Treating Tangier Island", *Coastal Virginia*, August-September 2015, 及 Bill Lohmann, "Five Years Later, Tangier Island Still Feels Presence of Doctor", *Richmond Times-Dispatch*, December 20, 2015。

10. "Donor of Island Education Left a Legacy", Chesapeake Bay Foundation, January 23, 2008, http：//cbf. typepad. com/chesa-peake_bay_foundation/2008/01/donor-of-island. html（retrieved December 14, 2017）.

11. 相关信息可见 Susan Emmerich, "Faith-Based Stewardship and Resolution of Environmental Conflict: An Ethnography of an Action Research Case of Tangier Island Watermen in the Chesapeake Bay"（Ph. D. diss. , University of Wisconsin-Madison, 2003）。

12. 丹尼·麦克里迪的话引述自 2016 年 8 月 17 日我与他在马克·克罗克特的 "乔伊斯·玛丽" 二号上的对话。

13. 汉森·托马斯在 2016 年 10 月 10 日发表了这一看法。

14. 2016 年 10 月 11 日笔者与尤金妮亚·普鲁伊特的访谈。

15. 2016 年 10 月 28 日笔者与丽萨·克罗克特的访谈。

16. 2016 年 9 月 20—21 日，凯夫妇在他们位于特拉华州威尔明顿的家中接受了为期两天的采访。其间，他们讲述了在丹吉尔岛上的数年生活。

17. 丹吉尔镇议会 2003 年 11 月 18 日会议记录。凯夫妇告诉我，他们记得，自己很早就在岛上居住期间开始了这项工程，只是在 6 年多之后才在活动中心公布。但镇议会 2003 年 11 月 18 日及 12 月 2 日的记录显示，这一项目是从此时开始的。

18. 尼娜·普鲁伊特的话引自 2016 年 7 月 13 日的访谈。

19. 凯夫妇为我提供了他们的公开信，信件日期为 2009 年 4 月 18 日。

20. 镇议会在 2009 年 7 月 22 日的会议中投票否决了轮渡方案。会议记录显示："尼尔·凯发邮件给镇议会，询问如果州政府出资提供一艘全年轮渡，镇上是否可以提供停泊 65 英尺的船的空间。镇长及议会投票决定，不需要全年轮渡"。

21. 安娜·普鲁伊特-帕克斯向我提供了 2010 年 8 月 21 日的这封电子邮件。

22. 此处引用的会议记录为 2010 年 8 月 23 日镇议会的会议记录。

23. 凯夫妇向我提供了他们 2010 年 8 月 28 日发送的电子邮件。

24. 2016 年 7 月 30 日我们出海捕蟹时，乌克发表了这些看法。

25. 凯夫妇提供了他们的电子邮件，发送日期为 2010 年 9 月 17 日。

26. 凯夫妇提供了尼克尔斯 2010 年 9 月 26 日回复的电子邮件。

二十

1. 弗勒德牧师于 2016 年 9 月 4 日进行了此次布道。

2. 这一幕发生在 2016 年 9 月 13 日。

3. 2016 年 10 月 8 日，我前去拜访贝丝·托马斯。

4. 牡蛎采捕崩溃的情况可见 Schulte，"History of the Virginia Oyster Fishery"，及 Mariner，*God's Island*。

5. Schulte，"History of the Virginia Oyster Fishery"，及 Najjar et al.，"Potential Climate-Change Impacts on the Chesapeake Bay"。

6. 同上。

7. *Report of the Task Force on the Virginia Blue Crab Winter Dredge Fishery to the Governor and the General Assembly of Virginia* (Richmond: Commonwealth of Virginia, 2000)，1，及 Swift，"The Tangierman's Lament"。

8. 同上。

9. 见 Justin Blum，"Starting Next Year, Va. Crabbers Must Turn

the Little Ones Loose", *Washington Post*, June 23, 1993, 及 Swift,
"The Tangierman's Lament"。

10. Francis X. Clines, "Virginia's Desperate Step To Protect the
Blue Crab", *New York Times*, July 30, 2000, 及 Swift, "The Tangi-
erman's Lament"。

11. *Report of the Task Force on the Virginia Blue Crab Winter
Dredge Fishery.*

12. Tom Pelton and Bill Goldsborough, *Bad Water and the Decline
of Blue Crabs in the Chesapeake Bay* (Annapolis, Md.: Chesapeake
Bay Foundation, 2008), available online at http://www.cbf.org/
document - library/cbf - reports/CBF _ BadWatersReport6d49.pdf (re-
trieved November 15, 2017).

13. 同上。亦参见 David A. Fahrenthold, "Despite Rescue Ef-
fort, Bay Crabs at an Ebb", *Washington Post*, November 17, 2007。

14. Scott Harper, "New State Ban on Dredging of Crabs Upheld
by Judge", *Virginian - Pilot*, November 25, 2008, 及 Michael W.
Fincham, "The Blue Crab Conundrum", *Chesapeake Quarterly*, July
2012, http://www.chesapeakequarterly.net/v11n2/main1/.

15. *Report of the Task Force on the Virginia Blue Crab Winter
Dredge Fishery*, 及 Scott Harper, "New state ban on dredging of crabs
upheld by judge", *Virginian-Pilot*, November 25, 2008。

16. 此处引文来自 2016 年 9 月 25 日新约教堂主日礼拜。

17. 弗勒德的评论出自 2016 年 10 月 5 日斯温纪念教堂晚祷。

18. 这架飞机于 2016 年 7 月 15 日被弃置于机场跑道旁边。

19. 2016 年 10 月 9 日新约教堂晚祷。

20. 2016 年 11 月 6 日斯温纪念教堂晨祷。

21. 此处引用的大选结果数据来自阿哥麦克县的登记员。

22. "考特尼·托马斯"号上的这次对话发生在 2016 年 11 月 11 日。

23. "特情室" 2016 年 10 月 11 日聚会。

二十一

1. 2017 年 2 月 5 日的主日礼拜。

2. 见 Ryan B. Carnegie and Eugene M. Burreson, *Status of the Major Oyster Diseases in Virginia 2006–2008* (Gloucester Point, Va.: VIMS, December 2009)。

3. 2016 年 11 月 17 日，我登上"阿伦娜·雷哈布"号进行这趟采捕牡蛎之旅。

4. 2016 年 12 月 14 日，我登乘"克劳丁·苏"号。

5. 我于 2016 年 12 月 15 日乘船跨海峡。

6. 暴风雪于 2017 年 1 月 7—8 日袭击丹吉尔岛。

7. 卡琳在 2017 年 1 月 15 日新约教堂主日礼拜上的发言。

二十二

1. 我就 4 月 24 日的天气情况采访了许多岛民，包括贾森·查诺克、朗尼·穆尔、艾伦·雷·克罗克特、约翰·韦斯利·查诺克、特雷西·穆尔、迪安·戴斯、弗雷迪·惠特利、艾伦·帕克斯以及米切尔·肖尔斯（Mitchell Shores）。本章此处及其余各处关于风速的数据均来自朗尼和贾森。

2. 2017 年 10 月 6 日的访谈中，贾森·查诺克向我描述了蟹笼的位置。

3. 同上。

4. 同上。

5. 同上。贾森告诉我，他们出发回家时，船上有 32 蒲式耳成熟母蟹、4 蒲式耳公蟹。我在文中引用的总重量是依据 1 蒲式耳 40 磅的比例估算的，这一数值由朗尼·穆尔提供。贾森·查诺克在 10 月 6 日的访谈中估算了他注意到船动力不足时的大致时间。

6. 许多岛民都在访谈中提到大海的古怪脾气：2017 年 10 月 5 日与朗尼·穆尔的访谈；10 月 7 日与特雷西·穆尔的访谈；以及 10 月 9 日对约翰·韦斯利·查诺克和安迪·帕克斯的采访。

7. 利昂在 2016 年 12 月 12 日"特情室"聚会上做出了这一评

论。

8. 2017 年 10 月 6 日我与贾森·查诺克的访谈中提到了"亨丽埃塔·C"号上的装备。

9. 朗尼·穆尔在 2017 年 10 月 5 日的访谈中介绍了水斗及其工作原理。

10. 本段及下面几段内容均基于 2017 年 10 月 6 日我与贾森·查诺克的访谈。

11. 同上，及 2017 年 10 月 5 日与朗尼·穆尔的访谈。

12. 2017 年 10 月 6 日与贾森·查诺克的访谈。

13. 同上，及 2017 年 10 月 8 日与比利的访谈。

14. 本段至本节结束的内容都基于 2017 年 10 月 6 日我与贾森·查诺克的访谈。

15. 2017 年 10 月 8 日与比利·布朗的访谈。桑德拉·帕克斯告诉我，她认为电话是迪安戴斯打来的，但比利和迪安都否认了这一说法。

16. 2017 年 10 月 31 日笔者电话采访安迪·帕克斯。

17. 同上，及 2017 年 10 月 31 日笔者对凯莉·惠特利（Kelly Wheatley）的电话采访。

18. 2017 年 10 月 31 日笔者对迪安·戴斯及 2017 年 11 月 1 日对弗雷迪·惠特利的电话采访。

19. 2017 年 10 月 5 日笔者与朗尼·穆尔的访谈，及 2017 年

10 月 6 日与洛妮·勒妮·查诺克的访谈。

20. 同上。

21. 2017 年 10 月 5 日笔者与朗尼·穆尔的访谈。

22. 参见 Liz Holland，"Coast Guard suspends search for missing Tangier waterman"，at http：//www. delmarvanow. com/story/news/ local/virginia/2017/04/25/search－continues－missing－tangier－water-man/100878370/（retrieved November 22，2017）。

23. 2017 年 10 月 31 日笔者对戴斯的采访，及 2017 年 11 月 1 日对惠特利的采访。

24. 2017 年 10 月 5 日笔者与朗尼·穆尔的访谈。

25. 本节内容均基于 2017 年 10 月 6 日我与贾森·查诺克的访谈及他 2017 年 4 月 27 日向海岸警卫队做出的陈述。

26. 2017 年 10 月 5 日笔者与朗尼·穆尔的访谈。

27. 同上，及 2017 年 10 月 5 日笔者与卡罗尔·穆尔的访谈。

28. 2017 年 4 月 27 日，贾森在向一位海岸警卫队调查人员讲述这段经历时，我在安妮特·查诺克家中。安妮特借给了我一份那天下午贾森陈述的文字记录。

29. 2017 年 4 月 26 日斯温纪念教堂的晚祷中，我也在场。

30. 我于 2017 年 4 月 27 日造访安妮特·查诺克家。

31. 2017 年 4 月 27 日，我与乌克和肯尼·卡彭特一同乘直升机外出搜寻。我坐在后排左侧，乌克坐在副驾驶位。

32. 我参与了 2017 年 4 月 30 日斯温纪念教堂的这次查经班活动。

33. 2017 年 4 月 30 日，我搭乘马克·海尼的船参与了此次打捞。

34. 2017 年 10 月 7 日与汤米·埃斯克里奇（Tommy Eskridge）的访谈。在马克·克罗克特的帮助下，汤米于 2017 年 5 月 4 日找回了埃德的遗体。2017 年 5 月 17 日，埃德的遗体由邮船送回家中。

35. "特情室" 2017 年 5 月 17 日聚会。

36. 2017 年 10 月 7 日笔者对杰里·弗兰克和伊内兹·普鲁伊特的采访。

37. 2017 年 10 月 7 日笔者与安妮特·查诺克的访谈，及 2017 年 11 月 2 日对史密斯岛干船坞（Smith Island Drydock）的莎伦·马歇尔（Sharon Marshall）电话采访。莎伦告诉我，公司记录显示，"亨丽埃塔·C"号于 2016 年 11 月 28 日离开船厂。

38. 2017 年 10 月 7 日对杰里·弗兰克和伊内兹·普鲁伊特的采访，及同日与安妮特·查诺克的访谈。

39. 2017 年 10 月 6 日笔者与贾森·查诺克的访谈。

二十三

1. 我在 1994 年 7 月 7 日前后去过沃茨岛。

2. 我所用的 1977 年安装电线的信息来源是 Mariner，*God's Island* 以及 Don Harrison，"Underwater Cable to Supply Electricity to 2 Bay Islands"，Virginian–Pilot，April 29，1977。包括马克·"穆尼"·克罗克特在内的几位岛民向我讲述了接线盒逐步显露的过程。

3. 《华盛顿邮报》网站于 2017 年 6 月 1 日登载了这只奇怪螃蟹的照片，此条新闻被多家报纸报道，可见 http：//www. duluth-newstribune. com/news/4276610-crab-unlike-any-youve-ever-seen-has-been-pulled-chesapeake-bay（retrieved November 13，2017）。2017 年 6 月 4 日我到乌克的蟹屋时，恰巧看到了这只螃蟹。它于数小时后死亡，乌克随即将它冷冻起来。

4. 卡琳在 2017 年 6 月 4 日做了这一祈祷。

5. 利昂的海上事故、文中描述的接下来"特情室"的讨论部分以及 CNN 的采访均发生在 2017 年 6 月 5 日。

6. CNN 的此次报道可见于 Jennifer Gray，"Rising Seas May Wash Away This US Town"，CNN，June 9，2017. Video，5：00。http：//www. cnn. com/videos/us/2017/06/09/virginia-island-sea-

washing-away-gray-lead-pkg. cnn（retrieved November 13，2017）。

7. 2017 年 8 月 25 日，我电话采访了芭布·拜克特尔。

8. 特朗普总统于 2017 年 6 月 12 日致电丹吉尔岛。我对电话内容的重现是基于乌克 2017 年 6 月 27 日的复述以及无数新闻报道，其中有 Carol Vaughn，"Trump Tells Tangier Island Mayor Not to Worry About Sea-Level Rise"，Daily Times（Salisbury，Md.），June 13，2017，https：//www. usatoday. com/story/news/politics/2017/06/14/trump-tells-tangier-island-mayor-not-worry-sea-level-rise/394688001 及 Travis M. Andrews，"Trump Calls Mayor of Shrinking Chesapeake Island and Tells Him Not to Worry About It"，Washington Post，June 14，2017，https：//www. washingtonpost. com/news/morning-mix/wp/2017/06/14/trump-calls-mayor-of-shrinking-chesapeake-island-and-tells-him-not-to-worry-about-it/? utm_ term =. 9f73153e673e 。

9. 丹吉尔岛的特别节目于 2017 年 6 月 16 日播出，可在《史蒂芬·科尔伯特的晚间秀》节目观看，"Trump Says'Not to Worry'About Rising Sea Levels"，YouTube，June 17，2017. Video，2：11. https：//youtu. be/o5AxKZF _ xP8（retrieved December 14，2017）。

10. CNN 这期"市政厅"节目于 2017 年 8 月 1 日播出。乌克的部分可见 "Mayor of Disappearing Island Faces Al Gore and Shuts

Down Global Warming Claim", YouTube, August 2, 2017. Video,
2：25. https：//www. youtube. com/watch？ v = VUfARQaVWsI（re-
trieved November 13, 2017）。另一条更长一些的剪辑可见 ht-
tps：//www. youtube. com/watch？ v = sjvLagal2Wk（retrieved January
5, 2018）。乌克的部分开始于 1 分 35 秒左右。

11. 见 https：//www. youtube. com/watch？ v = sjvLagal2Wk。戈
尔的玩笑自 4 分 30 秒处开始。

12. 本报道可见第 4 频道（Channel 4）新闻，"America's Cli-
mate Change Refugees Putting Their Faith in Donald Trump", You-
Tube, August 11, 2017. Video, 7：14。https：//www. youtube.
com/watch？ v = -Lk0jYeVENo（retrieved November 13, 2017）。节
目中对"特情室"的描绘值得一看。朗尼的评论出现在约 5 分 40
秒处。

13. 我与卡罗尔·穆尔于 2017 年 10 月 5 日造访上方岛。